HEYNE
BÜCHER

Von Robert Ludlum
sind als Heyne-Taschenbücher erschienen:

Die Matlock-Affäre · Band 01/5723
Das Ostermann-Wochenende · Band 01/5803
Das Kastler-Manuskript · Band 01/5898
Der Rheinmann-Tausch · Band 01/5948
Das Jesus-Papier · Band 01/6044
Das Scarlatti-Erbe · Band 01/6136
Der Gandolfo-Anschlag · Band 01/6180
Der Matarese-Bund · Band 01/6265
Der Borowski-Betrug · Band 01/6417
Das Parsifal-Mosaik · Band 01/6577
Der Holcroft-Vertrag · Band 01/6744
Die Aquitaine-Verschwörung · Band 01/6941
Die Borowski-Herrschaft · Band 01/7705

und unter dem Pseudonym Jonathan Ryder:

Das Genessee-Komplott · Band 01/6348
Die Halidon-Verfolgung · Band 01/6481

ROBERT LUDLUM

DER HOLCROFT-VERTRAG

Roman

WILHELM HEYNE VERLAG
MÜNCHEN

HEYNE ALLGEMEINE REIHE
Nr. 01/6744

*Für Michael und Laura –
ein reizendes, talentiertes, wunderbares Paar*

Titel der amerikanischen Originalausgabe
THE HOLCROFT-COVENANT
Deutsche Übersetzung von Heinz Nagel

6. Auflage

Genehmigte, ungekürzte Taschenbuchausgabe

Printed in Germany 1990
Umschlagfoto: Photodesign Mall, Stuttgart
Umschlaggestaltung: Atelier Ingrid Schütz, München
Gesamtherstellung: Presse-Druck Augsburg

ISBN 3-453-02347-1

Prolog

März 1945

Der Rumpf des Unterseeboots war an den riesigen Pollern vertäut; sein scharf geschnittener Bug stach in das Dämmerlicht der Nordsee hinein.

Der Stützpunkt befand sich auf der Insel Scharhörn in der Deutschen Bucht, ein paar Kilometer vom Festland und der Elbemündung entfernt. Es handelte sich um eine Bunkerstation, die die alliierte Abwehr nie entdeckt hatte und die aus Sicherheitsgründen auch nur wenigen im Oberkommando des Heeres bekannt war. Die Marodeure der Meere kamen und gingen im Schutz der Nacht, tauchten wenige hundert Meter vor der Hafenanlage auf und verschwanden dort auch wieder.

Doch für dieses Boot war dieser Krieg vorbei. Aber es hatte einen Auftrag, der leicht zum nächsten Krieg führen konnte.

Zwei Männer standen im Turm. Einer trug die Uniform eines deutschen Marineoffiziers, der andere, ein hünenhafter Zivilist, hatte den Kragen seines langen, dunklen Mantels hochgeklappt, um sich vor den eisigen Nordseestürmen zu schützen, doch hatte er keinen Hut, als wollte er dem Nordseewind die Stirn bieten. Beide blickten auf die lange Reihe von Passagieren hinunter, die sich langsam auf die Laufplanke zu bewegten. Jedesmal, wenn ein Passagier die Planke erreichte, wurde ein Name auf einer Liste abgehakt, und dann wurde er oder sie an Bord des U-Boots geführt – oder getragen.

Einige wenige gingen selbst, aber das waren die Ausnahmen. Sie waren die Ältesten, etliche hatten bereits den zwölften oder dreizehnten Geburtstag hinter sich. Der Rest waren Kinder: Säuglinge in den Armen streng blickender Militärschwestern, die an der Planke ihre Schützlinge Marineärzten übergaben; Vorschulkinder und solche in den ersten Schuljahren, und alle trugen sie die gleichen Reisetaschen und hielten sich an den Händen und sahen unsicher an dem sonderbaren schwarzen Schiff empor, das in den nächsten Wochen ihr Zuhause sein sollte.

»Unglaublich«, sagte der Offizier. »Einfach unglaublich.«

»Das ist der Anfang«, erwiderte der Mann im Mantel, und seine scharf geschnittenen, strengen Züge blieben unbewegt. »Man hört es von überall. Aus den Häfen, von Gebirgspässen, den noch verbliebenen Flugplätzen im ganzen Reich. Zu Tausenden ziehen sie hinaus. In jeden Teil der Welt. Und die Leute warten auf sie. Überall.«

»Eine außerordentliche Leistung«, sagte der Offizier und schüttelte beeindruckt den Kopf.

»Das ist nur ein Teil unseres Plans. Die ganze Operation ist außerordentlich.«

»Ihr Hiersein ist mir eine Ehre.«

»Ich wollte dabei sein. Dies ist der letzte Transport.« Der hünenhafte Zivilist blickte auf den Kai hinunter. »Das Dritte Reich liegt im Sterben. Die da werden seine Wiedergeburt sein. Die da sind das *Vierte* Reich. Frei von Mittelmäßigkeit und Korruption. Die da sind die *Sonnenkinder*. Auf der ganzen Welt.«

»Die Kinder...«

»Die Kinder der Verdammten«, fiel ihm der hochgewachsene Mann ins Wort. »Sie sind die Kinder der Verdammten. So wie Millionen das sein werden. Aber die da sind auserwählt. Und sie werden überall sein.«

1.

JANUAR 197 . . .

»Attention! Le train de sept heures à destination de Zurich partira du quai numéro douze.«

Der hünenhafte Amerikaner im dunkelblauen Regenmantel blickte in die mächtige Kuppel des Genfer Bahnhofs und versuchte, die verborgenen Lautsprecher ausfindig zu machen. Sein kantiges, scharf geschnittenes Gesicht wirkte verwirrt; die Ansage war französisch, in einer Sprache, die er kaum beherrschte und schlecht verstand. Trotzdem hörte er den Namen *Zurich* heraus; das war sein Stichwort. Er wischte sich die hellbraune Haarsträhne, die ihm mit irritierender Regelmäßigkeit ins Gesicht fiel, aus der Stirn und ging in Richtung Nordausgang.

Es wimmelte hier von Menschen. Von allen Seiten strebten sie an dem Amerikaner vorbei, eilten zu den Bahnsteigen. Niemand schien auf die schroff klingenden Ankündigungen zu achten, die in metallischer Monotonie durch das Bahnhofsgebäude hallten. Die Reisenden wußten alle, wohin sie zu gehen hatten. Die Woche war zu Ende; in den Bergen war Schnee gefallen, und die Luft draußen war kalt und würzig. Jeder hatte seine Ziele und eilige Verabredungen; Zeitverschwendung konnte sich keiner leisten. Alle hatten es eilig.

Der Amerikaner ging ebenfalls mit schnellen Schritten, denn auch er war verabredet. Er hatte schon vor der Ansage gewußt, daß der Zug nach Zürich von Gleis zwölf abfahren würde. Dem Plan entsprechend sollte er auf dem Bahnsteig sieben Waggons von hinten abzählen und in den siebten Wagen durch die erste Tür einsteigen. Drinnen sollte er an vier Abteilen vorbei und an die fünfte Türe zweimal klopfen. Wenn alles in Ordnung war, würde ein Direktor der Grande Banque de Genève ihn zum Eintreten auffordern und damit den Höhepunkt von zwölf Wochen der Vorbereitung signalisieren. Vorbereitungen, zu denen verschlüsselte Telegramme gehörten und Überseegespräche, die über Telefone liefen, bei denen sich der Schweizer Bankier davon überzeugt hatte, daß sie nicht abgehört wurden. Das Ganze war unter strengster Geheimhaltung abgelaufen.

Er wußte nicht, was der Direktor der Grande Banque de Genève ihm zu sagen hatte, glaubte aber immerhin zu wissen, weshalb man so strenge Vorsichtsmaßnahmen für notwendig hielt. Der Name des Amerikaners war Noel Holcroft, aber das war nicht der Name, mit dem er geboren war. Er war im Sommer 1939 in Berlin zur Welt gekommen, und der Name im Geburtsregister lautete Clausen. Sein Vater war Heinrich Clausen, einer der Baumeister des Dritten Reiches, der Zauberkünstler der Finanzen, der die verschiedensten Wirtschaftskreise in jenes Bündnis führte, das Adolf Hitler schließlich die Macht gewinnen ließ.

Dafür verlor Heinrich Clausen eine Frau. Althene Clausen war nicht nur Amerikanerin; sie war auch unbeirrbar in ihren Überzeugungen und hatte ihre eigenen Wertmaßstäbe. Ihr war bald klargeworden, daß die Nationalsozialisten weder Ethos noch Moral hatten; sie waren ein Haufen Paranoiker, angeführt von einem Verrückten und unterstützt von Finanziers, die sich einzig und allein für ihre Profite interessierten.

Althene Clausen stellte ihren Mann an einem warmen Augustnachmittag zur Rede: Du mußt dich von denen trennen, hatte sie verlangt, du mußt dich gegen die Paranoiker und den Verrückten stellen, ehe es zu spät ist. Der Mann hatte ihr ungläubig zugehört, hatte gelacht und das Ganze als das närrische Geschwätz einer jungen Mutter abgetan. Vielleicht auch als Voreingenommenheit einer Frau, die in einem schwachen, nicht mehr glaubwürdigen System aufgewachsen war, dessen Vertreter aber bald im Gleichschritt mit der neuen Ordnung marschieren oder unter ihrem Stiefel zermalmt werden würden.

In jener Nacht hatte die junge Mutter ihr Kind und einige wenige Habseligkeiten genommen und eines der letzten Flugzeuge nach London bestiegen: die erste Etappe ihrer Reise zurück nach New York. Eine Woche später brach der Blitzkrieg gegen Polen aus, und das Tausendjährige Reich hatte seine eigene Reise begonnen, eine Reise, die vom ersten Schuß an über zweitausend Tage dauern sollte.

Holcroft betrat den langen Bahnsteig. *Vier, fünf, sechs, sieben...* Unter dem ersten Fenster des siebten Wagens, links von der offenen Tür, war ein kleiner blauer Kreis auflackiert – das Zeichen für noch größeren Komfort als ihn die erste Klasse bot: größere Abteile für Konferenzen oder auch für verstohlene Rendezvous. Hier war man garantiert ungestört; sobald der Zug sich in Bewegung setzte, wurden die Türen rechts und links des Ganges von Bahnpolizisten bewacht.

Holcroft stieg ein. Er ging an den ersten vier Türen vorbei zur fünften. Er klopfte zweimal.

»Herr Holcroft?« Die Stimme hinter der Holzverkleidung war fest und ruhig, und obwohl die Worte als Frage gedacht waren, klang die Stimme keineswegs fragend. Sie traf eine Feststellung.

»Herr Manfredi?« fragte Noel als Antwort und war sich plötzlich bewußt, daß ein Auge ihn durch den winzigen Spion in der Tür beobachtete. Es war beunruhigend und zugleich grotesk. Er lächelte und fragte sich, ob Herr Manfredi wohl wie der finstere Conrad Veidt in einem jener englischen Filme aus den dreißiger Jahren aussah.

Im Schloß klickte es zweimal, dann wurde ein Riegel zurückgeschoben. Die Tür schwang auf, und das Bild von Conrad Veidt verschwand. Ernst Manfredi war untersetzt und rundlich, Mitte bis Ende Sechzig. Er war völlig kahl und hatte ein angenehmes, sanft wirkendes Gesicht; aber die großen blauen Augen, noch vergrößert von den Gläsern seiner Goldrandbrille, blickten kalt. Sie waren von ganz hellem Blau und kühl wie Eis.

»Kommen Sie herein, Herr Holcroft«, sagte Manfredi und lächelte. Dann veränderte sich sein Ausdruck abrupt. Das Lächeln verschwand. »Verzeihen Sie. Ich sollte *Mister* Holcroft sagen. Das *Herr* ist Ihnen vielleicht unangenehm. Ich bitte um Vergebung.«

»Nicht nötig«, erwiderte Noel und betrat das luxuriöse Abteil. Es war mit einem Tisch und zwei Sesseln ausgestattet, ein Bett war nicht zu sehen. Die Wände waren mit Holz getäfelt, und dunkelrote Samtvorhänge verdeckten die Fenster und dämpften die Geräusche der draußen Vorbeieilenden. Auf dem Tisch stand eine kleine Lampe mit einem Fransenschirm.

»Wir haben bis zur Abfahrt fünfundzwanzig Minuten Zeit«, sagte der Bankier. »Das sollte reichen. Und keine Sorge – man wird uns rechtzeitig verständigen. Der Zug wird nicht abfahren, solange Sie nicht ausgestiegen sind. Sie brauchen nicht nach Zürich zu reisen.«

»Ich bin nie dort gewesen.«

»Ich glaube, daß es dabei nicht bleibt«, sagte der Bankier rätselhaft und bedeutete Holcroft, ihm gegenüber am Tisch Platz zu nehmen.

»Damit würde ich an Ihrer Stelle nicht rechnen.« Noel setzte sich und knöpfte seinen Regenmantel auf, zog ihn aber nicht aus.

»Es tut mir leid, das war anmaßend von mir.« Manfredi nahm Platz und lehnte sich im Sessel zurück. »Ich muß noch einmal um Entschuldigung bitten. Aber ich muß Ihren Paß sehen. Und Ihren Führerschein. Und überhaupt alle Dokumente, die Ihre besonderen Kennzeichen, Impfungen und dergleichen belegen.«

Holcroft verspürte eine Aufwallung von Ärger. Ganz abgesehen davon, daß das alles lästig war, mißfiel ihm die herablassende Art des Bankiers. »Und weshalb? Sie wissen, wer ich bin. Sonst hätten Sie die Tür nicht geöffnet. Sie haben wahrscheinlich mehr Fotografien von mir und mehr Informationen über mich als das State Department.«

»Haben Sie Nachsicht mit einem alten Mann, Sir«, sagte der Bankier und zuckte die Schultern, als wolle er damit Abbitte tun. »Sie werden es bald verstehen.«

Noel griff widerstrebend in die Jackentasche und holte die Brieftasche heraus, in der sein Paß, das Impfzeugnis, der internationale Führerschein und zwei Briefe der Architektenkammer steckten, die seine Qualifikation als Architekt auswiesen. Er reichte Manfredi die Brieftasche. »Da haben Sie alles. Bedienen Sie sich.«

Mit scheinbar noch größerem Widerstreben klappte der Bankier die Brieftasche auf. »Ich komme mir vor wie ein Schnüffler, aber ich denke...«

»Das sollten Sie«, unterbrach ihn Holcroft. »Ich habe nicht um dieses Zusammentreffen gebeten. Offen gestanden, kommt es für mich sogar zu einer sehr ungelegenen Zeit. Ich möchte so schnell wie möglich nach New York zurück.«

»Ja. Ja, ich verstehe«, sagte der Schweizer ruhig und überflog dabei die Papiere. »Sagen Sie, was war Ihr erster Auftrag als Architekt, den Sie außerhalb der Vereinigten Staaten übernommen haben?«

Noel unterdrückte ein Gefühl der Gereiztheit. Er war schon so weit gegangen; es hatte wenig Sinn, sich jetzt zu sperren. »Mexiko«, erwiderte er. »Für die Alvarez-Hotelkette. Im Norden von Puerto Vallarta.«

»Und der zweite?«

»Costa Rica. Ein Regierungsauftrag. Ein Postgebäude. Das war 1973.«

»Wie hoch war das Bruttoeinkommen Ihres Büros in New York im letzten Jahr? Ohne Abzüge.«

»Das geht Sie einen Dreck an.«

»Ich kann Ihnen versichern, daß wir es wissen.«

Holcroft schüttelte zornig resigniert den Kopf. »Hundertdreiundsiebzigtausend und ein paar Zerquetschte.«

»In Anbetracht der Büromiete, der Gehälter, der Einrichtung und Ihrer Kosten ist das keine besonders eindrucksvolle Zahl, oder?« fragte Manfredi, der immer noch auf die Papiere in seiner Hand blickte.

»Das Büro gehört mir allein, und ich hab' nur wenige Mitarbeiter. Ich hab' keine Partner, keine Frau, keine großen Kredite. Es könnte schlimmer sein.«

»Es könnte besser sein«, sagte der Bankier und blickte zu Holcroft auf. »Besonders für jemanden, der so talentiert ist.«

»Es könnte besser sein.«

»Ja, das dachte ich auch«, meinte der Schweizer und steckte die Papiere in die Brieftasche zurück und reichte sie Noel. Dann beugte er sich vor. »Wissen Sie, wer Ihr Vater war?«

»Ich weiß, wer mein Vater *ist*. Richard Holcroft, Wohnort New York, der Ehemann meiner Mutter. Er ist sehr lebendig.«

»Und pensioniert«, fügte Manfredi hinzu. »Ein Bankkollege, aber nicht gerade ein Bankier nach Schweizer Art.«

»Man hat ihn respektiert. Man respektiert ihn *noch.*«

»Wegen des Vermögens seiner Familie oder wegen seiner beruflichen Fähigkeiten?«

»Wegen beidem, würde ich sagen. Ich liebe ihn. Wenn Sie ihm gegenüber Vorbehalte haben, dann behalten Sie sie für sich.«

»Sie sind sehr loyal: das ist eine Eigenschaft, die ich bewundere. Holcroft war da, als Ihre Mutter – übrigens eine außergewöhnliche Frau – einen Menschen brauchte. Aber um Holcroft geht es nicht. Ich meinte Ihren leiblichen Vater.«

»Natürlich.«

»Vor dreißig Jahren hat Heinrich Clausen gewisse Vorkehrungen getroffen. Er reiste häufig zwischen Berlin, Zürich und Genf hin und her, unter Umgehung der offiziellen Überprüfungen selbstverständlich. Ein Schriftstück wurde aufgesetzt, gegen das wir als...« – Manfredi hielt inne und lächelte – »...als voreingenommene Neutrale keine Einwände vorbringen konnten. Dem Schriftstück ist ein Brief beigefügt, den Clausen im April 1945 geschrieben hat. Er ist an Sie adressiert. An seinen Sohn.« Der Bankier griff nach einem dicken Umschlag, der auf dem Tisch lag.

»Einen Augenblick«, sagte Noel. »Betrafen diese gewissen Vorkehrungen Geld?«

»Ja.«

»Daran bin ich nicht interessiert. Übergeben Sie es gemeinnützigen Institutionen. Er war es der Allgemeinheit schuldig.«

»Wenn Sie den Betrag hören, denken Sie vielleicht anders.«

»Wieviel ist es?«

»Siebenhundertundachtzig Millionen Dollar.«

2.

Holcroft starrte den Bankier ungläubig an; alles Blut war ihm aus dem Gesicht gewichen. Draußen mischten sich die Geräusche des weitläufigen Bahnhofs zu einer Kakophonie von gedämpften Akkorden, die kaum die dicken Wände des Waggons durchdrangen.

»Versuchen Sie erst gar nicht, das alles auf einmal in sich aufzunehmen«, sagte Manfredi und legte den Brief beiseite. »Es gibt da gewisse Bedingungen, von denen übrigens keine unzumutbar ist. Zumindest keine, die uns bekannt ist.«

»Bedingungen...?« Holcroft wußte, daß er kaum zu hören war; er gab sich Mühe, seine Stimme wiederzufinden. »Was für Bedingungen?«

»Die sind ganz klar und deutlich aufgeführt. Diese riesigen Beträge sollen zum Nutzen der Menschen überall verwendet werden. Und dann gibt es da natürlich auch gewisse Vorteile für Sie persönlich.«

»Was soll das heißen, keine der Bedingungen sei unzumutbar, die Ihnen ›bekannt‹ ist?«

Die vergrößerten Augen des Bankiers blinzelten hinter seinen Brillengläsern; er wandte kurz den Blick ab, und sein Gesichtsausdruck wirkte einen Moment lang gequält. Dann griff er in seine braunlederne Aktentasche auf dem Tisch und entnahm ihr einen langen, dünnen Umschlag mit seltsamen Zeichen auf der Rückseite: eine Reihe von vier Kreisen – dort, wo das Kuvert zugeklebt war, schienen vier dunkle Münzen befestigt zu sein. Manfredi hielt den Umschlag über den Tisch, unter die Lampe. Die dunklen Kreise waren keine Münzen, sondern Siegel. Alle waren intakt.

»Gemäß den Instruktionen, die man uns vor dreißig Jahren erteilt hat, sollte dieser Umschlag – im Gegensatz zum Brief Ihres Vaters, den ich hier habe – nicht von den Direktoren in Genf geöffnet werden. Er hat nichts zu tun mit dem Schriftstück, das wir aufgesetzt haben, und Clausen hat nach unserem besten Wissen keine Ahnung davon gehabt. Was er Ihnen in seinem Brief sagt, dürfte das bestätigen. Der Umschlag ist uns wenige Stunden, nachdem der Kurier den Brief Ihres Vaters gebracht hatte, übergeben worden. Und dieser Brief sollte eigentlich unsere letzte Nachricht aus Berlin sein.«

»Was ist in dem Umschlag?«

»Das wissen wir nicht. Sein Inhalt soll von einigen Männern verfaßt worden sein, die von den Aktivitäten Ihres Herrn Vaters wußten. Männer, die mit Leib und Seele an seine Sache glaubten und die in ihm in mannigfacher Hinsicht einen Märtyrer Deutschlands sahen. Wir hatten Anweisung,

Ihnen den Umschlag mit unverletzten Siegeln zu übergeben. Sie sollten ihn vor dem Brief Ihres Vaters öffnen.« Manfredi reichte den Umschlag herüber. Auf der Vorderseite war ein Vermerk in deutscher Schrift. »Sie müssen hier unten unterschreiben, daß Sie den Umschlag in unversehrtem Zustand erhalten haben.«

Noel nahm den Umschlag entgegen und las die Worte, die er nicht verstand.

DIESER BRIEF IST MIR MIT UNVERSEHRTEN SIEGELN ÜBERGEBEN WORDEN. WIEDERAUFBAU ODER TOD.

»Was heißt das?«

»Daß Sie sich davon überzeugt haben, daß die Siegel nicht erbrochen worden sind.«

»Wie kann ich da sicher sein?«

»Junger Mann, Sie sprechen mit einem Direktor der Grande Banque de Genève.« Der Schweizer sprach, ohne die Stimme zu heben, aber die Zurechtweisung war deutlich. »Sie haben mein Wort. Und, davon abgesehen, welchen Unterschied macht es eigentlich?«

Keinen, überlegte Holcroft. Aber der springende Punkt beschäftigte ihn doch. »Wenn ich unterschrieben habe, was machen Sie dann mit dem Umschlag?«

Manfredi schwieg einige Augenblicke, als überlege er, ob er antworten solle. Dann nahm er die Brille ab, holte ein seidenes Taschentuch aus der Brusttasche und reinigte die Gläser. Schließlich sagte er: »Es handelt sich hier um einen vertraulichen Vorgang...«

»Wenn ich jetzt unterschreibe«, unterbrach Noel, »ist das auch ein vertraulicher Vorgang.«

»Lassen Sie mich ausreden.« Der Bankier setzte sich die Brille wieder auf. »Ich wollte gerade sagen, daß es sich um eine vertrauliche Sache handelt, die unmöglich noch von Belang sein kann. Nicht nach so vielen Jahren. Der Umschlag soll an ein Schließfach in Sesimbra in Portugal geschickt werden. Das liegt südlich von Lissabon am Kap Espichel.«

»Warum ist die Sache jetzt nicht mehr von Belang?«

»Das Schließfach existiert nicht mehr. Der Umschlag wird

zunächst in die Abteilung für unzustellbare Briefe gebracht und schließlich wieder an uns zurückgeschickt werden.«

»Da sind Sie sicher?«

»Das glaube ich, ja.«

Noel griff in die Tasche nach seiner Füllfeder und drehte den Umschlag, um sich die Siegel noch einmal anzusehen. Sie waren in der Tat unversehrt; und, dachte Holcroft, welchen Unterschied machte es tatsächlich? Er legte den Umschlag vor sich und unterschrieb.

Manfredi hob die Hand. »Seien Sie versichert: nichts, was sich in diesem Umschlag befindet, kann etwas ändern an unserer Einstellung zu dem Schriftstück, das La Grande Banque de Genève aufgesetzt hat. Man hat uns weder konsultiert, noch über den Inhalt informiert.«

»Und doch scheinen Sie sich Sorgen zu machen. Ich dachte, es mache keinen Unterschied. Es sei doch so lange her.«

»Fanatiker beunruhigen mich immer, Mr. Holcroft. Da spielen die Umstände im einzelnen keine Rolle. Das ist die natürliche Vorsicht des Bankiers.«

Noel begann die Siegel aufzubrechen; der Siegellack hatte sich im Lauf der Jahre verhärtet, und er brauchte eine Weile, bis die Siegel in Stücken abfielen. Er riß den Umschlag auf, nahm das eine Blatt heraus, das er enthielt, und faltete es auseinander.

Die Jahre hatten das Papier brüchig gemacht, und das ursprüngliche Weiß war zu einem fahlen, bräunlichen Gelb verfärbt.

Das Blatt war in englischer Sprache und mit Blockbuchstaben beschrieben. Die Tinte war verblaßt, aber noch lesbar. Holcroft sah unten auf die Seite und suchte eine Unterschrift. Doch da war keine. Er begann zu lesen.

Es war eine makabre Botschaft, vor dreißig Jahren aus der Verzweiflung geboren. Es war so, als hätten fassungslose Männer in einem abgedunkelten Raum gesessen und Schatten an der Wand studiert, um daraus Zeichen für die Zukunft zu lesen, Zeichen, die einem Mann und einem Leben galten, die sich noch nicht geformt hatten.

VON DIESEM AUGENBLICK AN SOLL DER SOHN VON HEINRICH CLAU-

SEN NICHT AUS DEN AUGEN GELASSEN WERDEN. ES IST DAMIT ZU RECHNEN, DASS EINIGE VOM GENFER UNTERNEHMEN ERFAHREN UND VERSUCHEN WERDEN, IHN ZU STOPPEN, UND DEREN LEBENSZIEL ES SEIN WIRD, IHN ZU TÖTEN UND DAMIT DEN TRAUM ZU ZERSTÖREN, DER VON DEM RIESEN ERDACHT WURDE, DER SEIN VATER WAR.

DIES DARF NICHT GESCHEHEN, DENN MAN HAT UNS BETROGEN – UNS ALLE – UND DIE WELT MUSS ERFAHREN, WAS WIR WIRKLICH WAREN, DENN DAS, ALS WAS DIE BETRÜGER UNS DARSTELLEN, WAREN DIE BILDER VON VERRÄTERN, NICHT WIR. UND GANZ BESONDERS NICHT HEINRICH CLAUSEN.

WIR SIND DIE ÜBERLEBENDEN DER WOLFSSCHANZE. WIR WÜNSCHEN, DASS UNSERE NAMEN REINGEWASCHEN WERDEN, WÜNSCHEN, DASS UNS DIE EHRE ZURÜCKGEGEBEN WERDE, DIE MAN UNS GESTOHLEN HAT. DESHALB WERDEN DIE MÄNNER DER WOLFSSCHANZE DEN SOHN SO LANGE BESCHÜTZEN, BIS DER SOHN DEN TRAUM DES VATERS ERFÜLLT UND UNS UNSERE EHRE ZURÜCKGIBT. SOLLTE ABER DER SOHN DEN TRAUM BEGRABEN, DEN VATER VERRATEN UND UNS UNSERE EHRE VORENTHALTEN, WIRD ER KEIN LEBEN MEHR HABEN. ER WIRD ZEUGE WERDEN DER ANGST DERER, DIE ER LIEBT, DER FAMILIE, DER KINDER, DER FREUNDE. NIEMAND WIRD VERSCHONT WERDEN.

NIEMAND DARF SICH EINMISCHEN. GIB UNS UNSERE EHRE. DAS IST UNSER RECHT, UND WIR FORDERN ES.

Noel schob den Stuhl zurück und stand auf. »Was, zum Teufel, soll das?«

»Ich habe keine Ahnung«, erwiderte Manfredi leise. Seine Stimme blieb ruhig dabei, aber seine großen, kalten blauen Augen ließen erkennen, wie unruhig er war. »Ich sagte Ihnen doch, man hat uns nie in Kenntnis gesetzt...«

»Nun, dann *holen* Sie sich diese Kenntnis!« schrie Holcroft. »Da, lesen Sie! Wer *waren* diese Clowns? Verrückte, reif für ein *Irrenhaus*?«

Der Bankier las. Dann antwortete er, ohne aufzublicken. »Die Vettern von Verrückten. Männer, die die Hoffnung verloren hatten.«

»Was heißt *Wolfsschanze*? Was bedeutet das?«

»Das war der Name von Hitlers Hauptquartier in Ostpreußen, Schauplatz des Attentats vom 20. Juli 1944. Stauffenberg, Kluge, Höpner und viele andere Offiziere waren in die

Verschwörung verwickelt. Man hat sie viehisch an Fleischerhaken aufgehängt. Rommel mußte Selbstmord begehen.«

Holcroft starrte das Papier an, das Manfredi noch immer in der Hand hatte. »Sie meinen, das da ist vor dreißig Jahren geschrieben worden, von solchen Leuten?«

Der Bankier nickte. Seine Augen hatten sich vor Erstaunen verengt. »Ja, aber das ist nicht die Sprache, die man von ihnen hätte erwarten können. Dies ist nichts anderes als eine Drohung; unvernünftig. Jene Männer waren nicht unvernünftig. Andererseits, die Zeit damals war ohne Sinn und Verstand. Anständige Männer, tapfere Männer wurden an den Rand des Wahnsinns getrieben. Sie durchlebten eine Hölle, die sich heute keiner von uns ausmalen kann.«

»Anständige Männer?« fragte Noel ungläubig.

»Haben Sie eine Ahnung, was es bedeutete, zu den Verschwörern zu gehören? Dem Attentat folgte ein Blutbad. Tausende wurden umgebracht, und die meisten hatten mit dieser Verschwörung gar nichts zu tun. Das war auch eine Endlösung, ein Vorwand, um in ganz Deutschland jede Kritik zum Schweigen zu bringen. Was als ein Akt begonnen hatte, die Welt von einem Verrückten zu befreien, endete im Massensterben. Die Überlebenden in der Wolfsschanze sahen das mit an.«

»Diese Überlebenden«, erwiderte Holcroft, »haben dem Wahnsinnigen lange Zeit Gefolgschaft geleistet.«

»Sie müssen das begreifen. Und Sie werden es auch. Das waren verzweifelte Menschen, Gefangene ohne Ausweg. Für sie brach eine Welt zusammen. Die Welt, an deren Erschaffung sie mitgeholfen hatten, erwies sich als eine ganz andere Welt als die ihrer Visionen. Schrecken, von denen sie sich nie hätten träumen lassen, kamen ans Tageslicht, und doch konnten sie sich nicht von der Verantwortung dafür lossagen. Sie waren erschüttert von dem, was sie sahen, konnten aber die Rolle nicht verleugnen, die sie gespielt hatten.«

»Die Nazis, die es gut meinten«, sagte Noel. »Von denen habe ich gehört. Eine Spezies, die sich nirgends einordnen läßt.«

»Man müßte ziemlich weit in der Geschichte zurückgehen, zu den Wirtschaftskatastrophen, dem Versailler Vertrag, dem

Pakt von Locarno, den Übergriffen der Bolschewiken – zu einem Dutzend verschiedenster Ursachen –, um das zu verstehen.«

»Ich verstehe das, was ich gerade gelesen habe«, sagte Holcroft. »Ihre armen, mißverstandenen Nazis zögerten keinen Augenblick, jemanden zu bedrohen, den sie überhaupt nicht kannten! ›...wird er kein Leben mehr haben... Niemand wird verschont werden... Familie, Kinder, Freunde.‹ Das alles klingt nach Mord. Kommen Sie mir bloß nicht mit Killern, die es gut meinen.«

»Das sind die Worte alter, kranker, verzweifelter Menschen. Heute haben sie keine Bedeutung mehr. Das war ihre Art, die eigene Angst auszudrücken, Vergebung zu suchen. Jetzt sind sie nicht mehr. Lassen Sie sie in Frieden. Lesen Sie den Brief Ihres Vaters...«

»Er ist *nicht* mein Vater!« unterbrach Noel.

»Lesen Sie Heinrich Clausens Brief. Dann wird Ihnen vieles klarer sein. Lesen Sie ihn. Wir haben noch einiges zu besprechen, und die Zeit ist knapp.«

Ein Mann in einem braunen Tweedmantel und mit einem dunklen Tirolerhut stand gegenüber Wagen sieben an einer Säule. Auf den ersten Blick war in seinem leicht zu vergessenden Gesicht nichts, das ihn von der Menge unterschied, einzig vielleicht seine dichten Augenbrauen, in denen sich schwarzes und hellgraues Haar wie Pfeffer und Salz mischte.

Wenn man aber genauer hinsah, konnte man die derben, wenn auch nicht groben Züge eines sehr entschlossenen Menschen erkennen. Trotz der Windstöße, die immer wieder über den Bahnsteig fegten, blieben seine Augen unbewegt und blinzelten nicht. Er konzentrierte sich völlig auf Wagen sieben.

Durch diese Türe würde der Amerikaner herauskommen, dachte der Mann an der Säule, und dann wäre er ein ganz anderer Mensch als jener, der hineingegangen war. In den letzten paar Minuten war sein Leben auf eine Art verändert worden, wie sie nur wenige Menschen je erleben. Und doch war dies erst der Anfang; die Reise, die anzutreten er im

Begriffe war, ging über alles hinaus, was sich die heutige Welt auch nur im entferntesten vorstellen konnte. Und deshalb war es wichtig, seine erste Reaktion zu beobachten. Mehr als wichtig. Lebensnotwendig.

»Attention! Le train des sept heures...«

Das war jetzt die letzte Ansage, die über die Lautsprecher kam. Gleichzeitig rollte auf dem Nebengleis ein Zug aus Lausanne ein. In wenigen Augenblicken würde der ganze Bahnsteig von Touristen wimmeln, die für das Wochenende nach Genf strebten, so wie die Leute aus den Midlands in den Charing-Cross-Bahnhof strömten, um sich ein paar interessante Tage in London zu machen, dachte der Mann an der Säule.

Jetzt hielt der Zug aus Lausanne. Aus den Türen quoll ein Menschenstrom und überschwemmte den Bahnsteig.

Plötzlich war die Gestalt des großen Amerikaners im Vorraum von Wagen sieben zu sehen. Ein Gepäckträger, der die Koffer eines Reisenden trug, versperrte ihm an der Tür den Weg. Unter normalen Umständen hätte das vielleicht einen Wortwechsel ausgelöst. Aber die Umstände waren für Holcroft nicht normal. Er ließ keinerlei Ärger erkennen; sein Gesicht war gefaßt, reagierte nicht auf die Umgebung, die seine Augen zwar wahrnahmen, die ihn aber nicht zu betreffen schien. Es war, als wäre er von der Gegenwart völlig losgelöst; ein tiefes Erstaunen hielt ihn in Bann. Das zeigte auch die Art und Weise, wie er den dicken Umschlag an sich drückte, wie die Hand sich um seinen Rand bog, wie seine Finger sich mit solcher Gewalt in das Papier preßten, daß sie eine Faust bildeten.

Dieses Schriftstück, vor einem Menschenleben verfaßt, war die Ursache seiner Betroffenheit. Es war das Wunder, auf das *sie* gewartet hatten, für das sie gelebt hatten – der Mann an der Säule und jene, die ihm vorangegangen waren. Mehr als dreißig Jahre der Erwartung. Jetzt war es endlich ans Licht des Tages gekommen!

Die Reise hatte begonnen.

Holcroft reihte sich in den Strom aus Menschenleibern ein, der sich auf den Aufgang zu bewegte. Obwohl er von allen Seiten angerempelt wurde, nahm er die Masse überhaupt nicht zur Kenntnis, und seine Augen blickten geistesabwesend nach vorn. Ins Leere.

Plötzlich erschrak der Mann an der Säule. Jahre der Ausbildung hatten ihn gelehrt, nach dem Unerwarteten Ausschau zu halten, dem winzigen Bruch im normalen Ablauf der Dinge. Und diesen Bruch sah er jetzt. Zwei Männer, deren Gesichter ganz anders waren als die rings um sie, freudlos, ohne Neugierde oder Erwartung, nur von feindseliger Absicht erfüllt.

Sie drängten sich hintereinander durch die Menge. Ihre Augen waren auf den Amerikaner gerichtet; sie waren hinter ihm her! Der Mann vorn hatte die rechte Hand in der Tasche. Der Mann dahinter verbarg seine linke Hand an seiner Brust unter dem aufgeknöpften Mantel. Die unsichtbaren Hände umklammerten Waffen! Davon war der Mann an der Säule überzeugt.

Er löste sich mit einem Satz von dem Betonpfeiler und warf sich in die Menge. Es galt jetzt, keine Sekunde zu verlieren. Die beiden Männer rückten Holcroft näher. Sie hatten es auf den Umschlag abgesehen! Das war die einzige Erklärung ihrer Zielstrebigkeit. Und das bedeutete, daß die Nachricht von dem Wunder irgendwo durchgesickert war! Das Schriftstück in jenem Umschlag hatte einen unschätzbaren Wert. Im Vergleich damit war das Leben des Amerikaners von solcher Belanglosigkeit, daß die beiden keinen Gedanken daran verschwenden würden, dieses auszulöschen. Die Männer, die Holcroft immer näherkamen, würden ihn, ohne zu *denken*, um des Umschlags willen töten, so als entfernten sie ein lästiges Insekt von einem Goldbarren. Und *das* war gedankenlos! Was sie nicht wußten, war, daß das Wunder ohne den Sohn Heinrich Clausens nicht geschehen würde!

Sie waren jetzt nur noch wenige Meter von ihm entfernt! Der Mann mit den schwarzweiß gesprenkelten Augenbrauen stürzte sich wie ein wildes Tier durch den Strom der Touristen. Er stieß mit Leuten und Gepäck zusammen, fegte alles und jeden beiseite. Als er den Killer, dessen Hand immer noch unterm Mantel verborgen war, erreichte, schob er die Hand in die Tasche. Er griff nach seiner Pistole und brüllte:

»Du suchst Clausens Sohn! Das Genfer Dokument!«

Der Killer hatte bereits die Hälfte des Aufgangs hinter sich, nur noch wenige Meter trennten ihn von dem Amerikaner. Er hörte die Worte, die ein Fremder ihm zubrüllte, und fuhr herum, die Augen vor Schrecken geweitet.

Der Menschenstrom schob sich schnell in Richtung Bahnsteigsperre, floß um die zwei offensichtlichen Feinde herum. Angreifer und Beschützer standen jetzt wie in einer Miniaturarena, standen sich gegenüber. Der Beschützer betätigte den Abzug der Waffe in seiner Tasche, drückte dann noch einmal ab. Die spuckenden Laute waren kaum zu hören, als das Tuch des Mantels zerriß. Zwei Kugeln bohrten sich in den Körper des Mannes, der Holcroft hatte angreifen wollen, eine in den Unterleib und die andere in den Hals. Die erste ließ den Mann sich zusammenkrümmen, die zweite riß seinen Kopf zurück, fetzte seine Kehle auf.

Das Blut schoß mit solcher Gewalt aus der Halswunde, daß es die Gesichter der Menschen um ihn besudelte wie auch ihre Kleider und Koffer. Es spritzte auf den Boden, bildete Pfützen und Rinnsale zwischen ihren Schuhen. Schreckensschreie erfüllten die Luft.

Der Beschützer spürte, wie eine Hand ihn an der Schulter packte, sich in sein Fleisch bohrte. Er fuhr herum; der zweite Angreifer bedrohte ihn jetzt, aber er hielt keine Pistole in der Hand: die Klinge eines Jagdmessers zuckte auf ihn zu.

Ein Amateur, dachte der Beschützer, während seine Reaktionen – Instinkte, in Jahren der Ausbildung entwickelt – automatisch abliefen. Blitzschnell trat er zur Seite – wie ein Stierkämpfer, der den Hörnern ausweicht – und umklammerte mit der linken Hand das Handgelenk des Angreifers, riß die Rechte aus der Tasche und packte die Finger, die sich um den Messergriff krampften. Er bog das Handgelenk nach unten, quetschte die Finger wie im Schraubstock fest, daß die Haut aufplatzte, und drückte die Klinge nach innen. Er stieß sie dem Mann in das weiche Fleisch seines Unterleibs und zog den scharfen Stahl schräg nach oben gegen den Brustkasten, trennte die Herzarterien ab. Das Gesicht des Mannes verzerrte sich; ein schrecklicher Schrei hob an und wurde vom Tod erstickt.

Der Höllenlärm steigerte sich zum Chaos. Das viele Blut

überall scheuchte die Menschen in Hysterie auseinander. Der Beschützer wußte genau, was zu tun war. Er warf wie in Panik die Hände hoch, wie außer sich über den Anblick von Blut auf seinen Kleidern, und mischte sich unter die hysterische Menge, die wie eine Herde erschreckter Schafe nach allen Seiten davonstob.

Er rannte den Aufgang hinauf, an dem Amerikaner vorbei, dessen Leben er gerade gerettet hatte.

Holcroft hörte die Schreie. Sie durchdrangen die betäubenden Nebel, von denen er sich eingehüllt fühlte: Dunstwolken, die um ihn herumwirbelten, sich wie Schleier vor seine Augen legten und ihm das Denken unmöglich machten.

Er versuchte, zum Zentrum des Schreckens vorzudringen, aber die hysterische Menge hinderte ihn daran. Er wurde den Aufgang hinaufgeschoben und gegen eine Betonmauer gedrückt, die als Geländer diente. Er hielt sich daran fest und blickte zurück, konnte sich aber kein Bild davon machen, was passiert war. Er sah, wie ein Mann dort unten sich nach hinten bog, sah das Blut aus seiner Kehle hervorschießen, sah, wie ein zweiter Mann vorwärts stürzte, den Mund vor Schmerz verzerrt, und dann konnte Noel nichts mehr erkennen, weil die Flut der Leiber ihn weiter nach oben spülte.

Ein Mann rannte an ihm vorbei, rempelte ihn an der Schulter an. Holcroft drehte sich herum und fing gerade noch einen verschreckten Blick unter einem Paar dichter, schwarzweiß gesprenkelter Brauen auf.

Eine Gewalttat hatte sich ereignet. Aus einem versuchten Raub war mehr geworden, Körperverletzung, vielleicht sogar Totschlag. Das friedliche Genf war ebensowenig gegen Gewalt gefeit wie die wilden Straßen des nächtlichen New York oder die armseligen Gassen von Marrakesch.

Aber Noel konnte sich nicht mit solchen Gedanken aufhalten. Er durfte sich da nicht hineinziehen lassen. Für ihn galt es jetzt, andere Dinge zu bedenken. Die Nebel der Benommenheit kehrten zurück. Und durch die Nebel begriff er vage, daß sein Leben nie wieder so wie zuvor sein würde.

Er umfaßte den Umschlag fester und ließ sich von der schreienden Masse mitreißen, der Bahnsteigsperre entgegen.

3.

Die riesige Düsenmaschine überflog die Kap-Breton-Insel und kippte dann leicht nach links ab, wechselte auf die neue Höhe und Flugroute. Der Kurs ging jetzt nach Südwesten, auf Halifax und Boston zu und dann nach New York.

Holcroft hatte die meiste Zeit in der Lounge über dem Passagierraum verbracht, in einem Sessel für sich in der rechten hinteren Ecke, wo sein schwarzer Aktenkoffer an der Wand lehnte. Es war dort leichter, sich zu konzentrieren, und dort war es auch unwahrscheinlich, daß der Blick eines Mitreisenden auf die Papiere fiel, die er las und immer wieder las.

Er hatte mit dem Brief von Heinrich Clausen angefangen, diesem unglaublichen Dokument. Die Information, die der Brief enthielt, war so alarmierend, daß Manfredi ihm gegenüber den Wunsch des gesamten Direktoriums der Grande Banque zum Ausdruck gebracht hatte, er solle vernichtet werden. Er enthüllte nämlich pauschal die Herkunft der Millionen, die vor drei Jahrzehnten in Genf angelegt worden waren. Obwohl die meisten Mittelsmänner juristisch nicht mehr belangt werden konnten – Diebe und Mörder, die den Staatsschatz einer Regierung stahlen, die selbst von Dieben und Mördern geleitet wurde –, gab es doch noch einige, die dem Zugriff der Behörden keineswegs entzogen waren. Während des ganzen Krieges hatte Deutschland geplündert, innerhalb und außerhalb seiner Grenzen.

Innerhalb der Grenzen hatte man konfisziert; die Besiegten außerhalb unbarmherzig bestohlen. Wenn diese Räubereien jetzt ans Licht gezerrt wurden, konnte der Internationale Gerichtshof in Den Haag die Mittel auf Jahre hinaus einfrieren, während endlose Prozesse geführt wurden.

»Vernichten Sie den Brief«, hatte Manfredi in Genf gesagt. »Er sollte Ihnen nur die Gründe seines Handelns begreiflich machen. Die Kenntnis seiner Methoden bringt Ihnen überhaupt nichts. Aber es gibt Leute, die möglicherweise versuchen, Ihnen in die Quere zu kommen. Schließlich geht es hier um Hunderte von Millionen.«

Noel las den Brief jetzt vielleicht zum zwanzigstenmal. Jedesmal versuchte er, sich dabei ein Bild von dem Mann zu machen, der ihn geschrieben hatte. Sein leiblicher Vater. Er hatte keine Ahnung, wie Heinrich Clausen ausgesehen hatte; seine Mutter hatte sämtliche Fotografien vernichtet, alle Briefe und Aufzeichnungen, jeglichen Hinweis auf den Mann, den sie mit ihrem ganzen Wesen haßte.

Berlin, 20. April 1945

MEIN SOHN

Ich schreibe diese Zeilen, während an allen Fronten die Armeen des Reiches zusammenbrechen. Berlin wird bald fallen, eine Stadt, in der überall das Feuer lodert und der Tod wütet. So sei es. Ich will keinen Augenblick auf das verschwenden, was war oder was hätte sein können. Ich will nicht reden von korrumpierten Ideen und dem Triumph des Bösen über das Gute infolge des Verrats moralisch bankrotter Führer. Vorwürfe, die in der Hölle geboren werden, sind verdächtig, und nur zu leicht schreibt man sie dem Teufel zu.

Statt dessen sollen meine Taten für mich sprechen. Vielleicht findest Du in ihnen einen Rest von Stolz. Darum bete ich.

Wir müssen für Wiedergutmachung sorgen, davon bin ich jetzt fest überzeugt. Ebenso wie meine zwei liebsten Freunde, die in dem beigefügten Schriftstück genannt werden. Wiedergutmachung für unser Vernichtungswerk, für so ruchlose Taten, daß die Welt sie nie vergessen wird. Und nie verzeihen. Wir haben das, was wir inzwischen getan haben, getan, um wenigstens teilweise Vergebung zu finden.

Vor fünf Jahren hat Deine Mutter eine Entscheidung getroffen, die ich nicht begreifen konnte, so blind war ich damals der Bewegung und der neuen Ordnung ergeben. Vor zwei Wintern – im Februar 1943 – erwiesen sich die Worte, die sie im Zorn sprach und die ich hochmütig als Lügen abtat, die jene ihr eingeflößt hatten, die das Vaterland verachteten, erwiesen sich jene Worte als wahr. Man hatte uns getäuscht, uns, die wir in den höchsten Kreisen der Finanz und der Politik tätig waren. Seit zwei Jahren schon ist es klar, daß Deutschland besiegt werden wird. Wir redeten uns ein, es werde anders kommen, aber in unserem Herzen wußten wir, daß es so war. Andere wußten es auch. Das Schreckliche trat ans Licht, die Täuschung wurde immer deutlicher.

Vor fünfundzwanzig Monaten ersann ich einen Plan und sicherte mir die Hilfe meiner lieben Freunde im Finanzministerium. Sie unterstützten mich bereitwillig. Unser Ziel war es, riesige Geldbeträge in die neutrale Schweiz umzulenken, Mittel, die eines Tages dazu eingesetzt werden konnten, jenen Tausenden und Abertausenden Hilfe und Unterstützung zuteil werden zu lassen, deren Leben durch gemeine Verbrechen zerstört worden waren, die Tiere im Namen Deutschlands begangen hatten, Tiere, die nichts von deutscher Ehre wußten.

Jetzt wissen wir um die Lager. Ihre Namen werden wie Fanale des Bösen in die Geschichte eingehen. Belsen, Dachau, Auschwitz.

Wir haben von den Massenexekutionen gehört, von den hilflosen Männern, Frauen und Kindern, die man vor Gräben stellte, die sie mit eigenen Händen hatten graben müssen, und die dann hingeschlachtet wurden.

Wir haben von den Öfen gehört – o Gott im Himmel –, Öfen für menschliches Fleisch! Von den Duschen, aus denen nicht reinigendes Wasser, sondern tödliches Gas sprühte. Von schrecklichen, obszönen Experimenten, die Wahnsinnige an menschlichen Wesen bei vollem Bewußtsein durchführten, Wahnsinnige, die sich einer Medizin verschrieben hatten, wie sie Menschen unbekannt ist. Unser Herz blutet bei dieser Vorstellung und unsere Augen drohen zu bersten, aber unsere Tränen können nichts bewirken. Doch unser Geist ist nicht so hilflos. Wir können Pläne machen.

Wir müssen für Wiedergutmachung sorgen.

Leben können wir nicht wiederherstellen. Wir können das nicht zurückbringen, was so brutal, so bösartig genommen wurde. Aber wir können all jene suchen, die überlebten, und die Kinder jener, ob sie nun überlebten oder hingeschlachtet worden sind, und können dann tun, was wir können. Auf der ganzen Welt muß man sie suchen und ihnen zeigen, daß wir nicht vergessen haben. Wir empfinden tiefe Scham und wollen helfen. Auf jede nur mögliche Weise. Zu diesem Zweck haben wir das getan, was wir getan haben. Ich glaube keinen Augenblick lang, daß unser Handeln uns von unseren Sünden reinwaschen kann, von jenen Verbrechen, an denen wir, ohne es zu wissen, beteiligt waren. Und doch tun wir, was wir können – ich tue, was ich kann –, jeden Augenblick von der Einsicht Deiner Mutter geplagt. Warum, o ewiger Gott, warum habe ich nicht auf jene große, gute Frau gehört?

Doch zurück zu unserem Plan.

Unter Zugrundelegung des amerikanischen Dollars als Währungsparität war ein Betrag von zehn Millionen monatlich unser Ziel, eine Zahl, die überhöht erscheinen mag, es aber nicht ist, bedenkt man, welch ungeheuere Kapitalmengen im Krieg durch das Labyrinth des Finanzministeriums flossen. Wir haben unser Ziel übertroffen.

Durch das Finanzministerium beschafften wir unsere Mittel aus Hunderten von Quellen im Reich und außerhalb des Reiches, überall eben innerhalb der sich stets ausweitenden Grenzen Deutschlands. Steuergelder wurden in andere Kanäle gelenkt, riesige Ausgaben seitens des Reichsministeriums für Bewaffnung und Munition für nicht existente Kaufverträge getätigt, Löhnung für Soldaten wurde umgeleitet, und Gelder, die in die besetzten Gebiete geschickt wurden, verschwanden einfach, gingen verloren. Gelder von enteigneten Anwesen und aus den großen Vermögen, den Fabriken und den Privatgesellschaften fanden ihren Weg nicht in den Wirtschaftskreislauf des Reiches, sondern wanderten auf unsere Konten. Erlöse aus den Verkäufen von Kunstgegenständen aus Dutzenden von Museen überall in den besetzten Gebieten wurden unserer Sache zugeführt. Es war ein meisterhafter Plan, der auch meisterhaft durchgeführt wurde. Alles Risiko, das wir auf uns nahmen, all das Schreckliche, das wir fürchteten – und das täglich –, war belanglos im Vergleich zu unserem unerschütterlichen Glauben: wir müssen für Wiedergutmachung sorgen.

Und doch darf kein Plan als erfolgreich bezeichnet werden, solange sein Ziel nicht endgültig erreicht ist. Eine militärische Strategie, die zur Einnahme eines Hafens führt, der dann einen Tag darauf einer Invasion über See zum Opfer fällt, ist überhaupt keine Strategie. Man muß alle nur möglichen Angriffspunkte bedenken, alle Störmöglichkeiten, die die eigene Strategie scheitern lassen könnten. Man muß die Veränderungen, die die Zeit mit sich bringen wird, vorhersehen, so gründlich und so sorgfältig dies möglich ist, und muß das bis dahin erreichte Ziel schützen. Im Grunde genommen muß man die Zeit dazu *benutzen*, seine Strategie zu sichern. Wir haben uns vermittels der in dem beigefügten Dokument näher geschilderten Umstände darum bemüht.

Möge der allmächtige Gott es erlauben, daß wir den Opfern oder den sie Überlebenden früher helfen können, als unsere Vorherschau verspricht, aber dies zu tun, hieße die Aufmerksamkeit auf die Summen lenken, die wir uns angeeignet haben. Und dann könnte *alles* verloren sein. Ein Menschenalter muß vergehen, damit unsere Strategie Erfolg haben kann. Selbst dann ist es noch riskant, aber die Zeit wird das Risiko bis dahin gemindert haben.

Die Luftschutzsirenen heulen ihr ewiges Lied. Weil ich gerade von Zeit spreche, davon bleibt jetzt nur noch sehr wenig. Denn ich und meine zwei Kollegen, wir warten nur noch auf die Bestätigung, daß dieser Brief Zürich über einen Kurier im Untergrund erreicht hat. Nach Erhalt dieser Nachricht haben wir unsere eigene Vereinbarung. Unseren Pakt mit dem Tod von eigener Hand.

Erhöre mein Gebet. Hilf uns Buße tun. Wir müssen für Wiedergutmachung sorgen.

Dies ist unser Vertrag, mein Sohn. Mein einziger Sohn, den ich nie gekannt habe, dem ich aber so viel Leid gebracht habe. Befolge jetzt meinen Wunsch, respektiere ihn, denn was ich von Dir verlange, ist etwas Ehrenwertes.

Dein Vater
HEINRICH CLAUSEN

Holcroft legte den Brief mit der Schrift nach unten auf den Tisch und blickte zum Fenster hinaus in den blauen Himmel über den Wolken. In weiter Ferne waren die Kondensstreifen eines anderen Flugzeugs zu erkennen; er folgte mit den Augen dem Streifen, bis er den winzigen silbernen Schimmer sehen konnte, der das andere Flugzeug war.

Er dachte über den Brief nach. Erneut. Die Worte klangen sentimental, es waren Worte aus einer anderen Zeit, melodramatische Formulierungen. Das schwächte den Brief nicht ab, keineswegs, es verlieh ihm eher eine gewisse Überzeugungskraft. Clausens Redlichkeit stand außer Zweifel; seine Empfindungen waren echt.

Was die Zeilen jedoch nur teilweise vermittelten, war die Brillanz des Planes selbst. Brillant in seiner Einfachheit, außergewöhnlich in seinem Ausnützen der Zeit und der Gesetze der Bankwelt, um gleichzeitig die Durchführung des Plans und den Schutz der Beute sicherzustellen. Denn die drei Männer begriffen, daß Summen Geldes von der Größenordnung, wie sie sie gestohlen hatten, nicht einfach in einem See versenkt oder in einem Panzerschrank vergraben werden konnten. Die Hunderte von Millionen mußten auf dem Finanzmarkt existieren, mußten frei sein von der Gefahr irgendwelcher Währungsänderungen oder von Maklern, die fallende Papiere verkaufen mußten.

Also galt es, das Geld in harter Währung zu deponieren, und die Verantwortung für seine Sicherheit mußte einer der am höchsten geschätzten Institutionen der Welt übertragen werden.

La Grande Banque de Genève. Eine solche Institution würde nicht – konnte einfach nicht – zulassen, daß die Liquidität gefährdet wurde. Sie war gleichsam ein Fels im wogenden Meer der internationalen Wirtschaft. Alle Bedingungen ihres Vertrages mit den Depositären würden auf den Buchstaben genau befolgt werden. Alles mußte in den Augen der Schweizer Gesetze streng legal sein. Geheim – wie es in diesem Gewerbe üblich war –, aber in bezug auf existierende Vorschriften niet- und nagelfest, und damit auch zeitgemäß. Die Zielsetzung des Vertrages – des Dokuments – durfte nicht in Gefahr geraten, mußte getreulich erfüllt werden.

Korruption oder Mißbrauch waren auszuschließen. Dreißig Jahre... *fünfzig* Jahre ... in der Zeitrechnung der Finanzwelt war das in der Tat eine sehr kurze Spanne.

Noel beugte sich vor und öffnete seinen Aktenkoffer. Er schob den Brief hinein und holte das Dokument der Grande Banque de Genève heraus. Es befand sich in einer Ledermappe, geborgen wie ein Letzter Wille, ein Testament – was es schließlich auch war – und noch einiges mehr. Er löste die Lasche, so daß er den Deckel aufklappen konnte und die erste Seite des Dokuments vor sich hatte.

Sein »Vertrag«, überlegte Holcroft.

Er überflog die Worte und Paragraphen, die ihm jetzt so vertraut waren, legte die Seiten dabei um und konzentrierte sich auf das Wesentliche.

Clausens zwei Kollegen bei dem riesigen Diebstahl hießen Erich Kessler und Wilhelm von Tiebolt. Die Namen waren wichtig, weniger um die zwei Männer selbst zu identifizieren, als vielmehr darum, das älteste Kind eines jeden ausfindig zu machen und mit ihm Kontakt aufzunehmen. Das war die erste Bedingung des Schriftstücks. Obwohl der einstweilen eingetragene Besitzer des Nummernkontos ein gewisser Noel C. Holcroft, amerikanischer Staatsbürger, war, durften Mittel nur nach Unterschrift aller drei ältesten Kinder herausgegeben werden. Und auch dann nur, wenn jedes Kind die Direktoren der Grande Banque davon überzeugte, daß er oder sie die Bedingungen und Ziele akzeptierte, die die Väter des Vertrags für die Zuweisung der Gelder getroffen hatten.

Wenn hingegen diese Abkömmlinge die Schweizer Direktoren nicht zufriedenstellten oder von ihnen für geschäftsunfähig gehalten wurden, sollten ihre Brüder und Schwestern unter die Lupe genommen und beurteilt werden. Kam man bezüglich *aller* Kinder zu dem Schluß, sie seien der Verantwortung nicht gewachsen, dann würden die Millionen noch ein Menschenalter liegenbleiben, und danach würden die Testamentsvollstrecker und die jetzt noch ungeborenen leiblichen Nachkommen der beiden Familien weitere versiegelte Instruktionen öffnen. Holcroft lief es eisig über den Rücken: *noch ein Menschenalter*.

Der legitime Sohn von Heinrich Clausen ist jetzt als Noel Holcroft bekannt, ein Kind, das bei seiner Mutter und einem Stiefvater in Amerika lebt. Genau zu dem Zeitpunkt, den die Direktoren von La Grande Banque de Genève gewählt haben – nicht weniger als dreissig Jahre und nicht mehr als fünfunddreissig – ist mit besagtem legitimen Sohn von Heinrich Clausen Verbindung aufzunehmen und ihm seine Verantwortung zu erklären. Er seinerseits muss seine Miterben und das Konto gemäss den festgelegten Bedingungen aktivieren. Er soll auch der Mittelsmann sein, durch den die Gelder an die Opfer

DES MASSENSTERBENS AUSGEGEBEN WERDEN SOLLEN. SIE UND IHRE FAMILIEN UND ALLE ÜBERLEBENDEN NACHKOMMEN...

Die drei Männer begründeten, weshalb sie Clausens Sohn als Vermittler ausgewählt hatten. Das Kind gehörte jetzt einer wohlhabenden Familie von gesellschaftlichem Rang an... einer *amerikanischen* Familie, die über jedem Verdacht stand. Alle Hinweise auf die erste Ehe seiner Mutter und ihre Flucht aus Deutschland waren von dem ihr ergebenen Richard Holcroft vertuscht worden. Man wußte, daß in diesem Sinne in London für einen männlichen Säugling namens Clausen unter dem Datum vom 17. Februar 1942 ein Totenschein ausgestellt worden war und dann anschließend in New York City eine Geburtsurkunde für das männliche Kind Holcroft. Die folgenden Jahre würden das Ihre dazu tun, die Ereignisse immer mehr verblassen zu lassen undschließlich ganz auszulöschen. Der männliche Säugling Clausen würde eines Tages der Mann Holcroft *werden*, ohne sichtbare Beziehung zu seinem Ursprung. Und doch konnte man diesen Ursprung nicht leugnen, und deshalb war er die perfekte Wahl. Er erfüllte sowohl die Voraussetzungen als auch die Zielsetzungen des Dokuments.

Eine internationale Agentur sollte in Zürich eingerichtet werden und als Zentrale für die Verteilung der Mittel dienen. Die Herkunft der Mittel sollte für immer geheim bleiben. Sollte es sich als notwendig erweisen, daß jemand als Sprecher auftrat, so sollte diese Aufgabe Holcroft zufallen, denn die anderen durften nie namentlich erwähnt werden. Niemals. Sie waren die Kinder von Nazis, und wenn das ruchbar wurde, so würde dies unzweifelhaft zu Forderungen führen, das Konto zu überprüfen und die verschiedenen Quellen, aus denen es gespeist worden war, bekanntzugeben. Und wenn es dazu kam, wenn auch nur Andeutungen auf die Herkunft der Gelder nach außen drangen, würde man sich an vergessene Konfiskationen und Räubereien erinnern. Die internationalen Gerichte würden von einer Flut von Prozessen überschwemmt werden.

Aber wenn der Sprecher ein Mann ohne den Makel des Nazis war, gab es keinen Anlaß zur Unruhe, keine Untersuchungen, keine Forderungen, in der Vergangenheit herumzuwühlen oder gar Prozesse anzustrengen. Er würde im Einklang mit den anderen handeln, und jeder besäße in allen Entscheidungen eine Stimme, aber er allein wäre sichtbar. Die Kinder von Erich Kessler und Wilhelm von Tiebolt sollten anonym bleiben.

Noel fragte sich, was für Menschen Kesslers und von Tiebolts Kinder wohl sein mochten. Er würde es bald erfahren.

Die Bedingungen am Ende des Dokuments waren nicht weniger erstaunlich als alles Vorangegangene. Alle Gelder sollten binnen *sechs Monaten* nach Freigabe des Kontos zugeteilt werden. Diese Auflage würde den vollen Einsatz aller drei Nachkommen erfordern, und genau das war es auch, was die Depositäre forderten: vollen Einsatz für die Sache. Das aber war ein Eingriff in die Lebensläufe der Ausführenden und würde Opfer verlangen. Dieser Einsatz mußte bezahlt werden. Deshalb sollte am Ende der sechs Monate und nach der erfolgreichen Zuteilung der Mittel an die Opfer des Naziregimes die Zürcher Agentur ihre letzte Aufgabe erfüllen und an jeden der drei Nachkommen die Summe von zwei Millionen Dollar auszahlen.

Sechs Monate. Zwei Millionen Dollar.

Zwei Millionen.

Noel überlegte, was das persönlich und beruflich für ihn bedeutete. Das hieß Freiheit. Manfredi hatte in Genf gesagt, er sei talentiert. Er *war* talentiert, aber sein Talent ging häufig im Endprodukt unter. Er hatte Aufträge annehmen müssen, die er lieber abgelehnt hätte, hatte in seiner Arbeit Kompromisse eingehen müssen, wo der Architekt in ihm anders gehandelt hätte; und umgekehrt war er gezwungen gewesen, Aufträge, an denen ihm gelegen war, aus finanziellen Gründen abzulehnen. Er war im Begriff, zum Zyniker zu werden.

Nichts war von Dauer; die Amortisation ging Hand in Hand mit Wertminderung. Niemand wußte das besser als ein Architekt, der einmal ein Gewissen gehabt hatte. Vielleicht würde er sein Gewissen wiederfinden. Wenn er frei war. Mit den zwei Millionen.

Holcroft staunte über den Weg seiner Gedanken. Er hatte seine Entscheidung getroffen, was er eigentlich erst nach gründlicher Überlegung vorgehabt hatte. Alles hatte er bedenken wollen. Und doch wollte er jetzt ein abhanden gekommenes Gewissen mit Geld zurückhaben, das von sich weisen zu können er überzeugt gewesen war.

Was für Menschen waren sie, die ältesten Kinder von Erich Kessler und Wilhelm von Tiebolt? Das eine war eine Frau; das andere ein Mann, ein Wissenschaftler. Aber abgesehen von diesen Unterschieden in Geschlecht und Beruf: sie waren Teil von etwas gewesen, das er nie gekannt hatte. Sie waren dabeigewesen, hatten es gesehen. Keiner von beiden war zu jung gewesen, um sich nicht daran zu erinnern. Beide hatten sie in jener fremdartigen, dämonischen Welt des Dritten Reiches gelebt. Da gab es so viele Fragen, die er ihnen würde stellen müssen.

Fragen?

Er hatte seine Entscheidung getroffen. Er hatte Manfredi gesagt, er brauche Zeit – mindestens ein paar Tage –, ehe er sich entscheiden konnte.

»Haben Sie denn wirklich eine Wahl?« hatte ihn der Schweizer Bankier gefragt.

»Selbstverständlich habe ich die«, hatte Noel geantwortet. »Ich stehe nicht zum Verkauf, gleichgültig, wie die Umstände auch liegen. Und Drohungen, die vor dreißig Jahren von Verrückten ausgestoßen wurden, machen mir keine Angst.«

»Das sollen sie auch nicht. Sprechen Sie mit Ihrer Mutter darüber.«

»*Was?*« Holcroft staunte. »Sie haben doch gesagt...«

»Völlige Geheimhaltung? Ja, aber Ihre Mutter ist die einzige Ausnahme.«

»Warum? Ich hätte geglaubt, sie wäre die Letzte...«

»Sie ist die Erste. Und die Einzige. Sie wird schweigen.«

Manfredi hatte recht gehabt. Wenn er sich für ein Ja entschied, mußte er die Arbeiten seines Büros auf eine Weile unterbrechen und herumreisen, um Verbindung mit den Nachkommen Kesslers und von Tiebolts aufzunehmen. Das würde die Neugierde seiner Mutter wecken; und sie war nicht die Frau, ihre Neugierde zu unterdrücken. Sie würde Erkundigungen einziehen, und wenn sie zufällig – auch wenn die Wahrscheinlichkeit gering war – auf Informationen über die Millionen in Genf und Heinrich Clausens Rolle in dem gigantischen Diebstahl stieß, würde sie sehr heftig reagieren. Ihre Erinnerung an die paranoiden Verbrecher des Dritten Reiches waren ihrem Bewußtsein unauslöschbar eingeprägt. Wenn sie mit irgendwelchen Verlautbarungen an die Öffentlichkeit trat, würden die internationalen Gerichte die Gelder auf Jahre blockieren.

»Und wenn sie sich nicht überzeugen läßt?«

»Sie müssen sich eben Mühe geben. Der Brief ist überzeugend. Und wenn es nötig sein sollte, schalten wir uns ein. Jedenfalls ist es besser, wenn wir ihre Haltung von Anfang an kennen.«

Was für eine Haltung mochte das sein? Althene war alles andere als die typische Mutter, zumindest nach seiner eigenen Vorstellung von Müttern. Er hatte schon sehr früh im Leben erkannt, daß Althene anders war. Sie paßte nicht in das Schema einer wohlhabenden New Yorker Matrone. Die Äußerlichkeiten waren alle vorhanden oder waren es gewesen: die Pferde, die Boote, die Weekends in Aspen und in den Hamptons; aber es fehlte ihr das krampfhafte Bemühen, von immer mehr Leuten akzeptiert zu werden und gesellschaftliche Macht auszuüben.

Sie hatte das alles schon hinter sich. Sie hatte in den turbulenten dreißiger Jahren in Europa gelebt, eine junge, sorglose Amerikanerin, deren Familie nach der Depression noch etwas übrig hatte und sich fern ihrer weniger glücklichen Landsleute wohler fühlte. Sie hatten den englischen Hof ebenso wie die Emigranten-Salons in Paris gekannt... und die schneidigen jungen Erben Deutschlands. Und aus jenen Jahren, die von Liebe, Erschöpfung, Abscheu und Wut geprägt waren, stammte ihre heitere Gelassenheit.

Althene war ein ganz besonderer Mensch, Freundin ebenso wie Mutter, wobei ihre Freundschaft nicht der dauernden Beteuerung bedurfte. Tatsächlich, dachte Holcroft, war sie ihm mehr Freundin als Mutter, eine Rolle, in der sie sich nie ganz wohl fühlte.

»Ich habe zu viele Fehler gemacht, mein Lieber«, hatte sie

einmal lachend zu ihm gesagt, »um eine Autorität zu übernehmen, die nur auf Biologie beruht.«

Jetzt würde er sie bitten, sich dem Andenken eines Mannes zu stellen, den zu vergessen sie sich während eines großen Teils ihres Lebens alle Mühe gegeben hatte. Würde sie Angst davor haben? Das war unwahrscheinlich. Würde sie an den Zielen des Dokumentes zweifeln, das Ernst Manfredi ihm gegeben hatte? Doch wie konnte sie das, wenn sie den Brief von Heinrich Clausen gelesen hatte? Woran auch immer sie sich erinnerte, seine Mutter war eine intelligente, einsichtige Frau. Alle Menschen konnten sich ändern, konnten Gewissensbisse bekommen. Das würde sie akzeptieren müssen, wie widerwärtig ihr das auch in diesem speziellen Fall sein mochte. Das Weekend hatte begonnen, morgen war Sonntag. Seine Mutter und sein Stiefvater verbrachten die Wochenenden in ihrem Landhaus in Bedford Hills. Er würde gleich morgen hinfahren und das notwendige Gespräch führen.

Und am Montag würde er die ersten Schritte tun auf einer Reise, die ihn wieder in die Schweiz zurückführte. Zu einer bis jetzt unbekannten Agentur in Zürich. Am Montag beginne die Jagd.

Noel rief sich den letzten Teil seines Gesprächs mit Manfredi ins Gedächtnis zurück.

»Die Kesslers hatten zwei Söhne. Der älteste, Erich – der nach dem Vater benannt wurde –, ist Professor für Geschichte an der Universität in Berlin. Der jüngere Bruder, Hans, ist Arzt in München. Nach allem, was wir wissen, genießen beide in ihrer Umgebung einen ausgezeichneten Ruf. Sie stehen sich sehr nahe. Wenn Erich von der Sache erfährt, besteht er vielleicht darauf, daß sein Bruder auch mit ins Vertrauen gezogen wird.«

»Ist das erlaubt?«

»In dem Dokument steht nichts, was es verbietet. Aber die Vergütung bleibt dieselbe, und jede Familie hat in allen Entscheidungen nur eine Stimme.«

»Was ist mit den von Tiebolts?«

»Das ist eine andere Geschichte, fürchte ich. Die könnten für Sie problematisch sein. Die Mutter und zwei Kinder flohen nach dem Krieg nach Rio de Janeiro. Vor fünf oder sechs Jahren sind sie verschwunden. Buchstäblich. Die Polizei verfügt über keinerlei Informationen. Keine Adresse, keine Geschäftsverbindungen und keine Eintragungen in irgendeiner größeren Stadt. Und das ist ungewöhnlich; die Mutter war eine Zeitlang recht erfolgreich. Niemand scheint zu wissen, was geschehen ist, oder wenn es jemand weiß, ist er nicht bereit, es zu sagen.«

»Sie sagten zwei Kinder. Wer sind sie?«

»Tatsächlich gibt es drei Kinder. Das jüngste, eine Tochter, Helden, ist nach dem Krieg in Brasilien geboren, offensichtlich in den letzten Tagen des Reiches gezeugt. Das älteste ist ebenfalls eine Tochter, Gretchen. Das mittlere Kind ist Johann, der Sohn.«

»Sie sagen, sie seien verschwunden?«

»Vielleicht ist das zu dramatisch formuliert. Wir sind Bankiers, keine Detektive. Unsere Nachforschungen waren nicht allzu gründlich. Und Brasilien ist ein großes Land. *Ihre* Nachforschungen müssen gründlich sein. Die Nachkommen beider Männer müssen gefunden und gründlich überprüft werden. Das ist die erste Bedingung in dem Dokument; wenn die nicht erfüllt wird, wird das Konto nicht freigegeben.«

Holcroft schloß die Ledermappe mit dem Dokument und schob sie in seinen Aktenkoffer. Dabei berührte seine Hand das Blatt mit dem Text in Blockschrift, den die Überlebenden der Wolfsschanze vor dreißig Jahren verfaßt hatten. Manfredi hatte recht. Es waren kranke, alte Männer, die versuchten, ihre letzte, verzweifelte Rolle in einem Drama der Zukunft zu spielen, die sie kaum verstanden. Wenn sie sie verstanden hätten, dann hätten sie an den ›Sohn Heinrich Clausens‹ appelliert, nicht ihn bedroht. Die Drohung war das Rätselhafte. Warum die Drohung? Zu welchem Zweck? Aber auch hier mochte Manfredi recht haben. Das seltsame Papier hatte heute keine Bedeutung mehr. Es galt, andere Dinge zu überlegen.

Holcroft fing den Blick der Stewardeß auf, die an einem Tisch mit zwei Männern plauderte, und bedeutete ihr mit einer Handbewegung, daß er noch einen Scotch wolle. Sie lächelte freundlich, nickte und gab zu verstehen, daß sein Drink gleich komme. Er wandte sich wieder seinen Gedanken zu.

Die unvermeidlichen Zweifel drängten an die Oberfläche.

War er bereit, praktisch ein Jahr seines Lebens einem Projekt zu widmen, das so ungeheuerlich war, daß er sich zuerst vergewissern mußte, ob er das Zeug dazu hatte, ehe er daran denken konnte, die Kinder Kesslers und von Tiebolts zu überprüfen – falls er die letzteren überhaupt fand. Manfredis Worte hallten in seinem Ohr. *Haben Sie denn wirklich eine Wahl?* Diese Frage ließ sich ebenso mit Ja wie mit Nein beantworten. Die zwei Millionen, die Freiheit für ihn bedeuteten, stellten eine Versuchung dar, der schwer zu widerstehen war, aber er würde das schaffen. Er war unzufrieden, ohne Zweifel, aber beruflich liefen die Dinge gut. Allmählich verbreitete sich sein Ruf. Immer mehr Auftraggeber anerkannten seine Fähigkeiten und erzählten möglichen neuen Auftraggebern von ihm. Was geschähe, wenn er plötzlich aufhörte? Welche Wirkung hätte es, wenn er sich Knall auf Fall von einem Dutzend Projekten zurückzog, um die er sich beworben hatte? Auch das waren Fragen, die es gründlich zu überlegen galt; er war kein Mensch, der nur ans Geld dachte.

Und doch begriff Noel, während seine Gedanken schweiften, wie nutzlos diese Gedanken waren. Verglichen mit seinem ›Vertrag‹ waren diese Fragen belanglos. Ganz gleich, wie seine persönlichen Lebensumstände sein mochten, die Verteilung von Millionen an die Überlebenden einer Unmenschlichkeit, wie sie die Geschichte bisher nicht gekannt hatte, war seit langem überfällig; das war eine Verpflichtung, die man nicht so einfach von sich schieben konnte. Eine Stimme hatte über die Jahre hinweg nach ihm gerufen, die Stimme eines Mannes, den sein Gewissen folterte und der der Vater war, den er nie gekannt hatte. Aus Gründen, die er sich selbst nicht erklären konnte, konnte er sich dieser Stimme nicht verschließen; er konnte den gequälten Mann nicht einfach im Stich lassen. Er würde morgen früh nach Bedford Hills fahren und mit seiner Mutter sprechen.

Holcroft blickte sich nach der Stewardeß mit seinem Drink um. Sie stand an der schwach beleuchteten Theke, die in der Lounge der B-747 als Bar diente. Die beiden Männer vom Tisch hatten sich zu ihr gestellt, und bei ihnen war noch ein dritter. Weiter hinten saß ein vierter Mann still in einem Sessel und las Zeitung. Die zwei Männer, mit denen sich die Stewardeß vorhin unterhalten hatte, waren schon ziemlich hinüber, während der dritte, um mitzuhalten, so tat, als wäre er weniger nüchtern, als er tatsächlich war. Die Stewardeß sah Noels Blick und hob in gespielter Verzweiflung die Brauen. Sie hatte seinen Scotch eingeschenkt, aber einer der Betrunkenen hatte das Glas verschüttet; sie wischte gerade mit einem Lappen auf. Plötzlich taumelte der Begleiter der Betrunkenen gegen einen Sessel, war offenbar aus dem Gleichgewicht geraten. Die Stewardeß eilte um die Theke herum, um dem gestürzten Passagier behilflich zu sein. Einer der Saufkumpane lachte und hielt sich selbst am nächsten Sessel fest; der andere griff sich einen Drink von der Bar. Der vierte Mann blickte verstimmt auf und raschelte mißbilligend mit seiner Zeitung. Noel schaute aus dem Fenster, er wollte mit all dem nichts zu tun haben.

Ein paar Minuten später erschien die Stewardeß an seinem Platz. »Es tut mir leid, Mr. Holcroft. Manche können's eben nicht lassen – ganz besonders auf der Atlantikstrecke, hab' ich den Eindruck. Das war doch Scotch on the Rocks, nicht wahr?«

»Ja, danke.« Noel nahm das Glas von dem attraktiven Mädchen entgegen und fing ihren Blick auf. Er schien sagen zu wollen, *danke, Sie netter Mensch, daß Sie sich nicht so aufdringlich wie diese langweiligen Säufer benehmen*. Unter anderen Umständen hätte er sie vielleicht in ein Gespräch verwickelt, aber jetzt beschäftigte ihn Wichtigeres. In Gedanken war er dabei, eine Liste der Dinge aufzustellen, die er am Montag in Angriff nehmen mußte. Sein Büro zu schließen war, was das Personal anging, nicht schwierig; er hatte nur einen kleinen Stab. Eine Sekretärin und zwei Zeichner, die er leicht bei Freunden unterbringen konnte. Wahrscheinlich für ein höheres Gehalt. Aber warum, ja warum, sollte er, Holcroft Incorporated, New York, gerade jetzt dichtmachen, wo man seine Pläne doch für Projekte in Betracht zog, bei denen er seinen Stab vielleicht verdreifachen und sein Einkommen vervierfachen konnte? Die Erklärung dafür mußte sowohl vernünftig sein als auch jeder Überprüfung standhalten.

Unvermittelt sprang ein Passagier auf der anderen Seite von seinem Sitz auf, und seiner Kehle entrang sich ein heiserer, wilder Schmerzensschrei. Er bog den Rücken wie im Krampf zurück, so, als bekäme er keine Luft, griff sich zuerst an den Leib und dann an die Brust. Er stürzte gegen den Ständer mit den Zeitschriften und Flugplänen und krümmte sich mit aufgerissenen Augen. Die Adern an seinem Hals traten purpurrot hervor. Er taumelte vorwärts und fiel zu Boden. Es war der dritte Mann, der sich zu den zwei Betrunkenen an der Bar und der Stewardeß gesellt hatte.

Die nächsten Augenblicke waren chaotisch. Die Stewardeß eilte zu dem Gestürzten, untersuchte ihn flüchtig und tat dann, was die Vorschriften ihrer Gesellschaft von ihr verlangten. Sie instruierte die drei anderen Passagiere in der Kabine, ihre Plätze nicht zu verlassen, schob dem Mann ein Kissen unter den Kopf und ging zu der Sprechanlage an der Wand hinter der Theke. Wenige Sekunden darauf rannte ein Steward über die Wendeltreppe herauf, während der Flugkapitän der British Airways aus dem Cockpit kam. Sie wechselten mit der Stewardeß ein paar schnelle Worte. Deren Kollege eilte zur Treppe und kam wenige Augenblicke später mit einem Schreibbrett zurück, auf dem mit einer Klammer ein Block befestigt war. Offensichtlich handelte es sich um die Passagierliste.

Der Kapitän wandte sich jetzt an die Fluggäste in der Lounge. »Würden Sie bitte alle auf Ihre Plätze unten zurückkehren. An Bord ist ein Arzt. Man ruft ihn jetzt. Vielen Dank.«

Als Holcroft die Wendeltreppe hinunterging, zwängte sich eine Stewardeß mit einer Decke an ihm vorbei. Dann hörte er, wie der Kapitän über die Sprechanlage eine Anweisung erteilte. »Funkspruch an Kennedy Airport. Stellen Sie einen Notarztwagen bereit. Männlicher Passagier. Name Thornton. Vermutlich Herzanfall.«

Der Arzt kniete neben der reglosen Gestalt, die hinten in der Lounge auf dem Sessel ausgestreckt lag, und bat um eine Taschenlampe. Ein Kopilot rannte ins Cockpit und brachte eine. Der Arzt rollte die Augenlider des Mannes namens Thornton zurück, drehte sich dann herum und winkte dem Kapitän. Der Kapitän beugte sich zu ihm hinunter, denn der Arzt sprach mit leiser Stimme.

»Er ist tot. Ohne Hilfsmittel und ohne eine Gewebs- und Blutanalyse ist es schwer, die Todesursache festzustellen, aber ich glaube nicht, daß dieser Mann einen Herzanfall hatte. Ich glaube, man hat ihn vergiftet. Ich würde auf Strychnin tippen.«

Im Büro des Zollinspektors herrschte plötzlich Stille. Hinter dem Schreibtisch des Inspektors saß ein Beamter der Mordkommission der Polizeiabteilung bei der New Yorker Flughafenbehörde, vor sich ein Brett mit einer Klammer, auf dem ein Block der British Airways befestigt war. Der Zollinspektor stand verlegen daneben. Auf zwei Stühlen an der Wand saßen der Kapitän der B-747 und die Stewardeß, die die Lounge der ersten Klasse betreut hatte. An der Türe stand ein Polizist in Uniform. Der Kriminalbeamte starrte den Zollinspektor ungläubig an.

»Wollen Sie im Ernst sagen, daß zwei Leute dieses Flugzeug verlassen haben, durch die abgesperrten Gänge in den abgesperrten, bewachten Zollbereich gegangen und dann einfach *verschwunden* sind?«

»Ich habe keine Erklärung dafür«, sagte der Inspektor und schüttelte niedergeschlagen den Kopf. »Das ist noch nie passiert.«

Der Kriminalbeamte wandte sich an die Stewardeß. »Und Sie sind überzeugt, daß die Männer betrunken waren, Miß?«

»Jetzt bin ich mir nicht mehr so sicher«, erwiderte das Mädchen. »Ich habe darüber nachgedacht. Die haben eine ganze *Menge* getrunken, das weiß ich; das können sie nicht vorgetäuscht haben. Schließlich habe ich sie bedient. Sie kamen mir ziemlich beschickert vor. Harmlos, aber beschikkert.«

»Könnte es sein, daß sie ihre Drinks irgendwie weggegossen haben? Ohne sie zu trinken?«

»Wohin denn?« fragte die Stewardeß.

»In Aschenbecher oder Sitzpolster. Was ist denn auf dem Boden?«

»Teppichbelag«, antwortete der Pilot.

Jetzt wandte sich der Kriminalbeamte an den Polizisten bei der Tür. »Nehmen Sie über Funk mit der Gerichtsmedizinischen Abteilung Verbindung auf. Die sollen den Teppich, die Sitzpolster und die Aschenbecher überprüfen. Die linke Hälfte vorne. Feuchtigkeit genügt schon. Sagen Sie mir Bescheid.«

»Yes, Sir.« Der Polizist ging hinaus und schloß die Türe hinter sich.

»Jeder reagiert auf Alkohol anders«, meinte der Kapitän.

»Aber nicht bei den Mengen, die die junge Dame geschildert hat«, sagte der Kriminalbeamte.

»Aber warum ist das denn so wichtig?« fragte der Kapitän. »Das sind doch ganz offensichtlich die Männer, die Sie suchen. Sie sind verschwunden, wie Sie es formuliert haben. Natürlich hat das einige Planung erfordert.«

»Alles ist wichtig«, erklärte der Beamte. »Man kann die Methoden mit denen der früheren Straftaten vergleichen. Wir interessieren uns für alles. Für verrückte Leute. Für Reiche, verrückte Leute, die um die Welt jetten und sich ihren Nervenkitzel suchen. Für jede Art von Macken, die Leute ausflippen oder abheben lassen – ob mit Alkohol oder mit Drogen, das macht keinen Unterschied. Soweit wir das feststellen können, haben die zwei fraglichen Männer diesen Thornton nicht einmal gekannt; Ihre Stewardeß hier sagt, sie hätten sich vorgestellt. Warum haben sie ihn getötet? Und, wenn wir einmal als Tatsache unterstellen, daß sie die Täter sind, weshalb so brutal? Es *war* Strychnin, Captain, und Sie können es mir glauben, das ist eine verdammt unangenehme Art abzukratzen.«

Das Telefon klingelte. Der Zollinspektor hob ab, hörte kurz hin und reichte den Hörer dann dem Kriminalbeamten. »Das State Department. Für Sie.«

»Hallo? Hier Lieutenant Miles, New Yorker Flughafenpolizei. Haben Sie die Information, um die ich gebeten habe?«

»Ja, aber sie wird Ihnen nicht gefallen...«

»Augenblick«, unterbrach Miles. Die Tür war aufgegangen, und der uniformierte Polizist war wieder hereingekommen. »Was haben Sie?« fragte ihn Miles.

»Die Sitzpolster und der Teppichboden auf der linken Seite sind naß.«

»Dann waren die stocknüchtern«, sagte der Lieutenant mit

monotoner Stimme. Er nickte und wandte sich wieder dem Telefon zu. »Fahren Sie fort, bitte. Was wird mir nicht gefallen?«

»Die fraglichen Pässe sind vor mehr als vier Jahren für ungültig erklärt worden. Sie gehörten zwei Männern aus Flint in Michigan. Nachbarn; sie haben für dieselbe Firma in Detroit gearbeitet. Im Juni 1973 machten sie miteinander eine Geschäftsreise nach Europa und sind nie zurückgekehrt.«

»Weshalb hat man die Pässe für ungültig erklärt?«

»Sie sind aus ihren Hotelzimmern verschwunden. Drei Tage später hat man ihre Leichen im Fluß gefunden. Man hatte die beiden erschossen.«

»*Heiland*! In was für einem Fluß? Wo?«

»In der Isar. Sie waren in München, in Deutschland.«

Nacheinander geleitete man die aufgebrachten Passagiere von Flug Nummer 591 in einen abgeschlossenen Raum. Ihre Namen und Adressen und Telefonnummern wurden von einem Vertreter von British Airways mit der Passagierliste der B-747 verglichen. Neben dem Vertreter der Fluggesellschaft stand ein Angehöriger der Polizei, der sich auf einem Duplikat der Liste ebenfalls Notizen machte. Die Überprüfung nahm beinahe vier Stunden in Anspruch.

Anschließend schickte man die Fluggäste zur Gepäckausgabe, wo sie ihr inzwischen abgefertigtes Gepäck entgegennahmen; danach stand ihrem Gang ins Freie nichts mehr im Wege. Ein Reisender freilich machte keine Anstalten, die Gepäckausgabe zu verlassen. Dieser Mann, der kein Gepäck trug, sondern nur einen Regenmantel über den Arm gelegt hatte, ging geradewegs auf eine Türe zu, die in dicken, mit Schablone aufgemalten Lettern die Aufschrift trug

U.S. CUSTOMS, CONTROL CENTER
AUTHORIZED PERSONNEL ONLY

Er zeigte einen Ausweis und trat ein.

Ein grauhaariger Mann in der Uniform eines höheren Zollbeamten stand am Fenster und rauchte eine Zigarette. Als er die Türe hörte, drehte er sich um. »Ich habe auf Sie gewartet«, sagte er. »Ich konnte nichts unternehmen, solange Sie da drin waren.«

»Ich hatte den Ausweis bereit für den Fall, daß Sie nicht hier gewesen wären«, erwiderte der Passagier und steckte den Ausweis wieder ein.

»Behalten Sie ihn, vielleicht brauchen Sie ihn noch; hier wimmelt es von Polizei. Was wollen Sie jetzt tun?«

»Ich will zu dem Flugzeug hinaus.«

»Sie glauben, die sind dort?«

»Ja. Irgendwo. Das ist die einzige Erklärung.«

Die zwei Männer verließen den Raum und gingen schnell durch die Gepäckausgabe, vorbei an den vielen Laufbändern, bis sie eine Stahltüre mit der Aufschrift KEIN ZUTRITT erreichten. Der Zollbeamte zog einen Schlüssel heraus, sperrte auf und ging vor dem jüngeren Mann mit dem Regenmantel durch die Tür. Sie befanden sich jetzt in einem langen, mit Kunststoffplatten verkleideten Tunnel, der auf das Flugfeld hinausführte. Vierzig Sekunden später kamen sie wieder an eine Stahltür, die von zwei Männern bewacht wurde, einem Mitarbeiter der US-Zollbehörde und einem von der Flughafenpolizei. Ersterer erkannte den grauhaarigen Beamten.

»Hallo, Captain. Scheußlicher Abend, wie?«

»Das hat erst angefangen, fürchte ich«, sagte der Beamte. »Vielleicht werden wir doch noch hineingezogen.« Er sah den Polizisten an. »Dieser Mann ist von der Bundesbehörde«, fuhr er fort und deutete mit einer Kopfbewegung auf seinen Begleiter. »Ich bringe ihn zu der Fünfeinundneunziger raus. Vielleicht ist Rauschgift im Spiel.«

Der Polizist schien verwirrt. Offenbar hatte er Anweisung, niemanden durch die Tür zu lassen. Jetzt schaltete sich der Mann vom Zoll ein.

»Hey, jetzt machen Sie kein Theater. Dieser Mann hier ist der oberste Zollbeamte vom ganzen Kennedy-Flughafen.«

Der Polizist zuckte die Achseln und öffnete die Tür.

Aus dem schwarzen Nachthimmel draußen fiel gleichmäßiger Regen, den die Wolken von der Jamaica-Bay hereintrugen. Der Mann, der mit dem Zollbeamten gekommen war, zog seinen Regenmantel an. Seine Bewegungen waren schnell; in der Hand unter dem Mantel war eine Waffe verborgen. Jetzt steckte sie in seinem Gürtel, die Knöpfe seines Jacketts waren offen.

Die B-747 glitzerte im Licht der Scheinwerfer, der Regen strömte an ihrem Rumpf herunter. Es wimmelte hier von Polizei und Bodenpersonal, die sich durch die schwarzen und orangeroten Gummimäntel voneinander unterschieden.

»Ich halte Ihnen den Rücken frei gegenüber der Polizei«, sagte der Zollbeamte und wies auf die Stahltreppe, die von einem Lastwagen zu einer Türe im Rumpf der Maschine führte. »Gute Jagd.«

Der Mann im Regenmantel nickte, ohne richtig zuzuhören. Seine Augen suchten die Umgebung ab. Der B-747 galt sein ganzes Interesse; im Umkreis von dreißig Metern waren Pfosten aufgestellt, die mit Seilen verbunden waren, dazwischen standen Polizisten. Der Mann im Regenmantel befand sich innerhalb dieser Umfriedung; er konnte sich frei bewegen. Er bog nach rechts ab und ging zum hinteren Teil des Flugzeuges. Er nickte den Polizisten zu, zeigte gelegentlich solchen, die ihn mit fragenden Blicken musterten, seinen Ausweis, indem er sein Lederetui kurz aufklappte. Er spähte durch den Regen und musterte die Gesichter der Männer, die das Flugzeug betraten und verließen. Als er drei Viertel des Weges um die Maschine zurückgelegt hatte, hörte er den zornigen Ruf eines Angehörigen des Bodenpersonals.

»Paß doch auf, du *Blödmann!* Du mußt die Winde sichern!«

Das galt einem andern vom Bodenpersonal, der auf der Plattform eines Tanklastwagens stand. Dieser Mann trug keinen Regenumhang; sein weißer Overall war völlig durchnäßt. Der Fahrer des Tanklasters war auch im Overall und ebenfalls ohne Regenschutz.

Das war es, dachte der Mann im Regenmantel. Die Killer hatten Overalls unter ihren Anzügen getragen. Aber daß es regnen könnte, hatten sie nicht mit ins Kalkül gezogen. Abgesehen von diesem Fehler war ihre Flucht brillant geplant gewesen.

Der Mann ging auf den Tanklastwagen zu, die Hand an der Waffe, die er unter dem Regenmantel verborgen hielt. Durch den Regen starrte er die Gestalt auf dem Fahrersitz hinter dem

Fenster des Tanklasters an; der zweite Mann war rechts über ihm auf der Plattform und wandte sich jetzt ab. Das Gesicht hinter dem Fenster erwiderte ungläubig seinen Blick und duckte sich sofort zur rechten Seite. Aber der Mann im Regenmantel war zu schnell. Er riß die Türe auf, zog seinen Revolver und feuerte. Der Schalldämpfer verschluckte die Detonation fast ganz. Der Mann auf dem Fahrersitz fiel gegen das Armaturenbrett, Blut strömte aus seiner Stirn.

Als der Mann auf der Plattform den Lärm unter sich hörte, fuhr er herum und sah nach unten.

»*Sie! In der Lounge!* Mit der Zeitung!«

»Einsteigen«, befahl der Mann im Regenmantel, und seine Worte hallten klar und deutlich durch den strömenden Regen. Die Tür des Tanklasters verbarg seine Pistole.

Die Gestalt auf der Plattform zögerte. Der Mann mit der Waffe sah sich um. Die Polizisten ringsum waren damit beschäftigt, sich wegen des strömenden Regens leid zu tun und wurden außerdem von den Scheinwerfern geblendet. Keiner beobachtete die tödliche Szene, die sich dicht vor ihnen abspielte. Der Mann im Regenmantel griff nach oben, packte den überlebenden Killer an seinem Overall und riß ihn gegen die offene Tür des Tanklasters.

»Sie haben versagt. Heinrich Clausens Sohn lebt immer noch«, sagte er ruhig. Dann feuerte er einen zweiten Schuß ab. Der Killer fiel auf den Sitz zurück.

Der Mann im Regenmantel schloß die Tür und schob die Waffe in den Gürtel zurück. Dann schlenderte er davon, ging unter dem Leitwerk durch auf die mit Seilen abgespannte Gasse zu, die zum Tunnel führte. Er konnte den Zollbeamten jetzt aus der Türe der B-747 herauskommen sehen, er kletterte schnell die Treppe herunter. Er wartete auf ihn, dann gingen sie gemeinsam auf die Tunneltür zu.

»Was war?« fragte der Beamte.

»Ich hatte eine bessere Jagd als die beiden. Die Frage ist jetzt, was unternehmen wir wegen Holcroft?«

»Das ist nicht unsere Angelegenheit. Das ist Sache des Tinamu. Wir müssen den Tinamu informieren.«

Der Mann im Regenmantel lächelte, aber er wußte, daß man sein Lächeln in dem Wolkenbruch nicht sehen konnte.

4.

Holcroft stieg vor seinem Apartment in der Dreiundsiebzigsten Straße East aus dem Taxi. Er war erschöpft. Das tragische Geschehen an Bord des Flugzeugs hatte die Belastung der letzten drei Tage noch verstärkt. Der arme Teufel, der den Herzanfall erlitten hatte, tat ihm leid. Das änderte aber nichts an seiner Wut auf die Flughafenpolizei. Die hatte den Zwischenfall behandelt, als ob er eine Staatsaffäre wäre. Du lieber Gott! Wie Gefangene festgehalten! Und das fast vier Stunden lang! Und sämtliche Passagiere der Ersten Klasse mußten die Polizei die nächsten zwei Monate über ihren jeweiligen Aufenthaltsort unterrichten.

Der Pförtner begrüßte ihn. »Diesmal war die Reise aber kurz, Mr. Holcroft. Aber Sie haben eine Menge Post. O ja, und eine Mitteilung.«

»Eine Mitteilung?«

»Ja, Sir«, sagte der Mann und reichte ihm eine Geschäftskarte. »Dieser Herr war gestern da und hat sich nach Ihnen erkundigt. Er war ziemlich außer sich, verstehen Sie?«

»Nicht ganz.« Noel nahm die Karte und las: PETER BALDWIN, ESQ.; der Name sagte ihm nichts. WELLINGTON SECURITY SYSTEMS, LTD. THE STRAND, ZIMMER 411. Darunter war eine Telefonnummer angegeben. Holcroft hatte von der Firma noch nie gehört. Er drehte die Karte um; auf der Rückseite stand mit Bleistift ST. REGIS HOTEL, ZIMMER 411.

»Er hat darauf bestanden, daß ich Ihr Apartment anrufe, für den Fall, daß ich Sie beim Zurückkommen nicht gesehen hätte. Ich sagte ihm, das sei verrückt.«

»Er hätte mich selbst anrufen können«, sagte Noel und ging auf den Lift zu. »Ich stehe im Telefonbuch.«

»Er hat gesagt, das habe er versucht, aber Ihr Telefon habe nicht funktioniert.« Die Lifttür schloß sich bei den letzten Worten des Mannes. Als die Kabine ins vierte Stockwerk hinaufglitt, las Holcroft den Namen noch einmal. Peter Baldwin, Esq. Wer war das? Und seit wann funktionierte sein Telefon nicht mehr?

Er öffnete seine Wohnungstür und griff nach dem Lichtschalter an der Wand. Zwei Tischlampen leuchteten gleichzeitig auf; Noel ließ den Koffer fallen und starrte ungläubig auf das Bild, das sich ihm bot.

Nichts war so, wie es vor drei Tagen gewesen war! *Nichts.* Jedes Möbelstück, jeder Stuhl, jeder Tisch, jede Vase und jeder Aschenbecher befand sich an einer anderen Stelle. Seine Couch hatte mitten im Raum gestanden; jetzt stand sie in der rechten Ecke. Jede Skizze und jedes Gemälde an den Wänden war umgehängt worden, keines war an seinem alten Platz! Die Stereoanlage stand nicht mehr im Regal; sie war ordentlich auf einem Tisch aufgebaut. Seine Bar war von der Rückwand des Wohnzimmers links neben die Tür gerückt. Sein Reißbrett, gewöhnlich am Fenster, stand jetzt meterweit weg, und sein Arbeitshocker irgendwo anders – weiß Gott wo. Es war das seltsamste Gefühl, das er je gehabt hatte. Alles vertraut und doch wie ein Traum. Eine verzerrte Wirklichkeit. Er stand noch immer unter der Tür. Bilder von dem Raum, wie er einmal gewesen war, tauchten vor ihm auf, aber das, was er jetzt sah, schob sich davor.

»Was ist da *passiert*?« Er hörte seine eigenen Worte, brauchte aber eine Weile, bis er begriff, daß er sie gesprochen hatte.

Er rannte zur Couch; das Telefon stand immer dicht bei der Couch auf einem Tischchen neben der rechten Armlehne. Aber die Couch war verstellt worden. Er blickte sich um. Wo war das Tischchen? Es war nicht mehr da; dort, wo das Tischchen hätte sein sollen, stand jetzt ein Sessel. *Wo* war das Telefon? Wo war das Tischchen? Wo, zum Teufel, war das Telefon?

Er entdeckte es am Fenster. Dort, am Wohnzimmerfenster, war jetzt sein Küchentisch. Auf ihm stand das Telefon. Am großen Fenster mit dem Blick auf das Apartmenthaus auf der anderen Seite der Grünanlage. Man hatte die Telefonleitung unter dem Teppichboden hervorgeholt und den Apparat am Fenster installiert. Welcher Verrückte hatte den Spannteppich abgelöst und die Telefonleitung verlegt?

Er rannte hinüber, nahm den Hörer ab und drückte den Knopf, der die Verbindung mit der Zentrale in der Eingangshalle herstellte. Er drückte den Knopf ein paarmal; niemand meldete sich. Dann ließ er den Finger darauf, und schließlich hörte er die gehetzte Stimme von Jack, dem Pförtner.

»Ja, bin schon da. Hier ist die Lobby...«

»Jack, hier Mr. Holcroft. Wer war während meiner Abwesenheit in meiner Wohnung?«

»Wer war wo, Sir?«

»In meiner *Wohnung*!«

»Hat man Sie beraubt, Mr. Holcroft?«

»Das weiß ich noch nicht. Ich weiß nur, daß nichts mehr an seinem Platz ist. Wer war hier?«

»Niemand. Ich meine, *ich* weiß von niemand. Und die anderen haben auch nichts gesagt. Ich werde um vier Uhr früh von Ed abgelöst, und der hat mittags Schluß. Dann ist Louie dran.«

»Können Sie sie anrufen?«

»Die Polizei kann ich anrufen!«

Das Wort ließ ihn zusammenzucken. ›Polizei‹ war gleichbedeutend mit Fragen – *Wo sind Sie gewesen? Mit wem haben Sie sich getroffen?* Noel war sich nicht sicher, daß er irgendwelche Antworten geben wollte.

»Nein, rufen Sie nicht die Polizei. Noch nicht. Solange ich nicht festgestellt habe, ob etwas fehlt. Vielleicht hat jemand geglaubt, das sei ein guter Witz. Ich rufe Sie wieder an.«

»Ich spreche inzwischen mit den anderen.«

Holcroft legte auf. Er setzte sich auf den breiten Fenstersims und sah sich prüfend im Zimmer um.

Alles war verändert. Kein einziges Möbelstück stand da, wo es gewesen war!

Er hielt noch immer die Visitenkarte in der linken Hand: PETER BALDWIN, ESQ.

... ER WAR ZIEMLICH AUßER SICH, VERSTEHEN SIE?... ER HAT DARAUF BESTANDEN, DAß ICH IHR APARTMENT ANRUFE... IHR TELEFON HABE NICHT FUNKTIONIERT...

ST. REGIS HOTEL, ZIMMER 411.

Noel nahm den Hörer ab und wählte. Er kannte die Nummer; er aß häufig im King-Cole-Grill zu Mittag.

»Ja? Hier Baldwin.« Eine britische Stimme, irgendwie abgehackt klingend.

»Hier spricht Noel Holcroft, Mr. Baldwin. Sie wollten mich sprechen.«

»Gott sei Dank! Wo sind Sie?«

»Zu Hause. In meiner Wohnung. Ich bin gerade zurückgekommen.«

»Zurück? Von wo?«

»Ich glaube nicht, daß Sie das etwas angeht.«

»Du lieber Himmel, ich habe fünftausend Kilometer hinter mich gebracht, um mich mit Ihnen zu treffen! Es ist ungeheuer wichtig. Also, wo *waren* Sie?«

Der Atem des Engländers war durch die Leitung zu hören; irgendwie schien die Eindringlichkeit des Mannes auf Furcht zu deuten. »Es ist für mich sehr schmeichelhaft, daß Sie wegen mir so weit gereist sind, aber das gibt Ihnen trotzdem nicht das Recht, mir persönliche Fragen zu stellen...«

»Und *ob* ich das Recht habe!« unterbrach ihn Baldwin. »Ich habe zwanzig Jahre bei MI-6 verbracht, und wir haben eine ganze Menge zu besprechen! Sie haben keine Ahnung, worauf Sie sich hier einlassen. Niemand weiß das, nur ich.«

»Sie haben was? *Wir* haben was?«

»Lassen Sie es mich einmal so ausdrücken. Vergessen Sie Genf. Vergessen Sie es, Mr. Holcroft, bis wir miteinander gesprochen haben!«

»Genf...?« Das Wort war wie ein Schlag in den Magen. Woher wußte dieser Engländer etwas von Genf? Wie *konnte* er etwas wissen?

Vor dem Fenster flackerte ein Licht; jemand in einem Apartment auf der anderen Seite des Hofes hatte sich eine Zigarette angezündet. Trotz seiner Erregung zog das Holcrofts Blick an.

»Da ist jemand an der Tür«, sagte Baldwin. »Bleiben Sie am Apparat. Ich wimmle ihn ab, und dann sprechen wir weiter.«

Noel hörte, wie Baldwin den Hörer hinlegte, dann das Geräusch einer sich öffnenden Türe und unverständliche Stimmen. Auf der anderen Seite des Hofes wurde wieder ein Streichholz angerissen und beleuchtete das lange blonde Haar einer Frau hinter dem durchsichtigen Store.

Holcroft merkte, daß es im Hörer still geworden war; er hörte jetzt keine Stimmen mehr. Die Zeit verstrich; der Engländer kam nicht zurück.

»Baldwin? Baldwin, sind Sie da? *Baldwin!*«

Zum drittenmal flammte im Fenster ein Streichholz auf.

Noel starrte hinüber, ohne zu wissen, warum. Er konnte das Glühen der Zigarette im Mund der blonden Frau sehen. Und dann sah er, was sie in der anderen Hand hielt, es zeichnete sich hinter dem durchsichtigen Store ab. Ein Telefon. Sie hielt einen Telefonhörer am Ohr und blickte zu seinem Fenster herüber – sah, dessen war er sicher, ihn an.

»*Baldwin?* Wo, zum Teufel, *sind* Sie?«

Ein Klicken. Jetzt war die Leitung tot.

»*Baldwin!*«

Die Frau am Fenster ließ den Hörer langsam sinken, hielt einen Augenblick inne und ging dann weg; er konnte sie nicht mehr sehen.

Holcroft starrte zu dem Fenster hinüber und blickte dann auf den Telefonhörer in seiner Hand. Er wartete, bis er eine Amtsleitung bekam, und wählte erneut die Nummer des St. Regis.

»Es tut mir leid, Sir, aber das Telefon in Zimmer 411 scheint nicht in Ordnung zu sein. Wir schicken gleich jemanden hinauf. Würden Sie mir Ihre Nummer geben, dann sagen wir Mr. Baldwin Bescheid.«

Ihr Telefon habe nicht funktioniert ...

Hier geschah etwas, was Noel nicht begriff. Ihm war nun klar, daß er der Vermittlung im St. Regis weder seinen Namen noch seine Telefonnummer geben würde. Er legte auf und sah wieder zu dem Fenster auf der anderen Seite des Hofes hinüber. Jetzt brannte dort kein Licht mehr. Das Fenster war dunkel; er konnte nur noch das Weiß des Vorhangs sehen.

Er stieß sich vom Fenstersims ab und ging ziellos im Zimmer umher, um vertraute Gegenstände an den falschen Stellen. Er wußte nicht recht, was er tun sollte; wahrscheinlich sollte er nachsehen, ob etwas fehlte. Das schien nicht der Fall zu sein, aber das war so schnell natürlich schwer zu sagen.

Das Telefon summte: dem Ton nach die Verbindung mit der Zentrale in der Eingangshalle.

Er nahm ab.

»Jack, Mr. Holcroft. Ich habe gerade mit Ed und Louie gesprochen. Von denen hat keiner einen in Ihre Wohnung gehen sehen. Und das sind ehrliche Burschen. Die würden auch selber keine Dummheiten machen. Keiner von uns würde das.«

»Danke, Jack. Ich glaube Ihnen.«

»Soll ich jetzt die Polizei anrufen?«

»Nein.« Noel versuchte, gleichgültig zu klingen. »Ich habe das Gefühl, da wollte mir jemand vom Büro einen Streich spielen. Von denen haben ein paar die Schlüssel.«

»Ich hab' aber niemanden gesehen. Und Ed auch nicht, und –«

»Schon gut, Jack«, unterbrach ihn Holcroft. »Vergessen Sie's. Am Abend vor meiner Abreise hatten wir eine Party. Ein oder zwei sind dageblieben.« Etwas anderes fiel Noel im Augenblick nicht ein.

Plötzlich wurde ihm bewußt, daß er noch gar nicht in sein Schlafzimmer gesehen hatte. Er ging hin und machte Licht.

Er hatte es erwartet, aber trotzdem war es ein Schock. Jetzt war die Desorientierung vollkommen.

Auch hier war jedes Möbelstück an einen anderen Platz gestellt worden. Das Bett fiel ihm als erstes auf; es war seltsam beängstigend. Es stand mitten im Zimmer, isoliert, ohne irgendwo die Wand zu berühren. Seine Kommode stand vor einem Fenster, sein kleiner Schreibsekretär einsam und verloren vor der sonst völlig freien rechten Wand. So wie es ihm vor Minuten im Wohnzimmer ergangen war, flackerten jetzt die Bilder seines Schlafzimmers, wie es vor drei Tagen ausgesehen hatte, vor ihm auf und wurden von der Fremdheit dessen verdrängt, was er jetzt vor Augen hatte.

Dann sah er es und hielt unwillkürlich den Atem an. Von der Decke hing sein zweites Telefon herunter, mit schwarzem Klebeband zusammengeklebt, die Zuleitung schlängelte sich die Wand hinauf und über die Decke bis zu dem Haken, an dem der Apparat hing.

Es drehte sich langsam.

Der Schmerz wanderte jetzt von seinem Magen empor in seine Brust; seine Augen hingen wie gebannt an dem Bild, an dem Apparat, der sich langsam in der Luft drehte. Er fürchtete sich davor, den Blick auf etwas anderes zu richten, wußte aber, daß er es mußte; er mußte das begreifen.

Und als er es schließlich tat, setzte sein Atem wieder ein. Das Telefon hing vor der Badezimmertür, und die Tür stand offen. Er sah, wie sich die Vorhänge im Fenster neben dem Waschbecken blähten. Der gleichmäßig hereinwehende kalte Wind versetzte das Telefon in Bewegung.

Er ging schnell ins Bad, um das Fenster zu schließen. Als er gerade im Begriff war, die Vorhänge zuzuziehen, sah er draußen ein kurzes Aufleuchten; ein Streichholz war in einem anderen Fenster, drüben, jenseits der Grünanlage, angerissen worden, und die Flamme erschreckte ihn in der Dunkelheit. Er blickte hinaus.

Da war die Frau wieder! Die blonde Frau, und wieder zeichnete sich ihr Oberkörper als Silhouette hinter einem durchsichtigen Vorhang ab. Er starrte die Gestalt an wie von ihr hypnotisiert.

Wie vor einigen Minuten drehte sie sich um und ging weg. Jetzt war sie nicht mehr zu sehen. Und das schwache Licht im Fenster ging aus.

Was geschah da? Was bedeutete es? Da wurden Dinge in Szene gesetzt, um ihm Angst zu machen. Aber von wem und zu welchem Zweck?

Und was war aus Peter Baldwin, Esq., geworden, dem Mann mit der eindringlichen Stimme und dem Befehl, Genf zu vergessen? War Baldwin auch ein Teil von dem Schrecken – oder sein Opfer?

Opfer... *Opfer?* Seltsam, daß ihm das Wort in den Sinn gekommen war, dachte er. Warum sollte es Opfer geben? Und was meinte Baldwin, als er sagte, er habe ›zwanzig Jahre bei MI-6‹ verbracht?

MI-6? Eine Abteilung des britischen Geheimdienstes. Wenn er sich recht erinnerte, war MI-5 die Abteilung, die sich mit Angelegenheiten des Inneren befaßte; 6 war für Probleme außerhalb des Landes zuständig. Sozusagen die britische CIA.

Großer Gott! Wußten die Briten von dem Genfer Dokument? War der britische Geheimdienst über den gigantischen Diebstahl vor dreißig Jahren informiert? Es schien so... aber das war es nicht, was Peter Baldwin angedeutet hatte.

Sie haben keine Ahnung, was Sie hier tun. Niemand weiß das, nur ich.

Und dann herrschte Schweigen, und die Leitung war tot.

Holcroft verließ das Badezimmer und blieb unter dem von der Decke hängenden Telefon stehen. Jetzt bewegte es sich kaum mehr, war aber noch nicht ganz zum Stillstand gekommen. Es war ein häßlicher Anblick, und das viele schwarze Klebeband, das den Apparat zusammenhielt, ließ das Ganze makaber erscheinen. So, als wäre das Telefon mumifiziert worden, um nie wieder benutzt zu werden.

Er ging weiter, auf die Schlafzimmertür zu, und blieb dann instinktiv stehen und drehte sich um. Etwas war ihm aufgefallen, was er vorher nicht bemerkt hatte. Die mittlere Schublade des kleinen Schreibsekretärs stand offen. Er sah genauer hin. In der Schublade lag ein Blatt Papier.

Der Atem stockte ihm, als er auf das Blatt sah.

Das konnte nicht *sein*, das war *verrückt*. Das Papier war gelblich braun. Vom *Alter*. Es war genau wie das Blatt, das dreißig Jahre lang in einem Safe in Genf aufbewahrt worden war. Wie der Drohbrief, den Fanatiker geschrieben hatten, die einen Märtyrer namens Heinrich Clausen verehrten. Es war dieselbe Schrift; die seltsamen Blockbuchstaben, dieselbe ausgebleichte, aber immer noch lesbare Tinte.

Und das, was lesbar war, war erstaunlich. Denn es war vor mehr als dreißig Jahren geschrieben worden.

NOEL CLAUSEN-HOLCROFT
NICHTS IST SO, WIE ES FÜR SIE WAR.
NICHTS KANN JEMALS WIEDER SO SEIN…

Ehe er weiterlas, berührte Noel das Blatt an der Kante. Es zerbröckelte bei seiner Berührung.

O Gott! Es *war* vor dreißig Jahren geschrieben worden!

Und diese Tatsache machte den Rest der Botschaft beängstigend.

DIE VERGANGENHEIT DIENTE DER VORBEREITUNG, DIE ZUKUNFT IST

Der Erinnerung an einen Mann und seinen Traum geweiht. Er hat kühn und scharfsinnig gehandelt in einer wahnsinnig gewordenen Welt. Nichts darf der Erfüllung jenes Traumes im Wege stehen.

Wir sind die Überlebenden der Wolfsschanze. Jene von uns, die noch am Leben sind, werden Leib und Leben dem Schutz des Traumes dieses Mannes widmen. Er wird erfüllt werden, denn er ist alles, was noch bleibt. Ein Akt der Barmherzigkeit. Der der Welt zeigen wird, dass man uns betrogen hat, dass wir nicht so waren, wie die Welt geglaubt hat.

Wir, die Männer der Wolfsschanze, wussten, was die Besten von uns waren, so wie Heinrich Clausen es wusste.

Jetzt obliegt es Ihnen, Noel Clausen-Holcroft, das zu Ende zu führen, was Ihr Vater begann. Sie sind der Weg.
Ihr Vater hat es so gewünscht.

Viele werden versuchen, Sie zu stoppen und den Traum zu vernichten, aber die Männer der Wolfsschanze leben noch. Sie haben unser Wort – alle, die Ihnen in die Quere kommen, werden selbst gestoppt werden.

Und jene, die Ihnen im Wege stehen, die versuchen, Sie von dem abzubringen, was Sie tun müssen, die versuchen, Sie mit Lügen zu täuschen, werden ausgelöscht werden.

So wie es mit Ihnen und den Ihren geschehen wird, sollten Sie zögern oder versagen.

Dies ist unser Schwur für Sie.

Noel riß das Papier aus der Schublade; es zerfiel in seiner Hand. Er ließ die Stücke zu Boden fallen.

»Diese verdammten Irren!« Er stieß die Schublade zu und rannte aus dem Schlafzimmer. Wo war das Telefon? Wo, *zum Teufel*, war das verdammte Telefon? Am Fenster – am *Küchentisch* stand es, vor dem Scheißfenster!

»Diese Irren!« schrie er noch einmal, zu niemand Bestimmtem. Aber in Wirklichkeit doch; der Schrei galt einem Mann in Genf, der sich in einem Zug nach Zürich befunden hatte. Vor dreißig Jahren mochten Irre dieses Blatt voll Unsinn geschrieben haben, aber jetzt, dreißig Jahre später, hatten andere Irre es zugestellt. Sie waren in sein Heim eingebrochen, in sein Privatleben, hatten berührt, was ihm gehörte... und weiß

Gott, was sie sonst noch alles getan hatten, und er dachte dabei an Peter Baldwin, Esq., einen Mann, der Tausende von Kilometern gereist war, um sich mit ihm zu treffen und mit ihm zu sprechen. Und dann auf einmal Stille, ein Klicken, eine tote Telefonleitung.

Er sah auf die Uhr. Es war beinahe ein Uhr früh. Wie spät war es jetzt in Zürich? Sechs? Sieben? Die Banken in der Schweiz öffneten um acht. La Grande Banque de Genève hatte eine Zweigstelle in Zürich; dort würde Manfredi sein. Das Fenster. Er stand vor dem Fenster, wo er noch vor wenigen Minuten gestanden hatte, als er darauf wartete, daß Baldwin wieder ans Telefon zurückkam. Das *Fenster*. Auf der anderen Seite der Grünanlage, im gegenüberliegenden Apartment. Das dreimalige Aufflammen eines Streichholzes... die blonde Frau im Fenster!

Holcroft schob die Hand in die Tasche, um sich zu vergewissern, daß er seine Schlüssel hatte. Er hatte sie. Er rannte zur Tür, riß sie auf, spurtete zum Lift und drückte den Knopf. Die Anzeigetafel zeigte, daß sich die Kabine im neunten Stockwerk befand; der Pfeil bewegte sich nicht.

Verdammt!

Er rannte zur Treppe und hetzte hinunter, nahm zwei Stufen auf einmal. Er erreichte das Erdgeschoß und stürmte in die Eingangshalle hinaus.

»*Heiland*, Mr. Holcroft!« Jack starrte ihn an. »Sie haben mir aber einen Schrecken eingejagt!«

»Kennen Sie den Pförtner im Haus da drüben?« schrie Noel.

»In welchem?«

»*Herrgott! In dem da!*« Holcroft deutete nach rechts.

»Aber klar.«

»Kommen Sie mit!«

»Hey, langsam, Mr. Holcroft. Ich kann hier nicht weg.«

»Es dauert nur einen Augenblick. Sie kriegen zwanzig Dollar.«

»Nur einen Augenblick...«

Der Pförtner im Haus vis-à-vis begrüßte sie und begriff schnell, daß er genaue Informationen geben sollte.

»Es tut mir leid, Sir, aber in dieser Wohnung ist niemand.

Sie steht schon beinahe drei Wochen leer. Aber sie ist leider vermietet; die neuen Mieter kommen in...«

»Da ist *schon* jemand!« sagte Noel, um Beherrschung bemüht. »Eine blonde Frau. Ich *muß* herausfinden, wer sie ist.«

»Eine blonde Frau? So mittelgroß, sieht recht gut aus, raucht ziemlich viel?«

»Ja, das ist sie! Wer ist das?«

»Leben Sie schon lange hier, Mister?«

»Was?«

»Ich meine, ob Sie Ihre Wohnung schon lange haben?«

»Was hat das denn damit zu tun?«

»Ich denke, Sie könnten vielleicht getrunken haben...«

»Was, zum Teufel, reden Sie da denn? Wer *ist* diese Frau?«

»Nicht *ist*, Mister. *War*. Die blonde Frau, von der Sie da sprechen, war Mrs. Palatyne. Sie ist letzten Monat gestorben.«

Noel saß auf dem Sessel vor dem Fenster und starrte über den Hof. Jemand versuchte, ihn in den Wahnsinn zu treiben. Aber warum? Das Ganze gab keinen Sinn! Fanatiker, Irre aus der Vergangenheit, von vor dreißig Jahren, hatten drei Jahrzehnte übersprungen und führten dreißig Jahre später den Befehl über jüngere, unbekannte Truppen. Noch einmal, *warum?*

Er hatte das St. Regis angerufen. Das Telefon auf Zimmer 411 funktionierte, war aber dauernd besetzt. Und eine Frau, die er ganz deutlich gesehen hatte, existierte nicht. Aber sie existierte! Und sie war in das Ganze verwickelt; das *wußte* er.

Er stand auf, ging an die umgestellte Bar und goß sich einen Drink ein. Er sah auf die Uhr; es war ein Uhr fünfzig. Er würde noch zehn Minuten warten müssen, bis die Überseevermittlung ihn zurückrief; die Bank war um zwei Uhr morgens nach New Yorker Zeit zu erreichen. Er trug sein Glas ans Fenster. Dabei kam er an seinem Radio vorbei. Es stand natürlich nicht da, wo es gewöhnlich stand, deshalb fiel es ihm auf. Geistesabwesend schaltete er das Gerät ein. Er mochte Musik; sie beruhigte ihn.

Aber was er hörte, war Sprache, nicht Musik. Eine dieser Stationen, die vierundzwanzig Stunden lang Nachrichten sendeten. Die Skala war verstellt, er hätte es sich denken können. *Nichts ist so, wie es für Sie war...*

Etwas, was im Radio gesagt wurde, erregte seine Aufmerksamkeit. Er drehte sich schnell im Sessel herum, wobei ein Teil seines Drinks auf seine Hose spritzte.

»...Polizei hat die Hoteleingänge abgeriegelt. Unser Reporter Richard Dunlop ist am Tatort und ist mit uns verbunden. Sprechen Sie, Richard. Was haben Sie erfahren?«

Ein Knattern ertönte, und dann die Stimme eines erregten Reporters.

»Der Mann hieß Peter Baldwin, John. Er war Engländer. Gestern eingetroffen, jedenfalls hat er sich gestern im St. Regis eingetragen. Die Polizei hat sich mit den Fluggesellschaften in Verbindung gesetzt, um weitere Einzelheiten zu erfahren. Soweit bis jetzt festgestellt wurde, war er in Ferien hier. Auf der Anmeldekarte des Hotels ist wenigstens keine Firma vermerkt.«

»Wann hat man die Leiche entdeckt?«

»Etwa vor einer halben Stunde. Ein Mann von der Hausverwaltung war in sein Zimmer gegangen, um das Telefon zu überprüfen. Er fand Mr. Baldwin auf seinem Bett ausgestreckt. Die Gerüchte, die hier herumschwirren, sind ziemlich wild, und man weiß nicht, was man glauben soll, aber die brutale Mordmethode spielt in allen die Hauptrolle. Baldwin soll erdrosselt worden sein. Mit einer Drahtschlinge. Ein Zimmermädchen vom dritten Stock hat wie am Spieß geschrien, daß das Zimmer über und über mit Blut –«

»War es ein Raubmord?« unterbrach der Sprecher im Interesse des guten Geschmacks.

»Das ist noch unklar. Die Polizei schweigt sich aus. Wie es heißt, warten sie, daß jemand vom britischen Konsulat kommt.«

»Vielen Dank, Richard Dunlop. Wir bleiben in Verbindung... Das war Richard Dunlop im St.-Regis-Hotel, an der Fünfundfünfzigsten Straße in Manhattan. Um es kurz zusammenzufassen, ein brutaler Mord hat sich heute morgen in einem der besten Hotels von New York ereignet. Ein Engländer namens Peter Baldwin...«

Holcroft schoß in die Höhe, taumelte zum Radio hinüber

und schaltete ab. Dann stand er da und atmete schwer. Er wollte sich selbst nicht eingestehen, was er da gerade gehört hatte. So etwas hatte er nie für möglich gehalten; es war einfach nicht möglich. Aber es war *doch* möglich. Es war die Wirklichkeit, es war geschehen. Es war der Tod. Die Irren von vor dreißig Jahren waren keine Karikaturen, keine Figuren aus irgendeinem Melodrama. Sie waren brutale Killer.

Peter Baldwin, Esq., hatte ihn aufgefordert, Genf zu vergessen. Baldwin hatte den Traum gestört, den Vertrag... und jetzt war er tot, brutal mit einer Drahtschlinge erdrosselt.

Noel ging schwerfällig zu dem Sessel zurück und setzte sich. Er hob das Glas an die Lippen und nahm einige lange Schlucke von dem Whisky; aber der Scotch hatte keine beruhigende Wirkung. Das Pochen in seiner Brust wurde nur noch heftiger.

Das Aufflammen eines Streichholzes! Auf der anderen Seite der Grünfläche im Fenster! Da war sie! Im schwachen Licht hinter dem durchsichtigen Store zeichnete sich die Silhouette der blonden Frau ab. Sie starrte herüber, starrte *ihn* an! Er stand auf, fühlte sich hypnotisch zum Fenster gezogen, bis sein Gesicht nur noch wenige Zentimeter von der Scheibe entfernt war. Die Frau nickte; sie *nickte* langsam! Sie teilte ihm etwas mit. Sie teilte ihm mit, daß das, was er wahrnahm, Wirklichkeit war...! *Die blonde Frau, von der Sie da sprechen, war Mrs. Palatyne. Sie ist letzten Monat gestorben.*

In einem Fenster auf der anderen Seite in der Dunkelheit stand die Silhouette einer toten Frau und sandte ihm eine schreckliche Nachricht. Herrgott, er war im Begriff, *wahnsinnig* zu werden!

Das Telefon klingelte; das Schrillen erschreckte ihn. Er stürzte an den Apparat; er wollte nicht, daß es noch einmal klingelte.

»Mr. Holcroft, hier ist die Überseevermittlung. Ich habe Ihr Gespräch mit Zürich...«

Noel lauschte ungläubig der würdigen, mit einem Akzent behafteten Stimme aus der Schweiz. Der Mann am anderen Ende war der Leiter der Zürcher Filiale der Grand Banque de Genève. Ein *Directeur*, sagte er zweimal, um seine Stellung zu betonen.

»Wir empfinden tiefe Trauer, Mr. Holcroft. Wir wußten, daß die Gesundheit von Herrn Manfredi angegriffen war, hatten aber keine Ahnung, daß seine Krankheit schon so weit fortgeschritten war.«

»Wovon sprechen Sie? Was ist geschehen?«

»Eine tödliche Krankheit wirkt auf jeden Menschen anders. Unser Kollege war ein vitaler Mann, ein energischer Mann, und wenn solche Männer nicht mehr in gewohnter Weise arbeiten können, führt das oft zu Verzweiflung und starken Depressionen.«

»Was ist *geschehen?*«

»Es war Selbstmord, Mr. Holcroft. Herr Manfredi konnte seine Behinderung nicht ertragen.«

»*Selbstmord?*«

»Es hat keinen Sinn, etwas anderes als die Wahrheit zu sagen. Er hat sich aus seinem Hotelfenster gestürzt. Es ging barmherzig schnell. Um zehn Uhr wird La Grand Banque die geschäftlichen Aktivitäten für eine Trauerminute unterbrechen.«

»O mein *Gott*...«

»Aber«, fuhr die Stimme in Zürich fort, »alle Konten, mit denen Herr Manfredi persönlich befaßt war, werden in ähnlich fähige Hände übergeben. Wir sind überzeugt –«

Noel legte den Hörer auf und schnitt dem Mann damit das Wort ab. *Konten ... in ähnlich fähige Hände übergeben*. Geschäftsgang wie üblich; ein Mann war tot, aber die Geschäfte der Schweizer Finanz durften nicht unterbrochen werden. Tot – *ermordet* war er worden.

Ernst Manfredi hatte sich nicht aus seinem Hotelzimmerfenster in Zürich gestürzt. Man hatte ihn *hinausgeworfen*. Die Männer der Wolfsschanze hatten ihn ermordet.

Um Gottes willen, *warum*? Und dann erinnerte sich Holcroft. Manfredi hatte die Männer der Wolfsschanze als belanglos abgetan. Er hatte Noel gesagt, ihre makabren Drohungen seien ohne Bedeutung, die Angst kranker, alter Männer, die Vergebung suchten.

Das war Manfredis Irrtum gewesen. Ohne Zweifel hatte er seinen Kollegen, den anderen Direktoren der Grande Banque, von dem seltsamen Brief erzählt, der mit unversehrten

Siegeln ihm übermittelt worden war. Vielleicht hatte er in ihrer Gegenwart über die Männer der Wolfsschanze gelacht.

Das Streichholz! Das Flämmchen! Auf der anderen Seite des Hofes nickte die Frau am Fenster! Wieder – so als könnte sie seine Gedanken lesen – bestätigte sie die Wahrheit. Eine tote Frau sagte ihm, daß er recht hatte!

Sie wandte sich ab und ging weg; das Licht im Fenster verlosch.

»Kommen Sie zurück! Kommen Sie *zurück*!« schrie Holcroft, die Hände an der Fensterscheibe. »Wer *sind* Sie?«

Das Telefon unter ihm summte. Noel starrte es an, als wäre es etwas Schreckliches und an diesem Platz Ungehöriges – es war beides. Zitternd nahm er den Hörer ab.

»Mr. Holcroft, ich bin's, Jack. Ich *glaube*, ich weiß jetzt vielleicht, was in Ihrer Wohnung passiert ist. Ich meine, ich habe zuerst nicht daran gedacht, aber vor ein paar Minuten kam's mir irgendwie.«

»Was war es denn?«

»Vor zwei Tagen sind zwei Männer dagewesen. Schlosser. Mr. Silverstein in Ihrem Stockwerk hat sein Schloß wechseln lassen. Louie hat mir davon erzählt, damit ich auch Bescheid wüßte. Und dann fing ich an nachzudenken. Weshalb kamen die nachts? Ich meine, das kostet doch schließlich Überstunden und alles das – weshalb kamen die denn nicht am Tag? Und deshalb hab' ich Louie gerade zu Hause angerufen. Er sagte, die Schlosser seien *gestern* gekommen. Wer, zum Teufel, waren also diese anderen Typen?«

»Ist Ihnen irgend etwas an denen aufgefallen? Können Sie sich erinnern?«

»Und ob ich mich erinnern kann. Ganz besonders an den einen. Den könnte ich Ihnen aus jeder Menschenmenge herauspicken! Er hatte – «

Ein scharfer Knall tönte durch die Leitung.

Ein *Schuß*!

Dann ein Krachen. Das Telefon in der Eingangshalle war heruntergefallen!

Noel warf den Hörer auf die Gabel und stürmte zur Tür, riß sie mit solcher Gewalt auf, daß sie gegen eine gerahmte Skizze an der Wand krachte und das Glas zersplitterte. Für den Lift blieb jetzt keine Zeit. Er jagte die Treppen hinunter, ohne nachzudenken, er fürchtete sich vor dem Denken, konzentrierte sich nur auf Geschwindigkeit und Gleichgewicht und hoffte, auf den Stufen nicht auszugleiten. Jetzt hatte er das Erdgeschoß erreicht und rannte durch die Tür in die Halle.

Seine Augen weiteten sich vor Schrecken. Das Schlimmste war geschehen. Jack, der Pförtner, lag rücklings über dem Stuhl, und aus seinem Hals floß Blut. Man hatte ihn in die Kehle geschossen.

Er hatte gestört. Er war im Begriff gewesen, einen der Männer der Wolfsschanze zu identifizieren, und dafür war er umgebracht worden.

Baldwin, Manfredi ... ein unschuldiger Pförtner. Tot.

... alle, die Ihnen in die Quere kommen, werden selbst gestoppt ... und jene, die Ihnen im Wege stehen, die versuchen, Sie von dem abzubringen, was Sie tun müssen, die versuchen, Sie mit Lügen zu täuschen, werden ausgelöscht werden.

... So wie es mit Ihnen und den Ihren geschehen wird, sollten Sie zögern oder versagen.

Manfredi hatte ihn gefragt, ob er wirklich eine Wahl habe. Jetzt hatte er keine mehr. Er war vom Tod umgeben.

5.

Althene Holcroft saß in ihrem Arbeitszimmer am Schreibtisch und starrte den Brief in ihrer Hand an. Ihre ausgeprägten Züge – die hohen Backenknochen, die Adlernase, die weit auseinanderliegenden Augen unter den gewölbten Brauen – waren ebenso straff, ebenso starr wie ihre Sitzhaltung. Ihre schmalen Lippen waren zusammengepreßt; ihr Atem ging gleichmäßig, aber jeder Atemzug war zu kontrolliert, zu tief, um normal zu sein. Sie las Heinrich Clausens Brief wie eine Statistik, die allem widersprach, was man bislang für unwiderlegbar gehalten hatte.

Auf der anderen Seite des Zimmers stand Noel an einem Fenster, das auf eine leicht gewellte Rasenfläche und Gärten hinter dem Haus in Bedford Hills hinausging. Einige der Sträucher waren mit Rupfen abgedeckt; es lag Kälte in der Luft, und der morgendliche Frost hatte hie und da hellgraue Flecken ins grüne Gras gelegt.

Holcroft wandte sich um und sah seine Mutter an, gab sich Mühe, seine Furcht zu verbergen, das Zittern zu unterdrükken, das ihn immer wieder überkam, wenn er an die letzte Nacht dachte. Er durfte nicht zulassen, daß seine Mutter den Schrecken sah, den er fühlte. Er fragte sich, welche Gedanken ihr jetzt durch den Kopf gehen mochten, was für Erinnerungen die mit blauer Tinte geschriebenen Worte jetzt in ihr auslösten, Worte eines Mannes, den sie einmal geliebt und dann verachtet hatte. Was auch immer sie dachte, es bliebe so lange ihr ganz persönliches Eigentum, bis sie sich zum Reden entschloß. Althene teilte nur das mit, was sie mitteilen wollte.

Sie schien seinen Blick zu spüren und hob die Augen den seinen entgegen, aber nur kurz. Dann wandte sich ihr Blick wieder dem Brief zu, wobei sie eine Locke ihres grauen Haares zurückschob. Noel schlenderte auf den Schreibtisch zu, musterte die Bücherschränke und die Fotografien an der Wand. Der Raum spiegelte das Wesen seiner Besitzerin wider, dachte er. Graziös, ja elegant, und doch war da auch eine alles durchdringende Ausstrahlung von Aktivität. Die Fotos zeigten Männer und Frauen, die zu Pferde jagten, oder auf Segelbooten in rauhem Wetter, auf Skiern in den Bergen. Es war nicht zu leugnen: in diesem sehr femininen Zimmer war zugleich ein maskuliner Hauch zu verspüren. Es war das Arbeitszimmer seiner Mutter, ihr Allerheiligstes, in das sie sich zurückzog, wenn sie allein sein, wenn sie nachdenken wollte. Aber ebensogut hätte es einem Mann gehören können.

Er setzte sich in den Ledersessel vor ihrem Schreibtisch und zündete sich mit einem goldenen Kolibri eine Zigarette an, dem Abschiedsgeschenk einer jungen Dame, die vor einem Monat aus seinem Apartment ausgezogen war. Wieder zitterte seine Hand. Er hielt das Feuerzeug, so fest er konnte.

»Das ist eine schreckliche Angewohnheit«, sagte Althene, ohne den Blick vom Brief zu heben. »Ich dachte, du wolltest das Rauchen aufgeben.«

»Habe ich auch. Einige Male.«

»Das hat Mark Twain gesagt. Sei wenigstens originell.«

Holcroft setzte sich anders in dem Sessel zurecht, er fühlte sich verlegen. »Du hast den Brief jetzt einige Male gelesen. Was denkst du?«

»Ich weiß nicht, was ich denken soll«, sagte Althene und legte den Brief vor sich auf den Tisch. »Er ist von ihm; das ist seine Handschrift, seine Art, sich auszudrücken. Arrogant, selbst wenn er bereut.«

»Du bist also auch der Ansicht, daß das Reue ist?«

»Äußerlich jedenfalls. Ich würde gerne viel mehr wissen. Ich habe einige Fragen zu dieser außergewöhnlichen finanziellen Unternehmung. Das übersteigt alles Vorstellbare.«

»Fragen führen zu anderen Fragen, Mutter. Die Männer in Genf wollen das nicht.«

»Ist es wichtig, was die wollen? So, wie ich dich verstanden habe, wenn du auch darum herumredest, verlangen die, daß du mindestens sechs Monate deines Lebens opferst, wahrscheinlich sehr viel mehr.«

Wieder war Noel verlegen. Er hatte beschlossen, ihr das Dokument der Grande Banque nicht zu zeigen. Wenn sie hartnäckig darauf bestand, es zu sehen, konnte er es immer noch herausholen. Wenn nicht, dann war das besser so; je weniger sie wußte, desto besser. Er mußte sie vor den Männern der Wolfsschanze schützen. Er zweifelte nicht im geringsten daran, daß Althene sich störend einschalten würde.

»Ich halte mit nichts Wesentlichem hinter dem Berg«, sagte er.

»Das behaupte ich ja nicht. Ich habe nur gesagt, daß du um die Sache herumredest. Du beziehst dich auf einen Mann in Genf, dessen Rang und Namen du nicht nennen willst, du sprichst von Bedingungen, die du nur zur Hälfte verrätst, von den ältesten Kindern von zwei Familien, deren Namen du verschweigst. Du läßt eine ganze Menge aus.«

»In deinem Interesse.«

»Das klingt sehr von oben herab und angesichts dieses Briefes geradezu beleidigend.«

»Das sollte es nicht, glaub mir.« Holcroft beugte sich vor. »Niemand möchte, daß dieses Bankkonto auch nur im entfferntesten mit dir in Verbindung gebracht wird. Du hast diesen Brief gelesen, du weißt, um was es geht. Um Tausende und Abertausende von Menschen, um Hunderte Millionen Dollar. Kein Mensch kann voraussehen, wer *dich* für verantwortlich halten könnte. Du warst die Frau, die ihm die Wahrheit gesagt hat. Du hast ihn verlassen, weil er sich weigerte, diese Wahrheit zu akzeptieren. Als er schließlich begriff, daß das, was du sagtest, die Wahrheit *war*, hat er getan, was er getan hat. Vielleicht sind immer noch Männer am Leben, die dich dafür töten würden. Ich werde nicht zulassen, daß du in eine solche Situation gebracht wirst.«

»Ich verstehe.« Althene zog die zwei Worte in die Länge und wiederholte sie dann noch einmal, während sie sich von ihrem Stuhl erhob und langsam durch das Zimmer zu dem Erkerfenster ging. »Bist du sicher, daß das die Sorge der Männer in Genf ist?«

»Sie – er – haben das durchblicken lassen, ja.«

»Ich nehme an, das war nicht ihre einzige Sorge.«

»Nein.«

»Soll ich nachdenken, was sie noch beunruhigt haben könnte?«

Noel erstarrte. Nicht, daß er die Intelligenz seiner Mutter unterschätzt hätte – das tat er ganz gewiß nicht –, aber es ärgerte ihn jedesmal, wenn sie ihre Gedanken in Worte kleidete, ehe er selbst Gelegenheit gehabt hatte, sie auszusprechen.

»Ich nehme an, das liegt auf der Hand«, sagte er.

»So?« Althene wandte sich vom Fenster ab und sah ihn an.

»Es steht ja da. Wenn an die Öffentlichkeit käme, woher dieses Konto stammt, gäbe es juristische Probleme. Vor den internationalen Gerichten würden Ansprüche angemeldet werden.«

»Ja.« Seine Mutter sah weg. »Das liegt auf der Hand. Aber es erstaunt mich, daß man dir erlaubt hat, mir überhaupt etwas zu sagen.«

Noel lehnte sich unruhig in seinem Sessel zurück. »Warum? Willst du wirklich etwas unternehmen?«

»Die Versuchung ist groß«, antwortete sie und sah immer noch zum Fenster hinaus. »Ich glaube nicht, daß man je den

Wunsch verliert, zurückzuschlagen, sich an jemandem zu rächen, der einem sehr weh getan hat. Selbst wenn einem das dazu verholfen hat, sein Leben zu verbessern. Das war bei dem meinen – bei dem unseren – weiß Gott der Fall. Von einer Hölle zu einem Glück, wie ich es nie mehr zu erhoffen gewagt hätte.«

»Dad?« fragte Noel.

Althene drehte sich herum. »Ja. Er hat mehr riskiert, als du je begreifen wirst, um uns zu schützen. Ich war eine Närrin gewesen, und er hat diese Närrin aufgenommen – und das Kind der Närrin. Er hat uns mehr als nur Liebe gegeben; er hat uns auch unser Leben wiedergeschenkt. Und dafür hat er nur Liebe von uns erwartet.«

»Die hast du ihm gegeben.«

»Und ich werde sie ihm geben, bis ich sterbe. Richard Holcroft ist der Mann, von dem ich einmal glaubte, daß Clausen es wäre. Ich hatte unrecht, so schrecklich unrecht... Die Tatsache, daß Heinrich seit vielen Jahren tot ist, scheint nichts auszumachen; der Abscheu, den ich empfinde, ist immer noch da. Ich will zurückschlagen.«

Noel achtete darauf, daß seine Stimme ruhig blieb. Er mußte seine Mutter von ihren Gedanken abbringen; die Überlebenden der Wolfsschanze würden sie sonst nicht am Leben lassen. »Du würdest dich an dem Mann rächen, an den du dich erinnerst, nicht an dem Mann, der diesen Brief geschrieben hat. Vielleicht war das, was du ursprünglich in ihm gesehen hast, wirklich da. Am Ende ist es in ihn zurückgekehrt.«

»Das wäre tröstlich, nicht wahr?«

»Ich glaube, daß es so ist. Der Mann, der diesen Brief geschrieben hat, hat nicht gelogen. Er hat gelitten.«

»Das hat er verdient; er hat so viel Leid verursacht; er war der rücksichtsloseste Mensch, den ich je gekannt habe. Aber äußerlich wirkte er völlig anders, beseelt von einer großen Sache. Aber – o *Gott* – als was hat sich diese Sache dann erwiesen!«

»Er hat sich verändert, Mutter«, unterbrach Holcroft. »Du hast seine Veränderung mit bewirkt. Am Ende seines Lebens wollte er nur mithelfen, das wieder gutzumachen, was er getan hatte. Er spricht es aus: ›*Wir müssen für Wiedergutmachung sorgen.*‹ Bedenke doch, was er unternommen hat – was sie alle drei unternommen haben –, um das möglich zu machen.«

»Ich kann das alles nicht so einfach abtun, das weiß ich. Ebensowenig, wie ich seine Worte abtun kann. Ich höre ihn förmlich sprechen, aber da spricht ein sehr junger Mann. Ein junger, zielbewußter Mann, an dessen Seite ein sehr junges, wildes Mädchen ist.« Althene hielt inne; dann sprach sie weiter, ganz eindringlich jetzt. »Warum hast du mir den Brief gezeigt? Warum hast du das alles zurückgebracht?«

»Weil ich mich entschieden habe, zu tun, was man von mir verlangt. Das bedeutet, daß ich das Büro schließen muß, daß ich viel reise und am Ende einige Monate in der Schweiz arbeite. Der Mann in Genf hatte recht – du hättest das alles nicht einfach so geschluckt, ohne mir eine Menge Fragen zu stellen. Er hatte Angst, du könntest das Gras wachsen hören und dann unbedacht handeln.«

»Auf *deine* Kosten?« fragte Althene.

»Ich denke schon. Er hielt es für möglich. Er sagte, deine Erinnerungen seien stark. ›Unauslöschbar eingeprägt‹, waren seine Worte.«

»Unauslöschbar«, nickte Althene.

»Er sagte, es gebe keinen legalen Weg; es sei besser, mit dem Geld so zu verfahren, wie es geplant war. Um Wiedergutmachung zu leisten.«

»Vielleicht hat er recht. Wenn das Ganze überhaupt möglich ist. Überfällig ist es, weiß Gott. Was Heinrich auch angerührt hat, es ist nie etwas Gutes dabei herausgekommen.« Althene machte eine Pause, und ihr Gesicht wirkte plötzlich angespannt. »Du warst die einzige Ausnahme. Vielleicht ist dies die zweite.«

Noel erhob sich und ging zu seiner Mutter. Er nahm sie bei den Schultern und zog sie an sich. »Der Mann in Genf hat gesagt, du seist unglaublich. Und das bist du.«

Althene trat zurück. »Das hat er gesagt? ›Unglaublich‹?«

»Ja.«

»Ernst Manfredi«, flüsterte sie.

»Du *kennst* ihn?« fragte Holcroft.

»Das ist ein Name, der viele Jahre zurückreicht. Er lebt also noch.«

Noel gab darauf keine Antwort. »Wie kommst du darauf, daß er es war?«

»Ein Sommernachmittag in Berlin. Er war dort. Er half uns dabei, das Land zu verlassen. Dir und mir. Er brachte uns in das Flugzeug, gab mir Geld. Du lieber Gott...« Althene löste sich aus den Armen ihres Sohnes und ging auf ihren Schreibtisch zu. »Damals hat er mich ›unglaublich‹ genannt, an jenem Nachmittag. Er sagte, sie würden Jagd auf mich machen, mich finden. Uns finden. Er sagte, er werde alles tun, was in seiner Macht stehe. Er sagte mir, was ich tun sollte, was ich sagen sollte. Ein nicht besonders eindrucksvoller kleiner Schweizer Bankier war an jenem Nachmittag ein Riese. Mein Gott, nach all den Jahren...«

Noel betrachtete seine Mutter, sein Staunen war jetzt vollkommen. »Weshalb hat er nichts davon gesagt? Weshalb hat er es mir denn nicht *gesagt*?«

Althene drehte sich zu ihrem Sohn herum, starrte aber durch ihn hindurch. »Ich glaube, er wollte, daß ich es selbst herausfinde. Auf diese Weise. Er war nicht der Mann, der eine alte Schuld ohne Ansehen der Person eintreibt.« Sie seufzte. »Ich will nicht so tun, als wären die Fragen damit zum Schweigen gebracht. Ich verspreche gar nichts. Wenn ich mich dazu entschließe, etwas zu unternehmen, werde ich dich rechtzeitig warnen. Aber für den Augenblick werde ich mich nicht einschalten.«

»Das ist ziemlich vage, findest du nicht?«

»Mehr kann ich dir nicht versprechen. Jene Erinnerungen sind tatsächlich unauslöschbar eingeprägt.«

»Aber im Augenblick willst du nichts tun?«

»Darauf hast du mein Wort. Ich gebe es nicht leichthin, und ich werde es nicht leichthin zurücknehmen.«

»Wann wäre das der Fall?«

»Wenn du verschwinden würdest, zum Beispiel.«

»Ich bleibe mit dir in Verbindung.«

Althene Holcroft blickte ihrem Sohn nach, wie er das Zimmer verließ. Ihr Gesicht – noch vor wenigen Augenblikken so angespannt, so starr – wirkte jetzt gelöst. Ihre schmalen Lippen formten ein Lächeln, ihre Augen waren nachdenklich, strahlten stille Befriedigung und Kraft aus.

Sie griff nach dem Telefon und drückte den Knopf.

»Überseevermittlung, bitte. Ich möchte ein Gespräch mit Genf.«

Er brauchte einen beruflich einleuchtenden Grund, um Holcroft Incorporated zu schließen. Es durfte nicht dazu kommen, daß ernsthaft Fragen gestellt wurden. Die Überlebenden der Wolfsschanze waren Killer, die Fragen leicht als Störung empfanden. Er mußte legal verschwinden... Aber das war nicht so einfach. Dazu brauchte es plausible Gründe, die wenigstens den Anschein von Legalität erweckten.

Den *Anschein* von Legalität.

Sam Buonoventura.

Sam war unverdächtig. Er gehörte zu den besten Bauingenieuren in der Branche. Aber Sam war der Sonne so lange gefolgt, bis sie sein Hirn verbrannt hatte. Er war fünfzig und der geborene Absahner, der mal am City College in der Bronx studiert hatte und es jetzt vorzog, in wärmerem Klima schnell ans große Geld zu kommen.

Eine kurze Dienstzeit beim Ingenieurcorps der Army hatte Buonoventura davon überzeugt, daß es jenseits der Grenzen der Vereinigten Staaten eine bessere, einträglichere Welt gab, besonders südlich der Keys. Man brauchte bloß gut zu sein – gut in einem Job, der Teil eines größeren Jobs war, in den viel Geld investiert wurde. Und der Bauboom der fünfziger und sechziger Jahre in Lateinamerika und in der Karibik war wie für Sam geschaffen, von dem Firmen und Regierungen bald die Überzeugung gewannen, daß er der Mann war, der alles im Griff hatte.

Hatte Sam sich erst einmal einen Überblick über die Baupläne, die verfügbaren Arbeitskräfte und Gelder verschafft und seinen Auftraggebern den Termin genannt, an dem ein Hotel oder ein Flughafen oder ein Damm stünden, irrte er sich selten um mehr als vier Prozent. Er war ein Traum von einem Architekten: er betrachtete sich nicht als Künstler, sondern als Manager.

Noel hatte bei zwei Auslandsaufträgen mit Buonoventura

zusammengearbeitet, das erstemal in Costa Rica, wo Holcroft, wenn Sam nicht gewesen wäre, sein Leben verloren hätte. Der Ingenieur hatte darauf bestanden, daß der gepflegte, höfliche Architekt aus den vornehmeren Vierteln von Manhattan lernte, mit einem Revolver umzugehen, nicht nur mit einer Jagdflinte von Abercrombie & Fitch. Sie bauten ein Postamt irgendwo im Hinterland, und das war weiß Gott eine andere Umgebung als die Cocktailbars im Plaza und im Waldorf und auch weit ab von San José. Der Architekt hatte die Schießübungen am Wochenende als lächerlich empfunden, aber die Höflichkeit verlangte, daß er gute Miene zum bösen Spiel machte. Die Höflichkeit und Buonoventuras dröhnende Stimme.

Am Ende der folgenden Woche freilich war ihm der Architekt höchst dankbar dafür. Aus den Bergen waren Diebe aufgetaucht, um von der Baustelle Sprengstoff zu stehlen. Zwei Männer brachen nachts in Noels Hütte ein, während er schlief. Als sie merkten, daß dort kein Sprengstoff zu holen war, rannte einer hinaus und rief seinem Komplizen zu:

»Matemos el gringo!«

Aber der *gringo* verstand die Sprache. Er griff nach seinem Revolver – dem Revolver, den Sam Buonoventura ihm beschafft hatte – und schoß den Mann, der ihn töten wollte, nieder.

Sam sagte dazu nur: »Wär das in Sizilien passiert, könnt ich jetzt für den Rest deines Lebens deinen Schutzengel spielen.«

Noel erreichte Buonoventura über eine Schiffahrtsgesellschaft in Miami. Er war gerade in den Niederländischen Antillen, in Willemstad auf der Insel Curaçao.

»Wie, zum Teufel, geht's dir denn, Noley?« schrie Sam über das Telefon. »Herrgott, das muß jetzt schon vier oder fünf Jahre her sein! Was macht die Kunst? Kannst du noch schießen?«

»Das hab' ich seit den *colinas* nicht mehr müssen, und so bleibt es auch, hoffentlich. Wie steht's bei dir?«

»Die Knaben hier unten haben 'ne Masse Geld zu verpulvern, also bin ich mit von der Partie. Brauchst du Arbeit?«

»Nein. Eine Gefälligkeit.«

»Nämlich?«

»Ich muß aus privaten Gründen ein paar Monate von hier verschwinden. Ich brauch einen plausibel klingenden Grund, daß ich nicht in New York bin, nicht erreichbar. Einen Grund, über den die Leute sich nicht den Kopf zerbrechen. Ich hab' da eine Idee, Sam, und ich hab' mich gefragt, ob du mir helfen könntest, damit es klappt.«

»Wenn wir beide dasselbe meinen, dann ganz sicher.«

Sie meinten beide dasselbe. Es war nicht ungewöhnlich, daß bei Riesenprojekten an entlegenen Orten beratende Architekten eingestellt wurden, deren Namen nicht auf den Plänen oder Blaupausen erschienen, aber deren Erfahrung man brauchte. Diese Praxis beschränkte sich normalerweise auf jene Gegenden, wo aus Rücksicht auf den Lokalpatriotismus Einheimische angestellt werden mußten. Das Problem dabei war natürlich, daß nur allzu häufig die ortsansässigen Leute nicht über genügend Ausbildung und Erfahrung verfügten. Die Geldgeber schlossen alle Risiken aus, indem sie tüchtige Fachleute kommen ließen, die die Arbeit der Ortsansässigen überwachten und korrigierten und so dafür sorgten, daß die Projekte klappten.

»Hast du irgendwelche Vorschläge?« wollte Noel wissen.

»Teufel, ja. Du kannst dir ein halbes Dutzend unterentwikkelte Länder aussuchen. Afrika, Südamerika, auch einige Inseln hier in den Antillen und den Grenadinen. Die Multis fallen wie Spinnen darüber her, aber die Eingeborenen sind immer noch so empfindlich. Die Beraterjobs werden unter der Decke gehandelt, und keiner spricht drüber – viel Schmiere, wenn du verstehst, was ich meine.«

»Ich will keinen Job, Sam. Ich brauch nur Tarnung. Irgendeinen Ort, den ich angeben kann. Und den Namen von einem, der mich, wenn nötig, deckt.«

»Warum nicht ich? Ich werd' den größten Teil des Jahres hier festhängen. Vielleicht noch länger. Und wenn das Hotel fertig ist, muß ich zwei Marinas und einen ausgewachsenen Yachtclub auf die Beine stellen. Ich stehe zur Verfügung, Noley.«

»Das habe ich gehofft.«

»Das hab' ich mir gedacht. Ich geb' dir die Einzelheiten durch, und du sagst mir Bescheid, wo ich dich erreichen kann, falls irgendeiner deiner Freunde aus der besseren Gesellschaft eine Cocktailparty für dich veranstalten möchte.«

Holcroft brachte seine beiden Zeichner und die Sekretärin bis Mittwoch in anderen Stellen unter. Wie er vermutet hatte, war das nicht schwierig – es waren gute Leute. Dann führte er vierzehn Telefongespräche mit Projektleitern in Firmen, wo seine Pläne an Ausschreibungen beteiligt waren, und erfuhr zu seiner Überraschung, daß er in acht Fällen die Nase vorn hatte. Wenn er mit allen acht durchgekommen wäre, dann hätten die Honorare dafür mehr ausgemacht, als er in den letzten fünf Jahren verdient hatte.

Aber doch nicht zwei Millionen Dollar; das war ihm bewußt. Und wenn es ihm nicht bewußt gewesen wäre, dann jedenfalls den Überlebenden der Wolfsschanze.

Der Telefonauftragsdienst bekam genaue Anweisungen. Holcroft Incorporated stand im Augenblick für Architekturprojekte nicht zur Verfügung. Das Büro hatte ein Überseeprojekt von beträchtlicher Größe übernommen. Der Anrufende solle Namen und Telefonnummer hinterlassen...

Für diejenigen, die weitere Informationen haben wollten, wurde unter dem Namen Samuel Buonoventura Limited ein Postfach in Curaçao auf den Niederländischen Antillen eingetragen. Und den wenigen Leuten, die dann noch auf einer Telefonnummer bestanden, sollte die von Sam genannt werden.

Noel hatte mit Buonoventura verabredet, daß er ihn einmal die Woche anrief; mit dem Auftragsdienst wollte er es genauso halten.

Am Freitagmorgen hatte er ein etwas ungutes Gefühl wegen seiner Entscheidung. Er entfernte sich jetzt aus einem Garten, den er bestellt hatte, und betrat einen fremden Wald.

Nichts ist so, wie es für Sie war. Nichts kann jemals wieder so sein.

Wenn er nun die Kinder von Tiebolts nicht fand? Angenommen, sie waren tot und ihre sterblichen Überreste lagen irgendwo auf einem brasilianischen Friedhof begraben? Sie waren vor fünf Jahren in Rio de Janeiro verschwunden; was ließ ihn eigentlich glauben, er könne sie wieder erscheinen lassen? Und wenn er das nicht konnte, würden die Überlebenden der Wolfsschanze dann zuschlagen? Er hatte Angst. Aber Angst allein war es nicht, dachte Holcroft, als er zur Ecke Dreiundsiebzigste Straße und Dritte Avenue ging. Es gab Mittel und Wege, um mit Furcht zurechtzukommen. Er konnte das Genfer Dokument den Behörden übergeben, dem State Department, und ihnen sagen, was er von Peter Baldwin und Ernst Manfredi und einem Pförtner namens Jack wußte. Er könnte den gigantischen Raub anzeigen, der vor dreißig Jahren verübt worden war, und dankbare Tausende auf der ganzen Welt würden dafür sorgen, daß er beschützt wurde.

Das wäre das Vernünftigste; aber irgendwie waren Vernunft und Selbstschutz nicht wichtig. Nicht jetzt. Es gab einen Mann, der vor dreißig Jahren die Hölle durchgemacht hatte. Und dieser Mann war der Grund seines Tuns.

Er winkte einem Taxi, und dabei kam ihm ein seltsamer Gedanke, von dem er wußte, daß er aus den tiefsten Tiefen seiner Seele kam. Das ›andere‹ war es, das ihn in den fremden Wald trieb.

Er nahm da eine Schuld auf sich, die gar nicht die seine war. Er nahm die Sünden Heinrich Clausens auf sich.

Wir müssen für Wiedergutmachung sorgen.

»Fünfte Avenue, Nummer Dreiundsechzig, bitte«, sagte er zu dem Fahrer, als er ins Taxi stieg. Das war die Adresse des brasilianischen Konsulats.

Die Jagd hatte begonnen.

6.

»Damit ich Sie nicht falsch verstehe, Mr. Holcroft«, sagte der betagte Attaché und lehnte sich in seinem Sessel zurück. »Sie sagen, Sie wünschen eine Familie ausfindig zu machen, deren Namen Sie nicht nennen möchten. Sie sagen, diese Familie sei irgendwann in den vierziger Jahren nach Brasilien eingewandert und nach neuesten Informationen vor einigen Jahren verschwunden. Ist das richtig?«

Noel sah den etwas verwirrten Ausdruck im Gesicht des

Attachés und begriff. Vielleicht war das ein närrisches Spiel, aber Holcroft kannte kein anderes, das er hätte spielen können. Er würde den Namen der von Tiebolts nicht nennen, solange er Brasilien nicht betreten hatte; er würde niemandem die Gelegenheit geben, eine Suche noch mehr zu komplizieren, die von Anfang an ein einziger Hindernislauf für ihn war. Er lächelte freundlich.

»Das habe ich nicht gesagt. Ich habe gefragt, wie man eine solche Familie finden könnte. Ich habe nicht gesagt, daß ich derjenige bin, der sie sucht.«

»Dann ist das eine hypothetische Frage? Sind Sie Journalist?«

Holcroft dachte über die Frage des Diplomaten nach. Wie einfach es doch jetzt wäre, ja zu sagen; was für eine bequeme Erklärung für die Fragen, die *er* später stellen würde. Andererseits würde er in ein paar Tagen nach Rio de Janeiro fliegen. Vorher mußten Einreiseformulare ausgefüllt werden, vielleicht brauchte er sogar ein Visum, das wußte er nicht. Wenn er jetzt eine falsche Antwort gab, konnte diese später durchaus zu einem Problem werden.

»Nein, ich bin Architekt.«

Die Augen des Attachés verrieten seine Überraschung. »Dann werden Sie natürlich Brasilia besuchen. Eine Meisterleistung.«

»Das möcht ich sehr gerne.«

»Sie sprechen portugiesisch?«

»Ein bißchen spanisch. Ich habe schon in Mexiko gearbeitet. Und in Costa Rica.«

»Wir kommen von unserem Thema ab«, sagte der Attaché und beugte sich vor. »Ich habe Sie gefragt, ob Sie Journalist seien, und Sie haben gezögert. Sie waren versucht, mit ja zu antworten, weil das bequem gewesen wäre. Offen gestanden, das verrät mir, daß Sie tatsächlich derjenige sind, der diese verschwundene Familie sucht. Warum wollen Sie mir jetzt nicht auch den Rest erzählen?«

Wenn er während seiner Suche in den fremden Dschungeln mit Lügen arbeiten wollte, dachte Noel, dann tat er gut daran, sich zuallererst seine unwichtigen Antworten zurechtzulegen. Lektion eins: Gute Vorbereitung.

»Viel gibt es da nicht zu erzählen«, sagte er verlegen. »Ich unternehme eine Reise in Ihr Land und habe einem Freund versprochen, mich nach diesen Leuten umzusehen, die er früher mal kennengelernt hat.« Das war eine Abwandlung der Wahrheit, und keine schlechte, dachte Holcroft. Vielleicht konnte er sie deshalb so überzeugend vorbringen. Lektion zwei: Man muß Lügen immer auf einer Teilwahrheit aufbauen.

»Aber Ihr ... *Freund* hat versucht, sie ausfindig zu machen, und es nicht geschafft.«

»Er hat es aus der Ferne versucht. Das ist nicht dasselbe.«

»Ja, das ist es sicher nicht. Und weil Ihr Freund befürchtet, daß es – sagen wir mal – Komplikationen geben könnte, deshalb ziehen Sie es also vor, die Familie nicht namentlich zu nennen.«

»Richtig.«

»Nein, nicht richtig. Es wäre für jeden x-beliebigen Anwalt nichts leichter, als sich mit einer Suchaufforderung an die entsprechenden Stellen in Rio de Janeiro zu wenden. Das geschieht die ganze Zeit. Ihr Freund aber möchte, weil die Familie, die er sucht, nirgends aufzufinden ist, daß *Sie* sich auf ihre Spur setzen.« Der Attaché lächelte und zuckte die Achseln, als hätte er gerade das kleine Einmaleins aufgesagt.

Noel musterte den Brasilianer mit wachsender Gereiztheit. Lektion drei: Laß dich nicht durch beiläufig vorgebrachte, vordergründige Schlüsse in eine Falle locken. »Wissen Sie was?« sagte er. »Sie sind ein recht widerwärtiger Bursche.«

»Tut mir leid, daß Sie das so sehen«, erwiderte der Attaché aufrichtig. »Ich möchte Ihnen gerne helfen. Das ist meine Aufgabe hier. Ich habe einen Grund, weshalb ich so zu Ihnen gesprochen habe. Sie sind weiß Gott nicht der erste Mann und werden auch nicht der letzte sein, der sich nach Leuten umsieht, die ›irgendwann in den vierziger Jahren‹ in mein Land gegangen sind. Ich bin sicher, daß ich das nicht näher zu erklären brauche. Die überwiegende Mehrzahl jener Leute waren Deutsche, wobei viele beträchtliche Geldsummen nach Brasilien brachten, die von Bürgern neutraler Länder überwiesen wurden. Was ich hier zum Ausdruck bringen möchte, ist ganz einfach: Seien Sie vorsichtig. Solche Leute wie die, von denen Sie sprechen, verschwinden nicht ohne Grund.«

»Was meinen Sie damit?«

»Die müssen verschwinden, Mr. Holcroft. *Mußten*. Abgesehen von den Nürnberger Prozessen und den Israelis, die sie jagten, verfügten viele über Mittel – in manchen Fällen sogar über Vermögen –, die von den besiegten Völkern, ihren Behörden und Regierungsstellen gestohlen waren. Man hätte diese Mittel zurückfordern können.«

Noels Bauchmuskeln spannten sich. Es *gab* also eine Verbindung. Und sei sie noch so verquer. Die von Tiebolts waren in einen Diebstahl verwickelt, der so gigantisch und so kompliziert war, daß man ihn sich kaum vorstellen konnte. Aber das konnte nicht der Grund ihres Verschwindens sein. Lektion vier: Du mußt auf unerwartete Zufälle vorbereitet sein, und seien sie noch so unwahrscheinlich; du mußt bereit sein, Reaktionen zu verbergen.

»Ich glaube nicht, daß die Familie in so etwas verwickelt sein könnte«, sagte er.

»Aber Sie sind sich, natürlich, nicht ganz sicher.«

»Ich möchte schon sagen, daß ich sicher bin. Und im Augenblick will ich nur wissen, wie ich es anstellen muß, sie zu finden – oder herauszufinden, was ihnen passiert ist.«

»Ich habe von Anwälten gesprochen.«

»Keine Anwälte. Ich bin Architekt, wie ich Ihnen schon sagte. Rechtsanwälte sind die natürlichen Feinde meines Berufsstandes; die nehmen uns die meiste Zeit weg.« Holcroft lächelte. »Was auch immer ein Anwalt tun kann, kann ich selbst viel schneller. Ich spreche Spanisch. Ich werde mit Portugiesisch auch zurechtkommen.«

»Aha.« Der Attaché schien zu überlegen und griff nach einer Schachtel mit Zigarillos, die auf seinem Schreibtisch stand. Er klappte sie auf und hielt sie Holcroft hin, der den Kopf schüttelte. »Wirklich nicht? Das sind Havannas.«

»Wirklich nicht. Außerdem habe ich es eilig.«

»Ja, ich weiß.« Der Attaché ließ ein silbernes Tischfeuerzeug aufschnappen und inhalierte dann tief. Die Spitze des Zigarillos glühte auf. »Ich kann Sie also nicht überreden, mir den Namen dieser Familie zu sagen?«

»Herrgott...« Holcroft stand auf. Jetzt reichte es ihm. Er würde andere Quellen finden müssen.

»Bitte«, sagte der Brasilianer, »bitte, setzen Sie sich. Nur noch einen oder zwei Augenblicke. Ich verspreche Ihnen, Sie vergeuden Ihre Zeit nicht.«

Noel sah das Drängen in den Augen des Attachés. Er setzte sich. »Was denn?«

»*La comunidad alemana*. Ich benutze die spanische Sprache, die Sie ja verstehen.«

»Die deutsche Gemeinschaft? Es gibt in Rio eine deutsche Kolonie – meinen Sie das?«

»Ja, aber das ist nicht nur geographisch gemeint. Es gibt einen Vorortbezirk – den deutschen *barrio*, wenn Sie so wollen, aber den meine ich nicht. Ich meine vielmehr das, was wir *la otra cara de los alemanes* nennen. Verstehen Sie das?«

»Das ›andere Gesicht‹... das unter der Maske.«

»Genau. ›Das Eigentliche‹, könnte man sagen. Das, was sie zu dem macht, was sie sind; was sie dazu veranlaßt, das zu tun, was sie tun. Es ist wichtig, daß Sie das verstehen.«

»Das tue ich, glaub ich. Ich glaube, Sie haben es mir klargemacht. Die meisten waren Nazis, die den Entnazifizierungsverfahren entgingen und Geld ins Land brachten, das nicht ihnen gehörte. Menschen, die sich versteckten und unter falschem Namen lebten. Es ist nur natürlich, daß solche Leute zusammenhalten.«

»Allerdings«, sagte der Brasilianer. »Aber man sollte eigentlich erwarten, daß sie sich nach so vielen Jahren besser dem Land assimiliert hätten.«

»Warum? Sie arbeiten hier in New York. Gehen Sie doch hinunter in die untere East Side oder in die Mulberry Street oder hinauf in die Bronx. Dort gibt es Enklaven mit Italienern, Polen, Juden. Die sind seit Jahrzehnten da. Sie sprechen hier von fünfundzwanzig, dreißig Jahren. Das ist doch noch gar nichts.«

»Natürlich gibt es da Parallelen. Aber glauben Sie mir, es ist nicht dasselbe. Die Leute hier in New York, von denen Sie sprechen, scharen sich ganz offen zusammen; sie tragen ihre Herkunft unverhüllt zur Schau. In Brasilien ist das nicht so. Die deutsche Gemeinschaft gibt vor, assimiliert zu sein, ist es aber nicht. Im geschäftlichen Bereich ja, aber sonst kaum. Ein Gefühl der Furcht und des Zorns beherrscht sie. Zu viele von ihnen sind schon zu lange gejagt worden; Tausende verstekken ihr Ich Tag für Tag vor jedem außer vor sich selbst. Sie haben ihre eigene Hierarchie. Drei oder vier Familien geben den Ton an; ihre riesigen Vermögen beeinflussen das ganze Land.« Wieder machte der Attaché eine Pause. »Beginnen Sie zu begreifen, was ich sagte? Der Generalkonsul würde so etwas nicht sagen; meine Regierung ließe das nicht zu. Aber ich stehe ganz unten auf der Leiter. Ich kann meine Meinung sagen. Verstehen Sie jetzt?«

Noel war verwirrt. »Offen gestanden, nein. Nichts von dem, was Sie gesagt haben, überrascht mich. In den Nürnberger Prozessen nannte man das ›Verbrechen gegen die Menschlichkeit‹. Das führt zu Schuldgefühlen, und Schuldgefühle erzeugen Furcht. Es ist ganz natürlich, daß solche Leute in einem Land, das nicht das ihre ist, dazu neigen, beieinander zu bleiben.«

»Schuldgefühle erzeugen in der Tat Furcht. Und Furcht wiederum erzeugt Argwohn. Und am Ende erzeugt Argwohn Gewalt. Das ist es, was Sie begreifen müssen. Ein Fremder, der nach Rio kommt und Deutsche sucht, die verschwunden sind, begibt sich auf eine gefährliche Suche. *La otra cara de los alemanes.* Die schützen sich gegenseitig.« Der Attaché griff nach seinem Zigarillo. »Nennen Sie uns den Namen, Mr. Holcroft. Lassen Sie *uns* nach diesen Leuten suchen.«

Noel beobachtete den Brasilianer, wie er den Rauch seiner teuren Havanna inhalierte. Er wußte nicht recht, weshalb, aber plötzlich empfand er ein Gefühl der Unruhe. *Laß dich nicht durch beiläufig vorgebrachte, vordergründige Schlüsse in eine Falle locken ...* »Das kann ich nicht. Ich glaube, Sie übertreiben, und Sie sind ganz offensichtlich nicht bereit, mir zu helfen.« Er stand auf.

»Nun gut«, sagte der Brasilianer. »Ich will Ihnen sagen, wozu Sie mich nicht brauchen. Wenn Sie nach Rio kommen, dann gehen Sie zur Einwanderungsbehörde. Wenn Sie die Namen und die ungefähren Daten haben, kann man Ihnen dort vielleicht behilflich sein.«

»Vielen Dank«, sagte Noel und wandte sich zur Tür.

Der Brasilianer trat schnell aus dem Büro in einen großen Vorraum, der als Empfang diente. Ein junger Mann erhob sich aus einem Lehnsessel, als er seinen Vorgesetzten sah.

»Sie können jetzt wieder in Ihr Büro, Juan.«

»Danke, Exzellenz.«

Der Ältere ging an der Empfangssekretärin vorbei zu einer Doppeltür. Auf dem linken Türblatt war das Wappen der Repúbblica Federal do Brasil angebracht, auf der rechten eine Tafel mit goldenen Lettern: OFÍCIO DO CÔNSUL GENERAL.

Der Generalkonsul betrat durch die Flügeltür einen kleineren Vorraum, das Büro seiner Sekretärin. Er ging auf seine eigene Bürotür zu und sagte zu der jungen Frau: »Verbinden Sie mich mit der Botschaft. Den Botschafter selbst, bitte. Wenn er nicht da ist, treiben Sie ihn auf. Sagen Sie ihm, es handle sich um eine vertrauliche Angelegenheit; er weiß dann schon, ob er sprechen kann oder nicht.«

Der oberste Diplomat Brasiliens in der wichtigsten Stadt der Vereinigten Staaten schloß die Tür, ging zu seinem Schreibtisch und setzte sich. Er griff nach ein paar zusammengehefteten Papieren. Die ersten Seiten waren Fotokopien von Zeitungsberichten, Darstellungen des Mordes auf dem Flug 591 der British Airways von London nach New York und der darauffolgenden Entdeckung der zwei Morde auf dem Flughafengelände. Die zwei letzten Seiten waren Kopien der Passagierliste der Maschine. Der Diplomat überflog die Namen: HOLCROFT NOEL, DEP. GENEVA. BA ›577.O.LON. BA‹ 591. X. NYC. Er starrte die Information an, als wäre er irgendwie erleichtert, sie noch vorzufinden.

Sein Telefon summte. Er hob ab. »Ja?«

»Der Botschafter ist am Apparat, Sir.«

»Danke.« Der Generalkonsul hörte ein Echo, Hinweis darauf, daß der Zerhacker eingeschaltet war. »Herr Botschafter?«

»Ja, Geraldo. Was ist denn so dringend und vertraulich?«

»Vor ein paar Minuten war hier ein Mann, der mich fragte, wie er es anstellen müsse, eine Familie in Rio ausfindig zu machen, die er auf herkömmliche Weise nicht hatte ermitteln können. Er heißt Holcroft. Noel Holcroft, ein Architekt aus New York City.«

»Das sagt mir nichts«, meinte der Botschafter. »Sollte es das?«

»Nur wenn Sie in letzter Zeit die Passagierliste der British Airways von London gelesen haben. Vom letzten Samstag.«

»Flug Fünf-neun-eins?« Der Botschafter sprach nun mit scharfer Stimme.

»Ja. Holcroft ist am Samstagmorgen von Genf abgeflogen und in Heathrow in die Fünf-neun-eins umgestiegen.«

»Und jetzt möchte er die Leute in Rio ausfindig machen? Was für Leute?«

»Das wollte er nicht sagen. Ich war der ›Attaché‹ für ihn.«

»Natürlich. Sagen Sie mir alles. Ich schicke ein Telegramm nach London. Halten Sie es für möglich –« Der Botschafter machte eine Pause.

»Ja«, sagte der Generalkonsul mit leiser Stimme. »Ich halte es für sehr möglich, daß er die von Tiebolts sucht.«

»Sagen Sie mir alles«, wiederholte der Mann in Washington. »Die Briten glauben, diese Morde seien das Werk des Tinamu.«

Noel sah sich in der Lounge der Braniff 747 um. Er hatte das Gefühl, das alles schon einmal erlebt zu haben. Die Farben waren greller, die Uniformen der Stewardessen modischer geschnitten. Aber sonst schien das Flugzeug identisch mit dem der British Airways, Flug 591. Der Unterschied lag nur in der Einstellung der Leute. Dies war die Rio-Route, sorglose Ferien, die schon im Flug begannen und dann an den Stränden der Goldküste weitergingen.

Für ihn freilich würden dies keine Ferien werden, dachte Holcroft, alles andere als Ferien. Der einzige Höhepunkt, der ihn erwartete, war eine Entdeckung: wo sich die Familie von Tiebolt aufhielt oder daß sie sich in Luft aufgelöst hatte.

Sie flogen jetzt schon über fünf Stunden. Er hatte sich durch ein langweiliges Essen gepickt, einen noch langweiligeren Film verschlafen und schließlich beschlossen, nach oben zu gehen.

Er hatte es zuerst hinausgeschoben, die Bar in der Lounge aufzusuchen. Die Erinnerung an das Geschehen vor einer Woche belastete ihn noch. Das Unglaubliche war vor seinen Augen geschehen. Ein Mann war ermordet worden, keine zwei Schritte von dort, wo er saß. Er hätte sich vorbeugen und die zuckende Gestalt *berühren* können. Der Tod war nur wenige Zentimeter von ihm entfernt gewesen, kein natürlicher Tod, ein chemischer Tod – Mord.

Strychnin. Ein farbloses, kristallines Alkaloid, das unerträgliche Krämpfe erzeugte. Warum war es geschehen? Wer war verantwortlich und aus welchem Grund? Die Berichte in den Zeitungen hatten viele Einzelheiten geliefert, und es gab mehrere Theorien.

Zwei Männer waren in der Bar von Flug 591 aus London in unmittelbarer Nähe des Opfers gewesen. Jeder von ihnen hätte dem Opfer das Gift ins Glas praktizieren können; man nahm an, daß es einer der beiden getan hatte. Aber weshalb? Laut Flughafenpolizei gab es keinerlei Beweise dafür, daß die zwei Männer Thornton gekannt hatten. Und diese – die mutmaßlichen Mörder – wurden ihrerseits vor einem Tanklaster erschossen aufgefunden. Sie waren aus dem Flugzeug verschwunden, aus dem abgeriegelten Zollgebiet, aus dem Untersuchungsraum. Und waren selbst ermordet worden. Warum? Von wem?

Niemand wußte darauf die Antwort. Nur Fragen gab es. Und dann hörten selbst die Fragen auf. Die Story verschwand aus den Zeitungen und Nachrichtensendungen ebenso plötzlich, wie sie dort aufgetaucht war, so als hätte jemand das angeordnet. Wiederum: weshalb? Und wieder: wer war dafür verantwortlich?

»Das war doch Scotch on the Rocks, nicht wahr, Mr. Holcroft?«

Das Gefühl, das alles schon einmal erlebt zu haben, war jetzt vollkommen. Die Worte waren dieselben, aber jemand anders hatte sie gesprochen. Die Stewardeß, die sich über ihn beugte und das Glas auf den runden kunststoffbezogenen Tisch stellte, war attraktiv – so wie die Stewardeß auf Flug 591, und der Ausdruck in ihren Augen war ebenso direkt. Die Worte, selbst die Aussprache seines Namens, klangen ähnlich, nur mit etwas anderem Akzent. Alles ähnelte sich *zu sehr*. Oder war sein Bewußtsein – seine Augen, seine Ohren, seine Sinne – durch die Erinnerung an das, was vor sieben Tagen geschehen war, vorprogrammiert?

Er dankte der Stewardeß und hatte beinahe Angst, sie anzusehen, dachte, er werde jeden Augenblick einen Schrei neben sich hören und Zeuge werden, wie ein Mann in unerträglicher Pein aus seinem Sitz gegen den Zeitschriftenständer fiel und zusammenbrach.

Dann bemerkte Noel etwas anderes, und das beunruhigte ihn noch mehr. Er saß auf demselben Sitz wie während jener schrecklichen Augenblicke auf Flug 591. In einem Raum, der dem vor einer Woche glich. Daran war eigentlich nichts Ungewöhnliches; er saß gern in der Lounge. Aber jetzt kam es ihm makaber vor. Dieselbe Umgebung, und auch die Beleuchtung war nicht anders als neulich.

Das war doch Scotch on the Rocks, nicht wahr, Mr. Holcroft?

Eine ausgestreckte Hand, ein hübsches Gesicht, ein Glas.

Bilder, Geräusche.

Geräusche. Heiseres, trunkenes Lachen. Ein Mann, der zu viel Alkohol intus hatte, der sein Gleichgewicht verlor und rücklings über den Sessel fiel. Sein Begleiter, der sich vor Lachen über den Anblick seines bezechten Freundes krümmte. Ein Dritter – der Mann, der nur noch Augenblicke zu leben hatte –, der sich zu auffällig bemühte, an ihrem Vergnügen teilzuhaben. Bemüht, es ihnen gleichzutun, mit ihnen mitzuhalten. Eine attraktive Stewardeß, die Whisky ausschenkte, lächelte, die Bar abwischte, auf der nur noch ein Drink stand, weil einer verschüttet worden war, und die dann um die Theke herumrannte, um dem betrunkenen Fluggast behilflich zu sein. Der dritte Mann, verlegen vielleicht, immer noch vom Wunsch beseelt, dazuzugehören, streckte die Hand...

Ein *Glas. Das Glas.* Das einzige Glas, das noch auf der Bar verblieben war.

Der dritte Mann hatte nach jenem Glas gegriffen.

Es war Scotch on the Rocks. Der Drink für den Passagier, der am anderen Ende der Lounge vor dem kleinen, kunststoffüberzogenen Tischchen saß. *O mein Gott!* dachte Holcroft, während die Bilder in rasender Eile vor seinem geistigen Auge vorüberflogen. Der Drink auf der Bar – der Drink, den ein Fremder namens Thornton genommen hatte – war für *ihn* bestimmt gewesen!

Das Strychnin war für *ihn* bestimmt gewesen. Für *ihn* waren jene qualvollen Krämpfe, war jene furchtbare Agonie bestimmt! *Ihm* war der schreckliche Tod zugedacht gewesen!

Er blickte auf das Glas hinab, das vor ihm auf dem Tisch stand. Seine Finger hielten es.

Das war doch Scotch on the Rocks, nicht wahr?

Er schob das Glas beiseite. Plötzlich konnte er nicht länger an diesem Tisch sitzen, nicht mehr länger in der Lounge bleiben. Er mußte hier weg, mußte die Bilder aus seinem Bewußtsein verdrängen. Sie waren zu klar, zu lebhaft.

Er stand auf und ging schnell, etwas unsicher auf die Treppe zu. Das trunkene Gelächter schwoll auf und ab, mischte sich in einen unaufhörlichen Schrei der Qual, das Kreischen des plötzlichen Todes. Niemand anders konnte die Geräusche hören, aber seinen Kopf erfüllten sie, drohten ihn zu zersprengen.

Er taumelte die Wendeltreppe hinunter. Das Licht unten war schwach; einige Reisende lasen im Licht der winzigen Spotlights über ihren Sesseln, aber die meisten schliefen.

Noel war verwirrt. Das Hämmern in seinen Ohren wollte nicht aufhören, die Bilder wollten nicht verblassen. Er verspürte den Drang, sich zu übergeben, die Furcht herauszuwürgen, die sich in seinem Magen festgekrallt hatte. Wo war die Toilette? In der Galley... hinter der Galley? Hinter dem Vorhang, dort war sie. Oder nicht? Er schob den Vorhang auseinander.

Plötzlich wurde sein Blick nach rechts abgelenkt, zum vordersten Sitz der zweiten Kabine der 747. Ein Mann hatte sich im Schlaf bewegt. Ein kräftig gebauter Mann, dessen Gesicht er schon einmal gesehen hatte. Er erinnerte sich nicht daran, wo das gewesen war, aber er war sich sicher! Ein von Panik verzerrtes Gesicht, das ganz dicht an ihm vorbeiraste. Was war an diesem Gesicht Besonderes? Etwas, das sich ihm eingeprägt hatte. Was *war* es?

Die *Augenbrauen*! Dichte Augenbrauen. Wirres, drahtiges Haar, in einer seltsamen Mischung aus Schwarz und Weiß. Pfeffer-und-Salz-Augenbrauen; wo war das gewesen? Warum löste der Anblick jener eigenartigen Brauen in ihm undeutliche Erinnerungen an einen anderen Gewaltakt aus? Wo war das nur gewesen? Er konnte sich nicht erinnern, und weil er das nicht konnte, spürte er, wie ihm das Blut in den Kopf schoß. Das Dröhnen wurde lauter; seine Schläfen pochten.

Plötzlich wachte der Mann mit den dichten Augenbrauen auf, er mußte gespürt haben, daß er angestarrt wurde. Ihre Augen tauchten ineinander; das Erkennen war zweifelsfrei.

Und dieses Wiedererkennen hatte mit Gewalt zu tun. Aber *was* war geschehen? *Wann? Wo?*

Holcroft nickte verlegen, er konnte nicht denken. Der Schmerz, der in seinen Eingeweiden wühlte, war wie ein Messer; die Geräusche, die seinen Schädel erfüllten, waren jetzt wie das Rollen von Donner. Einen Augenblick lang vergaß er, wo er war; dann erinnerte er sich wieder, und jetzt stellten sich auch die Bilder wieder ein. Der Anblick und die Geräusche eines Mordes, dem – wäre nicht ein Zufall dazwischengekommen – sein Leben zum Opfer gefallen wäre.

Er mußte zu seinem Sitz zurück. Er mußte sich in den Griff bekommen und mit dem Schmerz und dem Donner und dem wilden Pochen in seiner Brust fertig werden. Er drehte sich um und ging schnell an der Galley vorbei, den Mittelgang vor zu seinem Sitz.

Er setzte sich im Halbdunkel, dankbar, daß neben ihm niemand saß. Er preßte den Kopf gegen die Kopfstütze und schloß die Augen, versuchte, sich ganz darauf zu konzentrieren, den schrecklichen Anblick eines verzerrten Gesichts aus seinem Bewußtsein zu verdrängen, eines Gesichts, das die letzten paar Sekunden seines Lebens hinausschrie. Aber er konnte es nicht. Jenes Gesicht wurde *sein* Gesicht.

Dann verschwammen die Züge, so als schmelze das Fleisch, nur um sich sofort neu zu formen. Das Gesicht, das sich jetzt vor sein inneres Auge schob, war eines, das er erkannte. Ein seltsames, kantiges Gesicht, das ihm teilweise vertraut vorkam, aber nicht als Ganzes.

Unwillkürlich zuckte er zusammen. Er hatte jenes Gesicht noch nie gesehen, aber plötzlich kannte er es. Instinktiv. Es war das Gesicht von Heinrich Clausen. Ein Mann, der vor dreißig Jahren Schreckliches durchgemacht hatte. Der unbekannte Vater, mit dem er einen Vertrag hatte.

Holcroft schlug die Augen auf. Der Schweiß war ihm übers Gesicht gelaufen, brannte in seinen Augen. Es gab da noch eine Wahrheit, und er war nicht sicher, daß er sie erkennen wollte. Die zwei Männer, die versucht hatten, ihn mit Strychnin zu töten, waren selbst ermordet worden. Sie hatten sich eingemischt.

Die Männer der Wolfsschanze waren an Bord jenes Flugzeugs gewesen.

7.

Der Angestellte an der Rezeption des Pôrto-Alegre-Hotel zog Holcrofts Reservierung aus dem Karteikasten. An der Karte war hinten ein kleiner gelber Umschlag angeheftet. Der Angestellte riß ihn ab und reichte ihn Noel.

»Das ist heute abend kurz nach sieben für Sie angekommen, Senhor.«

Holcroft kannte niemanden in Rio de Janeiro und hatte niemandem in New York gesagt, wohin er reiste. Er machte den Umschlag auf und holte die Nachricht heraus. Sie stammte von Sam Buonoventura. Er solle so schnell wie möglich zurückrufen, gleichgültig, wie spät es sei.

Holcroft sah auf die Uhr; es war beinahe Mitternacht. Er trug sich ein und sagte dann, so beiläufig er konnte, wobei er an Sam dachte: »Ich muß mit Curaçao sprechen. Macht das um diese Zeit irgendwelche Schwierigkeiten?«

Der Angestellte schien über die Frage leicht verstimmt. »Bei unseren *telefonistas* ganz bestimmt nicht, Senhor. Für Curaçao kann ich nicht garantieren.«

Aber wo auch immer die Schwierigkeiten liegen mochten, es dauerte dennoch bis ein Uhr fünfzehn, bis er Buonoventuras rauhe Stimme hören konnte.

»Ich glaube, du steckst in der Scheiße, Noley.«

»Ja, das glaube ich auch. Worum geht's denn im speziellen?«

»Dein Auftragsdienst hat meine Nummer einem Bullen in New York gegeben, einem Lieutenant Miles; einem Kriminaler. Er war auf neunzig. Er hat gesagt, du müßtest die Polizei verständigen, wenn du die Stadt verläßt, ganz zu schweigen von einem Verlassen des Landes.«

Herrgott, das hatte er vergessen! Und jetzt begriff er, wie wichtig diese Anweisungen waren. Das Strychnin war für ihn bestimmt gewesen! War die Polizei zu demselben Schluß gelangt?

»Was hast du ihm gesagt, Sam?«

»Ich bin auch hochgegangen. Die einzige Methode, um mit Bullen klarzukommen, wenn die pampig werden. Ich hab' ihm verklart, du seist auf den Inseln, wegen Vermessungsarbeiten für eine Anlage, an der Washington interessiert sei. Ein Stück weiter im Norden, wir sind nicht weit von der Kanalzone entfernt; das könnte alles mögliche bedeuten. Niemand spricht darüber.«

»Hat er das geschluckt?«

»Schwer zu sagen. Er möchte, daß du ihn anrufst. Jedenfalls habe ich dir etwas Zeit verschafft. Ich hab' gesagt, daß du dich am Nachmittag per Funk gemeldet hast, und daß ich nicht damit rechne, in den nächsten drei oder vier Tagen wieder von dir zu hören, und von mir aus könne ich keinen Kontakt herstellen. Da fing er zu brüllen an wie ein angestochener Bulle.«

»Aber abgekauft hat er es dir?«

»Was blieb ihm denn anderes übrig? Der hält uns hier unten sowieso alle für blöd, und ich hab' ihm nicht widersprochen. Er hat mir zwei Nummern für dich gegeben. Hast du etwas zu schreiben?«

»Schieß los.«

Holcroft schrieb sich die Nummern auf – ein Dienstapparat bei der Flughafenpolizei und Miles' Privatanschluß –, dankte Buonoventura und sagte, er melde sich nächste Woche wieder.

Während des endlosen Wartens auf die Verbindung mit Curaçao hatte Noel ausgepackt. Jetzt saß er in einem Rattansessel vor dem Fenster und blickte auf den nachtweißen Strand und das dunkle Wasser dahinter hinaus, in dem sich der helle Halbmond spiegelte. Drunten, an jenem abgeschiedenen Stück Straße, das an die Strandpromenade grenzte, wanden sich die schwarzweißen parallelen Linien der Copacabana, der Goldenen Küste von Guanabara. Die Szene hatte etwas Leeres an sich, und das rührte keineswegs daher, daß der Strand verlassen war. Das Ganze war zu perfekt, zu hübsch. Er hätte das nie so entworfen; diesem Bild fehlte das Wesen hinter dem Schein. Er starrte auf die Fensterscheiben. Für ihn gab es jetzt nichts zu tun, nur nachdenken und ausruhen und hoffen, daß er würde schlafen können. In der letzten Woche hatte er Schlafschwierigkeiten gehabt; jetzt würde das noch schlimmer sein. Weil er jetzt wußte, was er vorher nicht gewußt hatte. Jemand hatte versucht, ihn zu töten.

Dieses Wissen erzeugte in ihm ein seltsames Gefühl. Er konnte nicht glauben, daß es jemanden gab, der seinen Tod wollte. Und doch mußte jemand diese Entscheidung getroffen, den Befehl gegeben haben. Warum? Was hatte er getan? War es wegen Genf? Seinem Vertrag?

Wir haben es hier mit Millionen zu tun. Das waren nicht nur die Worte des toten Manfredi; sie galten auch ihm als Warnung. Das war die einzig mögliche Erklärung. Die Sache war durchgesickert, und niemand konnte sagen, wie weit sie sich herumgesprochen hatte, wer von ihr aufgestört war, wer jetzt außer sich geriet. Ebensowenig kannte man die Person oder die Personen, die zu verhindern trachteten, daß das Genfer Konto freigegeben wurde, und es von internationalen Gerichten blockieren lassen wollten.

Manfredi hatte recht gehabt. Es gab nur einen ehrenhaften Weg für ihn: den Auftrag der drei außergewöhnlichen Männer auszuführen, den Wunsch jenes Dokuments zu erfüllen, das aus der Verwüstung der Welt durch ein Ungeheuer geboren war. *Wir müssen für Wiedergutmachung sorgen.* Das war das Credo von Heinrich Clausen. Es *war* ehrenhaft; es *war* richtig. So irregeleitet sie gewesen waren, das hatten die Männer der Wolfsschanze verstanden.

Noel goß sich einen Drink ein, ging zum Bett hinüber und setzte sich auf die Kante, starrte das Telefon an. Daneben waren die zwei Nummern auf einem Hotelblock, die Nummern, die Sam Buonoventura ihm gegeben hatte. Sie stellten seine Verbindung zu Lieutenant Miles, Polizeiabteilung der Flughafenbehörde, dar. Aber Holcroft brachte es nicht fertig, jetzt anzurufen. Er hatte die Jagd begonnen; er hatte den ersten Schritt auf seiner Suche nach der Familie Wilhelm von Tiebolts getan. Schritt, zum Teufel! Es war ein riesiger Sprung von viertausend Luftmeilen; er würde jetzt nicht kehrtmachen.

Es gab so viel zu tun. Noel fragte sich, ob er imstande war, es zu tun, imstande, sich seinen Weg durch den dichten Urwald zu bahnen.

Er spürte, wie seine Augenlider schwer wurden. Der Schlaf übermannte ihn, und er war dankbar dafür. Er stellte das Glas weg und streifte die Schuhe ab, kümmerte sich nicht um den Rest seiner Kleider. Er ließ sich aufs Bett fallen und starrte ein paar Sekunden zur weißen Decke empor. Er fühlte sich so allein und wußte doch, daß er das nicht war. Da gab es einen Mann in der Vergangenheit, dreißig Jahre zurück, der schreckliche Qualen litt und ihm zurief. Über diesen Mann dachte er nach, bis der Schlaf sein Bewußtsein auslöschte.

Holcroft folgte dem Dolmetscher in den schwach beleuchteten, fensterlosen Raum. Ihr Gespräch war kurz gewesen; Noel hatte ganz präzise Fragen gestellt. Der Name lautete von Tiebolt; bei der Familie handelte es sich um deutsche Staatsbürger. Eine Mutter und zwei Kinder – eine Tochter und ein Sohn – waren um den 15. Juni 1945 in Brasilien eingewandert. Ein drittes Kind, wieder eine Tochter, war einige Monate später zur Welt gekommen, vermutlich in Rio de Janeiro. Es mußte doch *irgendwelche* Vermerke in den Akten geben. Selbst wenn sie einen falschen Namen benutzt hatten, brauchte man doch bloß die fraglichen Wochen zu überprüfen – zwei oder drei Wochen vor und nach dem vermutlichen Datum – und würde dann ohne Zweifel auf eine schwangere Frau stoßen, die mit zwei Kindern eingereist war. Sofern dabei mehr als eine Frau in Frage kam, war es sein Problem, die richtige ausfindig zu machen. Aber ein Name wäre doch das mindeste, was ans Licht kommen mußte.

Nein, es handle sich nicht um eine offizielle Anfrage. Es gab keine Strafanzeige, es ging auch nicht um Rache für Verbrechen, die dreißig Jahre zurücklagen. Im Gegenteil, es handle sich um eine ›wohlmeinende‹ Suche.

Noel wußte, daß man eine Erklärung von ihm verlangen würde, und erinnerte sich an eine der Lektionen, die er in dem Konsulat in New York gelernt hatte. *Man muß Lügen immer auf einer Teilwahrheit aufbauen.* Die Familie von Tiebolt hatte Verwandte in den Vereinigten Staaten, lautete die Lüge. Leute, die in den zwanziger und dreißiger Jahren nach Amerika eingewandert waren. Die meisten waren inzwischen gestorben, und es ging um ein großes Vermögen. Die Beamten des *Ministério do Imigração* würden ihm doch sicherlich bei der Suche nach den Erben behilflich sein. Es war durchaus möglich, daß die von Tiebolts sich erkenntlich zeigen würden. Und er als der Mittelsmann werde gern dafür sorgen, daß sie von der Unterstützung erfuhren, die ihm hier zuteil geworden war.

Akten wurden gewälzt, Hunderte von Fotokopien aus einer anderen Zeit hervorgeholt. Verblaßte, angestaubte Kopien von Dokumenten, von denen viele offenkundig gefälscht waren, erworben in Bern und Zürich und Lissabon. Pässe.

Aber es gab keine Unterlagen, die Hinweise auf die von Tiebolts enthielten, keine Beschreibung einer schwangeren Frau mit zwei Kindern, die im Juni oder Juli 1945 in Rio eingereist war. Zumindest keine, die der Frau Wilhelm von Tiebolts ähnelte. Es gab schwangere Frauen, selbst schwangere Frauen mit Kindern, aber keine mit Kindern, die die von Tiebolts hätten sein können. Nach Manfredi war die Tochter, Gretchen, zwölf oder dreizehn Jahre alt, der Sohn, Johann, zehn. Alle Frauen, die in jenen Wochen nach Brasilien eingereist waren, kamen entweder in Begleitung ihres Ehemannes oder eines als Ehemann Ausgegebenen. Und wo Kinder dabei waren, war keines – *kein einziges* – älter als sieben Jahre.

Holcroft kam das nicht nur ungewöhnlich, sondern unmöglich vor. Er starrte die Blätter mit der verblaßten Tinte an, die oft unleserlichen Eintragungen, die jetzt dreißig Jahre zurücklagen.

Irgend etwas stimmte hier nicht; sein Architektenblick war nicht zufrieden. Er hatte das Gefühl, Bauzeichnungen vor sich zu haben, die winzige Änderungen aufwiesen – so geschickt radiert und ausgebessert, daß der Gesamteindruck nicht beeinträchtigt wurde. Ausradiert und ausgebessert. *Chemisch* ausradiert und dann nachgebessert. Das war es, was ihn störte! Die Geburtsdaten! Seite für Seite mit sorgfältig veränderten Ziffern! Aus einer 3 wurde eine 8, aus einer 1 eine 9, aus einer 2 eine 0. Immer so, daß der Schwung erhalten blieb, eine Linie nachgezogen oder eine 0 hinzugefügt werden konnte. Seite für Seite hatte man in den Akten des Juni und des Juli 1945 die Geburtsdaten aller nach Brasilien eingereisten Kinder so geändert, daß keines vor 1938 geboren war!

Das Ganze war ein mühsames, aber wohldurchdachtes Verfahren. Entscheidend war, die Suche gleich am Anfang im Keim zu ersticken, und dies auf eine Art und Weise zu bewirken, die keinerlei Verdacht erweckte. Kleine Ziffern, die sorgsam – wenn auch hastig – von Einwanderungsbeamten vor über dreißig Jahren eingetragen waren. Protokolliert aus Dokumenten, von denen die meisten inzwischen schon lange vernichtet worden sein dürften, weil sie falsch waren. Es gab keine Möglichkeit mehr, die Richtigkeit zu bestätigen oder zu leugnen. Das hatten die Länge der Zeit und eine Verschwörung unmöglich gemacht. Natürlich gab es niemanden, der den von Tiebolts glich! Mein Gott, was für ein Täuschungsmanöver!

Noel holte sein Feuerzeug heraus; die Flamme sollte Licht auf ein Blatt werfen, wo sein Auge ihm winzige Änderungen verraten hatte.

»*Senhor!* Das ist verboten!« Der Dolmetscher sprach in seiner Erregung mit lauter Stimme. »Diese alten Blätter fangen leicht Feuer. Wir dürfen das nicht riskieren.«

Holcroft begriff. Das erklärte das unzulängliche Licht und die fensterlose Kammer. »Ich glaube Ihnen, daß Sie das nicht dürfen«, sagte er und klappte sein Feuerzeug zu. »Und ich nehme an, man darf diese Akten auch nicht aus diesem Raum herausholen?«

»Nein, Senhor.«

»Und es gibt natürlich auch keine zusätzlichen Lampen, und Sie haben auch keine Taschenlampe. Stimmt das?«

»*Senhor*«, unterbrach der Dolmetscher, dessen Stimme jetzt höflich, ja beinahe unterwürfig klang. »Wir haben beinahe drei Stunden mit Ihnen verbracht. Wir haben uns große Mühe gegeben, Sie zu unterstützen. Aber, wie Sie sicher wissen, haben wir auch noch andere Aufgaben. Wenn Sie also fertig sind ...«

»Dafür haben Sie ja bereits gesorgt, ehe ich anfing«, unterbrach ihn Holcroft. »Ja, ich bin fertig. Hier.«

Er trat in das helle Licht der Nachmittagssonne hinaus und versuchte, sich einen Reim auf alles das zu machen, was er bisher erlebt hatte. Die weiche Seebrise liebkoste sein Gesicht, milderte seinen Ärger, seine Verstimmung. Er schlenderte auf den weißen Planken dahin, von denen aus man auf den makellosen Sandstrand der Guanabarabucht hinausblikken konnte. Hie und da blieb er stehen und lehnte sich an das Geländer, sah den größeren Kindern bei ihren Spielen zu. Die Beautiful People, damit beschäftigt, sich zu sonnen und andere zu beeindrucken. Grazie und Arroganz in einer Welt des Scheins. Überall war Geld, verkörpert in diesen goldenen, von Sonnenöl glänzenden Leibern, die zu vollkommen geformt, zu hübsch waren, zu makellos. Auch jetzt also: Wo war das Wesen hinter dem Schein? Irgendwie fehlte es an diesem Nachmittag an der Copacabana.

Er kam an dem Strandstück vorbei, das vor seinem Hotel lag, und blickte zu den Fenstern auf, versuchte, sein Zimmer auszumachen. Einen Augenblick lang dachte er, er hätte es gefunden, begriff aber dann, daß er sich getäuscht hatte. Er konnte zwei Gestalten hinter dem Glas sehen.

Er ging ans Geländer zurück und zündete sich eine Zigarette an. Sein Feuerzeug ließ ihn noch einmal an die dreißig Jahre alten Akten denken, die man so sorgsam gefälscht hatte. Hatte man sie nur seinetwegen abgeändert? Oder hatten sich im Lauf der Jahre schon andere für die von Tiebolts interessiert? Doch wie auch die Antwort darauf lauten mochte, er mußte einen neuen Ansatz finden. Oder neue Ansätze?

La comunidad alemana. Holcroft erinnerte sich der Worte des Attachés in New York. Er erinnerte sich daran, wie der Mann gesagt hatte, es gebe drei oder vier Familien, die tonangebend in der deutschen Kolonie waren. Daraus folgerte, daß solche Leute auch die bestgehüteten Geheimnisse kennen mußten. *Tausende verstecken ihr Ich ... Ein Fremder, der nach Rio kommt und Deutsche sucht, die verschwunden sind, begibt sich auf eine gefährliche Suche ...* ›la otra cara de los alemanes‹. *Die schützen sich gegenseitig.*

Es gab eine Möglichkeit, die Gefahr auszuschalten, dachte Noel. Sie steckte in der Erklärung, die er dem Dolmetscher der Einwanderungsbehörde gegeben hatte. Er reiste viel, es war daher plausibel, daß irgendwo jemand an ihn herangetreten war, weil er nach Brasilien flog, und ihn gebeten hatte, die von Tiebolts aufzuspüren. Es mußte jemand sein, der sich von Berufs wegen mit derlei Erkundigungen befaßte, ein Rechtsanwalt oder ein Bankier. Jemand, dessen persönlicher Ruf untadelig war. Ohne gründlich darüber nachzudenken, wußte Holcroft, daß, für wen auch immer er sich zuletzt entschied, dieser Mann die Schlüsselrolle bei seiner Erklärung spielen würde.

Ein Kandidat kam ihm in den Sinn, wobei ihm das Risiko klar war und auch die Ironie, die darin lag. Richard Holcroft, der einzige Vater, den er je gekannt hatte. Aktienmakler, Bankier, Marineoffizier... Vater. Der Mann, der einer wilden jungen Mutter und ihrem Kind eine Chance gegeben hatte, wieder zu leben. Ohne Furcht, ohne Makel.

Noel sah auf die Uhr. Es war zehn Minuten nach fünf – nach drei Uhr in New York. Früher Nachmittag an einem Montag. Er glaubte nicht an Omen, aber er war gerade auf eines gestoßen. Jeden Montagnachmittag begab Richard Holcroft sich in den New York Athletic Club, wo alte Freunde locker Squash spielten und sich dann an dicken Eichentischen in der Bar zusammensetzten und in Erinnerungen schwelgten. Noel konnte ihn ausrufen lassen, allein mit ihm sprechen – ihn um Hilfe bitten. Hilfe, die ihm vertraulich zu leisten war, denn Vertraulichkeit war Voraussetzung seiner Tarnung und seines Schutzes. Jemand, *irgend jemand* war an Richard Holcroft herangetreten und hatte ihn gebeten, eine Familie namens von Tiebolt in Brasilien ausfindig zu machen. Da sein Sohn nach Rio reiste, hatte er, ganz naheliegend, seinen Sohn gebeten, Nachforschungen anzustellen. Es handelte sich um eine vertrauliche Angelegenheit, über die nicht gesprochen werden sollte. Niemand konnte Neugierige mit größerer Autorität abweisen als Dick Holcroft.

Aber Althene sollte es nicht erfahren. Das war das Schwierigste daran. Dick betete sie förmlich an; es gab keine Geheimnisse zwischen ihnen. Aber sein Vater – verdammt, sein

*Stief*vater – würde ihn nicht abweisen, wenn hinter seiner Bitte echte Not stand. Das hatte er noch nie getan.

Er ging über den spiegelnden Marmorboden der Hotelhalle auf die Aufzüge zu, ohne seine Umgebung zu beachten, konzentrierte sich ganz auf das, was er seinem Stiefvater sagen wollte. Deshalb erschrak er, als ein korpulenter amerikanischer Tourist ihn an der Schulter antippte.

»Wollen die was von Ihnen?« Der Mann wies zum Empfang.

Der Angestellte dort sah zu Noel herüber. Er hielt einen der gelben Umschläge für Mitteilungen in der Hand und gab sie jetzt einem Pagen, der sich in Bewegung setzte.

Der Name auf dem Zettel war Noel unbekannt. KARRA. Darunter stand eine Telefonnummer, sonst nichts. Holcroft stutzte. Daß keine Bitte um Rückruf vermerkt war, schien ihm ungewöhnlich; zumindest für Südamerika. Senhor Cararra konnte sich noch einmal melden; er mußte jetzt New York anrufen. Er brauchte eine zusätzliche Rückendeckung.

Und doch warf Holcroft im Zimmer noch einmal einen Blick auf den Namen: CARARRA. Seine Neugier erwachte. Wer war dieser Cararra, daß er erwartete, man werde nur auf seinen Namen hin zurückrufen, von dem er doch wußte, daß er Holcroft nichts sagte? Nach südamerikanischen Gepflogenheiten war das so unhöflich, daß es schon fast beleidigend war. Das Gespräch mit seinem Stiefvater konnte noch die paar Minuten warten, während er das feststellte. Er wählte die angegebene Nummer.

Cararra war kein Mann, sondern eine Frau, und nach ihrer tiefen, angespannt klingenden Stimme zu urteilen eine Frau, die Angst hatte. Ihr Englisch war passabel, aber nicht gut. Doch das machte nichts. Was sie mitzuteilen hatte, war so eindeutig wie die Furcht, die sie ausstrahlte.

»Ich kann jetzt nicht sprechen, Senhor. Rufen Sie diese Nummer nicht wieder an. Es ist nicht notwendig.«

»Sie haben sie der Vermittlung genannt. Was haben Sie von mir erwartet?«

»Das war ein... *Jêrro.*«

»*Yerro?* Fehler?«

»Ja. Ich werde Sie anrufen. *Wir* werden anrufen.«

»Worum geht es? Wer sind Sie?«

»Mas tarde!« Die Stimme ging in ein heiseres Flüstern über und war dann, nach einem Klicken in der Leitung, weg.

Mas tarde... mas tarde. Später. Die Frau wollte ihn wieder anrufen. Holcroft verspürte plötzlich ein Gefühl der Leere in seinem Magen, das ihn so überfiel wie das abrupte Abreißen des verängstigten Flüsterns. Er konnte sich nicht erinnern, jemals eine so von Angst erfüllte Frauenstimme gehört zu haben.

Sein erster Gedanke war, daß sie irgendwie mit den verschwundenen von Tiebolts in Verbindung stehen müsse. Aber wie? Und wie, um alles in der Welt, konnte sie von *ihm* erfahren haben? Wieder überfiel ihn das Gefühl der Furcht... und das Bild des schrecklichen, vom Todeskampf verzerrten Gesichtes im Flugzeug, in dreißigtausend Fuß Höhe. Man beobachtete ihn; Fremde spionierten ihm nach.

Das Freizeichen aus dem Telefon riß ihn aus seinen Gedanken; er hatte vergessen aufzulegen. Er drückte den Knopf und meldete das Gespräch nach New York an. Er brauchte diesen Schutz schnell; das wußte er jetzt. Er stand am Fenster und starrte auf den Strand hinaus, wartete darauf, daß die Vermittlung ihn zurückrief. Auf der Straße unten blitzte etwas auf. Die Chromleiste eines vorbeifahrenden Wagens hatte einen Sonnenstrahl aufgefangen und ihn nach oben reflektiert. Der Wagen war an dem Teil des mit Planken belegten Weges vorübergefahren, wo er noch vor wenigen Minuten gestanden und abwesend zu den Hotelfenstern hinaufgeblickt hatte, in dem Versuch, sein Zimmer auszumachen.

Die *Fenster*... Der Blickwinkel. Noel trat näher an die Scheiben heran und vergegenwärtigte sich die Diagonale zwischen der Stelle unten an der Straße – wo er gestanden hatte – und seinem augenblicklichen Standpunkt. Er hatte das geübte Auge eines Architekten, und Winkel täuschten ihn nicht. Außerdem lagen die Fenster hier ziemlich weit auseinander, wie es sich angesichts der Zimmergrößen für ein erstklassiges Hotel an der Copacabana gehörte. Er hatte zu *diesem* Fenster heraufgeblickt und geglaubt, es sei nicht sein Zimmer, weil er hinter den Scheiben Bewegungen gesehen hatte, aber es *war* sein Zimmer. Und da *waren* Leute gewesen.

Er ging an den Kleiderschrank und sah sich seine Kleider an. Er hatte, was Einzelheiten anging, ebensoviel Vertrauen zu seinem Erinnerungsvermögen, wie er seinem Auge vertraute, wenn es galt, Winkel richtig einzuschätzen. Er stellte sich den Kleiderschrank vor, das Bild, das er ihm geboten hatte, als er sich am Morgen umgekleidet hatte. Er war in dem Anzug eingeschlafen, den er auf dem Flug von New York getragen hatte. Seine beige Hose hatte ganz rechts außen gehangen, fast an der Schrankwand. Das war eine Angewohnheit: Hosen rechts, Jackett links. Die Hose hing immer noch rechts, aber nicht an der Wand. Sie war ein paar Zentimeter zur Mitte gerückt. Sein dunkelblauer Blazer hing in der Mitte, nicht auf der linken Seite.

Man hatte seine Kleider durchsucht.

Er ging ans Bett, auf dem sein offener Aktenkoffer stand. Wenn er reiste, war dieser Aktenkoffer sein Büro; er kannte jeden Millimeter, jedes Fach, die Lage eines jeden einzelnen Gegenstandes in den Schlaufen. Er brauchte nicht lange hinzusehen.

Sein Aktenkoffer war ebenfalls durchsucht worden.

Das Telefon klingelte schrill. Er nahm den Hörer ab und hörte die Stimme der Zentrale des Athletic Clubs, wußte aber, daß er jetzt nicht Richard Holcroft verlangen durfte; er durfte ihn hier nicht hineinziehen. Die Dinge waren plötzlich viel komplizierter geworden. Er mußte zuerst nachdenken.

»New York Athletic Club. Hello? Hello?... Hello. Vermittlung Rio? Da meldet sich niemand, Rio. Hello? New York Athletic Club...«

Noel legte den Hörer auf. Er war im Begriff gewesen, eine *Dummheit* zu begehen. Man hatte sein Zimmer durchsucht! Aus seinem Bedürfnis heraus, sich in Rio Deckung zu verschaffen, war er im Begriff gewesen, jemanden direkt zu dem einen Menschen hinzulenken, der seiner Mutter am nächsten stand.

Und dann begriff er, daß das nicht umsonst gewesen war. Vielmehr hatte er wieder eine Lektion gelernt. *Du mußt die Lüge logisch ausgestalten, sie dann noch einmal überprüfen und das, was an ihr am glaubwürdigsten ist, benutzen.* Wenn er für einen Mann wie Richard Holcroft einen Grund erfinden konnte, den Namen desjenigen geheimhalten zu wollen, der die von Tiebolts suchte, dann mußte er auch den Mann selbst erfinden können.

Noels Atem ging schwer. Beinahe hätte er einen schrecklichen Fehler gemacht, aber es dämmerte ihm jetzt, was er in dem fremden Dschungel suchen mußte. Die Wege waren von Fallen gesäumt; er mußte also auf der Hut sein und sich mit großer Vorsicht bewegen. Einen Fehler wie den, den er beinahe gerade begangen hätte, konnte er sich nicht leisten. Er war nahe daran gewesen, das Leben des Mannes aufs Spiel zu setzen, der sein Vater war, für einen anderen Vater, den er nie gekannt hatte.

Was er auch angerührt hat, es ist nie etwas Gutes dabei herausgekommen. Die Worte seiner Mutter, die ebenso wie die Worte Manfredis als Warnung gedacht waren. Aber seine Mutter hatte – im Gegensatz zu Manfredi – unrecht. Heinrich Clausen war ebenso ein Opfer wie ein Bösewicht seiner Zeit. Der von Seelenqualen erfüllte Brief, den er geschrieben hatte, während Berlin unterging, bestätigte das. Und was er getan hatte, bestätigte es auch. Irgendwie würde sein Sohn es beweisen.

La comunidad alemana. Drei, vier Familien in der deutschen Kolonie, die Leute, die unwiderrufliche Entscheidungen trafen. Einer von ihnen würde ihn weiterbringen. Und er wußte genau, wo er nach ihm suchen mußte.

Der alte, kräftig gebaute Mann mit den ausgeprägten Backenpartien und dem kurz gestutzten, stahlgrauen Haar blickte vom riesigen Eßtisch auf und musterte den Eindringling. Er aß allein, es war weder für Familienangehörige noch für Gäste gedeckt. Das wirkte seltsam, denn als der Eindringling die Türe öffnete, konnte man die Stimmen anderer Leute hören; es gab Familie und Gäste in dem großen Haus, aber sie waren nicht bei Tisch.

»Wir haben weitere Informationen über Clausens Sohn, Herr Graff«, sagte der Eindringling und ging auf den Stuhl des alten Mannes zu. »Über das Gespräch mit Curaçao sind

Sie bereits informiert. Heute nachmittag gab es noch zwei Gespräche. Ein Anruf bei der Frau, Cararra, und der zweite ging an einen Club in New York.«

»Die Cararras werden gute Arbeit leisten«, sagte Graff, und seine Hand mit der Gabel verhielt in ihrer Bewegung. Das aufgedunsene Fleisch um seine Augen legte sich in Falten. »Was ist das für ein Club in New York?«

»Er nennt sich The New York Athletic Club. Es ist –«

»Ich weiß. Wohlhabende Mitglieder. Wen hat er angerufen?«

»Er hat nur den Club verlangt, keine Person. Unsere Leute in New York bemühen sich darum, es herauszufinden.«

Der alte Mann legte die Gabel hin. Seine Stimme klang beleidigend. »Unsere Leute in New York sind langsam, und du bist das auch.«

»Wie bitte?«

»Man wird ohne Zweifel unter den Mitgliedern den Namen Holcroft finden. Wenn das so ist, hat Clausens Sohn sein Wort gebrochen; er hat Holcroft über Genf informiert. Das ist gefährlich. Richard Holcroft ist ein alter Mann, aber ein Schwächling ist er keineswegs. Wir haben immer schon gewußt, daß er, wenn er lange genug lebte, uns im Weg sein könnte.« Graff drehte seinen mächtigen Schädel und musterte den Eindringling. »Der Umschlag ist in Sesimbra eingetroffen; dafür gibt es keine Entschuldigung. Die Ereignisse neulich abends mußten dem Sohn klar sein. Schick ein Telegramm an den Tinamu. Ich vertraue seinem Kollegen in New York nicht. Verwende den Adlercode und sag ihm, was ich glaube. Unsere Leute in New York werden eine andere Aufgabe bekommen. Sie müssen einen alten Mann aus dem Verkehr ziehen, der sonst lästig werden könnte. Richard Holcroft muß erledigt werden. Der Tinamu wird es fordern.«

8.

Noel wußte, was er suchte: eine Buchhandlung, die mehr war als nur ein Ort, wo man Bücher kaufte. In jeder Großstadt, in der es Touristen gab, war immer auch wenigstens ein größeres Geschäft, das sich um die Lesewünsche einer bestimmten Nationalität bemühte. In diesem Falle war es *A Livraria Alemão*: die deutsche Buchhandlung. An der Rezeption seines Hotels hatte man ihm gesagt, daß es dort die neuesten deutschen Zeitschriften gab, und die Lufthansa täglich Zeitungen einflog. Das war die Information, die Holcroft brauchte. Ein solches Geschäft hatte feste Kunden; dort würde man die einflußreichen deutschen Familien in Rio kennen. Wenn er nur ein oder zwei Namen bekommen konnte... Dort wollte er beginnen.

Der Laden war keine zehn Minuten vom Hotel entfernt. »Ich bin amerikanischer Architekt«, sagte er zu dem Verkäufer, der vor einer hohen Bücherwand auf einer Leiter stand und sich im obersten Regalfach zu schaffen machte. »Ich bin hier, um mich über den bayerischen Einfluß in der Architektur großer Privatanwesen zu informieren. Haben Sie darüber Material?«

»Ich wußte gar nicht, daß das ein Thema ist«, erwiderte der Mann in fließendem Englisch. »Es gibt hier einige Bauten im alpenländischen Stil, Chalets sozusagen, aber ich würde das nicht bayerisch nennen.«

Lektion sechs, oder war es Lektion sieben? Selbst wenn die Lüge auf einer Teilwahrheit beruht, mußt du sicher sein, daß die Person, der gegenüber du sie benutzt, weniger weiß als du.

»Alpenländisch, schweizerisch, bayerisch. Das ist doch weitgehend dasselbe.«

»Wirklich? Ich dachte immer, da seien beträchtliche Unterschiede.«

Lektion acht oder neun. Disputiere nicht. Behalte das Ziel im Auge.

»Hören Sie, ich will Ihnen nichts vormachen. Ein reiches Ehepaar in New York hat mir die Reise hierher bezahlt, damit ich ihnen Skizzen mitbringe. Die waren letzten Sommer in Rio. Sie sind hier viel herumgekommen und haben ein paar großartige Häuser gesehen. Mir haben sie sie als bayerisch beschrieben.«

»Die liegen bestimmt im Nordwesten. Dort draußen gibt es ein paar außergewöhnlich schöne Häuser. Das Anwesen der

Eisenstats zum Beispiel, aber das sind, glaube ich, Juden. Ob Sie es glauben oder nicht, da sind maurische Elemente hineingearbeitet. Und dann ist da natürlich die Villa Graff. Die ist wirklich eindrucksvoll. Eigentlich ja kein Wunder, denke ich. Graff ist mehrfacher Millionär.«

»Graff?«

»Maurice Graff. Er ist Importeur, aber das sind die ja alle, oder?«

»Wer?«

»Ach kommen Sie, seien Sie doch nicht naiv. Wenn der nicht General oder sonst ein Oberbonze im Oberkommando war, dann pisse ich Portwein.«

»Sie sind Engländer.«

»Ich bin Engländer.«

»Aber Sie arbeiten in einer deutschen Buchhandlung.«

»Ich spreche gut Deutsch.«

»Haben die keinen Deutschen gefunden?«

»Ich kann mir vorstellen, daß es gewisse Vorteile hat, jemanden wie mich einzustellen«, sagte der Brite hintergründig.

Noel gab sich überrascht. »Wirklich?«

»Ja«, antwortete der Verkäufer und stieg auf der Leiter eine Sprosse nach oben. »Niemand stellt mir Fragen.«

Der Verkäufer blickte dem Amerikaner nach, als der den Laden verließ, und kletterte dann die Leiter herunter und schob sie mit der Hand an dem Regal entlang. Es war eine Geste der Befriedigung, eines kleinen Triumphs. Er bog so schwungvoll in die nächste Regalreihe ein, daß er einen Kunden anrempelte, der sich dort einen Band über Goethe ansah.

»*Verzeihung*«, sagte der Verkäufer halblaut, nicht sehr zerknirscht.

»*Schwesterchen*«, sagte der Mann mit den dicken, schwarzweiß gesprenkelten Augenbrauen.

Diese Anspielung auf seinen Mangel an Männlichkeit ließ den Verkäufer herumfahren. »Sie!«

»Die Freunde von Tinamu sind nie weit«, erwiderte der Mann.

»Sie sind ihm gefolgt?«

»Er hat mich nie bemerkt. Rufen Sie an.«

Der Engländer ging in das kleine Büro am hinteren Ende des Ladens. Er nahm den Hörer ab und wählte. Ein Angestellter des mächtigsten Mannes von Rio meldete sich.

»Wohnung von Senhor Graff. Guten Tag.«

»Unser Mann im Hotel hat sich eine reichliche Belohnung verdient«, sagte der Verkäufer. »Er hatte recht. Ich bestehe darauf, mit Herrn Graff persönlich zu sprechen. Ich habe genau das getan, was vereinbart war, und ich habe es ausgezeichnet getan. Ohne Zweifel wird er anrufen. Und jetzt bitte Herrn Graff.«

»Ich werde Ihre Nachricht weitergeben, Schmetterling«, sagte der Mann.

»Sie werden nichts dergleichen tun! Ich habe noch andere Nachrichten, die nur ich ihm geben werde.«

»Worum geht es? Ich brauche Ihnen wohl nicht zu sagen, daß er ein vielbeschäftigter Mann ist.«

»Sagen wir so: es betrifft einen meiner Landsleute. Drücke ich mich klar aus?«

»Wir wissen, daß er in Rio ist; er hat bereits Verbindung aufgenommen. Sie müssen sich schon etwas besseres einfallen lassen.«

»Er ist noch hier. Im Geschäft. Vielleicht wartet er darauf, mit mir zu sprechen.«

Der Mann sprach zu jemanden, der in der Nähe stehen mußte. Man konnte deutlich hören, was er sagte. »Das ist der Schauspieler, mein Herr. Er besteht darauf, mit Ihnen zu sprechen. Alles ist in der letzten Stunde nach Plan abgelaufen, aber es scheint eine Komplikation gegeben zu haben. Sein Landsmann ist in der Buchhandlung.«

Der Telefonhörer wurde weitergereicht. »Was ist denn?« fragte Maurice Graff.

»Ich wollte Ihnen mitteilen, daß alles wie erwartet abgelaufen ist...«

»Ja, ja, das habe ich schon gehört«, unterbrach Graff. »Sie leisten ausgezeichnete Arbeit. Aber was ist jetzt mit diesem Engländer?«

»Er ist dem Amerikaner gefolgt. Er war höchstens drei

Meter von ihm entfernt. Er ist immer noch hier, und ich nehme an, er wird wollen, daß ich ihm sage, was hier vor sich geht. Soll ich das?«

»Nein«, erwiderte Graff. »Wir sind durchaus in der Lage, allein zurechtzukommen. Sagen Sie ihm, wir fürchteten, daß man ihn erkennt; daß wir vorschlagen,er soll sich nicht sehen lassen. Sagen Sie ihm, daß ich seine Methode nicht billige. Sie können im sagen, das hätten Sie von mir persönlich gehört.«

»*Danke*, Herr Graff! Es wird mir ein Vergnügn sein.«

Graff reichte das Telefon seinem Assistenten. »Der Tinamu darf das nicht zulassen«, sagte er. »Jetzt fängt es wieder an.«

»Was fängt wieder an?«

»Alles fängt von neuem an«, fuhr der alte Mann fort. »Die Einmischung, die Überwachungen, alles miteinander. Die Herrschaft wird geteilt, und jeder ist verdächtig.«

»Ich verstehe nicht.«

»Natürlich nicht. Du warst ja nicht dort.« Graff lehnte sich in seinem Sessel zurück. »Schick ein zweites Telegramm an den Tenamu. Sag ihm, wir bestehen darauf, daß er seinen Wolf ins Mitttelmeergebiet zurückruft. Er geht zu viel Risiko ein. Dagegen verwahren wir uns und lehnen unter den gegebenen Umständen die Verantwortung ab.«

Es bedurfte einiger Anrufe und dauerte vierundzwanzig Stunden, dann kam schließlich die Mitteilung, daß Graff bereit sei, ihn zu empfangen, kurz nach zwei am nächsten Nachmittag. Holcroft mietete sich im Hotel einen Wagen und verließ die Stadt in nordwestlicher Richtung. Er hielt häufig an und studierte die Touristenkarte, die ihm die Autovermietung zur Verfügung gestellt hatte. Schließlich fand er die Adresse und bog durch das schmiedeeiserne Tor in die Auffahrt, die zu dem Haus auf der Hügelkuppe führte.

Sie mündete in einen großen Parkplatz aus weißem Beton, der von grünen Büschen umgeben war und von dem zu beiden Seiten mit Natursteinplatten belegte Wege durch Obsthaine nach hinten führten.

Der Verkäufer in der Buchhandlung hatte recht gehabt. Das Anwesen war eindrucksvoll. Der Blick war großartig: die flache Anlage im Vordergrund, die Berge dahinter und weit im Osten das dunstige Blau des Atlantik. Das Haus hatte zwei Stockwerke, an denen Balkone umliefen, und ein Portal mit zwei wuchtigen Türflügeln aus geöltem Mahagoni in mächtigen schmiedeeisernen Angeln. Die Gesamtwirkung war alpenländisch, so, als hätte man aus mehreren Schweizer Chalets ein einziges gemacht und es auf einen Berg in den Tropen gesetzt.

Noel parkte seinen Wagen rechts von der Eingangstreppe und stieg aus. Noch zwei Autos standen auf dem Parkplatz – ein weißer Mercedes und ein roter Maserati. Die Familie Graff hielt auf sich. Holcroft nahm seinen Aktenkoffer und die Kamera und ging die Marmorstufen hinauf.

»Es schmeichelt mir, daß man unsere bescheidenen architektonischen Bemühungen anerkennt«, sagte Graff. »Wahrscheinlich ist es ganz natürlich, daß Menschen, die man verpflanzt hat, in ihrer neuen Umgebung ein Stück Heimat haben wollen. Meine Familie stammt aus dem Schwarzwald... das sind Erinnerungen, die man nicht so leicht ablegt.«

»Ich bin Ihnen wirklich sehr dankbar, daß Sie sich Zeit für mich genommen haben, Sir.« Noel legte die fünf hastig hingeworfenen Skizzen in seinen Aktenkoffer und klappte ihn zu. »Damit spreche ich natürlich auch im Namen meines Klienten.«

»Haben Sie alles, was Sie brauchen?«

»Eine Rolle Film und fünf Skizzen sind mehr, als ich mir erhofft hatte. Übrigens, der Herr, der mich herumgeführt hat, wird Ihnen sagen, daß die Fotos sich auf Details beschränken.«

»Ich verstehe nicht.«

»Ich möchte nicht, daß Sie meinen, ich hätte Bilder von Ihrem Privatbesitz aufgenommen.«

Maurice Graff lachte leise. »Mein Haus ist gut beschützt und behütet, Mr. Holcroft. Außerdem ist es mir nie in den Sinn gekommen, Sie könnten es aus unehrlichen Gründen besichtigen wollen. Setzen Sie sich doch bitte.«

»Danke.« Noel setzte sich dem alten Mann gegenüber. »Heutzutage kann man es niemandem verübeln, wenn er argwöhnisch ist.«

»Nun, ich will Ihnen nichts vormachen. Ich habe das Pôrto-Allegre-Hotel angerufen, um mich zu vergewissern, daß Sie dort auch eingetragen sind. Das waren Sie. Ein Mr. Holcroft aus New York, dessen Reservierung von einem seriösen Reisebüro gebucht war, wo man Sie offensichtlich kennt. Ihre Kreditkarten sind computergeprüft. Sie sind mit einem gültigen Paß nach Brasilien eingereist. Was brauchte ich mehr? In unserem technisierten Zeitalter dürfte es schwerfallen, sich als jemand andern auszugeben, meinen Sie nicht auch?«

»Ja, ich denke schon«, erwiderte Noel und überlegte, ob dies vielleicht der Augenblick wäre, auf den wirklichen Zweck seines Besuches zu kommen. Er wollte gerade damit anfangen, aber Graff sprach weiter, als gelte es, eine peinliche Pause zu füllen.

»Wie lange bleiben Sie in Rio?« fragte er.

»Nur noch ein paar Tage. Ich habe den Namen Ihres Architekten und werde mich natürlich mit ihm verabreden, sobald er für mich Zeit hat.«

»Ich lasse meinen Sekretär bei ihm anrufen; das ist kein Problem. Ich habe keine Ahnung, wie das Ganze finanziell zu regeln ist – ob es überhaupt einer finanziellen Regelung bedarf –, aber ich bin ganz sicher, daß er Ihnen Kopien der Pläne gibt, wenn das von Nutzen für Sie ist.«

Noel lächelte, der Architekt in ihm meldete sich zu Wort. »Es geht hier nur um Anregungen im Detail, Mr. Graff. Ihn aufzusuchen, ist in erster Linie eine Sache der Höflichkeit. Ich könnte ihn fragen, wo er gewisse Materialien gekauft oder wie er bestimmte statische Probleme gelöst hat, aber das wäre auch schon alles. Ich habe nicht die Absicht, ihn um die Pläne zu bitten, und ich glaube, wenn ich das täte, würde er mit seiner Zustimmung zögern.«

»Er würde *nicht* zögern«, sagte Graff, und seine ganze Haltung spiegelte seine militärische Vergangenheit.

... wenn der nicht General oder sonst ein Oberbonze im Oberkommando war, dann pisse ich Portwein ...

»Es ist nicht wichtig, Sir. Ich habe, was ich wollte.«

»Ich verstehe.« Graff verlagerte sein Gewicht in dem Sessel. Es war die Bewegung eines müden, alten Mannes am Ende eines langen Nachmittags. Aber seine Augen waren nicht müde. Sie wirkten auffallend wach. »Ein einstündiges Gespräch würde also genügen.«

»Absolut.«

»Ich werde es arrangieren.«

»Sie sind sehr liebenswürdig.«

»Dann können Sie nach New York zurückkehren.«

»Ja.« Das war der Augenblick, um die von Tiebolts zu erwähnen. Jetzt. »Da ist noch etwas, was ich während meines Aufenthaltes in Rio erledigen sollte. Es ist nicht sehr wichtig, aber ich habe mich bereit erklärt, es zu versuchen. Ich weiß nicht recht, wo ich anfangen soll, wahrscheinlich bei der Polizei.«

»Das klingt ja geheimnisvoll. Ein Verbrechen?«

»Ganz im Gegenteil. Ich meine, bei der Abteilung der Polizeibehörden, die mir bei der Suche nach gewissen Leuten behilflich sein könnte. Sie stehen nicht im Telefonbuch. Ich habe mich auch nach Nummern erkundigt, die nicht im Telefonbuch aufgeführt sind, aber sie haben keine.«

»Sind Sie sicher, daß die Leute, die Sie suchen, in Rio sind?«

»Das waren sie, als man zuletzt von ihnen hörte. Und wie man mir sagt, ist in den zwei anderen Großstädten Brasiliens auch nachgefragt worden, mit Hilfe der Telefongesellschaften.«

»Sie machen mich neugierig, Mr. Holcroft. Ist es so wichtig, daß man diese Leute findet? Was haben sie denn getan? Aber Sie sagten ja, daß es nicht um ein Verbrechen geht.«

»Ja. Ich weiß sehr wenig. Einer meiner Freunde in New York, ein Rechtsanwalt, wußte, daß ich hierher reise, und hat mich gebeten, mein möglichstes zu tun, um diese Familie ausfindig zu machen. Anscheinend haben ihr Verwandte etwas Geld hinterlassen.«

»Eine Erbschaft?«

»Ja.«

»Dann müßte doch ein Anwalt hier in Rio...«

»Mein Freund hat an einige Anwaltskanzleien hier etwas geschickt, das er ›Suchaufforderung‹ nannte«, sagte Noel und erinnerte sich an die Worte des Attachés in New York. »Es gab keine befriedigende Antwort.«

»Wie hat er das erklärt?«

»Gar nicht. Er war nur ärgerlich. Wahrscheinlich war es nicht genug Geld, daß es sich für die drei Anwälte gelohnt hätte, sich ins Zeug zu legen.«

»Drei Anwälte?«

»Ja«, erwiderte Noel und staunte über sich selbst. Er füllte die Lücke instinktiv, ohne nachzudenken. »Da ist der Anwalt in Chicago – oder St. Louis –, die Kanzlei meines Freundes in New York und die hier in Rio. Ich glaube nicht, daß eine Außenstehenden gegenüber vertraulich zu behandelnde Sache auch zwischen Rechtsanwälten vertraulich ist. Vielleicht lohnte es nicht, die Gebühr in drei Teile zu teilen.«

»Aber Ihr Freund ist ein gewissenhafter Mann.« Graffs Augenbrauen hoben sich wohlwollend. Wirklich wohlwollend? dachte Holcroft.

»So würde ich das gerne sehen.«

»Vielleicht kann ich behilflich sein. Ich habe Freunde.«

Holcroft schüttelte den Kopf. »Das könnte ich nicht von Ihnen verlangen. Sie habe heute nachmittag schon genug für mich getan. Wie gesagt, es ist nicht so wichtig.«

»Natürlich«, sagte Graff und zuckte die Achseln. »Ich will mich nicht in vertrauliche Dinge einmischen.« Der Deutsche blickte zum Fenster hinüber und kniff die Augen zusammen. Die Sonne begann hinter dem Bergmassiv im Westen zu versinken. Orangerotes Licht strömte durch das Glas und ließ das dunkle Holz des Arbeitszimmers in einem warmen Glanz erstrahlen.

»Der Name der Familie lautet von Tiebolt«, sagte Noel und musterte das Gesicht des alten Mannes. Aber was auch immer er erwartet hatte, nichts hätte ihn auf das vorbereiten können, was er jetzt sah.

Die Augen des alten Mannes öffneten sich plötzlich weit, und ihr Blick war von Abscheu erfüllt. »Sie sind ein *Schwein*«, sagte der Deutsche, und seine Stimme war dabei so leise, daß man sie kaum hören konnte. »Das Ganze war ein Trick, ein raffinierter Trick, um sich in mein Haus einzuschleichen! Zu mir zu kommen!«

»Sie irren, Mr. Graff. Sie können meinen Klienten in New York anrufen...«

»*Schwein...!*« schrie der alte Mann. »Die von Tiebolts!

Diese *Verräter*! Dieses widerliche Pack! Diese Feiglinge! Wie können Sie es *wagen*!«

Noel starrte den anderen wie gebannt und hilflos an. Graffs Gesicht war vor Wut verfärbt, die Adern an seinem Hals traten hervor, seine Augen glühten, und seine Hände zitterten, versuchten sich an der Armlehne festzuklammern.

»Ich verstehe nicht«, sagte Holcroft und stand auf.

»Sie verstehen schon... Sie *Abschaum*! Sie suchen die von Tiebolts! Sie wollen sie wieder ins Leben rufen!«

»Sind sie *tot*?«

»Beim Allmächtigen, wenn sie es nur *wären*!«

»Mr. Graff, hören Sie mir zu. Wenn Sie etwas wissen –«

»Verlassen Sie mein Haus!« Der alte Mann stemmte sich aus seinem Stuhl hoch und schrie in Richtung auf die geschlossene Tür seines Arbeitszimmers: »Werner! Komm her!«

Graffs Assistent stürzte ins Zimmer. »Herr? Was ist –«

»Schaff diesen Betrüger weg! Er soll mein Haus verlassen!«

Der Assistent sah Holcroft an. »Hier lang. *Schnell!*«

Noel griff nach seinem Aktenkoffer und ging eilig auf die Türe zu. Dort drehte er sich um und warf einen letzten Blick auf den wütenden Graff. Der alte Deutsche stand wie eine monströse, groteske Gliederpuppe da, die ein Zittern schüttelte.

»Hinaus! Sie sind *widerwärtig*!«

Das war Noel zuviel. Nicht er war es, der widerwärtig war; es war diese arrogante Gestalt vor ihm, dieses aufgedunsene Bild des Luxus und der Brutalität. Dieses Monstrum, das vor dreißig Jahren einen Mann verraten und dann vernichtet hatte, einen Mann in tiefer Seelenqual... und Tausende wie ihn. Dieser *Nazi*.

»Sie haben kein Recht, mich zu beschimpfen.«

»Wir werden schon sehen, wer welches Recht hat. *Hinaus!*«

»Ich gehe, General, oder was, zum Teufel, sonst Sie sind. Ich kann gar nicht schnell genug hier verschwinden, weil ich jetzt begreife. Sie können mich nicht von der letzten Leiche unterscheiden, die ihr Schweine verbrannt habt. Aber ich brauche bloß einen Namen zu erwähnen, und schon können Sie es nicht mehr ertragen. Sie sind außer sich, weil Sie wissen – und weil ich weiß –, daß von Tiebolt Sie vor dreißig Jahren durchschaut hat. Als die Leichenstapel zu hoch wurden. Er hat erkannt, was Sie *wirklich* waren.«

»Wir haben vor niemandem verborgen, was wir waren! Das hat die ganze Welt gewußt. Von unserer Seite gab es keine Täuschung.«

Holcroft schluckte unwillkürlich. Bei allem aufwallenden Zorn mußte er dem Mann Genugtuung verschaffen, der ihn aus dem Grab um Hilfe gebeten hatte, er mußte zurückschlagen nach dieser Verkörperung einstiger Macht und Verderbnis, die ihm einen Vater gestohlen hatte. Er konnte einfach nicht anders.

»Damit Sie das ganz klar sehen«, sagte Noel, »ich werde die von Tiebolts finden, und Sie werden mich nicht daran hindern. Glauben Sie ja nicht, daß Sie das können. Glauben Sie ja nicht, daß Sie wissen, mit wem Sie es zu tun haben, das wissen Sie nämlich nicht. Aber ich weiß, mit wem *ich* es zu tun habe. Sie tragen Ihr Eisernes Kreuz ein bißchen zu auffällig.«

Graff hatte sich jetzt wieder in der Hand. »Finden Sie nur die von Tiebolts. Wir werden dort sein!«

»Ich werde sie finden. Und wenn ihnen dann etwas zustößt, weiß ich, wer daran die Schuld trägt. Ich werde Sie als das brandmarken, was Sie sind. Sitzen Sie nur hier in Ihrer Burg und bellen Sie Ihre Befehle. Sie tun ja immer noch so, als hätten Sie etwas zu sagen. Sie waren schon vor Jahren erledigt – ehe der Krieg um war –, und Männer wie von Tiebolt wußten das. Die haben es begriffen, nur Sie nicht. Sie werden es nie begreifen.«

»*Hinaus!*«

Eine Wache stürmte ins Zimmer; Hände packten Noel von hinten. Ein Arm schoß über seine rechte Schulter und über seine Brust herunter. Er wurde einen Augenblick lang in die Höhe gerissen und rückwärts aus dem Raum gezerrt. Er schwang seinen Aktenkoffer und spürte, wie er gegen den mächtigen Körper des Mannes prallte, der ihn durch die Tür zerrte. Er trieb dem unsichtbaren Angreifer den linken Ellbogen in den Leib und trat zu, spürte, wie sein Absatz gegen das Schienbein des Mannes prallte. Die Reaktion kam sofort; der Mann stieß einen Schrei aus, und der Griff, mit dem er Noel umfaßt hielt, lockerte sich einen Augenblick. Das genügte.

Holcrofts linke Hand schoß in die Höhe, packte den ausgestreckten Arm am Ärmelstoff und zog ihn mit ganzer Kraft vorwärts. Er beugte sich nach rechts, und seine rechte Schulter stieß gegen den Brustkasten hinter ihm. Der Angreifer stolperte. Noel rammte ihm die Schulter ein zweites Mal in die Brust und schleuderte den Mann gegen einen antiken Sessel an der Wand. Unter dem aufprallenden Gewicht des Mannes brach das Möbelstück zusammen. Der Leibwächter war wie betäubt, seine geweiteten Augen blinzelten glasig.

Holcroft blickte auf den Mann hinunter. Der Kerl war kräftig gebaut, aber das Bedrohlichste an ihm war seine Größe. In dem Punkt ähnelte er dem alten Graff. Ein Fleischberg unter einem enganliegenden Jackett.

Durch die offene Tür konnte Holcroft sehen, wie Graff nach dem Telefon auf seinem Schreibtisch griff. Der Assistent, den er Werner genannt hatte, machte einen vorsichtigen Schritt auf Noel zu.

»*Nicht*«, sagte Holcroft. Er ging durch die Eingangshalle auf das Portal zu. Auf der anderen Seite des Foyers standen einige Männer und Frauen unter einer Galerie. Niemand machte eine Bewegung auf ihn zu; kein Laut war von ihnen zu hören. Untertanengeist, dachte Noel, und war mit dieser Erkenntnis nicht unzufrieden. Diese Kreaturen warteten auf Befehle.

»Tun Sie, was ich angeordnet habe«, sagte Graff in die Sprechmuschel des Telefons. Seine Stimme war ruhig und ließ durch nichts die Wut erkennen, die er noch vor Minuten gezeigt hatte. Jetzt war er der General, der einem aufmerksamen Untergebenen Befehle erteilte. »Warten Sie, bis er halb den Hügel hinunter ist, und legen Sie dann den Torschalter um. Es ist wichtig, daß der Amerikaner glaubt, er sei entkommen.« Der alte Deutsche legte auf und wandte sich seinem Assistenten zu. »Ist die Wache verletzt?«

»Nur etwas benommen, mein Herr. Er ist schon wieder auf den Beinen. Der Rest gibt sich schnell.«

»Holcroft ist zornig«, sinnierte Graff. »Er ist jetzt in Hochstimmung, ganz von seinem Ziel erfüllt. Das ist gut. Jetzt muß man ihm Angst machen, muß ihn so weit bringen, daß er über das Unerwartete zittert, über die ganze Brutalität des Augenblicks. Sag dem Wachmann, er soll fünf Minuten warten und dann die Verfolgung aufnehmen. Er muß seine Sache gut machen.«

»Er hat seine Befehle; er ist ein hervorragender Schütze.«

»Gut.« Der ehemalige General ging langsam ans Fenster und blickte in die letzten Strahlen der Sonne hinaus. »Weiche Worte, die Worte einer Geliebten... und dann scharfe, hysterische Rüffel. Die Umarmung – und das Messer. Eines muß so schnell dem anderen folgen, bis Holcroft nicht mehr weiß, woran er ist, bis er nicht länger zwischen Verbündetem und Feind unterscheiden kann und nur noch weiß, daß er weiterdrängen muß. Und wenn er schließlich zusammenbricht, werden wir zur Stelle sein, und er wird uns gehören.«

9.

Noel warf den mächtigen Türflügel hinter sich ins Schloß und ging die Marmorstufen zum Wagen hinunter. Er riß das Automobil im Rückwärtsgang herum, so daß die Motorhaube auf die abschüssige Zufahrt wies, trat das Gaspedal durch und jagte auf den Ausgang zu.

Verschiedenes schoß ihm durch den Kopf. Zuallererst, daß die Nachmittagssonne jetzt hinter den Bergen im Westen versunken war, so daß der Boden teilweise im Schatten lag. Es begann zu dämmern; er brauchte also seine Scheinwerfer. Und dann begann ihm klarzuwerden, daß Graffs Reaktion auf die von Tiebolts zweierlei bedeuten mußte: die von Tiebolts lebten, und sie stellten eine Bedrohung dar. Aber eine Bedrohung wofür? Für wen? Und wo waren sie?

Das dritte, was ihn bewegte, war eher ein Gefühl als ein klarer Gedanke. Es war seine Reaktion auf die physische Auseinandersetzung, die er hinter sich hatte. Während seines ganzen Lebens hatte er seine Größe und seine Körperkraft als selbstverständlich hingenommen. Weil er groß und durchtrainiert war, verspürte er nie das Bedürfnis einer physischen Herausforderung, höchstens im Wettbewerb mit sich selbst, indem er seine Tennisform verbesserte oder eine Skiabfahrt bewältigte. Das hatte zur Folge, daß er jeglicher körperlichen Auseinandersetzung aus dem Wege ging; so etwas schien ihm unnötig.

Aus dieser Grundeinstellung heraus hatte er gelacht, als sein Stiefvater darauf bestanden hatte, daß er gemeinsam mit ihm im Club Stunden in Selbstverteidigung nehmen sollte. Die Stadt war dabei, sich in einen Dschungel zu verwandeln; Holcrofts Sohn würde lernen, sich selbst zu beschützen.

Er nahm den Kurs und vergaß prompt alles, was er gelernt hatte, als er vorbei war. Wenn er tatsächlich überhaupt etwas in sich aufgenommen hatte, dann war das unbewußt geschehen.

Und er *hatte* etwas aufgenommen, überlegte Noel, mit sich zufrieden. Er erinnerte sich an den glasigen Blick in den Augen des Wachmannes.

Der letzte Gedanke, der ihm durch den Kopf ging, als er in den abschüssigen Weg einbog, war ebenfalls vage. Irgend etwas stimmte nicht am Vordersitz seines Wagens. Die Turbulenz der letzten Minuten hatte seinen gewöhnlich scharfen Blick für solche Dinge getrübt. Aber irgend etwas an der karierten Stoffbespannung des Sitzes hatte ihn gestört...

Jäher Lärm schreckte ihn auf: das Bellen von Hunden. Plötzlich warfen sich von beiden Seiten die drohenden Fratzen riesiger, langhaariger schwarzer Schäferhunde gegen die Wagenfenster. Die dunklen Augen glänzten vor Haß und Enttäuschung, und die geifernden Mäuler gingen auf und zu und gaben die schrillen, bösen Geräusche von Tieren von sich, die ihr Opfer erreicht hatten, aber nicht imstande waren, ihre Zähne in sein Fleisch zu schlagen. Es war ein ganzes Rudel Hunde – fünf, sechs, sieben –, und sie waren jetzt an sämtlichen Fenstern, und ihre Krallen scharrten am Glas. Eines der Tiere sprang auf die Motorhaube und fletschte vor der Windschutzscheibe die Zähne.

Hinter dem Hund, unten am Hügel, sah Holcroft, wie das riesige Tor anfing, sich zu bewegen, wobei sich die Bewegung im Licht seiner näherkommenden Scheinwerfer beschleunigte. Das Tor schloß sich! Er trat das Gaspedal bis zum Boden durch und packte das Steuer, bis seine Arme schmerzten, und fuhr mit Höchstgeschwindigkeit, daß der Wagen im Ausbrechen an den Steinpfeilern vorbeischleuderte und das stählerne Tor nur um Zentimeter verfehlte. Der Hund auf der Motorhaube flog nach rechts davon und heulte auf.

Das Rudel am Hügel hatte sich in dem schnell dunkler werdenden Zwielicht hinter dem Tor versammelt. Die Erklärung mußte darin liegen, daß eine Hochfrequenzpfeife – für das menschliche Ohr unhörbar – sie zum Anhalten veranlaßt hatte. Schwitzend hielt Noel das Gaspedal durchgedrückt und raste die Straße hinunter.

Jetzt erreichte er eine Weggabelung. Mußte er nach rechts oder links? Er konnte sich nicht erinnern und griff mechanisch nach der Landkarte, die er neben sich auf den Sitz gelegt hatte.

Das war es, was ihn gestört hatte! Die Landkarte war nicht mehr da. Er bog nach links und griff unter den Sitz, um nachzusehen, ob die Karte auf den Boden gefallen war. Doch auch dort war sie nicht. Man hatte sie ihm aus dem Wagen genommen!

Er erreichte eine Kreuzung. Sie war ihm nicht vertraut; oder wenn sie es war, dann verhüllte die Dunkelheit jedes vertraute Merkmal. Er bog instinktiv nach rechts, wußte, daß er jetzt nicht anhalten durfte. Er hielt die hohe Geschwindigkeit und sah sich nach Hinweisen um, die er vielleicht auf der Herfahrt aus Rio entdeckt hatte. Aber inzwischen war es völlig dunkel geworden, und so sah er nichts, woran er sich erinnern konnte. Die Straße beschrieb einen weiten Bogen nach rechts, dann kam eine steile Gefällstrecke. Er erinnerte sich an keine solche Kurve, an keinen solchen Hügel. Er hatte die Orientierung verloren.

Die Gefällstrecke war zu Ende, jetzt hatte er ein etwa hundert Meter langes ebenes Straßenstück vor sich. Zu seiner Linken war eine Aussichtsplatte mit Parkfläche, die durch eine bis zur Klippe reichende brusthohe Mauer abgeschlossen war. Entlang der Mauer standen eine Anzahl Münzteleskope. Holcroft bog ein und hielt an. Es standen keine weiteren Fahrzeuge da, aber vielleicht konnte er sich orientieren, wenn er sich hier umsah. Er stieg aus und ging zur Mauer.

Weit unten waren in der Ferne die Lichter der Stadt zu

erkennen. Zwischen der Klippe und den Lichtern aber herrschte nur Dunkelheit... nein, nicht völlige Dunkelheit; da wand sich ein Lichtfaden zwischendurch. Eine Straße? Noel stand neben einem der Teleskope. Er schob eine Münze ein und spähte durch das Okular, stellte das Gerät auf den sich windenden Lichtfaden ein, den er für eine Straße hielt.

Und das war es auch. Die Lichter standen weit auseinander; es waren Straßenlampen, sehr fahrerfreundlich, aber an einem Pfad, der quer durch die brasilianischen Wälder führte, völlig deplaziert. Wenn er den Anfang jener Straße erreichen konnte...

Das Teleskop ließ sich nicht weiter nach rechts bewegen. Zum Henker! Wo fing die Straße an? Das *mußte*...

Hinter sich hörte er das Geräusch eines Motors den Hügel heraufkommen. Dem Himmel sei Dank! Er würde den Wagen anhalten, und wenn er sich dazu mitten in die Straße stellen mußte. Er rannte von der Mauer weg, über die betonierte Parkfläche auf den Asphalt zu.

Als er den Straßenrand erreichte, erstarrte er in seiner Bewegung. Der Wagen, der jetzt über den letzten Straßenbuckel hochschoß, war ein weißer Mercedes. Der gleiche Wagen, der blitzend in der Nachmittagssonne auf einem anderen Hügel gestanden hatte. Graffs Wagen.

Mit kreischenden Reifen kam er ruckartig zum Stillstand. Die Tür öffnete sich, und ein Mann stieg aus. Im reflektierenden Licht der Scheinwerfer konnte er ihn erkennen: Graffs Leibwächter!

Er griff in seinen Gürtel. Holcroft stand wie gelähmt da. Der Mann hob eine Waffe, zielte auf ihn. Es war unglaublich! Das konnte einfach nicht sein!

Der erste Schuß dröhnte wie Donnerhall; er erschütterte das Schweigen wie ein plötzlicher Erdstoß. Ein zweiter folgte. Einen Meter vor Noel explodierte das Straßenpflaster; Steinchen und Staub wirbelten hoch. So überrumpelt, so fassungslos er war, sagte ihm sein Instinkt, daß er wegrennen, sich in Sicherheit bringen mußte. Er würde hier sterben! Umgebracht an einer verlassenen Aussichtsplatte über Rio de Janeiro! Das war Wahnsinn!

Seine Beine zitterten; er zwang sich, auf seinen Mietwagen

zuzurennen. Seine Füße *schmerzten*; das war das seltsamste Gefühl, das er je empfunden hatte. Zwei weitere Schüsse peitschten durch die Nacht; wieder explodierten Teer und Beton.

Er erreichte seinen Wagen und ließ sich dahinterfallen, um Deckung zu finden. Jetzt griff er nach der Türklinke.

Wieder ein Schuß, diesmal lauter. Und fast gleichzeitig mit der Detonation war noch eine andere Art von Explosion zu hören; das Hinterfenster seines Wagens war zersprungen.

Er hatte keine andere Wahl! Holcroft riß die Tür auf und sprang hinein. In Panik drehte er den Zündschlüssel. Der Motor heulte auf; sein Fuß preßte das Gaspedal gegen den Boden. Er legte den Gang ein, und der Wagen schoß mit einem Satz davon, hinein in die Dunkelheit. Er riß das Steuer herum; um Haaresbreite entging er der Mauer. Automatisch schaltete er die Scheinwerfer ein. Undeutlich nahm er die bergab führende Straße wahr, hielt verzweifelt darauf zu.

Die Straße schien nur aus Kurven zu bestehen. Er nahm sie mit hoher Geschwindigkeit, rutschte immer wieder zur Seite weg, schaffte es kaum, den Wagen unter Kontrolle zu halten, so schmerzten seine Arme. Seine Hände waren naß vom Schweiß und glitten immer wieder vom Lenkrad ab. Jede Sekunde glaubte er, irgendwo aufzuprallen, nur ein paar Augenblicke noch, und er würde in einer letzten Explosion den Tod finden.

Später konnte er sich nicht mehr erinnern, wie lange das dauerte und wie er die sich dahinschlängelnde Straße mit den Straßenlaternen gefunden hatte, aber da war sie plötzlich, glatt asphaltiert: die Straße zur Stadt. Sie führte nach links, mitten durch hohe Bäume und dichtes Buschwerk, die wie die Wände einer Schlucht um ihn aufragten.

Zwei Fahrzeuge kamen ihm entgegen; am liebsten hätte er vor Erleichterung aufgeschrien, als er sie sah. Er näherte sich den Ausläufern der Stadt. Jetzt befand er sich in den Vororten. Die Straßenlaternen standen hier dichter beieinander, und plötzlich waren überall Wagen, die in Seitenstraßen einbogen, ihm den Weg versperrten oder ihn überholten. Er hätte nie gedacht, daß er einmal so dankbar wäre, Verkehr um sich zu sehen.

Er erreichte eine Ampel; sie stand auf Rot. Wieder war er dankbar – dafür, daß sie da war, und für die kurze Rast, die sie ihm gönnte. Er griff in seine Hemdtasche, um die Zigaretten herauszuholen. *Herrgott*, wie er sich jetzt nach einer Zigarette sehnte.

Ein Wagen rollte links an ihn heran. Ungläubig starrte er hinüber. Der Beifahrer – ein Mann, den er noch nie gesehen hatte – hatte seine Scheibe heruntergekurbelt und hob jetzt eine Pistole. Die Mündung umgab ein perforierter Zylinder – ein Schalldämpfer. Der unbekannte Mann zielte auf ihn!

Holcroft zuckte zurück, zog den Kopf ein, riß am Schalthebel, preßte das Gaspedal durch. Er hörte das schreckliche spuckende Geräusch und das Splittern von Glas hinter sich.

Der Mietwagen sprang mit einem Satz in die Kreuzung hinein. Ein wildes Hupkonzert ertönte. Im letzten Augenblick wich Noel einem Zusammenstoß aus.

Die Zigarette war ihm aus dem Mund gefallen, hatte ein Loch in den Sitzbezug gebrannt.

Er raste in die Stadt hinein.

Das Telefon lag feucht und schweißglänzend in Noels Hand. »Hören Sie mir den überhaupt zu?« schrie er.

»Mr. Holcroft, beruhigen Sie sich, *bitte*.« Die Stimme des Attachés in der amerikanischen Botschaft klang ungläubig. »Wir tun alles, was wir können. Ich habe jetzt die wichtigsten Fakten, und wir werden der Sache so schnell wie möglich nachgehen. Aber es ist nach sieben Uhr; es wird schwierig sein, um diese Zeit irgendwelche Leute zu erreichen.«

»*Schwierig*, Leute zu erreichen? Vielleicht haben Sie mich nicht verstanden. Man hätte mich beinahe umgebracht! Sehen Sie sich den Wagen doch an! Die Fenster sind herausgeschossen!«

»Wir schicken einen Mann in Ihr Hotel, der den Wagen sicherstellt«, sagte der Attaché, ohne seinen Tonfall zu ändern.

»Ich habe die Schlüssel. Er soll in mein Zimmer kommen und sie holen.«

»Ja, abgemacht. Bleiben Sie, wo Sie sind, wir rufen zurück.«

Der Attaché legte auf. *Herrgott*! Der Mann klang, als hätte er gerade von einem lästigen Verwandten gehört und wollte nun schleunigst sein Telefonat beenden, um zu Abend essen zu können!

Noels Angst ging über jegliche Furcht hinaus, die er bisher gekannt hatte. Sie hielt ihn gepackt, erfüllte ihn mit Panik und machte ihm das Atmen schwer. Und trotzdem vollzog sich – trotz dieser krankmachenden, alles durchdringenden Furcht – etwas an ihm, das er nicht begriff. Tief in ihm glomm ein Fünkchen Zorn, und er spürte, wie dieser Zorn wuchs. Er wollte nicht, daß er wuchs; er hatte Angst davor, aber er konnte nichts dagegen tun. Männer hatten ihn angegriffen, er wollte zurückschlagen.

Auch nach Graff hatte er zurückschlagen wollen. Er hatte ihn beim richtigen Namen nennen wollen: Monstrum, Lügner ... *Nazi*.

Das Telefon klingelte. Er fuhr herum, als hätte er ein Alarmsignal gehört, das einen weiteren Angriff anmeldete. Er packte mit der linken Hand sein rechtes Handgelenk, um das Zittern zu beherrschen, und ging schnell zu dem niedrigen Tisch neben dem Bett, auf dem der Apparat stand.

»Senhor Holcroft?«

Das war nicht der Mann aus der Botschaft. Der Akzent war südamerikanisch.

»Was ist denn?«

»Ich muß Sie sprechen. Es ist sehr wichtig, daß ich Sie sofort sprechen kann.«

»Wer sind Sie?«

»Mein Name ist Cararra. Ich bin in Ihrer Hotelhalle.«

»*Cararra?* Eine Frau namens Cararra hat mich gestern angerufen.«

»Meine Schwester. Wir sind jetzt zusammen. Wir beide müssen Sie jetzt sprechen. Dürfen wir in Ihr Zimmer kommen?«

»*Nein*! Ich will niemanden sehen!« Das Peitschen der Schüsse, die Explosionen von Beton und Glas – sie waren noch zu scharf in sein Bewußtsein eingegraben. Er würde nicht noch einmal eine Zielscheibe abgeben.

»Senhor. Sie *müssen*!«

»*Nein!* Lassen Sie mich in Ruhe, oder ich rufe die Polizei.«

»Die kann Ihnen nicht helfen. Nur wir. Wir möchten Ihnen helfen. Sie suchen Informationen über die von Tiebolts. Wir haben Informationen.«

Noels Atem stockte. Sein Blick wanderte zur Sprechmuschel. Das war eine Falle. Der Mann am anderen Ende der Leitung versuchte, ihn in die Falle zu locken. Aber weshalb kündigte er dann die Falle an?

»Wer hat Sie geschickt? Wer hat Ihnen gesagt, daß Sie mich anrufen sollen? War es Graff?«

»Maurice Graff spricht nicht mit Leuten wie uns. Meine Schwester und ich sind ihm widerwärtig, nicht einmal wert, daß er uns verachtet.«

Sie sind widerwärtig! Graff verachtete den größten Teil der Welt, dachte Holcroft. Er atmete wieder und versuchte, ruhig zu sprechen. »Ich habe Sie gefragt, wer Sie zu mir geschickt hat. Woher wissen Sie denn, daß ich mich für die von Tiebolts interessiere?«

»Wir haben Freunde in der Einwanderungsbehörde. Kleine Angestellte, keine wichtigen Leute. Aber die hören zu, sie beobachten. Das werden Sie verstehen, wenn wir sprechen.« Plötzlich beschleunigten sich die Worte des Brasilianers; sein Akzent verstärkte sich, das konnte nicht einstudiert sein.

»*Bitte,* Senhor. Sie müssen uns empfangen. Wir haben Informationen, Informationen, die Sie haben müssen. Wir wollen Ihnen helfen. Indem wir Ihnen helfen, helfen wir uns selbst.«

Noels Gedanken rasten fieberhaft. Die Halle des Pôrto Allegre war stets überfüllt, und in der alten Weisheit, daß die Menge einen Schutz bot, lag eine gewisse Wahrheit. Wenn Cararra und seine Schwester wirklich etwas über die von Tiebolts wußten, mußte er sie sehen. Aber nicht allein, nicht in seinem Zimmer. Er antwortete ganz langsam.

»Stellen Sie sich an die Rezeption, wenigstens drei Meter davor, beide Hände aus den Taschen. Ihre Schwester soll sich links von Ihnen hinstellen und die rechte Hand auf Ihren Arm legen. Ich komme gleich hinunter, aber nicht mit dem Lift. Und Sie werden mich nicht zuerst sehen. Ich werde Sie sehen.«

Er legte auf und staunte über sich selbst. Er begann, seine Lektionen zu lernen. Für Geheimdienstleute waren dies ohne Zweifel Grundregeln, aber für ihn waren sie neu. Cararra würde nicht die Hand an einer Waffe haben, die er in der Tasche hielt. Seine Schwester – oder wer auch sonst sie sein mochte – würde nicht in die Handtasche greifen können, ohne daß er das bemerkte. Sie würden auf das Treppenhaus achten und nicht auf den Lift, den er natürlich benutzen würde. Und er würde sie gleich erkennen.

Er verließ die Liftkabine in einer Gruppe von Touristen. Einen Augenblick lang hielt er sich in ihrer Mitte, als gehörte er dazu, und sah sich den Mann und die Frau an der Rezeption an. So wie er es verlangt hatte, hatte Cararra seine Hände an den Seiten, und seine Schwester hielt sich mit der rechten Hand am Arm ihres Bruders fest, als hätte sie Angst, von ihm losgerissen zu werden. Und er *war* ihr Bruder; ihre Gesichtszüge wiesen eine deutliche Ähnlichkeit auf. Cararra war vielleicht Anfang der Dreißig, seine Schwester einige Jahre jünger. Beide dunkel – Haut, Haare, Augen. Sie sahen nicht besonders eindrucksvoll aus; sie waren ordentlich, aber billig gekleidet. Zwischen den Pelzen und Abendkleidern der Hotelgäste wirkten sie deplaziert und waren sich dessen auch bewußt, blickten verlegen und irgendwie verängstigt.

Harmlos, dachte Holcroft. Und dann wurde ihm klar, daß er damit ein vorschnelles Urteil fällte.

Sie saßen in einer der hinteren Nischen der schwach beleuchteten Bar, die Cararras auf der einen Tischseite und Noel auf der anderen. Ehe sie hineingegangen waren, hatte Holcroft sich daran erinnert, daß die Botschaft ihn zurückrufen wollte. Er sagte am Empfang Bescheid, man solle ihm das Gespräch in die Bar legen. Aber nur, wenn die Botschaft anrief – sonst niemanden.

»Sagen Sie mir zuerst, wie Sie erfahren haben, daß ich die von Tiebolts suche«, sagte Noel, als ihre Getränke vor ihnen standen.

»Das habe ich Ihnen doch gesagt. Ein Angestellter bei der Einwanderung. Man hat am letzten Freitag diskret in den Abteilungen verbreitet, daß ein Amerikaner kommen und sich nach einer deutschen Familie namens Tiebolt erkundigen werde. Derjenige, an den er sich wenden würde, sollte einen anderen anrufen, einen Mann von der *polícia do administração*. Das ist die Geheimpolizei.«

»Das weiß ich schon. Er hat sich als ›Dolmetscher‹ bezeichnet. Ich möchte wissen, warum man es *Ihnen* gesagt hat.«

»Die von Tiebolts waren Freunde von uns. Sehr gute Freunde.«

»Wo sind sie?«

Cararra wechselte einen kurzen Blick mit seiner Schwester. Dann sagte das Mädchen:

»Warum suchen Sie sie?«

»Das habe ich bei der Einwanderungsbehörde doch gesagt. Verwandte in den Vereinigten Staaten haben ihnen Geld hinterlassen.«

Bruder und Schwester sahen einander wieder an, und wieder war es die Schwester, die sprach. »Ist es ein großer Betrag?«

»Ich weiß nicht«, erwiderte Holcroft. »Das ist eine vertrauliche Angelegenheit. Ich bin nur ein Mittelsmann.«

»Ein was?« Das war wieder der Bruder.

»*Un tercero*«, antwortete Noel und sah die Frau an. »Warum waren Sie gestern am Telefon so verängstigt? Sie haben mir Ihre Nummer hinterlassen, und als ich zurückrief, haben Sie gesagt, das hätte ich nicht tun sollen. Warum?«

»Ich habe einen ... einen Fehler gemacht. Mein Bruder hat gesagt, es sei ein schlimmer Fehler. Mein Name, die Telefonnummer – es war falsch, sie zu hinterlassen.«

»Es würde die Deutschen ärgern«, erklärte Cararra. »Wenn sie Sie beobachtet haben, wenn sie ihre Mitteilungen abfangen, würden sie sehen, daß wir Sie angerufen haben. Das wäre für uns gefährlich.«

»Wenn sie mich beobachten, wissen sie, daß Sie hier sind.«

»Wir haben darüber gesprochen«, fuhr die Frau fort. »Wir haben unsere Entscheidung getroffen – wir müssen das Risiko auf uns nehmen.«

»Welches Risiko?«

»Die Deutschen verachten uns. Unter anderem sind wir portugiesische Juden«, sagte Cararra.

»Selbst jetzt denken die noch so?«

»Natürlich tun sie das. Ich habe gesagt, daß wir den von Tiebolts nahestehen. Vielleicht sollte ich das erklären. Johann war mein liebster Freund; er und meine Schwester wollten heiraten. Die Deutschen haben das nicht zugelassen.«

»Wer könnte sie daran hindern?«

»Eine ganze Reihe Männer. Mit einer Kugel in Johanns Kopf.«

»Mein Gott, das ist doch verrückt!« Aber es war nicht verrückt, und das wußte Holcroft. Er selbst war eine Zielscheibe gewesen, oben in den Bergen; die Schüsse hallten ihm immer noch in den Ohren.

»Für gewisse Deutsche wäre eine solche Ehe die letzte Beleidigung«, sagte Cararra. »Es gibt Leute, für die sind die von Tiebolts Verräter an Deutschland. Diese Leute führen immer noch Krieg, jetzt, drei Jahrzehnte danach. Man hat den von Tiebolts hier in Brasilien großes Unrecht zugefügt. Sie verdienen alles, was man für sie tun kann. Man hat ihnen das Leben schwergemacht – wegen Dingen, die schon vor Jahren hätten vergessen sein sollen.«

»Und Sie haben sich überlegt, daß ich etwas für sie tun könnte? Wie sind Sie darauf gekommen?«

»Weil mächtige Männer versucht haben, Sie zu stoppen; die Deutschen haben hier großen Einfluß. Deshalb müssen Sie auch ein mächtiger Mann sein; einer, den die Graffs in Brasilien von den Tiebolts fernhalten wollen. Für uns bedeutete das, daß Sie unseren Freunden nicht schaden wollten, und wenn Sie ihnen nicht schaden wollten, so mußten Ihre Absichten gut sein. Ein mächtiger Amerikaner, der ihnen helfen könnte.«

»Sie sagen, die ›Graffs in Brasilien‹. Das ist Maurice Graff, nicht wahr? Wer ist das? Was ist er?«

»Der Schlimmste der Nazis. Er hätte in Nürnberg gehängt werden sollen.«

»Kennen Sie Graff?« fragte die Frau, und ihre Augen musterten Holcroft.

»Ich bin zu ihm hinausgefahren. Ich habe einen Klienten in New York als Vorwand gebraucht und gesagt, daß ich mir für ihn Graffs Haus ansehen solle. Ich bin Architekt. Und dann habe ich die von Tiebolts erwähnt, und Graff wurde wütend. Er begann zu schreien und forderte mich auf, sein Haus zu verlassen. Und als ich den Hügel hinunterfuhr, hetzte er ein Rudel Hunde auf meinen Wagen. Später verfolgte mich Graffs Leibwächter. Er versuchte, mich umzubringen. Später im Verkehr passierte dasselbe noch einmal. Ein anderer Mann schoß aus einem Wagenfenster auf mich.«

»Mutter Gottes!« Cararras Mund öffnete sich vor Schreck.

»Wir sollten uns nicht mit ihm sehen lassen«, sagte die Frau und packte den Arm ihres Bruders. Dann hielt sie in ihrer Bewegung inne und studierte Noels Gesicht. »Wenn er die Wahrheit sagt.«

Holcroft verstand. Wenn er irgend etwas von den Cararras erfahren wollte, so galt es, sie zu überzeugen, daß er genau der war, der er zu sein behauptete. »Ich spreche die Wahrheit. Ich habe die amerikanische Botschaft verständigt. Die schikken jemanden her, um meinen Wagen als Beweisstück sicherzustellen.«

Die Cararras sahen einander an, und dann wandten sich beide Holcroft zu. Was er gesagt hatte, war der Beweis, den sie brauchten; das stand in ihren Augen zu lesen.

»Wir glauben Ihnen«, sagte die Schwester. »Wir müssen uns beeilen.«

»Die von Tiebolts leben?«

»Ja«, sagte der Bruder. »Die Nazis meinen, sie wären irgendwo in den Bergen im Süden, bei den Siedlungen von Santa Catarina. Das sind alte deutsche Niederlassungen; die von Tiebolts könnten den Namen wechseln und leicht untertauchen.«

»Aber dort sind sie nicht.«

»Nein...« Cararra schien zu zögern, er wirkte unsicher.

»Sagen Sie mir, wo sie sind«, drängte Noel.

»Ist das, was Sie ihnen bringen, etwas Gutes?« fragte das Mädchen.

»Viel besser als alles, was Sie sich vorstellen können«, antwortete Holcroft. »Bitte, *sagen* Sie es mir.«

Wieder wechselten Bruder und Schwester Blicke. Dann fiel ihre Entscheidung. Cararra sprach. »Sie sind in England. Wie Sie wissen, ist die Mutter tot...«

»Das wußte ich nicht«, sagte Noel. »Ich weiß gar nichts.«

»Sie leben dort unter dem Namen Tennyson. Johann ist als John Tennyson bekannt; er ist Journalist bei einer Zeitung – dem *Guardian*. Er spricht mehrere Sprachen und berichtet aus den europäischen Hauptstädten. Gretchen, die Älteste, ist mit einem britischen Marineoffizier verheiratet. Wir wissen nicht, wo sie lebt, aber der Name ihres Mannes ist Beaumont; er ist Commander in der Royal Navy. Von Helden, der jüngsten Tochter, wissen wir nichts. Sie hielt sich immer etwas abseits, sie ist ziemlich eigenwillig.«

»Helden? Ein eigenartiger Name.«

»Er paßt zu ihr«, sagte Cararras Schwester leise.

»Es heißt, ihr Geburtsschein sei von einem Arzt ausgefüllt worden, der nicht deutsch sprach, der die Mutter nicht verstand. Nach Senhora von Tiebolt hat sie den Namen des Kindes als ›Helga‹ angegeben, aber das Krankenhauspersonal hatte es eilig. Sie schrieben ›Helden‹ hin. Damals fand man sich damit ab. Der Name ist ihr geblieben.«

»Tennyson, Beaumont...« Holcroft wiederholte die Namen. »England? Wie haben sie es geschafft, Brasilien zu verlassen und nach England zu gelangen, ohne daß Graff es erfuhr? Sie sagen, die Deutschen hätten Einfluß. Sie haben Pässe gebraucht, jemand muß die Überfahrt arrangiert haben. Wie haben sie das gemacht?«

»Johann... John ... er ist ein bemerkenswerter Mann, ein sehr talentierter Mann.«

»*A homen talentoso*«, fügte seine Schwester hinzu, und ihre angespannt wirkenden Züge wurden dabei weich. »Ich liebe ihn sehr. Nach fünf Jahren lieben wir einander immer noch.«

»Dann haben Sie von ihm gehört? Von ihnen?«

»Hie und da«, sagte Cararra. »Besucher aus England treten mit uns in Verbindung. Aber nie etwas Schriftliches.«

Noel starrte diesen von Furcht gequälten Mann an. »In was für einer Welt leben Sie?« fragte er ungläubig.

»In der auch Sie Ihr Leben verlieren können«, antwortete Cararra.

Das stimmte, dachte Noel, und er hatte das Gefühl, sein Magen krampfe sich dabei zusammen. Ein Krieg, der vor dreißg Jahren zu Ende gegangen war, wurde immer noch von denen weitergeführt, die ihn verloren hatten. Das mußte ein Ende haben.

»Mr. Holcroft?« Das klang fragend; der Fremde, der am Tisch stand, war nicht sicher, daß er den richtigen Mann gefunden hatte.

»Ja, ich bin Holcroft«, sagte Noel vorsichtig.

»Anderson, von der amerikanischen Botschaft, Sir. Kann ich Sie sprechen?«

Die Cararras erhoben sich gleichzeitig vom Tisch und verließen die Nische. Der Mann von der Botschaft trat zurück, als Cararra auf Holcroft zuging.

Cararra flüsterte: *»Adeus, senhor.«*

»Adeus«, flüsterte auch die Frau und berührte Noel am Arm.

Ohne den Mann von der Botschaft anzusehen, verließen Bruder und Schwester schnell die Bar.

Holcroft setzte sich neben Anderson in den Wagen der Botschaft. Sie hatten kaum eine Stunde Zeit, um den Flughafen zu erreichen; falls die Fahrt länger dauerte, würde er den Avianca-Flug nach Lissabon verpassen, wo er Anschluß an eine Maschine der British Airways nach London hatte.

Anderson hatte sich – widerstrebend und etwas geziert – bereit erklärt, ihn zu fahren.

»Wenn Sie aus Rio verschwinden«, hatte Anderson gemeint, »dann will ich fahren wie ein geölter Blitz und zahle die Geschwindigkeitsüberschreitungen von meinen Spesen. Sie sind eine Plage.«

Noel schnitt eine Grimasse. »Sie glauben mir kein Wort von dem, was ich gesagt habe, wie?«

»Verdammt noch mal, Holcroft, muß ich es Ihnen noch einmal sagen? Da steht kein Wagen vor dem Hotel; da ist keine zerschossene Scheibe. Es gibt nicht einmal Hinweise darauf, daß Sie überhaupt einen Wagen gemietet haben!«

»Ich war doch dort! Ich habe einen gemietet! Ich war bei Graff!«

»*Angerufen* haben Sie ihn. Sie haben ihn *nicht besucht*. Noch einmal, er sagt, er habe einen Anruf von Ihnen bekommen – angeblich, weil Sie sich sein Haus ansehen wollten –, aber dann seien Sie nicht erschienen.«

»Das ist eine Lüge! Ich war dort! Nachdem ich weggefahren war, versuchten zwei Männer, mich umzubringen. Einen von ihnen habe ich ... zum Teufel, ich habe mit ihm *gekämpft* ... in seinem Haus.«

»Sie sind besoffen, Mann.«

»Ein Scheiß-Nazi ist Graff! Nach dreißig Jahren ist er *immer* noch ein Nazi, und ihr behandelt ihn, als wäre er ein Staatsmann.«

»Sie haben verdammt recht«, sagte Anderson. »Graff ist etwas ganz Besonderes. Er wird beschützt.«

»Damit würde ich nicht auch noch prahlen.«

»Sie haben das alles ganz verkehrt mitgekriegt, Holcroft. Graff war im Juli 1944 an einem ganz bestimmten Ort in Deutschland, der sich Wolfsschanze nannte. Er ist einer der Männer, die versucht haben, Hitler zu töten.«

10.

Diesmal gab es kein grelles Sonnenlicht vor seinem Hotelzimmerfenster; keine goldenen, eingeölten Leiber von schon älteren Kindern, die im weißen Sand der Copacabana spielten. Die Straßen von London waren vom Nieselregen gesprenkelt, und zwischen den Häusern und durch die Gassen fegte der Wind. Fußgänger rannten von Türnischen zu Busschlangen, U-Bahn-Stationen, Pubs. Es war eine jener Stunden in London, in denen die Engländer das Gefühl hatten, der Tretmühle der täglichen Plackerei zu entrinnen; sich einen Lebensunterhalt zu verdienen hieß noch nicht leben. Nach Noels Erfahrung gab es keine andere Stadt auf der ganzen Welt, die dem Ende des Arbeitstags so viel Vergnügen abgewann. Ein Fluidum der Erleichterung und Freude herrschte auf den Straßen, trotz des Regens und des Winds.

Er wandte sich vom Fenster ab und trat vor die Kommode, auf der seine silberne Reiseflasche stand. Der Flug nach London hatte beinahe fünfzehn Stunden gedauert. Und jetzt, wo er da war, wußte er nicht recht, wie er weitermachen sollte. Er hatte versucht, im Flugzeug nachzudenken, aber die

Ereignisse in Rio hatten ihn förmlich benommen gemacht, und was er dort erfahren hatte, war so widersprüchlich, daß er sich wie in einem Labyrinth verloren vorkam. Der fremde Dschungel, in dem er sich befand, war zu dicht. Und er hatte seinen Weg gerade erst begonnen.

Graff ein Überlebender der Wolfsschanze? Einer der *Männer der Wolfsschanze?* Es war nicht möglich. Die Männer der Wolfsschanze waren dem Genfer Vertrag verpflichtet, der Erfüllung von Heinrich Clausens Traum, und die von Tiebolts waren Teil jenes Traums. Graff wollte die von Tiebolts vernichten, so wie er den Tod von Heinrich Clausens Sohn auf einem verlassenen Parkplatz oberhalb von Rio und später aus einem Wagenfenster in einer nächtlichen Straße angeordnet hatte. Er gehörte nicht zur Wolfsschanze. Das konnte er einfach nicht.

Die Cararras. Über sie war er sich ebenfalls nicht im klaren. Was, um Himmels willen, hinderte sie daran, Brasilien zu verlassen? Es war ja nicht so, daß ihnen die Flughäfen oder die Piers der Ozeandampfer verschlossen gewesen wären. Er glaubte, was sie gesagt hatten, aber es gab zu viele elementare Fragen, die noch nach Antwort verlangten. Und so sehr er sich auch bemühte, den Gedanken zu unterdrükken, an den Cararras war doch irgend etwas Unechtes. Aber was?

Noel schenkte sich einen Drink ein und griff nach dem Telefon. Er hatte einen Namen und einen Arbeitsplatz: John Tennyson; *The Guardian*. Zeitungsredaktionen schlossen nicht, wenn der Tag zu Ende war. In wenigen Augenblicken würde er wissen, ob das, was die Cararras ihm gesagt hatten, stimmte. Wenn es einen John Tennyson gab, der für den *Guardian* schrieb, dann war Johann von Tiebolt gefunden.

Und dann bestand nach dem Genfer Dokument der nächste Schritt darin, daß John Tennyson ihn zu seiner Schwester Gretchen Beaumont führte, Frau von Commander Beaumont in der Royal Navy. Sie war die Person, die er aufsuchen mußte; sie war das älteste überlebende Kind von Wilhelm von Tiebolt. Der Schlüssel.

»Tut mir schrecklich leid, Mr. Holcroft«, sagte die höfliche Stimme am Telefon der Nachrichtenredaktion des *Guardian*,

»aber wir dürfen leider die Adressen oder Telefonnummern unserer Journalisten nicht bekanntgeben.«

»Aber John Tennyson ist doch für Sie tätig.« Das war keine Frage; der Mann hatte bereits erklärt, daß Tennyson sich nicht in der Londoner Redaktion aufhielt. Holcroft wollte nur eine konkrete Bestätigung.

»Mr. Tennyson ist einer unserer Mitarbeiter auf dem Kontinent.«

»Wie kann ich ihm eine Nachricht zukommen lassen? Sofort. Es ist dringend.«

Der Mann in der Redaktion schien zu zögern. »Das wäre, glaube ich, schwierig. Mr. Tennyson ist sehr viel unterwegs.«

»Kommen Sie schon, ich kann jetzt hinuntergehen, mir Ihre Zeitung kaufen und nachsehen, von wo er zur Zeit berichtet.«

»Ja, natürlich. Nur daß Mr. Tennyson seine Artikel nicht mit Namen zeichnet. Nicht die täglichen Berichte, nur größere Arbeiten...«

»Wie treten *Sie* denn mit ihm in Verbindung, wenn Sie ihn brauchen?« unterbrach ihn Holcroft, der überzeugt war, daß der Mann sich nur spreizte.

Wieder ein Zögern, dann ein Räuspern. *Warum?* »Nun... es gibt da eine Nachrichtenzentrale. Es könnte einige Tage dauern.«

»So lange kann ich nicht warten. Ich muß ihn sofort erreichen.« Das darauffolgende Schweigen war zum Wahnsinnigwerden. Der Mann im *Guardian* hatte nicht die Absicht, ihm einen Weg anzubieten. Noel versuchte es mit einem anderen Trick. »Hören Sie, ich sollte das wahrscheinlich nicht sagen... es ist eine vertrauliche Angelegenheit... aber es geht um Geld. Mr. Tennyson und sein Familie haben eine Erbschaft gemacht.«

»Mir war nicht bewußt, daß er verheiratet ist.«

»Ich meine *seine* Familie. Er und seine beiden Schwestern. Kennen Sie sie? Wissen Sie, ob die Schwestern in London leben?«

»Ich weiß über Mr. Tennysons Privatleben gar nichts, Sir. Ich empfehle Ihnen, sich mit einem Anwalt ins Benehmen zu setzen.«

Und dann legte er einfach auf.

Verwirrt ließ Holcroft den Hörer auf die Gabel fallen. Warum wollte man ihm nicht weiterhelfen? Er hatte sich mit Namen gemeldet, die Adresse seines Hotels genannt, und einige Augenblicke lang schien der Mann im *Guardian* ihm auch zuzuhören, als überlegte er sich eine hilfreiche Antwort. Aber dann war nichts gekommen. Und plötzlich hatte der Mann das Gespräch beendet. Es war alles sehr seltsam.

Das Telefon klingelte. Das verwirrte ihn noch mehr. Niemand wußte, daß er sich in diesem Hotel befand. Auf dem Einreiseformular, das er im Flugzeug ausgefüllt hatte, hatte er absichtlich das Dorchester als seine Londoner Adresse angegeben, nicht das Belgravia Arms, wo er wohnte. Er wollte nicht, daß irgend jemand – besonders nicht jemand aus Rio de Janeiro – seinen Aufenthaltsort ausfindig machen konnte. Er nahm den Hörer ab und versuchte, seine Magenschmerzen zu verdrängen, während er sich meldete.

»Mr. Holcroft, hier ist der Empfang. Wir haben gerade erfahren, daß Ihr Obstkorb nicht rechtzeitig geliefert worden ist. Es tut uns schrecklich leid. Werden Sie noch eine Weile in Ihrem Zimmer sein?«

Du liebe Güte, dachte Noel, da lagen Millionen und Abermillionen Dollar in Genf auf Abruf bereit, und der Mann am Empfang machte sich Sorgen wegen eines Körbchens mit Obst. »Ja, ich bin hier.«

»Sehr wohl, Sir. Der Steward wird in Kürze kommen.«

Holcroft legte den Hörer auf, und seine Magenschmerzen begannen nachzulassen. Sein Blick fiel auf die Telefonbücher im unteren Regal seines Nachttisches. Er nahm sich eines davon und schlug es beim Buchstaben T auf.

Es gab etwa fünfzehn Tennysons, keinen John, aber drei J. Damit würde er anfangen. Er nahm den Hörer ab und wählte.

»Hello, John?«

Der Mann, der sich am anderen Ende meldete, hieß Julian.

Die anderen zwei J waren Frauen. Dann gab es eine Helen Tennyson, keine Helden. Er wählte die Nummer. Eine Automatenstimme sagte ihm, daß der Anschluß abgemeldet sei.

Er nahm sich das Telefonbuch mit dem Buchstaben B vor.

Es gab sechs Beaumonts in London, bei keinem stand irgendein Rang oder ein Hinweis auf die Royal Navy. Aber er hatte nichts zu verlieren; er nahm den Hörer wieder ab und fing zu wählen an.

Ehe er das vierte Gespräch beendet hatte, klopfte es an der Tür; sein Obstkorb war eingetroffen. Er fluchte über die Unterbrechung, legte auf und ging zur Tür, griff in die Tasche, um nach Kleingeld zu suchen.

Zwei Männer standen draußen, keiner in Steward-Uniform, beide in Mänteln, jeder mit einem Hut in der Hand.

Der größere der beiden war um die fünfzig, mit glatt nach hinten gekämmtem grauem Haar über einem verwitterten Gesicht; der jüngere war etwa so alt wie Noel, mit klaren blauen Augen, lockigem rötlichem Haar und einer kleinen Narbe an der Stirn.

»Ja?«

»Mr. Holcroft?«

»Ja.«

»Noel Holcroft, Bürger der Vereinigten Staaten, Paß Nr. F-zwo-null-vier-sieben-acht –«

»Ich bin Noel Holcroft. Meine Paßnummer weiß ich nicht auswendig.«

»Dürfen wir bitte eintreten?«

»Wer sind Sie?«

Beide Männer hielten schwarze Lederetuis in der Hand; sie klappten sie jetzt unauffällig auf. »Militärischer Abwehrdienst, Abteilung fünf«, sagte der Ältere.

»Weshalb wollen Sie mich sprechen?«

»Dienstliche Angelegenheit, Sir. Dürfen wir eintreten?«

Noel nickte unsicher, und gleichzeitig stellten sich die Magenschmerzen wieder ein. Peter Baldwin, der Mann, der ihm empfohlen hatte, Genf zu vergessen, war ein Mitarbeiter von MI-6 gewesen. Und Baldwin war von den Männern der Wolfsschanze umgebracht worden, weil er ihnen in die Quere gekommen war. Kannten diese zwei britischen Agenten die Wahrheit über Baldwin?

Wußten Sie, daß Baldwin ihn *angerufen* hatte? *O Gott*, man konnte über Hotelvermittlungen Telefonnummern erfahren! Sie *mußten* es wissen... Und dann erinnerte sich Holcroft:

Baldwin hatte ihn *nicht* angerufen; Noel hatte von seinem Apartment aus *ihn* angerufen.

Sie haben keine Ahnung, worauf Sie sich hier einlassen. Niemand weiß das, nur ich.

Wenn man Baldwin glauben durfte, hatte er niemandem etwas gesagt. Aber wenn dem so war, wo lag dann die Verbindung? Weshalb interessierte sich der britische Geheimdienst für einen Amerikaner namens Noel Holcroft? Und woher wußten die, wo er zu finden war? *Woher*?

Die zwei Engländer traten ein. Der jüngere, rothaarige Mann ging schnell zur Badezimmertür, sah hinein, drehte sich dann um und ging ans Fenster. Sein älterer Kollege stand am Schreibtisch, und sein Blick musterte die Wände, den Boden und den offenen Kleiderschrank.

»So, jetzt sind Sie hereingekommen«, sagte Noel. »Was ist nun?«

»Der Tinamu, Mr. Holcroft«, sagte der Grauhaarige.

»Der was?«

»Ich wiederhole. Der Tinamu.«

»Was, zum Teufel, ist das?«

»Laut Lexikon ist der Tinamu ein am Boden lebender Vogel, dessen Schutzfärbung es sehr schwierig macht, ihn von seiner Umgebung zu unterscheiden; er fliegt nur kurze Strekken, gelangt aber auf diese Weise schnell von einem Ort an den andern.«

»Das ist sehr lehrreich, aber ich habe nicht die leiseste Ahnung, wovon Sie reden.«

»Wir glauben, daß Sie das schon wissen«, sagte der Jüngere am Fenster.

»Sie irren. Ich habe nie von einem solchen Vogel gehört und wüßte auch nicht, weshalb ich das sollte. Sie beziehen sich damit offensichtlich auf irgend etwas anderes, aber ich begreife nicht, worauf.«

»Offensichtlich«, unterbrach der Agent am Schreibtisch, »beziehen wir uns nicht auf einen Vogel. Der Tinamu ist ein Mann; aber der Name paßt recht gut.«

»Mir sagt er nichts. Sollte er das?«

»Darf ich Ihnen einen Rat geben?« Das klang scharf und entschieden.

»Sicher. Ich werde ihn wahrscheinlich ohnehin nicht verstehen.«

»Sie täten besser daran, mit uns zusammenzuarbeiten. Es ist möglich, daß Sie ein Werkzeug der Gegenseite sind, aber das bezweifeln wir, offen gestanden. Aber wenn Sie uns jetzt helfen, sind wir bereit, das zu vergessen. Ich glaube, das ist äußerst fair.«

»Ich hatte recht«, sagte Holcroft, »ich verstehe Sie nicht.«

»Dann lassen Sie mich ein paar Einzelheiten aufklären, dann werden Sie vielleicht verstehen. Sie haben Nachforschungen über John Tennyson angestellt, geboren als Johann von Tiebolt, vor ungefähr sechs Jahren in das Vereinigte Königreich eingewandert. Im Augenblick ist er als Auslandskorrespondent für den *Guardian* tätig.«

»Der Mann in der Redaktion des *Guardian*«, unterbrach Noel. »Er hat Sie angerufen – oder jemanden anrufen lassen. Deshalb hat er mich hingehalten, deshalb redete er so langatmig und hat dann so unvermittelt aufgelegt. Und dieses verdammte Obst; das sollte sicherstellen, daß ich nicht wegging. Was *soll* das alles?«

»Dürfen wir fragen, weshalb Sie versuchen, John Tennyson zu finden?«

»Nein.«

»Sie haben erwähnt – hier und in Rio de Janeiro –, daß es um einen Geldbetrag geht...«

»*Rio*...! Großer Gott!«

»Daß Sie ein ›Mittelsmann‹ sind«, fuhr der Engländer fort. »Das war Ihre eigene Formulierung.«

»Die Angelegenheit ist vertraulich.«

»Wir glauben, daß es eine internationale Angelegenheit ist.«

»Und warum?«

»Weil Sie versuchen, einen Geldbetrag zu überbringen. Nach den üblichen Gepflogenheiten handelt es sich um Dreiviertel des vollen Betrages.«

»Wofür?«

»Für einen politischen Mord.«

»Mord?«

»Ja. In den Datenbänken der halben zivilisierten Welt gibt

es eine einzige Beschreibung für den Tinamu: ›Meuchelmörder‹. ›Meistermeuchelmörder‹, um es genau zu sagen. Und wir haben allen Grund zu der Annahme, daß Johann von Tiebolt, alias John Tennyson, der Tinamu ist.«

Noel war wie vom Blitz getroffen. Seine Gedanken rasten im Kreis. Ein Meuchelmörder! Mein Gott! War es das, was Peter Baldwin versucht hatte, ihm mitzuteilen? Daß einer der Erben von Genf ein Meuchelmörder war?

Niemand weiß das, nur ich. Baldwins Worte.

Wenn das zutraf, durfte er auf keinen Fall den wahren Grund preisgeben, weshalb er John Tennyson finden wollte. Genf würde Schlagzeilen machen; das riesige Konto würde eingefroren, die internationalen Gerichte fielen darüber her. Sein Vertrag wäre zunichte. Er durfte nicht zulassen, daß das geschah; das wußte er jetzt.

Aber ebenso wichtig war, daß seine Gründe für die Suche nach Tennyson über jeden Verdacht erhaben waren und ohne eine Beziehung zu dem Tinamu.

Der Tinamu! Ein Meuchelmörder! Das war die schlimmste Nachricht, die es geben konnte. Wenn in dem, was MI-5 glaubte, auch nur ein Funken Wahrheit war, würden die Bankiers in Genf alle Verhandlungen abbrechen, die Safes schließen und die nächste Generation abwarten. Und doch wäre jede Entscheidung, den Vertrag auf Eis zu legen, nur ein Täuschungsmanöver. Wenn Tennyson wirklich dieser Tinamu *war*, dann konnte man ihn entlarven, fassen, ihn von jeder Verbindung mit Genf abschneiden, und der Vertrag bliebe unangetastet. Wiedergutmachung *würde* geleistet werden. Nach den Bedingungen des Dokuments war die ältere *Schwester* der Schlüssel; sie war das älteste überlebende Kind – nicht der Bruder.

Ein Meuchelmörder! O Gott!

Aber eines nach dem anderen.

Holcroft wußte, daß er die Überzeugung der beiden Männer in seinem Zimmer erschüttern mußte. Er ging leicht schwankend zu einem Stuhl, setzte sich und beugte sich vor.

»Hören Sie«, sagte er, und seine Stimme klang schwach, verhehlte seine Überraschung nicht. »Ich habe Ihnen die

Wahrheit gesagt. Ich weiß nichts über irgendeinen Tinamu oder einen Meuchelmörder. Meine Geschäfte laufen mit der *Familie* von Tiebolt, nicht einem bestimmten Mitglied der Familie. Ich habe versucht, Tennyson zu finden, weil man mir gesagt hatte, daß er von Tiebolt sei und für den *Guardian* arbeite. Das ist alles.«

»Wenn das so ist«, sagte der rothaarige Mann, »dann können Sie uns vielleicht erklären, welcher Art Ihre Geschäfte sind.«

Man muß die Lüge auf einer Teilwahrheit aufbauen. »Ich werde Ihnen sagen, was ich kann, aber das ist nicht sehr viel. Einiges davon habe ich mir aus dem, was ich in Rio erfahren habe, selbst zusammengestückelt. Es *ist* vertraulich, und es geht tatsächlich um Geld.« Noel atmete tief und griff nach seinen Zigaretten. »Auf die von Tiebolts wartet eine Erbschaft – fragen Sie mich nicht, von wem, weil ich es nicht weiß und der Anwalt es mir nicht sagen will.«

»Wie heißt dieser Anwalt?« fragte der Grauhaarige.

»Ich müßte seine Erlaubnis einholen, um Ihnen das zu sagen«, antwortete Holcroft und zündete sich eine Zigarette an und fragte sich dabei, wen in New York er von einer Telefonzelle in London aus anrufen könnte.

»Vielleicht werden wir Sie auffordern, das zu tun«, sagte der ältere Agent. »Fahren Sie bitte fort.«

»Ich habe in Rio herausgefunden, daß die von Tiebolts von der dort ansässigen deutschen Gemeinschaft verachtet wurden. Ich habe die Idee – und mehr ist es nicht, nur eine Idee –, daß sie sich irgendwann einmal in Opposition zu den Nazis in Deutschland begeben haben, und daß jemand, vielleicht ein gegen die Nazis eingestellter Deutscher, ihnen das Geld hinterlassen hat.«

»In Amerika?« fragte der Rothaarige.

Noel witterte die Falle und war darauf vorbereitet. *Sei konsequent.* »Offensichtlich hat der Betreffende schon lange Zeit dort gewohnt. Wenn er oder sie nach dem Krieg in die USA kam, könnte das möglicherweise darauf deuten, daß sie eine reine Weste hatten. Andererseits könnten es Verwandte sein, die vor Jahren in die Staaten kamen. Ich weiß es wirklich nicht.«

»Weshalb hat man Sie als Mittelsmann ausgewählt? Sie sind kein Anwalt.«

»Nein, aber der Anwalt ist ein Freund von mir«, antwortete Holcroft. »Er weiß, daß ich viel reise, wußte, daß ich für einen Klienten nach Brasilien fahre ... ich bin Architekt. Er hat mich gebeten, mich umzusehen, mir ein paar Namen gegeben, darunter auch Leute in der Einwanderungsbehörde von Rio.«

Paß auf, daß es einfach bleibt; vermeide Komplikationen.

»Da hat er viel von Ihnen verlangt, nicht wahr?«

Die Zweifel des rothaarigen Agenten waren deutlich aus seiner Frage herauszuhören.

»Eigentlich nicht. Er hat mir auch schon Gefälligkeiten erwiesen; da kann auch ich ihm einmal einen Gefallen tun.« Noel sog an seiner Zigarette. »Das ist verrückt. Es hat so einfach angefangen... Nun, es ist einfach verrückt.«

»Man hat Ihnen gesagt, daß Johann von Tiebolt jetzt John Tennyson heißt und daß er in London arbeite oder dort zumindest aufzuspüren sei«, sagte der Ältere. Er hatte die Hände in den Manteltaschen und blickte auf Noel herunter. »Also haben Sie aus reiner Gefälligkeit beschlossen, von Brasilien nach London zu fliegen. Um ihn zu finden. Als *Gefälligkeit*... Ja, Mr. Holcroft, ich würde sagen, daß *das* verrückt ist.«

Noel blickte zu dem grauhaarigen Mann auf. Er erinnerte sich an Sam Buonoventuras Worte: *Ich bin auch hochgegangen. Die einzige Methode, um mit Bullen klarzukommen, wenn die pampig werden.*

»Jetzt einmal langsam! Ich bin nicht für die von Tiebolts eigens von Rio nach London gereist. Ich bin nach Amsterdam unterwegs. Wenn sie sich bei meinem Büro in New York erkundigen, werden Sie feststellen, daß ich zur Zeit in Curaçao tätig bin. Damit Sie es wissen, das ist holländisch, und ich habe in Amsterdam Planungsgespräche zu führen.«

Der Blick in den Augen des Älteren schien etwas von seiner Härte zu verlieren. »Aha«, sagte er leise. »Möglicherweise haben wir die falschen Schlüsse gezogen. Aber Sie werden uns wahrscheinlich recht geben, daß uns die Fakten, so wie sie sich darstellten, zu diesen Schlüssen geführt haben. Vielleicht müssen wir uns jetzt bei Ihnen entschuldigen.«

Noel unterdrückte, mit sich selbst zufrieden, ein Lächeln. Er hatte so gehandelt, wie er es gelernt hatte, hatte die Lüge vorsichtig vorgebracht.

»Schon gut«, antwortete er. »Aber jetzt bin ich neugierig geworden. Dieser Tinamu. Woher wissen Sie, daß es von Tiebolt ist?«

»Wir sind nicht sicher«, antwortete der grauhaarige Agent. »Wir hatten gehofft, Sie würden uns diese Sicherheit liefern. Ich glaube, wir hatten unrecht.«

»Sicher hatten Sie das. Aber warum Tennyson? Ich denke, ich sollte das dem Anwalt in New York sagen...«

»Nein«, unterbrach der Agent. »Tun Sie das nicht. Sie dürfen das mit niemandem bereden.«

»Dafür ist es ein wenig spät, nicht wahr?« sagte Holcroft spekulierend. »Die ›Angelegenheit‹ ist bereits beredet worden. Ich habe Ihnen gegenüber keinerlei Verpflichtungen, wohl aber gegenüber diesem Anwalt. Er ist ein Freund von mir.«

Die MI-5-Männer sahen einander an, und ihr Blickwechsel ließ ihre Besorgnis erkennen.

»Ich glaube«, meinte der Ältere, »daß Sie jetzt eine viel größere Verantwortung tragen, die über die Verpflichtung Ihrem Freund gegenüber hinausgeht. Eine, die von Ihrer eigenen Regierung erhärtet werden kann. Die Ermittlungen dulden keinerlei Risiko. Der Tinamu ist ein internationaler Killer. Unter seinen Opfern sind einige der hervorragendsten Männer der Welt.«

»Und Sie meinen, daß es Tennyson ist?«

»Wir verfügen nur über Indizienbeweise, aber die sind sehr, sehr stark.«

»Aber nicht schlüssig.«

»Nicht schlüssig.«

»Vor ein paar Minuten klangen Sie noch sehr überzeugt.«

»Vor ein paar Minuten haben wir versucht, Ihnen eine Falle zu stellen. Das ist nur eine Verhörtaktik.«

»Eine verdammt widerwärtige.«

»Aber auch verdammt wirksam«, sagte der Rothaarige mit der Narbe auf der Stirn.

»Worin bestehen denn die Indizien gegen Tennyson?«

»Werden Sie schweigen?« sagte der ältere Agent. »Wenn Sie wollen, kann ich auch veranlassen, daß die höchsten Stellen in Ihrem Land Sie dazu verpflichten.«

Holcroft zögerte einen Augenblick. »Also gut, ich werde nicht in New York anrufen; ich werde nichts sagen. Aber ich will Informationen.«

»Wir feilschen nicht.« Der jüngere Mann sprach mit unfreundlicher Stimme, aber ein Blick seines Kollegen bremste ihn.

»Es geht hier auch nicht um Feilschen«, sagte Noel. »Ich sagte, ich wolle mit einem Mitglied der Familie in Verbindung treten, und ich glaube, das sollte ich auch. Wo kann ich Kontakt mit Tennysons Schwestern aufnehmen? Die eine ist mit einem Navy-Commander namens Beaumont verheiratet. Der Anwalt in New York weiß das; wenn ich es nicht tue, wird er versuchen, sie zu erreichen. Also kann das ebensogut ich tun.«

»Viel besser, wenn Sie es tun«, pflichtete der Grauhaarige ihm bei. »Wir sind überzeugt, daß keine der beiden Frauen von den Aktivitäten ihres Bruders weiß. Soweit wir das herausfinden konnten, haben sich die Geschwister einander entfremdet. Wie tief das geht, wissen wir nicht, aber es hat wenig oder gar keine Beziehungen zwischen ihnen gegeben. Offen gestanden, daß Sie hier aufgetaucht sind, ist eine Komplikation, auf die wir gerne verzichtet hätten. Wir wollen nicht, daß irgendwo Alarm geschlagen wird. Wir wollen die Situation im Griff behalten.«

»Es wird gar nichts passieren«, sagte Noel. »Ich werde meine Nachricht übermitteln und dann meinen Geschäften nachgehen.«

»Nach Amsterdam?«

»Nach Amsterdam.«

»Ja, natürlich. Die ältere Schwester ist mit Commander Anthony Beaumont verheiratet; sie ist seine zweite Frau. Sie leben in der Nähe von Portsmouth, ein paar Meilen nördlich von dem Marinestützpunkt, in einem Vorort, der sich Portsea nennt. Er steht im Telefonbuch. Das jüngere Mädchen ist kürzlich nach Paris übersiedelt. Sie arbeitet als Übersetzerin im Gallimard-Verlag, aber sie lebt nicht unter der Adresse, die sie dort angegeben hat. Wir wissen nicht, wo sie wohnt.«

Holcroft stand auf und ging zwischen den beiden Männern durch zu seinem Schreibtisch. Er nahm den Kugelschreiber mit dem Werbeaufdruck des Hotels und ein Blatt Briefpapier.

»Anthony Beaumont ... Portsmouth ... Wie schreibt man ›Gallimard‹?

Der rothaarige Agent sagte es ihm.

Noel legte den Stift beiseite. »Ich telefoniere morgen und schicke dann eine kurze Nachricht nach New York«, sagte er und fragte sich dabei, wie lange er wohl mit dem Wagen nach Portsmouth brauchte. »Ich werde dem Anwalt sagen, daß ich die Schwestern erreicht und den Bruder nicht gefunden hätte. Ist das so richtig?«

»Wir könnten Sie nicht dazu überreden, die ganze Angelegenheit bleiben zu lassen?«

»Nein. Ich müßte dem Anwalt sagen, warum ich das getan habe, und das wollen Sie ja nicht.«

»Also gut. Dann ist es so wohl das beste.«

»Und jetzt sagen Sie mir, weshalb Sie glauben, daß John Tennyson dieser Tinamu ist. Das sind Sie mir schuldig.«

Der ältere Mann schien zu überlegen. »Vielleicht sind wir das wirklich«, sagte er. »Ich betone nur noch einmal den geheimen Charakter dieser Information.«

»Wem könnte ich denn etwas weitersagen? Ich bin nicht in Ihrem Gewerbe tätig.«

»Nun ja«, sagte der Grauhaarige. »Sie haben recht. Wir sind Ihnen das schuldig. Aber Sie sollten auch wissen, daß wir solche Informationen nicht leichtfertig aus der Hand geben. Werten Sie es als Beweis für unser Verständnis.«

Holcrofts Muskeln strafften sich; es war nicht schwierig, pampig zu werden. »Ich kann mir auch nicht vorstellen, daß Sie dauernd andern die Tür einrennen und sie beschuldigen, Meuchelmörder zu bezahlen. Wenn wir in New York wären, würde ich Sie vor Gericht schleppen. Sie sind mir wirklich eine Antwort schuldig.«

»Gut. Ein Muster hat sich abgezeichnet. Eines, das zuerst zu offenkundig war, um eine nähere Untersuchung zu rechtfertigen, bis wir den Mann dann unter die Lupe genommen haben. Tennyson ist jahrelang regelmäßig immer dort aufgetaucht, wo Meuchelmorde stattgefunden haben. Es war geradezu unheimlich. Er hat diese Vorgänge tatsächlich dem *Guardian* gemeldet und seine Berichte vom jeweiligen Schauplatz des Verbrechens aus durchgegeben. Vor einem Jahr beispielsweise berichtete er über den Mord an diesem Amerikaner in Beirut, dem Mann von der Botschaft, der natürlich zum CIA gehörte. Drei Tage vorher war er noch in Brüssel gewesen und danach plötzlich in Teheran. Wir begannen ihn zu studieren, und was wir in Erfahrung brachten, war erstaunlich. Wir glauben, daß er der Tinamu ist. Er ist in seinem Fach brillant und wahrscheinlich völlig verrückt.«

»Was haben Sie herausgefunden?«

»Nun, über seinen Vater wissen Sie ja zunächst einmal Bescheid. Er war einer der alten Kämpfer, ein Schlächter der schlimmsten Sorte...«

»Sind Sie da sicher?« Noel stellte die Frage schnell. »Ich meine, das kann man doch nicht notwendigerweise folgern...«

»Nein, wahrscheinlich nicht«, sagte der grauhaarige Agent. »Aber was man folgern kann, ist zumindest ungewöhnlich. Tennyson ist von krankhaftem Ehrgeiz besessen, ein Streber. Er hat in Brasilien zwei Universitätsdiplome erworben, und das in einem Alter, in dem sich die meisten Studenten gerade erst immatrikulieren. Er beherrscht fünf Sprachen, spricht sie fließend. Er war ein äußerst erfolgreicher Geschäftsmann in Südamerika und hat ein beträchtliches Vermögen gescheffelt. Und dann begnügt er sich plötzlich mit dem Job eines Zeitungskorrespondenten.«

»Menschen ändern sich, Interessen auch. Ich muß sagen, das ist bis jetzt sehr schwach.«

»Die Umstände seiner Anstellung verstärken aber unseren Verdacht«, sagte der Ältere. »Niemand im *Guardian* kann sich erinnern, wann und wie er eingestellt wurde. Sein Name tauchte einfach eines Tages auf den Gehaltslisten auf, die die Computer fabrizierten, eine Woche bevor sein erster Bericht aus Antwerpen einging. Niemand hatte vorher von ihm gehört.«

»Jemand muß ihn doch eingestellt haben.«

»Ja. Aber der Mann, dessen Unterschrift auf der Notiz über das Einstellungsgespräch und in den Personalakten erschien, ist einem höchst ungewöhnlichen Unglück zum Opfer gefallen, bei dem fünf Menschen in der U-Bahn ihr Leben verloren.«

»Eine Londoner U-Bahn...« Holcroft dachte nach. »Ich erinnere mich, daß ich davon gelesen habe.«

»Ein Fehler des Fahrers, hieß es damals. Aber das ist nicht sehr wahrscheinlich«, fügte der Rothaarige hinzu. »Der Mann hatte achtzehn Jahre Erfahrung. Wir sind inzwischen der Meinung, das war Mord. Der Tinamu.«

»Aber ganz sicher sind Sie nicht«, sagte Holcroft. »Jedem kann ein Fehler unterlaufen. Gab es da noch andere... Zufälle? In bezug auf die Orte, wo die Morde stattfanden?«

»Beirut habe ich erwähnt. Dann war da noch Paris. Eine Bombe detonierte unter dem Wagen des französischen Arbeitsministers in der Rue du Bac und hat ihn auf der Stelle getötet. Tennyson war da in Paris, am Tag zuvor war er noch in Frankfurt. Vor sieben Monaten, während der Unruhen in Madrid, wurde ein hoher Beamter vom Fenster eines Regierungsgebäudes aus erschossen. Tennyson war in Madrid; er war nur wenige Stunden vorher mit dem Flugzeug aus Lissabon eingetroffen. Und das sind keine Einzelfälle.«

»Haben Sie ihn je vorgeladen und verhört?«

»Zweimal. Natürlich nicht als Verdächtigen, sondern als Experten für den Schauplatz des Verbrechens. Tennyson ist die Arroganz in Person. Er behauptete, er habe sich mit allen politischen Unruheherden befaßt und habe es immer im Gefühl, wo Gewalttaten zu gewärtigen seien. Er hat die Frechheit besessen, uns zu schulmeistern: wir sollten lernen, solche Taten vorherzusehen, um uns nicht so oft von den Ereignissen überraschen zu lassen.«

»Könnte es nicht sein, daß er die Wahrheit sagt?«

»Wenn Sie das als Beleidigung gemeint haben, dann sind wir jetzt quitt.«

»Ich wollte damit sagen: Wenn Sie ihm schon außergewöhnliche Talente bescheinigen, müssen Sie auch mit dieser Möglichkeit rechnen. Wo ist Tennyson jetzt?«

»Er ist vor vier Tagen in Bahrain verschwunden. Unsere Leute halten von Singapur bis Athen nach ihm Ausschau.«

Die zwei MI-5-Männer betraten die leere Liftkabine. Der rothaarige Agent wandte sich seinem Kollegen zu.

»Was hältst du von ihm?« fragte er.

»Ich weiß nicht«, antwortete der andere leise. »Der hat jetzt genug erfahren, um loszupreschen; vielleicht kommen wir ihm dabei auf die Sprünge. Er ist viel zu sehr Amateur, als daß er zum V-Mann taugt. Auftraggeber für einen Mord müßten verrückt sein, das Geld via Holcroft zu schicken. Der Tinamu würde es zurückweisen, wenn sie das täten.«

»Aber er hat gelogen.«

»Natürlich. Und recht schwach.«

»Dann ist er tatsächlich ein Werkzeug der Gegenseite?«

»Höchst wahrscheinlich. Aber ein Werkzeug wofür?«

11.

Im Autoverleih, wo er den Wagen gemietet hatte, hatte man ihm gesagt, Portsmouth sei etwa siebzig Meilen von London entfernt, die Straßen gut beschildert und der Verkehr wahrscheinlich nicht stark. Es war fünf Minuten nach sechs. Er könnte vor neun Uhr in Portsea sein, dachte Noel, wenn er sich anstelle des Abendessens mit einem Sandwich begnügte.

Er hatte ursprünglich vorgehabt, bis zum Morgen zu warten, aber ein Telefongespräch, das er führte, um die Richtigkeit der MI-5-Information zu überprüfen, ließ ihn diese Entscheidung umstoßen. Er erreichte Gretchen Beaumont, und was sie ihm sagte, veranlaßte ihn, sofort zu handeln.

Ihr Mann, der Commander, tat augenblicklich im Mittelmeer Dienst; sie selbst würde morgen mittag einen ›Winterurlaub‹ im Süden Frankreichs antreten, wo sie und der Commander gemeinsam das Wochenende verbringen wollten. Wenn Mr. Holcroft sie in Familienangelegenheiten sprechen wolle, so müsse das noch heute abend sein.

Er sagte, er komme so rasch wie möglich, und dachte, während er auflegte, daß sie eine der seltsamsten Stimmen hatte, die ihm je zu Ohren gekommen waren. Nicht wegen der eigenartigen Mischung von Deutsch und Portugiesisch in ihrem Akzent, die erklärlich war; vielmehr lag es an der schwebenden, zögernden Art ihrer Sprache. Zögernd oder ausdruckslos – das war schwer zu sagen. Die Frau des Commanders stellte im übrigen klar – wenn auch etwas stockend –, daß sich trotz des vertraulichen Charakters der zu besprechenden Angelegenheit ein Marineadjutant im Nebenzimmer aufhalten werde. Ihre Bedenklichkeit ließ in ihm das Bild einer verwöhnten Hausfrau im kritischen Alter entstehen, die sich vielleicht zu viel auf ihr gutes Aussehen zugute hielt.

Fünfzig Meilen südlich von London wurde ihm klar, daß er schneller vorwärtskam, als er angenommen hatte. Der Verkehr war schwach, und auf dem Wegweiser, der sich im Licht seiner Scheinwerfer spiegelte, hatte er gelesen Portsea – 15 M.

Es war gerade zehn nach acht. Er konnte langsamer fahren und versuchen, seine Gedanken zu ordnen. Die Wegbeschreibung, die Gretchen Beaumont ihm gegeben hatte, war eindeutig gewesen; er hätte keine Schwierigkeiten, ihr Haus zu finden.

Für eine so ausdruckslos klingende Frau hatte sie sich bei der Beschreibung des Wegs überraschend bestimmt ausgedrückt. Das paßte so gar nicht zu ihrer Art zu sprechen, es war gewesen, als stießen plötzlich Zacken und Kanten durch Nebelschleier.

Er konnte sich keinen Reim darauf machen. Er, ein ihr Fremder, hatte sie mit seinem Anruf überfallen und von einer äußerst wichtigen Angelegenheit gesprochen, die er am Telefon nicht näher erklären konnte – nur im persönlichen Gespräch.

Und wie *würde* er sie erklären? Wie konnte er der Frau eines britischen Marineoffiziers klarmachen, daß sie der Schlüssel war, der Schlüssel zu einem Safe, der siebenhundertachtzig Millionen Dollar enthielt?

Nervosität überkam ihn; so würde er nicht überzeugend wirken. Und das war das Allerwichtigste; er durfte weder besorgt noch unsicher noch unnatürlich wirken. Und dann kam ihm in den Sinn, daß er ihr einfach die Wahrheit sagen könnte – so wie Heinrich Clausen die Wahrheit sah. Das war der beste Hebel, der ihm zur Verfügung stand; nichts würde überzeugender sein.

O Gott! Bitte gib, daß sie versteht!

Er bog, wie sie ihm gesagt hatte, links von der Hauptstraße ab, dann noch einmal links und fuhr danach die angegebenen eineinhalb Meilen durch die friedliche, von Bäumen gesäumte Vorstadtszenerie. Er fand das Haus leicht, parkte davor und stieg aus dem Wagen.

Er öffnete das Tor und ging die Einfahrt hinauf zur Tür. Es gab keine Glocke; statt dessen einen Messingklopfer, den er vorsichtig betätigte. Das Haus war einfach angelegt. Breite Fenster im Wohnzimmer, kleine in dem daneben, auf der Schlafzimmerseite; die Fassade aus alten Ziegeln über einem Fundament aus Stein – solid, für die Dauer gebaut, ganz sicher nicht auffällig und wahrscheinlich nicht teuer. Er selbst hatte solche Häuser entworfen, gewöhnlich an der Küste, für Ehepaare, die noch nicht sicher wußten, ob sie sich ein Haus leisten konnten. Das ideale Heim für einen Berufssoldaten mit dem Budget eines Berufssoldaten. Ordentlich, adrett und praktisch.

Gretchen Beaumont machte ihm selbst auf. Welches Bild auch immer er sich nach dem Telefonanruf von ihr gemacht hatte, es zerstob, als er sie sah. Ihr Anblick riß ihn um wie ein Schlag in den Magen. Er hatte noch nie eine so schöne Frau gesehen. Daß sie eine Frau war, war dabei fast zweitrangig. Sie war wie eine Statue, das Ideal eines Bildhauers, immer wieder in Ton verfeinert, ehe der Meißel am Stein angesetzt wurde. Sie war mittelgroß, mit langem blondem Haar, das ein feinknochiges, perfekt proportioniertes Gesicht einrahmte. Zu perfekt, zu statuenhaft... zu kalt. Und doch milderten die großen, weiten Augen diese Kälte etwas; sie waren hellblau und musterten ihn jetzt fragend, weder freundlich noch unfreundlich.

»Mr. Holcroft?« fragte sie mit jener hallenden, traumartigen Stimme, die Zeugnis von Deutschland und Brasilien ablegte.

»Ja, Mrs. Beaumont. Vielen Dank, daß Sie mich empfangen. Ich bitte um Entschuldigung für die Störung.«

»Bitte, kommen Sie herein.«

Sie trat zur Seite, um ihn einzulassen. Unter der Türe hatte er sich auf ihr Gesicht konzentriert, auf die außergewöhnliche Schönheit, der die Jahre keinen Abbruch taten; jetzt war es unmöglich, ihren Körper nicht wahrzunehmen, den ihr durchscheinendes Kleid noch betonte. Auch der Körper war außergewöhnlich, aber auf ganz andere Art als das Gesicht. Da war keine Kälte, nur Hitze. Das durchsichtige Kleid klebte förmlich an ihrer Haut, es war nicht zu übersehen, daß sie keinen Büstenhalter trug, und der weit ausgeschlagene Kragen, der bis zur Mitte ihrer großen Brüste aufgeknöpft war, unterstrich das noch. In dem schwellenden Fleisch konnte er deutlich ihre Brustwarzen sehen, die sich gegen den weichen Stoff preßten, als wäre sie erregt.

Als sie sich bewegte, gingen die langsamen, fließenden Bewegungen ihrer Schenkel und ihres Beckens in den Rhythmus eines sinnlichen Tanzes über. Sie schritt nicht, sie glitt – ein außergewöhnlicher Körper, der danach schrie, daß man ihn betrachtete, als Vorspiel, bevor man in ihn eindrang und ihn befriedigte.

Und doch war das Gesicht kalt und die Augen fern; fragend, aber fern. Und Noel war verwirrt.

»Sie hatten eine lange Reise«, sagte sie und wies auf eine Couch an der Wand. »Bitte, setzen Sie sich. Darf ich Ihnen einen Drink anbieten?«

»Das wäre sehr nett.«

»Was hätten Sie gerne?« Sie blieb vor ihm stehen, versperrte ihm einen Augenblick lang den kurzen Weg zu der Couch, und ihre hellblauen Augen ließen die seinen nicht los. Ihre Brüste zeichneten sich deutlich – so nahe – unter dem durchsichtigen Stoff ab. Ihre Brustwarzen zeigten nach oben, hoben sich bei jedem Atemzug; wieder in jenem unverkennbaren Rhythmus eines erotischen Tanzes.

»Scotch, wenn Sie welchen haben«, sagte er.

»In England ist das Whisky, nicht wahr?« fragte sie und ging auf die Bar an der Wand zu.

»Ja, Whisky«, sagte er, sank in die weichen Kissen der Couch und versuchte, sich auf Gretchens Gesicht zu konzentrieren. Es fiel ihm schwer, und er wußte, daß sie sich bemühte, es ihm schwerzumachen. Die Frau des Commanders brauchte keine sexuelle Reaktion zu provozieren; sie hätte sich nicht so anzuziehen brauchen. Aber sie hatte sich so angezogen und provozierte ihn. Warum?

Sie brachte seinen Whisky. Er griff danach und berührte dabei ihre Hand und registrierte, daß sie sie nicht zurückzog, sondern kurz seine gekrümmten Finger mit den ihren drückte. Dann tat sie etwas sehr Seltsames; sie setzte sich auf ein ledernes Fußkissen, das unmittelbar vor ihm lag, und blickte zu ihm auf.

»Halten Sie nicht mit?« fragte er.

»Ich trinke nicht.«

»Dann sollte ich vielleicht auch nicht trinken.«

Sie lachte kehlig. »Ich habe keinerlei moralischen Einwände. Das würde zur Frau eines Offiziers auch nicht passen. Ich bin einfach nicht imstande zu trinken oder zu rauchen. Beides steigt mir sofort in den Kopf.«

Er sah sie über den Rand des Glases an. Sie blickte ihn unergründlich an, ohne zu blinzeln, fest und doch fern; er wünschte plötzlich, sie möchte wegsehen.

»Sie sagten am Telefon, daß einer der Adjutanten Ihres Mannes im Nebenzimmer wäre. Möchten Sie uns bekannt machen?«

»Er konnte nicht kommen.«

»Oh? Das tut mir leid.«

»Wirklich?«

Es war verrückt! Sie benahm sich wie eine Frau von Welt, die ihre gesellschaftliche Stellung vergessen hatte, oder wie eine teure Hure, die die Brieftasche eines neuen Kunden abschätzt. Sie beugte sich auf dem Sitzkissen vor und zupfte ein imaginäres Stäubchen von dem Läufer zu seinen Füßen weg. Die Geste war albern, und die Wirkung zu offensichtlich. Ihr Kleid öffnete sich oben und legte ihre Brüste frei. Es mußte ihr bewußt sein, was sie tat. Er mußte reagieren; sie erwartete es. Aber er würde nicht so reagieren, wie sie das meinte. Ein Vater hatte nach ihm gerufen; nichts durfte da stören. Nicht einmal eine unwahrscheinliche Hure.

Eine unwahrscheinliche Hure, die der Schlüssel zu Genf war.

»Mrs. Beaumont«, sagte er und stellte sein Glas umständlich auf das kleine Tischchen neben der Couch. »Sie sind eine sehr liebenswürdige Frau, und nichts täte ich lieber, als stundenlang hier sitzen und ein paar Drinks nehmen. Aber wir müssen reden. Ich habe darum gebeten, Sie aufsuchen zu dürfen, weil ich außergewöhnliche Nachrichten für Sie habe. Es betrifft uns beide.«

»*Uns* beide?« sagte Gretchen und hob dabei das Fürwort hervor. »Um alles in der Welt, reden Sie, Mr. Holcroft. Ich bin Ihnen noch nie begegnet; ich kenne Sie nicht. Wie kann diese Nachricht uns beide betreffen?«

»Unsere Väter kannten einander vor vielen Jahren.«

Als das Wort ›Väter‹ fiel, straffte sich die Haltung der Frau. »Ich habe keinen Vater.«

»Doch, den hatten Sie, und ich auch«, sagte er. »In Deutschland, vor über dreißig Jahren. Ihr Name ist von Tiebolt. Sie sind das älteste Kind von Wilhelm von Tiebolt.«

Gretchen atmete tief und wandte den Blick ab. »Ich glaube nicht, daß ich Ihnen noch länger zuhören möchte.«

»Ich weiß, wie Ihnen zumute ist«, erwiderte Noel. »Ich habe selbst genauso reagiert. Aber Sie haben unrecht. *Ich* hatte unrecht.«

»Unrecht?« fragte sie und wischte das lange blonde Haar weg, das ihr bei der schnellen Kopfbewegung über die Wange gefallen war. »Sie sind anmaßend. Vielleicht haben Sie nicht so gelebt, wie wir gelebt haben. Bitte, sagen Sie mir nicht, ich hätte unrecht. Dazu haben Sie keinen Anlaß.«

»Erlauben Sie mir nur, daß ich Ihnen sage, was ich erfahren habe. Wenn ich fertig bin, können Sie Ihre eigene Entscheidung treffen. Das Wichtige ist, daß Sie es wissen. Und natürlich Ihre Unterstützung.«

»Unterstützung wessen? Daß ich *was* weiß?«

Noel fühlte sich seltsam bewegt, als wäre das, was er jetzt sagen würde, die wichtigste Aussage seines Lebens. Bei einem normalen Menschen würde die Wahrheit genügen, aber Gretchen Beaumont war kein normaler Mensch; ihre Narben lagen sichtbar zutage. Es würde mehr als die Wahrheit erfordern; es erforderte ungeheures Überzeugungsvermögen.

»Vor zwei Wochen flog ich nach Genf, um mich mit einem Bankier namens Manfredi zu treffen.«

Er schilderte ihr alles, ließ nichts aus, nur die Männer der Wolfsschanze. Er schilderte es ihr in einfachen, aber beredten

Worten, hörte die Überzeugung in der eigenen Stimme, spürte die tiefe Verpflichtung, die aus ihm sprach, den aufwühlenden Schmerz in seiner Brust.

Er nannte ihr die Zahlen: siebenhundertundachtzig Millionen für die Überlebenden des Massenmords und die Nachkommen jener Überlebenden, die noch Not litten. Überall. Zwei Millionen für jedes der überlebenden ältesten Kinder der drei Männer. Sechs Monate – möglicherweise länger – gemeinsamen Einsatzes.

Schließlich erzählte er ihr von dem gemeinsamen Freitod der drei Väter, nachdem jede Einzelheit in Genf geregelt und besiegelt war.

Als er geendet hatte, spürte er, wie ihm der Schweiß über die Stirne rann. »Jetzt liegt es bei uns«, sagte er. »Und bei einem Mann in Berlin – Kesslers Sohn. Wir drei müssen das zu Ende führen, was sie begonnen haben.«

»Es klingt so unglaublich«, sagte sie leise. »Aber ich kann wirklich nicht erkennen, weshalb das mich betreffen sollte.«

Ihre Ruhe, ihr völliger Gleichmut verblüfften ihn. Sie hatte ihm fast eine halbe Stunde lang schweigend zugehört, hatte sich Enthüllungen angehört, die für sie erschütternd waren, und doch zeigte sie keinerlei Reaktion. *Nichts.* »Haben Sie denn kein Wort von dem, was ich sagte, verstanden?«

»Ich verstehe, daß Sie sehr erregt sind«, sagte Gretchen Beaumont mit ihrer weichen, hallenden Stimme. »Aber ich bin den größten Teil meines Lebens ziemlich außer mir gewesen, Mr. Holcroft. Daran war Wilhelm von Tiebolt schuld. Jetzt ist er für mich gestorben.«

»Das *wußte* er, verstehen Sie denn nicht? Er hat versucht, das gutzumachen.«

»Mit Geld?«

»Mit mehr als Geld.«

Gretchen beugte sich vor, und ihre Hand berührte langsam seine Stirn. Mit ausgestreckten Fingern wischte sie ihm die Schweißtropfen weg. Noel blieb unbewegt sitzen, war nicht imstande, seine Augen aus ihrem Blick zu lösen.

»Wußten Sie, daß ich Commander Beaumonts zweite Frau bin?«

»Ja, das habe ich gehört.«

»Die Scheidung war für ihn eine harte Zeit. Und für mich natürlich auch, aber mehr für ihn. Doch für ihn ist es vorübergegangen; für mich wird es nicht vorübergehen.«

»Wie meinen Sie das?«

»Ich bin der Eindringling. Die Ausländerin. Jemand, der eine Ehe kaputtgemacht hat. Er hat seine Arbeit; er fährt hinaus auf See. Ich lebe unter denen, die das nicht tun. Das Leben der Frau eines Marineoffiziers ist schon unter normalen Umständen einsam. Aber wenn man sich ausgestoßen fühlt, kann es ganz besonders schwierig werden.«

»Sie müssen aber doch gewußt haben, daß so etwas geschehen könnte.«

»Natürlich.«

»Aber, wenn Ihnen das klar war...?« Er ließ die Frage in der Schwebe.

»Warum ich dann Commander Beaumont geheiratet habe? Wollten Sie das fragen?«

Er wollte *überhaupt nichts* fragen! Er interessierte sich nicht für die Intimitäten in Gretchen Beaumonts Leben. Genf war das einzige, was für ihn wichtig war; der Vertrag. Er brauchte ihre Unterstützung.

»Ich nehme an, Ihre Gründe lagen im Gefühlsbereich; dort liegen sie meistens, wenn Leute heiraten. Was ich sagen wollte, ist, daß Sie rechtzeitig hätten vorbauen können. Sie könnten weiter weg vom Marinestützpunkt leben, einen anderen Bekanntenkreis haben.« Er wurde weitschweifig, hilflos, und Verzweiflung stieg in ihm hoch. Er wollte und mußte ihre erbitternde Einigelung aufbrechen.

»Hinter meiner Frage steht mehr. Warum habe ich Beaumont geheiratet?« Wieder schwebte ihre Stimme; sie erhob sich still in die Luft. »Sie haben recht; es hat mit Gefühlen zu tun. Es sitzt ganz tief.«

Wieder berührte sie seine Stirn, und wieder öffnete sich ihr Kleid, als sie sich vorbeugte, und wieder lagen ihre üppigen Brüste frei. Noel war müde, erregt und zornig. Er *mußte* ihr klarmachen, daß ihre privaten Sorgen, verglichen mit der Genfer Mission belanglos waren! Und um das zu tun, mußte er sie dazu bringen, daß sie ihn mochte; und doch durfte er sie nicht berühren.

»Natürlich sitzt es ganz tief«, sagte er. »Sie lieben ihn.«

»Ich verabscheue ihn.«

Ihre Hand war jetzt wenige Zentimeter von seinem Gesicht entfernt, ihre Finger undeutlich aus seinen Augenwinkeln sichtbar, undeutlich, weil ihre Blicke ineinander ruhten; er wagte nicht, seine Augen abzuwenden. Und er wagte nicht, sie zu berühren.

»Weshalb haben Sie ihn dann geheiratet? Weshalb bleiben Sie bei ihm?«

»Ich habe es Ihnen doch schon gesagt. Das sitzt ganz tief. Commander Beaumont hat ein bißchen Geld; er ist ein hochangesehener Offizier im Dienste seiner Regierung, ein langweiliger, uninteressanter Mann, der auf einem Schiff mehr zu Hause ist als sonstwo. Aus alldem läßt sich eine stille, sehr sichere Nische im Leben machen. Ich habe mich so bequem wie möglich darin eingerichtet.«

Das war der Hebel! Der Genfer Vertrag lieferte ihn ihm. »Zwei Millionen würden es Ihnen erlauben, sich einen noch viel besseren Schutz aufzubauen.«

»Vielleicht. Aber dazu müßte ich meine Nische hier verlassen, ich müßte hinausgehen –«

»Nur auf eine Weile.«

»Und was wäre dann?« fuhr sie fort, als hätte er sie nicht unterbrochen. »Draußen? Wo ich ja oder nein sagen müßte. Ich will nicht darüber nachdenken; das wäre so schwierig. Wissen Sie, Mr. Holcroft, ich war die meiste Zeit meines Lebens unglücklich, aber ich will kein Mitleid.«

Es war zum aus der Haut fahren! Am liebsten hätte er sie geohrfeigt. »Ich möchte gerne auf die Situation in Genf zurückkommen«, sagte er. Sie setzte sich auf dem Sitzpolster zurecht und schlug die Beine übereinander. Das durchsichtige Kleid schob sich über ihre Knie, legte das weiche Fleisch ihrer Schenkel frei. Die Pose war verführerisch, ihre Worte waren es nicht.

»Aber das tue ich doch«, sagte sie. »Vielleicht ungeschickt, aber ich versuche mich Ihnen verständlich zu machen. Als Kind hat man mich aus Berlin herausgeholt. Ich war immer auf der Flucht, bis meine Mutter, mein Bruder und ich eine Zuflucht in Brasilien fanden, die sich dann als Hölle für uns erwies. In den letzten Jahren habe ich mich durchs Leben treiben lassen. Ich bin immer nur Außenreizen gefolgt – Instinkten, Gelegenheiten, Männern –, aber ich bin ihnen gefolgt. Ich habe nicht geführt. Ich habe so wenig Entscheidungen wie möglich getroffen.«

»Ich verstehe nicht.«

»Wenn Sie etwas haben, das meine Familie betrifft, werden Sie mit meinem Bruder sprechen müssen. Er trifft die Entscheidungen. Er hat uns aus Südamerika hinausgebracht, nachdem meine Mutter gestorben war. Er ist der von Tiebolt, an den Sie sich wenden müssen.«

Noel unterdrückte den Drang, sie anzubrüllen. Langsam atmete er aus, und ein Gefühl der Müdigkeit und der Enttäuschung überkam ihn. Johann von Tiebolt war das Mitglied der Familie, das er meiden mußte, aber er konnte Gretchen Beaumont nicht sagen, weshalb. »Wo ist er?« fragte er trotzdem.

»Ich weiß nicht. Er arbeitet für den *Guardian* in Europa.«

»Wo in Europa?«

»Noch einmal, ich weiß es nicht. Er reist viel herum.«

»Ich habe gehört, er sei zuletzt in Bahrain gesehen worden.«

»Dann wissen Sie mehr als ich.«

»Sie haben eine Schwester.«

»Helden. In Paris. Irgendwo.«

Alle Kinder werden unter die Lupe genommen . . . Entscheidungen getroffen.

Johann war überprüft worden, und man hatte eine Entscheidung getroffen – zu Recht oder Unrecht –, die ihn disqualifizierte, ihn von Genf ausschloß. Er würde Aufmerksamkeit auf sich ziehen, die sie sich nicht leisten konnten. Und diese seltsame schöne Frau auf dem Sitzkissen – selbst wenn sie das anders empfände – würde von Genf als untauglich zurückgewiesen werden. So einfach war das.

Paris. Helden von Tiebolt.

Abwesend griff Noel nach seinen Zigaretten, seine Gedanken beschäftigten sich jetzt mit einer unbekannten Frau, die als Übersetzerin in einem Verlag in Paris tätig war. Die Bewegung vor sich nahm er nur vage wahr, so stark konzentrierte er sich. Dann wurde ihm seine Umgebung wieder bewußt, und er starrte Gretchen Beaumont an.

Die Frau des Commanders hatte sich erhoben und knöpfte jetzt ihr Kleid bis zur Hüfte auf. Langsam schob sie die Seide auseinander. Ihre Brüste waren jetzt frei; sie sprangen ihm entgegen, die Brustwarzen steil aufgerichtet. Sie hob mit beiden Händen ihren Rock, schob ihn über die Schenkel. Er fing den Duft auf, der von ihr ausging – ein zartes Parfüm mit einer Sinnlichkeit, die ebenso provozierend war wie der Anblick ihres nackten Fleisches. Sie setzte sich neben ihn, hatte das Kleid jetzt über der Hüfte, zitterte am ganzen Körper. Sie stöhnte und griff nach seinem Hals, zog sein Gesicht zu sich herab, seine Lippen auf den ihren. Ihr Mund öffnete sich, als sie seinen Mund aufnahm; sie saugte, atmete schnell, und ihr warmer Atem mischte sich mit den Säften, die aus ihrer Kehle emporstiegen. Sie legte die Hand auf seine Hose und griff nach seinem Penis ... hart, weich, hart. *Härter*. Plötzlich verlor sie alle Beherrschung; ihr Stöhnen wurde fieberhaft. Sie drückte sich gegen ihn. Überall.

Ihre geöffneten Lippen glitten von seinem Mund und sie flüsterte: »Morgen reise ich ans Mittelmeer. Zu einem Mann, den ich verabscheue. Sag nichts. Gib mir nur diese Nacht. *Diese Nacht*!«

Sie glitt zur Seite, ihr Mund glänzte, und ihre Augen waren so groß, daß sie wie besessen wirkten. Langsam richtete sie sich über ihm auf, und ihre weiße Haut war überall. Dann verebbte das Zittern. Sie ließ ihr nacktes Bein über das seine gleiten und erhob sich, zog sein Gesicht an ihre Hüfte und griff nach seiner Hand. Er stand auf, umarmte sie. Sie hielt seine Hand in der ihren; gemeinsam gingen sie auf die Schlafzimmertür zu. Und er hörte sie wieder mit jener gespenstisch ausdruckslosen hallenden Stimme sprechen.

»Johann hat gesagt, daß eines Tages ein Mann kommt und von einer seltsamen Abmachung spricht. Dann soll ich nett zu ihm sein und mir alles merken, was er sagt.«

12.

Holcroft erwachte verstört und wußte ein paar Sekunden lang nicht, wo er sich befand; dann erinnerte er sich. Gretchen Beaumont hatte ihn mit ungeheuerlichen Worten ins Schlafzimmer geführt. Er hatte versucht, herauszubekommen, was ihr Bruder sonst noch gesagt hatte. Aber ihr Zustand war nicht danach. Wie eine Rasende, völlig vom Sex besessen, konnte sie sich jetzt auf nichts anderes konzentrieren.

Besinnungslos hatten sie sich geliebt, sie als die Dominierende. Sie hatte sich auf dem Bett gewunden, unter ihm, über ihm, neben ihm. Unersättlich war sie gewesen; nichts konnte sie befriedigen. Einmal hatte sie aufgeschrien, hatte die Beine um seine Hüften geklammert, die Finger in seine Schultern gebohrt, und das lange, nachdem er noch zu irgendeiner Reaktion fähig gewesen war. Und dann hatte die Erschöpfung ihn übermannt. Er war in tiefen, aber unruhigen Schlaf gefallen.

Jetzt war er wach und wußte nicht, was seinen Schlaf unterbrochen hatte. Da war ein Geräusch gewesen, nicht laut, aber scharf und durchdringend. Er wußte nicht, was es bedeutete oder woher es kam.

Plötzlich merkte er, daß er allein im Bett war. Er hob den Kopf. Das Zimmer war dunkel, die Tür geschlossen, unten war ein schmaler Lichtstreifen zu erkennen.

»Gretchen...?« Keine Antwort; er war allein im Zimmer.

Er warf die Decke von sich und stieg aus dem Bett, hatte Mühe, auf den geschwächten Beinen das Gleichgewicht zu halten, fühlte sich ausgepumpt, verwirrt. Er taumelte zur Tür, riß sie auf. Dahinter, in dem kleinen Wohnzimmer, war nur eine Tischlampe eingeschaltet.

Da war das Geräusch wieder! Ein metallischer Laut, der durch das Haus hallte, aber nicht aus dem Haus kam. Er rannte ans Fenster und spähte durchs Glas. Im Lichtkegel der Straßenlampe konnte er die Gestalt eines Mannes erkennen, der an der Motorhaube seines Mietwagens stand, eine Taschenlampe in der Hand.

Ehe er wußte, was vorging, hörte er draußen von irgendwo anders eine halb unterdrückte Stimme, und dann schoß der Lichtkegel zum Fenster herauf. Zu ihm. Instinktiv hob er die Hand, um die Augen zu schützen.

Das Licht ging aus, und er sah den Mann auf einen Wagen zurennen, der schräg gegenüber auf der Straße parkte. Den Wagen hatte er nicht bemerkt, er hatte sich so vollkommen auf seinen eigenen und den unbekannten Mann mit der Taschenlampe konzentriert. Jetzt versuchte er, Näheres an jenem Wagen zu erkennen; da war eine Gestalt auf dem Vordersitz. Er konnte nichts weiter ausmachen, nur die Umrisse von Kopf und Schultern. Der laufende Mann erreichte die Tür an der Straßenseite und schob sich hinter das Steuer. Der Motor brüllte auf; der Wagen machte einen Satz, wurde auf der Straße um hundertachtzig Grad herumgerissen.

Im Lichtschein der Straßenlampe erwischte Noel einen Blick auf die Person neben dem Fahrer. Sekundenlang war ihr Gesicht keine zwanzig Meter von ihm entfernt, raste vorbei.

Es war Gretchen Beaumont. Ihre Augen starrten geradeaus durch die Windschutzscheibe, und sie nickte mit dem Kopf, als redete sie schnell.

In den Nachbarhäusern gingen ein paar Lichter an. Das Aufbrüllen des Motors und das Kreischen der Reifen hatten die friedliche Straße in Portsea aufgestört. Gesichter tauchten hinter den Fenstern auf, spähten hinaus.

Holcroft trat ins Zimmer zurück. Er war nackt und konnte sich ausmalen, was es brächte, wenn man ihn mitten in der Nacht nackt in Commander Beaumonts Wohnzimmer sah, während Commander Beaumont abwesend war. Vor allem, was es ihm brächte.

Wohin war sie gefahren? Was machte sie? Was war das für ein Geräusch, das er gehört hatte?

Es war keine Zeit, über all das nachzudenken; er mußte das Haus verlassen. Er rannte ins Schlafzimmer zurück, paßte seine Augen der schwachen Beleuchtung an und versuchte, einen Lichtschalter oder eine Lampe zu finden. Er erinnerte sich, daß Gretchen im Fieber ihrer Liebesraserei die Lampe über dem Bett heruntergerissen hatte. Er kniete nieder, tastete herum. Da lag sie, der Lampenschirm hatte die Glühbirne geschützt. Er knipste sie an. Licht füllte den Raum, erzeugte langgezogene Schatten und Flecken von Dunkelheit, aber er konnte jetzt seine Hose über der Lehne eines Armsessels sehen, seine Socken und die Unterwäsche neben dem Bett.

Er stand auf und zog sich hastig an. Wo war sein Jackett? Er sah sich um, erinnerte sich undeutlich, daß Gretchen es ihm heruntergestreift und es neben der Türe hatte fallen lassen. Ja, da lag es. Er ging quer durch den Raum darauf zu und warf dabei einen kurzen Blick auf sein Abbild in dem großen Spiegel über dem Sekretär.

Er erstarrte, und sein Blick fühlte sich unwiderstehlich von einer Fotografie in einem silbernen Rahmen angezogen, der auf dem Sekretär stand. Das Foto zeigte einen Mann in Marineuniform.

Das *Gesicht*. Er hatte es schon einmal gesehen. Vor ein paar Wochen, vielleicht vor Tagen erst. Er war nicht sicher, woher er es kannte, aber er kannte es. Er ging zum Sekretär und sah sich das Foto genauer an.

Es waren die Augenbrauen! Sie waren merkwürdig, stachen hervor wie ein Ding für sich ... wie ein bizarrer Sims aus einer nichtssagenden Tapete. Die Brauen waren dicht, ein Gewirr von schwarzem und weißem Haar ... Pfeffer und Salz. Augen, die sich plötzlich öffneten, die ihn anstarrten. Und jetzt erinnerte er sich!

An seinen Flug nach Rio! Und noch an etwas anderes. Das Gesicht im Flugzeug nach Brasilien hatte eine Erinnerung beschworen – die Erinnerung an Gewalt. Aber das einzige, was vor ihm auftauchte, war eine verschwommene, rennende Gestalt.

Noel drehte den silbernen Rahmen um und mühte sich, das Rückteil abzunehmen. Dann bekam er ihn endlich auf und nahm das Foto heraus. Er sah winzige Eindrücke in der glatten Oberfläche; er drehte das Bild um. Da war Schrift. Er hob das Blatt hoch, so daß das Licht darauf fiel, und einen Augenblick stockte sein Atem. Es waren Worte in deutscher Sprache: WIEDERAUFBAU ODER TOD.

Ebenso wie das Gesicht auf dem Bild, hatte er auch diese Worte schon einmal vor sich gesehen! Sie hatten für ihn keine Bedeutung; es waren deutsche Worte, die ihm nichts sagten ... aber er hatte sie schon einmal gesehen!

Verwirrt faltete er die Fotografie zusammen und stopfte sie sich in die Hosentasche.

Er öffnete die Tür eines Kleiderschranks, schob den silbernen Rahmen zwischen zusammengelegte Wäsche, nahm sein Jackett und ging ins Wohnzimmer. Er wußte, daß er das Haus auf schnellstem Weg verlassen sollte, aber der Mann auf dem Foto ließ ihn nicht los. Er mußte etwas über ihn herausbekommen.

Vom Wohnzimmer aus gingen zwei Türen. Die eine stand offen und führte in die Küche. Die andere war geschlossen. Er öffnete sie und betrat das Arbeitszimmer des Commanders. Er schaltete das Licht ein; da waren überall Fotografien von Schiffen und Männern, waren Urkunden und Orden und Ehrenzeichen. Commander Beaumont war ein Karriereoffizier wie aus dem Bilderbuch. Eine schmerzliche Scheidung und eine etwas fragwürdige zweite Ehe mochten unangenehme persönliche Probleme für ihn geschaffen haben, aber die Royal Navy hatte das offensichtlich keineswegs berührt. Die letzte Urkunde war erst sechs Wochen alt: eine Belobigung für besondere Führungsqualitäten während eines Einsatzes auf Küstenstreife vor den Balearen bei orkangepeitschter See.

Ein flüchtiger Blick auf die Papiere, die auf dem Schreibtisch und in den Schubladen lagen, brachte Noel keine neuen Erkenntnisse. Zwei Sparbücher zeigten vierstellige Konten, beide unter dreitausend Pfund; ein Brief vom Anwalt seiner ehemaligen Frau enthielt Forderungen bezüglich des Besitzes in Schottland; dann gab es noch verschiedene Kopien von Logbüchern und Segelplänen.

Holcroft wäre gern eine Weile hier geblieben und hätte sich noch gründlicher nach Spuren des fremden Mannes mit den seltsamen Augenbrauen umgesehen, aber er wußte, daß er das nicht wagen konnte. Er hatte sein Schicksal ohnehin schon herausgefordert. Er mußte jetzt hier weg.

Er verließ das Haus und blickte auf die andere Straßenseite zu den Fenstern hinauf, hinter denen noch vor wenigen Minuten Lichter und neugierige Gesichter zu sehen gewesen waren. Aber jetzt brannte nirgends mehr Licht, gab es da keine Gesichter mehr. Der Schlaf war wieder in Portsea eingekehrt. Eilig ging er den Weg hinunter, öffnete das Tor und ärgerte sich, daß die Angeln quietschten. Er schloß die Tür seines Mietwagens auf und klemmte sich hinters Steuer. Dann drehte er den Schlüssel im Zündschloß.

Nichts. Er drehte ihn ein zweites Mal. Und wieder und wieder. Nichts!

Er zog den Hebel für die Motorhaube, rannte nach vorn und riß sie hoch. Der Lärm, den er machte, war ihm egal; er fürchtete etwas viel Schlimmeres. Selbst wenn die Batterie des Mietwagens leer wäre, müßte es noch ein schwaches Klicken im Zündschloß geben. Das Licht der Straßenlampe fiel auf den freigelegten Motor und zeigte ihm, was er befürchtet hatte.

Die Drähte waren abgeschnitten, mit der Präzision eines Chirurgen durchgetrennt. Er würde sie nicht einfach zusammenspleißen und den Wagen wieder anlassen können; man würde ihn abschleppen müssen.

Wer auch immer der Täter war, er wußte, daß ein Amerikaner hier in fremder Umgebung mitten in der Nacht nicht wegkäme. Wenn es in diesem abgelegenen Vorort überhaupt Taxis gab, so standen sie um diese Zeit schwerlich zur Verfügung. Es war nach drei Uhr. Wer seinen Wagen bewegungsunfähig gemacht hatte, wollte, daß er blieb, wo er war; daraus folgte, daß bald andere hier auftauchen würden. Er mußte fliehen. Mußte so weit weg wie möglich, und das schnell... mußte die Fernstraße erreichen... sich nach Norden mitnehmen lassen, nichts wie diese Gegend verlassen.

Er klappte die Motorhaube zu. Das scharfe, metallische Geräusch hallte über die Straße. Er war dankbar dafür, daß dieses Geräusch jetzt nicht das erstemal ertönte.

Er ging die Straße hinauf, auf die abgeschaltete Verkehrsampel zu, überquerte die Straße, ging jetzt schneller, fing zu laufen an. Er versuchte, ein gleichmäßiges Tempo einzuhalten. Bis zur Hauptstraße waren es eineinhalb Meilen. Er schwitzte und spürte wieder heftige Magenschmerzen.

Er sah die Lichter, ehe er das Dröhnen des Motors hörte. Vor ihm, direkt vor ihm auf der geraden Straße, kamen grelle Scheinwerfer aus der Finsternis, rückten so schnell näher, daß das Auto mit ungewöhnlich hoher Geschwindigkeit fahren mußte.

Noel erspähte zu seiner Rechten eine Öffnung, eine Lücke in einer hüfthohen Hecke, den Eingang zu einem Garten. Er stürzte sich hinein und rollte sich unter das Strauchwerk, fragte sich, ob man ihn gesehen hatte. Plötzlich war es für ihn sehr wichtig, nicht mit Gretchen Beaumont in Verbindung gebracht zu werden. Sie war ein Rätsel, das er aus seinem Leben verdrängen mußte, eine unglückliche, hochgradig erotische... schöne Frau. Aber auch eine Bedrohung für Genf, so wie ihr Bruder das war.

Der näherkommende Wagen raste vorbei. Man hatte ihn nicht gesehen. Und dann trat das Quietschen von Reifen an die Stelle des Motorgeräuschs. Holcroft kroch halbwegs durch die Lücke in der Hecke, wandte den Blick nach links, versuchte, sich draußen auf der Straße zu orientieren.

Der Wagen war unmittelbar vor dem Haus der Beaumonts zum Halten gekommen. Zwei Männer sprangen heraus und rannten den Weg hinauf. Noel konnte das Quietschen der Torangeln hören. Es hatte keinen Sinn, zu bleiben, wo er war; dies war der Augenblick, um weiterzurennen. Jetzt hörte er, wie hundert Meter entfernt der Türklopfer betätigt wurde.

Er schob sich auf Händen und Knien nach rechts den Gehsteig entlang, vorbei an einer Ligusterhecke, bis er die Schattenzone zwischen den Straßenlampen erreicht hatte. Er richtete sich auf und rannte.

Geradeaus, die dunkle, von Bäumen gesäumte Straße hinauf, einen Block nach dem anderen, eine Ecke nach der anderen, die ganze Zeit hoffend, daß er die erste Abbiegung zur Hauptstraße erkannte, wenn er sie erreichte. Er verfluchte seine Raucherei, als sein Atem stockender kam und schmerzte und sich in Keuchen verwandelte; Schweiß strömte ihm übers Gesicht, und das Pochen in seiner Brust wurde schier unerträglich. Das schnelle Klappern seiner Schritte auf dem Pflaster machte ihm angst. Das waren die Geräusche eines Menschen, der von Panik erfüllt durch die Nacht rannte, und der von Panik erfüllte Mensch war er.

Schritte. *Rennende* Schritte. Es waren die seinen. Aber nicht *nur* die seinen! Hinter ihm, gleichmäßig, schwer, näherrükkend. Da rannte jemand hinter ihm her! Jemand, der ihn schweigend verfolgte, nicht seinen Namen rief, nicht verlangte, daß er stehenbleiben solle...! Oder täuschte ihn sein Gehör? Das Hämmern in seiner Brust vibrierte durch seinen ganzen Körper; waren es seine eigenen Schritte, die in seinen Ohren hallten? Er wagte nicht, sich umzudrehen, *durfte* sich nicht umdrehen. Er rannte zu schnell – ins Licht, in den Schatten.

Wieder erreichte er das Ende eines Häuserblocks, wieder war da eine Ecke, und er bog nach rechts, wußte, daß das noch nicht die Abzweigung zur Hauptstraße war, aber immerhin würde sich jetzt zeigen, ob da jemand hinter ihm her war. Er rannte in die Straße hinein.

Ja, da *waren* die Schritte, es war ein anderer Rhythmus, nicht der seine, näher und näher jetzt, der Abstand zwischen ihnen wurde immer kürzer. Er konnte es nicht länger ertragen; und er konnte nicht schneller rennen. Er drehte sich in der Hüfte herum, versuchte, über die Schulter zu blicken.

Da war es; *er* war da. Die Gestalt eines Mannes, eine Silhouette im Licht der Straßenlaterne an der Ecke. Ein untersetzter Mann, der schweigend rannte, nur noch Meter entfernt war und den Abstand verkürzte.

Mit schmerzenden Beinen hämmerte Noel in einem letzten Spurt die Füße gegen die Straße. Wieder bog er ab. Seine Panik war jetzt vollkommen.

Und dann versagten ihm die Beine den Dienst, gerieten in dem Chaos und Schrecken der Jagd durcheinander. Er stolperte und stürzte auf die Straße, und sein Gesicht schrammte über den Asphalt, seine ausgestreckten Hände fühlten sich eisig an und brannten dann plötzlich. Er wälzte sich auf den Rücken, hob instinktiv die Füße, um den Angreifer abzuwehren – die stumme rennende Gestalt, die aus der Dunkelheit heranschoß und plötzlich über ihm war.

Alles verschwamm ineinander; nur die Umrisse von Armen und Beinen, die sich in der Finsternis abzeichneten, drangen in seine vom Schweiß verklebten Augen. Und dann preßte ihn etwas gegen den Boden. Ein ungeheures Gewicht drückte auf seinen Brustkasten. Ein Arm – wie eine schwere Eisenstange – lag quer über seiner Kehle, erstickte jeden Laut.

Das letzte, was er sah, war eine hoch erhobene Hand, eine dunkle Klaue vor dem Nachthimmel, eine gekrümmte Hand, die einen Gegenstand hielt. Und dann war da nichts mehr. Nur ein ungeheurer Abgrund, der vom Wind erfüllt war. Er stürzte den unsichtbaren Tiefen der Finsternis entgegen.

Als erstes verspürte er die Kälte. Sie ließ ihn schaudern. Und dann die Feuchtigkeit; sie war überall. Er schlug die Augen auf und nahm verzerrte Bilder von Gras und Erde wahr. Er lag mitten in feuchtem Gras auf der kalten Erde. Er wälzte sich zur Seite und stellte dankbar fest, daß er den Nachthimmel sah; zu seiner Linken war es heller, zu seiner Rechten dunkler.

Sein Kopf tat weh. Sein Gesicht brannte; seine Hände schmerzten. Langsam richtete er sich auf und blickte sich um. Er befand sich auf einem Feld, einem langen, ebenen Streifen, einer Wiese, wie es schien, einer Viehweide vielleicht. Undeutlich konnte er die Umrisse eines Drahtzauns erkennen – Stacheldraht zwischen dicken Pfosten, die zehn oder zwanzig Meter auseinanderstanden. Es *war* eine Weide.

Er roch billigen Whisky oder sauer gewordenen Wein. Der widerliche Geruch stieg ihm aus seinen Kleidern in die Nase, sie waren durchtränkt davon, sein Hemd triefend naß. Seine *Kleider*... seine Brieftasche, sein Geld! Er erhob sich schwerfällig und überprüfte seine Taschen; seine beiden Hände brannten, als sie mit dem feuchten Stoff in Berührung kamen.

Seine Brieftasche, die mit einer Klammer zusammengehaltenen Geldscheine, seine Uhr – alles war noch da. Er war nicht beraubt worden, nur bewußtlos geschlagen und aus der Gegend weggeschafft, in der die Beaumonts lebten. Es war verrückt!

Er betastete seinen Schädel. Eine Beule hatte sich gebildet, aber die Haut war nicht aufgeplatzt. Man hatte ihn mit einem gepolsterten Totschläger oder einem Rohr niedergeschlagen. Er machte probeweise ein paar ungeschickte Schritte. Er konnte sich bewegen, und das war alles, worauf es ankam. Und er konnte jetzt deutlicher sehen; bald wäre es Morgen.

Auf der anderen Seite des Zaunes war eine leichte Erhebung auszumachen, eine Art Kamm, der nach beiden Seiten reichte, soweit sein Blick drang. Und entlang dieses Kammes sah er die Lichter der Hauptstraße. Er setzte sich über das Feld in Bewegung auf den Zaun und den Kamm und die Straße zu. Er hoffte, daß er einen Fahrer überreden konnte, ihn mitzunehmen. Als er über den Zaun kletterte, fiel ihm plötzlich etwas ein. Er überprüfte noch einmal seine Taschen.

Die Fotografie war verschwunden!

Ein Milchwagen hielt an, und er stieg hinein und sah, wie das Lächeln des Fahrers plötzlich verflog, als der Gestank die Kabine erfüllte. Noel versuchte es auf die leichte Tour – ein harmloser Amerikaner, der in Portsmouth ins Schlepptau von ein paar britischen Matrosen geraten war –, aber der Fahrer fand daran nichts belustigend. Holcroft stieg in der ersten Ortschaft aus.

Es war ein typisch englisches Dorf, und die Tudorarchitektur des Platzes wurde durch die Vielzahl von Lieferwagen vor der einzigen Gaststätte der Ortschaft beeinträchtigt.

»Da drinnen ist ein Telefon«, sagte der Milchmann. »Und ein Klo. Würde Ihnen nicht schaden, wenn Sie sich waschen.«

Noel trat in die Gaststube voller Lastwagenfahrer, und der Geruch von heißem Kaffee munterte ihn auf. Die Welt ging weiter; Waren wurden ausgeliefert und die kleinen Bequemlichkeiten eines Lokals so früh am Morgen als selbstverständlich empfunden. Er fand den Waschraum und gab sich Mühe, die Spuren der Nacht zu verwischen. Dann setzte er sich in eine Nische neben dem Telefonautomaten an der Wand und trank schwarzen Kaffee, während er wartete, bis ein zorniger Fernfahrer eine Auseinandersetzung mit einem offenbar noch zornigeren Einsatzleiter am anderen Ende der Leitung zu Ende gebracht hatte. Nach ihm ging Noel ans Telefon, mit Gretchen Beaumonts Telefonnummer in der Hand. Er mußte herausfinden, was geschehen war, mußte versuchen, mit ihr vernünftig zu reden, falls sie wirklich zurückgekommen war. Er wählte.

»Bei Beaumont.« Eine männliche Stimme.

»Mrs. Beaumont, bitte.«

»Darf ich fragen, wer spricht?«

»Ein Freund des Commanders. Wie ich höre, fährt Mrs. Beaumont heute zu ihm. Ich möchte, daß sie ihm eine Nachricht übermittelt.«

»Wer spricht bitte?«

Noel legte auf. Er wußte nicht, wer sich gemeldet hatte; er wußte nur, daß er Hilfe brauchte. Professionelle Hilfe. Möglicherweise war es gefährlich für Genf, diese Hilfe zu suchen, aber es war notwendig. Er würde vorsichtig sein – sehr vorsichtig – und herausfinden, was er konnte.

Er suchte seine Taschen nach der Karte ab, die ihm der Mann von MI-5 im Belgravia Arms gegeben hatte. Auf ihr stand nur ein Name – Harold Payton-Jones – und eine Londoner Telefonnummer. Die Uhr an der Wand zeigte zehn Minuten vor sieben; Noel war gespannt, ob sich jemand melden würde. Er wählte.

»Ja?«

»Hier ist Holcroft.«

»O ja, wir haben uns schon gefragt, ob Sie anrufen würden.«

Noel erkannte die Stimme. Es war der grauhaarige Agent aus dem Hotel. »Wovon sprechen Sie?« fragte Noel.

»Sie hatten eine schwere Nacht«, meinte die Stimme.

»Sie haben meinen Anruf *erwartet*! Sie waren dort. Sie haben alles gesehen!«

Payton-Jones antwortete darauf nicht direkt. »Der Mietwagen steht in einer Garage in Aldershot. Er sollte bis Mittag repariert sein. Den Namen können Sie sich leicht merken; er lautet Boot's. Boot's Garage, Aldershot. Die Reparatur wird nichts kosten. Keine Rechnung, keine Quittung.«

»Augenblick! Was, zum Teufel, soll das? Sie haben mich verfolgen lassen! Dazu hatten Sie kein Recht.«

»Ich würde sagen, es war verdammt gut, daß wir das getan haben.«

»Sie waren in diesem Wagen um drei Uhr heute früh! Sie sind in Beaumonts Haus gegangen!«

»Das waren leider nicht wir.« Der Mann von MI-5 machte eine kurze Pause. »Sie haben sich die nicht besonders genau angesehen, oder?«

»Nein. Was waren das für Leute?«

»Das wüßten wir auch gern. Unser Mann ist erst gegen fünf gekommen.«

»Wer ist hinter mir hergerannt? Wer hat mir eins über den

Schädel gegeben und mich auf diesem beschissenen Feld liegenlassen?«

Wieder machte der Agent eine Pause. »Darüber wissen wir überhaupt nichts. Wir wissen nur, daß Sie das Haus verlassen hatten. Offensichtlich in großer Eile und ohne Ihren Wagen.«

»Das war eine abgekartete Sache! Und ich war der Köder!«

»Richtig. Ich würde Ihnen empfehlen, vorsichtiger zu sein. Es ist sowohl geschmacklos als auch gefährlich, sich mit der Frau eines Commanders der Royal Navy einzulassen, solange ihr Mann auf hoher See ist.«

»Quatsch! Der Commander ist ebensowenig auf hoher See wie ich. Er war vor kaum zwei Wochen in einer Maschine nach Rio. Ich habe ihn gesehen! Er hat etwas mit den von Tiebolts zu tun.«

»Ganz gewiß«, erwiderte Payton-Jones, »er hat die älteste Tochter geheiratet. Aber das mit dem Flug nach Rio ist lächerlich. Er war die letzten drei Monate im Mittelmeer.«

»Nein! Ich habe ihn *gesehen*! Hören Sie mir zu. In dem Schlafzimmer stand eine Fotografie. Die habe ich mitgenommen. Das war er! Und noch etwas, hinten auf der Fotografie stand etwas geschrieben. In Deutsch.«

»Und was war das?«

»Ich weiß nicht. Ich spreche nicht deutsch. Aber es ist doch verdammt ungewöhnlich, finden Sie nicht?« Holcroft hielt inne. Er hatte nicht vorgehabt, so weit zu gehen. In seinem Zorn hatte er die Kontrolle über sich verloren! *Scheiße*!

»Was ist daran ungewöhnlich?« fragte der Agent. »Deutsch ist die Muttersprache von Mrs. Beaumont; ihre Familie hat es jahrelang gesprochen. Irgendeine Widmung für ihren Mann oder von ihm? Das ist doch nicht ungewöhnlich.«

»Ja, Sie haben wahrscheinlich recht«, sagte Noel, um von dem Thema loszukommen. Dann wurde ihm klar, daß er sich zu schnell zurückgezogen hatte. Der Mann von MI-5 war argwöhnisch; das spürte Noel bei seinen nächsten Worten.

»Aber, weil Sie es schon erwähnen, vielleicht sollten Sie uns die Fotografie bringen.«

»Das kann ich nicht. Ich habe sie nicht.«

»Ich dachte, Sie hätten sie mitgenommen?«

»Ich habe sie jetzt nicht. Ich ... ich habe sie einfach nicht.«

»Wo sind Sie, Holcroft? Ich glaube, Sie sollten vorbeikommen und mit uns sprechen.«

Ohne die Entscheidung bewußt zu treffen, drückte Noel die Gabel herunter und schnitt damit die Verbindung ab. Die Tat ging dem Gedanken voraus, aber als es geschehen war, begriff er, weshalb er es getan hatte. Er konnte sich nicht mit MI-5 verbünden, er konnte überhaupt keine Beziehungen stärker werden lassen. Im Gegenteil, er mußte sich, soweit das möglich war, vom britischen Geheimdienst distanzieren. Es durfte überhaupt keine Verbindung geben. MI-5 war ihm *gefolgt*. Nachdem sie ihm versprochen hatten, ihn allein zu lassen, hatten sie ihr Wort gebrochen.

Die Überlebenden der Wolfsschanze hatten es ganz klar zum Ausdruck gebracht: *Es ist damit zu rechnen, daß einige vom Genfer Unternehmen erfahren und versuchen werden, ihn zu stoppen... ihn zu töten.*

Holcroft bezweifelte, daß die Briten ihn töten würden, aber immerhin versuchten sie, ihn zu stoppen. Wenn ihnen das gelang, so war das ebensogut, wie wenn sie ihn töteten. Aber die Männer der Wolfsschanze zögerten nicht. *Peter Baldwin, Esq. Ernst Manfredi. Jack.* Alle tot.

Die Männer der Wolfsschanze würden ihn umbringen, wenn er versagte. Und das war die schreckliche Ironie des Ganzen. Er *wollte* nicht versagen, weshalb konnten sie das nicht begreifen? Vielleicht noch mehr als die Überlebenden der Wolfsschanze wollte er Heinrich Clausens Traum erfüllt sehen.

Er dachte an Gretchen Beaumont, die ihren Instinkten, Gelegenheiten und Männern folgte, und an ihren Bruder, den arroganten, brillanten Journalisten, den man verdächtigte, ein Meuchelmörder zu sein. Keiner von beiden würde für Genf auch nur im entferntesten akzeptabel sein.

Blieb noch ein Kind. Helden von Tiebolt – jetzt Helden Tennyson –, augenblicklich in Paris wohnhaft. Adresse unbekannt. Aber er hatte einen Namen. ›Gallimard‹.

Paris.

Er mußte nach Paris. Er mußte MI-5 entkommen.

13.

In London gab es einen Bühnenarchitekten, der kurze Zeit als Innenarchitekt in wohlhabenden Kreisen auf beiden Seiten des Atlantik in Mode gewesen war. Noel argwöhnte, daß man Willie Ellis häufiger wegen seiner Persönlichkeit und seiner Talente als Plauderer einstellte als wegen besonderer Fähigkeiten als Innenarchitekt. Er hatte viermal mit Willie zusammengearbeitet und sich jedesmal geschworen, es nie wieder zu tun, aber jedesmal zugleich wissend, daß er es wahrscheinlich doch wieder tun würde. In Wahrheit empfand Noel nämlich ungemeine Zuneigung zu Willie. Der verrückte Engländer verkörperte mehr als Eleganz und Raffinement. Unter dieser Fassade fand man in stillen Momenten einen denkenden, talentierten Theatermann, der mehr über die Geschichte der Bühnenarchitektur wußte als irgend jemand, den Holcroft kannte. Er konnte faszinierend sein.

Wenn er nicht unerträglich war.

Sie waren über die Jahre in Verbindung geblieben, und jedesmal, wenn Noel in London war, nahm er sich auch Zeit für Willie. Er hatte geglaubt, daß er diesmal keine Zeit für ihn haben würde, aber das hatte sich jetzt geändert. Er brauchte Willie. Er erfragte bei der Auskunft in London die Nummer und wählte.

»Noel, mein Freund, du bist von Sinnen! Um diese Zeit schlafen doch alle, außer ein paar wild gewordenen Vögeln und den Leuten von der Straßenreinigung.«

»Ich bin in Schwierigkeiten, Willie. Ich brauche Hilfe.«

Ellis kannte die kleine Ortschaft, aus der Holcroft anrief, und versprach, sofort hinzukommen, wobei er schätzte, daß die Fahrt etwa eine Stunde dauerte. Er verspätete sich um dreißig Minuten und verfluchte die Idioten, die die Straßen unsicher machten. Noel stieg zu ihm in den Wagen, nahm Willies ausgestreckte Hand und zugleich seine charakteristischen Beschimpfungen hin.

»Du siehst ja zum Kotzen aus und stinkst wie ein Barmädchen unter der Achsel. Laß das Fenster offen und sag mir, was zum Teufel mit dir passiert ist.«

Holcroft hielt seine Erklärung knapp und einfach, nannte keine Namen und verschleierte die Fakten. »Ich muß nach Paris, und es gibt Leute, die mich daran hindern wollen. Ich kann dir nicht viel mehr darüber sagen, höchstens noch, daß ich nichts Unrechtes getan habe. Nichts, was gegen die Gesetze verstößt.«

»Ersteres ist immer relativ, nicht wahr? Und das zweite hängt gewöhnlich von der Auslegung ab und einem guten Anwalt. Soll ich annehmen, daß es um ein reizendes Mädchen und einen wütenden Ehemann geht?«

»Einverstanden.«

»Dann bleibe ich aus dem Schneider. Was hindert dich denn daran, die nächste Maschine nach Paris zu nehmen?«

»Meine Kleider, mein Gepäck und mein Paß liegen in meinem Hotel in London. Wenn ich hinfahre, um sie mir zu holen, werden mich die Leute finden, die mich aufhalten wollen.«

»So wie du aussiehst, meinen's die ziemlich ernst, nicht wahr?«

»Ja. So könnte man sagen, Willie.«

»Das Hotel ist kein Problem«, sagte Ellis. »Ich hol deine Sachen und bezahl die Rechnung. Du bist ein auf Abwege geratener Ami, den ich in Soho aufgelesen habe. Und meine Geschmacksverirrungen gehn schließlich nur mich was an.«

»Es könnte Schwierigkeiten mit der Rezeption geben.«

»Ich kann mir nicht vorstellen, weshalb. Mein Geld ist ›Münze des Reiches‹, und du gibst mir einen Zettel mit; die können ja die Unterschriften vergleichen. Wir sind bei weitem nicht so paranoid wie unsere Vettern auf der anderen Seite des großen Teichs.«

»Hoffentlich hast du recht, aber ich kann mir vorstellen, daß die Leute, die mich finden wollen, bereits an die Angestellten herangetreten sind. Möglicherweise bestehen sie darauf, zu erfahren, wo ich bin, ehe sie dir meine Sachen geben.«

»Dann werde ich es ihnen sagen«, meinte Willie und lächelte. »Ich hinterlasse eine Nachsendeadresse und eine Telefonnummer, wo man deine Anwesenheit bestätigen kann.«

»Was?«

»Überlaß das nur mir. Übrigens, im Handschuhfach ist etwas Kölnisch. Nimm es, um Himmels willen.«

Ellis veranlaßte, daß die whiskydurchtränkten Kleider von einem Reinigungsunternehmen abgeholt und am Nachmittag wieder zurückgebracht wurden, und verließ dann die Wohnung in Chelsea, um zum Belgravia Arms zu fahren.

Holcroft duschte, rasierte sich, legte die schmutzigen Kleider in einen Korb vor die Tür und rief den Autoverleih an. Wenn er selbst den Wagen in Aldershot abholte, so vermutete er, würde er dort MI-5 antreffen, und wenn er wegfuhr, wären die Briten dicht hinter ihm.

Die Leute beim Autoverleih waren nicht erfreut, aber Holcroft ließ ihnen keine Wahl. Wenn sie den Wagen zurückhaben wollten, würden sie ihn selbst abholen müssen. Es tat Noel leid, aber etwas Wichtiges war dazwischengekommen; man solle die Rechnung an sein Büro in New York schicken.

Er mußte England auf so unauffälligem Wege wie möglich verlassen. Ohne Zweifel ließ MI-5 die Flughäfen und die Kanalfähren überwachen. Vielleicht ging es mit einem in letzter Minute gekauften Ticket für eine überfüllte Maschine nach Paris. Mit etwas Glück würde er den Flughafen Orly erreichen, ehe MI-5 wußte, daß er England verlassen hatte. Es gab eine Unzahl von Maschinen nach Paris, und die Zollformalitäten wurden ziemlich lasch gehandhabt. Er könnte auch zwei Tickets kaufen – eines für Amsterdam, eines nach Paris –, durch den KLM-Ausgang gehen, dann unter einem Vorwand noch einmal umkehren und zur Abflughalle für Paris rennen, wo Willie sein Gepäck bereithalten konnte.

Was *dachte* er da? Listen, Tricks, Täuschungsmanöver. Er war ein Verbrecher ohne Verbrechen, ein Mann, der die Wahrheit nicht sagen durfte, weil sie so viel zerstören konnte. Er begann zu schwitzen, und seine Magenschmerzen stellten sich wieder ein. Er fühlte sich elend und durcheinander. Er legte sich in Willies Morgenrock auf dessen Couch und schloß die Augen. Das Bild von schmelzendem Fleisch drängte sich ihm wieder auf. Dann trat das Gesicht hervor;

er hörte deutlich den Schrei und schlief ein, mit dem klagenden Laut in den Ohren.

Plötzlich erwachte er, weil er spürte, daß jemand über ihm war, auf ihn herunterblickte. Erschreckt fuhr er hoch und seufzte dann erleichtert, als er Willie neben der Couch stehen sah.

»Jetzt hast du dich etwas ausgeruht, und das merkt man. Du siehst besser aus und riechst auch, weiß Gott, besser.«

»Hast du meine Sachen?«

»Ja, aber du hast recht gehabt. Die waren ganz wild drauf zu erfahren, wo du steckst. Als ich die Rechnung bezahlte, kam der Manager raus und benahm sich so, wie man sich beim Theater Scotland Yard vorstellt. Ich habe ihn inzwischen aber beschwichtigt, wenn auch mit der Telefonnummer schockiert, unter der du augenblicklich stationär zu erreichen bist.«

»Stationär?«

»Ja. Ich fürchte, daß sich dein Ruf dadurch nicht gerade bessert. Die Nummer ist von einem Krankenhaus in Knightsbridge, das von der Gesundheitsbehörde nicht anerkannt ist. Es ist auf Geschlechtskrankheiten spezialisiert. Ich kenn' dort einen Arzt recht gut.«

»Du bist unmöglich«, sagte Noel und stand auf. »Wo sind meine Sachen?«

»Im Gästezimmer. Ich dachte, du ziehst dich vielleicht gern um.«

»Danke.« Holcroft ging auf die Tür zu.

»Kennst du einen Mann namens Buonoventura?« fragte Ellis.

Noel blieb stehen, er hatte Sam von Lissabon aus ein Telegramm geschickt: BELGRAVIA ARMS, LONDON. »Ja, hat er angerufen?«

»Einige Male. Ziemlich aufgeregt, offenbar. Die Vermittlung im Hotel hat gesagt, der Anruf sei aus Curaçao gekommen.«

»Ich weiß Bescheid«, sagte Holcroft. »Ich muß ihn sofort zurückrufen. Ich lasse das Gespräch über meine Kreditkarte verrechnen.«

Fünf Minuten vergingen, bis er Sams heisere Stimme hörte,

und weniger als fünf Sekunden, bis ihm klar war, daß es nicht fair wäre, den Bauingenieur zu weiteren Lügen aufzufordern.

»Miles meint es jetzt ernst, Noley. Er hat gesagt, er beschafft sich jetzt eine gerichtliche Anordnung für deine Rückkehr nach New York. Er wird sie den Machern hier unten zustellen lassen, weil er denkt, daß es Amerikaner sind. Er weiß, daß die dich nicht zur Rückkehr zwingen können, aber er sagt, die werden dann wissen, daß du gesucht wirst. Das ist ein wenig unangenehm, Noley, weil du auf keiner Lohnliste stehst.«

»Hat er Gründe genannt?«

»Nur, daß du seiner Meinung nach etwas weißt, was die wissen wollen.«

Wenn er es nach Paris schaffte, dachte Noel, wollte er auch dort für Buonoventura erreichbar sein, ihn aber nicht mit einer Adresse belasten. »Hör zu, Sam. Ich fliege noch heute nach Paris. An den Champs-Elysées gibt es in der Nähe der Avenue George Cinq ein Büro von American Express. Schick mir dorthin ein Telegramm, wenn was los ist.«

»Was soll ich Miles sagen, wenn er wieder anruft? Ich hab' keine Lust, mir von dem den Arsch aufreißen zu lassen.«

»Sag ihm, du habest mich erreicht und mir gesagt, daß er mich sucht. Sag ihm, ich hätte gesagt, ich würde mit ihm Verbindung aufnehmen, sobald es geht. Sonst weißt du nichts.« Noel hielt inne. »Außerdem kannst du ihm sagen, ich hätte nach Europa gemußt. Halt von dir aus die Klappe, aber wenn er nicht lockerläßt, dann kannst du ihm das mit dem American-Express-Büro ja sagen. Ich kann mir meine Mitteilungen telefonisch abrufen.«

»Da ist noch etwas«, sagte Sam verlegen. »Deine Mutter hat auch angerufen. Ich bin mir ziemlich mies vorgekommen, als ich auch sie angelogen hab'; deine Mutter solltest du nicht belügen, Noley.«

Holcroft lächelte. Der Italiener in Sam war nicht totzukriegen. »Wann hat sie angerufen?«

»Vorgestern abend. Sie klingt wie eine richtige Lady. Ich hab' ihr gesagt, daß ich erwarte, gestern von dir zu hören; und dann hab' ich versucht, dich zu erreichen.«

»Ich ruf sie an, wenn ich in Paris bin«, sagte Noel. »Noch etwas?«

»Reicht das noch nicht?«

»Doch. Ich melde mich in ein paar Tagen, und inzwischen bin ich ja telegrafisch zu erreichen.«

»Yeah, aber wenn deine Mutter anruft, sag ich es ihr auch.«

»Geht klar. Und danke, Sam. Ich werd dir das nicht vergessen.« Er legte auf und stellte fest, daß Willie Ellis in die Küche gegangen war und dort das Radio eingeschaltet hatte. Eine der liebenswerten Eigenschaften von Willie war, daß er ein Gentleman war. Noel blieb eine Weile am Telefon sitzen und versuchte, Ordnung in seine Gedanken zu bekommen. Der Anruf seiner Mutter überraschte ihn nicht. Er hatte seit jenem Sonntagmorgen in Bedford Hills nicht mehr mit ihr gesprochen, und das war beinahe zwei Wochen her.

Mit Miles war das etwas anderes. Holcroft sah in dem Kripomann keine Person vor sich; er hatte kein Gesicht und keine Stimme, aber Miles hatte bestimmte Schlüsse gezogen; dessen war er sicher. Und diese Schlüsse stellten eine Verbindung her zwischen ihm und drei gewaltsamen Todesfällen, die was mit dem Flug 591 der British Airways von London nach New York zu tun hatten. Miles ließ nicht locker; blieb er hartnäckig, könnte daraus ein Problem entstehen, von dem Noel nicht sicher wußte, ob er ihm gewachsen wäre. Miles konnte die internationalen Polizeibehörden einschalten. Und wenn er das tat, dann lenkte das die Aufmerksamkeit auf die Aktivitäten eines Bürgers der Vereinigten Staaten, der sich einer Morduntersuchung entzog.

In Genf würde man darauf allergisch reagieren; das wäre das Ende des Vertrags. Miles mußte hingehalten werden. Aber *wie*?

Sein fremder Dschungel war von Fallen gesäumt; jeder Schutzinstinkt, den er besaß, riet ihm, umzukehren. Genf brauchte einen Mann, der unendlich viel schlauer und erfahrener war als er. Und doch konnte er nicht umkehren. Die Überlebenden der Wolfsschanze würden es nicht zulassen. Und tief in seinem Bewußtsein war ihm klar, daß er es auch gar nicht wollte. Da war ein Gesicht, das immer wieder aus der Dunkelheit auftauchte. Er mußte seinen Vater finden und dabei der Welt einen Mann zeigen, der Seelenqualen gelitten hatte und tapfer und weitsichtig genug gewesen war, zu wissen, daß Wiedergutmachung geleistet werden mußte. Und fähig genug, diese Überzeugung mit Leben zu erfüllen.

Noel ging zur Küchentür. Ellis stand an der Spüle und wusch Teetassen.

»Ich hol mir meine Kleider in ein paar Wochen ab, Willie. Fahren wir zum Flughafen.«

Ellis drehte sich um und sah Noel an. »Ich kann dir Zeit sparen«, sagte er und griff nach einem Porzellankrug auf dem Regal. »Du wirst französisches Geld brauchen, bis du umtauschen kannst. Ich habe hier was im Krug, für meine Reisen alle zwei Monate zu den Fleischtöpfen. Nimm dir, was du brauchst.«

»Danke.« Holcroft nahm das Gefäß entgegen und sah dabei Willies Arme unter den hochgerollten Ärmeln. Es waren die kräftigsten und muskulösesten Arme, die er je gesehen hatte. Noel schoß es durch den Kopf, daß Willie spielend einen Menschen in Stücke reißen könnte.

Der Wahnsinn fing in Heathrow an und ging in Orly weiter.

In London kaufte er sich ein Ticket für den KLM-Flug nach Amsterdam, wobei er von der Theorie ausging, daß MI-5 die ihnen zugespielte Geschichte überprüft und für plausibel befunden hatte. Wahrscheinlich war das der Fall, denn er sah, wie ihm ein verdutzter Mann in einem Regenmantel mit den Blicken folgte, als er vom KLM-Gate zurück zur Air France rannte. Dort erwartete ihn Willie mit einem Ticket für die überfüllte Maschine nach Paris.

Die Einreiseformalitäten in Orly waren oberflächlich, aber die Schlange war lang. Während er wartete, hatte Noel Zeit, das Gedränge im Zollbereich und hinter den Pendeltüren zu beobachten, die in das Hauptgebäude führten. Hinter den Türen konnte er zwei Männer sehen, die etwas an sich hatten, das seine Aufmerksamkeit erregte. Vielleicht waren es ihre ernsten Gesichter, der freudlose Ausdruck, der nicht an einen Ort paßte, wo Menschen einander begrüßten. Sie unterhielten sich leise mit unbewegten Köpfen, während sie die Passagiere musterten, die durch den Zoll gingen. Einer hielt ein

Stück Papier in der Hand; es war klein, glänzte. Eine Fotografie? Ja. Eine Fotografie von *ihm*.

Das waren nicht die Männer der Wolfsschanze. Die Männer der Wolfsschanze kannten ihn vom Sehen, und die Männer der Wolfsschanze blieben unsichtbar. MI-5 hatte Verbindung mit seinen Agenten in Paris aufgenommen. Sie warteten auf ihn.

»Monsieur.« Der Zollbeamte drückte routinemäßig seinen Stempel in Holcrofts Paß. Noel griff nach seinem Gepäck und ging auf den Ausgang zu, verspürte die Panik eines Mannes, der im Begriff war, in eine Falle zu gehen, der er nicht ausweichen konnte.

Als die Türen sich öffneten, sah er, daß die zwei Männer sich abwandten, um von ihm nicht bemerkt zu werden. Sie würden ihn nicht ansprechen; sie würden ihm ... *folgen*.

Der Gedanke daran machte ihm jähe Kopfschmerzen. Das alles war ihm so fremd, alles so peinigend und unklar, und er wußte nicht, wie er vorgehen sollte. Nur eins war ihm klar: er mußte von Punkt A nach Punkt B gehen und dann wieder nach A, und er mußte irgendwo bei B seine Verfolger abschütteln.

Vor sich in der überfüllten Halle sah er eine Tafel: LIGNES AÉRIENNES INTÉRIEURES.

Die Fluglinien innerhalb Frankreichs pendelten mit herrlicher Unregelmäßigkeit durchs ganze Land. Die Städte waren in drei Reihen aufgelistet:

ROUEN, LE HAVRE, CAEN ... ORLÉANS, LE MANS, TOURS ... DIJON, LYON, MARSEILLE.

Noel ging schnell an den beiden Männern vorbei, so, als nähme er nichts in seiner Umgebung wahr.

Er eilte zu dem Intérieur-Schalter. Vor ihm standen vier Leute.

Dann war er an der Reihe. Er erkundigte sich nach Flügen in den Süden. In den Mittelmeerraum. Nach Marseille. Er wollte einige Abflugzeiten.

Es gab einen Flug, der in einem Bogen nach Südwesten flog und in fünf Städten zwischen Orly und dem Mittelmeer landete, sagte die Angestellte. Die Städte waren Le Mans, Nantes, Bordeaux, Toulouse und Marseille.

Le Mans. Die Flugdauer bis Le Mans betrug vierzig Minuten; mit einem Wagen schätzte er die Fahrzeit auf drei, dreieinhalb Stunden. Es war jetzt zwanzig Minuten vor vier.

»Den nehme ich«, sagte Noel. »Da bin ich gerade zur richtigen Zeit in Marseille.«

»Pardon, Monsieur, aber es gibt Flüge mit weniger Zwischenlandungen.«

»Man holt mich am Flughafen ab. Es bringt mir nichts, wenn ich zu früh komme.«

»Wie Sie wünschen, Monsieur. Ich schau nach, ob noch ein Platz frei ist. Die Maschine startet in zwölf Minuten.«

Fünf Minuten später stand Holcroft am Abflug, die *Herald Tribune* vor sich aufgeschlagen. Er blickte über die Zeitung hinweg. Einer der zwei ernst blickenden Briten sprach mit der jungen Dame, die ihm sein Ticket verkauft hatte.

Fünfzehn Minuten später befand sich die Maschine in der Luft. Noel ging zweimal den Mittelgang zur Toilette zurück und musterte die Passagiere in der Kabine.

Keiner der beiden Männer war an Bord, und auch sonst schien sich niemand für ihn zu interessieren.

In Le Mans wartete er, bis die aussteigenden Passagiere das Flugzeug verlassen hatten. Er zählte; es waren sieben. Dann kamen die Zusteiger an Bord.

Er riß seinen Koffer aus dem Gepäckfach, ging mit schnellen Schritten zum Ausgang und die Metalltreppe hinunter aufs Flugfeld. Im Flughafengebäude blieb er am Fenster stehen.

Niemand kam aus der Maschine; niemand folgte ihm.

Seine Uhr zeigte siebzehn Minuten vor fünf. Er überlegte, ob noch Zeit war, Helden von Tiebolt anzurufen. Wieder hatte er das Wesentliche von dem, was er brauchte – einen Namen und einen Arbeitsplatz. Er ging zum nächsten Telefon und dankte im stillen Willie für die Franc-Noten und die Münzen.

In seinem primitiven Französisch sagte er der Vermittlung: *»S'il vous plaît, le numéro de Gallimard à Paris ...«*

Sie war da. Mademoiselle Tennyson hatte kein Telefon am Schreibtisch, aber wenn er einen Augenblick warten wolle, werde jemand sie an den Apparat holen. Die Frau in der

Zentrale von Gallimard sprach besser Englisch als die meisten Texaner.

Helden von Tiebolts Stimme wies dieselbe seltsame Mischung von portugiesischem und deutschem Tonfall wie die ihrer Schwester auf, aber bei weitem nicht so ausgeprägt. Auch eine Andeutung des traumartigen Halls war da, an den sich Noel so deutlich in Gretchens Redeweise erinnerte, aber nicht das eigenartige Stocken. Helden von Tiebolt – Mademoiselle Tennyson – wußte, was sie sagen wollte, und sagte es.

»Warum sollte ich mich mit Ihnen treffen? Ich kenne Sie nicht, Mr. Holcroft.«

»Es ist sehr dringend. Bitte, glauben Sie mir.«

»In meinem Leben hat es schon viel zuviel Dinge gegeben, die dringend waren. Ich bin dieser Dinge ziemlich überdrüssig.«

»Aber so etwas hat es noch nicht gegeben.«

»Wie haben Sie mich gefunden?«

»Leute... Leute, die Sie nicht kennen, in England, sagten mir, wo Sie arbeiten, aber auch, daß Sie nicht unter der Adresse leben, die Sie im Verlag angegeben haben. Also mußte ich Sie dort anrufen.«

»Die sind so interessiert an mir, daß sie Nachforschungen nach meiner Wohnung anstellten?«

»Ja. Das gehört auch zu dem, was ich Ihnen sagen muß.«

»Warum interessieren die sich so für mich?«

»Das sage ich Ihnen, wenn ich Sie sehe. Ich *muß* es Ihnen sagen.«

»Sagen Sie es mir jetzt.«

»Nicht am Telefon.«

Eine kleine Pause trat ein. Als die junge Frau dann wieder sprach, kamen ihre Worte abgehackt, präzise... und verängstigt. »Weshalb genau wollen Sie mich sprechen? Was kann es so Dringendes zwischen Ihnen und mir geben?«

»Es betrifft Ihre Familie. Unsere *beiden* Familien. Ich habe mich mit Ihrer Schwester getroffen. Ich habe versucht, Ihren Bruder ausfindig zu machen –«

»Ich habe seit über einem Jahr weder mit meiner Schwester noch mit meinem Bruder gesprochen«, unterbrach Helden Tennyson. »Ich kann Ihnen nicht helfen.«

»Das, worüber wir sprechen müssen, reicht über *dreißig* Jahre zurück.«

»Nein!«

»Es geht um Geld, sehr viel Geld.«

»Ich habe, was ich brauche. Meine Bedürfnisse sind –«

»Nicht nur für *Sie*«, drängte Noel und schnitt ihr das Wort ab. »Für Tausende. Überall.«

Wieder eine Pause. Als sie diesmal weitersprach, war ihre Stimme weich. »Geht es um Ereignisse... um Leute... reicht das bis zum Krieg zurück?«

»Ja.« Hatte er es endlich geschafft, ihr Interesse zu wecken?

»Wir werden uns treffen«, sagte Helden.

»Können wir es so einrichten, daß wir... daß wir –« Er wußte nicht, wie er es formulieren sollte, ohne ihr Angst zu machen.

»Daß diejenigen, die uns beobachten, uns nicht sehen? Ja.«

»Wie?«

»Ich habe schon einige Erfahrung. Tun Sie genau, was ich sage. Wo sind Sie jetzt?«

»Am Flughafen von Le Mans. Ich werde einen Wagen mieten und nach Paris fahren. In zwei oder drei Stunden müßte ich das schaffen.«

»Stellen Sie den Wagen in einer Garage ab und nehmen Sie ein Taxi zum Montmartre. Zur Kirche Sacré-Cœur. Gehen Sie drinnen zur Kapelle von Ludwig dem Neunten. Zünden Sie eine Kerze an und stecken Sie sie in einen Kerzenhalter. Dann überlegen Sie es sich anders und wählen einen anderen Kerzenhalter aus. Ein Mann wird auf Sie zukommen und Sie hinausführen, zu einem Tisch in einem der Straßencafés. Dort bekommen Sie weitere Instruktionen.«

»*So* kompliziert brauchen wir es doch nicht zu machen. Können wir uns nicht in einer Bar treffen? Oder einem Restaurant?«

»Das geschieht nicht zu Ihrem Schutz, Mr. Holcroft, sondern zu meinem. Wenn Sie nicht der sind, der Sie andeuten, wenn Sie nicht *allein* sind, werde ich mich nicht mit Ihnen treffen. Dann verlasse ich noch heute nacht Paris, und Sie werden mich nie finden.«

14.

Der Prunk von Sacré-Cœur ragte wie ein steingewordenes Lied in den nächtlichen Himmel. Hinter den großen Bronzetüren öffnete sich ein riesiges Halbdunkel, auf dessen Wänden flackernde Kerzen eine Symphonie der Schatten spielten.

Aus der Nähe des Altars drangen die Klänge eines *Te Deum* zu ihm. Ein Chor von Mönchen, wahrscheinlich Besucher, sang den Ambrosianischen Lobgesang, leise und feierlich.

Noel betrat den schwach beleuchteten Chorumgang mit den Kapellen der Könige. Langsam paßten sich seine Augen den tanzenden Schatten an, während er an den Balustraden entlangging, die die Eingänge zu den kleinen Nischen flankierten. Die vereinzelt aufgestellten Kerzen spendeten gerade soviel Licht, daß er die Inschrift entziffern konnte: LOUIS IX. Ludwig der Fromme, Ludwig der Gerechte, Sohn Aquitaniens, Herrscher Frankreichs, Gebieter der Christenheit.

Fromm ... gerecht ... Gebieter.

Versuchte Helden von Tiebolt ihm damit etwas zu sagen?

Er steckte eine Münze in den Opferstock, entnahm dem Behälter eine dünne, spitz zulaufende Kerze und hielt sie an die Flamme einer anderen. Den Anweisungen folgend, steckte er sie in einen Halter, nahm sie Sekunden später wieder heraus und befestigte sie in einem anderen, der ein paar Reihen entfernt war.

Eine Hand berührte seinen Arm, Finger griffen nach seinem Ellbogen, und eine Stimme aus den Schatten hinter ihm flüsterte ihm ins Ohr.

»Drehen Sie sich langsam um, Monsieur. Lassen Sie die Hände an der Seite.«

Holcroft tat, was man ihm sagte. Der Mann war kaum größer als einen Meter fünfundsechzig, höchstens einssiebzig, und hatte eine hohe Stirn und dünnes, dunkles Haar. Er war Anfang der Dreißig, schätzte Noel, und von angenehmem Äußeren, mit einem bleichen, zart wirkenden Gesicht. Wenn es an ihm etwas besonders Auffälliges gab, so waren es seine Kleider; das schwache Licht konnte die Tatsache nicht verbergen, daß sie teuer waren.

Der Mann strahlte eine gepflegte Vornehmheit aus, die der

dezente Duft nach Eau de Cologne noch verstärkte. Aber sein Handeln war weder vornehm noch zart. Ehe Noel wußte, wie ihm geschah, stießen die Hände des Mannes gegen seine Brust, starke Finger tasteten ihn ab, fuhren zu seinem Gürtel und über seine Hosentaschen.

»Stillhalten, hab' ich gesagt!« flüsterte der Mann.

Im Kerzenlicht neben der Kapelle von Ludwig IX. wurde Noel in Sacré-Cœur nach Waffen durchsucht.

»Folgen Sie mir«, sagte der Mann. »Ich gehe jetzt die Straße zum Platz hinauf, bleiben Sie ein gutes Stück hinter mir. Ich setze mich zu zwei Freunden an einen Tisch vor einem der Straßencafés, wahrscheinlich dem Bohème. Gehen Sie um den Platz herum, lassen Sie sich Zeit, schauen Sie sich die Arbeiten der Künstler an; Sie haben keine Eile. Dann kommen Sie an den Tisch und setzen sich zu uns. Begrüßen Sie uns so, als ob wir vertraute *Gesichter* wären, nicht unbedingt *Freunde*. Verstehen Sie?«

»Ich verstehe.«

Wenn dies der Weg war, Helden von Tiebolt zu erreichen, sollte es ihm recht sein. Noel hielt sich unauffällig hinter dem Mann, es war nicht schwer, dem modisch geschnittenen Mantel zwischen weniger eleganten Kleidern der Touristen zu folgen.

Auf dem überfüllten Platz blieb der Mann einen Augenblick stehen, zündete sich eine Zigarette an und ging dann quer über die Straße auf einen Tisch zu, der hinter einem Blumenkasten und ein paar Sträuchern stand. Wie er es vorhergesagt hatte, saßen an dem Tisch noch zwei Leute: ein Mann in einem ausgefransten Parka und eine Frau in einem schwarzen Regenmantel mit einem weißen Tuch um den Hals. Das Tuch bildete einen scharfen Kontrast zu ihrem glatten Haar, das ebenso dunkel wie der schwarze Regenmantel war. Sie trug eine Schildpattbrille, die wie ein Fremdkörper wirkte in ihrem bleichen Gesicht ohne Make-up. Noel fragte sich, ob diese einfach aussehende Frau Helden von Tiebolt sein mochte. Wenn sie es war, dann hatte sie wenig Ähnlichkeit mit ihrer Schwester.

Er schlenderte um den Platz herum, täuschte Interesse an den künstlerischen Gegenständen vor, die überall feilgeboten wurden. Da gab es Leinwände mit kühnen Farbklecksen und kräftigen, nicht zu Ende gedachten Linien; Kohlezeichnungen von Kindern mit riesigen Augen. Unechte Stimmung und Schnelligkeit und Künstlichkeit. Es gab hier wenig Wertvolles, aber darauf kam es auch nicht an. Dies war der Touristenmarkt, der Basar, wo das Exzentrische vorherrschte.

Nichts hatte sich auf dem Montmartre verändert, dachte Holcroft, als er die letzte Biegung hinter sich brachte und das Café wieder vor sich sah.

Er ging an dem Blumenkasten vorbei und nickte den zwei Männern und der Frau am Tisch zu. Sie erwiderten sein Nicken; er trat durch den Eingang und setzte sich auf den freien Stuhl bei den ›vertrauten Gesichtern, nicht unbedingt Freunden‹ neben die dunkelhaarige Frau mit der Schildpattbrille.

»Ich bin Noel Holcroft«, sagte er zu niemand Bestimmten.

»Das wissen wir«, antwortete der Mann in dem Parka und blickte auf die Menge hinaus, die den Platz bevölkerte.

Noel wandte sich der Frau zu. »Sind Sie Helden von – ? Entschuldigen Sie, Helen Tennyson?«

»Nein, ich habe sie noch nie gesehen«, erwiderte die dunkelhaarige Frau und sah den Mann im Parka eindringlich an. »Aber ich werde Sie zu ihr bringen.«

Der Mann in dem teuren Mantel wandte sich Holcroft zu. »Sind Sie allein?«

»Natürlich. Können wir anfangen? Helden ... Tennyson ... sagte, ich würde hier weitere Instruktionen erhalten. Ich würde sie gerne sehen, eine Weile mit ihr sprechen und mir dann ein Hotel suchen. Ich habe in den letzten paar Tagen nur wenig geschlafen.« Er schickte sich an aufzustehen.

»Setzen Sie sich!« Die Frau sprach mit scharfer Stimme.

Er setzte sich, mehr aus Neugierde denn als Reaktion auf den Befehl. Und dann hatte er plötzlich das Gefühl, daß diese drei Leute ihn gar nicht prüften; sie hatten Angst. Der elegant gekleidete Mann biß sich auf den Knöchel seines Zeigefingers, starrte in die Mitte des Platzes, wo er irgend etwas zu sehen schien. Sein Begleiter in dem Parka hatte seinem Freund die Hand auf den Arm gelegt, und sein Blick war in die gleiche Richtung gewandert. Sie sahen jemanden, jemanden, der sie offenbar zutiefst beunruhigte.

Holcroft versuchte, ihren Blicken zu folgen, versuchte, zwischen den Gestalten hindurchzublicken, die die Straße vor dem Café bevölkerten. Sein Atem stockte. Auf der anderen Straßenseite standen die zwei Männer, von denen er geglaubt hatte, er wäre ihnen durch seinen Flug nach Le Mans entwischt. Das war unerklärlich! Niemand war ihm aus dem Flugzeug gefolgt.

»Das sind *sie*«, sagte er.

Der elegant gekleidete Mann drehte schnell den Kopf; der Mann im Parka war langsamer, sein Ausdruck wirkte ungläubig; die dunkelhaarige Frau musterte ihn aufmerksam.

»Wer?« fragte sie.

»Diese zwei Männer dort drüben, am Restauranteingang. Der eine trägt einen hellen Mantel, der andere hat einen Regenmantel über dem Arm.«

»Wer sind sie?«

»Sie waren heute nachmittag in Orly; sie haben auf mich gewartet. Ich bin nach Le Mans geflogen, um sie abzuschütteln. Ich bin beinahe sicher, daß es britische Agenten sind. Aber woher wußten sie, daß ich *hier* bin? Sie waren nicht im Flugzeug. Niemand ist mir gefolgt. Das könnte ich *beschwören*!«

Die drei tauschten Blicke aus; sie glaubten ihm, und Holcroft wußte, weshalb. Er hatte die zwei Engländer selbst aus der Menge herausgepickt, hatte die Information freiwillig geliefert, ehe man ihn damit konfrontierte.

»Wenn es Engländer sind, was wollen die von Ihnen?« fragte der Mann im Parka.

»Das ist etwas, was nur Helden von Tiebolt und mich angeht.«

»Aber Sie glauben, es *sind* Engländer?«

»Ja.«

»Ich hoffe, Sie haben recht.«

Der Mann im Mantel beugte sich vor. »Was soll das heißen, Sie sind nach Le Mans geflogen? Was ist passiert?«

»Ich dachte, ich könnte sie abschütteln. Ich war überzeugt, daß es mir *gelungen* war. Ich habe mir ein Ticket nach Marseille gekauft und dann einen Flug mit Zwischenlandungen ausgesucht. Die erste war in Le Mans, und dort bin ich ausgestiegen. Ich sah, wie die beiden das Mädchen am Schalter in Orly *befragten*. Ich habe ihr kein Wort von Le Mans gesagt!«

»Regen Sie sich nicht auf«, sagte der Mann im Parka. »Das macht nur auf uns aufmerksam.«

»Wenn Sie glauben, daß die mich noch nicht entdeckt haben, dann sind Sie verrückt. Aber wie haben die das *gemacht*?«

»Das ist nicht schwierig«, sagte die Frau.

»Sie haben einen Wagen gemietet?« fragte der elegant gekleidete Mann.

»Selbstverständlich. Ich mußte doch nach Paris zurück.«

»Im Flughafen?«

»Natürlich.«

»Und natürlich haben Sie auch eine Landkarte verlangt. Oder zumindest eine Wegbeschreibung, und dabei ohne Zweifel Paris erwähnt. Ich meine, Sie haben sich nicht für die Straßen nach Marseille interessiert.«

»Natürlich nicht. Aber nach Paris fahren doch eine Menge Leute.«

»Eben nicht, nicht von einem Flughafen aus, von dem es Flüge nach Paris gibt. Und dann auch noch unter Ihrem Namen. Ich glaube nicht, daß Sie falsche Papiere haben.«

Holcroft begann zu begreifen. »Die haben nachgefragt.«

»Ein Telefonanruf genügt, und dann ist es nur noch eine Frage von Minuten«, sagte der Mann im Parka. »Und noch schneller geht es, wenn man gemeldet hat, daß Sie das Flugzeug in Le Mans verlassen haben.«

»Die würden sich nie die Chance entgehen lassen, einen leeren Platz neu zu verkaufen«, fügte der Mann in dem eleganten Mantel hinzu. »Verstehen Sie jetzt? Es gibt gar nicht so viele Verleihfirmen, die auf Flughäfen Autos vermieten. Die haben denen dann die Marke, die Farbe, die Zulassungsnummer genannt. Der Rest ist einfach.«

»Warum einfach? In ganz Paris *einen* Wagen zu finden?«

»Nicht *in* Paris, Monsieur. Auf der Straße nach Paris. Es gibt nur eine Hauptstraße, und ein Ausländer benutzt die garantiert. Man hat Sie bereits außerhalb von Paris erwischt und von dort an überwacht, Monsieur.«

In Noels Staunen mischte sich ein Gefühl der Niedergeschlagenheit. Seine Ungeschicklichkeit war zu offenkundig. »Es tut mir leid. Es tut mir wirklich leid.«

»Sie haben das denen ja nicht absichtlich so leichtgemacht«, sagte der elegante Mann und beobachtete immer noch die Engländer, die jetzt am vordersten Tisch des Restaurants auf dem Platz saßen. Er tippte den Mann im Parka am Arm an. »Die haben sich gesetzt.«

»Ich sehe es.«

»Was sollen wir tun?« fragte Holcroft.

»Tun Sie genau, was wir Ihnen sagen«, antwortete die dunkelhaarige Frau.

»*Jetzt*«, sagte der Mann in dem teuren Mantel.

»Stehen Sie auf!« befahl die Frau. »Gehen Sie mit mir auf die Straße hinaus und biegen Sie nach rechts. Schnell!« Verwirrt erhob sich Holcroft und verließ das Café, die Frau führte ihn am Arm.

»Nach rechts«, wiederholte sie.

Er wandte sich nach rechts.

»Schneller!« sagte sie.

Hinter sich hörte er das Klirren von Glas, und dann zornige Rufe. Er drehte sich um, blickte zurück. Die zwei Engländer hatten ihren Tisch verlassen und waren mit einem Kellner zusammengestoßen. Alle drei waren mit Wein bespritzt.

»Biegen Sie noch einmal nach rechts«, befahl die Frau. »In die Tür da!«

Er tat, was sie ihn hieß, schob sich an den Menschen im Eingang eines Cafés vorbei. Drinnen blieb die Frau mit ihm stehen. Er drehte sich um und betrachtete die Szene draußen auf dem Platz.

Die Engländer versuchten, sich von dem wütenden Kellner zu lösen. Der Mann im Mantel warf Geld auf den Tisch. Sein Begleiter war schon weiter; er stand unter dem Eingangsbogen und blickte verzweifelt in die Richtung, die Holcroft und die Frau eingeschlagen hatten.

Noel hörte Rufe; er starrte ungläubig auf die Gestalt, von der die Rufe kamen. Fünf, sechs Meter von den Agenten stand da eine dunkelhaarige Frau in einem glänzenden, schwarzen Regenmantel mit einer dicken Schildpattbrille und einem weißen Tuch um den Hals und stritt sich so laut mit jemandem herum, daß sie die Aufmerksamkeit aller auf sich zog. Auch die der Engländer.

Dann hörte sie plötzlich zu schreien auf und rannte die überfüllte Straße hoch, auf das Südende des Montmartre zu. Die britischen Agenten setzten zur Verfolgung an, aber eine Anzahl junger Leute in Jeans, die die Engländer absichtlich aufzuhalten schienen, kamen dazwischen. Ein wütendes Geschrei erhob sich, dann konnte er die schrillen Pfeifen der *gendarmes* hören.

Ein schreckliches Durcheinander erfüllte den Montmartre.

»Kommen Sie! *Jetzt*!« Die dunkelhaarige Frau – die an seiner Seite – packte Noel am Arm und schob ihn wieder auf die Straße hinaus. »Nach links!« befahl sie und stieß ihn durch die Menge. »Dorthin zurück, wo wir waren.«

Sie näherten sich dem Tisch hinter dem Blumenkasten. Nur der Mann in dem teuren Mantel war zurückgeblieben; er stand auf, als sie näherkamen.

»Vielleicht sind da noch andere«, sagte er. »Das wissen wir nicht. Schnell!«

Holcroft und die Frau liefen weiter. Sie erreichten eine schmale Seitenstraße; sie war zu beiden Seiten von kleinen Läden gesäumt, deren schwach beleuchtete Schaufenster das einzige Licht lieferten.

»Hier entlang!« sagte die Frau, die inzwischen Noels Hand ergriffen hatte und neben ihm rannte. »Der Wagen steht rechts. Der erste an der Ecke!«

Es war ein Citroën; ein starker, aber nicht auffälliger Wagen. Die Karosserie war verschmutzt, Schlamm überzog die Räder, auf den Scheiben klebte eine Staubschicht.

»Steigen Sie vorn ein! Fahren Sie!« befahl die Frau und reichte ihm den Schlüssel. »Ich setze mich nach hinten.«

Holcroft stieg ein und versuchte sich zurechtzufinden. Er ließ den Motor an. Unter seinen Vibrationen erzitterte das Chassis. Der Wagen hatte den Motor eines schwereren Modells, was für ein leichteres Fahrzeug enorme Geschwindigkeit garantierte.

»Fahren Sie den Hügel hinunter!« sagte die Frau hinter ihm. »Ich sage Ihnen, wo Sie abbiegen müssen.«

Die nächsten fünfundvierzig Minuten waren eine einzige Serie von schnellen Spurts und jähen Richtungsänderungen. Die Frau erteilte ihre Anweisungen immer erst in letzter Sekunde und zwang Noel dadurch, das Steuer wild herumzureißen. Im Augenblick schossen sie im Norden der Stadt so schnell aus einer kurvenreichen Einfahrt in eine Ausfallstraße, daß der Citroën zur Seite rutschte und von dem Grasstreifen abprallte, der die Mittelspur bildete. Holcroft hielt das Steuer mit ganzer Kraft, brachte zuerst den Wagen wieder auf geraden Kurs und schlängelte sich dann zwischen zwei beinahe parallel fahrenden Wagen vor ihm hindurch.

»Schneller!« schrie die dunkelhaarige Frau auf dem Rücksitz. »Können Sie nicht *schneller* fahren?«

»Herrgott! Wir fahren doch schon hundertfünfzig!«

»Sehen Sie in den Rückspiegel! Ich achte auf die Seitenstraßen! Und fahren Sie *schneller!*«

Zehn Minuten jagten sie schweigend dahin, das Windgeräusch und das gleichmäßige hohe Summen der Reifen drohten ihn verrückt zu machen. *Alles* drohte ihn verrückt zu machen, dachte Noel, als er den Blick kurz von der Windschutzscheibe wandte und zuerst in den Rückspiegel und dann in den Seitenspiegel blickte, der mit Schmutz verkrustet war. Was *taten* sie da? Sie hatten Paris hinter sich gelassen; vor wem flohen sie denn *jetzt*? Doch blieb ihm keine Zeit nachzudenken; die Frau schrie gerade wieder:

»Die nächste Ausfahrt; das ist sie!«

Er konnte gerade noch abbremsen und den Wagen in die Ausfahrt steuern. An dem Stoppschild kam er quietschend zum Stehen.

»Weiter! Nach links!«

Die Sekundenbruchteile des Stillstands waren die einzige Pause in dem Wahnsinn. Jetzt fing es wieder an: das Höllentempo auf den verlassenen Landstraßen, die plötzlichen Abbiegungen, die Befehle, die ihm ins Ohr gebellt wurden.

Das Mondlicht, das vorher Sacré-Cœur hatte erglänzen lassen, ließ jetzt karges Weideland erkennen. Scheunen und Silos flogen als Silhouetten vorbei; kleine Häuser mit schindelgedeckten Dächern tauchten auf und verschwanden wieder.

»Jetzt in die Straße da!« schrie die Frau.

Eine nicht asphaltierte Landstraße bog von der Teerfläche ab, über die sie dahinrasten; die Bäume hätten sie verborgen, wenn man nicht gewußt hätte, wo und wann sie kommen mußte. Noel verlangsamte die Fahrt und bog ein. Der ganze Wagen erzitterte, aber die Stimme hinter ihm duldete kein vorsichtiges Fahren.

»Schnell! Wir müssen über den Hügel hinweg, damit man unsere Scheinwerfer nicht sieht!«

Der Hügel war steil und die Straße gerade so breit wie ein Wagen. Holcroft trat das Gaspedal durch; der Citroën taumelte die ausgefahrene Straße hinauf. Jetzt hatten sie die Hügelkuppe erreicht. Noel umklammerte das Steuerrad mit aller Kraft, um die Herrschaft über den schlingernden Wagen zu behalten. Dann ging es schnell wieder abwärts; die Straße beschrieb einen Bogen nach links und wurde jetzt flacher. Sie befanden sich wieder auf ebenem Grund.

»Jetzt ist es höchstens noch ein halber Kilometer«, sagte die Frau.

Holcroft war ausgepumpt, seine Handflächen schweißnaß. Er und die Frau befanden sich an dem einsamsten, dunkelsten Ort, den er sich vorstellen konnte. In dichtem Wald, auf einer Straße, die auf keiner Landkarte verzeichnet war.

Dann sah er es. Ein schindelgedecktes Häuschen auf einer kleinen Lichtung. Drinnen brannte schwaches Licht.

»Halten Sie hier«, kam der Befehl, aber diesmal nicht mehr mit der schroffen Stimme, die ihm beinahe eine Stunde lang Befehle zugerufen hatte.

Noel brachte den Wagen unmittelbar vor dem Weg zum Stehen, der zum Haus führte. Er atmete ein paarmal tief durch und wischte sich den Schweiß vom Gesicht, schloß kurz die Augen und wünschte, der Schmerz ließe seinen Schädel los.

»Bitte, drehen Sie sich um, Mr. Holcroft«, sagte die Frau, diesmal ganz ruhig.

Und dann starrte er im Halbdunkel die Frau auf dem Rücksitz an. Das glänzend schwarze Haar und die dick geränderte Brille waren verschwunden. Das weiße Halstuch war immer noch da, aber jetzt war es zum Teil von langem blondem Haar bedeckt, das ihr über die Schultern fiel und ein Gesicht einrahmte – ein sehr schönes Gesicht –, das er schon einmal gesehen hatte. Nicht *dieses* Gesicht, aber eines, das ihm glich; zarte, liebevoll in Ton modellierte Züge, ehe der Meißel am Stein angesetzt wurde. Dieses Gesicht war nicht kalt, und seine Augen blickten nicht wie aus weiter Ferne. Dieses Gesicht war verletzbar, das Gesicht einer Frau, die zu Gefühlen fähig war. Sie sprach leise und erwiderte seinen starrenden Blick im Halbdunkel.

»Ich bin Helden von Tiebolt, und ich habe eine Pistole in der Hand. So, was wollen Sie jetzt von mir?«

15.

Er blickte nach unten und sah einen schwachen Lichtreflex am Pistolenlauf. Die Waffe war auf seinen Kopf gerichtet, die Mündung nur wenige Zentimeter entfernt. Ihr Finger lag am Abzug.

»Als erstes will ich«, sagte er, »daß Sie dieses Ding da wegnehmen.«

»Ich fürchte, das wird nicht gehen.«

»Sie sind der letzte Mensch auf der Welt, von dem ich wünschen könnte, daß ihm etwas zustößt. Sie haben von mir nichts zu befürchten.«

»Das klingt sehr beruhigend, aber es ist nicht das erstemal, daß ich so etwas höre. Solche Worte sind nicht immer wahr.«

»Bei mir schon.« Er sah ihr in die Augen, hielt ihren Blick fest. Die Spannung in ihren Zügen lockerte sich. »Wo sind wir?« fragte Noel. »War diese Verrücktheit notwendig? Dieser Aufruhr auf dem Montmartre und dann wie die Wilden im Land herumzurasen. Wovor fliehen Sie?«

»Dasselbe könnte ich Sie fragen. Sie sind ebenfalls auf der Flucht. Sie sind nach Le Mans geflogen.«

»Ich wollte einigen Leuten aus dem Weg gehen. Aber ich habe keine Angst vor ihnen.«

»Ich gehe auch Leuten aus dem Weg, und ich *habe* Angst vor ihnen.«

»Wem gehen Sie aus dem Weg?« Unwillkürlich drängte sich das Schreckgespenst des Tinamu in Noels Gedanken; er versuchte, es von sich zu schieben.

»Das werden Sie erfahren oder auch nicht, je nachdem, was Sie mir zu sagen haben.«

»Einverstanden. Im Augenblick sind Sie der wichtigste Mensch in meinem Leben. Das kann sich ändern, wenn ich Ihren Bruder kennenlerne, aber im Augenblick sind Sie es.«

»Ich kann mir nicht vorstellen, warum. Wir sind uns noch nie begegnet. Sie haben gesagt, Sie wollten mich in einer Angelegenheit sprechen, die bis zum Krieg zurückreicht.«

» ›Auf Ihren Vater zurückreicht‹ wäre korrekter.«

»Ich habe meinen Vater nie gesehen.«

»Ich auch nicht.«

Er sagte ihr, was er ihrer Schwester gesagt hatte, erwähnte aber die Männer der Wolfsschanze nicht; sie war auch so schon genügend verängstigt. Und er hörte seine Worte wieder so, als wären sie ein Echo der letzten Nacht in Portsea. Es *war* erst letzte Nacht gewesen, und die Frau, mit der er jetzt sprach, war wie die Frau gestern – aber nur dem Aussehen nach. Gretchen Beaumont hatte ihn schweigend angehört. Helden tat das nicht. Sie unterbrach ihn ruhig, mehrmals, stellte Fragen, die er selbst hätte stellen sollen.

»Hat Ihnen dieser Manfredi irgendwelche Beweise für seine Identität vorgelegt?«

»Das brauchte er nicht; er hatte die Papiere der Bank. Sie waren echt.«

»Wie heißen die Direktoren?«

»Die Direktoren?«

»Der Grande Banque de Genève. Die Hüter dieses außergewöhnlichen Dokuments.«

»Das weiß ich nicht.«

»Das sollte man Ihnen sagen.«

»Ich werde fragen.«

»Wer wird sich um die juristische Seite dieser Agentur in Zürich kümmern?«

»Die Anwälte der Bank, nehme ich an.«

»Das nehmen Sie an?«

»Ist das so wichtig?«

»Es geht um sechs Monate Ihres Lebens. Da würde ich schon meinen, daß es wichtig ist.«

»*Unseres* Lebens.«

»Wir werden sehen. Ich bin nicht das älteste Kind von Wilhelm von Tiebolt.«

»Ich habe Ihnen doch schon von Le Mans aus gesagt«, meinte Holcroft, »daß ich Ihre Schwester bereits aufgesucht habe.«

»Und?« fragte Helden.

»Ich denke, das wissen Sie? Sie ist nicht dazu fähig. Die Direktoren in Genf werden sie nicht akzeptieren.«

»Dann gibt es noch meinen Bruder Johann. Er ist dem Alter nach der Nächste.«

»Das weiß ich. Ich möchte über ihn sprechen.«

»Nicht jetzt. Später.«

»Wie meinen Sie das?«

»Ich habe Ihnen schon am Telefon gesagt, daß es in meinem Leben viel zuviel Dringendes gegeben hat. Und viel zuviel Lügen. Auf diesem Gebiet bin ich Expertin; ich erkenne einen Lügner, wenn ich seine Worte höre. Sie lügen nicht.«

»Vielen Dank.« Noel war erleichtert; sie hatten jetzt immerhin eine Basis, um zu *reden*. Das war sein erster konkreter Schritt. Trotz allem sonst fühlte er sich in gewisser Weise erleichtert. Sie ließ die Waffe sinken.

»Jetzt müssen wir hineingehen. Da ist ein Mann, der Sie sprechen möchte.«

Für Holcroft war das wie eine kalte Dusche. Er durfte das, was er über Genf wußte, niemandem anvertrauen, der nicht der Familie von Tiebolt angehörte. »Nein«, sagte er und schüttelte den Kopf. »Ich spreche mit niemandem. Was ich mit Ihnen besprochen habe, bleibt unter uns. Keiner sonst erfährt davon.«

»Geben Sie ihm eine Chance. Er muß wissen, daß Sie mir keinen Schaden zufügen wollen. Oder anderen. Er muß überzeugt werden, daß Sie nicht zu etwas anderem gehören.«

»Zu was?«

»Das wird er Ihnen erklären.«

»Er wird mir Fragen stellen.«

»Sagen Sie nur, was Sie sagen wollen.«

»Nein! Sie verstehen nicht. Ich darf *nichts* über Genf sagen, und Sie dürfen das auch nicht. Ich habe doch versucht, Ihnen das zu erklären –«

Er hielt inne. Helden hob die Pistole. »Ich habe noch immer die Waffe in der Hand. Steigen Sie aus.«

Er ging den kurzen Weg zur Haustür voraus. Abgesehen von dem schwachen Licht, das durch die Fenster drang, war es dunkel. Die Bäume der Umgebung ließen das Mondlicht kaum durch, und die spärlichen Strahlen, die durch das Blattwerk fielen, schienen sich in der Luft aufzulösen.

Noel spürte, wie ihre Hand um seine Hüfte griff, spürte den Lauf der Pistole im Kreuz.

»Hier ist ein Schlüssel. Öffnen Sie die Tür. Er kann sich nicht gut bewegen.«

Drinnen war der kleine Raum ganz so, wie man ihn in einem solchen Haus auf dem Land in Frankreich erwarten durfte, mit einer Ausnahme: zwei Wände waren voller Bücher. Alles war so einfach, daß es beinahe primitiv wirkte – klobiges Mobiliar, ohne erkennbare Feinheiten, ein schwerer, altmodischer Schreibtisch, ein paar nicht eingeschaltete Lampen mit einfachen Schirmen, ein Holzboden und dicke, verputzte Wände. Die Bücher paßten irgendwie nicht dazu.

In einer Ecke des Zimmers saß ein ausgemergelter Mann in einem Rollstuhl. Er befand sich zwischen einer Stehlampe und einem kleinen Tisch; das Licht fiel ihm über die linke Schulter, er hielt ein Buch im Schoß. Sein Haar war weiß und dünn und sorgfältig über seinen Schädel gekämmt. Holcroft schätzte ihn auf etliches über siebzig. Trotz seines abgemagerten Aussehens konnte man an seinem Gesicht die Kraft ablesen, die in ihm steckte, und die Augen hinter den silbergeränderten Brillengläsern blickten aufmerksam. Er trug eine bis oben zugeknöpfte Strickjacke und Cordhosen.

»Guten Abend, Herr Oberst«, sagte Helden. »Hoffentlich haben wir Sie nicht zu lange warten lassen.«

»Guten Abend, Helden«, erwiderte der alte Mann und legte das Buch weg. »Sie sind da und offensichtlich unversehrt. Das ist alles, worauf es ankommt.«

Noel sah wie hypnotisiert zu, wie sich die hagere Gestalt auf die Armlehnen des Rollstuhls stützte und langsam erhob. Er war ungewöhnlich groß, einsfünfundachtzig oder so. Er fuhr fort, mit unverkennbar deutschem und unverkennbar von aristokratischer Herkunft geprägtem Akzent zu sprechen.

»Sie sind der junge Mann, der Miß Tennyson angerufen hat«, sagte er und stellte damit keineswegs eine Frage. »Man kennt mich einfach als *Oberst* – Colonel ist das wohl in Ihrer Sprache –, was nicht mein Rang war, aber leider muß es dabei bleiben.«

»Das ist Noel Holcroft. Er ist Amerikaner, und er ist der Mann.« Helden trat einen Schritt zur Seite, so daß der alte Mann die Pistole sehen konnte, die sie in der Hand hielt. »Er ist gegen seinen Willen hier. Er wollte nicht mit Ihnen sprechen.«

»Guten Abend, Mr. Holcroft«, nickte der Oberst, ohne ihm die Hand zu reichen. »Darf ich fragen, weshalb Sie zögern, mit einem alten Mann zu reden?«

»Ich weiß nicht, wer Sie sind«, erwiderte Noel, so ruhig er konnte. »Außerdem sind die Angelegenheiten, die ich mit Miß ... Tennyson ... besprochen habe, vertraulicher Natur.«

»Ist sie auch der Ansicht?«

»Fragen Sie sie.« Holcroft hielt den Atem an. In wenigen Sekunden würde er wissen, wie überzeugend er gewesen war.

»Ja«, sagte Helden, »wenn sie wahr sind. Ich *glaube*, daß sie wahr sind.«

»Ich verstehe. Aber Sie müssen überzeugt sein, und ich bin der Advocatus diaboli ohne Aktenkenntnis.« Der alte Mann ließ sich in den Rollstuhl zurücksinken.

»Was soll das heißen?« fragte Noel.

»Sie wollen über diese vertraulichen Angelegenheiten nicht sprechen, und doch muß ich Ihnen Fragen stellen, deren Beantwortung vielleicht unsere Befürchtungen zerstreuen könnte. Sehen Sie, Mr. Holcroft, Sie haben keinen Anlaß, sich vor mir zu fürchten. Im Gegenteil. Es könnte sein, daß wir sehr viel von Ihnen zu befürchten haben.«

»Warum? Ich kenne Sie nicht; Sie kennen mich nicht. Was

immer es auch ist, in das Sie verwickelt sind, es hat nichts mit mir zu tun.«

»Davon müssen wir *alle* überzeugt werden«, sagte der alte Mann. »Sie haben am Telefon Helden gegenüber von Dringlichkeit gesprochen, von viel Geld, von Dingen, die mehr als dreißig Jahre zurückreichen.«

»Ich bedaure, daß sie Ihnen das gesagt hat«, unterbrach Noel. »Selbst das ist zuviel.«

»Sonst hat sie sehr wenig gesagt«, fuhr der Oberst fort. »Nur daß Sie ihre Schwester besucht haben und daß Sie sich für ihren Bruder interessieren.«

»Ich kann nur wiederholen: die Angelegenheit ist vertraulich.«

»Und schließlich«, sagte der alte Mann, als hätte Holcroft nichts gesagt, »daß Sie sich heimlich mit ihr treffen wollten. Zumindest haben Sie das angedeutet.«

»Aus Gründen, die mich betreffen«, sagte Noel. »Die gehen Sie nichts an.«

»Wirklich nicht?«

»Nein.«

»Dann lassen Sie mich kurz zusammenfassen.« Der Oberst drückte die gespreizten Finger gegeneinander und sah Holcroft an. »Die Angelegenheit ist dringlich, es geht um viel Geld, um Dinge, die drei Jahrzehnte zurückreichen. Interesse an den Nachkommen eines wichtigen Mitglieds der obersten Führung des Dritten Reiches, und – das ist vielleicht das Wichtigste – ein geheimes Zusammentreffen. Deutet das nicht alles auf etwas Bestimmtes hin?«

Noel sträubte sich dagegen, in Spekulationen hineingezogen zu werden. »Ich habe keine Ahnung, worauf das in Ihren Augen hindeutet.«

»Dann will ich deutlicher werden. Auf eine Falle.«

»Eine Falle?«

»Wer sind Sie, Mr. Holcroft? Ein Sympathisant von ODESSA? Oder ein Kämpfer der RACHE vielleicht?«

»Der ODESSA? ... oder ... wie sagten Sie?« fragte Holcroft.

»Der RACHE«, erwiderte der alte Mann scharf und sprach das Holcroft fremde Wort noch einmal mit ausgeprägter Betonung aus.

Noel erwiderte den durchdringenden Blick des Krüppels. »Ich weiß nicht, wovon Sie reden. Ich kenne dieses Wort nicht.«

Der Oberst sah zu Helden hinüber und wandte den Blick dann wieder Holcroft zu. »Sie haben von beidem noch nie gehört?«

»Von der ODESSA habe ich gehört. Über die ... die ›Rache‹ noch kein Wort.«

»Werber und Mörder. Noch immer werben beide Kämpfer für ihre Sache an. Und beide morden noch. ODESSA und die RACHE, die Verfolger von Kindern.«

»Verfolger von Kindern?« Noel schüttelte den Kopf. »Sie müssen sich deutlicher ausdrücken. Ich habe nämlich nicht die leiseste Ahnung, wovon Sie reden.«

Wieder sah der alte Mann Helden an. Es war Holcroft ein Rätsel, was da unausgesprochen zwischen den beiden hin und her ging, aber schon wandte der Oberst sich wieder ihm zu, und seine harten Augen bohrten sich in die seinen, als studierten sie einen geübten Lügner und warteten auf Anzeichen der Täuschung – oder des Erkennens. »Ich will deutlich werden«, sagte er. »Sind Sie einer von jenen Rächern, die die Kinder von Nazis suchen? Die sie verfolgen, wo immer sie sind, und sie aus Rache töten – für Verbrechen, die sie nie begangen haben –, um so an Unschuldigen *Exempel* zu statuieren? *Oder* die sie zwingen, sich ihnen anzuschließen, indem sie sie mit Dokumenten bedrohen, in denen ihre Eltern als Ungeheuer dargestellt werden, und indem sie ihnen versprechen, daß sie sie als die Nachkommen von Psychopathen und Mördern entlarven werden, falls sie sich weigern sollten, sich anwerben zu lassen – und so vernichten sie ihr Leben um des Wahnsinns ihrer Sache willen? Dies sind die Leute, die die Kinder suchen, Mr. Holcroft. Sind Sie einer von denen?«

Noel schloß erleichtert die Augen. »Ich kann Ihnen gar nicht sagen, wie unrecht Sie haben. Ich bin nicht bereit, Ihnen mehr als das zu sagen, aber Sie haben so unrecht, daß es geradezu unglaublich ist.«

»Wir müssen sicher sein.«

»Das können Sie. Ich habe nichts mit solchen Dingen zu

tun. Von so etwas habe ich noch nie gehört. Leute, die das tun, sind krank.«

»Ja, sie sind krank«, gab der Oberst ihm recht. »Verstehen Sie mich nicht falsch. Die Wiesenthals dieser Welt suchen die wahren Ungeheuer, die Verbrecher, die ihrer Strafe entgangen sind und immer noch über die Nürnberger Prozesse lachen, und gegen sie haben wir nichts einzuwenden; das ist ein anderer Krieg. Aber die Verfolgung der Kinder muß aufhören.«

Noel wandte sich Helden zu. »Ist es das, wovor Sie auf der Flucht sind? Sind sie nach all den Jahren immer noch hinter Ihnen her?«

Der alte Mann gab ihm darauf die Antwort. »Jeden Tag finden Gewalttaten statt, überall.«

»Warum weiß dann niemand davon?« fragte Holcroft. »Warum gibt es darüber keine Berichte in den Zeitungen? Weshalb vertuscht man das alles?«

»Würde sich denn jemand wirklich dafür interessieren?« fragte der Oberst. »Für die Kinder von Nazis?«

»Um Himmels willen, das waren doch *Kinder*.« Wieder sah Noel Helden an. »War das, was ich heute abend gesehen habe, so etwas? Müssen Sie einander *schützen*? Ist das so weit verbreitet?«

»Man nennt uns die ›Kinder der Hölle‹«, sagte die Tochter von Tiebolts leise. »Verdammt für das, was wir sind, und verdammt für das, was wir nicht sind.«

»Das *verstehe* ich einfach nicht«, sagte Holcroft.

»Es ist unwesentlich, ob Sie das verstehen.« Langsam erhob sich der alte Soldat wieder. Noel dachte, daß er offenbar versuchte, sich noch einmal zu seiner imponierenden Größe aufzurichten. »Es ist nur wichtig, uns zu überzeugen, daß Sie keiner der beiden Gruppen angehören. Sind Sie zufrieden, Helden?«

»Ja.«

»Sonst gibt es nichts, von dem Sie meinen, daß ich es wissen sollte?«

Die Frau schüttelte den Kopf. »Ich bin zufrieden«, wiederholte sie.

»Dann bin ich es auch.« Der Oberst streckte Noel die Hand

hin. »Danke, daß Sie gekommen sind. Helden wird Ihnen erklären, daß meine Existenz nicht allgemein bekannt ist; und das soll auch so bleiben. Wir wüßten es zu schätzen, wenn Sie das, was Sie hier gehört haben, für sich behalten würden.«

Holcroft griff nach der Hand und staunte über den festen Druck des alten Mannes. »Wenn Sie mir dasselbe versprechen.«

»Sie haben mein Wort.«

»Dann haben Sie auch das meine«, sagte Noel.

Sie fuhren schweigend durch die Nacht, und die Scheinwerfer ihres Wagens bohrten sich in die Finsternis. Holcroft saß hinterm Steuer, Helden neben ihm auf dem Beifahrersitz; sie wies ihm mit knappen Kopfbewegungen den Weg, zeigte ihm immer wieder, wo er abbiegen mußte. Diesmal gab es keine schroffen Kommandos, die in letzter Sekunde herausgebellt wurden. Helden schien von den Ereignissen der Nacht ebenso erschöpft wie er. Aber die Nacht war noch nicht um; sie mußten reden.

»War das alles notwendig?« fragte er. »War es so wichtig, daß er mich sehen mußte?«

»Unbedingt. Er mußte überzeugt werden, daß Sie nicht zur ODESSA gehörten. Oder zur RACHE.«

»Können Sie mir nicht noch mehr darüber sagen? Er hat so geredet, als müßte ich das alles wissen, aber ich weiß es wirklich nicht. Eigentlich habe ich ihn gar nicht richtig verstanden.«

»Das sind zwei extremistische Organisationen, die sich aufs heftigste bekämpfen. Beide fanatisch, und beide hinter uns her.«

»Uns?«

»Den Kindern der führenden Männer in der Partei. Wo immer wir auch sind; wohin auch immer das Schicksal uns verschlagen hat.«

»Warum?«

»Die ODESSA bemüht sich darum, die Nazipartei wieder ins Leben zu rufen. Die Anhänger der ODESSA sind überall.«

»Im Ernst? Wirklich?«

»Absolut im Ernst. Die Anwerbemethoden der ODESSA

reichen von Erpressung bis zu körperlicher Gewalt. Es sind Gangster.«

»Und diese ... ›RACHE‹?«

»Das ist ein deutsches Wort und bedeutet soviel wie ›Vergeltung‹. Ursprünglich war das eine Gemeinschaft, die von den Überlebenden der Konzentrationslager gegründet wurde. Sie haben die Sadisten und die Mörder gejagt, jene Tausende, die nie vor Gericht gebracht wurden.«

»Dann ist es eine jüdische Organisation?«

»Der RACHE gehören Juden an, ja, aber heute sind sie in der Minderheit. Die Israelis haben ihre eigenen Gruppen gebildet und waren von Tel Aviv und Haifa aus tätig. Die RACHE ist überwiegend kommunistisch; viele glauben sogar, daß der KGB sie übernommen hat. Andere meinen, daß sich auch Revolutionäre aus der Dritten Welt eingeschlichen haben. Die ›Vergeltung‹, von der sie ursprünglich sprachen, hat sich in etwas ganz anderes verwandelt. Die RACHE ist ein Zufluchtsort für Terroristen.«

»Aber weshalb sind sie hinter *Ihnen* her?«

Helden sah ihn im schwachen Licht, das im Wageninneren herrschte, an. »Um uns anzuwerben. Natürlich gibt es auch unter uns eine gewisse Zahl von Revolutionären. Die fühlen sich von der RACHE angezogen; sie stellt für sie genau das Gegenteil von dem dar, wovor sie fliehen. Für die meisten von uns freilich ist sie auch nicht besser als die Nazipartei in ihrer schlimmsten Zeit. Und gegen diejenigen von uns, die sich nicht anwerben lassen, setzt die RACHE die härtesten Mittel ein. Wir sind für sie Sündenböcke, Faschisten, die sie vernichten wollen. Sie benutzen unsere Namen – häufig unsere Leichen –, um der Welt zu zeigen, daß es immer noch Nazis gibt. In dem Punkt sind sie der ODESSA sehr ähnlich; häufig lautet die Alternative wirklich nur ›anwerben oder töten‹.«

»Das ist *verrückt*«, sagte Noel.

»*Verrückt*«, nickte Helden. »Aber sehr real. Wir sagen nichts; wir legen keinen Wert darauf, Aufmerksamkeit auf uns zu lenken. Außerdem, wer würde sich denn dafür interessieren? Wir sind Nazikinder.«

»Die ODESSA, die RACHE... Niemand, den ich kenne, weiß etwas darüber.«

»Niemand, den Sie kennen, hat Anlaß dazu.«

»Wer ist der Oberst?«

»Ein großer Mann, der den Rest seines Lebens im verborgenen verbringen muß, weil er ein Gewissen hatte.«

»Was soll das heißen?«

»Er gehörte dem Oberkommando des Heeres an und hat all die Schrecken miterlebt. Er wußte, daß es keinen Sinn hatte, sich dagegenzustellen; andere hatten das getan und sind umgebracht worden. So blieb er und benutzte seinen Rang, um immer wieder Befehle zu widerrufen und so viele Leben zu retten.«

»Daran ist nichts Unehrenhaftes.«

»Er hat es auf die einzige Weise getan, die ihm möglich war. Still und leise, innerhalb der Bürokratie, der Befehlskanäle, ohne aufzufallen. Als es vorbei war, haben ihn die Alliierten wegen seiner Position im Reich verurteilt; er hat achtzehn Jahre im Gefängnis verbracht. Als das, was er getan hatte, schließlich bekannt wurde, haben ihn Tausende von Deutschen verachtet. Sie bezeichneten ihn als Verräter. Ein paar, die vom deutschen Wehrmachtsführungsstab übrigblieben, haben einen Preis auf seinen Kopf ausgesetzt.«

Noel, der sich an Heldens Worte erinnerte, sagte: »Verdammt für das, was er war, und verdammt für das, was er nicht war.«

»Ja«, antwortete sie und wies plötzlich auf eine Abzweigung, die sie beinahe übersehen hätte.

»Auf seine ganz persönliche Art«, sagte Noel und drehte das Steuer herum, »ist der Oberst wie die drei Männer, die das Genfer Dokument geschrieben haben. Ist Ihnen das nicht auch in den Sinn gekommen?«

»Doch, das ist es.«

»Die Versuchung muß groß gewesen sein, es ihm zu sagen.«

»Eigentlich nicht. Sie hatten mich doch darum gebeten, das nicht zu tun.«

Er sah sie an; sie blickte geradeaus, durch die Windschutzscheibe. Ihr Gesicht war müde und wirkte angespannt, ihre Haut war bleich und betonte damit die dunklen Ringe unter ihren Augen. Sie wirkte einsam und allein, auf eine Art, daß man sich nicht so einfach aufdrängen durfte. Aber die Nacht war noch nicht vorbei. Sie hatten sich vieles zu sagen; sie mußten Entscheidungen treffen.

Und Noel begann zu glauben, daß dieses jüngste Kind des Wilhelm von Tiebolt dasjenige war, auf das die Wahl fiele, die Familie von Tiebolt in Genf zu vertreten.

»Können wir irgendwohin fahren, wo es ruhig ist? Ich glaube, uns beiden täte ein Schluck zu trinken gut.«

»Sechs oder acht Kilometer von hier ist ein kleines Gasthaus. Es liegt abseits; niemand wird uns sehen.«

Als sie von der Straße abbogen, sah Noel in den Rückspiegel. Scheinwerfer leuchteten im Glas. Es war eine seltsame Abfahrt von der Hauptstraße nach Paris, seltsam, weil er keine Wegweiser gesehen hatte. Die Tatsache, daß jemand hinter ihnen um diese Zeit gerade diese Ausfahrt nahm, beunruhigte ihn. Holcroft wollte Helden gerade darauf aufmerksam machen, als etwas sehr Merkwürdiges geschah.

Die Lichter im Rückspiegel erloschen. Sie waren einfach nicht mehr da.

Der Gasthof war früher einmal ein Bauernhaus gewesen; ein Teil des Weidelandes war jetzt ein kiesbedeckter Parkplatz, den ein Bretterzaun eingrenzte. Von der Theke führte ein Türbogen in die kleine Gaststube. Zwei Paare saßen dort; ganz offensichtlich Leute aus Paris, und ebenso offensichtlich Leute, die hier ein diskretes Abendessen in einer Begleitung einnahmen, die sie in Paris nicht zum Essen führen konnten. Sie blickten den Ankömmlingen entgegen, und in den Blikken war kein Willkommen. Am anderen Ende des Raums war ein offener Kamin, in dem Holzscheite loderten. Es war ein guter Platz, um zu reden.

Man führte sie an einen Tisch links vom Feuer. Sie bestellten Cognac.

»Hier ist es nett«, sagte Noel, der gleichzeitig die Wärme des Feuers und des Alkohols spürte. »Wie haben Sie das gefunden?«

»Es liegt auf dem Weg zum Oberst. Meine Freunde und ich machen oft hier Station, um uns zu besprechen.«

»Macht es Ihnen etwas aus, wenn ich Fragen stelle?«

»Nur zu.«

»Wann haben Sie England verlassen?«

»Vor etwa drei Monaten. Als die Stelle ausgeschrieben wurde.«

»Waren Sie die Helen Tennyson im Londoner Telefonbuch?«

»Ja. Im Englischen scheint der Name ›Helden‹ eine Erklärung zu verlangen, und ich war es leid geworden, diese Erklärung jedesmal wieder abzugeben. In Paris ist das nicht so. Die Franzosen interessieren sich nicht so für Namen.«

»Aber Sie nennen sich nicht ›von Tiebolt‹.« Holcroft bemerkte ein unwilliges Zucken in ihren Augen.

»Nein.«

»Warum ›Tennyson‹?«

»Das liegt doch auf der Hand. ›Von Tiebolt‹ ist sehr deutsch. Als wir Brasilien verließen und nach England zogen, schien das ein vernünftiger Wechsel.«

»Einfach ein Wechsel? Sonst nichts?«

»Nein.« Helden nippte an ihrem Cognac und blickte ins Feuer. »Sonst nichts.«

Noel sah sie an; ihr Tonfall verriet die Lüge. Sie war keine gute Lügnerin. Sie verbarg etwas vor ihm, aber sie jetzt darauf anzusprechen, würde sie nur provozieren. Also ließ er ihr die Lüge hingehen. »Was wissen Sie über Ihren Vater?«

Sie wandte sich ihm wieder zu. »Sehr wenig. Meine Mutter hat ihn geliebt, und nach dem, was sie mir erzählt hat, war er ein viel besserer Mensch, als man aus seinen Jahren im Dritten Reich schließen könnte. Und jetzt haben Sie das ja bestätigt, oder? Am Ende war er ein im höchsten Grade moralischer Mensch.«

»Erzählen Sie mir von Ihrer Mutter.«

»Sie war ein Überlebenstyp. Sie ist mit ein paar Schmuckstücken, zwei Kindern und einem ungeborenen Baby im Leib aus Deutschland geflohen. Sie hatte keinerlei Ausbildung, keinen Beruf, keine besonderen Fähigkeiten. Aber sie konnte arbeiten, und sie war... überzeugend. Sie arbeitete als Verkäuferin in Kleidergeschäften, ging auf ihre Kunden ein, machte aus ihrem Blick für Mode – den hatte sie – die

Grundlage eines eigenen Geschäfts. Einiger Geschäfte sogar. Unser Haus in Rio de Janeiro war recht aufwendig.«

»Ihre Schwester sagte mir, es sei ... ein Zufluchtsort gewesen, aus dem eine Art Hölle geworden war.«

»Meine Schwester neigt zu melodramatischen Formulierungen. So schlimm war es nicht. Wenn man auf uns herabblickte, dann hatte das gewisse Gründe.«

»Was für welche?«

»Meine Mutter war ungemein attraktiv ...«

»Das sind ihre Töchter auch«, unterbrach Noel.

»Mag sein«, sagte Helden fast beiläufig. »Mir war das nie wichtig. Ich brauchte das nie – meine Attraktivität einsetzen, meine ich, falls ich über so was verfüge. Aber meine Mutter hat es getan.«

»In Rio?«

»Ja. Sie wurde von einigen Männern ausgehalten ... *Wir* wurden ausgehalten, um es genau zu sagen. Es gab ihretwegen zwei oder drei Scheidungen, aber sie wollte die jeweiligen Männer nicht heiraten. Sie zerstörte Ehen und beschaffte sich auf die Weise Geld und geschäftliche Vorteile. Als sie starb, waren wir recht wohlhabend. Die deutsche Kolonie freilich hat sie als eine Art Paria betrachtet. Und ebenso ihre Kinder.«

»Das klingt ja faszinierend«, sagte Holcroft und lächelte. »Wie ist sie gestorben?«

»Sie ist ermordet worden. Nachts beim Autofahren durch den Kopf geschossen.«

Sein Lächeln erlosch. Bilder drängten sich ihm auf: ein verlassener Aussichtspunkt, hoch über Rio; das Peitschen von Schüssen und die Explosionen im Zement; das Splittern von Glas ... *Glas*. Das Rückfenster eines Wagens, von einem lautlosen Schuß aus einem Schalldämpfer zertrümmert; eine schwere schwarze Pistole, die auf seinen Kopf gerichtet war ...

Und dann erinnerte er sich an die Worte, die er in einer Bar gehört hatte. Worte, die Holcroft für lächerlich gehalten hatte, für das Produkt unsinniger Furcht.

Die Cararras, Bruder und Schwester. Die Schwester, liebste Freundin und Verlobte von Johann von Tiebolt.

Er und meine Schwester wollten heiraten. Die Deutschen haben das nicht zugelassen.

Wer könnte sie daran hindern?

Eine ganze Reihe Männer. Mit einer Kugel in Johanns Kopf.

Die Cararras. Liebe Freunde, die als Fürsprecher für die geächteten von Tiebolts aufgetreten waren. Plötzlich kam Noel in den Sinn, daß Helden vielleicht kooperativer sein würde, wenn sie wüßte, wie die Cararras ihm geholfen hatten. Die Cararras hatten ihr Leben riskiert, um ihn zu den von Tiebolts zu schicken. Soviel Vertrauen würde sie dazu verpflichten, ihm ihrerseits Vertrauen entgegenzubringen.

»Ich glaube, ich sollte Ihnen das sagen«, meinte er. »In Rio sind die Cararras an mich herangetreten. Sie haben mir gesagt, wo ich nach Ihnen suchen müßte. Sie waren es, die mir sagten, daß Ihr neuer Name Tennyson sei.«

»Wer?«

»Ihre Freunde, die Cararras. Die Verlobte Ihres Bruders.«

»Die Cararras? In Rio de Janeiro?«

»Ja.«

»Den Namen habe ich nie gehört. Ich kenne keine Cararras.«

16.

Sein Plan zerplatzte wie eine Seifenblase – nein, wie eine Bombe. Plötzlich war der alte Argwohn wieder in Helden erwacht, und sie hatte Angst, noch irgend etwas über ihre Familie zu sagen.

Wer waren die Cararras?

Warum hatten sie ihm die Unwahrheit gesagt?

Wer hatte sie zu ihm geschickt? Ihr Bruder hatte keine Verlobte, auch keinen besten Freund, an den sie sich erinnern konnte.

Noel gab nicht vor, etwas zu verstehen; er konnte nur Spekulationen anstellen, und dies so aufrichtig wie möglich. Niemand sonst war aufgetaucht. Aus Gründen, die nur sie kannten, hatten die Cararras eine Beziehung erfunden, die überhaupt nicht existierte; trotzdem gab es einfach keinen Sinn, sie Feinde der von Tiebolts zu nennen. Sie waren an ihn herangetreten, um den beiden Schwestern und dem Bruder zu *helfen*, die aus Brasilien vertrieben worden waren. Es gab Leute in Rio – ein mächtiger Mann namens Graff war einer davon –, denen es viel Geld wert wäre, die von Tiebolts aufzuspüren. Aber die Cararras, die viel zu gewinnen und sehr wenig zu verlieren hatten, hatten Graff nichts gesagt.

»Sie wollten helfen«, sagte Noel. »Darin haben sie nicht gelogen. Sie sagten, man habe Sie verfolgt; sie wollten Ihnen helfen.«

»Das ist möglich«, sagte Helden. »Rio ist voll von Leuten, die den Krieg nicht vergessen haben, ihn immer noch führen, immer noch auf die Jagd machen, die sie Verräter nennen. Man kann nie sicher sein, wer Freund und wer Feind ist. Nicht bei den Deutschen.«

»Kannten Sie Maurice Graff?«

»Ich wußte natürlich, wer er ist. Jeder hat das gewußt. Aber begegnet bin ich ihm nie.«

»Ich schon«, sagte Noel. »*Er* hat die von Tiebolts als Verräter bezeichnet.«

»Das kann ich mir vorstellen. Wir waren Ausgestoßene, Parias, aber nicht im nationalistischen Sinne.«

»In welchem Sinne dann?«

Die junge Frau wich seinem Blick aus, hob das Cognacglas an die Lippen. »Da waren andere Dinge.«

»Ihre Mutter?«

»Ja«, antwortete Helden. »Meine Mutter. Ich sagte Ihnen ja, die deutsche Kolonie hat sie verachtet.«

Wieder hatte Holcroft das Gefühl, daß sie ihm nur einen Teil der Wahrheit sagte. Aber darauf wollte er jetzt nicht eingehen. Wenn es ihm gelang, ihr Vertrauen zu gewinnen, würde sie es ihm später sagen. Sie *mußte* es ihm sagen; was auch immer sie ihm jetzt verschwieg, war wichtig und würde einen Einfluß auf die Geschehnisse in Genf haben.

»Sie sagten, Ihre Mutter habe Ehen zerstört«, sagte er. »Ihre Schwester hat fast dieselben Worte für sich selbst gebraucht. Sie hat gesagt, daß die Offiziere und ihre Frauen in Portsmouth sie schneiden.«

»Wenn Sie da nach Ähnlichkeiten suchen, will ich Ihnen das nicht ausreden. Meine Schwester ist um einiges älter als ich. Sie stand meiner Mutter näher, sah, wie sie sich entwikkelte, sah die Vorteile, die meine Mutter aus ihrem Benehmen zog. Und, bei Gott, ihr waren solche Dinge wichtig. Sie hatte die Schrecken im Berlin der Nachkriegszeit selbst miterlebt. Mit dreizehn Jahren hat sie mit Soldaten geschlafen, um dafür etwas zu essen zu bekommen. Mit amerikanischen Soldaten, Mr. Holcroft.«

Mehr brauchte er über Gretchen Beaumont nicht zu wissen. Jetzt hatte das Bild sich gerundet. Eine Hure, aus welchen Gründen auch immer, und das im Alter von dreizehn Jahren. Eine Hure – aus welchen anderen Gründen auch immer – mit über fünfundvierzig. Die Direktoren der Bank in Genf würden sie wegen moralischer Labilität von den Geschäften ausschließen.

Aber Noel wußte, daß es dafür noch triftigere Gründe gab. Der Mann, von dem Gretchen Beaumont sagte, daß sie ihn verabscheute, mit dem sie aber lebte. Ein Mann mit eigenartigen dichten Augenbrauen, der ihm nach Brasilien gefolgt war.

»Was ist mit ihrem Mann?«

»Ich kenne ihn kaum.«

Wieder wich sie seinem Blick aus, sah ins Feuer. Sie hatte Angst; irgend etwas verbarg sie. Was sie sagte, klang zu einstudiert, zu lässig. Was sie auch vor ihm verbarg, es hatte etwas mit Beaumont zu tun. Es brachte gar nichts, dem Thema noch länger auszuweichen. Die Wahrhaftigkeit zwischen ihnen mußte gegenseitig sein; je schneller sie das begriff, desto besser war es für sie beide.

»Wissen Sie etwas über ihn? Wo er herkommt? Was er bei der Navy tut?«

»Nein, nichts. Er ist Commander auf einem Schiff; das ist alles, was ich weiß.«

»Ich glaube, er ist mehr, und ich glaube, Sie wissen das. Bitte, belügen Sie mich nicht.«

Zuerst blitzte Zorn in ihren Augen auf, dann legte er sich ebenso schnell wieder. »Sie sagen da etwas sehr Seltsames. Weshalb sollte ich Sie belügen?«

»Ich wollte, ich wüßte das. Sie sagen, Sie kennen ihn kaum, und doch scheinen Sie schreckliche Angst zu haben. *Bitte.*«

»Worauf wollen Sie hinaus?«

»Wenn Sie etwas wissen, dann sagen Sie es mir. Wenn Sie von dem Dokument in Genf gehört haben, dann sagen Sie mir, was Sie gehört haben.«

»Ich weiß nichts. Ich habe nichts gehört.«

»Ich habe Beaumont vor zwei Wochen im Flugzeug von New York nach Rio gesehen. Er ist mir gefolgt.«

Er konnte in Heldens Augen die Furcht lesen. »Ich glaube, Sie irren«, sagte sie.

»Ich irre nicht. Ich habe seine Fotografie im Haus Ihrer Schwester gesehen. In seinem Haus. Es war der Mann. Ich habe diese Fotografie gestohlen, und dann hat man sie mir gestohlen. Nachdem jemand mich deswegen bewußtlos geschlagen hatte.«

»Großer Gott... wegen seiner *Fotografie* hat man Sie niedergeschlagen?«

»Sonst fehlte nichts. Weder meine Brieftasche noch mein Geld noch meine Uhr. Nur sein Bild. Hinten stand etwas darauf.«

»Was denn?«

»Ich weiß nicht. Es war in Deutsch, und ich kann nicht deutsch.«

»Erinnern Sie sich an irgendein Wort?«

»Eines, glaube ich. Das letzte Wort. T-O-D. *Tod.*«

»›*Ohne dich sterbe ich.*‹ Könnte es das sein?«

»Ich weiß nicht. Was heißt das?«

Sie sagte es ihm. »Meine Schwester würde so etwas schreiben. Ich sagte Ihnen ja, sie ist etwas melodramatisch.« Jetzt log sie wieder; das wußte er.

»Eine Widmung also?«

»Ja.«

»Das haben die Engländer auch gesagt, und ich habe es ihnen nicht geglaubt. Beaumont war im selben Flugzeug wie ich. Man hat mir das Bild weggenommen, weil irgendeine Nachricht darauf stand. Um Himmels willen, was geht hier *vor?*«

»Ich weiß nicht!«

»Aber *etwas* wissen Sie.« Noel versuchte, sich zurückzuhalten. Sie sprachen leise, flüsterten fast, aber ihre Auseinandersetzung drang doch an die anderen Tische. Holcroft griff über den Tisch und legte die Hand auf die ihre. »Ich frage Sie noch einmal. Sie wissen etwas. Sagen Sie es mir.«

Er konnte ein leichtes Zittern ihrer Hand spüren. »Was ich weiß, ist so verwirrend, daß es keinen Sinn gibt. Es ist eigentlich mehr das, was ich fühle, als das, was ich weiß.« Sie entzog ihm die Hand. »Vor einigen Jahren war Anthony Beaumont Marineattaché in Rio de Janeiro. Ich kannte ihn nicht gut, erinnere mich aber, daß er ziemlich oft in unser Haus kam. Er war damals verheiratet, interessierte sich aber für meine Schwester; zum Zeitvertreib, würden Sie vielleicht sagen. Meine Mutter hat das gefördert. Er war ein Marineoffizier mit hohem Rang; man konnte Gefälligkeiten von ihm erlangen. Aber meine Schwester stritt sich heftig mit meiner Mutter. Sie verachtete Beaumont und wollte nichts mit ihm zu tun haben. Und doch zogen wir nur wenige Jahre später nach England, und sie hat ihn geheiratet. Ich habe das nie begriffen.«

Noel beugte sich erleichtert vor. »Das ist vielleicht gar nicht so schwierig zu verstehen, wie Sie glauben. Sie hat mir gesagt, daß sie ihn wegen der Sicherheit geheiratet hat, die er ihr geben konnte.«

»Und Sie haben ihr geglaubt?«

»Ihr Verhalten schien mir das zu bestätigen, was sie sagte.«

»Dann kann ich nicht glauben, daß Sie meiner Schwester begegnet sind.«

»Sie sehen sich sehr ähnlich: Sie sind beide schön.«

»Jetzt bin ich mit Fragen an der Reihe. Bei dieser Schönheit – glauben Sie da wirklich, daß Sie sich mit dem Gehalt eines Marineoffiziers und dem eingeschränkten Leben der Frau eines Marineoffiziers zufriedengeben würde? Ich kann das nicht. Ich habe es nie geglaubt.«

»Was meinen Sie dann?«

»Ich glaube, daß man sie gezwungen hat, Anthony Beaumont zu heiraten.«

Noel lehnte sich im Stuhl zurück. Wenn sie recht hatte,

dann lag die Verbindung in Rio de Janeiro, bei ihrer Mutter vielleicht. Bei dem Mord an ihrer Mutter.

»Wie konnte Beaumont sie zwingen, ihn zu heiraten? Weshalb?«

»Beide Fragen habe auch ich mir hundertmal gestellt.«

»Haben Sie sie gefragt?«

»Sie lehnt es ab, mit mir zu sprechen.«

»Was geschah mit Ihrer Mutter in Rio?«

»Ich sagte es schon: sie hat Männer um ihres Geldes willen manipuliert. Die Deutschen verachteten sie, bezeichneten sie als unmoralisch. Und im Rückblick ist es schwer, dem zu widersprechen.«

»Ist sie deshalb erschossen worden?«

»Das nehme ich an. Niemand weiß es genau; man hat den Mörder nie gefunden.«

»Aber es könnte die Antwort auf die erste Frage sein, nicht wahr? Ist es nicht möglich, daß Beaumont etwas so Schwerwiegendes über Ihre Mutter wußte, daß er Ihre Schwester damit erpressen konnte?«

»Gibt es denn etwas, das so schwerwiegend sein könnte? Selbst wenn man alles, was über meine Mutter gesagt wurde, als die Wahrheit akzeptiert – weshalb sollte das irgendeine Auswirkung auf Gretchen haben?«

»Das hinge davon ab, was es war.«

»Aber ich kann mir das nicht vorstellen. Sie ist jetzt in England. Sie ist ihr eigener Herr, Tausende von Kilometern von Rio entfernt. Weshalb sollte sie so etwas betreffen?«

»Ich habe keine Ahnung.« Und dann erinnerte sich Noel. »Sie haben die Worte ›Kinder der Hölle‹ gebraucht. ›Verdammt für das, was sie waren, und verdammt für das, was sie nicht waren.‹ Könnte das nicht auch für Ihre Schwester gelten?«

»Beaumont interessierte sich nicht für solche Dinge. Das ist eine völlig andere Angelegenheit.«

»Ist es das? Das wissen Sie doch nicht. Ihre Meinung ist, daß er sie gezwungen hat, ihn zu heiraten. Wenn es nicht so etwas ist, was denn dann?«

Helden wandte den Blick ab, diesmal tief in Gedanken, nicht weil sie log. »Etwas, das viel weniger lang zurückliegt.«

»Das Dokument in Genf?« fragte er. Manfredis Warnung klang ihm in den Ohren, das Gespenst der Wolfsschanze drängte sich ihm auf.

»Wie hat Gretchen reagiert, als Sie ihr von Genf berichtet haben?« fragte Helden.

»Als ob es nicht wichtig wäre.«

»Nun...?«

»Das könnte ein Ablenkungsmanöver gewesen sein. Sie gab sich zu lässig – so wie Sie zu lässig waren, als ich vor ein paar Minuten Beaumont erwähnte. Es könnte sein, daß sie es erwartet und sich darauf vorbereitet hatte.«

»Jetzt raten Sie.«

Das war der Augenblick, dachte Noel. Es würde in ihren Augen geschrieben stehen – der Rest der Wahrheit, von dem sie nicht sprechen wollte. Lief es auf Johann von Tiebolt hinaus?

»Ich würde es nicht raten nennen. Ihre Schwester sagte, ihr Bruder habe zu ihr gesagt, daß ›eines Tages ein Mann kommt und von einer seltsamen Abmachung spricht‹. Das waren ihre Worte.«

Wonach er auch suchte – nach einem Flackern des Erkennens, einem Blinzeln der Furcht –, es war nicht da. Da war etwas, aber nichts, worauf er sich einen Reim machen konnte. Sie sah ihn an, als versuchte sie selbst, das Gehörte zu begreifen. Und doch war in ihrem Blick eine tiefe Unschuld, und das war es, was *er* nicht begreifen konnte.

»›Eines Tages kommt ein Mann.‹ Das gibt keinen Sinn«, sagte sie.

»Erzählen Sie mir von Ihrem Bruder.«

Sie sagte einige Augenblicke lang nichts. Ihr Blick schweifte zu dem roten Tischtuch ab; ihre Lippen öffneten sich erstaunt. Dann sagte sie, als erwachte sie soeben aus einem Trancezustand: »Johann? Was gibt es da zu sagen?«

»Ihre Schwester erzählte, er habe Sie alle drei aus Brasilien hinausgeschafft. War das schwierig?«

»Es gab Probleme. Wir hatten keine Pässe, und es gab Männer, die uns daran hindern wollten, uns welche zu beschaffen.«

»Sie waren Einwanderer. Zumindest waren das Ihre Mutter, Ihr Bruder und Ihre Schwester. Sie mußten doch Papiere haben.«

»Die Papiere, die es damals gab, wurden, sobald sie ihren Zweck erfüllt hatten, verbrannt.«

»Wer wollte Sie daran hindern, Brasilien zu verlassen?«

»Männer, die Johann vor Gericht bringen wollten.«

»Weswegen?«

»Nach Mutters Tod nahm Johann ihre geschäftlichen Interessen wahr. Sie hat zu ihren Lebzeiten nie zugelassen, daß er viel tat. Viele Leute hielten ihn für rücksichtslos, ja skrupellos. Man warf ihm vor, er habe Bücher gefälscht, Steuern hinterzogen. Ich glaube nicht, daß daran etwas Wahres war; er war einfach schneller und intelligenter als die anderen.«

»Ich verstehe«, sagte Noel und erinnerte sich an die Formulierung von MI-5: ›von krankhaftem Ehrgeiz besessen, ein Streber‹. »Wie hat er es geschafft, sich den Gerichten zu entziehen und Sie aus dem Land zu bringen?«

»Mit Geld. Und nächtlichen Zusammenkünften an ungewöhnlichen Orten, mit Männern, deren Namen er nie genannt hat. Eines Morgens kam er nach Hause und sagte Gretchen und mir, wir sollten packen – für eine eintägige Reise. Wir fuhren zum Flughafen und wurden mit einem kleinen Flugzeug nach Recife gebracht, wo uns ein Mann erwartete. Wir erhielten Pässe, die auf den Namen Tennyson ausgestellt waren. Und ehe Gretchen und ich wußten, wie uns geschah, saßen wir in einem Flugzeug nach London.«

Holcroft beobachtete sie. Nicht die leiseste Andeutung einer Lüge. »Um dort unter dem Namen Tennyson ein neues Leben zu beginnen«, sagte er.

»Ja. Völlig neu. Wir haben alles hinter uns gelassen.« Sie lächelte. »Und ohne damit Zeit zu verlieren.«

»Ein bemerkenswerter Mann. Warum sind Sie nicht mit ihm in Verbindung geblieben? *Sie* hassen ihn ja offensichtlich nicht.«

Helden runzelte die Stirn, als wüßte sie selbst nicht recht, wie sie antworten sollte. »Ihn hassen? Nein. Ich mag ihn vielleicht nicht, aber ich hasse ihn auch nicht. Wie die meisten brillanten Menschen meint er, er müsse alles in die

Hand nehmen. Er wollte mein Leben für mich führen. Das konnte ich nicht akzeptieren.«

»Warum ist er Journalist geworden? Nach allem, was ich über ihn gehört habe, hätte er doch das Zeug dazu, ein Presseimperium aufzubauen.«

»Das wird er auch wahrscheinlich eines Tages, wenn er das will. Wie ich Johann kenne, hat er gedacht, es bringe ihm einen Namen ein, wenn er für eine große Zeitung schreibt. Besonders in der Politik, wo er sehr gut ist. Und damit hatte er recht.«

»Wirklich?«

»Sicher. Nach ein oder zwei Jahren hielt man ihn für einen der besten Korrespondenten in Europa.«

Jetzt, dachte Noel. MI-5 bedeutete ihm nichts. Genf war alles. Er beugte sich vor.

»Man hält ihn auch noch für etwas anderes... Auf dem Montmartre sagte ich, ich würde Ihnen sagen – und *nur* Ihnen, weshalb die Briten mich verhört haben. Es ist wegen Ihres Bruders. Sie meinen, ich versuchte aus Gründen, die nichts mit Genf zu tun haben, mit ihm Verbindung aufzunehmen.«

»Aus was für Gründen?«

Holcrofts Augen ließen die ihren nicht los. »Haben Sie je von einem Mann gehört, den man den Tinamu nennt?«

»Den Meuchelmörder? Sicher. Wer hat das nicht?«

In ihren Augen war nichts. Nichts außer vager Verwirrung. »Ich zum Beispiel«, sagte Noel. »Ich habe von bezahlten Mördern gehört und von Mordverschwörungen, aber von Tinamu habe ich nie gehört.«

»Sie sind Amerikaner. Seine Taten werden von der europäischen Presse mehr ausgeschlachtet als von der Ihren. Aber was hat er mit meinem Bruder zu tun?«

»Der britische Geheimdienst meint, er könnte der Tinamu *sein*.«

Heldens Gesichtsausdruck erstarrte vor Schreck. Ihr Staunen war so vollkommen, daß ihre Augen plötzlich leblos wirkten, so ausdruckslos wie die eines Blinden. Ihre Lippen zitterten, und sie versuchte zu sprechen, konnte aber keine Worte finden. Schließlich kamen sie, fast unhörbar.

»Das kann nicht Ihr *Ernst* sein.«

»Ich versichere Ihnen, daß es das ist. Und, was viel wichtiger ist, die Briten meinen es ernst.«

»Das ist doch unerhört. Wie können sie denn zu einem solchen Schluß kommen?«

Noel wiederholte die wichtigsten Punkte, die MI-5 ihm dargelegt hatte.

»Mein Gott«, sagte Helden. »Er bereist ganz Europa und den Nahen Osten! Natürlich könnten die Engländer sich bei seiner Redaktion erkundigen. *Er* wählt doch die Orte nicht aus, an die man ihn schickt. Das ist lächerlich!«

»Journalisten, die interessante Berichte schreiben, Berichte, die die Auflagen steigern, haben weitgehend freie Hand, wenn es um ihre Einsatzorte geht. Das ist bei Ihrem Bruder der Fall. Es ist tatsächlich so, als hätte er gewußt, daß er sich den Namen machen würde, von dem Sie sprachen; als hätte er gewußt, daß man ihm in wenigen kurzen Jahren die Freiheit gewähren würde, die er braucht.«

»Das glauben Sie doch selber nicht.«

»Ich weiß nicht, was ich glauben soll«, sagte Holcroft. »Ich weiß nur, daß Ihr Bruder die Situation in Genf gefährden könnte. Die bloße Tatsache, daß MI-5 ihn verdächtigt, könnte schon ausreichen, um den Bankiers Angst zu machen. Sie wollen nicht, daß man ein Auge auf sie hat, soweit es um das Clausen-Konto geht.«

»Aber das ist nicht gerechtfertigt!«

»Sind Sie sicher?«

Heldens Augen blickten zornig. »Ja, ich bin sicher. Johann mag alles mögliche sein, aber ein Mörder ist er nicht. Jetzt fängt die Gemeinheit wieder an. Man jagt das Kind eines Nazi.«

Noel erinnerte sich an das, was der MI-5-Mann gesagt hatte: *Über seinen Vater wissen Sie ja zunächst einmal Bescheid . . .* War es möglich, daß Helden recht hatte? Rührte der Verdacht von MI-5 aus Erinnerungen und Feindseligkeiten, die dreißig Jahre zurückreichten, zu einem brutalen Feind? *Tennyson ist die Arroganz in Person . . .* Das war möglich.

»Ist Johann politisch engagiert?«

»Sehr, aber nicht im üblichen Sinne. Er ist keiner bestimmten Ideologie verpflichtet. Statt dessen betrachtet er sie alle sehr kritisch. Er greift ihre Schwächen an und wird besonders böse, wenn er auf Heuchelei stößt. Deshalb können ihn viele Leute in Regierungskreisen nicht leiden. Aber er ist kein Meuchelmörder!«

Wenn Helden recht hatte, dachte Noel, dann könnte Johann von Tiebolt für Genf sehr nützlich sein. Oder, um es genauer zu sagen, für die Agentur, die in Zürich etabliert werden sollte. Ein mehrsprachiger Journalist, auf dessen Urteil man hörte, der in finanziellen Dingen erfahren war, könnte sich als hervorragend qualifiziert erweisen, in der ganzen Welt Millionen zu verteilen.

Wenn es gelang, den Schatten des Tinamu von Johann von Tiebolt zu lösen, dann gab es keinen Grund, daß die Direktoren der Grande Banque de Genève je vom Interesse des MI-5 für John Tennyson erfuhren. Das zweite Kind Wilhelm von Tiebolts wäre für die Bankiers sofort akzeptabel. Möglich, daß Johann nicht der allersympathischste Mensch war, aber schließlich ging es Genf ja auch nicht um einen Sympathiewettbewerb. Er könnte außerordentlich nützlich sein. Zuerst mußte unbedingt der Schatten des Tinamu verscheucht, mußte der Argwohn des britischen Geheimdienstes zerstreut werden. Holcroft lächelte. *Eines Tages kommt ein Mann und spricht von einer seltsamen Abmachung*... Johann von Tiebolt – John Tennyson – wartete auf ihn!

»Was ist denn so komisch?« fragte Helden, die ihn beobachtet hatte.

»Ich muß ihn kennenlernen«, antwortete Noel, ohne auf die Frage einzugehen. »Können Sie das arrangieren?«

»Ich denke schon. Es wird aber ein paar Tage dauern. Ich weiß nicht, wo er ist. Was werden Sie ihm sagen?«

»Die Wahrheit; vielleicht revanchiert er sich. Ich habe so ein Gefühl, daß er über Genf informiert ist.«

»Er hat mir einmal eine Telefonnummer gegeben für den Fall, daß ich ihn je brauchen würde. Ich habe die Nummer nie benutzt.«

»Benutzen Sie sie jetzt. Bitte.«

Sie nickte. Noel begriff, daß es Fragen gab, die noch nicht beantwortet waren. Besonders Fragen, die einen Mann namens Beaumont betrafen, und ein Ereignis in Rio de Janeiro, über das Helden nicht sprechen wollte. Ein Ereignis, das in Verbindung zu dem Marineoffizier mit den dichten, schwarzweiß gesprenkelten Augenbrauen stand. Es war möglich, daß Helden nichts über diese Verbindung wußte.

Vielleicht wußte John Tennyson etwas. Jedenfalls wußte er viel mehr als er seinen Schwestern sagte.

»Versteht Ihr Bruder sich mit Beaumont?« fragte Holcroft.

»Er verachtet ihn. Er hat es abgelehnt, an Gretchens Hochzeit teilzunehmen.«

Was war der Grund? fragte sich Noel. Wer war die rätselhafte Person, die sich Anthony Beaumont nannte?

17.

Vor dem kleinen Gasthof, im äußersten Winkel des Parkplatzes, stand eine dunkle Limousine im Schatten einer hohen Eiche. Auf den Vordersitzen saßen zwei Männer, von denen einer britische Marineuniform trug, der andere einen anthrazitgrauen Straßenanzug. Sein schwarzer Mantel stand offen und ließ unter dem aufgeknöpften Jackett ein braunes Lederhalfter erkennen.

Der Marineoffizier saß am Steuer. Seine plump wirkenden Züge waren angespannt. Hie und da hoben sich seine schwarzweiß gesprenkelten Augenbrauen kaum merkbar, als litte er unter Gesichtszucken.

Der Mann neben ihm war Ende der Dreißig. Er war schlank, aber nicht dünn; eher drahtig, wie man es durch Selbstdisziplin und Training wird. Die Breite seiner Schultern, der muskulöse Nacken und die Wölbung seines Brustkastens, der sein maßgeschneidertes Hemd spannte, verrieten einen Menschen, der auf Körperbeherrschung und Kraft getrimmt war. Jeder seiner Gesichtszüge war fein geschnitten, und jeder Zug paßte sich in das Ganze ein. Die Wirkung, die von ihm ausging, war auffällig, aber auch kalt, so als wäre das Gesicht aus Granit gemeißelt. Die Augen waren hellblau, ihr Blick gerade und interesselos; die Augen eines selbstbewußten Lebewesens, das schnell reagierte und dessen Reaktionen unvorhersehbar waren. Den gemeißelten Kopf bedeckte eine schimmernde Krone aus blondem Haar, die das Licht der fernen Parkplatzbeleuchtung widerspiegelte; über einem solchen Gesicht wirkte dieses Haar wie gelbliches Eis. Der Name des Mannes war Johann von Tiebolt, in den letzten fünf Jahren als ›John Tennyson‹ bekannt.

»Bist du zufrieden?« fragte der Marineoffizier, offensichtlich nicht frei von Furcht. »Da ist niemand.«

»Da *war* jemand«, erwiderte der Blonde. »Angesichts unserer Vorsichtsmaßnahmen seit dem Zwischenfall auf dem Montmartre ist es durchaus nicht überraschend, daß hier jetzt niemand ist. Helden und die anderen Kinder sind sehr tüchtig.«

»Sie fliehen vor Idioten«, sagte Beaumont. »Die RACHE wimmelt von marxistischen Untermenschen.«

»Wenn die Zeit gekommen ist, wird die RACHE ihren Zweck erfüllen. Unseren Zweck. Aber mir geht es hier nicht um die RACHE. Ich möchte wissen, wer versucht hat, ihn zu töten.« Tennyson drehte sich herum, und seine kalten Augen funkelten. Er schlug mit der Hand auf das lederbezogene Armaturenbrett. »Wer hat versucht, *Clausens Sohn zu töten*?«

»Ich schwör dir, ich hab' dir alles gesagt, was wir wissen! Alles, was wir erfahren haben. Das war *kein* Fehler von uns.«

»Es war ein Fehler, weil es beinahe dazu gekommen wäre«, erwiderte Tennyson wieder mit ruhiger Stimme.

»Es war Manfredi; es *muß* Manfredi gewesen sein«, fuhr Beaumont fort. »Das ist die einzige Erklärung, Johann...«

»Ich heiße John. Vergiß das nicht.«

»Tut mir leid. Das *ist* die einzige Erklärung. Wir wissen nicht, was Manfredi Holcroft in diesem Zug in Genf gesagt hat. Möglicherweise hat er versucht, ihn zu überreden, einfach wegzugehen. Und als Holcroft sich weigerte, schickte er die Anweisung hinaus, ihn umzulegen. In dem Bahnhof ist ihnen das meinetwegen mißlungen. Ich glaube, das solltest du nicht vergessen.«

»Du wirst schon dafür sorgen, daß ich es nicht vergesse«, unterbrach Tennyson. »Vielleicht hast du recht. Er hatte vor, die Agentur in Zürich zu lenken; dazu durfte es nicht kommen. Und so wurde die Entfernung von Aktiva im Gesamtwert von siebenhundertachtzig Millionen Dollar zum Alptraum.«

»So wie die Aussicht auf zwei Millionen für Holcroft vielleicht eine unwiderstehliche Versuchung darstellt.«

»Zwei Millionen, die er nur im Geiste besitzen wird. Aber sein Tod wird von *unserer* Hand erfolgen, sonst von niemandem.«

»Manfredi handelte auf eigene Faust, glaub mir das. Seine Vollstrecker haben jetzt niemanden mehr, der ihnen Befehle erteilt. Seit dem Hotelzimmer in Zürich hat es keine weiteren Versuche mehr gegeben.«

»Das ist eine Aussage, die Holcroft nicht akzeptieren kann... Da sind sie.« Tennyson beugte sich vor. Durch die Windschutzscheibe konnte er Noel und Helden aus der Tür kommen sehen. »Treffen sich die Kinder des Obersten häufig hier?«

»Ja«, antwortete Beaumont. »Das hab ich' von einem ODESSA-Agenten erfahren, der ihnen eines Nachts gefolgt ist.«

Der Blonde stieß ein leises Lachen aus, das wie ein Husten klang; seine Worte kamen schneidend. »ODESSA! Witzfiguren, die in Bierkellern das heulende Elend kriegen, wenn sie zuviel getrunken haben! Zum Lachen sind die.«

»Aber hartnäckig.«

»Sie werden ebenfalls nützlich sein«, sagte Tennyson und beobachtete Noel und Helden dabei, wie sie in den Wagen stiegen. »Sie werden so wie vorher die gemeinsten Fußsoldaten sein. Kanonenfutter für den Feind. Leute, die man als erste sieht und als erste opfert. Die perfekte Tarnung für wichtigere Angelegenheiten.«

Jetzt dröhnte der Motor des Citroën auf. Holcroft lenkte den Wagen rückwärts aus dem Parkplatz und fuhr dann auf die Landstraße hinaus.

Beaumont drehte den Zündschlüssel um. »Ich halte mich ein gutes Stück dahinter. Er wird mich nicht entdecken.«

»Nein, laß nur«, sagte Tennyson. »Mir reicht das. Bring mich zum Flughafen. Hast du das Nötige veranlaßt?«

»Ja. Man wird dich mit einer Mirage nach Athen fliegen. Die Griechen bringen dich nach Bahrain zurück. Du wirst die ganze Strecke in Militärmaschinen zurücklegen. Mit dem Status eines UN-Kuriers und der Immunität des Sicherheitsrates. Der Pilot der Mirage hat deine Papiere.«

»Gut gemacht, Tony.«

Der Marineoffizier lächelte, das Kompliment machte ihn stolz. Er drückte auf den Gashebel, und die Limousine schoß aus dem Parkplatz hinaus in die Finsternis der Landstraße. »Was wirst du in Bahrain tun?«

»Meine Anwesenheit dokumentieren, indem ich einen Bericht über Verhandlungen im Ölgeschäft schreibe. Ein Prinz von Bahrain ist sehr hilfsbereit gewesen. Er hatte keine Wahl. Er hat einen Vertrag mit dem Tinamu geschlossen. Der arme Mann lebt in beständiger Angst, es könnte herauskommen.«

»Du bist ein Teufelskerl.«

»Und du mit Hingabe bei der Sache. Das warst du immer.«

»Was kommt nach Bahrain?«

Der Blonde lehnte sich im Sitz zurück und schloß die Augen. »Zurück nach Athen und dann weiter nach Berlin.«

»Berlin?«

»Ja. Die Dinge entwickeln sich gut. Holcroft wird als nächstes dorthin reisen. Kessler erwartet ihn.«

Aus dem Lautsprecher im Armaturenbrett war plötzlich ein Störgeräusch zu vernehmen. Dann kam viermal kurz hintereinander ein hohes Summen. Tennyson schlug die Augen auf; die vier Summtöne wiederholten sich.

»An der Straße sind Telefonzellen. Bring mich zu einer. Schnell!«

Der Engländer trat das Gaspedal bis zum Anschlag durch; die Limousine raste über die Straße, erreichte binnen weniger Sekunden hundertdreißig Stundenkilometer. Jetzt kamen sie an eine Kreuzung. »Wenn ich mich nicht irre, ist hier eine Tankstelle.«

»Beeil dich!«

»Ich bin sogar sicher«, sagte Beaumont, und da war sie auch schon neben der dunklen Straße. In den Fenstern brannte kein Licht. »Verdammt, die ist geschlossen!«

»Was hast du denn erwartet?« fragte Tennyson.

»Das Telefon ist drinnen...«
»Aber es *gibt* ein Telefon?«
»Ja...«
»Halt an.«
Beaumont gehorchte. Tennyson stieg aus und ging zur Tür der Tankstelle. Er zog die Pistole und schlug mit dem Kolben die Scheibe ein.
Ein Hund sprang ihn an, bellend und knurrend, die Zähne gebleckt, schnappend. Es war ein altes Tier von unbestimmbarer Rasse, hier mehr um des Effektes als um des eigentlichen Schutzes willen untergebracht. Tennyson griff in die Tasche, zog einen perforierten Zylinder heraus und steckte ihn auf den Lauf seiner Pistole. Er hob die Waffe und feuerte durch die zerschlagene Scheibe auf den Kopf des Hundes. Das Tier fiel zurück. Tennyson schlug das restliche Glas über dem Türknopf ein.
Er öffnete die Tür, wartete, bis seine Augen sich an das schwache Licht gewöhnt hatten, und stieg dann über den Tierkadaver hinweg zum Telefon. Er gab der Vermittlung eine Nummer in Paris, die ihn mit einem Mann verbinden würde, der seinerseits seinen Anruf an ein Telefon in England weitergeben würde.
Zwanzig Sekunden später hörte er die atemlos hallende Stimme. »Tut mir leid, daß ich dich stören muß, Johann, aber hier ist etwas schiefgegangen.«
»Was ist denn?«
»Ein Foto ist verschwunden. Ich bin sehr beunruhigt.«
»Was für ein Foto?«
»Ein Bild von Tony.«
»Wer hat es genommen?«
»Der Amerikaner.«
»Das bedeutet, daß er ihn erkannt hat. Graff hatte recht. Man kann deinem lieben Ehemann nicht vertrauen. Seine Begeisterung übersteigt seine Vorsicht. Ich frage mich, wo Holcroft ihn gesehen hat?«
»Im Flugzeug vielleicht. Oder der Portier hat ihn beschrieben. Es spielt auch keine Rolle. Leg ihn um.«
»Ja, natürlich.« Der Blonde hielt inne. Dann fragte er: »Hast du die Sparbücher?«

»Ja.«

»Zahle zehntausend Pfund ein. Die Überweisung soll über Prag laufen.«

»KGB? Sehr gut, Johann.«

»Die Briten werden einen Mann an die Gegenseite verlieren. Freundliche Diplomaten werden miteinander diskutieren, sich gegenseitig Vorwürfe machen, und jeder wird den anderen der Heuchelei bezichtigen.«

»*Sehr* gut.«

»Ich bin nächste Woche in Berlin. Dort kannst du mich erreichen.«

»So bald Berlin?«

»Ja, Kessler wartet. *Wiederaufbau oder Tod.*«

»*Oder der Tod,* mein Bruder.«

Tennyson legte auf und starrte in dem schwachen Licht auf das tote Tier, das vor ihm auf dem Boden lag. Er empfand für den Kadaver nicht mehr als für den Mann, der im Wagen auf ihn wartete. Er brauchte seine Gefühle für Wichtigeres als für Tiere und Versager – gleichgültig, wie ergeben sie auch sein mochten.

Beaumont war ein Narr, ein Urteil, das in einer Akte stand, die vor Jahren von Schottland nach Brasilien geschickt worden war. Aber er hatte die Energie eines Narren und auch das Gefühl, ein Tausendsassa zu sein, wie es für Narren so typisch ist. Er war tatsächlich ein hervorragender Marineoffizier gewesen. Dieser Sohn eines Sturmbannführers war auf der Karriereleiter der Königlichen Marine Ihrer Majestät zu einem Punkt aufgestiegen, wo man ihm wichtige Verantwortung übertrug. Zu viel für seinen Intellekt; es war nötig, diesen Intellekt zu lenken und zu leiten. Ihre Pläne hatten einmal vorgesehen, daß Beaumont zu gegebener Zeit zu einem Machtfaktor in der Admiralität werden sollte, ein Experte, den das Foreign Office konsultieren würde. Es wäre eine optimale Situation gewesen; man hätte ihnen dann durch Beaumonts Vermittlung außerordentliche Vorteile verschaffen können. Er war ein *Sonnenkind* geblieben; man gestattete ihm zu leben.

Aber jetzt nicht mehr. Durch den Diebstahl einer Fotografie war Beaumont erledigt, denn dieser Diebstahl barg die Gefahr einer gründlichen Untersuchung. Und es durfte keine Untersuchung geben, gar keine; sie standen einander zu nahe, und es gab noch zu viel zu tun. Wenn Holcroft die Fotografie den falschen Leuten in der Schweiz gab, ihnen von Beaumonts Anwesenheit in New York oder Rio erzählte, dann könnte dies dazu führen, daß die Militärbehörden alarmiert wurden. Warum interessierte sich dieser hervorragende Offizier so für das Genfer Dokument? Zu dieser Frage durfte es nicht kommen. Dieser Sohn eines Sturmbannführers mußte entfernt werden. Eigentlich war es schade. Man würde den Commander vermissen; er war manchmal sehr wertvoll gewesen.

Gretchen kannte diesen Wert. Gretchen war Beaumonts Lehrerin... sein Intellekt gewesen. Sie war ungemein stolz auf ihr Werk, und jetzt verlangte sie Beaumonts Tod. Also gut. Sie würden einen anderen finden, der seinen Platz einnehmen konnte.

Es gab sie überall, dachte Johann von Tiebolt, als er zur Tür ging. Überall. Die *Sonnenkinder*. Die Kinder der Sonne, niemals mit den Verdammten zu verwechseln. Die Verdammten waren Abschaum und hatten keinerlei Rechte.

Die *Sonnenkinder*. Überall. In allen Ländern, allen Regierungen, in den Armeen und der Marine, in der Industrie und den Gewerkschaften, an der Spitze von Geheimdiensten und der Polizei. Und alle warteten still. Herangewachsene Kinder der neuen Ordnung. *Tausende.* Hinausgeschickt per Schiff und Flugzeug und Unterseeboot. An alle Enden der zivilisierten Welt. So *weit* über dem Durchschnitt stehend – was ihre Fortschritte überall Tag für Tag bestätigten. Sie waren der lebende Beweis für die Überlegenheit der nordischen Rasse. Sie waren von reinster Zucht. Und der Reinste von allen, der Hervorragendste von allen war der Tinamu.

Von Tiebolt öffnete die Tür und trat ins Freie. Beaumont hatte den Wagen fünfzig Meter weiterrollen lassen und die Scheinwerfer ausgeschaltet. Der Commander arbeitete immer streng nach Vorschrift. Seine Ausbildung trat in allem, was er tat, deutlich zutage – nur dann nicht, wenn seine Begeisterung stärker war als seine Vorsicht. Und jetzt würde ihn diese Begeisterung das Leben kosten.

Tennyson ging langsam auf den Wagen zu. Etwas abwesend dachte er darüber nach, wie alles für Anthony Beaumont angefangen hatte. Der Sohn des Sturmbannführers war zu einer Familie in Schottland geschickt worden; mehr hatte Tennyson nie erfragt. Man hatte ihm von Beaumonts Hartnäckigkeit berichtet, seiner Zähigkeit, seiner Zielbewußtheit, aber nicht, wie man ihn aus Deutschland hinausgebracht hatte. Es war nicht notwendig, das zu wissen. Es waren Tausende gewesen; und alle Akten waren vernichtet.

Tausende. Nach genetischen Gesichtspunkten ausgewählt, man hatte die Eltern studiert, und das, was über die Familie zu erfahren war, über einige Generationen zurückverfolgt, um sicherzugehen, daß es keine organischen oder psychologischen Schwächen gab. Nur die Allerreinsten wurden hinausgeschickt, und überall beobachtete man diese Kinder sorgfältig, lenkte, schulte und indoktrinierte sie, sagte ihnen aber nichts, bis sie herangewachsen waren. Und selbst dann nicht allen. Diejenigen, die sich ihres Geburtsrechts nicht würdig erwiesen, die Schwächen zeigten oder von denen herauskam, daß sie umgedreht waren, erfuhren es nie, wurden einfach ausgesondert.

Aber jene, die dann übrigblieben, waren die wahren Erben des Dritten Reiches. Sie befanden sich überall in Vertrauensstellungen, besetzten in Behörden wichtige Posten. Warteten... warteten auf das Signal aus der Schweiz, bereit, die Millionen sofort einzusetzen.

Millionen, die mit Bedacht und politisch wohlüberlegt verteilt werden würden. Eine Nation nach der anderen würde sich anschließen, von innen heraus durch die *Sonnenkinder* geformt, denen außergewöhnliche Summen zur Verfügung stünden, mit denen sie ihren Einfluß verstärken könnten. Zehn Millionen hier, vierzig Millionen dort, hundert Millionen, wo es notwendig war.

In der freien Welt würden Wahlen gekauft werden, und die Wähler würden bald überhaupt keine Wahl mehr haben, höchstens noch Echos daraus. Das war nichts Neues; erfolgreiche Experimente hatten bereits stattgefunden. Chile hatte nicht einmal siebenundzwanzig Millionen gekostet, Panama knapp sechs. In Amerika waren Sitze im Senat und Kongreß für ein paar hunderttausend zu haben. Aber wenn dann das Signal aus der Schweiz käme, würden die Millionen mit wissenschaftlicher Akribie verteilt, würde man die Demographie einsetzen. Bis die ganze westliche Welt von den herangewachsenen Kindern des Reiches geführt würde. Den *Sonnenkindern*.

Als nächstes war der Ostblock an der Reihe. Und die Sowjetunion und ihre Satelliten würden unter den Verlokkungen ihrer immer stärker werdenden Bourgeoisie zusammenbrechen. Wenn das Signal kam, würden Versprechungen gemacht werden, und dann würden die Volkskollektive überall plötzlich erkennen, daß es einen besseren Weg gab. Weil dann plötzlich außergewöhnliche Mittel zur Verfügung stünden; eine bloße Umpolung des beschränkten Untertanenverstands könnte die wirtschaftliche Misere beenden.

Und dann würde das Vierte Reich geboren werden und sich nicht auf die Grenzen von ein oder zwei Ländern beschränken, sondern sich über die ganze Welt ausbreiten. Die Kinder der Sonne würden die rechtmäßigen Herren des Globus sein. *Die Sonnenkinder*.

Mochten ruhig einige sagen, das alles sei lächerlich, unvorstellbar. Das war es nicht; es vollzog sich bereits. Überall.

Dennoch wurden Fehler gemacht, dachte Tennyson, als er sich dem Wagen näherte. Sie waren unvermeidbar, und ebenso unvermeidbar war die Tatsache, daß sie korrigiert werden mußten. Beaumont war ein Fehler. Tennyson schob die Pistole ins Halfter zurück; sie würde dort nicht lange bleiben.

Er ging um den Wagen herum auf die Fahrerseite; das Fenster war heruntergekurbelt, der Commander sah sich besorgt um. »Was war denn? Stimmt etwas nicht?«

»Nichts, das sich nicht beheben läßt. Rutsch hinüber, ich fahre jetzt. Du kannst mir den Weg weisen.«

»Wohin?«

»Die haben gesagt, irgendwo in der Umgebung sei ein See, acht oder zehn Kilometer von hier. Die Verständigung war schlecht; eine schlechte Verbindung.«

»Der einzige See in der Nähe ist östlich von Saint-Gratien. Das sind eher zwölf bis fünfzehn Kilometer.«

»Der muß es dann sein. Gibt es dort Wälder?«

»Reichlich.«

»Dann ist er es«, sagte Tennyson und stieg in den Wagen, während Beaumont hinüberrutschte. »Ich kenne die Scheinwerfercodes. Du sagst mir, wohin ich fahren soll; ich konzentriere mich auf die Lampen.«

»Das klingt seltsam.«

»Nicht seltsam. Kompliziert. Vielleicht erwarten die uns am Weg. Ich weiß, worauf ich achten muß. Schnell jetzt. Welche Richtung fahren wir?«

»Dreh zunächst einmal um. Zurück zu dieser schrecklichen Straße. Dann nach links.«

»Ausgezeichnet.« Tennyson ließ den Motor an.

»Was *ist* denn?« fragte Beaumont. »Es muß ja etwas ziemlich Schlimmes sein. Ich habe bis jetzt erst einmal ein Viermal-lang-Signal gehört, und *das* war unser Mann in Entebbe.«

»Er war nicht unser Mann, Tony. Er war unsere Marionette.«

»Ja, natürlich. Der Terrorist von der RACHE. Trotzdem war er unsere *Verbindung*, wenn du weißt, was ich meine.«

»Ja, ich weiß. Hier abbiegen? Links?«

»Ja. Aber *sag* es mir doch, um Gottes willen! Was, zum Teufel, geht denn vor?«

Tennyson hatte jetzt das Wendemanöver beendet und beschleunigte. »Es könnte tatsächlich dich betreffen. Wir sind nicht sicher, aber die Möglichkeit besteht.«

»Mich?«

»Ja. Hat Holcroft dich je zu Gesicht bekommen? Dich mehr als einmal gesehen? Bemerkt, daß du ihm gefolgt bist?«

»Mich *entdeckt*? Niemals! Niemals, niemals, *niemals*! Ich *schwöre*!«

»In Genf? Denk nach.«

»Ganz sicher nicht.«

»In New York?«

»Ich bin ihm nie näher als eine Meile gekommen! Unmöglich!«

»Auf dem Flug nach Rio?«

Beaumont überlegte. »Nein ... er kam durch den Vorhang. Er war ziemlich betrunken, denke ich. Aber er hat nicht auf mich geachtet. Überhaupt nicht. Ich habe ihn gesehen, aber er mich nicht.«

Das war es, dachte Tennyson. Dieses ergebene Kind des Reiches glaubte, was es glauben mußte. Es hatte keinen Sinn, weiter über die Angelegenheit mit ihm zu sprechen.

»Dann ist alles ein Irrtum, Tony. Eine vergeudete halbe Stunde. Ich habe mit deiner Frau gesprochen, meiner lieben Schwester. Sie sagte, du seist viel zu vorsichtig, als daß so etwas passiert sein könnte.«

»Da hatte sie recht. Sie hat *immer* recht, wie du sehr wohl weißt. Ein bemerkenswertes Mädchen. Du kannst denken, was du willst, aber unsere Ehe war nicht nur eine Vernunftehe.«

»Das weiß ich, Tony. Das macht mich sehr glücklich.«

»Die nächste Querstraße rechts. Die führt nach Norden, zum See.«

Im Wald war es kalt, und noch kälter am Wasser. Sie parkten am Ende einer nicht asphaltierten Straße und gingen den schmalen Weg zum See hinauf. Tennyson trug eine Taschenlampe, die er aus dem Handschuhfach des Wagens genommen hatte, Beaumont einen Handspaten; sie hatten beschlossen, ein kleines Feuer in einer Grube zu machen, um nicht zu frieren.

»Bleiben wir so lange hier?« fragte Beaumont.

»Schon möglich. Es gibt einige Dinge zu besprechen, und ich lege Wert auf deinen Rat. Ist das das Ostufer des Sees?«

»O ja. Ein guter Treffpunkt. Um diese Jahreszeit ist hier niemand.«

»Wann erwartet man dich wieder auf deinem Schiff?«

»Ich hab' dir doch gesagt: Ich verbringe das Wochenende mit Gretchen.«

»Also Montag?«

»Oder Dienstag. Mein Erster Offizier ist ein feiner Kerl. Er nimmt einfach an, daß ich dienstlich unterwegs bin. Der stellt nie Fragen, wenn ich mich ein oder zwei Tage verspäte.«

»Warum sollte er auch? Er ist einer von uns.«

»Ja, aber die Streifenpläne müssen natürlich eingehalten werden. Die dürfen nicht durcheinandergeraten.«

»Natürlich nicht. Grab hier, Tony. Wir wollen das Feuer

nicht zu nahe am Wasser haben. Ich geh zurück und achte auf Signale.«

»Gut.«

»Mach das Loch ziemlich tief. Man soll die Flammen auf keinen Fall sehen.«

»Geht klar.«

Feuer und Wasser. Erde. Verbrannte Kleider, verkohltes Fleisch, zerschlagene Zahnprothesen. John Tennyson ging den Weg zurück und wartete. Einige Minuten später zog er die Pistole aus dem Halfter und holte ein langes Jagdmesser aus der Manteltasche. Es würde eine ziemliche Schweinerei geben, aber das war nicht zu vermeiden. Das Messer war ebenso wie der Spaten im Kofferraum des Wagens gewesen. Werkzeuge für den äußersten Notfall, die stets zur Hand waren.

Ein Fehler war aufgedeckt worden. Der Tinamu würde dafür sorgen, daß der Fehler behoben wurde.

18.

Holcroft nahm einen Schluck Kaffee und blickte in den kalten, hellen Pariser Morgen hinaus. Es war der zweite Morgen, seit er Helden kennengelernt hatte, und sie war ihrem Ziel, ihren Bruder zu erreichen, nicht näher gekommen.

»Er wird mich anrufen; ich weiß, daß er das tun wird«, hatte sie vor wenigen Minuten am Telefon gesagt.

»Was meinen Sie, wenn ich eine Weile ausgehe?« hatte er gefragt.

»Keine Sorge. Ich erreiche Sie schon.«

Keine Sorge. Seltsam, daß sie das sagte, in Anbetracht dessen, wo er war und wie er dort hingekommen war – wie *sie* dort hingekommen waren.

Der Wahnsinn war weitergegangen. Sie hatten den Landgasthof verlassen und waren zum Montmartre zurückgefahren, wo ein Mann aus einem finsteren Eingang gekommen war und sie von dem Citroën befreit hatte; dann waren sie durch die überfüllten Straßen geschlendert, vorbei an zwei

Straßencafés, wo man ihnen zunickte und damit bedeutete, daß sie zu Noels Mietwagen zurückkehren könnten.

Vom Montmartre aus hatte sie ihm den Weg quer durch Paris gewiesen, über die Seine zu einem Hotel in Saint-Germain-des-Prés; er hatte sich eingetragen und im voraus für die Nacht bezahlt. Das war ein Ablenkungsmanöver; er suchte sein Zimmer nicht auf. Statt dessen waren sie weitergefahren zu einem Hotel in der Rue Chevalle, wo ihm die Aufschrift einer Reklametafel für Limonade den Namen für die Eintragung in die Meldeliste geliefert hatte: N. Fresca.

Sie hatte ihn im Empfangsraum des Hotels verlassen und gesagt, daß sie anrufe, sobald sie Nachricht von ihrem Bruder habe.

»Erklären Sie mir etwas«, hatte er gesagt. »Warum tun wir das alles? Welchen Unterschied macht es, wo ich absteige, oder ob ich nun meinen eigenen Namen gebrauche oder einen anderen?«

»Man hat Sie in meiner Gesellschaft gesehen.«

Helden. Ein seltsamer Name, eine seltsame Frau. Eine eigenartige Mischung aus Verletzlichkeit und Kraft. Sie lehnte sich dagegen auf, aus dem Schmerz, den sie im Laufe der Jahre erlitten hatte, Selbstmitleid werden zu lassen. Sie stellte sich ihrer Vergangenheit, begriff, daß die Kinder von Nazis von der ODESSA und der RACHE gejagt wurden und sie damit leben mußten: verdammt für das, was sie waren, und verdammt für das, was sie nicht waren.

Genf konnte diesen Kindern helfen; *würde* ihnen helfen. Noel hatte das für sich ins reine gebracht. Es fiel ihm leicht, sich mit ihnen zu identifizieren. Wäre da nicht der Mut einer außergewöhnlichen Mutter gewesen, hätte er einer von ihnen sein können.

Aber da waren andere Dinge, die ihn viel unmittelbarer betrafen. Fragen, die eine Auswirkung auf die Genfer Unternehmung hatten. Wer war der rätselhafte Anthony Beaumont? Welche Ziele verfolgte er? Was war den von Tiebolts wirklich in Brasilien widerfahren? Wieviel wußte Johann von Tiebolt über den Vertrag?

Wenn es jemanden gab, der darauf die Antworten wußte, so war es Johann... John Tennyson.

Holcroft ging ans Fenster zurück; ein paar Tauben flogen über ein Dach in der Nähe, schwärmten im Morgenwind aus. Die von Tiebolts. Vor drei Wochen war ihm der Name noch unbekannt gewesen, aber jetzt war sein Leben unlösbar mit dem ihren verknüpft.

Helden. Seltsamer Name, seltsames Mädchen. Voller Widersprüche und Schwierigkeiten. Er war noch nie einem Menschen wie ihr begegnet. Es war, als stammte sie aus einer anderen Zeit, von einem anderen Land, und kämpfte gegen das Vermächtnis eines Krieges an, der bereits im Dunkel der Geschichte versunken war.

Die RACHE. Die ODESSA... *Wolfsschanze*. Alles Fanatiker. Widersacher in einem Blutbad, das heute keine Bedeutung mehr hatte. Das war vorbei, seit dreißig Jahren schon. Es war Geschichte, Vergangenheit, abgetan.

Die Tauben senkten sich wieder herunter, und in ihrem Massenangriff auf das Dach sah Noel plötzlich etwas – begriff er etwas –, das er vorher nicht erkannt hatte. Schon in jener Nacht war es dagewesen – seit seinem Zusammentreffen mit dem Oberst –, und er hatte es nicht erkannt.

Es war *nicht* vorbei. Der Krieg selbst war wiederbelebt worden. Von Genf!

Viele werden versuchen, Sie zu stoppen, Sie mit Lügen zu täuschen, Sie zu töten...

Die ODESSA. Die RACHE. *Das* waren die Feinde von Genf! Fanatiker und Terroristen, die alles tun würden, um den Vertrag zunichte zu machen. Alle anderen hätten das Geheimnis des Kontos dadurch an die Öffentlichkeit gezerrt, daß sie die internationalen Gerichte anriefen; aber weder die ODESSA noch die RACHE konnten das tun. Helden hatte unrecht – zumindest teilweise unrecht. Jegliche Interessen beider an den Kindern der Parteiführer mußten hinter dem Ziel zurücktreten, gegen Genf zu kämpfen! *Ihn* zu stoppen. Sie hatten von dem Konto in der Schweiz erfahren – irgendwie, irgendwo – und waren fest entschlossen, dieses Konto zu blockieren. Wenn der Erfolg davon abhing, daß er getötet wurde, so war dies keine Entscheidung von Bedeutung; er stand zur Disposition.

Das erklärte das Strychnin im Flugzeug – ein schrecklicher

Tod, der ihm bestimmt gewesen war. Die Terrortaktiken der RACHE. Es erklärte die Ereignisse in Rio – Schüsse auf einem verlassenen Aussichtspunkt und ein zersplittertes Wagenfenster im nächtlichen Verkehr. Maurice Graff und die psychopathischen Anhänger des brasilianischen Zweigs der ODESSA. Sie wußten – sie *alle* wußten – von Genf!

Und dann waren sie auch über die von Tiebolts informiert. Das würde erklären, was in Brasilien geschehen war. Es ging nie um die *Mutter;* es ging um Johann von Tiebolt. Er war auf der Flucht vor Graffs ODESSA; der Bruder als Beschützer, der das, was von der Familie übriggeblieben war, rettete, der sich und seine zwei Schwestern aus Rio hinausschmuggelte.

Um zu überleben und den Vertrag in Genf zu erfüllen.

Eines Tages kommt ein Mann und spricht von einer seltsamen Abmachung... Und in jener ›seltsamen Abmachung‹ lagen das Geld und die Macht, die ODESSA und die RACHE – zu vernichten. Denn ohne Zweifel waren das wesentliche Ziele des Vertrages.

Noel begriff jetzt. Er und John Tennyson und ein Mann namens Kessler in Berlin hätten die Genfer Unternehmung in der Hand; sie würden die Agentur in Zürich leiten. Sie würden die ODESSA, wo immer sie war, vernichten; sie würden die RACHE auslöschen. Zu der Wiedergutmachung, die zu leisten war, gehörte auch, daß die Fanatiker zum Schweigen gebracht wurden.

Es drängte ihn, Helden anzurufen, ihr zu sagen, daß sie bald nicht mehr zu fliehen brauche – sie *alle* würden aufhören können zu fliehen – aufhören, sich zu verstecken, aufhören, in Angst zu leben. Es drängte ihn, ihr das zu sagen. Und es drängte ihn, sie wiederzusehen.

Aber er hatte ihr sein Wort gegeben, sie nicht bei Gallimard anzurufen, unter keinen Umständen den Versuch zu machen, sie zu erreichen. Es war zum Wahnsinnigwerden; *sie* war zum Wahnsinnigwerden, und doch durfte er sein Wort nicht brechen.

Das Telefon. Er mußte das Büro von American Express an den Champs-Elysées anrufen. Er hatte Sam Buonoventura gesagt, daß er sich dort nach Mitteilungen erkundigen werde.

Es war ganz einfach, sich telefonisch Mitteilungen durchgeben zu lassen; er hatte das auch schon früher getan. Niemand brauchte zu wissen, wo er sich aufhielt. Er stellte die Kaffeetasse weg und ging ans Telefon, erinnerte sich plötzlich, daß er noch ein zweites Gespräch führen mußte. Mit seiner Mutter. Es war noch zu früh, sie jetzt in New York anzurufen; er würde das später tun.

»Tut mir leid, Monsieur«, sagte der Angestellte im Büro von American Express. »Sie müssen persönlich für die Telegramme quittieren. Es tut mir sehr leid.«

Telegramme! Noel legte den Hörer auf. Er war verärgert, aber nicht zornig. Es würde ihm guttun, das Hotelzimmer zu verlassen, das würde seine Gedanken von dem erwarteten Anruf Heldens ablenken.

Er ging die Rue Chevalle hinunter, und ein kalter Wind pfiff ihm ins Gesicht. Ein Taxi brachte ihn über den Fluß auf die Champs-Elysées. Die Luft und das warme Sonnenlicht wirkten belebend auf ihn; er kurbelte das Fenster herunter. Zum erstenmal seit Tagen fühlte er sich zuversichtlich; er wußte jetzt, wohin ihn sein Weg führte. Genf war nähergerückt. Die verschwommenen Umrisse, die Freund und Feind trennten, waren deutlicher geworden.

Was immer ihn im Büro von American Express erwartete, schien ihm belanglos. Es gab nichts in New York oder London, mit dem er nicht zu Rande kommen würde. Seine Hauptsorge galt jetzt Paris. Er und John Tennyson würden sich treffen, würden miteinander sprechen und Pläne machen, und der erste dieser Pläne wäre, nach Berlin zu reisen und dort Erich Kessler aufzusuchen. Sie wußten, wer ihre Feinde waren; es kam nur darauf an, diesen Feinden zu entwischen. Heldens Freunde würden ihnen behilflich sein können.

Als er aus dem Taxi stieg, blickte er auf die getönten Fenster des American-Express-Büros, und plötzlich kam ihm etwas in den Sinn. War es eine Falle, als man sich geweigert hatte, ihm die Mitteilungen am Telefon vorzulesen? Ein Mittel, das ihn zwingen sollte, sich zu zeigen? Wenn ja, war das ein Winkelzug des britischen Geheimdienstes. Noel lächelte. Er wußte genau, was er zu sagen hatte, wenn die Briten ihn festnahmen: John Tennyson war ebensowenig ein Meuchelmörder, wie er einer war, und hatte wahrscheinlich eine viel weißere Weste als eine ganze Anzahl Angehöriger von MI-5.

Vielleicht würde er sogar einen Schritt weitergehen und vorschlagen, daß die Royal Navy sich einen ihrer höchstdekorierten Offiziere etwas näher ansah. Es gab eine ganze Menge Indizien, die darauf deuteten, daß Commander Anthony Beaumont ein Mitglied der ODESSA war, den ein Mann namens Graff in Brasilien angeworben hatte.

Er hatte das Gefühl, in einen Abgrund zu stürzen, immer tiefer, unfähig, Atem zu holen. Sein Magen war eine einzige Leere, und glühender Schmerz schoß durch seine Brust. Kummer und Schrecken hielten ihn gepackt. Und Zorn. Das Telegramm lautete:

> DEIN VATER VOR VIER TAGEN GESTORBEN STOP KANN DICH NICHT ERREICHEN STOP BITTE RUFE BEDFORD HILLS AN STOP
>
> MUTTER

Da war noch ein zweites Telegramm von Lieutenant David Miles, New York, Polizeiabteilung der Flughafenbehörde.

> DER KÜRZLICH ERFOLGTE TOD VON RICHARD HOLCROFT ERFORDERT DRINGEND DASS SIE SOFORT MIT MIR VERBINDUNG AUFNEHMEN STOP EMPFEHLE DRINGEND DASS SIE MIT MIR SPRECHEN, EHE SIE SONST JEMANDEN KONTAKTEN.

Da waren dieselben zwei Telefonnummern, die Buonoventura ihm nach Rio durchgegeben hatte, und sechs – *sechs* – Erkundigungen, die mit Tag und Stunde registriert waren, seit das Telegramm im American-Express-Büro eingetroffen war. Miles hatte zweimal täglich nachgefragt, ob seine Mitteilung ihren Empfänger erreicht hatte.

Noel ging die Champs-Elysées hinauf, versuchte, seine Gedanken zu sammeln, versuchte, seinen Kummer unter Kontrolle zu bringen.

Der einzige Vater, den er je gekannt hatte. ›Dad‹ . . . ›mein *Vater*‹, Richard Holcroft. Worte, die er stets voll Zuneigung, voll Liebe, voll unbeschwerter Heiterkeit ausgesprochen hatte, denn Richard Holcroft war ein Mann mit vielen liebenswerten Eigenschaften, nicht zuletzt der Fähigkeit, über sich selbst lachen zu können. Er hatte seinem Sohn – Stiefsohn – nein, *verdammt*, seinem *Sohn*! – mit Ratschlägen geholfen, sich aber nie eingemischt, nur wenn es gar nicht anders ging.

O Gott, er war *tot*!

Was den stechenden Schmerz verursachte – ein Schmerz, den er als Teil des Schreckens und des Zorns begriff –, war in Miles' Telegramm enthalten. War er irgendwie für den Tod Richard Holcrofts verantwortlich? *O Gott*! Gab es eine Beziehung zwischen seinem Tod und einem Röhrchen mit Strychnin, das jemand dreißigtausend Fuß über dem Atlantik in einen Drink gegossen hatte? Hing er irgendwie mit dem Gespinst von *Genf* zusammen?

Hatte er, irgendwie, den Vater, den er sein ganzes Leben lang kannte, für einen anderen Vater geopfert, den er nie gekannt hatte?

Er erreichte die Kreuzung Avenue George V. Auf der anderen Seite der von dichtem Verkehr erfüllten Straße sah er eine Tafel über Markisen, die sich über das ganze Café erstreckten: FOUQUET'S. Es war ihm nur zu vertraut. Zu seiner Linken war das Hotel George V. Vor einem Jahr hatte er kurz dort gewohnt, ein Geldprotz aus dem Hotelgewerbe hatte seinen Aufenthalt bezahlt. Der Mann hatte die Wahnvorstellung gehabt, die sich später auch als solche erwies, das Äußere des berühmten Baus in Kansas City nachzuempfinden.

Holcroft hatte sich damals mit dem stellvertretenden Direktor angefreundet. Wenn der Mann noch dort war, ließe er ihn vielleicht telefonieren. Wenn man die Anrufe tatsächlich zum George V. zurückverfolgte, wäre es nicht schwer, das herauszubekommen. Und noch viel einfacher, irreführende Informationen über seinen Aufenthaltsort zu hinterlassen.

Vorausschauen.

»Aber natürlich, mit größtem Vergnügen, Noel. Ich freue mich so, Sie wiederzusehen. Ich bin traurig, daß Sie nicht bei uns abgestiegen sind, aber bei unseren Preisen kann ich es Ihnen nicht verübeln. Hier, benutzen Sie mein Büro.«

»Ich nehme die Anrufe natürlich auf meine Kreditkarte.«

»Ich mache mir keine Sorgen, mein Freund. Später vielleicht einen *apéritif?*«

»Das wäre schön«, sagte Noel.

Es war zehn Uhr fünfundvierzig nach Pariser Zeit. Viertel vor sechs in New York. Wenn Miles seinen Anruf so dringend erwartete, wie sein Telegramm besagte, würde das nichts ausmachen. Er nahm den Hörer ab und meldete das Gespräch an.

Noel blickte noch einmal auf Miles' Telegramm.

> DER KÜRZLICH ERFOLGTE TOD VON RICHARD HOLCROFT ERFORDERT DRINGEND DASS SIE SOFORT MIT MIR VERBINDUNG AUFNEHMEN STOP EMPFEHLE DRINGEND DASS SIE MIT MIR SPRECHEN EHE SIE SONST JEMANDEN KONTAKTEN...

Die Empfehlung klang drohend; das ›sonst jemanden‹ konnte nur seine Mutter angehen.

Er legte das Papier auf den Schreibtisch zurück und griff in die Tasche nach Althenes Telegramm.

> DEIN VATER VOR VIER TAGEN...KANN DICH NICHT ERREICHEN...

Die Gefühle der Niedergeschlagenheit, daß er nicht bei ihr gewesen war, bedrängten ihn kaum weniger als seine Schuld- und Angstgefühle, wenn er die Möglichkeit in Betracht zog, daß er für diesen Tod verantwortlich war. Möglichkeit? Er *wußte* es; er fühlte es.

Er fragte sich – von Schmerz erfüllt –, ob Miles Althene erreicht hatte. Und wenn ja, was er zu ihr gesagt hatte?

Das Telefon klingelte. »Spricht dort Noel Holcroft?«

»Ja. Es tut mir leid, daß Sie Schwierigkeiten hatten, mich zu erreichen...«

»Damit will ich mich gar nicht aufhalten«, unterbrach ihn Miles. »Ich will Ihnen nur sagen, daß Sie einige Bundesgesetze verletzt haben.«

»Augenblick«, unterbrach ihn Noel zornig. »Worin besteht meine Schuld? Sie haben mich gefunden, ich verstecke mich nicht.«

»Eine ganze Woche lang habe ich versucht, Sie ausfindig zu machen – daß ich Sie jetzt erst finde, kann ich nur als eine eklatante Mißachtung der Justiz bezeichnen. Sie sollten New York nicht verlassen, ohne uns zu verständigen.«

»Da gab es wichtige persönliche Angelegenheiten. Ich habe eine Nachricht hinterlassen. Sie können mir nichts anhängen.«

»Dann versuchen wir's doch mal mit ›Behinderung der Ermittlungen‹.«

»Was?«

»Sie befanden sich in der Lounge dieser Sieben-vier-sieben der British Airways, und Sie und ich wissen, was geschehen ist. Oder sollte ich sagen, was *nicht* geschehen ist?«

»Wovon reden Sie?«

»Dieser Drink war für Sie bestimmt, nicht für Thornton.«

Holcroft hatte gewußt, daß das kommen würde, aber das änderte nichts an dem Schock. Trotzdem protestierte er: »So etwas Verrücktes habe ich noch nie gehört.«

»Ach, kommen Sie! Sie sind ein intelligenter, aufrechter Bürger aus einer intelligenten, aufrechten Familie, aber Ihr Verhalten in den letzten fünf Tagen war dumm und alles andere als astrein.«

»Sie beleidigen mich, aber ohne dabei etwas zu sagen. Sie erwähnen in Ihrem Telegramm –«

»Darauf kommen wir gleich«, unterbrach ihn der Lieutenant. »Ich möchte, daß Sie sich darüber im klaren sind, auf wessen Seite Sie stehen. Sehen Sie, ich möchte nämlich, daß Sie uns unterstützen und sich nicht gegen uns stellen.«

»Weiter.«

»Wir haben Ihre Spur nach Rio verfolgt. Wir haben mit –«

»Sie haben *was*?« Hatte Sam ihn verpfiffen?

»Das war nicht schwierig. Übrigens, Ihr Freund Buonoventura weiß nichts davon. Er hat versucht, Sie zu decken, aber das reichte nicht. Er sagte, Sie befänden sich auf einem Boot und seien von Curaçao aus in See gestochen. Aber die niederländischen Einwanderungsbehörden hatten keine Unterlagen über Sie. Wir beschafften uns eine Liste der Überseetelefonnummern, die er angerufen hatte, und sahen uns bei den Fluggesellschaften um. Sie waren mit Braniff aus New

York abgeflogen und wohnten im Pôrto-Allegre-Hotel in Rio.«

Amateure waren eben Fachleuten nicht gewachsen. »Sam sagte, Sie hätten ein paarmal angerufen.«

»Habe ich auch«, gab Miles zu. »Sie verließen Rio, und wir wollten herausfinden, wohin Sie gingen; wir wußten, daß er mit Ihnen Verbindung aufnehmen würde. Haben Sie nicht in dem Hotel in London meine Nachricht bekommen?«

»Nein.«

»Ich will es Ihnen glauben. Solche Mitteilungen gehen manchmal verloren.«

Aber diese Mitteilung war nicht verlorengegangen, dachte Noel. Sie war von den Männern der Wolfsschanze gestohlen worden. »Ich weiß jetzt, wo ich stehe. Zur Sache.«

»*Ganz* wissen Sie es noch nicht«, antwortete Miles. »Wir haben mit der Botschaft in Rio gesprochen, mit einem Mann namens Anderson. Er sagte, Sie hätten ihm da eine tolle Geschichte erzählt. Man habe Sie in eine Falle gelockt, gejagt, auf Sie geschossen. Er sagte, er habe Ihnen kein Wort geglaubt, Sie für einen Unruhestifter gehalten und sei daher froh gewesen, daß er Sie aus Brasilien habe abschieben können.«

»Ich weiß. Er hat mich zum Flughafen gefahren.«

»Wollen Sie mir darüber etwas sagen?« fragte Miles.

Noel starrte die Wand an. Wie leicht es jetzt doch wäre, sich von der Last zu befreien, offiziellen Schutz zu suchen. Der gesichtslose Lieutenant Miles war ein Symbol der Staatsgewalt. Aber er war das falsche Symbol am falschen Ort und zur falschen Zeit. »Nein. Sie können da nichts tun. Das ist alles gelöst.«

»Wirklich?«

»Ja.«

Eine Weile schwiegen beide. »Also gut, Mr. Holcroft. Ich hoffe, Sie überlegen es sich noch anders. Ich glaube nämlich, daß ich Ihnen helfen kann. Ich glaube, Sie *brauchen* Hilfe.« Miles hielt inne. »Ich fordere Sie jetzt in aller Form auf, nach New York zurückzukehren. Sie gelten als Hauptzeuge in einem Mordfall und werden für wichtige Vernehmungen benötigt.«

»Tut mir leid. Nicht jetzt.«

»Ich habe nicht mit Ihrer Zustimmung gerechnet. Lassen Sie es mich informell versuchen. Es betrifft Ihren Vater.«

Jetzt kam die schreckliche Nachricht, und ihm blieb keine andere Wahl. »Man hat ihn umgebracht, nicht wahr?« fragte er ganz leise.

»Das will ich nicht gehört haben. Sehen Sie, wenn ich es gehört hätte, müßte ich zu meinem Vorgesetzten und es melden. Ich müßte ihm mitteilen, daß Sie das ohne jeden Anlaß gesagt haben. Sie haben einen Schluß gezogen, der unmöglich auf irgend etwas basieren kann, das ich Ihnen gegenüber erwähnt habe. Ich müßte beantragen, daß Sie sofort vernommen werden.«

»Hören Sie doch auf, Miles! Ihr Telegramm war nicht so raffiniert! ›Der kürzlich erfolgte Tod‹ et cetera; ›empfehle dringend‹ et cetera! Was, zum Teufel, soll ich denn da denken?«

Wieder gab es auf der New Yorker Seite eine Pause. »Okay. Schachmatt. Sie haben gewonnen.«

»Man *hat* ihn also ermordet?«

»Das nehmen wir an.«

»Was haben Sie meiner Mutter gegenüber geäußert?«

»Nichts. Das liegt nicht in meinem Zuständigkeitsbereich. Sie kennt nicht einmal meinen Namen. Und das beantwortet meine nächste Frage. Sie haben bis jetzt noch nicht mit ihr gesprochen.«

»Nein. Sagen Sie mir, was geschehen ist.«

»Ihr Vater ist in einen höchst ungewöhnlichen Unfall geraten, anders kann ich das nicht ausdrücken. Er starb eine Stunde später im Krankenhaus an den Folgen seiner Verletzungen.«

»Was war das für ein Unfall?«

»Ein alter Mann aus der Bronx hat in der Nähe des Plaza-Hotels die Kontrolle über seinen Wagen verloren. Der Wagen brach aus, fuhr über den Randstein und in eine Gruppe Menschen auf dem Gehsteig. Drei waren sofort tot. Ihr Vater wurde gegen die Mauer geschleudert; genauer: eingequetscht, fast zerdrückt.«

»Damit wollen Sie sagen, daß der Wagen auf ihn zielte!«

»Nun – es war natürlich ein heilloses Durcheinander.«

»Was *wollen* Sie damit sagen?«

Miles zögerte. »Ja, der Wagen hat auf ihn gezielt.«

»Wer saß am Steuer?«

»Ein zweiundsiebzigjähriger pensionierter Buchprüfer mit einem Herzschrittmacher und einem Führerschein, der schon vor einigen Jahren abgelaufen war. Der Schrittmacher fiel bei dem Unfall aus; der Mann starb auf dem Weg ins Krankenhaus.«

»Welche Verbindung bestand zwischen ihm und meinem Vater?«

»Bis jetzt gibt es darauf noch keine eindeutige Antwort. Aber ich habe da eine Theorie. Wollen Sie sie hören?«

»Selbstverständlich!«

»Werden Sie nach New York zurückkommen?«

»Setzen Sie mich nicht unter Druck. Was ist das für eine Theorie?«

»Ich glaube, jemand hat den alten Knaben angeworben. Ich glaube, es war noch jemand in dem Wagen, wahrscheinlich auf dem Rücksitz, der ihm eine Pistole an den Kopf hielt. In dem Durcheinander zerdrückte er den Schrittmacher und entkam. Ich glaube, es handelte sich um eine Exekution, die so hingedreht wurde, daß sie wie ein Unfall aussah, bei dem nicht nur die Zielperson getötet wurde.«

Noel hielt den Atem an. Es hatte da noch so einen seltsamen ›Unfall‹ gegeben. Ein Wagen der Untergrundbahn in London war außer Kontrolle geraten und hatte fünf Menschen getötet. Und unter den Getöteten befand sich der einzige Mann, der ein Licht auf John Tennysons Einstellung beim *Guardian* hätte werfen können.

Kaltblütiger Mord war das . . .

Die Vorstellung, daß es eine Verbindung geben könnte, war beängstigend. »Gehen Sie damit nicht zu weit, Miles?« fragte Holcroft.

»Ich sage doch, daß es eine Theorie ist, aber völlig in der Luft hängt die nicht. Als ich den Namen Holcroft auf dem Unfallbericht las, habe ich nachgebohrt. Der alte Mann aus der Bronx hat eine interessante Vorgeschichte. Er kam siebenundvierzig ins Land, allem Anschein nach ein jüdischer

Emigrant ohne einen Penny in der Tasche, ein Opfer von Dachau. Nur daß er in Wirklichkeit keineswegs so arm war, wie man aus einem halben Dutzend Sparbüchern erkennen kann – und seine Wohnung ist eine Festung. Außerdem hat er seit seiner Einwanderung dreizehn Reisen nach Deutschland unternommen.«

Noel brach jetzt der Schweiß aus. »Was wollen Sie damit sagen?«

»Ich glaube nicht, daß dieser alte Knabe Dachau je aus der Nähe gesehen hat. Oder, wenn doch, dann als Mitglied der Lagerleitung. In seinem Wohnhaus kannte ihn so gut wie keiner, niemand hat ihn je in einer Synagoge gesehen. Ich glaube, daß er ein Nazi war.«

Holcroft schluckte. »Wo sehen Sie da die Verbindung mit meinem Vater?«

»Über Sie. Ich weiß noch nicht genau wie, aber jedenfalls führt die Verbindung über Sie.«

»Über mich?« Noel spürte, wie sein Herz klopfte.

»Ja. In Rio haben Sie Anderson gesagt, daß ein gewisser Graff ein Nazi sei und versucht habe, Sie umzubringen. Anderson sagte, beide Behauptungen seien verrückt, aber ich sage das nicht. Ich glaube Ihnen.«

»Ich war einfach wütend. Ich *wollte* das eine nicht mit dem andern verbinden. Das war ein Mißverständnis...« Noel suchte verzweifelt nach den richtigen Worten. »Graff leidet unter Verfolgungswahn, er ist ein hitziger Deutscher, also habe ich ihn einen Nazi genannt, das ist alles. Er dachte, ich würde Skizzen anfertigen, Bilder von seinem Anwesen...«

»Ich sagte, daß ich Ihnen *glaube*, Holcroft«, unterbrach ihn Miles. »Und dafür habe ich meine Gründe.«

»Was für Gründe denn?« Noel wußte, daß er kaum zu hören war; plötzlich hatte er Angst. Der Tod seines Vaters war eine Warnung. Die RACHE. Die ODESSA. Doch wer es auch war, es war noch eine andere Warnung. Seine Mutter brauchte Schutz!

Miles redete weiter, aber Holcroft faßte die Worte des Lieutenants nicht auf; seine Gedanken stoben in panischem Schrecken durcheinander. Er mußte Miles aufhalten! Unter gar keinen Umständen durfte er an Genf herankommen!

»Diese Männer im Flugzeug, die versucht haben, Sie zu töten, waren Deutsche«, erklärte Miles. »Sie benutzten die Pässe von zwei Amerikanern, die vor fünf Jahren in München ermordet worden sind. Aber es waren Deutsche; man erkennt das an den zahnärztlichen Arbeiten. Man hat sie auf dem Kennedy Airport erschossen; ihre Leichen sind in einem Treibstofflaster gefunden worden. Die Kugeln, mit denen sie getötet wurden, kamen aus einer deutschen Heckler-und-Koch-Neun-Millimeter-Pistole. Der Schalldämpfer ist in München hergestellt. Und jetzt raten Sie mal, wo dieser kleine, alte Mann hinreiste, wenn er nach Deutschland ging – zumindest auf den sechs Reisen, die wir überprüfen konnten.«

»Nach München«, flüstere Noel.

»Ganz richtig. München. Wo alles anfing und immer noch läuft. Da gibt es eine Gruppe von Nazis, die dreißig Jahre nach diesem gottverdammten Krieg immer noch gegeneinander kämpfen, und Sie stehen genau dazwischen. Ich möchte wissen, *warum*?«

Noel fühlte sich ausgepumpt, Erschöpfung und Furcht hielten ihn gepackt. »Lassen Sie die Finger davon. Sie können da nichts tun.«

»Aber *verhindern* könnte ich vielleicht etwas! Nämlich einen weiteren Mord!«

»Verstehen Sie denn nicht?« sagte Holcroft, und seine Stimme war von Schmerz erfüllt. »Ich kann das sagen, weil er mein Vater war. In New York ist nichts zu lösen. Nur hier drüben liegt die Lösung. Lassen Sie mir Zeit, Miles. Um Gottes willen, geben Sie mir *Zeit*. Ich melde mich wieder bei Ihnen.«

»Wie lange?«

»Einen Monat.«

»Zu viel. Die Hälfte. Sie haben zwei Wochen.«

»Miles, *bitte*. . . .«

Es klickte in der Leitung, die Verbindung war in New York getrennt worden.

Zwei Wochen. O Gott, das war unmöglich!

Aber es *mußte* möglich sein. In zwei Wochen mußte er in der Lage sein, Miles daran zu hindern weiterzusuchen. Mit den

Mitteln, die ihm in Genf zur Verfügung standen, wäre er dazu imstande. Man würde auf eine philanthropische Agentur mit Mitteln im Wert von siebenhundertundachtzig Millionen Dollar hören – ganz still würde man auf sie hören und vertraulich. Sobald das Konto frei war, konnte man die nötigen Vorkehrungen treffen, zu Übereinkünften gelangen, Unterstützung entgegennehmen und anderen zuteil werden lassen. Die ODESSA würde entlarvt, die RACHE vernichtet werden.

All das würde *nur* dann geschehen, wenn sich drei akzeptable Nachkommen der Bank in Genf stellten. Es *würde* geschehen. Noel war davon überzeugt, aber bis dahin mußte er seine Mutter beschützen. Er mußte Althene erreichen und sie davon überzeugen, daß sie die nächsten paar Wochen verschwinden mußte.

Was würde er ihr sagen können? Gehorchen würde sie ihm niemals. Niemals würde sie auf ihn hören, wenn sie auch nur einen Augenblick lang glaubte, daß ihr Mann ermordet worden war. Was, in Gottes Namen, konnte er ihr *sagen*?

»Allo? Allo monsieur?« Die Stimme des Mannes aus der Vermittlung. »Ihr Gespräch mit New York –«

Holcroft legte so schnell auf, daß die Glocke des Apparats anschlug. Er durfte nicht mit seiner Mutter sprechen. Nicht jetzt. In ein oder zwei Stunden vielleicht, nicht jetzt. Er mußte nachdenken. Es gab so viel zu bedenken. So viel zu tun.

Er war dabei, den Verstand zu verlieren.

19.

»Der wird verrückt«, sagte der Blonde am Hellinikon-Flughafen in Athen ins Telefon. »Inzwischen hat er es bestimmt gehört. Die Belastung wird ihn zerreißen; er wird nicht wissen, was er tun soll. Sag unserem Mann in Paris, er soll sich die nächsten vierundzwanzig Stunden in seiner Nähe halten. Er darf nicht nach Amerika zurückkehren.«

»Das wird er nicht«, sagte Gretchen Beaumont, Tausende von Kilometern entfernt.

»Ich wäre da nicht so sicher. Die psychischen Belastungen bauen sich genau richtig auf; unsere Zielperson befindet sich in einem höchst labilen Geisteszustand. Aber man kann ihn lenken. Er erwartet mich; er sieht in mir jetzt die Antwort auf so viele Dinge, aber die Schlinge muß noch enger gezogen werden. Ich möchte, daß er zuerst nach Berlin geht. Auf ein oder zwei Tage. Zu Kessler.«

»Sollen wir seine Mutter einsetzen? Wir könnten dafür sorgen, daß sie auf die Idee kommt.«

»Nein. Sie darf unter keinen Umständen hineingezogen werden. Das wäre viel zu gefährlich.«

»Wie willst du ihm dann die Reise nach Berlin nahelegen?« fragte Gretchen Beaumont in England.

»Gar nicht«, antwortete John Tennyson in Athen. »Ich bringe unsere Schwester dazu, daß sie ihn auf diesen Schluß hinlenkt. Sie versucht natürlich zur Zeit, mich zu erreichen.«

»Paß auf bei ihr, Johann.«

»Keine Sorge.«

Grußlos hing Tennyson ein.

Holcroft ging am Ufer der Seine entlang, ohne den beißend kalten Wind wahrzunehmen, der vom Fluß heraufwehte. Vor einer Stunde war er noch voll Zuversicht gewesen, jetzt kam er sich verloren vor. Er wußte nur, daß er in Bewegung bleiben, einen klaren Kopf bekommen und Entscheidungen treffen mußte.

Und dann galt es, einige Dinge neu zu überdenken. Vor einer Stunde noch war der eine Mann, auf den er geglaubt hatte zählen zu dürfen, Heldens Bruder gewesen. Jetzt zweifelte er daran. Ein außer Kontrolle geratener Wagen auf einer Straße in New York, der das Leben des einzigen Vaters dahinraffte, den er je gekannt hatte – da war zu viel Ähnlichkeit mit einem nie aufgeklärten Unfall in einer Londoner Untergrundbahn.

Der Mann ist einem höchst ungewöhnlichen Unglück zum Opfer gefallen, bei dem fünf Menschen ihr Leben verloren. MI-5.

Eine Exekution … ein Unfall, bei dem nicht nur die Zielperson getötet wurde. David Miles. NYPD.

Plötzlich war ein Zusammentreffen mit Tennyson *nicht*

mehr die Antwort auf alles; der Schatten des Tinamu war wieder aufgetaucht.

Eines Tages kommt ein Mann und spricht von einer seltsamen Abmachung. Tennyson erwartete ihn, aber vielleicht erwartete er ihn aus den falschen Gründen. Vielleicht hatte er ihren Vertrag bereits um einen höheren Preis verkauft.

Wenn er das getan hatte, dann war er ebenso sicher für Richard Holcrofts Tod verantwortlich, als ob sein Fuß auf dem Gaspedal gestanden, als ob seine Hände das Steuer gehalten hätten. Wenn das der Fall sein sollte, würde Tennyson ihr Zusammentreffen nicht überleben. Der Sohn würde für den Vater töten; das war er Richard Holcroft schuldig.

Noel blieb stehen und legte beide Hände auf den Betonsims der Ufermauer. Er staunte über sich selbst... über seine Gedanken. Er projizierte sich tatsächlich in die Rolle eines Mörders hinein! Sein Vertrag forderte einen Preis, der schrecklicher war als alles, was er bisher in Betracht gezogen hatte.

Er würde Tennyson mit den Tatsachen konfrontieren, so wie man sie ihm gegeben hatte. Er würde den Sohn von Wilhelm von Tiebolt aufmerksam beobachten. Wahrheit oder Lüge: er würde das aus Tennysons Worten, aus seinen Augen lesen können. Holcroft hoffte zu Gott, daß er das Richtige erkannte.

Ein Schritt nach dem anderen. In sein Denken begann Klarheit einzuziehen. Jede Bewegung mußte sorgfältig überlegt werden; aber diese Vorsicht durfte ihn nicht langsam machen.

Das Wichtigste zuerst, und ganz im Vordergrund stand die unwiderlegbare Tatsache, daß er nicht länger imstande war, sich frei und unbewacht zu bewegen. Die allertödlichste Warnung, die man sich vorstellen konnte, war an ihn ergangen: man hatte jemanden getötet, den er liebte. Diese Warnung erfüllte ihn mit Furcht und Wut. Die Furcht würde ihn vorsichtig machen, die Wut ihm ein gewisses Maß an Wagemut und Beherztheit verschaffen. Das *mußte* sie; er verließ sich darauf.

Und dann seine Mutter. Was konnte er sagen, das sie, ohne Argwohn zu schöpfen, akzeptierte? Sie mußte ihm unbedingt glauben. Wenn sie auch nur einen Augenblick annahm, der Tod ihres Mannes sei das Werk von Männern, die das Dritte Reich hervorgebracht hatte, würde sie aufschreien vor Wut. Und ihr erster Schrei wäre zugleich auch ihr letzter. Was konnte er ihr sagen, das plausibel klang?

Er ging wieder weiter, schlenderte geistesabwesend dahin. So kam es, daß er mit einem kleinwüchsigen Mann zusammenstieß, der in entgegengesetzter Richtung seines Weges ging.

»Entschuldigen Sie. *Pardon, monsieur*«, sagte Noel.

Der Franzose hatte in eine Zeitung gesehen; er zuckte die Achseln und lächelte angenehm. *»Je vous en prie.«*

Noel blieb stehen. Der Franzose erinnerte ihn an jemanden. Das runde, freundliche Gesicht, die Brille. Ernst Manfredi.

Seine Mutter hatte Respekt für Manfredi empfunden, stand immer noch tief in der Schuld des Schweizer Bankiers. Vielleicht konnte er durch Vermittlung Ernst Manfredis zu Althene sprechen, eine Erklärung erfinden, die der Bankier ihm gegeben hatte. Weshalb nicht? Niemand könnte die Worte widerlegen; Manfredi war tot.

Manfredi war es, der sich um seine alte Freundin Althene *Clausen* gesorgt hatte, *er* hatte Angst um sie gehabt. Er hatte befürchtet, der Name Clausen könnte in den kommenden Wochen, während das außergewöhnliche Konto in Genf freigegeben wurde, wieder auftauchen, es könnte Leute geben, die sich an eine selbstbewußte junge Frau erinnerten, dic ihren Mann angewidert verlassen hatte und deren Worte das auslösende Moment für Heinrich Clausens Wandel gewesen waren. Ein Wandel, der zum Raub von Hunderten von Millionen geführt hatte. Schlummernde Feindseligkeit könne geweckt werden, man könne versuchen, Rache an der Frau zu üben.

Manfredis Furcht mußte sie respektieren. Der alte Bankier wußte mehr als sie beide, und wenn er es für richtig gehalten hatte, daß sie eine Weile verschwand, bis die Wogen sich geglättet hatten, so sollte sie seinen Rat annehmen. Ein kranker, alter Mann, am Ende seines Lebens, zog keine leichtfertigen Schlüsse.

Die Erklärung war plausibel; sie paßte zu ihrem Gespräch vor drei Wochen in Bedford Hills. Seine Mutter würde das erkennen. Sie würde auf die ›Worte‹ Ernst Manfredis hören.

Noel blickte instinktiv über die Schulter, um zu sehen, ob jemand ihm folgte. Das war inzwischen eine Gewohnheit geworden. Die Furcht machte ihn vorsichtig, die Wut verlieh ihm Kräfte. Es drängte ihn jetzt einen Feind zu sehen. Er begann, sich an einen fremdartigen Dschungel zu gewöhnen.

Er beschloß, zum George V. zurückzukehren. Er hatte es voll Panik und Verwirrung verlassen, war dem stellvertretenden Direktor aus dem Weg gegangen, brauchte die kalte Luft der Straßen, um einen klaren Kopf zu bekommen. Jetzt würde er auf den gemeinsamen Aperitif zurückkommen und darum bitten, noch ein Überseegespräch führen zu dürfen. Mit seiner Mutter.

Er ging jetzt schneller, blieb zweimal abrupt stehen, drehte sich schnell um. War da jemand?

Möglich war es. Ein dunkelgrüner Fiat hatte eine Straße weiter hinten seine Fahrt verlangsamt. *Gut*.

Rasch überquerte er die Fahrbahn, betrat ein Straßencafé durch den Vordereingang und kam Sekunden später durch einen Ausgang wieder heraus, der auf die Avenue George V. führte. Er ging die Straße hinauf, blieb an einem Kiosk stehen, um sich eine Zeitung zu kaufen.

Er konnte den grünen Fiat in der Nähe des Cafés um die Ecke rasen sehen. Er bremste ruckartig. Der Fahrer parkte am Randstein und zog den Kopf ein. *Gut*. Plötzlich war es Noel klar, was er nach dem Aperitif und dem Telefonat mit Althene tun würde.

Er würde Helden aufsuchen. Er brauchte eine Waffe.

Johann von Tiebolt starrte den Hörer des Telefonautomaten im Flughafen von Athen an, den Mund vor Schrecken halb geöffnet.

»*Was hast du gesagt?*« fragte er.

»Es stimmt, Johann«, sagte Helden in Paris. »Der britische Geheimdienst meint, du könntest der Tinamu sein.«

»Wie *außergewöhnlich*.« Der verblüffte blonde Mann zog das Wort in die Länge. »Und unerhört!«

»Das habe ich zu Holcroft auch gesagt. Ich hab' ihm erklärt, daß die dich wegen dem, was du schreibst, jagen ... und weil du der bist, der du bist. Die *wir* sind.«

»Ja, das kann ich mir denken.« Von Tiebolt konnte sich nicht auf die Worte seiner Schwester konzentrieren; seine Hand krampfte sich um den Hörer. Irgendwo war ein Fehler gemacht worden; es galt, sofort Schritte zu unternehmen, um diesen zu korrigieren. Was hatte MI-5 zu *ihm* geführt? Er hatte doch jede Spur verwischt! Aber er konnte natürlich jederzeit den Tinamu liefern; das war seine letzter Schachzug. Niemandem vertraute man mehr als dem Verdächtigen, der selbst den gejagten Mörder lieferte. Dies war die raffinierteste Nummer seines Repertoires. Vielleicht würde er sie früher einsetzen müssen, als er geglaubt hatte.

»Johann, bist du noch da?«

»Ja, entschuldige.«

»Du mußt dich sobald wie möglich mit Holcroft treffen.«

»Natürlich. Ich werde in vier oder fünf Tagen in Paris sein...«

»Nicht früher?« unterbrach Helden. »Er drängt darauf.«

»Das ist ganz unmöglich.«

»Ich habe dir noch so viel zu sagen...« Sie berichtete ihm von dem Konto in Genf, von der Agentur in Zürich, die Hunderte von Millionen verteilen würde, von dem amerikanischen Sohn des Heinrich Clausen; von Erich Kessler in Berlin; von den Cararras in Rio. Schließlich wiederholte sie stockend die Worte ihrer Schwester. *Eines Tages kommt ein Mann und spricht von einer seltsamen Abmachung.* »Hast du das gesagt?« fragte sie ihren Bruder.

»Ja. Da ist vieles, was man dir nie gesagt hat. Ich wußte nicht, wann oder wie es geschehen würde, nur daß es eines Tages geschehen würde. Mit Gretchen habe ich früher darüber gesprochen. Dieser Holcroft hat sie neulich aufgesucht. Ich fürchte, sie konnte ihm nicht sehr weiterhelfen. Uns ist eine Pflicht auferlegt, die so tief geht und so viele Dinge in Bewegung setzen wird, wie nichts in der Geschichte der letzten Jahrzehnte. Es gilt Wiedergutmachung zu leisten.«

»Das hat Holcroft auch gesagt«, unterbrach Helden.

»Sicher hat er das.«

»Er hat Angst. Er versucht, es nicht zu zeigen, aber er hat Angst.«

»Das sollte er auch. Das ist eine ungeheure Verantwortung, die er trägt. Ich muß erfahren, was er weiß, um ihm helfen zu können.«

»Dann komm jetzt nach Paris.«

»Das kann ich nicht. Erst in ein paar Tagen.«

»Ich mache mir Sorgen. Wenn Noel das ist, was er sagt, und ich habe keinen Anlaß, daran zu zweifeln –«

»›Noel‹?« fragte der Bruder leicht überrascht.

»Ich mag ihn, Johann.«

»Weiter.«

»Wenn er derjenige ist, der euch drei zu den Direktoren der Grande Banque bringen soll, dann läuft in Genf ohne ihn nichts.«

»Und?«

»Andere wissen das auch. Ich glaube, sie wissen über das Konto in der Schweiz Bescheid. Schreckliche Dinge sind geschehen. Sie haben versucht, ihn zu stoppen.«

»Wer?«

»Ich nehme an die RACHE. Oder die ODESSA.«

»Das bezweifle ich«, sagte John Tennyson. »Keine der beiden Organisationen ist fähig, etwas so Außergewöhnliches geheimzuhalten. Das kannst du einem alten Journalisten glauben.«

»Die RACHE mordet, und ebenso die ODESSA. Jemand hat versucht, Noel zu töten.«

Tennyson lächelte bei sich; da war ein Fehler gemacht worden, aber in den wesentlichen Zügen lief das Spiel nach Plan. Holcroft wurde von allen Seiten bedrängt. Wenn sich dann alles in Genf zuspitzte, wäre er erschöpft, und man könnte ihn nach Wunsch bearbeiten. »Dann ist er jetzt bestimmt sehr vorsichtig. Du mußt ihm beibringen, was du weißt, Helden. Die Tricks, die wir alle voneinander gelernt haben.«

»Er hat schon einige mitbekommen«, sagte das Mädchen, und in ihrer Stimme klang ein weiches, mitfühlendes Lächeln mit. »Er haßt es, sie einzusetzen.«

»Besser das, als tot.« Der blonde Mann machte eine Pause.

Der Übergang mußte beiläufig kommen, unauffällig. »Gretchen hat ein Foto erwähnt, ein Bild von Beaumont. Sie meint, daß Holcroft es mitgenommen hat.«

»Das hat er. Er ist überzeugt, daß er Beaumont in dem Flugzeug von New York nach Rio gesehen hat. Er meint, er habe ihn verfolgt.«

Es *war* also das Flugzeug, dachte Tennyson. Der Amerikaner beobachtete seine Umgebung besser, als Beaumont hatte glauben wollen. Beaumonts Verschwinden würde man in ein paar Tagen erklären können, aber das Foto, das sich in Holcrofts Besitz befand, würde sich nicht so leicht erklären lassen, falls er es in der Schweiz den falschen Leuten zeigte. Der übereifrige Commander hatte eine zu auffällige Spur hinterlassen, die von Rio zur Admiralität führte. Sie mußten das Foto wiederhaben. »Ich weiß nicht, was ich dazu sagen soll. Ich habe Beaumont nie gemocht. Ich habe ihm nie vertraut. Aber er war doch monatelang im Mittelmeer. Ich kann mir einfach nicht vorstellen, wie er es fertiggebracht haben soll, sein Schiff zu verlassen und in einem Flugzeug aufzutauchen, das von New York nach Rio fliegt. Holcroft muß sich irren.« Wieder machte Tennyson eine Pause. »Aber ich meine, daß Noel das Foto mitbringen sollte, wenn wir uns treffen. Er sollte es nicht mit sich herumtragen. Und er sollte auch nicht über Beaumont reden. Sag ihm das. Das könnte Leute zu Gretchen lenken. Zu uns. Ja, ich glaube, es wäre eine gute Idee, wenn er das Foto mitbrächte.«

»Das kann er nicht. Man hat es ihm gestohlen.«

Der blonde Mann erstarrte. Das war *unmöglich*. Keiner von *ihnen* hatte das Foto genommen! Keines von den *Sonnenkindern*. Er wäre der erste gewesen, der das erfahren hätte. Jemand *anders?* Er senkte seine Stimme. »Was meinst du damit: ›man hat es ihm gestohlen‹?«

»Genau das, was ich sage. Man hat ihn verfolgt, niedergeschlagen und ihm das Bild abgenommen. Sonst nichts. Nur das Foto.«

»Was für ein Mann?«

»Das wußte er nicht. Es war Nacht; er konnte nichts sehen. Als er wieder erwachte, lag er auf einem Feld, Meilen von Portsmouth entfernt.«

»In Portsmouth hat man ihn überfallen?«

»Etwa eine Meile von Gretchens Haus, wenn ich ihn recht verstanden habe.«

Da stimmte etwas nicht. Etwas Schreckliches. »Bist du sicher, daß Holcroft nicht gelogen hat?«

»Weshalb sollte er lügen?«

»Was *genau* hat er dir gesagt?«

»Daß ihn ein Mann in einem schwarzen Sweater verfolgt hat. Der Mann hat ihn mit einem stumpfen Gegenstand niedergeschlagen und ihm, als er bewußtlos war, das Foto aus der Tasche geholt. Bloß das Foto. Weder sein Geld noch sonst etwas.«

»Ich verstehe.« Aber in Wirklichkeit verstand er nicht! Und das, was er nicht verstand, beunruhigte ihn. Aber er durfte Helden seine Befürchtungen nicht merken lassen. Er mußte wie immer den Eindruck vermitteln, als hätte er die Dinge völlig im Griff. Und doch mußte er diese unverständliche Störung von unbekannter Seite aufspüren. »Helden, ich möchte, daß du etwas tust. Für uns alle. Meinst du, du könntest es einrichten, daß du einen Tag freibekommst?«

»Ich denke schon. Warum?«

»Ich glaube, wir sollten herauszufinden versuchen, wer sich da so eingehend für Holcroft interessiert. Vielleicht könntest du einen Ausflug vorschlagen aufs Land, nach Fontainebleau oder Barbizon.«

»Aber warum?«

»Ich habe einen Freund in Paris, der gelegentlich etwas für mich erledigt. Ich werde ihn bitten, euch nachzufahren, sehr diskret natürlich. Vielleicht erfahren wir dann, wer diese Fahrt sonst noch mitmacht.«

»Das könnte doch auch einer von unseren Leuten machen.«

»Nein, das wäre nicht gut. Du solltest deine Freunde nicht hineinziehen. Der Oberst sollte damit nichts zu tun haben.«

»Also gut. Wir werden gegen zehn Uhr morgens abfahren. Von seinem Hotel. Das Douzaine Heures, Rue Chevalle. Woran werde ich den Mann erkennen?«

»Gar nicht. Er wird sich in der Nähe des Hotels bereithalten. Sag Holcroft nichts, das würde ihn unnötig aufregen.«

»Rufst du mich an, wenn du nach Paris kommst?«

»Sofort nach meiner Ankunft, Schwesterchen.«

Tennyson legte auf. Ehe er die Maschine nach Berlin bestieg, galt es noch ein letztes Gespräch zu führen. Jetzt nicht mehr mit Gretchen; mit der wollte er nicht sprechen. Wenn sich das, was Beaumont getan hatte, als so katastrophal erwies, wie es jetzt schien, wenn er in seiner Unüberlegtheit die Pläne der Wolfsschanze aufs Spiel gesetzt hatte, dann wäre es nötig, alle Fäden abzuschneiden, die zu ihm und über ihn nach Genf führten. Das war keine leichte Entscheidung. Er liebte Gretchen so, wie nur wenige Männer auf der Welt eine Schwester lieben; auf eine Art, die die Welt mißbilligte, weil die Welt so etwas nicht begriff. Sie erfüllte seine Bedürfnisse, stillte seinen Hunger, so daß es nie irgendwelche äußeren Komplikationen gab. Sein Bewußtsein war auf diese Weise frei und konnte sich auf die außergewöhnliche Mission konzentrieren, die das Leben ihm auferlegt hatte. Aber vielleicht würde auch das ein Ende haben müssen. Gretchen, seine Schwester, seine Geliebte, müßte vielleicht sterben.

Holcroft lauschte auf Althenes letzte Worte, war verblüfft über ihren Gleichmut, erstaunt, daß es so leicht gewesen war. Die Beerdigung hatte gestern stattgefunden.

»Tu, was du mußt, Noel. Ein guter Mensch ist umsonst gestorben, auf unsinnige Art, und das ist das Widerwärtige. Aber es ist vorbei; es gibt nichts, was du oder ich tun könnten.«

»Da ist etwas, was du für mich tun kannst.«

»Nämlich was?«

Er erzählte ihr von Manfredis Tod – so wie der Schweizer glaubte, daß es geschehen war. Ein alter Mann, von Schmerzen gepeinigt, der ein schnelles Ende einem langen Siechtum mit endlosem Leiden vorzog. »Das Letzte, was er in seiner Eigenschaft als Bankier tat, war, daß er sich mit mir in Genf traf.«

Althene schwieg einen Augenblick lang, dachte über einen Freund nach, der ihr einmal viel bedeutet hatte. »Das paßte zu ihm, daß er einen Vertrag erfüllte, der so wichtig war wie der, den er dir übermittelt hat. Das hätte er niemals anderen überlassen.«

»Da war noch etwas; es betraf dich. Er sagte, du würdest es verstehen.« Holcroft hielt den Telefonhörer fest in der Hand und redete so überzeugend er konnte. Er sprach von Manfredis ›Sorge‹ in bezug auf jene Leute, die sich vielleicht an eine eigensinnige Frau erinnern könnten. Eine Frau, von der viele glaubten, daß sie die Schuld an dem Sinneswandel Heinrich Clausens trug und an seiner Entscheidung, das Reich zu verraten. Er erklärte, es sei durchaus möglich, daß es noch Fanatiker gab, die vielleicht immer noch auf Rache sannen. Manfredis alte Freundin Althene Clausen solle nicht das Risiko eingehen, zur Zielscheibe zu werden; sie solle eine Weile untertauchen, sich an einen Ort begeben, wo niemand sie finden konnte, falls Clausens Name ins Gespräch kam. »Kannst du das verstehen, Mutter?«

»Ja«, antwortete Althene. »Weil er das schon einmal zu mir gesagt hat, vor vielen, vielen Jahren. An einem warmen Nachmittag in Berlin. Damals hat er auch gesagt, daß die uns suchen würden. Er hatte recht; jetzt hat er auch recht. Die Welt ist voll von Wahnsinnigen.«

»Wohin wirst du gehen?«

»Das weiß ich noch nicht. Vielleicht mache ich eine Reise. Der Zeitpunkt dafür ist recht gut, nicht wahr? Die Leute sind so fürsorglich und verständnisvoll, wenn jemand gestorben ist.«

»Mir wäre es lieber, wenn du irgendwohin fahrst, wo man dich nicht sieht. Nur auf ein paar Wochen.«

»Es ist nicht schwer zu verschwinden. Darin habe ich gewisse Erfahrung. Ich war zwei Jahre lang unterwegs, damals, als wir beide Berlin verlassen hatten. Bis Pearl Harbor, um es genau zu sagen. Man mußte damals schrecklich aufpassen. Der SD bekam seine Anweisungen direkt vom Auswärtigen Amt.«

»Das habe ich nicht gewußt«, sagte Holcroft bewegt.

»Da ist noch mehr – aber lassen wir das. Richard hat all dem ein Ende gemacht. Er hat uns eine Heimat gegeben, und wir brauchten uns nicht mehr zu verbergen. Ich werde es dich wissen lassen, wo ich bin.«

»Wie?«

Seine Mutter überlegte. »Dein Freund in Curaçao. Mr.

Buonoventura. Er war richtig ehrerbietig. Ich werde ihn informieren.«

Holcroft lächelte. »Ausgezeichnet. Ich rufe Sam dann an.«

»Ich habe dir nie von dieser Zeit erzählt, ehe Richard in unser Leben trat. Das muß ich wirklich einmal tun; vielleicht interessiert es dich.«

»Sehr würde es mich interessieren. Manfredi hatte recht, du bist unglaublich.«

»Nein, Lieber. Nur ein Überlebenstyp.«

Dann verabschiedeten sie sich schnell, wie üblich; sie waren Freunde. Noel verließ das Büro des stellvertretenden Direktors. Er ging quer durch die Halle des George V. auf die Bar zu, wo sein Freund mit Aperitifs auf ihn wartete, und entschloß sich dann plötzlich zu einem kurzen Umweg. Er trat an das breite Fenster links vom Eingang und spähte zwischen den Falten der roten Samtgardinen hinaus. Der grüne Fiat stand immer noch an der Straße.

Noel setzte seinen Weg durch die Halle fort und ging auf die Bar zu. Er würde eine Viertelstunde in angenehmem Gespräch mit dem stellvertretenden Direktor verbringen und im Verlauf dieses Gespräches einige sehr detaillierte, wenn auch falsche Informationen vermitteln und um ein paar Gefälligkeiten bitten.

Und dann war da noch Helden. Wenn sie ihn nicht bis fünf anriefe, würde er versuchen, sie bei Gallimard zu erreichen. Er mußte sie treffen; er brauchte eine Waffe.

»Vier oder fünf *Tage*?« erregte sich Holcroft am Telefon. »Ich will nicht vier oder fünf Tage warten. Ich kann mich überall mit ihm treffen! Ich habe nicht so viel Zeit zu vergeuden.«

»Er hat gesagt, daß er vorher nicht nach Paris kommen kann. Er hat vorgeschlagen, daß du inzwischen nach Berlin fliegst. Das würde dich nur einen Tag kosten.«

»Er wußte über Kessler Bescheid?«

»Vielleicht nicht namentlich, aber über Berlin.«

»Wo war er?«

»Am Flughafen in Athen.«

Noel erinnerte sich. *Er ist vor vier Tagen in Bahrain verschwunden. Unsere Leute halten von Singapur bis Athen nach ihm Aus-*

schau: der britische Geheimdienst würde bald auf John Tennyson stoßen, wenn das nicht bereits der Fall gewesen war. »Was hat er denn über die Engländer gesagt?«

»Er war wütend, so wie ich das erwartet hatte. Es würde mich nicht wundern, wenn er jetzt einen Artikel schreibt, der das Foreign Office in Verlegenheit bringt. Er war regelrecht auf hundert.«

»Ich hoffe, daß er das bleiben läßt. Das Allerletzte, was wir uns jetzt wünschen können, ist ein Zeitungsartikel. Können Sie ihn zurückrufen? Kann *ich* ihn anrufen? Er könnte heute hierherfliegen. Ich könnte ihn in Orly abholen.«

»Ich fürchte, das geht nicht. Er wartete auf ein Flugzeug. Es gibt nur eine Telefonnummer in Brüssel; dort ruft er sich seine Mitteilungen ab. Es hat beinahe zwei Tage gedauert, bis er die meine bekam.«

»Verdammte Scheiße!«

»Sie sind überreizt.«

»Ich bin in Eile.«

»Noel...«, begann Helden stockend. »Ich habe morgen frei. Könnten wir uns treffen? Vielleicht einen kleinen Ausflug machen? Ich würde mich gern mit Ihnen unterhalten.«

Holcroft war verblüfft. Er hatte *sie* treffen wollen. »Weshalb bis morgen warten? Essen wir doch zusammen zu Abend.«

»Das geht nicht. Heute abend ist eine Besprechung. Ich bin morgen früh um zehn Uhr in Ihrem Hotel. Nachmittags können Sie nach Berlin fliegen.«

»Treffen Sie sich mit Ihren Freunden?«

»Ja.«

»Helden, Sie müssen etwas für mich tun. Ich hatte nie gedacht, daß ich je so etwas von jemandem erbitten würde, aber... ich will eine Pistole haben. Ich weiß nicht, wie ich es anstellen soll, mir eine zu beschaffen, wie die Gesetze sind, meine ich.«

»Ich verstehe. Ich bringe sie Ihnen. Bis morgen.«

»Ja, bis morgen.« Holcroft legte auf und sah zu seinem offenen Aktenkoffer hinüber, der auf dem Hotelsessel stand. Er konnte den Umschlag des Genfer Dokuments sehen. Es erinnerte ihn an die Drohung der Männer der Wolfsschanze. *Nichts ist so, wie es für Sie war....* Er wußte jetzt, wie vollkommen wahr das war. Er hatte sich in Costa Rica eine Pistole ausgeliehen. Er hatte einen Mann getötet, der im Begriff gewesen war, ihn zu töten, und wollte nie mehr eine Waffe in seiner Hand halten, solange er lebte nicht mehr. Auch das hatte sich geändert. Alles hatte sich geändert, weil ein Mann, den er nie gekannt hatte, aus dem Grab nach ihm gerufen hatte.

20.

»Mögen Sie Bergforellen?« fragte Helden, während sie ihm die Pistole reichte. Sie saßen in seinem gemieteten Wagen.

»Ist mir recht«, sagte er und lachte.

»Was ist denn so komisch?«

»Ich weiß nicht. Sie reichen mir da eine Pistole, und das ist ganz bestimmt nicht das Allernormalste, was man tun kann, und fragen mich gleichzeitig, was ich gerne zum Mittagessen möchte.«

»Das eine hat nichts mit dem anderen zu tun. Es wäre vielleicht eine gute Idee, wenn Sie ein paar Stunden nicht an Ihre Probleme dächten.«

»Ich habe gemeint, daß Sie über diese Probleme mit mir reden wollten.«

»Das will ich auch. Aber außerdem wollte ich Sie besser kennenlernen. Als wir neulich abends zusammenwaren, haben Sie alle Fragen gestellt.«

»Ehe ich diese Fragen stellte, waren Sie ja mit Herumkommandieren beschäftigt.«

Helden lachte. »Das tut mir wirklich leid. Das war recht hektisch, nicht wahr?«

»Verrückt war es. Sie haben ein nettes Lachen. Ich wußte gar nicht, daß Sie lachen können.«

»Das tue ich häufig. Wenigstens zweimal im Monat. Pünktlich wie eine Uhr.«

Holcroft sah sie an. »Das hätte ich nicht sagen sollen. Ich kann mir nicht vorstellen, daß Sie viel zum Lachen finden.«

Sie erwiderte seinen Blick und lächelte dabei. »Mehr als Sie glauben, vielleicht. Und ich bin nicht beleidigt. Sicher halten Sie mich für sehr ernst.«

»Nun, das, worüber wir neulich abends gesprochen haben, war ja auch nicht gerade besonders lustig.«

»Nein, das war es nicht.« Helden drehte sich zu ihm herum, sie hatte beide Hände um ihre Knie unter dem weißen Faltenrock gelegt. Sie hatte jetzt etwas lausbubenhaft Verspieltes an sich, das Noel bisher nicht aufgefallen war. Ihre Worte verstärkten das. »Denken Sie jemals an sie?« fragte sie.

»An wen?«

»An jene Väter, die Sie und ich nie gekannt haben. Was sie getan haben, war so unglaublich, eine so mutige Tat.«

»Nicht nur eine Tat, Hunderte... Tausende von Taten. Und jede anders, jede kompliziert, und das ging Monate so. Drei Jahre der Manipulationen.«

»Sie müssen in beständiger Angst gelebt haben.«

»Ganz bestimmt.«

»Was mag sie dazu getrieben haben?«

»Das, was...« Noel hielt inne, ohne zu wissen weshalb. »Das, was Heinrich Clausen in seinem Brief an mich geschrieben hat. Sie waren erschüttert, mehr als wir uns vorstellen können, als sie erfuhren, was in den Lagern vor sich ging. Auschwitz, Bergen-Belsen – das muß sie wie ein Schlag getroffen haben. Uns kommt es heute noch unvorstellbar vor. Aber vergessen Sie nicht, daß das dreiundvierzig war. Damals herrschte eine Verschwörung des Schweigens.«

Helden berührte seinen Arm; nur ganz kurz, aber fest. »Sie nennen ihn Heinrich Clausen. Sie können nicht ›Vater‹ sagen, oder?«

»Ich *hatte* einen Vater.« Noel hielt inne. Dies war nicht der Augenblick, ausführlich über Richard Holcroft zu sprechen. Er mußte sich zurückhalten. »Er ist tot. Man hat ihn vor fünf Tagen in New York umgebracht.«

»O *Gott*...« Helden starrte ihn an; er konnte die Tiefe ihrer Betroffenheit spüren. »Umgebracht? Wegen Genf?« fragte sie.

»Das weiß ich nicht.«

»Aber Sie vermuten es.«

»Ja.« Seine Hände krampften sich um das Steuer, und er

schwieg. Um ihn herum begann sich ein Panzer zu bilden, und das war etwas Schreckliches.

»Es tut mir leid, Noel. Ich weiß nicht, was ich sonst sagen soll. Ich täte so gern irgend etwas, um Sie zu trösten, aber ich weiß nicht, was.«

Er sah sie an, ihr liebliches Gesicht und die klaren braunen Augen, in denen das Mitgefühl zu lesen stand. »Bei all den Problemen, die Sie haben, ist es schon genug, daß Sie das sagen. Sie sind nett, Helden. Mir sind noch nicht viele Menschen wie Sie begegnet.«

»Ich könnte dasselbe sagen… nett.«

»Jetzt haben wir es beide gesagt. Wie ist das jetzt mit dieser Forelle? Wenn wir schon ein paar Stunden wegfahren wollen, könnten Sie mir doch sagen, wohin es geht?«

»Nach Barbizon. Dort gibt es mitten in der Stadt ein reizendes Restaurant. Sind Sie schon einmal in Barbizon gewesen?«

»Ein paarmal«, sagte Noel, und dann fiel sein Blick plötzlich auf den kleinen rechteckigen Spiegel neben dem Fenster.

Hinter ihnen fuhr ein dunkelgrüner Fiat. Er hatte keine Ahnung, ob es derselbe Wagen war, der gestern an der Avenue George V. auf ihn gewartet hatte, aber er wollte sich darüber Klarheit verschaffen – ohne Helden zu erschrecken. Er wurde langsamer, der Fiat überholte nicht. Statt dessen reihte er sich in die rechte Fahrbahn ein und ließ einen anderen Wagen vor, so daß dieser zwischen ihnen fuhr.

»Stimmt etwas nicht?« fragte Helden.

Holcroft gab Gas. Der Wagen machte einen leichten Ruck. »Nein, schon gut. Ich hatte gestern mit dieser verdammten Kiste Ärger. Der Vergaser müßte eingestellt werden, glaube ich. Hin und wieder stockt die Benzinzufuhr; wenn man dann kräftig Gas gibt, läuft der Motor wieder rund.«

»Das klingt ja sehr fachmännisch.«

»Ich bin ein ganz guter Mechaniker. Wenn man das nicht ist, darf man in Mexiko und weiter südlich keinen Job annehmen.« Er trat aufs Gaspedal, und der Wagen schoß davon.

Jetzt konnte er den grünen Fiat im Rückspiegel sehen. Er

bog nach links, überholte den Wagen, der sich zwischen sie geschoben hatte, und reihte sich dann wieder hinter ihnen in der rechten Fahrspur ein. Die Frage war beantwortet. Man verfolgte sie.

Seine Furcht machte ihn vorsichtig. Wer auch in dem Fiat saß – es gab da eine indirekte Verbindung mit Richard Holcroft, da war er ganz sicher. Und er würde diesen Mann in eine Falle locken.

»So. Jetzt ist alles in Ordnung«, sagte er zu Helden. »Jetzt funktioniert der Vergaser wieder. Mittagessen in Barbizon klingt verflucht gut. Wollen sehen, ob ich den Weg noch kenne.«

Das tat er nicht. Absichtlich. Er nahm einige falsche Abzweigungen und tarnte seine Fehler mit viel Gelächter und behauptete, die ganze französische Provinz habe sich verändert. Mit der Zeit wurde ein albernes Spiel mit einem todernsten Ziel daraus. Er mußte das Gesicht des Mannes in dem Fiat sehen. In Paris war das Gesicht hinter einer Windschutzscheibe und einer Wolke aus Zigarettenrauch verborgen gewesen; aber er mußte es sehen, um es später auch in einer Menschenmenge wiederzuerkennen.

Aber der Fahrer des Fiat war kein Amateur. Wenn ihn Noels ziellose Manöver und sein häufiger Geschwindigkeitswechsel verwirrten, so ließ er sich davon nichts anmerken, hielt sich in diskreter Distanz hinter ihnen, ohne dabei zuzulassen, daß der Abstand knapp wurde. Auf einer schmalen Straße südlich von Corbeil-Essonnes stand ein Wagen mit einer Panne; das war ein guter Vorwand, um anzuhalten. Holcroft erkundigte sich, ob er helfen könne; der Fahrer des Fiat hatte keine Wahl; er fuhr schnell an den zwei haltenden Wagen vorbei. Noel blickte auf. Der Mann hatte helle Gesichtsfarbe, und sein Haar war von hellem Braun; und da war noch etwas: Flecken oder Pockennarben an der Wange des Mannes.

Er würde dieses Gesicht wiedererkennen; das war wichtig für ihn.

Der Fahrer des defekten Wagens dankte Holcroft und erklärte, daß schon Hilfe unterwegs sei.

Noel nickte und fuhr wieder an. Er war gespannt, ob er den

grünen Fiat bald sehen würde. Und wenn ja – würde er in einer Nebenstraße auf ihn warten oder einfach aus dem Nichts hervorkommen und im Rückspiegel auftauchen?

»Das war sehr nett«, sagte Helden.

»Wir häßlichen Amerikaner tun hin und wieder etwas Nettes. Ich fahre jetzt zur Hauptstraße zurück.«

Falls der grüne Fiat in einer Seitenstraße gewartet hatte, so sah er das jedenfalls nicht. Er war einfach da, tauchte auf der Hauptstraße im Rückspiegel auf. Sie nahmen die Ausfahrt Seine-et-Marne und fuhren nach Barbizon hinein. Der grüne Fiat blieb weit hinter ihnen, aber er war da.

Die Stimmung bei ihrem Mittagessen war seltsam gemischt aus Behagen und Verlegenheit; flüchtige Annäherungen und unvermittelte Scheu; ungezwungene Gespräche, die jäh stockten und abrissen. Ihr Zusammensein, ihre körperliche Nähe aber erfüllten sie mit Wohlgefühl. Holcroft dachte, daß sie das sicher ebenso empfand wie er.

Das Gefühl, einander nahe zu sein, verstärkte Helden, offensichtlich ohne sich dabei etwas zu denken, indem sie ihn wiederholt berührte. Plötzlich lag ihre Hand für Augenblicke auf seinem Ärmel oder auf seiner Hand. Sie tat das, um etwas zu betonen, was sie sagte, oder weil sie eine Frage stellte, aber jedenfalls berührte sie ihn, als wäre das die natürlichste Sache der Welt. Und für ihn war es ganz natürlich, ihre Berührung anzunehmen und zu erwidern.

»Ihr Bruder hat nicht über Beaumont gesprochen?« fragte er.

»Doch, das hat er. Er war sehr verärgert. Alles, was Beaumont betrifft, ärgert ihn. Aber daß Sie ihn im Flugzeug gesehen haben, das glaubt er nicht. Er meint, da hätten Sie sich geirrt. Er wollte, daß Sie das Foto mitbringen. Ich sagte, daß Sie es nicht mehr haben. Er war richtiggehend wütend.«

»Wegen des Fotos?«

»Ja. Er sagte, das könne gefährlich sein. Das könne ›Leute‹, sagte er, zu Gretchen führen. Zu Ihnen. Nach Genf.«

»Ich glaube, die Antwort ist viel einfacher. Die Royal Navy ist auch nicht anders als jede andere militärische Organisation. Ihre Offiziere beschützen einander.«

»Meine nicht gerade wählerische Schwester, meinen Sie?«

Holcroft nickte; er wollte wirklich nicht über Gretchen Beaumont sprechen, schon gar nicht mit Helden. »So etwas Ähnliches.«

Sie berührte seine Finger. »Es ist schon gut, Noel. Ich will nicht den Richter spielen, wenn es um meine Schwester geht.« Dann zog sie verlegen die Hand zurück. »Ich meine, ich habe nicht das Recht... Nein, das meine ich auch nicht. Ich meine, was Sie angeht, habe ich nicht das Recht...«

»Ich glaube, wir wissen beide, was Sie meinen«, unterbrach Holcroft und legte seine Hand auf die ihre. »Sie können sich dieses Recht nehmen. Ich glaube, ich mag das.«

»Jetzt komm ich mir richtig albern vor.«

»Meinetwegen? Das ist das Allerletzte, was ich möchte.« Er zog die Hand zurück und folgte ihrem Blick zum Fenster hinaus. Sie blickte auf den kleinen, von einem Mäuerchen umgebenen Teich auf der Terrasse, aber seine Aufmerksamkeit wanderte weiter. Sein Blick erfaßte ein paar Touristengruppen, die vor dem Restaurant durch die Straßen von Barbizon schlenderten. Der Mann mit dem hellbraunen Haar und dem Pockengesicht stand reglos auf der anderen Straßenseite. Er hatte eine Zigarette im Mund und hielt eine Broschüre in der Hand. Aber er sah die Broschüre nicht an. Er blickte zum Restauranteingang herüber.

Jetzt war es Zeit, etwas zu unternehmen, dachte Noel. Sein Zorn war neu entfacht; er wollte diesen Mann haben.

»Ich habe eine Idee«, sagte er, so beiläufig er konnte. »An der Tür habe ich ein Plakat gesehen, auf dem – in meinem Schuljungenfranzösisch – glaube ich, *Fête d'hiver* stand. Irgendwas mit Montereau-sowieso. Ist das nicht eine Art Volksfest?«

»Das *fête*, nicht das Dorf. Montereau liegt zehn oder zwölf Kilometer südlich von hier, glaube ich.«

»Was ist es, das Fest, meine ich?«

»*Fêtes d'hiver?* Die sind hier ziemlich verbreitet und werden meistens von den Kirchengemeinden veranstaltet. Normalerweise stehen sie in Verbindung mit dem Tag eines bestimmten Heiligen. Das ist so etwas wie ein Flohmarkt.«

»Fahren wir hin.«

»Wirklich?«

»Warum nicht? Das könnte doch nett sein. Ich kaufe Ihnen ein Geschenk.«

Helden sah ihn schelmisch an. »Na gut«, sagte sie.

Das helle Licht der Nachmittagssonne wurde grell von den Außenspiegeln reflektiert, so daß Holcroft die Augen zusammenkneifen und immer wieder blinzeln mußte, um nicht geblendet zu werden. Hier und da tauchte der dunkelgrüne Fiat auf. Er war weit hinter ihnen, aber nie sehr lang außer Sichtweite.

Er parkte den Wagen hinter der Kirche, die das Zentrum der kleinen Ortschaft bildete. Er ging mit Helden um das Pfarrhaus herum und mischte sich unter die Menschen davor.

Der Dorfplatz war typisch französisch. Mit kopfsteingepflasterten Straßen, die wie unregelmäßige Speichen von einem nicht ganz perfekten Rad wirkten, mit alten Häusern und sich hindurchschlängelnden Gassen überall. Verkaufsstände mit mehr oder weniger ausgebleichten und zerschlissenen Markisen waren ohne erkennbare Ordnung aufgebaut, und ihre Tische waren überhäuft mit kunstgewerblichem Kram, Kleidern und Lebensmitteln aller Art. Diese *fête* diente nicht dem Fremdenverkehr. Ausländer gehörten in die Frühlings- und Sommermonate.

Der Mann mit dem pockennarbigen Gesicht stand vor einer Verkaufsbude mitten auf dem Platz. Er aß ein Stück Gebäck, und seine Augen huschten immer wieder zu Holcroft herüber. Der Mann wußte nicht, daß man ihn entdeckt hatte; dessen war Noel sicher. Er gab sich viel zu beiläufig, war zu sehr mit Essen beschäftigt. Er hatte den Mann, den er beobachten sollte, im Auge, alles war gut. Holcroft wandte sich zu Helden, die neben ihm ging.

»Jetzt habe ich das Geschenk gesehen, das ich Ihnen kaufen will!« rief er.

»Seien Sie nicht albern...«

»Warten Sie hier! Ich bin gleich wieder da.«

»Ich warte dort drüben« – sie deutete nach rechts – »bei dem Zinngeschirr.«

»Fein. Bis gleich.«

Noel bahnte sich den Weg durch die Menge. Wenn er sich schnell genug bewegte und sich immer wieder duckte, könnte er den Rand der Menschenmenge erreichen, ohne daß der hellhaarige Mann ihn sah. Und sobald er einmal die kopfsteingepflasterte Gasse jenseits des Gewühls erreicht hatte, konnte er sich von hinten bis auf ein paar Meter an den Gebäckstand heranarbeiten.

Er kam zu der Gasse; der Mann hatte ihn nicht gesehen. Er hatte sich noch ein Stück Kuchen gekauft und aß es jetzt geistesabwesend, reckte sich hoch und spähte angestrengt über die Köpfe der Menge. Dann schien er sich plötzlich wieder zu entspannen. Offenbar hatte er Helden entdeckt. Wahrscheinlich war er überzeugt, daß ihr Begleiter, solange er sie sah, nicht weit weg war.

Noel tat so, als hätte er sich den Knöchel verstaucht, und humpelte um die Menge herum, wobei sein Mißgeschick ihm einen Vorwand lieferte, sich vor Schmerzen verkrümmt zu bewegen. Jetzt konnte der Mann ihn unmöglich sehen.

Noel hatte die Rückseite des Gebäckstandes erreicht, war höchstens noch zehn Meter von ihm entfernt. Er beobachtete den Mann scharf. Er hatte etwas Primitives an sich, wie er reglos so dastand und aß und sich hin und wieder streckte, um sich zu vergewissern, daß diejenigen, die er beobachtete, ihm nicht aus den Augen gerieten. Holcroft kam es vor, als beobachtete er ein Raubtier. Er konnte seine Augen nicht sehen, aber er wußte, daß sie kalt und wachsam sein mußten. Die Vorstellung versetzte ihn in Zorn, und durch seinen Kopf schossen Bilder eines solchen Mannes, der hinter einem Fahrer saß, dem Fahrer vielleicht eine Pistole an den Kopf hielt und darauf wartete, daß Richard Holcroft auf einem Trottoir in New York erschien. Der Gedanke an solches eiskaltes, tödliches Vorgehen machte ihn rasend.

Noel stürzte sich in die Menge, seine rechte Hand hielt die Pistole in der Tasche umfaßt, die Linke hatte er vor sich ausgestreckt, die Finger starr. Wenn Noel ihn berührte, wäre das eine Berührung, die der hellhaarige Mann nicht mehr vergäße.

Plötzlich war sein Weg versperrt. *Versperrt!* Während er die

Schultern eines Mannes und einer Frau vor sich auseinanderschob, verstellte ihm eine dritte Gestalt den Weg, drängte sich vor ihn, das Gesicht abgewandt. Man hielt ihn ganz bewußt auf!

»Aus dem Weg! Verdammt, loslassen!«

Er konnte erkennen, daß seine Rufe oder sein Englisch, vielleicht auch beides, den hellhaarigen Mann erschreckten, der nur wenige Meter von ihm entfernt war und jetzt herumfuhr, sein Kuchenstück fallenließ. Seine Augen flackerten wild, sein Gesicht war gerötet. Wieder fuhr er herum und bahnte sich seinen Weg durch die Menge, weg von Noel.

»Aus dem –« Holcroft konnte es spüren, ehe er es sah. Etwas hatte sein Jackett aufgeschlitzt, das Futter über der linken Tasche zerrissen. Er blickte nach unten, ungläubig. Ein Messer hatte da zugestoßen; wenn er sich nicht weggedreht hätte, dann hätte es sich in seine Seite gebohrt.

Er packte das Gelenk der Hand, die das Messer hielt, stieß es weg, hatte Angst loszulassen, rammte dem Mann mit dem Messer die Schulter in die Brust. Sein Gesicht hielt der Mann immer noch verborgen.

Wer war er? Aber jetzt war keine Zeit, darüber nachzudenken oder sich zu wundern; er mußte dieses schreckliche Messer loswerden!

Noel schrie. Er beugte sich vor, hielt das Handgelenk seines Feindes mit beiden Händen, während die Messerklinge nach oben stach, sein ganzer Körper zuckte, stieß gegen die, die ihn umgaben. Er riß an der Faust mit der Messerklinge und schmetterte sie dann mit seinem ganzen Gewicht nach unten, stürzte dabei auf die Straße. Das Messer fiel herunter, klirrte aufs Pflaster.

Etwas krachte gegen seinen Hals. Plötzlich benommen, wußte er doch, was es war; man hatte mit einem Eisenrohr nach ihm geschlagen. Erschreckt und verwirrt lag er zusammengekrümmt da, aber er durfte nicht unten bleiben! Sein Instinkt trieb ihn in die Höhe, die Angst veranlaßte ihn, stehenzubleiben, auf einen Angriff zu warten, ihn abzuwehren. Und der Zorn ließ ihn nach den Angreifern Ausschau halten.

Sie waren verschwunden. Der Körper, der zu dem unsichtbaren Gesicht gehörte, war verschwunden. Das Messer auf dem Boden war verschwunden! Rings um ihn schoben sich die Menschen zurück, starrten ihn an, als wäre er von Sinnen.

Mein Gott! dachte er in plötzlicher Erkenntnis. Wenn sie ihn töten wollten, würden sie auch Helden töten! Wenn der Mann mit dem pockennarbigen Gesicht von Killern geschützt war und diese Killer wußten, daß er ihren Schützling entdeckt hatte, nahmen sie sicher an, daß Helden ihn ebenfalls entdeckt hatte. Sie würden auf sie losgehen! Sie würden *sie* töten, weil sie Teil seiner Falle war!

Er drängte sich durch den Kreis der Neugierigen, wich hundert Armen und Händen aus und rannte in die Richtung, die sie ihm erst vor Minuten gezeigt hatte. Ein Verkaufsstand mit Krügen oder Tellern oder... mit *Zinn*. Das war es! Ein Zinnverkäufer. Wo war er?

Er war da, aber sie war nicht da. Sie war nirgends zu sehen. Er rannte auf den Verkaufsstand zu und schrie:

»Eine Frau! Hier war eine blonde Frau!«

»Pardon? Je ne parle pas –«

»Une femme... Aux cheveux blonds. Elle a été ici!«

Der Verkäufer zuckte die Achseln und fuhr fort, eine kleine Schale zu polieren.

»Où est elle?« schrie Holcroft.

»Vous êtes fou! Fou!« schrie der Mann. *»Voleur! Gendarmes!«*

»Non! S'il vous plaît! Une femme aux –«

»Ah«, unterbrach ihn der Verkäufer. *»Une blonde. Dans ce sens.«* Er wies nach links.

Holcroft stieß sich von der Verkaufsbude ab und rannte wieder in die Menge hinein. Er zerrte an Mänteln und Jacken und bahnte sich seinen Weg. O Gott, er hatte sie *umgebracht*! Seine Augen suchten überall, spähten in jede Lücke, musterten jedes Augenpaar, jeden Haarschopf. Sie war nirgends.

»Helden!«

Plötzlich schmetterte eine Faust gegen seine linke Niere, und ein Arm schoß über seine Schulter, legte sich um seinen Hals, quetschte ihm die Luft aus der Kehle. Er knallte dem Angreifer, der jetzt hinter ihm war, den rechten Ellbogen in den Leib, während der versuchte, ihn rückwärts durch die Menge zu zerren. Nach Luft japsend, stieß er den linken

Ellbogen in die harte, sich windende Gestalt, die ihn festhielt, dann wieder seinen rechten Ellbogen. Er hatte den Mann am Brustkasten erwischt; der Würgegriff um seinen Hals lockerte sich einen Augenblick, und der Augenblick genügte. Er wirbelte nach links, und seine Finger gruben sich in den Arm, der seinen Hals umspannte, zogen ihn herunter, warfen den Angreifer über seine Hüfte. Beide fielen sie zu Boden.

Noel sah das Gesicht! Unter der wirren Mähne aus rotem Haar sah er die kleine Narbe an der Stirn und darunter die zornigen blauen Augen. Der Mann war der jüngere der beiden MI-5-Agenten, die ihn im Hotel in London ausgefragt hatten. Noels Wut war jetzt auf dem Siedepunkt; der Wahnsinn, der einem schrecklichen Irrtum entsprang, nahm umgehend seinen Lauf. Der britische Geheimdienst hatte sich eingemischt, und es war gut möglich, daß diese Einmischung Helden das Leben gekostet hatte.

Aber *warum?* Warum hier, in einem obskuren französischen Dorf? Er kannte die Antwort nicht. Er wußte nur, daß dieser Mann, dessen Hals er jetzt umklammert hielt, sein Feind war, für ihn ebenso gefährlich wie die RACHE oder die ODESSA.

»*Aufstehen!*« Holcroft arbeitete sich hoch und zerrte an dem Mann. Sein Fehler war, daß er den Agenten einen Augenblick losließ. Und da schmetterte ohne Warnung ein lähmender Fausthieb in seine Magengrube. Seine Blicke verschwammen, und ein paar Sekunden war ihm nur bewußt, daß er gewaltsam quer durch ein Meer erstaunter Gesichter gezerrt wurde. Plötzlich schleuderte man ihn gegen eine Hauswand. Er konnte *hören*, wie sein Kopf dagegenkrachte.

»Sie verdammter Narr! Wie, zum Teufel, stellen Sie sich hier an? Das hätte Sie da drüben um ein Haar das Leben gekostet.« Der Mann von MI-5 schrie nicht, aber es machte keinen Unterschied, so eindringlich war seine Stimme. Noel konnte jetzt wieder sehen: der Agent hielt ihn fest. Wieder preßte sich der Arm des Mannes über seine Kehle.

»Dreckskerl!« Er brachte die Worte kaum im Flüsterton hervor. »*Sie* haben doch versucht, mich zu töten...«

»Sie gehörten in ein Irrenhaus gesteckt, Holcroft! Der Tinamu würde sie nicht einmal *berühren*. Ich muß Sie hier herausholen.«

»Der Tinamu? Hier?«

»Weg hier!«

»*Nein!* Wo ist Helden?«

»Ganz bestimmt nicht bei uns! Glauben Sie, wir sind verrückt?«

Noel starrte den Mann an; er sprach die Wahrheit. Das alles war verrückt. »Dann hat jemand sie mitgenommen! Sie ist weg!«

»Wenn sie weg ist, ist sie freiwillig mitgegangen«, sagte der Agent. »Wir haben versucht, Sie zu warnen. Lassen Sie die Finger von dieser Sache!«

»Nein, Sie irren sich! Da war ein Mann – mit Pockennarben im Gesicht...«

»Der Fiat?«

»Ja! Der. Er hat uns verfolgt. Ich wollte ihn mir schnappen, und da haben seine Leute mich erwischt. Sie versuchten, mich zu töten.«

»Kommen Sie mit«, befahl der Agent, packte Holcrofts Arm und zerrte ihn weiter.

Sie erreichten eine enge, finstere Gasse. Kein Sonnenstrahl drang durch, alles lag im Schatten. Die Gasse war von Mülltonnen gesäumt. Hinter der dritten Mülltonne rechts konnte Noel ein Paar Beine sehen. Der Rest der Gestalt war von der Tonne verdeckt.

Der Agent stieß Noel in die Gasse hinein, vier oder fünf Schritte genügten, daß er den oberen Teil des Körpers sehen konnte.

Auf den ersten Blick schien der Mann mit dem pockennarbigen Gesicht betrunken zu sein. Er hielt mit beiden Händen eine Flasche Rotwein umfaßt; etwas von dem Wein war auf seine Hose getropft. Aber es war ein anderes Rot als der Fleck, der sich über seine Brust ausgebreitet hatte.

Der Mann war erschossen worden.

»Da haben Sie Ihren Killer«, sagte der Agent. »Wollen Sie uns jetzt zuhören? Fahren Sie nach New York zurück. Sagen Sie uns, was Sie wissen, und lassen Sie die Finger von dieser Geschichte.«

Noels Gedanken rasten wirr im Kreise, Nebel der Verwirrung hüllten ihn ein. Da lag gewaltsamer Tod in der Luft, Tod in New York, Tod in Rio, Tod hier in einem kleinen französischen Dorf. Die RACHE, die ODESSA, die Überlebenden der Wolfsschanze...

Nichts ist so, wie es für Sie war...

Er wandte sich dem MI-5-Mann zu, und seine Stimme war nur noch ein Flüstern. »Verstehen Sie denn nicht? Ich *kann nicht*...«

Am Ende der Gasse entstand plötzlich ein Tumult. Zwei Gestalten rannten vorbei, wobei eine die andere schob. Befehle waren zu hören – kehlig, hart, man konnte die Worte nicht verstehen, aber ihr Sinn war klar. Hilferufe wurden von dem Klatschen von Fleisch auf Fleisch übertönt, bösartigen Schlägen, und dann waren die undeutlichen Gestalten weg, aber Holcroft hörte den Schrei.

»Noel! *Noel...!*«

Das war Helden! Plötzlich funktionierte Holcrofts Verstand wieder, und er wußte, was er zu tun hatte. Mit aller Kraft trieb er dem Agenten die Schulter in die Seite, so daß er über die Mülltonne stolperte, die die Leiche des pockennarbigen Mannes verdeckte.

Er rannte aus der Gasse hinaus.

21.

Die Schreie hielten an, aber er konnte nicht sagen, aus welcher Entfernung sie kamen, so laut war das muntere Treiben der Menge auf dem Dorfplatz. Akkordeonmusik und schrille Kornettklänge waren zu hören, und hier und dort drehten sich junge Paare im ländlichen Tanz und verschafften sich im Wirbel ihres Übermuts dafür den Platz. Das *fête d'hiver* war jetzt wirklich ein Volksfest.

»Noel! Noel...«

Das kam dort hinten aus der Gasse – von dort her hallten die Schreie! Holcroft rannte wie wild los und riß fast ein Liebespaar um, das sich an eine Mauer gelehnt umarmte. *Dort.*

»Noel!«

Er befand sich jetzt in einer Nebenstraße zwischen dreistöckigen Häusern. Er rannte die Straße hinunter, hörte wieder den Schrei, aber keine Worte, keinen Namen, nur einen Schrei, den ein dumpf klatschender Schlag abriß, der wieder einen Schmerzensruf auslöste.

O Gott, er mußte sie finden –

Eine *Tür*! Eine Tür stand halb offen; das war der Eingang zum vierten Haus zu seiner Rechten. Von dort war der Schrei gekommen!

Er rannte darauf zu und erinnerte sich an die Pistole in seiner Tasche. Er zog sie heraus. Während er sie unbeholfen in der Hand hielt, fiel ihm ein, daß er die Waffe bis jetzt überhaupt noch nicht richtig angesehen hatte. Das tat er jetzt, und einen Augenblick lang war er verblüfft und starrte sie an.

Er verstand wenig von Pistolen, aber diese hier kannte er. Es war eine Budischowsky-TP-70-Selbstladepistole, dasselbe Modell, das Sam Buonoventura ihm in Costa Rica besorgt hatte. Der Zufall verlieh ihm keineswegs Zuversicht, vielmehr machte er ihm übel. Das war nicht seine Welt.

Er überprüfte die Sicherung und zog die Tür auf, darauf bedacht, daß man ihn von innen nicht sehen konnte. Drinnen war ein langer, schmaler, schwach beleuchteter Gang zu erkennen. An der linken Wand, in einem Abstand von knapp vier Metern, waren zwei Türen. Vermutlich gab es auf der rechten Seite ebenfalls zwei Türen; aber von seinem Standpunkt aus waren sie nicht zu sehen.

Er stürmte mit erhobener Waffe hinein. Da waren die zwei Türen in der rechten Wand. Vier Türen insgesamt. Hinter einer von ihnen wurde Helden gefangengehalten. Aber hinter welcher? Er ging zur ersten Tür links und legte sein Ohr dagegen.

Ein kratzendes Geräusch war zu hören, unregelmäßig, ihm nicht vertraut. Er hatte keine Ahnung, was es war. Stoff, Tuch... das Zerreißen von Stoff? Er legte die Hand auf die Türklinke und drückte sie nieder; die Türe schwang nach innen, und er öffnete sie, hielt die Waffe schußbereit.

In dem dunklen Raum kniete eine alte Frau auf dem Boden und schrubbte ihn. Er sah ihr Profil, ihre hageren Züge waren eingefallen, und ihr Arm arbeitete in Kreisen auf dem weichen Holz. Sie war so alt, daß sie ihn weder sah noch hörte. Er schloß die Tür.

An die Tür zur Rechten war ein schwarzes Band genagelt. Jemand war hinter dieser Tür gestorben; die Familie trauerte. Ein Tod hinter dieser Tür. Der Gedanke zerrte an seinen Nerven; er lauschte mit angehaltenem Atem...

Das war es! Ein Handgemenge. Schwerer Atem, dumpfe Bewegungen; hinter dieser Tür herrschte Verzweiflung. Helden war hinter dieser Tür!

Noel trat zurück, die Waffe wieder im Anschlag, den rechten Fuß angehoben. Er atmete tief durch und trat dann mit dem Fuß, so als wäre er eine Ramme, in das Holz links von der Türklinke. Die Wucht des Aufpralls ließ die Tür nach innen krachen.

Drinnen lagen auf einem schmutzigen Bett zwei nackte Halbwüchsige, ein dunkelhaariger Junge über einem dicken, blonden Mädchen. Das Mädchen hatte die Beine gespreizt und reckte sie zur Decke, und der Junge lag dazwischen, beide Hände an ihren Brüsten. Auf das Krachen und beim Anblick des Fremden schrie das Mädchen. Der Junge wälzte sich von ihr herunter, wälzte sich auf dem Boden. Der Mund stand ihm im Schreck offen.

Das Krachen! Das Krachen war ein Alarm. Holcroft rannte in den Korridor und hetzte auf die nächste Tür zur Linken los. Jetzt war für nichts anderes Zeit als dafür, Helden zu finden. Er warf sich mit der Schulter gegen die Tür, drückte ungeschickt mit der linken Hand die Klinke nieder, während die Rechte die Waffe umfaßt hielt. Doch es hätte keiner Gewalt bedurft. Die Tür gab nach.

Noel stand unter dem Türrahmen und schämte sich einen Augenblick lang. An der Wand neben dem Fenster war ein blinder Mann zu sehen. Es war ein alter Mann, und er zitterte jetzt wegen der unsichtbaren, unbekannten Gewalt, die in die finstere Abgeschiedenheit seiner Welt eingedrungen war.

»*Nom de Dieu...*«, flüsterte er und hielt sich die Hände vors Gesicht.

Aus dem Korridor waren jetzt hastige Schritte zu hören,

Schritte, die lauter wurden – die Geräusche eines Mannes, der es nicht nur eilig hatte, sondern den die Verzweiflung trieb, Leder, das gegen Holz klatschte. Holcroft fuhr herum und konnte gerade noch die Gestalt des MI-5-Agenten an sich vorbeirennen sehen. Irgendwo draußen splitterte Glas. Noel taumelte aus dem Zimmer des Blinden und blickte nach links, woher das Splittern gekommen war; dort strömte die Sonne durch eine offene Tür am Ende des Korridors. Man hatte die Glasfüllung schwarz übermalt; er hatte sie in dem schwachen Licht nicht gesehen.

Woher wußte der Agent, daß dort eine Tür war? Weshalb hatte er sie eingetreten und war hinausgerannt? Glaubte der MI-5-Mann, daß *er* dort hinausgerannt war? Nein, der Agent würde ihm das nicht zutrauen; er war ein Amateur, ein Verrückter. Nein, der Mann von MI-5 mußte hinter jemand anders her sein.

Und dieser Jemand konnte nur Helden sein! Aber Helden befand sich hinter der Tür, die gegenüber dem Zimmer des blinden Mannes war; das war der einzige Raum, der noch übrigblieb. Dort mußte sie sein. Der Agent irrte!

Holcroft trat die Tür vor sich ein; das Schloß zerbrach, die Tür schwang auf, er rannte hinein.

Der Raum war leer, hatte schon lange Zeit leergestanden. Überall lagen dicke Schichten Staub... und es gab keine Fußabdrücke. Diesen Raum hatte seit Wochen niemand betreten.

Der MI-5-Mann hatte recht gehabt. Der Amateur hatte etwas nicht gewußt, was der Fachmann erkannt hatte.

Noel stürmte aus dem leeren Zimmer, den dunklen Korridor hinunter, durch die Tür mit den eingetretenen Scheiben, hinaus in einen Hof. Links führte ein massives Holztor auf die Straße zurück. Es stand offen, und Holcroft rannte durch. Er konnte vom Dorfplatz her die Geräusche des Volksfestes hören. Weit unten an der verlassenen Straße zu seiner Rechten hörte er einen Schrei, der wieder ebenso abriß wie vorhin. Er jagte auf den Schrei zu, in Heldens Richtung, konnte aber niemanden sehen.

»Zurück!« Der Befehl kam aus einer Türnische.

Ein Schuß peitschte. Über ihm spritzten Steinbrocken aus

der Mauer, und das Übelkeit erregende Pfeifen einer abprallenden Kugel drang in sein Bewußtsein.

Noel warf sich zu Boden, auf das harte, unregelmäßige Kopfsteinpflaster. Als er sich abstützte, berührte sein Finger den Abzug seiner Waffe. Sie entlud sich, die Explosion dröhnte dicht neben seinem Gesicht. In seiner Panik rollte er sich zur Seite, auf die Türnische zu. Hände packten ihn, zerrten ihn in den Schatten hinein. Der Mann vom britischen Geheimdienst, der junge Mann mit der Narbe an der Stirn, riß ihn zurück, auf die Mauer zu.

»Noch einmal! Sie sind ein hirnverbrannter Narr! Ich sollte sie selbst umlegen und denen die Mühe sparen.« Der Agent kauerte an der Mauer und schob jetzt sein Gesicht vorsichtig an den Rand vor.

»Ich *glaube* Ihnen nicht«, sagte Noel. »Gar nichts glaube ich mehr. Wo ist sie?«

»Dieser Sauhund hält sie auf der anderen Straßenseite fest, vielleicht zwanzig Meter weiter vorn. Ich schätze, er hat ein Funkgerät und hat Verbindung mit einem Wagen aufgenommen.«

»Die werden sie *töten*!«

»Nein, das werden sie jetzt nicht. Ich weiß nicht warum, aber das ist es ganz bestimmt nicht, was die vorhaben. Vielleicht weil sie seine Schwester ist.«

»Hören Sie doch damit auf! Das stimmt nicht, das ist verrückt! Ich habe es ihr gesagt; sie hat mit ihm telefoniert. Er ist ebensowenig dieser Tinamu, wie Sie es sind. Und er ist wütend wie sonst was. Er wird wahrscheinlich jetzt was für seine Zeitung schreiben, und dann sehen Sie und das Foreign Office und Ihre ganze dämliche Regierung ganz schön blöd aus!«

Der MI-5-Agent starrte Holcroft an. Sein Blick war wie der eines Mannes, der das wirre Verhalten eines Psychopathen studiert, ein Blick, in dem sich Neugierde, Ekel und Staunen mischten. »Er tut *was*? *Sie* haben was?«

»Das haben Sie doch gehört.«

»Mein *Gott*... wer Sie auch sind, das alles geht doch Sie nichts an. Sie haben doch überhaupt nichts damit zu tun.«

»Das habe ich Ihnen in London schon gesagt«, erwiderte

Noel und richtete sich mühsam auf, versuchte, wieder Atem zu schöpfen. »Haben Sie denn geglaubt, daß ich lüge?«

»Wir wußten, daß Sie lügen; wir kannten nur den Grund nicht. Wir dachten, daß Männer, die an von Tiebolt heranwollen, Sie benutzten.«

»Wofür?«

»Um einen Kontakt herzustellen, bei dem sich keine Seite zu zeigen braucht. Die Deckung war nicht übel; Geld in Amerika, das der Familie vererbt wurde.«

»Aber *wofür*?«

»Später! Sie wollen das Mädchen, und ich will den Sauhund, der sie festhält. Hören Sie zu.« Der Agent deutete mit einer Handbewegung auf die Pistole, die Noel immer noch festhielt. »Können Sie damit umgehen?«

»Ich mußte einmal eine Waffe benutzen. Ein Fachmann bin ich keiner.«

»Das brauchen Sie auch nicht; Sie werden ein genügend großes Ziel haben. Wenn ich recht habe, haben die einen Wagen, der hier in der Gegend herumfährt.«

»Haben Sie keinen?«

»Nein, ich bin allein. Und jetzt hören Sie zu. Wenn ein Wagen kommt, dann muß er anhalten. Und in dem Augenblick renne ich zu der Tür auf der anderen Seite hinüber. Dabei geben Sie mir Feuerschutz, indem Sie direkt auf den Wagen schießen. Zielen Sie auf die Windschutzscheibe. Sehen Sie zu, daß Sie die Reifen oder den Kühler treffen. Mir ist egal was, aber versuchen Sie jedenfalls, die Windschutzscheibe zu treffen. Ballern Sie richtig drauflos; machen Sie den verdammten Wagen bewegungsunfähig, wenn das geht, und beten Sie zu Gott, daß die Hiesigen sich da raushalten und sich um ihr Scheißfest dort hinten kümmern.«

»Und wenn sie das nicht tun, wenn jemand –«

»Dann versuchen Sie, den nicht zu treffen, Sie Esel!« unterbrach ihn der Engländer. »Und halten Sie auf die rechte Wagenseite. *Ihre* rechte Wagenseite. Zeigen Sie sich so wenig wie möglich.«

»Die *rechte* Wagenseite?«

»Ja, außer Sie wollen das Mädchen treffen, und das wäre mir, ehrlich gestanden, auch scheißegal. Aber *ihn* will ich haben. Falls ich mich irre, gilt das alles freilich nicht, und wir müssen uns etwas anderes einfallen lassen.«

Das Gesicht des Agenten preßte sich gegen die Steinmauer. Er schob sich langsam vorwärts, spähte die Straße hinunter. Solchen Männern gehörte der fremde Dschungel, nicht Architekten mit guten Absichten. »Sie haben sich in diesem alten Haus da nicht geirrt«, sagte Noel. »Sie haben gewußt, daß es noch einen Ausgang gab.«

»Einen zweiten Ausgang, ja. Keiner, der auch nur einen Schuß Pulver wert ist, würde sonst freiwillig da hineingehen.«

Wieder hatte der Profi recht. Noel konnte das Quietschen von Reifen hören; ein Automobil schoß um eine ihm unsichtbare Kurve und kam schnell näher. Der Agent stand auf und gab Noel durch Gesten zu verstehen, daß er ihm folgen solle. Jetzt blickte er um den Türstock herum, den Arm vor der Brust, die Pistole in der Hand.

Wieder quietschten Reifen; das Automobil kam zum Stehen. Der Agent sprang mit einem Satz hinaus, rief Noel – »*Jetzt*« – zu und feuerte seine Waffe zweimal ab und rannte über die Straße.

Es war ein Alptraum, der nur wenige Sekunden dauerte, den aber das Klirren von Glas und die gehetzten Bewegungen ungeheuer wirklich machten. Und er, Noel, *tat* das tatsächlich. Er konnte die Pistole vor sich sehen, am Ende *seines* Arms, in *seiner* Hand. Er konnte die Vibrationen spüren, die jedesmal durch seinen Körper huschten, wenn er den Abzug betätigte. *Die rechte Seite des Wagens. Ihre rechte Seite. Außer* – Er gab sich verzweifelt Mühe, sorgfältig zu zielen. Erstaunt sah er, wie die Windschutzscheibe zersprang; er hörte Kugeln, die in die Tür schlugen; er hörte die Schreie eines menschlichen Wesens... und dann sah er jenes menschliche Wesen aus der Tür auf das Kopfsteinpflaster fallen. Es war der Fahrer; er hatte die Arme vor sich ausgestreckt; Blut strömte aus seinem Kopf, und er bewegte sich nicht.

Auf der anderen Straßenseite kam der MI-5-Mann jetzt aus einer Türnische; geduckt, die Pistole im Anschlag. Dann hörte er den Befehl:

»Lassen Sie sie frei! Sie kommen nicht davon!«

»Nie und nimmer!«

»Dann eben nicht! Mir ist das scheißegal...! Ducken Sie sich nach rechts, Miß! *Jetzt!*«

Zwei Explosionen, eine unmittelbar nach der andern; der Schrei einer Frau hallte durch die Straße. Noels Gedanken drehten durch. Er rannte über das Pflaster, hatte Angst davor nachzudenken, Angst, das zu sehen, was er vielleicht sehen würde, das zu finden, was er keinesfalls finden wollte, Angst um seine Zurechnungsfähigkeit.

Helden lag auf den Knien, sie zitterte, ihr Atem war eine einzige Folge unkontrollierter schluchzender Laute. Sie starrte den toten Mann an, der reglos auf dem Pflaster lag. Aber sie *lebte*; das war alles, was für ihn wichtig war. Noel ließ sich neben ihr niederfallen, zog ihren zitternden Kopf an seine Brust.

»Ihn... *Ihn*«, flüsterte Helden und schob Noel von sich. »Schnell.«

»Was?« Noel folgte ihrem Blick.

Der MI-5-Agent versuchte zu kriechen; sein Mund öffnete und schloß sich; er versuchte zu sprechen, aber kein Laut kam heraus. Und über die Vorderseite seines Hemds breitete sich ein immer größer werdender roter Fleck aus.

Eine kleine Menschenmenge hatte sich am Eingang des Platzes versammelt. Drei oder vier Männer traten zögernd vor.

»Kümmern Sie sich um ihn«, sagte Helden. »Schnell.«

Sie war zum Denken fähig und er nicht; sie war imstande, eine Entscheidung zu treffen, und er war wie gelähmt. »Was tun wir jetzt? Wo gehen wir hin?« war alles, was er sagen konnte, und dabei war er nicht einmal sicher, ob das seine Worte waren.

»Die Straßen und Gassen da gehen alle ineinander über. Wir müssen ihn wegschaffen.«

»Warum?«

Heldens Augen bohrten sich in die seinen. »Er hat mir das Leben gerettet. Und das Ihre. *Schnell!*«

Er konnte nur tun, was sie befahl; er war nicht imstande, selbst zu denken. Er richtete sich auf und sprang auf den Agenten zu, beugte sich über ihn, so daß ihre Gesichter nur noch eine Handbreit voneinander entfernt waren. Er sah die zornigen blauen Augen, die in ihren Höhlen schwammen, den Mund, der sich abmühte, etwas zu sagen, und dazu auch nicht imstande war.

Der Mann war im Begriff zu sterben.

Noel hob den Agenten auf die Füße; der Engländer konnte nicht stehen. Und so hob er ihn hoch und staunte über seine eigene Kraft. Er drehte sich um und sah Helden auf den Wagen am Randstein zutorkeln; der Motor lief immer noch. Noel schleppte den Agenten zu dem von Kugeln durchlöcherten Wagen.

»Ich fahre«, sagte Helden. »Legen Sie ihn auf den Rücksitz.«

»Die Windschutzscheibe! Sie können doch nichts sehen!«

»Sie können ihn nicht mehr weiter tragen!«

Die nächsten Minuten waren für Holcroft ebenso unwirklich wie der Anblick der Pistole, die er immer noch in der Hand hielt. Helden jagte den Wagen beim Wenden über den Randstein und bog dann in die Straßenmitte. Noel, der neben ihr saß, erkannte trotz seiner Panik etwas. Er erkannte es ganz ruhig, fast leidenschaftslos: er war dabei, sich an diese schreckliche neue Welt anzupassen. Sein Widerstand begann nachzulassen, und die Tatsache, daß er gehandelt hatte, bestätigte das; er war *nicht* weggerannt. Leute hatten versucht, ihn zu töten. Sie hatten versucht, das Mädchen zu töten. Vielleicht reichte das.

»Können Sie die Kirche finden?« fragte er und wunderte sich jetzt über die Selbstverständlichkeit, mit der er das sagte.

Sie sah ihn kurz an. »Warum?«

»Wir könnten diesen Wagen selbst dann nicht fahren, wenn Sie was sehen könnten. Wir müssen den unseren finden.« Er wies durch das zersprungene Glas der Windschutzscheibe; aus der Motorhaube quoll Dampf. »Der Kühler hat ein Loch. Fahren Sie zur Kirche.«

Sie fand sie, mehr ihrem Instinkt als logischen Überlegungen folgend, lenkte den Wagen durch die engen Straßen und Gassen, welche die vom Dorfplatz ausgehenden unregelmäßigen Speichen miteinander verbanden. Die letzten paar Straßen waren beängstigend. Leute rannten neben dem Wagen her, schrien erregt. Ein paar Augenblicke lang glaubte Noel, daß das an der zersplitterten Scheibe lag, meinte, das sei es, was die Aufmerksamkeit der Dorfbewohner auf sie zog; aber das war es nicht. Gestalten rannten an ihnen vorbei, auf die Mitte des Dorfplatzes zu. Die Nachricht hatte sich verbreitet.

Des gens assassinés! La tuerie!

Helden riß den Wagen herum und bog in die Straße ein, die am Pfarrhaus vorbeiführte, auf den Parkplatz zu. Sie bog ein und lenkte das Wagenwrack neben ihren Mietwagen. Holcroft sah auf den Rücksitz. Der MI-5-Mann lehnte kraftlos in der Ecke, aber er atmete noch, seine Augen waren auf Noel gerichtet. Er machte eine Handbewegung, als wollte er Noel näher zu sich heranholen.

»Wir wechseln jetzt den Wagen«, sagte Holcroft. »Wir bringen Sie zu einem Arzt.«

»Hören... Sie mir zuerst zu, Sie Esel«, flüsterte der Engländer. Seine Augen wanderten zu Helden hinüber. »Sagen Sie es ihm.«

»Hören Sie ihn an, Noel«, sagte sie.

»Was denn?«

»Payton-Jones – haben Sie die Nummer?«

Holcroft erinnerte sich. Auf der Karte, die ihm der grauhaarige Geheimdienstagent in London gegeben hatte, hatte der Name Harold Payton-Jones gestanden. Er nickte. »Ja.«

»Rufen Sie ihn an...« Der MI-5-Mann hustete. »Sagen Sie ihm, was geschehen ist... Alles.«

»Das können Sie ihm doch selbst sagen«, sagte Noel.

»Idiot. Sagen Sie Payton-Jones, daß es eine Komplikation gegeben hat, von der wir nichts wissen. Der Mann, von dem wir glaubten, daß der Tinamu ihn geschickt hat, von Tiebolts Mann...«

»Mein Bruder ist *nicht* der Tinamu«, rief Helden.

Der Agent sah sie durch halb geschlossene Lider an. »Vielleicht haben Sie recht, Miß. Vorher hätte ich das nicht geglaubt, aber vielleicht haben Sie wirklich recht. Ich weiß nur, daß der Mann, der Ihnen im Fiat folgte, für von Tiebolt arbeitet.«

»Er ist uns gefolgt, um uns zu beschützen! Um herauszufinden, wer hinter Noel her ist.«

Holcroft fuhr auf dem Sitz herum und starrte Helden an. »Sie haben das gewußt.«

»Ja«, antwortete sie. »Unser Mittagessen heute war Johanns Idee.«

»Vielen Dank.«

»*Bitte*. Sie verstehen diese Dinge nicht. Wohl aber mein Bruder. Und ich.«

»Helden, ich habe versucht, diesen Mann in eine Falle zu locken! Man hat ihn umgebracht!«

»Was? O mein *Gott*...«

»Das ist die Komplikation«, flüsterte der Agent, zu Noel gewandt. »Wenn von Tiebolt nicht der Tinamu ist, was ist er dann? Warum hat man seinen Mann erschossen? Diese zwei Männer, weshalb haben sie versucht, *Sie* in ihre Gewalt zu bringen? Und *Sie* zu töten? Wer waren diese Männer? Dieser Wagen... Gehen Sie der Spur nach.« Der Engländer stöhnte; Noel wollte sich über die Lehne nach hinten beugen, aber der Agent winkte ihn weg. »Hören Sie mir zu. Stellen Sie fest, wer diese Männer waren, wem dieser Wagen gehört. Die sind die Komplikation.«

Der MI-5-Mann war jetzt kaum noch imstande, seine Augen aufzuhalten; sein Flüstern war nur noch mit Mühe zu hören. Es war offensichtlich, daß er nur noch wenige Augenblicke zu leben hatte. Noel beugte sich über den Sitz.

»Könnte es sein, daß diese Komplikation etwas mit einem Mann namens Peter Baldwin zu tun hat?«

Es war, als hätte ein elektrischer Schlag den Sterbenden getroffen, seine Augenlider sprangen auf; die Pupillen darunter kehrten auf kurze Zeit aus dem Reich des Todes zurück. »*Baldwin*...?« Das Flüstern hallte nach, es klang gespenstisch.

»Er hat mich in New York angerufen«, sagte Holcroft. »Er hat mir gesagt, ich solle das nicht tun, was ich tue, solle mich heraushalten. Er sagte, er wisse Dinge, die sonst niemand weiß. Eine Stunde später hat man ihn umgebracht.«

»Dann hat er die *Wahrheit* gesagt! Baldwin hat die Wahrheit gesagt!« Die Lippen des Agenten begannen zu zittern; ein dünner Blutfaden sickerte aus seinem Mundwinkel. »Wir haben ihm nie geglaubt; wir sind mit ihm nicht ins Geschäft gekommen; wir waren sicher, daß er *log*...«

»Inwiefern?«

Der MI-5-Mann starrte Noel an; dann wanderte sein Blick mühsam zu Helden hinüber. »Dafür reicht die Zeit nicht...« Er quälte sich zum Erbarmen, wieder Holcroft anzusehen. »Sie sind sauber. Das müssen Sie sein... sonst hätten Sie das nicht gesagt, was Sie gerade gesagt haben. Ich werde Ihnen vertrauen, Ihnen beiden. Sehen Sie zu, daß Sie Payton-Jones erreichen... so schnell es geht. Sagen Sie ihm, er soll sich die Baldwin-Akte holen. Code Wolfsschanze... Es ist die Wolfsschanze.« Der Kopf des Agenten fiel nach vorn. Er war tot.

22.

Sie jagten auf der Pariser Schnellstraße nach Norden, während die Sonne des späten Nachmittags die Landschaft in orangefarbenes und kaltgelbes Licht tauchte. Die Wintersonne war überall gleich: sie war eine Konstante. Und dafür war Holcroft dankbar.

Code Wolfsschanze. Es ist die Wolfsschanze.

Peter Baldwin hatte von Genf gewußt. Er hatte versucht, es MI-5 zu sagen, aber die Zweifler im britischen Geheimdienst hatten ihm nicht geglaubt.

Wir sind mit ihm nicht ins Geschäft gekommen!

Was hatte er gewollt? Was war das für ein Geschäft? Wer *war* Peter Baldwin?

Wer war von Tiebolt... Tennyson?

Wenn von Tiebolt nicht der Tinamu ist, was ist er dann? Warum hat man seinen Mann erschossen? Weshalb haben die versucht, sie in ihre Gewalt zu bringen? Und sie zu töten?

Warum?

Aber wenigstens eine Frage war erledigt: John Tennyson war *nicht* der Tinamu. Was immer der Sohn Wilhelm von Tiebolts sonst sein mochte – und es war durchaus möglich, daß er für Genf gefährlich war –, der Meuchelmörder war er nicht. Aber wer war er dann? Was hatte er getan, um in die Gesellschaft von Mördern zu geraten? Warum gab es Männer, die ihn jagten – und damit auch seine Schwester?

Diese Fragen hinderten Noel daran, sich mit den Ereignissen der letzten Stunden zu befassen. Er konnte jetzt nicht darüber nachdenken, er wäre explodiert, wenn er es getan hätte. Drei Männer tot – und einer von seiner Hand. Von Schüssen in einer Seitenstraße einer abgelegenen französischen Ortschaft niedergestreckt, während eines Volksfestes. Wahnsinn.

»Was meinen Sie, daß ›Wolfsschanze‹ bedeutet?« fragte Helden.

»Ich weiß, was es bedeutet«, sagte er.

Sie drehte sich überrascht zu ihm herum.

Er sagte es ihr – alles, was er über die Überlebenden der Wolfsschanze wußte. Es brachte nichts, jetzt die Tatsachen vor ihr zu verbergen. Als er geendet hatte, blieb sie stumm. Er fragte sich, ob er sie zu weit getrieben hatte. In einen Konflikt vielleicht, mit dem sie nichts zu tun haben wollte. Erst vor ein paar Tagen hatte sie zu ihm gesagt, sie würde, wenn er ihren Instruktionen nicht folgte, wenn er nicht derjenige war, der er zu sein behauptete, Paris verlassen, und er fände sie dann nie. Würde sie das jetzt tun? War die Drohung der Wolfsschanze jene letzte Bürde, die sie nicht auf sich nehmen konnte?

»Haben Sie Angst?« fragte er.

»Das ist eine törichte Frage.«

»Ich glaube, Sie wissen, was ich meine.«

»Ja.« Sie lehnte den Kopf im Sitz zurück. »Sie wollen wissen, ob ich jetzt weglaufe.«

»Ja, ich denke, das ist es. Werden Sie?«

Sie gab ein paar Augenblicke lang keine Antwort, und er bedrängte sie auch nicht. Als sie dann sprach, hallte Traurigkeit in ihrer Stimme nach – wie bei ihrer Schwester, und doch so völlig anders. »Ich kann ebensowenig weglaufen, wie Sie das können. Ganz abgesehen von Pflichtgefühl und Furcht, es hätte einfach keinen Sinn, oder? Die würden uns finden. Und uns töten.«

»Reichlich pessimistisch.«

»Nur realistisch. Außerdem bin ich es müde, immer wegzulaufen. Ich habe keine Kraft mehr dazu. Die RACHE, die ODESSA, und jetzt die Wolfsschanze. Drei Jäger, die sich gegenseitig beschleichen und uns auch. Das muß ein Ende haben. Darin hat der Oberst recht.«

»Ich bin gestern nachmittag zum gleichen Schluß gelangt. Mir wurde plötzlich klar, daß ich, wenn meine Mutter nicht wäre, mit Ihnen wegliefe.«

»Heinrich Clausens Sohn«, sagte Helden nachdenklich.

»Und noch der Sohn eines anderen.« Er erwiderte ihren Blick. »Sind wir einer Meinung? Wir nehmen mit diesem Payton-Jones keine Verbindung auf?«

»Wir sind einer Meinung.«

»MI-5 sucht uns. Sie haben keine Wahl. Sie hatten einen Mann auf uns angesetzt. Sie werden erfahren, daß man ihn getötet hat. Man wird uns Fragen stellen.«

»Die wir nicht beantworten können. Man hat uns verfolgt; nicht umgekehrt.«

»Ich frage mich, wer sie waren? Die zwei Männer«, sagte er.

»Die RACHE, würde ich meinen. Das ist ihr Stil.«

»Oder die ODESSA.«

»Möglich. Aber das Deutsch, das der eine sprach, der mich in seiner Gewalt hatte, klang seltsam. Ein Dialekt, der mir fremd war. Er war kein Münchner, und ganz sicher kein Berliner. Es klang ganz eigenartig.«

»Wie meinen Sie das?«

»Seine Sprache klang sehr kehlig, aber dennoch weich, wenn Sie sich das vorstellen können.«

»Nicht recht. Dann meinen Sie, daß die Männer von der RACHE waren?«

»Ist das wichtig? Wir müssen uns vor beiden schützen. Es hat sich nichts geändert. Für mich wenigstens nicht.« Sie griff herüber und berührte seinen Arm. »Aber Ihretwegen tut es mir leid.«

»Warum?«

»Weil Sie jetzt mit uns auf der Flucht sind. Sie sind jetzt eines der Kinder – der Kinder der Verdammten. Und Sie sind nicht ausgebildet worden.«

»Mir scheint, ich mache gerade einen Schnellkurs durch.« Sie zog ihre Hand zurück. »Sie sollten nach Berlin.«

»Ich weiß. Wir müssen uns beeilen. Ich muß Kessler erreichen und dazu bringen, daß er sich uns anschließt; er ist der letzte, der –« Holcroft hielt inne »– der Nachkommen.«

Sie lächelte über das Wort, ein trauriges Lächeln. »Da sind Sie, und da ist mein Bruder; beide gut informiert, beide zum Handeln bereit. Kessler muß auch dazu gebracht werden... Es geht um Zürich. Und die Lösung des Ganzen bedeutet so viel.«

Noel sah zu ihr hinüber. Es gehörte nicht viel dazu, ihre Gedanken zu lesen. Zürich bedeutete unvorstellbare Mittel; ohne Zweifel würde man einen Teil dieser Mittel dazu verwenden, die Fanatiker der ODESSA und der RACHE zu zügeln, wenn nicht zu eliminieren. Holcroft wußte, daß sie wußte, daß er selbst das Schreckliche miterlebt hatte; sie brauchte es nur zu sagen, und ein Drittel des Stimmrechts gehörte ihr. Ihr Bruder würde einverstanden sein.

»Wir werden dafür sorgen, daß es klappt«, sagte er. »Sie können bald aufhören, wegzulaufen. Wir alle können das.«

Sie musterte ihn nachdenklich. Dann rutschte sie auf ihrem Sitz näher an ihn heran und schob ihre Hand unter seinen Arm und hielt ihn fest. Sie legte den Kopf auf seine Schulter, ihr langes, blondes Haar fiel über sein Jackett.

»Ich habe Sie gerufen, und Sie sind gekommen«, sagte sie mit ihrer seltsam schwebenden Stimme. »Beinahe wären wir heute nachmittag gestorben. Ein Mann hat sein Leben für uns geopfert.«

»Das gehörte zu seinem Beruf«, erwiderte Noel. »Unser Leben war für ihn vielleicht nur nebenbei wichtig. Er war hinter Informationen her, hinter einem Mann, von dem er glaubte, er könne sie ihm liefern.«

»Ich weiß. Ich habe schon oft solche Männer getroffen, Männer seines Berufs. Aber immerhin war er anständig; das sind viele nicht. Sie opfern zu leicht im Namen der Professionalität andere Menschen.«

»Was meinen Sie damit?«

»Sie sind nicht ausgebildet; Sie hätten alles getan, was er Ihnen sagte. Er hätte Sie als Köder benutzen können, damit Sie das Feuer auf sich ziehen. Es wäre einfacher für ihn gewesen, wenn er es so eingerichtet hätte, daß Sie die Kugeln abbekommen und dann ich. Ich war nicht wichtig für ihn. Er hätte in dem Durcheinander sein eigenes Leben retten und sich seinen Mann holen können. Aber er hat uns gerettet.«

»Wohin gehen wir in Paris?«

»Nicht Paris«, sagte Helden. »Argenteuil. Es gibt dort ein kleines Hotel am Fluß. Es ist reizend.«

Noel nahm die linke Hand vom Steuer und legte sie auf ihr Haar auf seinem Jackett. »Sie sind reizend«, sagte er.

»Ich habe Angst. Ich muß die Angst loswerden.«

»Argenteuil?« wiederholte er. »Ein kleines Hotel in Argenteuil. Für jemand, der erst ein paar Monate in Frankreich lebt, scheinen Sie ja eine Menge Orte zu kennen.«

»Man muß wissen, wo einem keine Fragen gestellt werden. Man wird schnell belehrt, man lernt schnell. Nehmen Sie die Ausfahrt Billancourt. Bitte schnell.«

Ihr Zimmer wies auf die Seine hinaus. Es hatte einen kleinen Balkon direkt über dem Fluß. Sie standen ein paar Minuten lang in der Nachtluft. Er hatte den Arm um sie gelegt, und beide schauten sie in die dunklen Wellen hinunter. Keiner von ihnen sagte etwas, beide genossen sie die Berührung.

Es klopfte an der Tür. Helden zuckte zusammen; er lächelte und beruhigte sie.

»Ganz ruhig. Während Sie sich frischgemacht haben, habe ich eine Flasche Cognac bestellt.«

Sie erwiderte sein Lächeln, und jetzt ging ihr Atem wieder ruhig. »Das sollten Sie wirklich mir überlassen. Ihr Französisch ist ganz unmöglich.«

»Ich kann ›Remy Martin‹ sagen«, meinte er und ließ sie los. »Wo ich zur Schule ging, war das das erste, was wir lernten.« Er ging hinein, auf die Tür zu.

Holcroft nahm dem Kellner das Tablett ab und stand einen Augenblick da und sah Helden an. Sie hatte die Türflügel zum Balkon geschlossen und starrte jetzt durch die Scheiben zum Nachthimmel hinauf. Sie war eine zurückhaltende Frau, eine einsame Frau, und jetzt sehnte sie sich nach seiner Nähe. Das verstand er.

Er wünschte, er hätte auch andere Dinge verstanden. Sie war schön; das war die schlichte Wahrheit und bedurfte keiner weiteren Ausschmückung. Sie mußte das selbst wissen. Sie war hochintelligent, wiederum eine Eigenschaft, die offensichtlich war. Und jenseits dieser Intelligenz war sie mit den Wegen ihrer Schattenwelt vertraut. Sie war durch die Schule des Lebens gegangen, und das in einem weiteren Sinne als die meisten, in einem grenzüberschreitenden Sinn sozusagen; sie bewegte sich schnell und entschlossen. Bestimmt hatte sie Dutzende Male Sex eingesetzt, um sich einen Vorteil zu verschaffen, aber er argwöhnte, daß das in kalter Berechnung geschehen war: Kauf auf eigenes Risiko mit nichts als einem Körper, der feilgeboten wurde.

Sie wandte sich zu ihm um; ihre Augen leuchteten in einem weichen Glanz, ihr Ausdruck war warm und doch irgendwie fern, beobachtend. »Sie sehen aus wie ein ungeduldiger *maître d'hôtel*, der darauf wartet, mich an meinen Tisch zu geleiten.«

»Wenn Sie mir bitte folgen wollen, Mademoiselle«, sagte Noel und trug das Tablett zu der kleinen Kommode auf der anderen Seite des Zimmers und stellte es ab. »Hätte die Dame gerne einen Tisch am Wasser?« Er rückte einen kleinen Sessel zur Balkontür und trat vor sie, lächelte und verbeugte sich. »Wenn die Dame bitte Platz nehmen wollen, dann lasse ich den Cognac bringen und veranlasse, daß das Feuerwerk beginnt. Die Fackelträger auf den Booten haben nur auf Sie gewartet.»

»Aber wo werden Sie sitzen, mein attraktiver *garçon?*«

»Zu Ihren Füßen, gnädige Frau.« Er beugte sich über sie und küßte sie, hielt sie an den Schultern und fragte sich, ob sie sich ihm entziehen oder ihn wegstoßen würde.

Aber auf das, was geschah, war er nicht vorbereitet. Ihre Lippen waren weich und feucht und öffneten sich jetzt, als wären sie geschwollen, bogen sich ihm entgegen, luden ihn ein. Ihre beiden Hände umfingen sein Gesicht, und ihre Finger liebkosten zärtlich seine Wangen, seine Lider, seine Schläfen. Und ihre Lippen bewegten sich dabei immer noch, kreisten, sogen ihn in sich hinein. Sie standen dicht beieinander, und er konnte ihre Brüste fühlen, die sich gegen sein Hemd drückten, ihre Beine an den seinen, den Druck, der von ihnen ausging, die Kraft, die die seine erprobte, ihn erregte.

Und dann geschah etwas Seltsames. Sie begann zu zittern, ihre Finger krochen um seinen Hals und gruben sich in sein Fleisch, hielten ihn mit aller Kraft fest, als fürchtete sie, er könne sich ihr entziehen. Er konnte das Schluchzen hören, das aus ihrer Kehle drang, die Zuckungen spüren, die sie durchliefen. Er legte die Hände auf ihre Hüfte, zog ganz langsam das Gesicht zurück und zwang sie, ihn anzusehen.

Sie weinte. Einen Augenblick lang starrte sie ihn an; Schmerz stand in ihren Augen, ein Leid, das so tief ging, daß Noel das Gefühl hatte, er wäre ein Eindringling, der hier eine Qual betrachtete, die ganz allein die ihre war.

»Was ist denn? Was ist los?«

»Mach, daß die Furcht weggeht«, flüsterte sie klagend. Sie griff nach den Knöpfen ihrer Bluse und knöpfte sie auf, legte ihre schwellenden Brüste frei. »Ich darf nicht allein sein. Bitte mach, daß sie weggeht.«

Er zog sie an sich, hielt ihren Kopf an seine Brust gedrückt, und ihr Haar unter seinem Gesicht war weich und lieblich, so weich und so lieblich wie sie.

»Du bist nicht allein, Helden. Genausowenig wie ich.«

Sie lagen nackt unter den Laken, und er hatte den Arm um sie, und ihr Kopf lag an seiner Brust. Mit der anderen Hand hob er immer wieder ihre langen blonden Haarsträhnen und ließ sie über ihr Gesicht fallen.

»Wenn du das tust, kann ich nichts sehen«, sagte sie und lachte.

»Du siehst aus wie ein Schäferhund.«

»Bist du mein Schäfer?«

»Einen Stab habe ich.«

»Das ist ja schrecklich. Du hast ein schmutziges Mundwerk.« Sie tippte ihm mit dem Zeigefinger gegen die Lippen. Er schnappte sich den Finger mit den Zähnen und knurrte. »Du kannst mir nicht Angst machen«, flüsterte sie und hob ihr Gesicht über das seine und drückte seine Zunge verspielt zurück. »Du bist ein feiger Löwe. Du brüllst, aber du beißt nicht.«

Er nahm ihre Hand. »Feiger Löwe? *Das zauberhafte Land*?«

»Natürlich«, antwortete sie, »den Film hab' ich heiß und

innig geliebt. Ich hab' ihn mir in Rio zigmal angesehen. Dort fing ich an, Englisch zu lernen. Ich hätte so gerne auch Dorothy geheißen. Mein kleines Hündchen habe ich Toto getauft.«

»Es fällt mir schwer, dich mir als kleines Mädchen vorzustellen.«

»Aber das war ich einmal, weißt du. Ich bin nicht einfach als volle Blüte aufgetaucht...« Sie hielt inne und lachte. Sie hatte sich jetzt hochgestemmt, und ihre Brüste waren vor seinem Gesicht. Seine Hand griff instinktiv nach ihrer linken Brustwarze. Sie stöhnte und legte die Hand auf die seine, hielt sie fest, während sie sich wieder heruntersinken ließ, auf seine Brust. »Jedenfalls *war* ich ein kleines Mädchen. Es hat Zeiten gegeben, wo ich sehr glücklich war.«

»Wann denn?«

»Wenn ich allein war. Ich hatte immer mein eigenes Zimmer; dafür hat Mutter gesorgt. Es war immer hinten am Haus oder in der Wohnung; oder, wenn wir in einem Hotel waren, dann war es separat, nicht bei meinem Bruder und bei meiner Schwester. Mutter sagte, ich sei die Jüngste und solle nicht von ihnen gestört werden.«

»Ich kann mir vorstellen, daß das manchmal sehr einsam war...«

»O *nein*! Weil ich *niemals* allein war. Ich hatte immer meine Freunde im Sinn, und die saßen auf Stühlen und auf meinem Bett, und wir haben uns unterhalten. Stundenlang haben wir geredet, einander unsere Geheimnisse erzählt.«

»Und was war mit der Schule? Hattest du nicht auch Freunde aus Fleisch und Blut?«

Helden schwieg eine Weile. »Ein paar, nicht viele. Wenn ich zurückblicke, kann ich es den andern nicht verübeln. Wir waren alle Kinder, wir taten, was unsere Eltern uns sagten. Diejenigen von uns, die noch Eltern hatten.«

»Was haben die Eltern ihnen denn gesagt?«

»Daß ich eine von Tiebolt sei. Das kleine Mädchen mit dem albernen Vornamen. Meine Mutter war... nun, eben meine Mutter. Ich glaube, die dachten, daß dieser Makel ansteckend sei.«

Vielleicht hatte man ihr tatsächlich ein Schandmal eingebrannt, dachte Noel, aber nicht wegen ihrer Mutter. Maurice Graffs ODESSA Wichtigeres im Auge. Millionen und Abermillionen, die man aus ihrem geliebten Reich hinausgeschleust hatte, damit Verräter wie von Tiebolt sie einsetzen konnten, um Sühne zu leisten.

»Als du dann größer warst, ist es besser geworden, nicht wahr?«

»Besser? Sicher. Man paßt sich an, man reift, man versteht Einstellungen und Handlungen, die man als Kind nicht verstanden hat.«

»Mehr Freunde?«

»Engere Freunde vielleicht, aber nicht unbedingt mehr. Ich konnte mich schlecht unter die Leute mischen. Ich war daran gewöhnt, allein zu sein; ich begriff, weshalb man mich nicht zu Partys und Dinners einlud. Zumindest nicht in die sogenannten respektablen Häuser. Die Jahre beeinträchtigten die gesellschaftlichen Aktivitäten meiner Mutter – wollen wir sagen –, aber nicht ihre geschäftlichen Interessen. Sie war ein Hai; wir wurden von unseresgleichen gemieden. Und der Rest von Rio hat die Deutschen ohnehin nie richtig akzeptiert, nicht in jenen Jahren.«

»Warum nicht? Der Krieg war doch vorbei.«

»Aber nicht die Ärgernisse. Die Deutschen erregten damals vielerlei Ärgernis. Illegale Gelder, Kriegsverbrecher, israelische Spürhunde... jahrelang ging das so.«

»Du bist eine so schöne Frau, es fällt schwer, sich vorzustellen, daß du... daß du ganz für dich sein solltest.«

Helden richtete sich auf und sah ihn an. Sie lächelte und schob mit der rechten Hand ihr Haar zurück, hielt es an ihren Hals. »Ich sah damals sehr streng aus, Darling. Glattes Haar, zu einem Knoten gebunden, eine riesige Brille, und Kleider, die immer eine Nummer zu groß waren. Du hättest kein zweites Mal hingesehen... Glaubst du mir nicht?«

»Daran habe ich jetzt nicht gedacht.«

»Woran dann?«

»Du hast mich gerade ›Darling‹ genannt.«

Sie hielt seinen Blick fest. »Ja, das habe ich, nicht wahr? Mir kam das ganz normal vor. Stört es dich?«

Er griff nach ihr, das war seine Antwort.

Sie lehnte sich im Sessel zurück; ihr Unterkleid diente ihr als Negligé. Sie nippte an dem Cognac. Noel saß neben ihr auf dem Boden, und bei ihm ersetzten Slip und ein offenes Hemd den Morgenmantel. Sie hielten sich an den Händen und sahen den Lichtern der Boote zu, die auf dem Fluß schimmerten.

Er wandte den Kopf und sah sie an. »Fühlst du dich jetzt besser?«

»Viel besser, Darling. Du bist ein sehr zärtlicher Mann. So wie dich habe ich nicht viele gekannt.«

»Erspare sie mir.«

»Oh, das meine ich nicht. Zu deiner Information, in der Organisation des Herrn Oberst nennt man mich *›Fräulein Eiszapfen‹*.«

»Was bedeutet das?«

Sie erklärte es ihm. »Und im Verlag sind alle überzeugt, daß ich lesbisch bin.«

»Die mußt du mir schicken.«

»Das würde ich lieber nicht.«

»Ich werde denen sagen, daß du es mit Peitschen und Fahrradketten treibst. Die sadistische Tour, weißt du. Dann rennen die davon, wenn sie dich zu Gesicht bekommen.«

»Das ist süß von dir.« Sie küßte ihn. »Du bist warm und zärtlich, und du lachst leicht. Ich mag dich schrecklich gern, Noel Holcroft, und ich bin gar nicht sicher, daß das so gut ist.«

»Warum?«

»Weil wir uns Lebewohl sagen werden und ich dann an dich denken werde.«

Noel griff nach oben und hielt die Hand, die immer noch sein Gesicht berührte; plötzlich war er beunruhigt. »Wir haben uns gerade erst begrüßt. Weshalb Lebewohl?«

»Es gibt Dinge, die du tun mußt, und Dinge, die ich tun muß.«

»Wir haben beide Zürich.«

»*Du* hast Zürich. Ich habe mein Leben in Paris.«

»Beides schließt sich nicht aus.«

»Das weißt du nicht, Darling. Du weißt gar nichts über mich. Nicht, wo ich lebe, noch wie ich lebe.«

»Ich weiß nur von einem kleinen Mädchen, das ein Zimmer

für sich allein hatte und sich zigmal das *Zauberhafte Land* angesehen hat.«

»Dann denk so lieb an sie wie sie an dich. Immer.«

Holcroft nahm ihre Hand von seinem Gesicht. »Was, zum Teufel, willst du damit sagen? Vielen Dank für einen netten Abend, und jetzt leb wohl?«

»Nein, Darling. Nicht so. Nicht jetzt.«

»Was meinst du *dann*?«

»Ich weiß es selber nicht. Vielleicht denke ich bloß laut... Wir haben Tage, Wochen, wenn du willst.«

»Ich will sie.«

»Aber versprich mir, daß du nie versuchst, ausfindig zu machen, wo ich wohne, daß du nie versuchst, mich zu erreichen. Ich werde dich finden.«

»Du bist verheiratet!«

Helden lachte. »Nein.«

»Dann lebst du mit jemandem zusammen.«

»Ja, aber nicht so, wie du denkst.«

Noel musterte sie scharf. »Was soll ich jetzt dazu sagen?«

»Sag, daß du es versprichst.«

»Laß mich dich verstehen. Außer deinem Arbeitsplatz gibt es keinen Ort, wo ich dich erreichen kann. Ich darf nicht wissen, wo du wohnst, und auch nicht, wie man dich sonst erreicht?«

»Ich geb dir die Nummer einer Freundin. Wenn es wirklich ganz dringend ist, kann sie mich verständigen.«

»Ich dachte, ich sei ein Freund.«

»Das bist du. Aber in anderer Art. Bitte, sei nicht ärgerlich. Es ist zu deinem eigenen Schutz.«

Holcroft erinnerte sich, wie es vor drei Tagen gewesen war. Inmitten ihrer eigenen Ängste hatte sich Helden um ihn Sorgen gemacht, Sorgen, die falschen Leute hätten ihn geschickt haben können. »Im Wagen hast du gesagt, Zürich sei die Lösung für so vieles. Ist es auch für dich die Antwort? Könnte Zürich das ändern? Die Art, wie du lebst, meine ich?«

Sie zögerte. »Das ist möglich. Es gibt so viel zu tun...«

»Und wir haben so wenig Zeit«, führte Holcroft ihren Gedanken zu Ende. Er berührte sie an der Wange, zwang sie, ihn anzusehen. »Aber ehe das Geld freigegeben wird, ist da eine Bank in Genf und bestimmte Bedingungen, die erfüllt werden müssen.«

»Ich verstehe. Du hast sie mir erklärt, und ich bin sicher, daß Johann es weiß.«

»Ich nicht. Er hat sich einer ganzen Menge Spekulationen ausgesetzt. Die könnten ihn leicht wegtippen.«

»Die könnten was?«

»Ihn disqualifizieren. Den Männern in Genf Angst machen; sie dazu veranlassen, die Safes zu schließen. Wir kommen gleich auf ihn. Ich möchte erst über Beaumont sprechen. Ich glaube, ich weiß, was er ist, aber ich brauche deine Hilfe, um mich zu vergewissern.«

»Wie kann ich dir helfen?«

»Als Beaumont in Rio war, hatte er da irgendeine Verbindung zu Maurice Graff?«

»Ich habe keine Ahnung.«

»Können wir das rausfinden? Gibt es Leute in Rio, die es wissen könnten?«

»Nicht daß ich wüßte.«

»Verdammt, wir müssen es herausbekommen. Wir müssen alles über ihn erfahren, was möglich ist.«

Helden furchte die Stirn. »Das wird schwierig sein.«

»Warum?«

»Vor drei Jahren, als Gretchen sagte, sie werde Beaumont heiraten, war ich schockiert; das habe ich dir gesagt. Ich arbeitete damals in einer kleinen Auskunftei am Leicester Square – du weißt schon, eines dieser schrecklichen Büros, denen man fünf Pfund schickt und die einem dann sämtliche Informationen, die man will, über eine bestimmte Sache zukommen lassen, oder über eine Person. Sie sind oberflächlich, aber sie verstehen sich darauf, Quellen anzuzapfen.« Helden machte eine Pause.

»Du hast Nachforschungen über Beaumont angestellt?« fragte Noel.

»Ich habe es versucht. Ich wußte eigentlich nicht, wonach ich suchte, aber ich habe es versucht. Ich nahm mir seine Universitätsakten vor, und beschaffte mir alle verfügbaren Informationen über seine Karriere bei der Marine. Alles war voll von Belobigungen und Empfehlungen, Preisen und Beförderungen. Ich kann dir nicht sagen, warum – nur, ich hatte das sichere Gefühl, daß irgend etwas nicht stimmte. Ich ging noch weiter zurück, um mich über seine Familie in Schottland zu informieren.«

»Was stimmte denn nicht?«

»Nun, nach den Marineakten waren seine Eltern ganz gewöhnliche Leute. Ich gewann den Eindruck, daß sie ziemlich arm waren. Eigentümer eines Gemüseladens oder eines Blumengeschäfts in einer Stadt namens Dunheath, südlich von Aberdeen, an der Nordsee. Aber als er dann auf der Universität war – Cambridge übrigens – war er ein ganz normaler Student.«

»Normal...? Was hätte er denn sein sollen?«

»Ein Stipendium hätte er haben sollen, hätte ich geglaubt. Die Bedürftigkeit bestand, und er war auch qualifiziert, und doch hat er sich nicht um ein Stipendium beworben. Mir kam das eigenartig vor.«

»Also hast du dich um die Familie in Schottland gekümmert. Was hast du erfahren?«

»Das ist es ja gerade. Praktisch nichts. Es war, als wäre sie einfach verschwunden. Es gab keine Adresse, rein gar nichts mehr. Ich habe beim Standesamt und bei der Post angefragt – an so etwas Naheliegendes denken die meisten Leute nur immer nicht. Die Beaumonts waren allem Anschein nach eine englische Familie, die einfach eines Tages, kurz nach dem Krieg, in Schottland auftauchte, ein paar Jahre dort blieb, und dann wieder verschwand.«

»Könnte es nicht sein, daß sie gestorben sind?«

»Nicht nach den Akten. Die Marine sorgt immer dafür, daß sie auf dem letzten Stand sind, falls es zu einer Verwundung oder einem Todesfall kommt. Dort waren sie immer noch als in Dunheath wohnhaft eingetragen. Aber sie waren weggezogen. Und bei der Post hatten sie auch nichts hinterlassen.«

Holcroft runzelte die Stirn. »Das klingt verrückt.«

»Da ist noch etwas.« Helden saß jetzt aufrecht im Sessel. »Bei Gretchens Hochzeit war auch ein Offizier von Beaumonts Schiff. Der Mann war ein oder zwei Jahre jünger als Beaumont und offensichtlich sein Untergebener. Aber da war eine Beziehung zwischen ihnen, die über Freundschaft hinausging, über das normale Verhalten von Offizieren untereinander.«

»Was meinst du mit ›Beziehung‹?«

»Es war, als dächten sie immer genau dasselbe. Der eine fing einen Satz an, und der andere führte ihn zu Ende. Der eine drehte sich in eine bestimmte Richtung, und der andere machte eine Bemerkung über das, was der eine ansah. Weißt du, was ich meine? Hast du noch nie solche Leute gesehen? Solche Männer?«

»Sicher. Brüder, die sich sehr nahestehen. Oder Liebespaare. Und häufig auch Leute beim Militär, die lange Zeit zusammen Dienst getan haben. Was hast du unternommen?«

»Ich habe Nachforschungen über diesen Mann angestellt. Ich zapfte dieselben Quellen an, schickte dieselben Anfragen los wie bei Beaumont. Was zurückkam, war außergewöhnlich. Alles war ganz ähnlich; nur die Namen waren verschieden. Ihre akademischen und militärischen Akten waren fast identisch, in jeder Hinsicht hervorragend. Sie kamen beide aus obskuren Kleinstädten, Söhne von Eltern aus kleinen Verhältnissen, ganz bestimmt nicht wohlhabend. Und doch war jeder von ihnen auf eine große Universität gegangen, ohne finanzielle Hilfe in Anspruch zu nehmen. Und beide waren Offizier geworden, ohne daß es früher irgendwelche Anzeichen gegeben hatte, daß sie auf eine militärische Laufbahn losgingen.«

»Wie steht es mit der Familie von Beaumonts Freund? Hast du die ausfindig gemacht?«

»Nein. Es hieß, sie lebten in einer Bergwerksstadt in Wales, aber das stimmte nicht. Sie waren seit Jahren nicht mehr dort, und niemand wußte was über sie.»

Was Helden in Erfahrung gebracht hatte, stand im Einklang mit Noels Theorie, daß Anthony Beaumont ein ODESSA-Agent war. Jetzt war es wichtig, Beaumont – und irgendwelche ›Kollegen‹ – auszuschalten. Es mußte sichergestellt werden, daß sie dem Genfer Unternehmen nicht mehr gefährlich wurden. Vielleicht hatten er und Helden unrecht, und sie sollten an Payton-Jones herantreten und das Problem Beaumont ihm überlassen. Aber es gab da auch noch anderes zu erwägen, etwa die Gefahr, daß der britische Geheimdienst die Akte Peter Baldwin noch einmal in Angriff nahm und sich um den Code Wolfsschanze kümmerte.

»Was du mir erzählt hast, paßt zu dem, was ich mir überlegt habe«, sagte Noel. »Sehen wir uns nun noch einmal deinen Bruder an. Ich habe da eine Idee, was in Rio geschehen ist. Willst du jetzt darüber reden?«

Heldens Augen weiteten sich. »Ich weiß nicht, was du meinst.«

»Dein Bruder hat in Rio etwas erfahren, nicht wahr? Er hat etwas über Graff und die brasilianische ODESSA herausgebracht. Deshalb hat man ihn gejagt, deshalb mußte er das Land verlassen. Es war gar nicht wegen deiner Mutter und auch nicht wegen der Geschäfte deines Bruders. Es ging um Graff und die ODESSA.«

Helden atmete langsam aus. »Davon hab' ich nie was gehört, glaub mir.«

»Was war es dann? Du mußt es mir sagen, Helden.«

Ihre Augen flehten ihn an. »Bitte, Noel. Ich schulde dir so viel; zwing mich nicht, meine Schuld so zu bezahlen. Was Johann in Rio passierte, hat nichts mit dir zu tun und auch mit Genf nicht.«

»Das weißt du nicht. Und *ich* weiß es auch nicht. Ich weiß nur, daß du es mir sagen mußt. Ich muß vorbereitet sein. Es gibt so viel, was ich nicht begreife.« Er griff nach ihrer Hand. »Hör mir zu. Heute nachmittag bin ich in das Zimmer eines Blinden eingebrochen. Ich habe die Tür eingetreten; es war ein schreckliches Geräusch, plötzlich und laut. Er war ein alter Mann, und er konnte mich ja nicht sehen. Er konnte die Furcht in meinen Augen nicht sehen. Seine Hände zitterten, und er flüsterte ein Gebet in französischer Sprache. Einen Augenblick lang wollte ich auf den Mann zugehen und seine Hände halten und ihm sagen, daß ich wußte, wie er empfand. Siehst du, *er* hat die Furcht in meinen Augen *nicht* gesehen. Ich habe Angst, Helden. Ich bin nicht der Mensch, der einfach Türen eintritt und Pistolen abfeuert und auf sich schießen läßt. Ich kann nicht kehrtmachen, aber ich fürchte mich. Also mußt du mir helfen.«

»Das will ich doch, das weißt du.«

»Dann mußt du mir sagen, was in Rio geschah. Was ist mit deinem Bruder passiert?«

»Es ist einfach nicht wichtig«, sagte sie.

»*Alles* ist wichtig.« Noel stand auf und ging zu dem Stuhl, über den er sein Jackett geworfen hatte. Er zeigte Helden das aufgeschlitzte Futter. »Schau dir das an. Heute nachmittag ist jemand mit einem Messer auf mich losgegangen. Ich weiß nicht, wie es mit dir ist, aber mir ist so etwas noch nie passiert; es ist einfach etwas, worüber ich nichts weiß. Es jagt mir panische Angst ein... und es bringt mich in Rage. Und vor fünf Tagen ist der Mann, mit dem ich aufgewachsen bin – der einzige Mann, den ich je Vater genannt habe –, auf einem Trottoir in New York von einem ›außer Kontrolle geratenen Wagen‹ getötet worden, einem Wagen, der auf ihn *zielte* und ihn gegen eine Hauswand quetschte! Sein Tod war eine Warnung. Für *mich*! Also reden wir nicht so von der RACHE oder der ODESSA oder den Männern der Wolfsschanze. Ich fange an, alles über diese elenden Schweinehunde zu lernen, und ich möchte, daß jeder einzelne von ihnen aus dem Weg geschafft wird! Mit dem Geld in Zürich können wir das tun. Ohne dieses Geld wird niemand auf uns hören. So ist die Welt nun einmal eingerichtet. Leute, die siebenhundertachtzig Millionen Dollar besitzen, wimmelt man nicht ab. Man *hört* auf sie.« Holcroft ließ das Jackett zu Boden fallen. »Und der einzige Weg nach Zürich führt über die Bank in Genf. Und nach Genf kommen wir nur, wenn wir unseren Kopf gebrauchen. Es gibt wirklich niemanden, der auf unserer Seite steht; es gibt nur uns. Die von Tiebolts, die Kesslers... und einen Clausen. Also, was war in Rio los?«

Helden sah zuerst das zerrissene Jackett und dann wieder Noel an.

»Johann hat jemanden umgebracht.«

»Wen?«

»Ich weiß nicht – ich weiß es wirklich nicht. Aber es war jemand Wichtiges.«

23.

Holcroft hörte ihr zu, achtete darauf, ob da irgendein falscher Klang war. Aber da war keiner. Sie sagte ihm, was sie wußte, und das war nicht sehr viel.

»Etwa sechs Wochen, ehe wir Brasilien verließen«, erzählte Helden, »fuhr ich eines Abends nach einem Seminar in der Universität nach Hause; wir lebten damals auf dem Land. Vor dem Haus stand eine dunkle Limousine, also parkte ich dahinter. Als ich auf die Terrasse zuging, hörte ich von drinnen Geschrei. Es war ein schrecklicher Streit, und ich hatte keine Ahnung, wer es war; ich erkannte die Stimme nicht. Er schrie immer wieder ›Killer‹, ›Mörder‹, ›du warst es‹... Lauter solche Sachen. Ich rannte hinein und sah Johann im Flur vor dem Mann stehen. Er sah mich und sagte zu dem Mann, er solle still sein. Der Mann versuchte, Johann zu schlagen, aber mein Bruder ist sehr kräftig; er hielt die Arme des andern fest und schob ihn zur Tür hinaus. Das Letzte, was der Mann schrie, war, daß andere ebenfalls Bescheid wüßten. Daß sie dafür sorgen würden, daß man Johann als Mörder aufknüpfte, und wenn es nicht dazu kam, würden sie ihn selbst hinrichten. Auf der Treppe kam er zu Fall, dabei schrie er immer noch, und dann rannte er zum Wagen, und Johann lief hinter ihm her. Er sagte irgend etwas zu ihm durchs Fenster; und da spuckte der Mann meinem Bruder ins Gesicht und fuhr weg.«

»Hast du deinen Bruder danach befragt?«

»Natürlich. Aber Johann wollte nicht darüber reden. Er sagte bloß, der Mann sei verrückt. Er habe bei einem Geschäft sehr viel Geld verloren und sei dabei verrückt geworden.«

»Du hast ihm nicht geglaubt?«

»Ich wollte schon, aber dann fingen die Besprechungen an. Johann war dauernd weg, manchmal tagelang; er benahm sich ganz ungewöhnlich. Und dann, nur Wochen später, flogen wir mit einem neuen Namen nach Recife, in ein neues Land. Der Ermordete mußte sehr reich gewesen sein.«

»Du hast keine Ahnung, wer der Mann war, den du damals in eurem Haus gesehen hast?«

»Nein. Ich hatte ihn schon einmal gesehen, aber ich konnte

mich nicht erinnern, wo, und Johann sagte es mir nicht. Er befahl mir, die Angelegenheit nie wieder zu erwähnen. Es gebe Dinge, von denen ich nichts wissen solle.«

»Und du hast das akzeptiert?«

»Ja. Du mußt versuchen, das zu verstehen. Wir waren die Kinder von Nazis, und wir wußten, was das bedeutete. Es war oft am besten, wenn man keine Fragen stellte.«

»Aber du mußtest doch wissen, was vor sich ging.«

»Oh, du darfst das nicht falsch sehen«, sagte Helden. »Man hat uns beigebracht, den Israelis zu entschlüpfen; sie hätten uns sonst ausquetschen können. Wir lernten auch, wie man Werber der ODESSA und Verrückte von der RACHE erkennt; wie man flieht, wie man hundert verschiedene Tricks einsetzt, um sie abzuschütteln.«

Noel schüttelte erstaunt den Kopf. »Richtiges Überlebenstraining für kleine Kinder. Verrückt.«

»Das ist ein Wort, das du vor drei Wochen hättest gebrauchen können«, sagte sie und griff nach seiner Hand. »Aber nicht jetzt, nicht nach dem, was heute geschehen ist.«

»Was meinst du damit?«

»Im Wagen habe ich gesagt, daß du mir leid tust, weil du keine Ausbildung in so was hast.«

»Und ich sagte, die bekomme ich meiner Meinung nach sehr schnell.«

»Aber so wenig und so spät. Johann hat gesagt, ich solle dir alles beibringen, was ich kann. Ich möchte, daß du mir zuhörst, Noel. Versuche, dir alles zu merken, was ich dir sage.«

»Was?« Holcroft spürte die Kraft, mit der sie ihn festhielt, und sah die Sorge in ihren Augen.

»Du gehst nach Berlin. Ich möchte, daß du zurückkommst.«

Damit fing sie an. Manchmal gab es Augenblicke, wo Noel dachte, er werde jetzt gleich lächeln – oder, noch schlimmer, lachen –, aber die Intensität, die von ihr ausging, hielt ihn zurück; sie war todernst. An diesem Nachmittag waren drei Menschen getötet worden. Er und Helden hätten leicht das vierte und fünfte Opfer sein können. Also hörte er zu und versuchte, sich zu merken, was sie ihm sagte. Alles.

»Für falsche Papiere ist keine Zeit, das dauert Tage. Du hast Geld; buche zwei Plätze nebeneinander in der Maschine. Laß nicht zu, daß sich jemand neben dich setzt; laß dich nicht einengen. Und dann darfst du nichts essen oder trinken, was du nicht selbst mitgebracht hast.«

Seine Gedanken eilten zurück zu einer 747 der British Airways und einem Fläschchen mit Strychnin. »Das ist ein Vorschlag, den ich ganz bestimmt beherzige.«

»Sei dir nie zu sicher. Man bestellt oft, ohne sich was zu denken, eine Tasse Kaffee oder ein Glas Wasser. Tu es nicht.«

»Bestimmt nicht. Und was hat zu geschehen, wenn ich nach Berlin komme?«

»Das gilt für jede Stadt«, verbesserte sie ihn. »Such dir ein kleines Hotel in einem überfüllten Viertel, wo es Prostitution und Rauschgift gibt. In solchen Gegenden wird man am Empfang nie nach Papieren gefragt. Ich kenne jemanden, der uns ein Hotel in Berlin sagen kann...«

Und die Worte strömten aus ihr heraus und beschrieben Taktiken, schilderten Methoden und sagten ihm, wie er seine eigenen Variationen erfinden sollte...

Er sollte falsche Namen gebrauchen, täglich das Zimmer wechseln, das Hotel zweimal die Woche. Seine Anrufe sollte er nur von Telefonzellen aus führen, niemals vom Hotelzimmer, nie aus einer Wohnung. Er sollte genügend Kleider bei sich haben, um sie dreimal wechseln zu können, auch Hüte und Mützen und verschiedenerlei Brillen. Seine Schuhe sollten alle Gummisohlen haben; die eigneten sich am besten dazu, möglichst leise zu laufen, schnell stehenzubleiben und wieder loszurennen. Wenn man ihm Fragen stellte, sollte er seine Lügen verstimmt, aber nicht arrogant vorbringen, und nie laut werden. Zorn erweckte Feindseligkeit, und Feindseligkeit bedeutete weitere Fragen. Wenn er von einem Flughafen zum nächsten flog, sollte er seine Pistole zerlegen, den Lauf an einer anderen Stelle aufbewahren als den Kolben und den Schlagbolzen entfernen. Damit stellte man die Zollbeamten in Europa gewöhnlich zufrieden: nicht funktionsfähige Waffen interessierten sie nicht, nur Schmuggelgut. Aber wenn sie Einwände erhoben, sollte er ruhig zulassen, daß sie die Waffe konfiszierten; er konnte immer wieder eine andere kaufen. Wenn sie die Waffe durchließen, sollte er sie sofort wieder zusammensetzen; in der Toilettenkabine.

Die Straße... Er wußte ein wenig über Straßen und Menschenmengen, und das sagte er Helden. Man konnte nie genug wissen, antwortete sie, und sagte, er solle so dicht wie möglich am Randstein gehen, jederzeit bereit sein, auf die Straße hinauszurennen, mitten in den Verkehr hinein, wenn sich irgendwelche Anzeichen von Überwachung oder feindseligem Verhalten zeigten.

»Du darfst nie vergessen«, sagte sie, »du bist der Amateur, und sie sind die Profis. Davon mußt du ausgehen; du mußt aus deiner Schwäche einen Vorteil machen. Der Amateur tut das Unerwartete, nicht weil er geschickt oder erfahren ist, sondern weil er es nicht besser weiß. Tu das Unerwartete schnell und auffällig, als ob du verwirrt wärst. Dann bleib stehen und warte. Eine Konfrontation ist häufig das allerletzte, was die Leute wollen, die dich beschatten. Aber wenn sie es wollen, dann ist es besser, wenn du das weißt. Dann mußt du schießen. Du solltest einen Schalldämpfer haben. Wir werden dir morgen einen besorgen. Ich weiß, wo.«

Er drehte sich benommen herum, konnte nicht reden. Sie sah das Staunen in seinen Augen. »Es tut mir leid«, sagte sie und beugte sich vor und lächelte betrübt und küßte ihn.

Sie redeten fast die ganze Nacht, die Lehrerin und der Schüler, Geliebte und Geliebter. Helden war wie besessen; sie erfand eine Situation nach der anderen und verlangte von ihm, er solle ihr sagen, was er unter den angenommenen Umständen täte.

»Du bist in einem Zug, gehst durch den schmalen Gang und hast wichtige Papiere bei dir. Ein Mann kommt aus der entgegengesetzten Richtung auf dich zu. Du kennst ihn; er ist der Feind. Es sind Leute hinter dir, du kannst nicht zurück, was tust du?«

»Will der Mann – der Feind – mir etwas tun?«

»Das weißt du nicht. Was tust du? Schnell!«

»Ich gehe weiter, denke ich. Aufmerksam, auf der Hut, mit dem Schlimmsten rechnend.«

»Nein, Liebster! Die Papiere! Du mußt sie schützen! Du stolperst, fällst auf den Boden!«

»Warum?«

»Damit ziehst du die Aufmerksamkeit auf dich. Die Leute werden dir beim Aufstehen behilflich sein. In dieser Situation wird der Feind nicht handeln. Du schaffst dir dein eigenes Ablenkungsmanöver.«

»Mit *mir selbst*«, sagte Noel und begriff.

»Genau.«

So ging es weiter und immer weiter, bis Lehrerin und Schüler erschöpft waren. Sie liebten sich still und hielten einander in der Behaglichkeit ihrer Wärme umfaßt, und die Welt rings um sie war etwas weit Entferntes. Schließlich schlief Helden ein. Ihr Kopf lag auf seiner Brust, und ihr Haar bedeckte sein Gesicht.

Er lag eine Weile wach, den Arm um ihre Schultern gelegt, und fragte sich, wie ein Mädchen, das sich am *Zauberhaften Land* ergötzt hatte, zu einer so geschickten Spezialistin in den Künsten der Täuschung und der Flucht hatte werden können. Sie kam aus einer anderen Welt, und er war mit erschrekkendem Tempo in jene Welt hineingeraten.

Als sie erwachten, war es schon zu spät, als daß Helden noch hätte zur Arbeit gehen können.

»Das ist ganz gut so«, sagte sie und griff nach dem Telefon. »Wir müssen noch einkaufen. Meine Abteilungsleiterin wird nichts gegen einen zweiten Tag Krankheit haben. Ich glaube, sie ist in mich verliebt.«

»Ich glaube, das bin ich auch«, sagte Noel, und seine Finger strichen zärtlich über ihren Hals. »Wo wohnst du?«

Sie sah ihn an und lächelte, während sie der Rezeption die Nummer gab. Dann hielt sie die Hand über die Sprechmuschel. »Du wirst mir keine wichtigen Informationen entlokken, indem du an meine animalischen Instinkte appellierst. Ich bin ausgebildet, vergiß das nicht.« Wieder lächelte sie.

Es war zum Verrücktwerden. »Im Ernst. Wo *wohnst* du?«

Das Lächeln verschwand von ihrem Gesicht. »Das kann ich dir nicht sagen.« Sie nahm die Hand vom Telefon und redete schnell in französischer Sprache auf die Vermittlung von Gallimard ein.

Eine Stunde später fuhren sie nach Paris und machten kurz

bei seinem Hotel halt und fuhren dann weiter in ein Viertel mit Altkleiderläden an jeder Ecke.

Wieder übernahm die Lehrerin ihre Rolle; sie wählte seine Kleidung mit geübtem Blick. Das, was sie für den Schüler auswählte, war unauffällig, würde aus einer Menge schwer herauszufinden sein.

Zu seinem Regenmantel kamen noch ein Dufflecoat und ein brauner Paletot. Dazu ein verbeulter Hut, eine Baskenmütze und eine schwarze Kappe mit hochklappbarem Schirm. Alles ziemlich abgetragen. Aber nicht die Schuhe, die waren neu. Ein Paar mit dicken Kreppsohlen und ein zweites, weniger zwangloses Paar, dessen Ledersohlen sie weiter unten in der Straße mit Gummi beschichten ließen.

Die Schuhmacherei war vier Straßen von einem schäbigen Laden entfernt. Helden ging allein hinein. Zehn Minuten später kam sie mit einem perforierten Zylinder heraus, dem Schalldämpfer für seine Pistole.

Er wurde mit Uniformen und den geeigneten Waffen ausgestattet. Man kleidete ihn ein und schickte ihn ins Feld – nach der kürzesten Ausbildungszeit, die man sich vorstellen konnte. Er hatte den Feind gesehen. Lebend und bei der Verfolgung ... und dann tot in den Straßen und Gassen eines Dorfes, das sich Montereau-faut-Yonne nannte. Wo war der Feind jetzt?

Helden war ziemlich sicher, daß sie ihn auf eine Weile abgeschüttelt hatten. Sie dachte, der Feind könnte ihn vielleicht am Flughafen wieder entdecken, aber sobald er in Berlin war, konnte er ihn auch wieder abschütteln.

Das *mußte* er. Sie wollte ihn zurückhaben. Sie würde auf ihn warten.

An einem kleinen Café machten sie halt, um zu Mittag zu essen. Helden führte noch ein Telefongespräch und kam mit dem Namen eines Berliner Hotels an den Tisch zurück, eines Hotels im *Nuttenviertel* – sie erklärte ihm das deutsche Wort –, in jenem Teil der Stadt, wo die wichtigste Ware Sex hieß, in allen seinen Varianten.

Sie hielt seine Hand, ihr Gesicht war ganz nahe bei dem seinen. In wenigen Minuten würde er allein auf die Straße hinausgehen und sich ein Taxi zum Flughafen Orly rufen.

»Sei vorsichtig, Liebster!«

»Ganz bestimmt.«

»Denk an die Sachen, die ich dir gesagt habe. Die helfen dir vielleicht.«

»Ich werde daran denken.«

»Das Allerschwerste ist, das alles als die Wirklichkeit zu begreifen. Du wirst dich immer wieder fragen, warum gerade ich? Warum das alles? Denk nicht darüber nach, nimm es einfach hin.«

Nichts ist so, wie es für Sie war, nichts kann jemals wieder so sein.

»Ich habe es hingenommen. Ich habe auch dich gefunden.«

Sie wandte den Blick ab und sah ihn dann wieder an. »Wenn du nach Berlin kommst, mußt du dir in der Nähe des Hotels eine Hure mitnehmen, das ist eine gute Tarnung. Behalte sie bei dir, bis du mit Kessler Kontakt aufgenommen hast.«

Die 707 der Air France senkte sich auf den Flughafen Tegel hinunter. Noel saß auf der rechten Seite der Maschine, im dritten Sitz am Mittelgang, der Platz neben ihm war frei.

Du hast Geld; buche zwei Plätze nebeneinander... Laß nicht zu, daß sich jemand neben dich setzt; laß dich nicht einengen.

Die Methoden des Überlebens, dargeboten von jemandem, der überlebt hatte, dachte Holcroft. Und dann erinnerte er sich daran, daß seine Mutter sich auch als Überlebenstyp bezeichnet hatte. Althene hatte den Ausdruck mit einem gewissen Stolz gebraucht; er erinnerte sich an ihre Stimme aus sechstausend Kilometer Entfernung.

Sie hatte gesagt, sie werde eine Reise machen. Das war ihre Art, auf ein paar Wochen zu verschwinden, ihre Methode des Sichverbergens, eine Methode, die sie vor mehr als dreißig Jahren gelernt hatte. Herrgott, sie war wirklich unglaublich! Noel überlegte, wohin sie wohl ginge, was sie täte. Er würde Sam Buonoventura in Curaçao anrufen, in ein paar Tagen. Vielleicht hatte Sam bis dahin von ihr gehört.

Die Zollabwicklung in Tegel lief schnell ab. Holcroft ging in die Abfertigungshalle, fand die Herrentoilette und setzte seine Pistole wieder zusammen.

Wie abgesprochen, nahm er sich ein Taxi zum Zoo. Im

Wagen öffnete er den Koffer und holte den abgewetzten braunen Mantel und den zerdrückten Hut heraus. Der Wagen hielt an; er zahlte, stieg aus und ging in den Park, wich Spaziergängern aus, bis er eine leere Bank fand. Er musterte die Menschen in seiner Nähe; niemand blieb stehen oder zögerte. Schnell stand er auf und strebte auf einen Ausgang zu. Nicht weit davon war ein Taxistand; er schloß sich einer Schlange an und sah sich unauffällig um, ob er wohl den Feind sehen konnte. Es war jetzt schwierig, jemanden zu erkennen; die Nachmittagsschatten wurden immer länger. Dann war er an der Reihe. Er gab dem Fahrer die Namen zweier sich kreuzender Straßen an. Die Stelle lag drei Straßen nördlich und vier Straßen westlich des Hotels. Der Fahrer grinste.

»Möchten Sie ein wenig Spaß haben? Ich habe da ein paar Freundinnen, Herr Amerikaner. Keine Gefahr, daß Sie sich irgendwie anstecken.« Sein Englisch war trotz des starken Akzents einwandfrei zu verstehen.

»Sie haben mich falsch eingestuft. Ich bin mit soziologischen Studien beschäftigt.«

»Wie bitte?«

»Ich treffe mich mit meiner Frau.«

Danach fuhren sie schweigend durch die Straßen von Berlin. Jedesmal, wenn sie um eine Ecke bogen, sah sich Noel um, ob ihnen ein anderer Wagen folgte. Das taten einige, aber keiner besonders lang. Er erinnerte sich an das, was Helden gesagt hatte: *Sie setzen oft Funkgeräte ein. Etwas so Einfaches wie ein Mantelwechsel oder ein Hut, den man plötzlich trägt, kann sie von der Spur abbringen. Diejenigen, die ihre Instruktionen bekommen, halten Ausschau nach einem Mann mit einem Jackett und ohne Hut, aber er ist nicht da.*

Gab es da unsichtbare Männer, die nach einem bestimmten Taxi und einem bestimmten Passagier Ausschau hielten, der bestimmte Kleidung trug? Das würde er nie wissen, er wußte nur, daß ihm im Augenblick niemand zu folgen schien.

Während der etwa zwanzig Minuten, die sie bis zu seinem Fahrtziel brauchten, war die Nacht hereingebrochen. Die Straßen waren jetzt von bunten Neonlichtern und aufreizenden Plakaten gesäumt. Schlanke blonde Knaben lebten in

Koexistenz mit Huren in geschlitzten Röcken und tief ausgeschnittenen Blusen. Auch eine Art von Karneval, dachte Holcroft, als er die drei Straßen hinunterging, auf die Ecke zu, wo er nach links abbiegen würde.

Er sah die Prostituierte in einer Türnische, wie sie gerade Lippenstift auftrug. Sie war in jenem undefinierbaren Alter, das Huren und schicke Vorstadthausfrauen so hartnäckig vorzutäuschen versuchen – irgendwo zwischen fünfunddreißig und achtundvierzig – in ihrem Fall kein sehr geglückter Versuch. Ihr Haar war nachtschwarz und rahmte ein blasses Gesicht ein; ihre Augen lagen tief in den Höhlen. Hinter ihr, im nächsten Häuserblock, konnte er das Vordach seines schäbigen Hotels sehen. An seiner Neonschrift war ein Buchstabe ausgefallen.

Er ging auf sie zu und wußte nicht recht, was er sagen sollte. Die ihm fehlenden deutschen Sprachkenntnisse waren nicht das einzige Hindernis. Er hatte einfach noch nie eine Hure auf der Straße aufgegabelt.

Er räusperte sich. »Guten Abend, Fräulein. Sprechen Sie Englisch?«

Die Frau erwiderte seinen Blick, zuerst kühl, taxierte seinen Tuchmantel. Dann senkte sich ihr Blick auf den Koffer, den er in der rechten Hand trug, und den Attachékoffer in der Linken. Sie öffnete die Lippen und lächelte; ihre Zähne waren gelb. »Ja, mein amerikanischer Freund. Ich spreche gut. Mit mir kannst du viel Spaß haben.«

»Das möchte ich gerne. Wieviel?«

»Vierzig Deutschc Mark.«

»Ich würde sagen, die Verhandlungen sind abgeschlossen. Kommen Sie mit?« Holcroft holte dic Klammer mit den Banknoten aus der Tasche, zählte fünf Scheine ab und reichte sie der Frau. »Fünfzig Deutsche Mark. Gehen wir in das Hotel dort unten an der Straße.«

»Wohin?«

Noel deutete auf das Hotel im nächsten Block. »Dort«, sagte er.

»Gut«, sagte die Frau und griff nach seinem Arm.

Das Zimmer war wie jedes Zimmer in einem billigen Hotel in

einer großen Stadt. Das Beste an diesem hier war die nackte Glühbirne an der Decke. Sie leuchtete so schwach, daß man das wurmstichige, schmutzige Mobiliar nur undeutlich sehen konnte.

»Halbe Stunde«, verkündete die Hure. Sie zog den Mantel aus und legte ihn über einen Sessel. »Du hast eine halbe Stunde. Ich bin das, was ihr Amerikaner einen Businessman nennt. Meine Zeit ist Geld.«

»Aber natürlich«, sagte Holcroft. »Sie können sich ausruhen oder etwas lesen. Wir gehen in fünfzehn oder zwanzig Minuten wieder weg. Sie bleiben bei mir und helfen mir ein Telefongespräch führen.« Er klappte den Aktenkoffer auf und fand das Blatt mit den Notizen über Erich Kessler. An der Wand stand ein Stuhl; er setzte sich und fing im schwachen Licht zu lesen an.

»Ein Telefongespräch?« sagte die Frau. »Du zahlst fünfzig Mark, und ich muß dir nur mit dem Telefon helfen?«

»Richtig.«

»Das ist... *verrückt*!«

»Ich spreche nicht deutsch. Ich habe vielleicht Schwierigkeiten, die Person zu erreichen, die ich anrufen muß.«

»Weshalb warten wir dann hier? An der Ecke ist ein Telefon.«

»Nur den Schein zu wahren.«

Die Frau lächelte. »Dann bin ich deine *Deckung*.«

»Was?« Er verstand das deutsche Wort nicht.

»Wenn du mich aufs Zimmer nimmst, stellt niemand Fragen.«

»Das würde ich nicht sagen«, erwiderte Noel etwas verlegen.

»Mich geht das nichts an, mein Herr.« Sie ging auf seinen Stuhl zu. »Aber, wo wir schon hier sind... wir könnten doch ein wenig Spaß haben? Schließlich hast du bezahlt. Ich bin nicht so schlecht. Ich hab' einmal besser ausgesehen, aber ich bin nicht schlecht.«

Holcroft erwiderte ihr Lächeln. »Sie sind gar nicht schlecht. Aber nein, danke. Ich hab' eine Menge, worüber ich nachdenken muß.«

»Dann tu deine Arbeit«, sagte die Hure.

Noel las, was Ernst Manfredi ihm vor einem ganzen Leben in Genf gegeben hatte.

Erich Kessler, Professor für Geschichte, Freie Universität Berlin-Dahlem. Spricht fließend englisch. Kontakte: Universitätstelefon 731426. Wohnung 824114. Bruder heißt Hans, Arzt, lebt in München...

Dem schloß sich ein kurzer Abriß von Kesslers akademischer Laufbahn an, die Titel, die er sich erworben hatte, und die Ehrungen, die ihm zuteil geworden waren. In überwältigender Fülle. Der Professor war ein gebildeter Mann, und gebildete Menschen waren oft Skeptiker. Wie würde Kessler wohl auf den Anruf eines unbekannten Amerikaners reagieren, der nach Berlin gereist war, ohne vorher mit ihm in Verbindung zu treten, und der ihn jetzt in einer Angelegenheit sprechen wollte, die er am Telefon nicht näher schildern wollte?

Es war fast halb sieben, Zeit, die Antwort darauf zu erfahren, und Zeit, sich umzukleiden. Er stand auf, ging an seinen Koffer und holte den Dufflecoat und die Schildmütze heraus.

»Gehen wir«, sagte Noel.

Die Prostituierte stand neben der Telefonzelle, während Holcroft wählte. Er wollte sie in der Nähe haben, falls jemand anders als Kessler sich meldete, jemand, der nicht englisch sprach.

Die Leitung war besetzt. Rings um sich konnte er deutsche Laute hören – lebhafte Gespräche von Leuten, die an der Telefonzelle vorbeikamen.

Er dachte nach. Wenn seine Mutter nicht Althene gewesen wäre, wäre er dann jetzt einer von diesen Menschen vor der gläsernen Zelle? Nicht gerade hier natürlich, aber irgendwo in Berlin oder Bremerhaven oder München? Noel Clausen. Deutscher.

Wie sein Leben dann wohl verlaufen wäre? Es war ein unheimliches Gefühl. Faszinierend, abstoßend... und hartnäckig. So als wäre er in der Zeit zurückgereist, durch die einzelnen Schichten seines persönlichen Lebens, und hätte dort eine Abzweigung von einer in Nebel gehüllten Straße gefunden, die er hätte einschlagen können – ehe er sich dann doch anders entschieden hatte. Und jetzt betrachtete er diese Gabelung aus neue; wohin hätte sie ihn geführt?

Helden? Hätte er sie in jenem anderen Leben gekannt? Jetzt kannte er sie. Und er wußte, daß er sobald wie möglich zu ihr zurück wollte. Er wollte sie wiedersehen, sie wieder ganz nahe bei sich haben, und ihr sagen, daß ... *alles* ... gut werden würde. Er wollte sehen, wie sie lachte, und ein Leben mit ihr führen, in dem es nicht fürs Überleben wichtig war, dreimal die Kleider wechseln zu können und eine Waffe mit einem Schalldämpfer bei sich zu tragen. Wo die RACHE und die ODESSA nicht mehr seinen gesunden Menschenverstand malträtierten und ihn auf Schritt und Tritt bedrohten.

Am Telefon meldete sich ein Mann, seine Stimme war tief und weich.

»Mr. Kessler? Doktor Kessler?«

»Ich kuriere keine Krankheiten, Sir«, kam die Antwort in englischer Sprache. »Der Titel ist korrekt, wenn auch mißverständlich. Was kann ich für Sie tun?«

»Mein Name ist Holcroft. Noel Holcroft. Ich komme aus New York. Ich bin Architekt.«

»Holcroft? Ich habe etliche amerikanische Freunde, und natürlich Leute von den verschiedensten Universitäten, mit denen ich korrespondiere, aber der Name ist mir unbekannt.«

»Ganz richtig, Sie kennen mich nicht. Aber ich bin nach Berlin gekommen, um mich mit Ihnen zu treffen. In einer vertraulichen Angelegenheit, die uns beide betrifft.«

»Vertraulich?«

»Sagen wir ... eine Familienangelegenheit.«

»Hans? Ist Hans etwas passiert?«

»Nein ...«

»Sonst habe ich keine Familie, Mr. Holcroft.«

»Die Sache reicht in die Vergangenheit zurück. Ich kann leider am Telefon nicht mehr sagen. Bitte, haben Sie Vertrauen zu mir, es ist dringend. Wäre es Ihnen möglich, sich heute abend mit mir zu treffen?«

»Heute abend?« Kessler hielt inne. »Sind Sie heute in Berlin eingetroffen?«

»Am späten Nachmittag.«

»Und Sie wollen mich heute abend sprechen... Das muß wirklich eine dringende Angelegenheit sein. Ich habe heute abend noch etwa eine Stunde in meinem Dienstzimmer zu tun. Wäre Ihnen neun Uhr recht?«

»Ja«, sagte Noel erleichtert. »Sehr recht. Wo Sie wollen.«

»Ich würde Sie zu mir einladen, aber ich habe leider Gäste. Da gibt es ein Lokal am Kurfürstendamm. Es ist oft überfüllt, aber im hinteren Teil gibt es ruhige Nischen, der Geschäftsführer kennt mich.«

»Das klingt ausgezeichnet.«

Kessler nannte ihm den Namen und die Adresse. »Fragen Sie nach meinem Tisch.«

»Das werde ich. Und vielen Dank.«

»Keine Ursache. Aber ich muß Sie warnen: ich sage dem Geschäftsführer immer, das Essen sei ausgezeichnet. In Wirklichkeit ist es das nicht. Aber er ist ein so netter Mensch und gut zu den Studenten. Bis neun Uhr.«

»Ich werde dort sein. Und nochmals vielen Dank.« Holcroft legte den Hörer auf die Gabel, von einer jähen Aufwallung von Selbstvertrauen erfüllt. Wenn der Mann zu der Stimme paßte, die er gerade gehört hatte, war Erich Kessler intelligent, humorvoll, ungemein liebenswürdig. Was für eine Erleichterung!

Noel verließ die Zelle und lächelte der Frau zu. »Danke«, sagte er und drückte ihr noch einen Zehnmarkschein in die Hand.

»Auf Wiedersehen.« Die Prostituierte drehte sich um und ging davon. Einen Augenblick schaute Holcroft ihr nach, aber dann richtete sich seine Aufmerksamkeit plötzlich auf einen Mann in einer schwarzen Lederjacke, der auf halbem Weg zur nächsten Straße vor einer Buchhandlung stand, sich aber sichtlich nicht für die pornographischen Werke interessierte, die im Fenster ausgestellt waren. Vielmehr starrte er Noel gerade an. Als ihre Blicke sich begegneten, wandte der Mann sich ab.

War er einer der Feinde? Ein Fanatiker der RACHE? Ein Irrer von der ODESSA? Oder vielleicht jemand, den die Wolfsschanze auf ihn angesetzt hatte? Er mußte es herausfinden.

Eine Konfrontation ist häufig das allerletzte, was die Leute wollen, die dich beschatten. Aber wenn sie es wollen, dann ist es besser, wenn du das weißt ...

Heldens Worte. Er würde versuchen, sich an die Tricks zu erinnern, die er gelernt hatte; er würde sie jetzt anwenden. Er spürte die Ausbuchtung unter seiner Achsel; Waffe samt Schalldämpfer waren da. Er klappte seinen Mützenschirm herunter, umfaßte den Griff seines Aktenkoffers fester und entfernte sich von dem Mann in der schwarzen Lederjacke.

Er eilte die Straße hinunter, hielt sich dicht am Randstein, darauf vorbereitet, in den Verkehrsstrom hinauszurennen. Als er die Ecke erreichte, bog er nach rechts, mischte sich schnell in eine Gruppe von Neugierigen, die zwei lebensgroßen Plastikpuppen dabei zusahen, wie sie auf einem schwarzen Bärenfell den Geschlechtsakt vollzogen. Holcroft wurde angerempelt, sein Aktenkoffer gegen sein Bein gepreßt und dann weggestoßen, als hätte sich jemand an den scharfen Kanten wehgetan. Weggestoßen – weggenommen. Man konnte ihm den Aktenkoffer wegnehmen, und dann würden diejenigen, die sie nie zu Gesicht bekommen sollten, die Papiere lesen, die sich in ihm befanden. Er hatte natürlich auch daran gedacht; er hatte Heinrich Clausens Brief und die wichtigeren Teile der Genfer Dokumente nicht bei sich. Keine Zahlen, keine Quellen, nur den Briefkopf der Bank und die Namen – sinnlos für einen gewöhnlichen Dieb, aber etwas ganz anderes für einen außergewöhnlichen.

Helden hatte ihn davor gewarnt, selbst noch diese Papiere bei sich zu tragen, aber er hatte zu bedenken gegeben, daß der unbekannte Erich Kessler ihn für einen Verrückten halten könnte, und dann brauchte er wenigstens Fragmente, um seine unglaubliche Geschichte zu untermauern.

Aber wenn man ihn jetzt tatsächlich verfolgte, dann mußte er den Koffer an einem Ort hinterlassen, wo er nicht gestohlen werden konnte. Wo? Ganz sicher nicht im Hotel. Ein Schließfach in einem Bahnhof? Kam nicht in Frage, zu solchen Schließfächern konnten sich auch andere Zugang verschaffen; für einen erfahrenen Dieb geradezu ein Kinderspiel.

Außerdem brauchte er diese Papiere – diese Fragmente – für Erich Kessler. Kessler. Das *Lokal. Der Geschäftsführer kennt mich. Fragen Sie nach meinem Tisch.*

Die Gaststätte am Kurfürstendamm. Wenn er jetzt dorthin ging, schlug er zwei Fliegen mit einer Klappe. Unterwegs konnte er sich überzeugen, ob man ihm tatsächlich folgte; und dann konnte er entweder dort bleiben oder dem Geschäftsführer seinen Koffer übergeben.

Er trat auf die Straße hinaus, sah sich nach einem leeren Taxi um, blickte um sich, ob der Beschatter noch da war – ein Mann in einer schwarzen Lederjacke. Da war ein Taxi... etwa einen halben Block entfernt. Er ging schnell darauf zu. Als er einstieg, drehte er sich um. Er sah den Mann in der schwarzen Lederjacke. Jetzt saß er auf einem kleinen Motorrad und schob es mit dem Fuß am Randstein entlang. Auf der Straße waren noch mehr Motorräder, die sich zwischen den Autos durchwanden.

Der Mann in der schwarzen Lederjacke hielt an, wandte sich ab und tat so, als spräche er mit jemandem auf dem Trottoir. Aber er machte es zu auffällig, und niemand reagierte auf seine Worte.

Noel stieg ins Taxi und gab dem Fahrer Namen und Adresse des Lokals an. Sie setzten sich in Bewegung.

Der Mann in der schwarzen Lederjacke folgte ihnen. Noel beobachtete ihn durchs Rückfenster. Wie der Mann in dem grünen Fiat in Paris, war der Berliner ein Experte. Er hielt sich einige Wagenlängen hinter dem Taxi und bog gelegentlich zur Seite, um sich zu überzeugen, daß sein Suchobjekt noch da war.

Es war sinnlos, ihn weiter zu beobachten. Holcroft lehnte sich in seinen Sitz zurück und versuchte, sich seinen nächsten Schritt zurechtzulegen.

Eine Konfrontation ist häufig das allerletzte, was die Leute wollen, die dich beschatten. Aber wenn sie es wollen, dann ist es besser, wenn du das weißt.

Wollte er es wissen? War er auf eine Konfrontation vorbereitet? Es war nicht leicht, sich darauf eine Antwort zu geben. Er war nicht der Mensch, der leichtfertig seinen Mut auf die Probe stellen wollte. Aber im Vordergrund seines Bewußtseins stand das Bild von Richard Holcroft, der auf einem Trottoir in New York von einem Wagen zerquetscht wurde.

Furcht sorgte für Vorsicht; Zorn sorgte für Stärke. Es gab nur eine einzige Antwort für ihn. Er wollte den Mann in der schwarzen Lederjacke haben. Und er würde ihn bekommen.

24.

Er bezahlte, stieg aus dem Taxi und vergewisserte sich, daß der Mann auf dem Motorrad, der weiter hinten angehalten hatte, ihn sehen konnte.

Noel schlenderte quer über die Straße zu dem Lokal und ging hinein. Ein paar Stufen führten in den Speisesaal ein halbes Stockwerk tiefer. Der große Raum war halbvoll, Rauchschwaden hingen unter der hohen Decke, und würziger Bierdunst schlug ihm entgegen. Aus dem Lautsprecher hallte Volksmusik. Zwischen schweren, massiven Tischen führten mehrere Gänge durch den Saal. Er sah die Nischen, von denen Kessler gesprochen hatte, an der Rückwand und an den Seiten; mit Tischen, die von Bänken mit hohen Rükkenlehnen flankiert waren. Vor den Nischen hingen rotkarierte Vorhänge an Messingstangen. Man konnte so die Nischen von ihrer Umgebung abschirmen, aber wenn die Vorhänge offenstanden, konnte man von den Nischen aus die hereinkommenden Gäste oben an der Treppe beobachten.

Holcroft ging die Treppe hinunter zu einem kleinen Pult und sprach den massigen Mann dahinter an. »Entschuldigen Sie, sprechen Sie englisch?«

Der Mann blickte von seinem Buch mit den Tischreservierungen auf. »Gibt es denn in Berlin einen Gastwirt, der nicht englisch spricht, Sir?«

Noel lächelte. »Gut. Ich suche den Geschäftsführer.«

»Den haben Sie schon gefunden. Was kann ich für Sie tun? Wollen Sie einen Tisch?«

»Ich glaube, man hat schon einen reserviert. Auf den Namen Kessler.«

»Ah ja.« Der Mann nickte. »Er hat vor einer Viertelstunde angerufen. Aber der Tisch ist für neun Uhr bestellt. Jetzt ist es erst –«

»Ich weiß«, unterbrach ihn Holcroft. »Ich bin zu früh dran. Wissen Sie, ich will Sie nur um einen Gefallen bitten.«

Er zeigte ihm den Aktenkoffer. »Ich habe für Professor Kessler einige Urkunden mitgebracht, die ihm meine Universität in Amerika leihweise überläßt. Ich muß mich vorher noch mit ein paar Leuten treffen und dachte, ich könnte das vielleicht hierlassen.«

»Natürlich«, sagte der Geschäftsführer und streckte die Hand nach dem Koffer aus.

»Die Papiere da drin sind sehr wertvoll. Nicht in finanzieller, aber in wissenschaftlicher Hinsicht.«

»Ich werde sie in meinem Büro einschließen.«

»Vielen Dank.«

»Bitte schön. Ihren Namen bitte, Sir?«

»Holcroft.«

»Danke, Mr. Holcroft. Ihr Tisch wird um neun Uhr bereit sein.« Der Geschäftsführer nickte, drehte sich um und trug den Aktenkoffer zu einer geschlossenen Tür unter der Treppe.

Noel stand einen Augenblick da und überlegte, was als nächstes zu tun war. Seit er das Lokal betreten hatte, war niemand mehr gekommen. Das bedeutete, daß der Mann in der Lederjacke draußen war und auf ihn wartete. Jetzt war die Zeit gekommen, den Köder in die Falle zu legen, Zeit, diesen Mann zu schnappen.

Er ging wieder nach oben, und dann kam ihm plötzlich ein Gedanke, der Übelkeit in ihm erzeugte. Er hatte gerade das Allerdümmste getan, was er sich überhaupt vorstellen konnte! Er hatte den Mann in der schwarzen Lederjacke direkt zu dem Punkt geführt, wo er seinen Kontakt mit Erich Kessler herstellen würde. Und um diesen ungeheuren Fehler noch schlimmer zu machen, hatte er dem Geschäftsführer seinen richtigen Namen genannt.

Kessler und *Holcroft*. *Holcroft* und *Kessler*. Sie waren aneinandergeknüpft. Er hatte den noch unbekannten Dritten aus dem Genfer Vertrag preisgegeben! Ihn ebenso klar und deutlich preisgegeben, als wenn er eine Zeitungsanzeige aufgegeben hätte.

Jetzt gab es keine Frage mehr, ob er imstande war, die Falle aufzustellen. Er *mußte* es tun! Er mußte den Mann in der schwarzen Lederjacke ausschalten.

Er stieß die Tür auf und trat hinaus. Der Kurfürstendamm war hell erleuchtet. Die Luft war kalt, und der Mond am Himmel hatte einen Hof. Er setzte sich nach rechts in Bewegung, die Hände in den Manteltaschen, um sie vor der Kälte zu schützen. Er kam an dem Motorrad vorbei, das am Randstein abgestellt war, und ging weiter. Vor sich, vielleicht drei Häuserblocks entfernt, auf der linken Seite des Kurfürstendamms, konnte er die Umrisse der riesigen Kaiser-Wilhelm-Gedächtniskirche sehen. Der ausgebombte Turm, der nie wiederaufgebaut werden sollte, war von Scheinwerfern angestrahlt. Berlins Erinnerung an Hitlers Drittes Reich. Er würde die Kirche als Orientierungshilfe benutzen.

Er ging weiter, den Gehweg hinunter, langsamer als die meisten Passanten um ihn herum. Häufig blieb er vor Schaufenstern stehen und sah in regelmäßigen Abständen auf die Uhr, in der Hoffnung, damit den Eindruck zu vermitteln, es komme ihm auf die Minuten an und er richte sein Tempo darauf aus, zu einem bestimmten Zeitpunkt an einem bestimmten Ort zu sein.

Unmittelbar gegenüber der Kaiser-Wilhelm-Gedächtniskirche blieb er eine Weile am Randstein im Schein der Straßenbeleuchtung stehen. Er blickte nach links. In dreißig Meter Entfernung drehte sich der Mann in der schwarzen Lederjakke um, wandte Holcroft den Rücken, beobachtete den Verkehrsstrom.

Er war da; das war alles, worauf es ankam.

Noel setzte sich wieder in Bewegung, seine Schritte wurden jetzt schneller. Er erreichte die nächste Ecke. Die Straße vor ihm zweigte vom Kurfürstendamm ab und war zu beiden Seiten von Geschäften gesäumt. Die Trottoirs waren hier noch belebter, und die Passanten schienen es weniger eilig zu haben als auf dem Kurfürstendamm.

Er wartete, bis der Verkehrsstrom zum Stocken kam, und überquerte dann die Straße. Dann bog er nach rechts, hielt sich dicht am Randstein und bahnte sich mit vielen Entschuldigungen seinen Weg durch die Passanten. Er erreichte das Ende des Häuserblocks, überquerte die Straße und verlangsamte seine Schritte wieder. Er blieb stehen, so wie er am Kurfürstendamm stehengeblieben war, um sich die Schaufenster anzusehen, und blickte dann wieder auf die Uhr.

Den Mann in der Lederjacke sah er zweimal.

Noel hatte jetzt den dritten Häuserblock erreicht. Höchstens fünfzehn Meter weiter war eine schmale Gasse, eine Durchfahrt zu einer vielleicht hundert Meter entfernten Parallelstraße. Die Gasse war finster, die Hauseingänge rechts und links lagen im Schatten. Kein sehr einladender Weg zu dieser Abendstunde.

Aber genau die richtige Falle für den Mann, der ihm folgte.

Er ging weiter die Straße hinunter, an dem unbeleuchteten Streifen aus Beton und Ziegelmauer vorbei, auf die nächste Ecke zu, wobei er sein Tempo mit jedem Schritt beschleunigte, während Heldens Worte in seinen Ohren widerhallten.

Der Amateur tut das Unerwartete, nicht weil er geschickt oder erfahren ist, sondern weil er es nicht besser weiß. Tu das Unerwartete schnell und auffällig, als ob du verwirrt wärst...

Er erreichte das Ende des Häuserblocks und blieb abrupt im Lichtkegel einer Straßenlampe stehen. Er sah sich um, als wäre er erschrocken, drehte sich um wie ein Mann, der unschlüssig ist, aber weiß, daß er eine Entscheidung treffen muß. Er blickte zurück auf die Seitengasse und fing plötzlich an zu laufen, stieß mit Fußgängern zusammen, rannte in die Gasse hinein – wie ein von Panik erfüllter Mensch.

Er rannte, bis die Dunkelheit fast absolut war, bis er etwa die Mitte der Gasse erreicht hatte, ganz in Schatten gehüllt, mit dem einzigen Licht an den beiden Mündungen der Gasse. Da war eine Art Lieferanteneingang – eine breite Metalltür. Er stürzte auf sie zu, zwängte sich in die Ecke, drückte den Rücken gegen Stahl und Stein. Er schob die Hand in die Jackentasche und umfaßte den Griff seiner Pistole. Der Schalldämpfer war nicht angebracht, aber das war nicht nötig. Er hatte nicht die geringste Absicht, die Waffe abzufeuern. Sie sollte als sichtbare Drohung dienen, und zunächst nicht einmal als das.

Er brauchte nicht lange zu warten. Er konnte rennende Schritte hören, und während er sie hörte, dachte er, daß auch die Feinde die Vorzüge von gummibesohlten Schuhen zu schätzen wußten.

Der Mann rannte vorbei, dann, als ahnte er einen Trick, verlangsamte er seinen Lauf und sah sich in den Schatten um. Noel trat aus seiner verborgenen Ecke hervor, die Hand in der Jackentasche.

»Ich habe auf Sie gewartet. Bleiben Sie stehen, wo Sie sind.« Er sprach eindringlich, erschrak vor seinen eigenen Worten. »Ich habe eine Waffe in der Hand. Ich *will* sie nicht gebrauchen, aber wenn Sie versuchen wegzulaufen, tu ich es.«

»Vor zwei Tagen in Frankreich haben Sie nicht gezögert«, sagte der Mann mit ausgeprägtem Akzent. Seine Ruhe war entnervend. »Warum sollte ich glauben, daß Sie jetzt anders handeln? Sie sind ein Schwein. Sie können mich töten, aber irgendwann kriegen wir Sie.«

»Wer sind Sie?«

»Ist das wichtig? Sie sollen nur wissen, daß wir Sie kriegen werden.«

»Sie kommen von der RACHE, nicht wahr?«

Trotz der Dunkelheit konnte Noel im Gesicht des Mannes einen Ausdruck der Verachtung erkennen. »Die RACHE?« sagte er. »Terroristen ohne Ziel, Revolutionäre, die keiner in seinem Lager will. Schlächter. Ich habe nichts mit der RACHE zu tun!«

»Also die ODESSA.«

»Das würde Ihnen gefallen, oder?«

»Was meinen Sie?«

»Sie werden die ODESSA benutzen, wenn die Zeit gekommen ist. Man kann ihr so viel in die Schuhe schieben. Sie können so leicht in ihrem Namen töten. Ich nehme an, die Ironie an dem Ganzen ist, daß wir die ODESSA ebenso schnell erledigen könnten, wie Sie das könnten. Aber Sie sind diejenigen, die wir haben wollen; wir kennen den Unterschied zwischen Clowns und Ungeheuern. Glauben Sie mir, wir werden Sie stoppen.«

»Das gibt doch keinen Sinn! Sie gehören nicht zur Wolfsschanze. Unmöglich!«

Der Mann senkte die Stimme. »Aber wir sind doch alle Teil

der Wolfsschanze, oder nicht? Auf die eine oder andere Art«, sagte er, und seine Augen blickten herausfordernd. »Ich sage es noch einmal. Sie können mich töten. Aber dann wird ein anderer an meine Stelle treten. Und wenn Sie ihn töten, dann wieder einer an die seine. Wir *werden* Sie stoppen. Schießen Sie also, Herr Clausen. Oder sollte ich sagen, Sohn von Gruppenführer Heinrich Clausen?«

»Wovon, zum Teufel, reden Sie denn? Ich will Sie nicht erschießen. Ich will überhaupt niemanden töten!«

»In Frankreich haben Sie getötet.«

»Wenn ich dort einen Menschen getötet habe, dann, weil er versucht hat, mich zu töten.«

»Aber natürlich, Herr Clausen.«

»Hören Sie auf, mich so zu nennen.«

»Warum? Das ist doch Ihr Name, oder?«

»Nein! Mein Name ist Holcroft.«

»Natürlich«, sagte der Mann. »Das war Teil des Plans. Der angesehene Amerikaner, ohne erkennbare Bindungen an seine Vergangenheit. Und wenn denen jemand nachginge, dann wäre es zu spät.«

»Wofür zu spät? Wer *sind* Sie? Wer hat Sie geschickt?«

»Das können Sie nicht aus mir herauspressen. Wir sind nicht Teil Ihres Planes.«

Holcroft zog die Pistole und trat näher. »Was für ein Plan?« fragte er, in der Hoffnung, etwas zu erfahren. *Irgend etwas*.

»Genf.«

»Was ist mit Genf? Das ist eine Stadt in der Schweiz.«

»Wir wissen alles, und es ist Schluß. Sie werden die Adler nicht aufhalten. Nicht dieses Mal. Wir werden *Sie* stoppen!«

»*Adler?* Was für Adler? Wer ist ›wir‹?«

»Niemals! Drücken Sie doch ab. Ich werde es Ihnen nicht sagen. Sie werden uns nicht aufspüren.«

Noel schwitzte, obwohl die Winternacht kalt war. Nichts, was dieser Feind sagte, gab einen Sinn. Möglicherweise war ein ungeheurer Fehler gemacht worden. Der Mann vor ihm war bereit zu sterben, aber er war kein Fanatiker, dafür lauerte hinter seinen Augen zu viel Intelligenz. »Sie gehören nicht zur RACHE, nicht zur ODESSA. Warum, zum Teufel, wollen Sie sich also gegen Genf stellen? Wolfsschanze will das nicht, das müssen Sie wissen!«

»Nicht *Ihre* Wolfsschanze. Aber wir können dieses Vermögen sehr nutzbringend einsetzen.«

»Nein! Wenn Sie dazwischenfunken, gibt es gar nichts. Sie werden das Geld nie bekommen.«

»Wir beide wissen, daß das nicht so zu sein braucht.«

»Da irren Sie! Dann wandert das Geld wieder für dreißig Jahre unter die Erde.«

Der unbekannte Feind richtete sich in der Dunkelheit auf. »Das ist das Unangenehme daran, nicht wahr? Sie haben das sehr gut ausgedrückt. ›Wieder unter die Erde.‹ Aber, wenn Sie gestatten, dann wird es keine verbrannte Erde geben.«

»Was wird es nicht geben?«

»Keine verbrannte Erde.« Der Mann trat zurück. »Wir haben genug geredet. Sie hatten Ihre Chance; Sie haben sie immer noch. Sie können mich töten, aber das wird Ihnen nichts nützen. Wir haben das Foto. Wir beginnen zu begreifen.«

»Das *Foto?* In Portsmouth? *Sie*?«

»Ein höchst angesehener Commander in der Royal Navy. Es war aufschlußreich, daß Sie das Foto genommen haben.«

»Tod und Teufel! Wer *sind* Sie?«

»Einer, der Sie bekämpft, Sie, Sohn des Heinrich Clausen.«

»Ich hab' Ihnen doch gesagt –«

»Ich weiß«, sagte der Deutsche. »Ich sollte das nicht sagen. Tatsächlich werde ich nichts mehr sagen. Ich werde mich jetzt umdrehen und diese Gasse verlassen. Schießen Sie, wenn Sie müssen. Ich bin darauf vorbereitet. Wir alle sind vorbereitet.«

Der Mann drehte sich langsam um und ging.

»Halt!« schrie Noel und rannte hinter dem Deutschen her.

Dann packte er ihn mit der linken Hand an der Schulter.

Der Mann wirbelte herum. »Wir haben uns nichts mehr zu sagen.«

»Doch, das haben wir! Wir werden die ganze Nacht hierbleiben, wenn es sein muß! Sie werden mir sagen, wer Sie sind und woher Sie kommen und was, zum Teufel, Sie über Genf und Beaumont –«

Weiter kam er nicht. Die Hand des Mannes schoß vorwärts,

und seine Finger packten Noels rechtes Handgelenk, drehten es nach innen und unten, während er sein rechtes Knie Holcroft in den Unterleib trieb. Noel krümmte sich vor Schmerz zusammen, ließ aber die Waffe nicht los. Er stieß dem Mann die Schulter in den Leib, versuchte, ihn wegzuschieben, während sich gleichzeitig der Schmerz von seinen Hoden ausbreitete, seinen Magen und seine Brust erfaßte. Jetzt schmetterte der Mann seine Faust auf Holcrofts Schädel herunter, die Erschütterung des Schlags fuhr ihm bis in die Rippen und die Wirbelsäule. Aber er ließ die Waffe nicht los! Der Mann durfte die Waffe nicht bekommen! Noel packte sie, als handelte es sich um den letzten stählernen Handgriff an einem Rettungsboot. Er richtete sich taumelnd auf, setzte seine letzten Kraftreserven ein und entriß dem Mann die Pistole.

Eine Explosion peitschte; ihr Echo hallte durch die Gasse. Der Arm des Mannes fiel herunter, und er taumelte nach rückwärts, hielt sich die Schulter. Er war verwundet, aber er brach nicht zusammen. Statt dessen stützte er sich gegen die Wand und stieß keuchend hervor:

»Wir werden Sie stoppen. Und wir werden es auf unsere Art tun. Genf gehört uns!«

Mit diesen Worten stieß er sich ab und hetzte die Gasse hinunter, wobei er sich immer wieder an der Wand abstützte. Holcroft drehte sich um; an der Mündung der Gasse, ganz hinten, von wo er gekommen war, hatten sich Menschen angesammelt. Er konnte Polizeipfeifen hören und die Lichtbalken von Scheinwerfern erkennen. Die Berliner Polizei trat in Aktion.

Er war gefangen.

Aber er durfte sich nicht fangen lassen! Da war Kessler, da war Genf. Es durfte jetzt nicht dazu kommen, daß man ihn aufhielt.

Heldens Worte fielen ihm ein. *Lügen verstimmt vorbringen ...selbstbewußt...deine eigenen Variationen erfinden.*

Noel schob die Pistole in die Tasche und ging auf die langsam näherrückenden Taschenlampen zu und auf die zwei Uniformierten dahinter.

»Ich bin Amerikaner!« schrie er mit verängstigter Stimme. »Spricht jemand englisch?«

Ein Mann aus der Menge rief: »Ich! Was ist passiert?«

»Ich bin hier durchgegangen, und jemand hat versucht, mich zu berauben! Er hatte eine Pistole, aber das wußte ich nicht! Ich hab' ihn angestoßen, und da ist sie losgegangen...«

Der Berliner übersetzte schnell für die Polizeibeamten.

»Wo ist er hin?« fragte der Mann.

»Ich glaube, er ist immer noch da. In einem der Eingänge. Ich muß mich setzen...«

Der Berliner berührte Holcroft an der Schulter. »Kommen Sie.« Er führte Noel durch die Menschenmenge auf die Straße zu.

Die Polizisten riefen etwas Unverständliches in die dunkle Gasse hinein. Keine Antwort; der unbekannte Feind war entkommen. Die uniformierten Männer gingen vorsichtig weiter.

»Vielen Dank«, sagte Noel. »Ich würde nur gerne etwas verschnaufen, mich beruhigen. Verstehen Sie?«

»Ja. Ein schreckliches Erlebnis.«

»Ich glaube, die haben ihn«, fügte Holcroft plötzlich hinzu und blickte zurück auf die Polizisten und die Menschenmenge. Der Berliner drehte sich um. Noel trat vom Randstein auf die Straße. Er setzte sich in Bewegung, langsam zuerst, bis er eine Lücke im Verkehrsstrom fand und auf die andere Straßenseite hinüber konnte. Dort machte er kehrt und lief, so schnell er konnte, zum Kurfürstendamm.

Er hatte es geschafft, dachte Holcroft, als er ohne Hut und Mantel auf einer verlassenen Bank in Sichtweite der Gedächtniskirche saß und vor Kälte zitterte. Er hatte seine Lektionen gelernt und sie genutzt; er hatte seine eigenen Variationen erfunden und war der Falle entkommen, die er dem anderen gestellt hatte, die dann aber beinahe über ihm selbst zugeschnappt wäre. Darüber hinaus hatte er den Mann in der schwarzen Lederjacke ausgeschaltet. Man würde ihn festhalten, und sei es nur, um einen Arzt zu holen.

Jedenfalls hatte er erfahren, daß Helden unrecht hatte. Und der tote Manfredi – der die Namen nicht mehr nennen würde – hatte unrecht gehabt. Es waren nicht Mitglieder der ODESSA und auch nicht der RACHE, die als die mächtigsten Feinde

Genfs zu gelten hatten. Es war eine andere Gruppe, eine, die um ein Vielfaches mehr wußte und gefährlicher war. Eine geheimnisvolle Organisation, in deren Reihen es Männer gab, die ruhig sterben würden, Männer mit Intelligenz hinter ihren Augen, Männer, deren Worte Sinn und Inhalt hatten.

Das Rennen nach Genf wurde jetzt gegen drei gewalttätige Mächte gelaufen, die den Vertrag zunichte machen wollten, aber eine dieser Mächte war wesentlich raffinierter als die zwei anderen. Der Mann in der schwarzen Lederjacke hatte von der RACHE und der ODESSA so geringschätzig gesprochen, daß seine Worte weder dem Neid noch der Furcht entspringen konnten. Er hatte sie einfach als unfähige Schlächter und Clowns abgetan, mit denen er nichts zu tun haben wollte. Weil er nämlich einer völlig anderen Organisation angehörte, einer, die weit überlegen war.

Holcroft sah auf die Uhr. Er saß jetzt bald eine Stunde in der Kälte. Sein Unterleib schmerzte immer noch, und sein Schädel drohte zu bersten. Ein paar Straßen weiter unten hatte er den Dufflecoat und die schwarze Schirmmütze in eine Mülltonne gestopft. Sie wären zu leicht zu entdecken gewesen, falls die Berliner Polizei ihn etwa suchte.

Inzwischen war es Zeit geworden für seine Verabredung mit Kessler; von der Polizei war weit und breit nichts zu sehen, überhaupt schien sich niemand für ihn zu interessieren. Die kalte Luft hatte seine Schmerzen nicht gerade gelindert, ihm aber immerhin zu einem klaren Kopf verholfen. Und solange das nicht der Fall gewesen war, hatte er nicht gewagt, sich zu bewegen. Jetzt konnte er das tun; das mußte er sogar. Es war beinahe neun Uhr, Zeit, sich mit Erich Kessler zu treffen. Dem dritten Schlüssel für Genf.

25.

Die Gaststätte war jetzt überfüllt, so wie er das erwartet hatte, die Rauchschwaden dichter, die Musik lauter. Der Geschäftsführer begrüßte ihn freundlich, aber seine Augen verrieten seine Gedanken. Etwas war in der letzten Stunde mit diesem

Amerikaner geschehen. Noel war verlegen; ob das Kratzer in seinem Gesicht waren, oder Schmutzspuren?

»Ich würde mich gerne waschen. Ich bin gestürzt.«

»Natürlich. Dort drüben, Sir.« Der Geschäftsführer wies zur Herrentoilette. »Professor Kessler ist schon da. Er erwartet Sie. Ich habe ihm Ihren Aktenkoffer gegeben.«

»Nochmals vielen Dank«, sagte Holcroft und ging auf die Toilettentür zu.

Er sah sich im Spiegel an. Da waren keine Flecken, kein Schmutz, kein Blut. Aber da war etwas in seinen Augen, ein Blick, wie man ihn mit Schmerz in Verbindung bringt, mit Schock und Erschöpfung. Und Angst. Das war es, was der Geschäftsführer gesehen hatte.

Er ließ Wasser ins Becken laufen, bis es lauwarm war, wusch sich das Gesicht, kämmte sich und wünschte, er könnte diesen Blick aus seinen Augen verdrängen. Dann ging er zu dem Geschäftsführer zurück, der ihn zu einer Nische im hinteren Teil führte, abseits von der Betriebsamkeit des Saales. Der rotkarierte Vorhang war vorgezogen.

»Herr Professor?«

Der Vorhang wurde beiseite geschoben, so daß Noel jetzt einen Mann Mitte der Vierzig, von beträchtlicher Leibesfülle und mit einem vollen Gesicht sehen konnte, das ein kurzer Bart und dichtes braunes, glatt nach hinten gekämmtes Haar säumten. Es war ein freundliches Gesicht, und die tiefliegenden Augen wirkten lebendig, erwartungsvoll, ja vergnügt.

»Mister Holcroft?«

»Doktor Kessler?«

»Setzen Sie sich, setzen Sie sich.« Kessler wollte sich erheben, während er dem Amerikaner die Hand hinstreckte, aber sein Bauch stieß gegen die Tischplatte und vereitelte die Absicht. Er lachte und sah den Geschäftsführer an. »Nächste Woche! Ja, Rudi! Unsere Diät!«

»Ach, natürlich, Herr Professor.«

»Das ist mein neuer Freund aus Amerika. Mr. Holcroft.«

»Ja, wir haben uns schon bekannt gemacht.«

»Ja, freilich. Sie haben mir ja seinen Aktenkoffer gegeben.«

Kessler tippte auf Noels Diplomatenkoffer, der neben ihm

auf dem Sitz stand. »Ich nehme Scotch. Halten Sie mit, Mr. Holcroft?«

»Einverstanden. Bloß Eis.«

Der Geschäftsführer nickte und ging. Noel ließ sich im Stuhl nach hinten sinken. Von Kessler ging eine müde Wärme aus; Ausdruck der Toleranz eines Gebildeten, der beständig kleineren Geistern ausgesetzt, aber zu freundlich war, Vergleiche anzustellen. Holcroft kannte einige Männer seiner Art. Darunter auch die besten Lehrer, die er gehabt hatte. Er fühlte sich in der Gesellschaft Erich Kesslers wohl; das war ein guter Anfang.

»Vielen Dank, daß Sie sich mit mir verabredet haben. Ich habe Ihnen viel zu sagen.«

»Verschnaufen Sie erst«, sagte Kessler. »Trinken Sie einen Schluck. Beruhigen Sie sich.«

»Was?«

»Sie haben was hinter sich. Das steht Ihnen im Gesicht geschrieben.«

»Sieht man das so deutlich?«

»Ich würde sagen, daß Sie verstört sind, Mr. Holcroft.«

»Sagen Sie Noel. Bitte. Wir sollten einander näher kennenlernen.«

»Das wird sicher nett. Ich heiße Erich. Draußen ist es kühl. Zu kalt, um ohne Mantel zu gehen. Und doch sind Sie offensichtlich ohne einen Mantel gekommen. Hier ist keine Garderobe.«

»Ich *trug* einen. Ich mußte ihn loswerden. Das werde ich Ihnen erklären.«

»Das brauchen Sie nicht.«

»Ich fürchte doch. Ich wünschte, es wäre nicht so, aber das ist ein Teil meiner Geschichte.«

»Aha. Ah, hier ist Ihr Scotch.«

Ein Kellner stellte das Glas ab, trat dann zurück und zog den rotkarierten Vorhang vor die Nische.

»Wie gesagt, das gehört zu der Geschichte.« Noel trank.

»Lassen Sie sich Zeit. Es eilt nicht.«

»Sie sagten, Sie hätten Gäste im Haus.«

»*Einen* Gast. Einen Freund meines Bruders aus München. Ein reizender Mensch, aber er redet zuviel. Das ist eine

Eigenschaft, die bei Ärzten nicht ungewöhnlich ist. Sie haben mich heute abend gerettet.«

»Wird Ihre Frau nicht verstimmt sein?«

»Ich bin nicht verheiratet. Das war ich einmal, aber ich fürchte, das Universitätsleben hat sie zu sehr eingeengt.«

»Das tut mir leid.«

»Ihr nicht. Sie hat einen Akrobaten geheiratet. Können Sie sich das vorstellen? Aus akademischen Gefilden in die erhabenen Höhen des Trapezes. Wir sind immer noch gute Freunde.«

»Ich glaube, daß es recht schwierig sein muß, zu Ihnen nicht freundlich zu sein.«

»Oh, in den Hörsälen gelte ich als schrecklich. Ein wahrer Löwe.«

»Der zwar brüllt, aber nicht beißt«, sagte Noel.

»Wie bitte?«

»Nichts. Ich habe mich nur an ein Gespräch gestern abend erinnert.«

»Fühlen Sie sich jetzt besser?«

»Das ist komisch.«

»Was?«

»Das habe *ich* gestern abend jemanden gefragt.«

Kessler lächelte. »Ihr Gesicht wirkt auf einmal ganz gelokkert. Wollen Sie jetzt vielleicht etwas essen?«

»Noch nicht. Ich würde gerne anfangen; es gibt vieles, was ich Ihnen erzählen muß. Sie werden eine Menge Fragen haben.«

»Dann werde ich gut zuhören. Oh, das habe ich vergessen. Ihre Tasche.« Der Deutsche griff neben sich und stellte den Aktenkoffer auf den Tisch.

Holcroft sperrte ihn auf, öffnete ihn aber nicht. »Da sind Papiere, die Sie wahrscheinlich studieren wollen. Sie sind nicht vollständig, aber sie können als Bestätigung für einiges dienen, was ich Ihnen sagen will.«

»Bestätigung? Ist das, was Sie mir erzählen müssen, so schwer zu akzeptieren?«

»Vielleicht«, sagte Noel. Dieser freundliche Gelehrte tat ihm leid. Die friedliche Welt, in der er lebte, würde zusammenbrechen. »Was ich Ihnen jetzt sage, wird möglicherweise einen Einschnitt in Ihr Leben bedeuten, so wie es für das meine einer war. Ich glaube nicht, daß sich das vermeiden läßt. Zumindest ich konnte es nicht vermeiden, weil ich es nicht fertiggebracht habe, einfach davonzulaufen. Zum Teil aus egoistischen Gründen; es geht um einen beträchtlichen Geldbetrag, der mir persönlich zufallen wird – genau wie Ihnen auch. Aber es gibt noch andere Faktoren, die viel wichtiger sind als Sie oder ich. Ich weiß, daß das so ist, denn wenn es nicht so wäre, dann wäre ich inzwischen bereits weggelaufen. Aber ich werde nicht weglaufen. Ich werde das tun, worum man mich gebeten hat, weil es *richtig* ist. Und weil es Leute gibt, die mich stoppen wollen, und die ich hasse. Sie haben jemanden umgebracht, den ich sehr geliebt habe. Sie haben versucht, sich gegenseitig umzubringen.« Holcroft hielt plötzlich inne; er hatte gar nicht so weit gehen wollen. Die Angst und der Zorn vermengten sich. Er hatte die Beherrschung verloren; er redete zuviel. »Es tut mir leid. Ich könnte in all das eine Menge Dinge hineinlesen, die gar nicht hineingehören. Es ist nicht meine Absicht, Ihnen Angst zu machen.«

Kessler legte Noel die Hand auf den Arm. »Es geht nicht darum, ob Sie mir Angst machen. Sie sind überarbeitet und erschöpft, mein Freund. Offenbar sind Ihnen schreckliche Dinge widerfahren.«

Holcroft nippte ein paarmal an seinem Whisky und versuchte, den Schmerz in seinem Unterleib und an seinem Hals zu betäuben. »Ich will nicht lügen. Es ist tatsächlich so. Aber ich wollte nicht so anfangen. Das war nicht besonders klug.«

Kessler zog seine Hand zurück. »Lassen Sie mich etwas sagen. Ich kenne Sie jetzt kaum fünf Minuten, und ich glaube nicht, daß es darauf ankommt, klug zu sein. Sie sind ganz offensichtlich ein hochintelligenter Mensch. Und auch ein sehr ehrlicher – und Sie standen unter starkem Druck. Warum fangen Sie nicht einfach ganz vorne an, ohne sich darüber Gedanken zu machen, wie es auf mich wirkt?«

»Okay.« Holcroft legte die Arme auf den Tisch, hielt das Whiskyglas mit beiden Händen umfaßt. »Dann lassen Sie mich mit der Frage beginnen, ob Sie je die Namen von Tiebolt und ... Clausen gehört haben.«

Kessler starrte Noel einen Augenblick lang an. »Ja«, sagte er.

»Das alles ist viele Jahre her – ich war damals noch ein Kind –, aber ich habe die Namen natürlich gehört. Clausen und von Tiebolt. Das waren Freunde meines Vaters. Ich war damals zehn oder zwölf Jahre alt. Sie kamen häufig in unser Haus, wenn ich mich richtig erinnere, gegen Kriegsende. An Clausen erinnere ich mich deutlich; das glaube ich wenigstens. Er war ein Hüne mit starker Ausstrahlung.«

»Erzählen Sie mir von ihm.«

»Da gibt es nicht viel, woran ich mich erinnern kann.«

»Alles, was Sie wissen. *Bitte.*«

»Ich weiß nicht, wie ich es formulieren soll. Clausen hat jeden Raum, in dem er sich befand, einfach beherrscht. Er brauchte sich dazu gar keine Mühe zu geben. Wenn er sprach, hörten alle auf ihn, und doch kann ich mich nicht erinnern, daß er je die Stimme gehoben hätte. Er schien ein freundlicher Mensch zu sein, der sich Gedanken um andere machte, aber ein Mensch mit ungewöhnlich starkem Willen. Einmal dachte ich – und vergessen Sie nicht, das waren die Gedanken eines Kindes –, daß er ein Mensch war, der mit viel Leid gelebt hatte.«

Die Stimme eines Mannes, den sein Gewissen folterte.

»Mit was für Leid?«

»Ich habe keine Ahnung; das war nur der Eindruck eines Kindes. Sie hätten seine Augen sehen müssen, um das zu verstehen. Gleichgültig, wen er ansah, jung oder alt, wichtig oder nicht, er stellte sich rückhaltlos auf diesen Menschen ein. Ich erinnere mich deutlich daran; das war in jenen Tagen nicht alltäglich. In gewisser Weise kann ich mir von Clausen ein deutlicheres Bild machen als von meinem eigenen Vater, und ganz sicher mehr als von seinem Freund von Tiebolt. Weshalb interessieren Sie sich für Clausen?«

»Er war mein Vater.«

Kessler machte erstaunt den Mund auf. »Sie?« flüsterte er. »Clausens *Sohn*?«

Noel nickte. »Mein leiblicher Vater, nicht der Vater, den ich kannte.«

»Dann war Ihre Mutter ...« Kessler hielt inne.

»Althene Clausen. Haben Sie je jemand von ihr sprechen hören?«

»Nie wurde ihr Name genannt, und nie in Clausens Gegenwart. Niemals. Man sprach im Flüsterton von ihr. Die Frau, die den großen Mann verlassen hatte, die Amerikanerin, die Feindin, die aus dem Vaterland geflohen ist mit ihrem – Sie! Sie waren das Kind, das sie ihm weggenommen hat!«

»Das sie *mit*genommen hat, vor ihm bewahrt hat, wie sie das ausdrückt.«

»Lebt sie noch?«

»Und wie.«

»Das ist alles so unglaublich.« Kessler schüttelte den Kopf. »Nach all den Jahren, ein Mann, an den ich mich so lebhaft erinnere. Er war außergewöhnlich.«

»Alle waren sie außergewöhnlich.«

»Wer?«

»Alle drei. Clausen, von Tiebolt und Kessler. Sagen Sie, wissen Sie, wie Ihr Vater gestorben ist?«

»Er hat Selbstmord begangen. Das war damals nicht ungewöhnlich. Als das Reich zusammenbrach, haben sich viele Menschen umgebracht. Für die meisten war das so leichter.«

»Für manche war es die einzige Möglichkeit.«

»Nürnberg?«

»Nein. Genf. Um Genf zu schützen.«

»Ich verstehe Sie nicht.«

»Sie werden mich gleich verstehen«. Holcroft klappte seinen Aktenkoffer auf und nahm die Blätter heraus, die er zusammengeheftet hatte, und gab sie Kessler. »Es gibt eine Bank in Genf mit einem Konto, das nur auf übereinstimmenden Wunsch von drei Leuten für bestimmte Zwecke freigegeben werden kann...«

So, wie er das schon zweimal getan hatte, schilderte Noel den ungeheuren Diebstahl, der vor mehr als dreißig Jahren stattgefunden hatte. Aber Kessler schilderte er alles. Im Gegensatz zu seinem Gespräch mit Gretchen war da nichts, was er zurückhielt, und er erzählte seine Geschichte auch nicht in Stufen, so wie er es bei Helden getan hatte. Er ließ nichts aus.

»...Gelder wurden aus den besetzten Gebieten abgezogen, aus dem Verkauf von Kunstgegenständen und der

Plünderung von Museen. Soldgelder der Wehrmacht flossen in andere Kanäle, Millionen wurden dem Ministerium für Bewaffnung und Munition gestohlen und dem – ich kann mich an den Namen nicht erinnern, das steht in dem Brief –, aber jedenfalls von der Industrie. Alles wurde in der Schweiz bei einer Bank deponiert, in Genf, mit Hilfe eines Mannes namens Manfredi.«

»Manfredi? Der Name kommt mir bekannt vor.«

»Das überrascht mich nicht«, sagte Holcroft. »Obwohl ich mir nicht vorstellen kann, daß man ihn sehr häufig erwähnt hat. Wo haben Sie den Namen gehört?«

»Ich weiß nicht. Das war nach dem Krieg, denke ich.«

»Von Ihrer Mutter?«

»Ich glaube nicht. Sie ist im Juli fünfundvierzig gestorben und war die meiste Zeit im Krankenhaus. Von jemand anders... Ich weiß nicht.«

»Wo haben Sie denn gelebt, wo Ihre Mutter und Ihr Vater doch tot waren?«

»Mein Bruder und ich zogen zu unserem Onkel, dem Bruder meiner Mutter. Das war ein Glück für uns. Er war ein älterer Mann und hatte für die Nazis nie viel übrig. Die Besatzungsmächte waren ihm wohlgesinnt. Aber fahren Sie doch bitte fort.«

Das tat Noel. Er berichtete von der genauen Eignungsprüfung, die Direktoren der Grande Banque de Genève forderten, was ihn auf das Thema Gretchen Beaumont brachte. Er erzählte Kessler von der geheimen Auswanderung der von Tiebolts nach Rio, von der Geburt Heldens, dem Tod ihrer Mutter und ihrer schließlichen Flucht aus Brasilien.

»Sie nahmen den Namen Tennyson an und leben jetzt seit fünf Jahren in England. Johann von Tiebolt ist als John Tennyson bekannt. Er ist Reporter für den *Guardian*. Gretchen hat einen Mann namens Beaumont geheiratet, und Helden ist vor einigen Monaten nach Paris gezogen. Den Bruder habe ich noch nicht kennengelernt, aber ich habe mich mit Helden... angefreundet. Sie ist ein bemerkenswertes Mädchen.«

»Ist sie der ›Jemand‹, mit dem Sie gestern abend zusammen waren?«

»Ja«, erwiderte Holcroft. »Ich will Ihnen von ihr erzählen, was sie durchgemacht hat, was sie jetzt durchmacht. Sie und Tausende wie sie sind Teil der Geschichte.«

»Ich glaube, davon weiß ich«, sagte Kessler. »Die *Verfluchten Kinder*.«

»Die was?«

»Die *Verfluchten Kinder*.« Er hatte die deutschen Worte gebraucht und erklärte sie jetzt Holcroft. »Es bedeutet so viel wie verdammt.«

»Die Kinder der Verdammten«, sagte Noel. »So hat sie gesagt.«

»Das ist ein Begriff, den sie sich selbst gewählt haben. Tausende junger Leute – jetzt nicht mehr so jung –, die aus dem Land flohen, weil sie selbst überzeugt waren, daß sie nicht mit der Schuld Nazideutschlands leben konnten. Sie lehnten alles Deutsche ab, suchten sich eine neue Identität, eine neue Art zu leben. Sie haben eine gewisse Ähnlichkeit mit jenen Scharen junger Amerikaner, die die Vereinigten Staaten verlassen und sich in Kanada und Schweden niedergelassen haben, um gegen die Vietnampolitik zu protestieren. Diese Gruppen bilden Subkulturen, aber niemand ist wirklich imstande, seine Wurzeln zu verleugnen. Es *sind* Deutsche, so wie die anderen Amerikaner sind. Sie wandern in Rudeln und kleben aneinander, beziehen ihre Stärke aus eben der Vergangenheit, die sie von sich gewiesen haben. Diese Schuldgefühle sind eine schwere Last. Können Sie das begreifen?«

»Eigentlich nicht«, sagte Holcroft. »Aber ich bin auch nicht so gebaut. Ich werde keine Schuld auf mich nehmen, die nicht die meine ist.«

Kessler sah Noel in die Augen. »Ich behaupte, daß Sie eben das getan haben. Sie sagen, Sie würden nicht vor diesem Ihrem Vertrag weglaufen, und doch sind Ihnen schreckliche Dinge widerfahren.«

Holcroft dachte über die Worte des Wissenschaftlers nach.

»Darin liegt vielleicht eine gewisse Wahrheit, aber die Umstände sind anders. Ich habe nichts *verlassen*. Ich glaube, man hat mich ausgewählt.«

»Also nicht Teil der Verdammten«, sagte Kessler, »sondern Teil der Auserwählten?«

»Jedenfalls privilegiert.«

Der Wissenschaftler nickte. »Dafür gibt es auch ein Wort. Vielleicht haben Sie schon davon gehört. *Sonnenkinder.*«

»Sonnenkinder?« Noel runzelte die Stirn. »Wenn ich mich recht entsinne, dann war das in einem von diesen Kursen, in denen ich nicht gerade der Größte war. Anthropologie vielleicht.«

»Oder Philosophie«, schlug Kessler vor. »Das ist ein philosophischer Begriff, den Thomas J. Perry entwickelt hat, im England der zwanziger Jahre, und vor ihm Bachofen in der Schweiz und seine Schüler in München. Wobei die Theorie die ist, daß die Sonnenkinder – die Kinder der Sonne – die ganze Zeit mit uns zusammen waren. Sie sind es, die die Geschichte formen, die Begabtesten unter uns, die Herrscher ganzer Epochen... die Privilegierten.«

Holcroft nickte. »Jetzt erinnere ich mich. Dieses Privileg hat sie zerstört. Sie sind moralisch entartet oder so etwas. Inzestiös, glaube ich.«

»Das ist nur eine Theorie«, sagte Kessler. »Wir schweifen schon wieder ab; man kann sich gut mit Ihnen unterhalten. Sie sprachen von dieser Tochter von Tiebolts, und daß das Leben schwer für sie sei.«

»Für sie alle. Und mehr als schwer. Es ist verrückt. Sie sind die ganze Zeit auf der Flucht. Sie müssen wie Flüchtlinge leben.«

»Leichte Beute für Fanatiker«, pflichtete Erich ihm bei.

»Wie die ODESSA und die RACHE?«

»Ja. Solche Organisationen können in Deutschland selbst nicht tätig werden; man duldet sie nicht. Also operieren sie in anderen Ländern, wohin unzufriedene Emigranten, wie die Verfluchten Kinder, gezogen sind. Sie wollen nur überleben und sich ihre Kraft dafür bewahren, daß sie eines Tages eine Chance bekommen, nach Deutschland zurückzukehren.«

»Zurückzukehren?«

Kessler hob die Hand. »Gebe Gott, daß das nie geschieht, aber das können sie nicht akzeptieren. Die RACHE wollte einmal, daß die Bonner Regierung zu einem Handlanger der Komintern werden sollte, aber selbst Moskau hat sie abgewiesen, und so sind sie heute nichts anderes mehr als Terroristen. Die ODESSA wollte immer das Nazitum wieder zum Leben erwecken. Man verachtet sie in Deutschland.«

»Aber sie machen immer noch Jagd auf die Kinder«, sagte Noel. »Helden hat den Satz gebraucht ›Verdammt für das, was sie waren, und verdammt für das, was sie nicht waren.‹ «

»Eine gute Definition.«

»Man sollte etwas gegen sie tun. Ein Teil jenes Geldes in Genf sollte dazu benutzt werden, die ODESSA und die RACHE zu zerschlagen.«

»Da kann ich Ihnen nicht widersprechen.«

»Es freut mich, das zu hören«, sagte Holcroft. »Sprechen wir wieder von Genf.«

»Ja, bitte.«

Noel hatte die Ziele des Vertrages dargelegt und die Bedingungen definiert, die von den Erben gefordert wurden. Jetzt war die Zeit gekommen, sich auf das zu konzentrieren, was *ihm* widerfahren war.

Er begann mit dem Mord im Flugzeug, dem Schrecklichen in New York, dem völlig veränderten Apartment, dem Brief von den Männern der Wolfsschanze, dem Telefonanruf von Peter Baldwin und den brutalen Morden danach. Er sprach von dem Flug nach Rio und einem Mann mit dichten Augenbrauen. Anthony Beaumont, Agent der ODESSA. Er berichtete von den gefälschten Akten in Rios Einwanderungsbüro und dem seltsamen Zusammentreffen mit Maurice Graff. Er schilderte das Auftauchen von MI-5 in London mit der erstaunlichen Nachricht, daß die britische Abwehr der Meinung war, Johann von Tiebolt sei der Meuchelmörder, den sie den Tinamu nannten.

»Den *Tinamu?*« unterbrach ihn Kessler verblüfft mit gerötetem Gesicht. Das war das erstemal, daß er Holcrofts Bericht unterbrach.

»Ja. Wissen Sie etwas über ihn?«

»Nur das, was ich in Zeitungen gelesen habe.«

»Anscheinend glauben manche Leute, daß er an Dutzenden von Meuchelmorden die Schuld trägt.«

»Und die Briten glauben, es handle sich um Johann von Tiebolt?«

»Womit sie unrecht haben«, sagte Noel. »Ich bin sicher, daß

sie das inzwischen auch wissen. Gestern nachmittag ist etwas geschehen, was das beweist. Sie werden es verstehen, wenn ich darauf komme.«

»Weiter.«

Er ging kurz auf den Abend mit Gretchen und das Foto Anthony Beaumonts ein. Dann kam er zu Helden und dem Oberst und schließlich zum Tod Richard Holcrofts. Er berichtete von den Telefongesprächen zwischen ihm und einem Kriminalbeamten namens Miles in New York und von den Gesprächen mit seiner Mutter.

Er berichtete von dem grünen Fiat, der ihnen nach Barbizon gefolgt war, und von dem Mann mit dem pockennarbigen Gesicht.

Dann kam der Wahnsinn der *fête d'hiver*. Er hatte versucht, den Mann in dem Fiat in eine Falle zu locken, und war dabei selbst beinahe zu Tode gekommen.

»Ich sagte vorhin, daß die Briten in bezug auf Tennyson unrecht hätten«, sagte Noel.

»Tennyson? Oh, der Name, den von Tiebolt angenommen hat.«

»Richtig. MI-5 war überzeugt, alles, was in Montereau geschah, einschließlich der Verfolgung durch den Mann mit dem Pockengesicht, sei das Werk des Tinamu. Aber jener Mann ist getötet worden. Er *arbeitete* für von Tiebolt; das wußten *die*. Helden hat es sogar bestätigt.«

»Und«, unterbrach ihn Kessler, »der Tinamu würde niemals seinen eigenen Mann töten.«

»Genau.«

»Dann wird der Agent das seinem Vorgesetzten sagen.«

»Das kann er nicht«, unterbrach ihn Noel. »Er wurde erschossen, als er Helden das Leben rettete. Aber man wird Identifikationen durchführen; die Briten werden es sich zusammenreimen.«

»Werden die Briten den toten Agenten finden?«

»Sie werden davon erfahren. Das müssen sie. Die Polizei war überall. Man wird seine Leiche finden.«

»Kann man eine Verbindung zu Ihnen herstellen?«

»Möglich. Wir haben auf dem Platz gekämpft; die Leute werden sich erinnern. Aber, um es so zu formulieren, wie

Helden es sagte: man hat uns verfolgt, nicht umgekehrt; es gibt keinen Grund anzunehmen, daß wir irgend etwas wissen.«

»Sie klingen unsicher.«

»Ehe der Agent starb, habe ich Baldwins Namen erwähnt, um zu sehen, ob ich etwas erfahren würde. Er reagierte, als hätte ich eine Pistole vor seinem Gesicht abgefeuert. Er flehte Helden und mich an, mit einem Mann namens Payton-Jones in Verbindung zu treten. Wir sollten ihm alles sagen, was geschehen sei, ihm sagen, er solle feststellen, wer uns angegriffen habe, wer von Tiebolts Mann getötet habe und – das Allerwichtigste – wir sollten MI-5 sagen, seiner Meinung nach stehe alles mit Peter Baldwin in Verbindung.«

»Mit Baldwin? Er war von MI-6, sagten Sie?«

»Ja. Er war vor einiger Zeit mit Informationen über die Überlebenden der Wolfsschanze zu ihnen gekommen.«

»Wolfsschanze?« Kessler wiederholte den Namen mit leiser Stimme. »Das war der Brief, den Manfredi Ihnen in Genf gegeben hat, der, der vor mehr als dreißig Jahren geschrieben wurde.«

»Richtig. Der Agent sagte, wir sollten Payton-Jones auffordern, er solle sich Baldwins Akte ansehen. ›Code Wolfsschanze.‹ Das war seine Formulierung.«

»Als Baldwin Sie in New York anrief, hat er da die Wolfsschanze erwähnt?« fragte Kessler.

»Nein. Er sagte nur, ich solle Genf vergessen, er wisse Dinge, die sonst niemand wisse. Und dann ging er an die Tür und kam nicht mehr zurück.«

Kesslers Augen blickten jetzt kalt. »Also hatte Baldwin von dem Genfer Handel mit der Wolfsschanze erfahren.«

»Wieviel er erfahren hat, wissen wir nicht. Es könnte sehr wenig sein, nur Gerüchte.«

»Aber schon Gerüchte verbieten es Ihnen, MI-5 aufzusuchen. Selbst die Warnung, daß Beaumont der ODESSA angehört, könnte Sie teuer zu stehen kommen. Die Briten würden Sie und das Mädchen eingehend verhören. Es gibt da tausend Methoden, und die Briten sind Experten. Baldwins Name könnte fallen, und dann würden sie sich seine Akte ansehen. Dieses Risiko dürfen Sie nicht eingehen.«

»Zu demselben Schluß bin ich auch gelangt«, sagte Holcroft beeindruckt.

»Vielleicht gibt es einen anderen Weg, Ihnen Beaumont vom Hals zu schaffen.«

»Wie?«

»Man verabscheut hier in Deutschland die ODESSA. Wenn man die richtigen Leute verständigt, könnte das dazu führen, daß man ihn eliminiert. Sie würden nicht selbst an die Briten heranzutreten brauchen, brauchten nicht das Risiko einzugehen, daß Baldwins Name ans Licht kommt.«

»Ließe sich das arrangieren?«

»Ohne Frage. Wenn Beaumont wirklich ein ODESSA-Agent ist, würde eine kurze Mitteilung der Bonner Regierung an das Foreign Office ausreichen. Ich kenne genügend Leute, die eine solche Mitteilung absenden könnten.«

Erleichterung überkam Holcroft. Ein weiteres Hindernis würde ihm aus dem Weg geräumt werden. »Ich bin froh, daß wir uns begegnet sind... daß Sie Sie sind und nicht jemand anders.«

»Seien Sie nicht vorschnell in Ihrem Urteil. Sie wollen meine Antwort. Ob ich mich Ihnen anschließen werde? Offen gestanden, ich –«

»Ich will Ihre Antwort noch nicht«, unterbrach Noel. »Sie waren fair zu mir, und ich muß fair zu Ihnen sein. Ich bin noch nicht am Ende. Da war noch das, was heute abend geschah.«

»Heute abend?« Kessler war beunruhigt, ungeduldig.

»Ja. Die letzten paar Stunden, um es genau zu sagen.«

»Was ist denn... heute abend... passiert?«

Noel beugte sich vor. »Wir wissen über die RACHE und die ODESSA Bescheid. Wir sind nicht sicher, wieviel *sie* über Genf wissen, aber wir sind ganz sicher, was sie tun würden, wenn sie genug wüßten. Wir wissen von den Männern der Wolfsschanze. Wer auch immer sie sind, sie sind verrückt – nicht besser als die anderen –, aber auf ihre eigene, seltsame Art stehen sie auf unserer Seite – sie wollen, daß Genf gelingt. Aber da ist noch jemand. Jemand – etwas – viel mächtiger als die anderen. Das habe ich heute abend herausgefunden.«

»Was wollen Sie damit sagen?« Kesslers Tonfall hatte sich nicht verändert.

»Ein Mann ist mir von meinem Hotel gefolgt. Er hatte ein Motorrad und verfolgte mein Taxi durch ganz Berlin.«

»Ein Mann auf einem Motorrad?«

»Ja, und ich habe ihn wie ein verdammter Narr hierher geführt. Dann wurde mir klar, wie dumm das war, und ich wußte, daß ich ihn ausschalten mußte. Das habe ich geschafft, aber ich wollte nicht, daß es so geschah, wie es dann geschehen ist. Er gehörte nicht zur RACHE und auch nicht zur ODESSA. Er haßte sie beide, nannte sie Schlächter und Clowns...«

»Er hat sie...« Kessler verstummte einen Augenblick. Dann fuhr er fort und gewann seine Fassung wenigstens zum Teil zurück. »Schildern Sie mir alles, was geschehen ist, alles, was gesagt wurde.«

»Haben Sie irgendwelche Ideen?«

»Nein... ganz und gar nicht. Es interessiert mich nur.«

Holcroft fiel es nicht schwer, sich an alles zu erinnern. Die Jagd, die Falle, der Wortwechsel, der Schuß. Als er geendet hatte, bat ihn Kessler, die Worte zu wiederholen, die er und der Mann in der schwarzen Lederjacke zueinander gesagt hatten. Dann bat er Noel, sie noch einmal zu wiederholen. Und schließlich ein drittes Mal.

»Wer war das?« Holcroft wußte, daß Kessler ihm jetzt in Gedanken voraus war. »Was *sind* das für Leute?«

»Da gibt es verschiedene Möglichkeiten«, sagte der Deutsche, »aber es handelt sich offensichtlich um Nazis. Neonazis, um exakt zu sein. Abkömmlinge der Partei, eine Splitterfraktion, die die ODESSA haßt. Das gibt es.«

»Aber wie können sie von Genf erfahren haben?«

»Millionen, die aus den besetzten Gebieten gestohlen worden waren, aus Wehrmachtsbeständen, aus dem Ministerium für Bewaffnung, alle auf Schweizer Konten. So umfangreiche Manipulationen waren nicht völlig geheimzuhalten.«

Etwas an dem, was Kessler gerade gesagt hatte, beunruhigte Holcroft, aber er konnte den Finger nicht darauf legen. »Aber was würde es ihnen denn nützen? Die kommen doch nicht an das Geld heran. Sie könnten es lediglich auf Jahre hinweg gerichtlich einfrieren. Welchen Nutzen würde ihnen das bringen?«

»Sie verstehen die Gedankengänge hartgesottener Nazis nicht. Keiner von Ihnen hat das je verstanden. Für einen Nazi kommt es nicht nur darauf an, welchen Nutzen er aus etwas ziehen kann. Für ihn ist es ebenso wichtig, daß andere *keinen* Nutzen haben. Das war das Destruktive an den Nazis.«

Vor der Nische erhob sich plötzlich Lärm, ein Schlag, danach einige krachende Laute hintereinander, der Schrei einer Frau, dann weitere Schreie.

Der Vorhang vor der Nische wurde weggerissen. Plötzlich ragte die Gestalt eines Mannes vor ihnen auf und stürzte vorwärts, fiel über den Tisch, die Augen geweitet und starr, und aus Mund und Hals strömte ihm Blut. Sein Gesicht war verzerrt, sein Körper wurde von Krämpfen geschüttelt, und seine Hände krallten sich in die Tischplatte, hielten sich zwischen Holcroft und Kessler fest. Er flüsterte, wobei er nach Luft rang: *»Wolfsschanze! Soldaten der Wolfsschanze!«*

Er hob den Kopf und setzte zu einem Schrei an. Der Atem wurde aus ihm herausgepreßt, und dann krachte sein Kopf auf die Tischplatte herunter. Der Mann in der schwarzen Lederjacke war tot.

26.

Die nächsten Augenblicke waren für Noel ebenso verwirrend, wie sie für alle chaotisch waren. Die Rufe und Schreie wurden lauter; Panik erfaßte die Gäste. Der blutbesudelte Mann war vom Tisch geglitten und lag jetzt ausgestreckt auf dem Boden.

»Rudi! *Rudi*!«

»Herr Kessler! Kommen Sie mit!«

»Schnell!« schrie Erich.

»Was?«

»Hier entlang, mein Freund. Man darf Sie hier nicht sehen.«

»Aber das ist der Mann!«

»Sagen Sie *nichts*, Noel! Bitte, nehmen Sie meinen Arm.«

»Was? Wo...?«

»Ihre Tasche! Die Papiere!«

Holcroft schnappte nach den Papieren und schob sie in den Koffer. Er spürte, wie er in die Menschentraube hineingezogen wurde, die sich rings um sie gebildet hatte. Er wußte nicht, wohin man ihn brachte, aber es war schon genug, daß es weg ging von dem Toten in der schwarzen Lederjacke. Er folgte blind.

Kessler zerrte ihn durch die Menge. Vor Kessler war der Geschäftsführer, der ihnen einen Weg bahnte zu einer Tür links unter der Treppe. Der Geschäftsführer schloß auf und schob die zwei Männer und sich durch die Tür. Er knallte sie zu und wandte sich zu Kessler um.

»Ich weiß nicht, was ich sagen soll, Gentlemen! Es ist schrecklich. Eine Messerstecherei unter Betrunkenen.«

»Ja, ja, Rudi. Und wir danken Ihnen«, erwiderte Kessler.

»Natürlich. Ein Mann in Ihrer Position darf da nicht hineingezogen werden.«

»Sie sind sehr aufmerksam. Gibt es von hier einen Weg nach draußen?«

»Ja. Meinen Privateingang. Hier.«

Der Eingang führte in eine Seitengasse. »Kommen Sie«, sagte Kessler. »Mein Wagen steht auf der Straße.«

Sie eilten durch die schmale Gasse zum Kurfürstendamm, bogen nach links. Rechts von ihnen hatte sich eine aufgeregte Menge vor der Gaststätte versammelt. Ein Stück weiter unten sah Noel einen Polizisten die Straße heraufrennen.

»Schnell«, sagte Kessler.

Sein Wagen war ein älterer Mercedes; sie stiegen ein. Kessler ließ den Motor an und legte, ohne zu warten, den Gang ein und jagte in westlicher Richtung davon.

»Dieser Mann... in der Lederjacke... er war es, der mich verfolgt hat«, flüsterte Holcroft.

»Das habe ich angenommen«, antwortete Kessler. »Er hat den Weg zurück also doch gefunden.«

»Mein *Gott*«, rief Noel. »Was habe ich *getan*?«

»Sie haben diesen Mann nicht getötet, wenn Sie das meinen.«

Holcroft starrte Kessler an. »Was?«

»Sie haben ihn nicht umgebracht.«

»Die Waffe ist doch losgegangen. Ich hab' ihn getroffen.«

»Daran zweifle ich ja nicht. Aber die Kugel hat ihn nicht getötet.«

»Was *dann*?«

»Sie haben offenbar seinen Hals nicht gesehen. Man hat ihn erdrosselt.«

»Baldwin in New York!«

»Wolfsschanze in Berlin«, antwortete Kessler. »Sein Tod war auf den Bruchteil einer Sekunde genau berechnet. Jemand im Lokal hat ihn dicht an unsere Nische herangebracht und den Lärm und die vielen Menschen als Tarnung für den Mord benutzt.«

»Jesus! Dann war ...« Noel konnte nicht zu Ende sprechen; die Angst machte ihm übel. Fast hätte er sich übergeben.

»Wer es auch war«, sprach Kessler den Satz für ihn zu Ende, »er weiß jetzt, daß ich auch zu Genf gehöre. Damit haben Sie Ihre Antwort; denn ich habe keine Wahl. Ich mache mit.«

»Das tut mir leid«, sagte Holcroft. »Ich wollte, daß Sie eine Wahl haben.«

»Das weiß ich, und dafür danke ich Ihnen. Aber auf einer Bedingung muß ich bestehen.«

»Nämlich?«

»Mein Bruder Hans in München muß auch Teil des Vertrages werden.«

Noel erinnerte sich an Manfredis Worte; in der Hinsicht waren ihm keine Einschränkungen auferlegt. Die einzige Bedingung war, daß jede Familie nur eine Stimme besaß. »Daran hindert ihn nichts, wenn er will.«

»Er wird wollen. Wir stehen uns sehr nahe. Sie werden ihn mögen. Er ist ein sehr guter Doktor.«

»Ich würde sagen, daß Sie beide sehr gute Doktoren sind.«

»Er heilt. Ich halte nur Vorträge ... Außerdem fahre ich hier ziemlich ziellos herum. Ich würde Sie in mein Haus bitten, aber unter den gegebenen Umständen tue ich das besser nicht.«

»Ich habe schon genug Unheil angerichtet. Aber Sie sollen sobald wie möglich nach Hause zurück.«

»Warum?«

»Wenn wir Glück haben, wird niemand der Polizei Ihren Namen nennen, und dann ist es gleichgültig. Aber wenn es jemand tut – ein Kellner, oder jemand, der Sie kennt –, dann können Sie sagen, daß Sie schon im Aufbruch waren, als es passierte.«

Kessler schüttelte den Kopf. »Ich lasse die Dinge gewöhnlich auf mich zukommen. So was wäre mir nicht eingefallen.«

»Vor drei Wochen wäre ich auch noch nicht darauf gekommen. Lassen Sie mich beim nächsten Taxistand heraus, dann fahre ich zu meinem Hotel und hole meinen Koffer.«

»Unsinn. Ich fahre Sie hin.«

»Wir sollten uns nicht mehr miteinander sehen lassen. Damit fordern wir Komplikationen geradezu heraus.«

»Ich muß lernen, auf Sie zu hören. Wann sehen wir uns dann wieder?«

»Ich rufe Sie aus Paris an. Ich treffe mich in ein oder zwei Tagen mit von Tiebolt. Dann müssen wir drei nach Genf. Uns bleibt nur noch sehr wenig Zeit.«

»Und dieser Polizist in New York? Miles?«

»Das werde ich Ihnen erklären, wenn wir uns wiedersehen. Unter anderem. Dort an der Ecke ist ein Taxi.«

»Was wollen Sie jetzt tun? Ich glaube nicht, daß es um diese Zeit Flüge gibt.«

»Dann werde ich im Flughafen warten. Ich möchte nicht in einem Hotelzimmer isoliert sein.« Kessler hielt an; Holcroft griff nach der Tür. »Vielen Dank, Erich. Und es tut mir leid.«

»Das braucht es nicht, mein Freund Noel. Rufen Sie mich an.«

Der blonde Mann saß steif in Kesslers Bibliothek hinter dem Schreibtisch. Seine Augen blickten wild, und seine Stimme wirkte beim Sprechen angespannt und eindringlich.

»Berichte noch einmal. Jedes Wort! Ohne etwas wegzulassen.«

»Was *soll* das denn?« erwiderte Kessler von der anderen Seite des Zimmers. »Wir sind jetzt zehnmal alles durchgegangen. Ich habe mich an alles erinnert.«

»Dann werden wir es noch zehnmal durchgehen«, schrie Johann von Tiebolt. »Dreißigmal, vierzigmal! Wer *war* er? Wo kam er her? Wer waren die zwei Männer in Montereau? Die hängen zusammen; wo sind alle drei hergekommen?«

»Wir *wissen* es nicht«, sagte der Gelehrte. »Das ist nicht festzustellen.«

»Doch, das ist es! Begreifst du denn nicht? Die Antwort steckt in dem, was dieser Mann in der Gasse zu Holcroft gesagt hat. Ich habe die Worte schon einmal gehört. Da steckt das Geheimnis!«

»Himmelherrgott, du hast den Burschen doch gehabt.« Kessler sprach mit fester Stimme. »Wenn du von *ihm* nichts erfahren hast, wie kannst du da glauben, wir könnten aus irgend etwas, das mir Holcroft gesagt hat, etwas erfahren? Du hättest ihn durch die Mangel drehen müssen.«

»Das war bei dem sinnlos.«

»Also hast du ihm eine Drahtschlinge um den Hals gelegt und ihn dem Amerikaner hingeworfen. Wahnsinn!«

»Nicht Wahnsinn«, sagte Tennyson. »Konsequenz. Holcroft muß davon überzeugt sein, daß die Wolfsschanze überall ist. Bedrängend, bedrohlich, beschützend... Kehren wir zu dem Gespräch in der Gasse zurück. Nach Holcroft hatte der Mann keine Angst davor zu sterben. Was war es? ›...Ich bin darauf vorbereitet. Wir alle sind vorbereitet. Wir werden Sie stoppen. Genf gehört uns. Sie können mich töten. Aber dann wird ein anderer an meine Stelle treten. Und wenn Sie ihn töten, dann tritt wieder einer an die seine.‹ Die Worte eines Fanatikers. Aber er war kein Fanatiker; das habe ich selbst gemerkt. Er war kein ODESSA-Agent, kein RACHE-Revolutionär. Er war etwas anderes. Darin hatte Holcroft recht. Etwas *anderes*.«

»Wir stecken in einer Sackgasse.«

»Nicht ganz. Ich habe einen Mann in Paris veranlaßt, die Identitäten der Leichen zu überprüfen, die in Montereau gefunden wurden.«

»La Sûreté?«

»Ja. Er ist der beste, den es gibt.« Tennyson seufzte. »Das alles ist so unglaublich. Nach dreißig Jahren erfolgen die ersten offenen Schritte, und binnen zwei Wochen tauchen Menschen aus dem Nichts auf, als hätten sie neben uns drei Jahrzehnte lang gewartet. Und doch treten sie nicht an die

Öffentlichkeit. Warum nicht? Das ist es, womit ich nicht fertig werde. *Warum nicht?*«

»Das hat der Mann in der Gasse ja zu Holcroft gesagt. ›Wir können dieses Vermögen sehr nutzbringend einsetzen.‹ Das können sie nicht, wenn sie preisgeben, woher das Geld kommt.«

»Ich glaube nicht, daß es so einfach ist. Wenn es allein um das Geld ginge, würde sie nichts daran hindern, zu uns zu kommen – zu den Direktoren der Bank, heißt das –, um aus einer Position der Stärke zu verhandeln. Von den fast achthundert Millionen könnten sie, von ihrem Standpunkt aus betrachtet, zwei Drittel fordern. Sie würden das nicht lange überleben, aber das wissen sie nicht. Nein, Erich, es geht nicht nur um das Geld. Wir müssen nach etwas anderem Ausschau halten.«

»Wir müssen uns die andere Sauerei ansehen!« schrie Kessler. »Wer auch immer dieser Mann heute nacht war, wer auch immer die zwei Männer in Montereau waren, gemessen an unserer Hauptsorge sind sie zweitrangig! Sieh den Dingen doch ins Auge, Johann! Die Briten wissen, daß du der Tinamu bist! Das darfst du nicht länger verdrängen. Sie wissen, daß du der Tinamu bist!«

»Da muß ich dich korrigieren. Sie *vermuten*, daß ich es bin; sie wissen es nicht. Und wie Holcroft so richtig sagte, sie werden bald davon überzeugt sein, daß sie sich irren, wenn sie das nicht bereits geschnallt haben. Tatsächlich ist das eine sehr vorteilhafte Position für uns.«

»Du bist verrückt!« schrie Kessler. »Du wirst *alles* gefährden!«

»Im Gegenteil«, sagte Tennyson ruhig. »Ich werde alles sichern. Gibt es denn einen besseren Verbündeten als MI-5? Wir haben ja schon Leute im britischen Geheimdienst, aber niemanden, der so weit oben steht wie Payton-Jones.«

»Wovon, um Gottes willen, redest du denn jetzt?« Kessler war der Schweiß ausgebrochen; an seinem Hals traten die Adern hervor.

»Setz dich, Erich.«

»Nein!«

»Du sollst dich setzen!«

Kessler setzte sich. »Ich lasse das nicht zu, Johann.«

»Du brauchst gar nichts zuzulassen, bloß zuzuhören.«

Tennyson beugte sich vor. »Laß uns für ein paar Augenblicke die Rollen tauschen; laß mich den Professor sein.«

»Du sollst mich nicht bedrängen. Wir kommen nicht mit Leuten klar, die sich einmischen wollen, ohne sich zu zeigen. Die haben etwas zu verbergen. Aber *damit* kommen wir nicht klar. Wenn man dich beseitigt, was bleibt dann noch?«

»Höchst schmeichelhaft, aber du darfst nicht so denken. Wenn mir etwas zustoßen sollte, dann gibt es Listen, Namen von unseren Leuten überall. Man kann unter ihnen einen Mann finden; das Vierte Reich wird in jedem Fall einen Führer haben. Aber mir *wird* nichts zustoßen. Der Tinamu ist mein Schild, mein Schutz. Wenn man ihn schnappt, werde ich nicht nur frei von Verdacht sein, ich bin dann auch eine geachtete Persönlichkeit.«

»Du mußt den Verstand verloren haben! Du *bist* der Tinamu.«

Tennyson lehnte sich zurück. Er lächelte. »Wir wollen unseren Meuchelmörder einmal näher untersuchen, ja? Vor zehn Jahren hast du auch zugegeben, daß er meine beste Schöpfung sei. Ich glaube, du hast damals gesagt, der Tinamu könne sich einmal als unsere wichtigste Waffe erweisen.«

»In der *Theorie*. Nur in der Theorie. Das war eine akademische Meinung; das habe ich auch gesagt!«

»Das ist richtig, du suchst oft in deinem Elfenbeinturm Zuflucht, und so sollte es auch sein. Aber weißt du, du hattest recht. Wenn man einmal wirklich gründlich darüber nachdenkt, dann können uns all die Millionen in der Schweiz nur dann nützen, wenn wir sie auch einsetzen können. Überall gibt es Gesetze; man muß sie umgehen. Es ist nicht so einfach, wie es früher einmal war, wo man einen Reichstag kaufen konnte, oder einen Block von Sitzen im Parlament; oder eine Wahl in Amerika. Aber für uns ist es bei weitem nicht so schwierig, wie es für andere wäre; das war deine Ansicht vor zehn Jahren, und das gilt heute in noch viel höherem Maße. Wir sind in der Lage, außergewöhnliche Forderungen an die einflußreichsten Männer jeder Regierung von Bedeutung heranzutragen. Schließlich haben sie den Tinamu dafür *be-*

zahlt, daß er ihre Widersacher beseitigt. Von Washington bis Paris oder Kairo; von Athen bis Beirut und von London bis Warschau, ja selbst in Moskau. Der Tinamu ist unwiderstehlich. Er ist *unsere* Atombombe.«

»Und er kann auch *uns* mit seinem radioaktiven Niederschlag erledigen!«

»Das könnte er«, pflichtete Tennyson ihm bei, »aber das wird er nicht. Erich, vor Jahren haben wir einander gelobt, wir wollten keine Geheimnisse voreinander haben. Und dieses Gelöbnis habe ich in allen Angelegenheiten gehalten, nur in einer Sache nicht. Das war, wie man so sagt, eine geheime Kommandosache.«

»Was hast du getan?« fragte Kessler.

»Ich habe uns jene wichtigste Waffe gegeben, von der du vor zehn Jahren gesprochen hast.«

»Und wie?«

»Du hast dich da gerade sehr deutlich ausgedrückt. Du hast deine Stimme erhoben und gesagt, *ich* sei der Tinamu.«

»Der bist du doch!«

»Nein, der bin ich nicht.«

»Was?«

»Ich bin nur eine Hälfte des Tinamu. Sicher, die bessere Hälfte, aber immerhin nur die Hälfte. Ich habe jahrelang einen anderen ausgebildet; er ist mein Ersatzmann an der Front. Er ist mit allen Wassern gewaschen, ein wahrer Teufelskerl; nach dem echten Tinamu ist er der Beste, den es auf der Welt gibt.«

Der Gelehrte starrte den blonden Mann erstaunt, ja fast ehrfürchtig an. »Ist er einer von uns? Ein *Sonnenkind?*«

»Natürlich nicht! Er ist ein bezahlter Killer; er hat nichts im Sinn außer seinem extravaganten Lebensstil, in dem die ungewöhnlichen Summen, die er einnimmt, ihm die Garantie bieten, daß er sich jedes Bedürfnis und jede Neigung leisten kann. Er weiß auch, daß er vielleicht eines Tages den Preis für dieses Leben wird bezahlen müssen, und das akzeptiert er. Er ist ein Profi.«

Kessler sank in den Sessel zurück und lockerte sich den Kragen. »Ich muß sagen, du hörst nie auf, mich zu erstaunen.«

»Ich bin noch nicht fertig«, entgegnete Tennyson. »In London geht demnächst ein wichtiges Ereignis über die Bühne: eine Versammlung von Staatsoberhäuptern. Das ist die ideale Gelegenheit. Man wird den Tinamu schnappen.«

»Man wird was?«

»Du hast richtig gehört.« Von Tiebolt lächelte. »Man wird den Tinamu schnappen, mit einer Waffe in der Hand, und das ausgefallene Kaliber und die Spuren im Lauf werden auf drei vorangegangene Morde deuten. Der Mann, der ihn fast sechs Jahre lang verfolgt hat, wird ihn stellen und töten. Ein Mann, der, um sich selbst zu schützen, nicht wünscht, daß man seinen Namen erwähnt. Ein Mann, der die Geheimdienste seines Gastlandes informieren wird. John Tennyson, Europakorrespondent des *Guardian*.«

»Mein *Gott*«, flüsterte Kessler. »Wie willst du das anstellen?«

»Selbst du darfst das nicht wissen. Aber der Gewinn wird fast so gewaltig sein wie die Gelder in Genf. Es wird bekannt werden, daß der Tinamu ein Tagebuch geführt hat. Man hat es nicht gefunden und muß daher annehmen, daß jemand es gestohlen hat. Und wir werden dieser Jemand sein. Und so wird der Tinamu uns selbst im Tode noch nützlich sein.«

Kessler schüttelte erstaunt den Kopf. »Du denkst in abenteuerlichen Bahnen; das ist dein eigentliches Talent.«

»Unter anderen Talenten«, sagte der blonde Mann ungerührt. »Und unser neu eingegangenes Bündnis mit MI-5 könnte sich als hilfreich erweisen. Mag sein, daß andere Geheimdienste moderner sind, aber besser ist keiner.« Tennyson schlug mit der flachen Hand auf die Armlehne seines Sessels. »So. Jetzt wollen wir uns wieder unserem unbekannten Feind zuwenden. Seine Identität steckt in seinen Worten, dort in der Gasse. Da bin ich sicher.«

»Aber das hat uns doch nichts gebracht.«

»Wir haben erst angefangen.« Der blonde Mann griff nach Bleistift und Papier. »Jetzt noch einmal von vorn. Wir werden alles niederschreiben, was er gesagt hat, alles, woran du dich erinnern kannst.«

Der andere seufzte. »Von Anfang an«, wiederholte er. »Also gut. Nach Holcroft bezogen sich die ersten Worte des

Mannes auf die Geschehnisse in Frankreich, auf die Tatsache, daß Holcroft nicht gezögert hatte, dort zu schießen.«

Kessler fuhr fort. Und Tennyson hörte zu und unterbrach den anderen immer wieder und verlangte, daß Worte und Sätze wiederholt wurden. Er schrieb fieberhaft. Vierzig Minuten verstrichen.

»Jetzt kann ich nicht mehr«, sagte Kessler. »Es gibt nichts mehr, was ich dir sagen könnte.«

»Noch einmal die *Adler*«, konterte der blonde Mann fast unfreundlich. »Du mußt die Worte genauso wiederholen, wie Holcroft sie brachte.«

»Adler?...›Sie werden die Adler nicht aufhalten. Nicht dieses Mal.‹ Ob er damit die Luftwaffe gemeint hat?«

»Unwahrscheinlich.« Tennyson blickte auf die Papiere, die vor ihm lagen. Er tippte mit dem Finger auf etwas, das er geschrieben hatte. »Hier. ›Ihre Wolfsschanze‹. *Ihre* Wolfsschanze... das heißt also unsere, nicht ihre.«

»Wovon sprichst du?« sagte Kessler. »Wir *sind* die Wolfsschanze, die Männer der Wolfsschanze sind *Sonnenkinder*!«

Tennyson ging nicht auf die Unterbrechung ein. »Von Stauffenberg, Olbricht, von Falkenhausen und Höpner. Rommel hat sie ›die wahren Adler Deutschlands‹ genannt. Sie waren die Verschwörer, die Männer, die den Führer töten wollten. *Das* sind die Adler, auf die er sich bezog. *Ihre* Wolfsschanze, nicht die unsere.«

»Wohin führt uns das? Mein Gott, Johann, ich bin erschöpft. Ich kann einfach nicht mehr!«

Tennyson hatte ein Dutzend Blätter beschrieben. Jetzt schob er sie auseinander, unterstrich Worte, ganze Sätze. »Mag sein, daß du schon genug gesagt hast«, antwortete er. »Es ist hier... in diesem Abschnitt. Er hat die Worte ›Schlächter und Clowns‹ gebraucht und dann ›sie werden die Adler nicht aufhalten‹. Und nur Sekunden später sagte ihm Holcroft, daß es Bedingungen gab... ›Dann wandert das Geld wieder für dreißig Jahre unter die Erde.‹ Der Mann wiederholte die Worte ›wieder unter die Erde‹ und sagte, daß dies das Unangenehme daran sei. Aber dann fügte er hinzu, daß es ›keine verbrannte Erde‹ gäbe. ›Verbrannte Erde‹... ›Es wird keine *verbrannte Erde* geben.‹«

Der Oberkörper des blonden Mannes straffte sich. Er lehnte sich im Sessel zurück, und seine scharfen Gesichtszüge spiegelten das angestrengte Nachdenken, während seine kalten Augen starr auf das Papier blickten. »Das kann nicht sein... nach all den Jahren. Unternehmen Barbarossa! Die ›verbrannte Erde‹ des Unternehmens Barbarossa! O mein Gott, die ›Abwehr‹. Es ist die ›Abwehr‹!«

»Wovon redest du?« sagte Kessler. »›Barbarossa‹ war Hitlers erste Offensive gegen die Sowjetunion, ein großartiger Sieg.«

»Er hat es einen Sieg genannt. Die Generale nannten es bald eine Katastrophe. ›Wir haben die wertlose verbrannte Erde von Barbarossa gegen das Blut unserer besten Armeen eingetauscht‹, sagten sie. Damals wurde der Widerstandsgeist der ›Abwehr‹ geboren.«

»Was war das?«

»Ein Geheimdienst mit militärischen Verbänden für Kommandounternehmen und zur Sabotageabwehr. Die meisten von ihnen waren keine Freunde der Partei; sie arbeiteten einzig und allein für sich selbst. Hitler verabscheuten sie; die Schutzstaffel nannten sie ›SS-Pack‹. Sie nannten sie ›Schlächter und Clowns‹. Sie standen über dem Krieg, über der Partei. Sie arbeiteten nur für Deutschland, *ihr* Deutschland.«

»Sag, was du meinst, Johann!« schrie Kessler.

»Die ›Abwehr‹ ist noch am Leben. Sie ist der Feind. Unser Feind in Genf. Er wird vor nichts zurückschrecken, um das Vierte Reich im Keim zu ersticken.«

27.

Noel wartete auf der Brücke und sah den Lichtern von Paris zu, die wie Reihen winziger Kerzen flackerten. Er hatte Helden bei Gallimard erreicht; sie war einverstanden gewesen, sich mit ihm nach der Arbeit auf dem Pont Neuf zu treffen. Er hatte sie zu überreden versucht, zu dem Hotel in Argenteuil zu fahren, aber sie hatte sein Angebot abgelehnt.

»Du hast mir Tage versprochen, Wochen, wenn ich das wünsche«, sagte er.

»Das habe ich uns beiden versprochen, Darling, und die werden wir auch haben. Aber nicht in Argenteuil. Ich werde dir das erklären, wenn wir uns sehen.«

Es war kurz nach fünf. Die Winternacht kam schnell in Paris, und der kühle Wind, der vom Fluß heraufwehte, ließ ihn frösteln. Er klappte den Kragen seines aus zweiter Hand gekauften Mantels hoch. Wieder sah er auf die Uhr; die Zeiger hatten sich nicht bewegt. Wie hätten sie das auch sollen? Wo doch nicht mehr als zehn Sekunden verstrichen waren.

Er fühlte sich wie ein junger Mann, der im Mondlicht auf ein Mädchen wartete, das er an einem Sommerabend im Country Club kennengelernt hatte, und dann lächelte er, fühlte sich verlegen, weil er sich seine Unruhe nicht eingestehen wollte. Dies war keine warme Sommernacht, und er stand nicht im Mondlicht. Er stand auf einer Brücke in Paris, und die Luft war kalt, und er trug einen Mantel aus zweiter Hand und hatte eine Pistole in der Tasche.

Er sah sie die Brücke betreten. Sie trug den schwarzen Regenmantel und hatte ihr blondes Haar mit einem dunkelroten Tuch bedeckt, das ihr Gesicht einrahmte. Ihr Schritt war gleichmäßig, weder schnell, noch schlendernd; sie war eine einsame Frau, die von der Arbeit nach Hause ging. Abgesehen von ihren auffallend schönen Zügen – die sich aus der Ferne nur andeutungsweise erkennen ließen –, glich sie Tausenden anderer Frauen in Paris, die am frühen Abend nach Hause gingen.

Sie sah ihn. Er setzte sich in Bewegung, aber sie hob die Hand, das war ein Signal für ihn stehenzubleiben. Er achtete nicht darauf, wollte schnell bei ihr sein, die Arme ausgestreckt. Sie ging in diese hinein, und sie umarmten sich, und er fühlte die wohlige Wärme, die davon ausging, daß sie wieder zusammen waren. Sie legte den Kopf zurück und sah ihn an und tat zuerst so, als wolle sie streng sein, aber ihre Augen lächelten.

»Du darfst nie auf einer Brücke laufen«, sagte sie. »Ein Mann, der über eine Brücke läuft, fällt auf. Man schlendert über das Wasser; man rennt nicht.«

»Du hast mir gefehlt. Das ist mir egal.«

»Das mußt du lernen. Wie war es in Berlin?«

Er legte ihr den Arm um die Schulter, und sie gingen in Richtung Quai Saint-Bernard am linken Seine-Ufer entlang. »Ich habe dir eine Menge zu erzählen, einiges davon gut, einiges nicht so gut. Aber wenn es ein Fortschritt ist, etwas zu erfahren, dann glaube ich, haben wir ein paar Riesenschritte hinter uns. Hast du was von deinem Bruder gehört?«

»Ja. Heute nachmittag. Er hat eine Stunde nach dir angerufen. Seine Pläne haben sich geändert; er kann morgen in Paris sein.«

»Das ist die beste Nachricht, die du mir bringen konntest. Zumindest glaube ich das. Ich sage es dir morgen. Habe ich dir gefehlt?«

»Noel, du bist verrückt. Du bist gestern nachmittag abgereist. Ich hatte kaum Zeit, nach Hause zu kommen, zu baden, einmal richtig zu schlafen und zur Arbeit zu gehen.«

»Du bist nach Hause gegangen? In dein Apartment?«

»Nein, ich –« Sie hielt inne und blickte zu ihm auf, lächelte. »Sehr gut, Noel Holcroft, neuer Rekrut. Beiläufig verhören.«

»Mir ist nicht beiläufig zumute.«

»Du hast mir versprochen, diese Frage nicht zu stellen.«

»So eindeutig nicht. Ich habe dich gefragt, ob du verheiratet seist, oder mit jemandem lebst – und ich habe auf die erste Frage eine Verneinung und auf die zweite eine recht nichtssagende Antwort bekommen –, aber ich habe nie versprochen, daß ich nicht versuchen werde, irgendwie herauszufinden, wo du wohnst.«

»Du hast es aber angedeutet, Darling. Eines Tages werde ich es dir sagen, und dann wirst du sehen, wie dumm du bist.«

»Sag es mir jetzt. Ich bin verliebt. Ich will wissen, wo die Frau, die ich liebe, wohnt.«

Das Lächeln verschwand einen Augenblick von ihren Lippen, dann kehrte es wieder zurück, und sie blickte zu ihm auf. »Du bist wie ein kleiner Junge, der ein neues Wort übt. Du kennst mich nicht gut genug, um mich zu lieben; das habe ich dir gesagt.«

»Das habe ich vergessen. In Wirklichkeit magst du Frauen.«

»Einige meiner besten Freunde sind Frauen.«

»Aber du würdest keine heiraten.«

»Ich will niemanden heiraten.«

»Gut. Das ist dann nicht so kompliziert. Du brauchst nur auf die nächsten zehn Jahre zu mir zu ziehen, und wir können uns ja beiderseits die Option offenlassen.«

»Du sagst so nette Dinge zu mir.«

Sie blieben an einer Straßenkreuzung stehen. Er drehte Helden zu sich herum, hatte die Hände auf ihren beiden Armen. »Die sage ich, weil mir danach zumute ist.«

»Ich glaube dir«, sagte sie und sah ihn eigenartig an, und ihre Augen blickten teils fragend, teils verängstigt.

Er sah die Angst; das störte ihn, und so lächelte er.

»Liebst du mich ein bißchen?«

Sie brachte das Lächeln nicht zuwege. »Ich glaube, daß ich dich mehr als ein bißchen liebe. Du bist ein Problem, das ich nicht wollte. Ich bin nicht sicher, daß ich damit fertig werde.«

»Das ist ja noch besser.« Er lachte und griff nach ihrer Hand, um mit ihr über die Straße zu gehen. »Es ist nett zu wissen, daß du nicht auf alles eine Antwort hast.«

»Hast du das denn geglaubt?«

»Ich dachte, du würdest das meinen.«

»Tue ich nicht.«

Das Restaurant war nur halb voll. Helden bat um einen Tisch im Hintergrund, wo man sie vom Eingang aus nicht sehen konnte. Der Besitzer nickte. Es war ihm anzusehen, daß er nicht ganz ergründen konnte, weshalb diese *belle femme* mit einem so ärmlich gekleideten Begleiter in sein Etablissement kam. Was er dachte, stand ihm in den Augen geschrieben: die Dinge standen in diesen Tagen schlecht für die Mädchen von Paris, in diesen Nächten.

»Er scheint mich zu mißbilligen«, sagte Holcroft.

»Noch ist nicht alles verloren. Du bist in seiner Wertschätzung gestiegen, als du teuren Whisky bestellt hast. Er hat gegrinst, hast du das nicht gesehen?«

»Er hat mein Jackett gemustert. Das stammt aus besserem Hause als der Mantel.«

Helden lachte. »Der Sinn dieses Mantels war auch nicht, deinen modischen Geschmack zu unterstreichen. Hast du ihn in Berlin benutzt?«

»Ja. Ich hab' ihn angehabt, als ich eine Hure aufgabelte. Bist du eifersüchtig?«

»Nicht auf jemanden, der ein Angebot eines so schlecht gekleideten Mannes annimmt.«

»Sie war der Inbegriff von Schönheit.«

»Glück für dich. Wahrscheinlich war sie eine Agentin von ODESSA, und du hast dir ein Andenken von ihr zugezogen, ganz planmäßig. Du solltest besser einen Arzt aufsuchen, ehe du wieder zu mir kommst.«

Noel griff nach ihrer Hand. Alle Heiterkeit war aus seiner Stimme verflogen, als er sagte: »Die ODESSA braucht uns nicht zu beunruhigen. Die RACHE auch nicht. Das gehört zu den Dingen, die ich in Berlin erfahren habe. Es ist zweifelhaft, ob jemand von denen überhaupt über Genf Bescheid weiß.«

Helden war verblüfft. »Aber was ist mit Beaumont? Du hast gesagt, er gehöre zur ODESSA, er sei dir nach Rio gefolgt.«

»Das glaube ich immer noch, und er ist mir auch gefolgt, aber nicht wegen Genf. Es hängt mit Graff zusammen. Irgendwie hat er herausgefunden, daß ich Johann von Tiebolt suche. *Deshalb* ist er mir gefolgt. Nicht wegen Genf. Morgen, wenn ich mit deinem Bruder spreche, werde ich mehr wissen. Außerdem wird Beaumont in ein paar Tagen keine Rolle mehr spielen. Kessler wird dafür sorgen. Er hat gesagt, er ruft jemand in Bonn an, von der Regierung.«

»So einfach ist das?«

»Jedenfalls nicht schwierig. Die leiseste Anspielung auf ODESSA, besonders in Militärkreisen, löst sofort eine Unmenge von Anfragen aus. Man wird Beaumont aus dem Verkehr ziehen.«

»Wenn es nicht die ODESSA oder die RACHE ist, wer ist es dann?«

»Das ist ein Teil von dem, was ich dir erzählen muß. Ich mußte den Dufflecoat und die Mütze loswerden.«

»Oh?« Sein plötzlicher Themawechsel verwirrte Helden.

Er erzählte es ihr, spielte aber die Auseinandersetzung in der dunklen Gasse herunter. Dann schilderte er das Gespräch mit Kessler und erkannte, als er zum Ende kam, daß er den Mord an dem unbekannten Mann in der Lederjacke nicht auslassen durfte. Er würde das morgen ihrem Bruder sagen;

es jetzt Helden vorzuenthalten, hätte wenig Sinn. Als er geendet hatte, schauderte sie und preßte die Finger in die Handfläche.

»Wie *schrecklich*. Hatte Kessler eine Ahnung, wer der Mann war, woher er kam?«

»Nein. Wir haben alles, was er sagte, ein halbes dutzendmal von allen Seiten analysiert und versucht, uns einen Reim darauf zu machen. Aber so viel war da gar nicht. Nach Kesslers Ansicht gehörte er einer Gruppe von Neonazis an – Abkömmlingen der Partei, hat Kessler sie genannt. Eine Splittergruppe, die mit der ODESSA verfeindet ist.«

»Wie können die von dem Konto in Genf erfahren haben?«

»Das habe ich Kessler auch gefragt. Er sagte, die Manipulationen, deren es bedurfte, um das Geld aus Deutschland herauszuschaffen, könnten unmöglich so geheim geblieben sein, wie wir annehmen; er meinte, jemand hätte irgendwie davon erfahren.«

»Aber die Geheimhaltung ist doch die *Grundlage* von Genf. Ohne die bricht alles zusammen.«

»Das ist eine Frage des Ausmaßes. Wann ist ein Geheimnis ein Geheimnis? Wo hört die vertrauliche Information auf und wo fängt das Geheimdokument an? Eine Handvoll Leute hat etwas über Genf erfahren und will uns daran hindern, das Geld zu bekommen und es so einzusetzen, wie es vorgesehen war. Sie wollen es für sich selbst, also werden sie es nicht an die große Glocke hängen.«

»Aber wenn sie schon so viel erfahren haben, dann wissen sie auch, daß sie nicht herankönnen.«

»Nicht unbedingt.«

»Dann sollte man es ihnen sagen!«

»Das habe ich dem Mann in der Gasse gesagt. Ich konnte ihn nicht überzeugen. Und selbst wenn es mir gelungen wäre, würde das jetzt keinen Unterschied machen.«

»Aber begreifst du denn nicht? Jemand muß an diese Leute herantreten – wer auch immer sie sind – und sie davon überzeugen, daß es ihnen nichts einbringt, wenn sie dich und meinen Bruder und Erich Kessler stoppen.«

Holcroft trank einen Schluck. »Ich bin nicht sicher, daß wir das tun sollen. Kessler hat etwas gesagt, das mich beunruhigte. Und es beunruhigt mich immer noch. Er sagte, wir – und unter ›wir‹ verstand er, glaube ich, all diejenigen von uns, die das Thema nicht so gründlich studiert haben – wir hätten die echten Nazis nie begriffen. Vom Standpunkt der Nazis aus sei es nicht nur eine Frage, welchen Nutzen sie selbst daraus ziehen könnten; für die Nazis sei es ebenso wichtig, daß andere *keinen* Nutzen haben. Kessler hat es ihr ›destruktives Wesen‹ genannt.«

Helden runzelte wieder die Stirn. »Also werden sie, sobald sie es erfahren haben, Jagd auf euch machen. Sie werden euch alle drei töten, weil es ohne euch kein Genf geben kann.«

»Wenigstens eine Generation lang. Das reicht als Motiv. Das Geld bleibt auf weitere dreißig Jahre im Safe.«

Heldens Hand fuhr an ihren Mund. »Augenblick; da ist etwas Schreckliches, etwas, das nicht stimmt. Sie haben versucht, dich zu töten. *Dich*. Von Anfang an ... *dich*.«

Holcroft schüttelte den Kopf. »Das wissen wir nicht bestimmt –«

»Nicht *bestimmt?*« unterbrach ihn Helden. »Mein Gott, was willst du denn noch mehr? Du hast mir dein Jackett gezeigt. Und dann das Strychnin im Flugzeug, die Schüsse in Rio. Was willst du denn noch?«

»Ich will wissen, wer wirklich hinter all dem steckt. Deshalb muß ich mit deinem Bruder sprechen.«

»Was kann dir Johann denn sagen?«

»Wen er in Rio getötet hat.« Helden wollte Einwände erheben; aber er nahm ihre Hand. »Laß mich das erklären. Ich glaube, wir stehen da – *ich* stehe da ... zwischen zwei Auseinandersetzungen, die nichts miteinander zu tun haben. Was deinem Bruder in Rio zugestoßen ist, hat überhaupt nichts mit Genf zu tun. Und in dem Punkt habe ich einen Fehler gemacht. Ich habe alles mit Genf in Verbindung gebracht. Und das war falsch; das ist ein völlig separater Vorgang.«

»Ich habe doch versucht, dir das klarzumachen«, sagte Helden.

»Ich habe es nicht begriffen. Aber dann mußt du auch bedenken, daß bis vor wenigen Wochen noch niemand auf mich geschossen oder versucht hat, mich zu vergiften oder mir ein Messer in den Leib zu rennen. Solche Dinge bringen einen durcheinander, hindern einen am klaren Denken. Mir geht es wenigstens so.«

»Johann ist ein Mensch mit vielen Interessen, Noel«, sagte sie. »Er kann sehr charmant sein, sehr nett, aber er kann auch schweigsam sein. Das ist ein Teil seiner Persönlichkeit. Er hat ein seltsames Leben gelebt. Manchmal wirkt er so unstet auf mich. Er hetzt von einem Ort zum nächsten, von einer Sache zur anderen, macht alles, was er tut, mit Elan und hinterläßt überall seine Spuren, ohne jemals zu wollen, daß man ihn daran erkennt.«

»›Er ist hier, er ist dort, er ist überall.‹ Das klingt ja gerade wie eine Gestalt aus einem der klassischen Abenteuerromane. Mir fallen da Geschichten wie *Das scharlachrote Siegel* ein.«

»Genau. Es kann durchaus sein, daß Johann dir nicht sagt, was in Rio geschehen ist.«

»Das muß er. Ich muß es wissen.«

»Da es nichts mit Genf zu tun hat, ist er da vielleicht anderer Ansicht.«

»Dann werde ich versuchen, ihn zu überzeugen. Wir *müssen* herausfinden, wie gefährdet er ist.«

»Nehmen wir einmal an, er sei wirklich gefährdet. Was geschieht dann weiter?«

»Das würde ihn für Genf disqualifizieren. Wir wissen, daß er jemanden getötet hat. Du selbst hast gehört, wie ein Mann – ein wohlhabender, einflußreicher Mann, dachtest du – sagte, er wünsche, dein Bruder werde wegen Mordes gehenkt. *Ich* weiß, daß er sich mit Graff angelegt hat, und das bedeutet: mit der ODESSA. Er mußte fliehen. Er hat dich und deine Schwester mitgenommen, aber geflohen ist er, um *sein* Leben zu retten. Er ist in eine Menge Schwierigkeiten verwikkelt; Leute sind hinter ihm her, und die Vermutung liegt doch nicht fern, daß man ihn erpressen könnte. Und das könnte Genf ins Wanken bringen; alles zunichte machen.«

»Müssen die Bankiers es erfahren?« fragte Helden.

Noel berührte ihre Wange, zwang sie, ihn anzusehen. »Ich müßte es ihnen sagen. Es geht hier um siebenhundertundachtzig Millionen Dollar; um drei Männer, die etwas Außergewöhnliches getan haben. Das war ihre geschichtliche Tat; das glaube ich wirklich. Wenn dein Bruder das gefährdet oder auch nur zum Anlaß würde, daß man das Geld mißbraucht, dann ist es vielleicht besser, daß diese Millionen verwahrt bleiben für die nächste Generation. Aber es braucht nicht so zu sein. Nach dem Vertrag bist du diejenige, die den Willen von Tiebolts erfüllen soll.«

Helden sah ihn an. Er las die Entschlossenheit in ihren Augen. »Das kann ich nicht akzeptieren, Noel. Es muß Johann sein. Nicht nur, weil er viel besser qualifiziert ist als ich, sondern auch, weil er es verdient. Das darf ich ihm nicht wegnehmen.«

»Und ich darf es ihm nicht geben. Nicht, wenn er den Vertrag gefährden könnte. Aber lassen wir das, bis ich mit ihm gesprochen habe.«

Sie sah ihn musternd an; er wurde verlegen. Jetzt nahm sie seine Hand von ihrer Wange und hielt sie fest. »Die Pflichterfüllung geht dir über alles, nicht wahr?«

»Nicht unbedingt. Ich bin nur zornig. Mich widert die Korruption in den höchsten Kreisen der Finanz an. In meinem Land hat es davon eine ganze Menge gegeben.«

»›In den höchsten Kreisen der Finanz‹?«

»Das ist eine Formulierung, die mein Vater in seinem Brief an mich gebraucht hat.«

»Das ist seltsam«, sagte Helden.

»Was ist seltsam?«

»Du hast ihn immer Clausen genannt, oder Heinrich Clausen. Förmlich und sehr distanziert.«

Holcroft nickte, ihre Bemerkung traf zu. »Das ist komisch, denn ich weiß jetzt auch nicht mehr über ihn als vorher. Aber man hat ihn mir beschrieben. Wie er aussah, wie er redete, wie die Leute auf ihn hörten und wie er auf sie wirkte.«

»Dann weißt du mehr über ihn.«

»Genaugenommen nicht. Nur Eindrücke. Noch dazu die Eindrücke eines Kindes. Aber in gewissem Maße glaube ich, daß ich ihn gefunden habe.«

»Wann haben dir deine Eltern von ihm erzählt?«

»Nicht meine Eltern, nicht mein... Stiefvater, nur Althene. Das war ein paar Wochen nach meinem fünfundzwanzigsten Geburtstag. Ich arbeitete damals schon in meinem Beruf.«

»Deinem Beruf?«

»Ich bin Architekt, erinnerst du dich nicht mehr? Ich hab' es fast selbst schon vergessen.«

»Deine Mutter hat gewartet, bis du fünfundzwanzig warst, ehe sie es dir sagte?«

»Sie hatte recht. Ich glaube nicht, daß ich es früher hätte verarbeiten können. Du lieber Gott. Noel Holcroft, amerikanischer Musterknabe. Hot dogs und Pommes frites, das Shea-Stadium und das Baseballteam der Mets, das College; und Freunde, deren Väter als Soldaten im großen Krieg waren und ihn, jeder auf seine eigene Art, gewannen. Und da sagt man diesem Burschen, daß sein richtiger Vater einer von diesen harten, glatten Sadisten ist, die sie in den Kriegsfilmen gezeigt haben. Herrgott, das hätte der Junge doch nicht ertragen.«

»Warum hat sie es dir dann überhaupt gesagt?«

»Weil ja immerhin die Möglichkeit bestand, daß ich es einmal sonstwie erfahre. Das wollte sie nicht. Sie glaubte nicht, daß es dazu käme. Sie und Dick hatten die Spuren verwischt und meine Geburtsurkunde vernichtet. Aber es gab noch eine Geburtsurkunde. In Berlin. ›Clausen, männliches Kind. Mutter – Althene. Vater – Heinrich.‹ Und es gab Leute, die wußten, daß sie ihn verlassen hatte, daß sie Deutschland verlassen hatte. Sie wollte, daß ich darauf vorbereitet wäre, wenn es je herauskäme, wenn irgend jemand aus irgendeinem Grund sich je erinnerte und versuchte, mit diesem Wissen etwas anzufangen. Vorbereitet darauf übrigens, es abzuleugnen. Zu sagen, daß es da ein anderes Kind gegeben habe – das im Haus nie erwähnt wurde –, das noch im Säuglingsalter in England gestorben war.«

»Und das heißt, daß es noch eine Urkunde gab. Einen Totenschein.«

»Ja. Irgendwo in London zu den Akten gelegt.«

Helden lehnte sich zurück. »Dann sind wir beide einander doch nicht so unähnlich. Unser Leben ist voll von falschen Papieren. Was für ein Luxus es doch sein muß, nicht so zu leben.«

»Mir bedeuten Papiere nicht viel. Ich habe nie jemand wegen seiner Papiere eingestellt und nie jemand gefeuert, weil jemand anders mir welche zuspielte.« Noel leerte sein

Glas. »Ich stelle die Fragen selbst. Und deinem Bruder werde ich morgen ein paar sehr unangenehme Fragen stellen müssen. Hoffentlich hat er darauf die Antworten, die ich hören will.«

»Das hoffe ich auch.«

Er lehnte sich zu ihr hinüber, so daß ihre Schultern sich berührten. »Liebst du mich ein bißchen?«

»Mehr als nur ein bißchen.«

»Bleib heut nacht bei mir.«

»Das habe ich vor. In deinem Hotel?«

»Nicht in der Rue Chevall. Dieser Mr. Fresca, den wir neulich abends erfunden haben, ist in ein besseres Quartier gezogen. Weißt du, ich habe nämlich auch ein paar Freunde in Paris. Einer ist stellvertretender Direktor im George Cinq.«

»Wie extravagant.«

»Aber zulässig. Du bist eine ganz besondere Frau, und wir wissen nicht, was passieren wird, ab morgen, meine ich. Übrigens, weshalb konnten wir nicht nach Argenteuil fahren? Das wolltest du mir noch erklären.«

»Man hat uns dort gesehen.«

»Was? Wer?«

»Ein Mann hat uns gesehen – dich, genaugenommen. Wir kennen seinen Namen nicht, aber wir wissen, daß er von der Interpol kam. Wir haben dort jemanden. Die Pariser Polizei hat deine Beschreibung ausgegeben. Und man sucht dich von New York aus. Ein Polizeibeamter namens Miles.«

28.

John Tennyson verließ die überfüllte Ankunftshalle des Flughafens von Heathrow und ging auf eine schwarze Jaguar-Limousine zu, die am Randstein auf ihn wartete. Der Fahrer rauchte eine Zigarette und las in einem Buch. Als er den blonden Mann auf sich zukommen sah, stieg er aus.

»Good afternoon, Mr. Tennyson«, sagte der Mann mit dem kehligen Akzent eines Walisers.

»Warten Sie schon lange?« fragte Tennyson ohne besonderes Interesse.

»Nicht sehr«, antwortete der Fahrer und nahm Tennysons Aktenkoffer und seine Reisetasche entgegen. »Ich nehme an, Sie wollen fahren.«

»Ja, ich lasse Sie irgendwo unterwegs aussteigen, wo Sie ein Taxi finden können.«

»Ich kann mir hier eines besorgen.«

»Nein, ich möchte ein paar Minuten mit Ihnen sprechen.«

Tennyson setzte sich hinters Steuer; der Waliser öffnete die hintere Tür und legte das Gepäck auf den Rücksitz. Binnen kurzem hatten sie den Flughafen hinter sich gelassen und rollten auf der Straße nach London.

»Hatten Sie eine gute Reise?« fragte der Waliser.

»Sehr viel zu tun.«

»Ich habe Ihren Artikel über Bahrain gelesen. Höchst amüsant.«

»Bahrain ist amüsant. Die indischen Ladenbesitzer sind die einzigen Wirtschaftsfachleute auf den Inseln.«

»Aber Sie waren nett zu den Scheichs.«

»Die waren nett zu mir. Was gibt es Neues aus dem Mittelmeerraum? Sind Sie mit Ihrem Bruder auf Beaumonts Schiff in Verbindung geblieben?«

»Die ganze Zeit. Wir benutzen ein Funktelefon von Cap Camarat aus. Alles läuft nach Plan. Auf den Piers ging das Gerücht, der Commander sei mit einer Frau von Saint-Tropez aus mit einem kleinen Boot hinausgefahren. Und seit achtundvierzig Stunden hat man weder von dem Boot noch von den beiden gehört, und draußen auf See herrschte unruhiges Wetter. Mein Bruder wird den Vorgang morgen zur Meldung bringen. Er wird natürlich das Kommando übernehmen.«

»Natürlich. Dann läuft alles gut. Man wird Beaumont für tot erklären. Ein Unfall bei schlechtem Wetter. Niemand wird Fragen stellen.«

»Sie wollen mir nicht sagen, was tatsächlich passiert ist?«

»Nicht mit Einzelheiten; was Sie nicht wissen, kann Ihnen nicht gefährlich werden. Aber im wesentlichen läuft es darauf hinaus, daß Beaumont sich übernommen hat. Er ist von den falschen Leuten an den falschen Orten gesehen worden. Das hat zu Spekulationen geführt, daß unser hervorragender Offizier tatsächlich Verbindungen zur ODESSA hatte.«

Der Gesichtsausdruck des Walisers ließ seinen Zorn erkennen. »Das ist gefährlich. Der verdammte Narr.«

»Da ist etwas, was ich Ihnen sagen muß«, sagte Tennyson. »Es ist fast soweit.«

Der Mann aus Wales war beeindruckt. »Dann ist es geschehen?«

»Binnen zwei Wochen, möchte ich meinen.«

»Ich kann es einfach nicht glauben!«

»Warum?« fragte Tennyson. »Alles läuft planmäßig. Zeit, die Telegramme abzuschicken. Überallhin.«

»Überallhin«, wiederholte der Mann.

»Der Code lautet ›Wolfsschanze‹.«

»Wolfsschanze? ... O Gott; es ist soweit!«

»Ja. Stellen Sie eine endgültige Liste mit den Distriktsführern zusammen, natürlich nur in einem Exemplar. Nehmen Sie sich sämtliche Mikrofilmakten vor – Land für Land, Stadt für Stadt, jede politische Verbindung – und verwahren Sie sie in einer Stahlkassette. Bringen Sie mir die Kassette persönlich, die Kassette mit der Liste der Herrenmenschen, und zwar heute in einer Woche. Am Mittwoch. Wir treffen uns auf der Straße vor meiner Wohnung in Kensington. Acht Uhr abends.«

»Heute in einer Woche, Mittwoch, acht Uhr. Mit der Kassette.«

»Und mit der Liste der Führer.«

»Natürlich.« Der Mann aus Wales biß sich auf die Fingerknöchel. »Jetzt ist es wirklich soweit«, flüsterte er.

»Es gibt noch ein kleines Problem, aber damit werden wir fertig.«

»Kann ich helfen? Ich tue alles.«

»Das weiß ich, Ian. Sie sind einer der Besten. Ich sage es Ihnen nächste Woche.«

»*Alles.*«

»Natürlich.« Tennyson bremste den Jaguar vor einer Ausfahrt ab. »Ich würde Sie nach London fahren, aber ich muß nach Margate. Es ist äußerst wichtig, daß ich schnell dorthin komme.«

»Machen Sie sich meinetwegen keine Gedanken. Sie müssen jetzt ganz anderes im Kopf haben!« Ian musterte Tennysons Gesicht, die scharfen Züge voller Kraft und Verheißung. »Dabei sein; privilegiert, von Anfang an alles mitzuerleben. Die Wiedergeburt. Dafür würde ich jedes Opfer bringen.«

Der blonde Mann lächelte. »Danke«, sagte er.

»Lassen Sie mich irgendwo raus. Ich finde schon ein Taxi... Ich wußte gar nicht, daß wir Leute in Margate haben.«

»Wir haben überall Leute«, sagte Tennyson und hielt an.

Tennyson raste die vertraute Straße nach Portsea hinunter. Er würde Gretchens Haus vor acht Uhr erreichen, und so sollte es sein; sie erwartete ihn um neun. So konnte er sich vergewissern, daß sie keinen Besuch hatte, keine freundlichen männlichen Nachbarn, die vielleicht auf einen Drink vorbeigekommen waren.

Der blonde Mann lächelte. Selbst Mitte der Vierzig zog seine Schwester noch Männer an, wie die sprichwörtliche Flamme die Motten; nur daß Gretchen ihren Sex einzig auf Befehl einsetzte, und dann wie eine tödliche Waffe mit allem Vorbedacht.

Tennyson bereitete das, was er tun mußte, keine Freude, aber er wußte, daß er keine Wahl hatte. Es galt, alle Fäden, die nach Genf führten, abzuschneiden, und seine Schwester war ein solcher Faden, so wie Anthony Beaumont einer gewesen war. Gretchen wußte einfach zu viel; die Feinde der Wolfsschanze konnten sie durch die Mangel drehen – und würden das auch.

Dreierlei war der Abwehr unbekannt: der Zeitplan, die Methoden zur Verteilung der Millionen, die Namenslisten. Gretchen kannte den Zeitplan; sie war mit den Verteilungsmethoden vertraut, und da die Methoden mit den Empfängern überall auf der Welt zusammenhingen, kannte sie auch die Namenslisten nur zu gut.

Seine Schwester mußte sterben.

So wie der Mann aus Wales das Opfer bringen mußte, von dem er so edelmütig gesprochen hatte. Sobald er die Kassette und die Liste der Herrenmenschen übergeben hatte, hätte der Mann aus Wales seine Schuldigkeit getan. Er wäre dann nur noch im Weg; denn mit Ausnahme der Söhne von Erich Kessler und von Wilhelm von Tiebolt würde kein Lebender mehr die Namenslisten zu Gesicht bekommen. Tausende Namen in jedem Land, die wahren Erben der Wolfsschanze, die vollkommene Rasse, die *Sonnenkinder*.

PORTESA – 15 M

Der blonde Mann trat das Gaspedal durch; der Jaguar schoß dahin.

»Dann ist es endlich soweit«, sagte Gretchen Beaumont, die neben Tennyson auf der weichen Ledercouch saß. Ihre Hand liebkoste sein Gesicht, und ihre Finger strichen über seine Lippen und erregten ihn, wie sie ihn stets, seit sie Kinder gewesen waren, hatte erregen können. »Und du bist so schön. Es gibt keinen anderen Mann wie dich; es wird nie einen geben.«

Sie beugte sich vor, und ihre aufgeknöpfte Bluse legte ihre Brüste frei, lud zu Liebkosungen ein. Ihr Mund preßte sich auf den seinen, und sie stöhnte in jener kehligen Art, die ihn so wild machte.

Diesmal durfte er nicht schwach werden. Aber wenn er doch schwach werden sollte, dann wäre es nichts als der letzte Akt eines geheimen Rituals, das ihn nie belastet und ihm zugleich andere Bindungen erspart hatte... seit seiner Kindheit. Er hielt ihre Schultern fest und schob sie auf die Couch zurück.

»Es ist soweit«, sagte er. »Ich muß, solange meine Gedanken noch klar sind, alles erfahren, was geschehen ist. Wir haben eine Menge Zeit. Ich werde gegen sechs Uhr früh nach Heathrow fahren und dort die erste Maschine nach Paris nehmen. Aber jetzt – ist da irgend etwas, was du vergessen hast, mir über den Amerikaner zu sagen? Bist du sicher, daß er nie eine Verbindung zwischen dir und New York hergestellt hat?«

»Keinen Augenblick. Es war bekannt, daß die Frau, die gegenüber seiner Wohnung gelebt hatte, heftig rauchte. Ich rauche nicht, und ich habe dafür gesorgt, daß ihm das auffiel, als er hier war. Außerdem machte ich ihm klar, daß ich seit Wochen nirgendwo gewesen bin. Wenn er daran gezweifelt hätte, dann hätte ich das auch beweisen können.«

»Also hatte er, als er ging, keine Ahnung, daß die höchst erotische ungetreue Ehefrau, mit der er im Bett lag, die Frau in New York war.«

»Natürlich nicht. Und er ging auch nicht einfach weg«, sagte Gretchen und lachte. »Er floh. Verwirrt und in Panik und überzeugt davon, daß ich nicht richtig tickte – so wie wir es geplant hatten –, womit die Wahl für Genf automatisch auf dich fiel.« Sie hörte auf zu lachen. »Außerdem ist er mit Tonys Foto abgehauen, was wir nicht einkalkuliert hatten. Du wirst es zurückbekommen, nehme ich an.«

Tennyson nickte. »Ja.«

»Was wirst du ihm sagen?«

»Holcroft vermutet, daß Beaumont ein ODESSA-Agent war; daß ich mit Graff Ärger bekommen hatte und aus Brasilien fliehen mußte, um nicht erschossen zu werden. Das hat er Kessler gesagt. Aber er ist sich keineswegs sicher, was in Rio geschah, nur daß ich jemanden umgebracht habe; und das beunruhigt ihn.« Tennyson lächelte. »Ich werde auf seinen Vermutungen aufbauen. Ich werde mir irgend etwas Verblüffendes einfallen lassen, etwas, das ihn schockiert und überzeugt, daß ich heiliger als Johannes der Täufer bin. Und ich werde natürlich dankbar dafür sein, daß unser Partner uns den schrecklichen Beaumont aus dem Wege geräumt hat.«

Gretchen nahm seine Hand und preßte sie zwischen ihre Beine, rieb ihre Strümpfe an ihr auf und ab.

»Du bist nicht nur schön, du bist brillant.«

»Und dann drehe ich den Spieß um und gebe ihm das Gefühl, jetzt müsse *er* mich davon überzeugen, daß er Genf würdig sei. Er wird es sein, der seinen Anteil an dem Vertrag rechtfertigen muß. Es ist psychologisch äußerst wichtig, daß er in diese Lage gebracht wird. Seine Abhängigkeit von mir muß wachsen.«

Gretchen preßte seine Hand zwischen ihren Beinen fest und hielt sein Handgelenk – ein schneller, ungemein erotischer Griff.

»Du kannst mich mit Worten erregen, aber das weißt du, nicht wahr?«

»Gleich, meine Liebe... meine einzige Liebe. Wir müssen noch reden.« Tennyson grub die Finger in das Bein seiner Schwester. Sie stöhnte. »Natürlich weiß ich, wenn ich mit Helden gesprochen habe, besser, was genau ich sagen muß.«

»Du siehst sie also, ehe du dich mit Holcroft triffst?«

»Ja. Ich ruf sie an und sag ihr, daß ich sie sofort sprechen müsse. Zum erstenmal in ihrem Leben wird sie an mir Selbstzweifel erleben, das verzweifelte Bedürfnis, davon überzeugt zu werden, daß das, was ich tue, richtig ist.«

»Wiederum brillant.« Sie zog seine Hand zwischen ihren Beinen heraus und legte sie unter ihre Brust. »Läuft unser kleines Schwesterchen immer noch mit dem ganzen Treibgut herum? Den selbsternannten *Verfluchten Kindern* mit ihren Bärten und den ungepflegten Zähnen?«

»Natürlich. Sie lebt von dem Gefühl, daß man sie braucht. Das war immer ihre Schwäche.«

»Sie ist auch nicht im Reich geboren.«

Tennyson lachte spöttisch. »Um dieses Bedürfnis zu befriedigen, ist sie sogar zu so was wie 'nem Kindermädchen geworden. Sie lebt im Hause des Obersten und sorgt für den Krüppel. Sie wechselt jeden Abend zweimal den Wagen, um nicht die Mörder der RACHE und der ODESSA zu ihm zu führen.«

»Von denen die eine oder andere Gruppe sie eines Tages umbringen dürfte«, sinnierte Gretchen. »Darüber müssen wir nachdenken. Bald nachdem die Bank das Konto freigegeben hat, wird sie sterben müssen. Sie ist nicht dumm, Johann. Ein weiterer Mord, den man der RACHE anlasten wird. Oder der ODESSA.«

»Das ist mir auch schon durch den Kopf gegangen ... Weil wir gerade von Mord sprechen: hat Holcroft, als er hier war, Peter Baldwin erwähnt?«

»Mit keinem Wort. Ich habe auch nicht damit gerechnet, nicht, wenn ich meine Rolle richtig gespielt habe. Ich war einfach eine labile, frustrierte Ehefrau. Er wollte mir keine Angst machen; und er wollte mir auch keine Informationen geben, die für Genf gefährlich wären.«

Tennyson nickte; sie hatten das alles richtig vorausberechnet. »Wie hat er reagiert, als du von mir gesprochen hast?«

»Ich habe ihm sehr wenig Zeit zum Reagieren gelassen«, sagte Gretchen. »Ich sagte ihm einfach, daß du für die von Tiebolts sprechen wirst. Warum hat Baldwin versucht, ihn in New York aufzuhalten? Weißt du das?«

»Ich habe es mir zusammengereimt. Baldwin arbeitete von Prag aus, ein MI-6er, von dem viele sagten, daß seine Loyalität immer dem galt, der ihm das höchste Angebot machte. Er hat jedem Informationen verkauft, bis seine eigenen Leute mißtrauisch wurden. Sie haben ihn gefeuert, aber keine Anklage gegen ihn erhoben, weil sie ihrer Sache nicht sicher waren; er hatte in der Vergangenheit als Doppelagent gearbeitet und benutzte das als Tarnung. Er schwor, daß er dabei sei, ein Doppelagentennetz aufzubauen. Außerdem kannte er den Namen jedes einzelnen britischen Kontaktmannes in Mitteleuropa und hat seinen Vorgesetzten offensichtlich damit gedroht, er würde, falls ihm etwas zustoßen sollte, dafür sorgen, daß diese Namen bekannt würden. Er beharrte auf seiner Unschuld und sagte, man bestrafe ihn dafür, daß er seine Arbeit so gut tue.«

»Was hat das mit Holcroft zu tun?«

»Um das zu verstehen, mußt du Baldwin so sehen, wie er war. Er war gut; seine Quellen waren die besten, die es gab. Außerdem war er auf Kurierarbeit spezialisiert; ihm entging nichts. Als er in Prag war, hörte er Gerüchte, daß in Genf ein großes Vermögen verwahrt würde. Nazibeute. Das Gerücht war nicht ungewöhnlich, solche Geschichten sind seit dem Fall von Berlin im Umlauf. Das einzig Besondere an diesem Gerücht war, daß Clausens Name erwähnt wurde. Wieder nicht gerade verblüffend. Clausen war das Finanzgenie des Reichs. Aber Baldwin hat alles bis in die letzte Einzelheit überprüft; so arbeitete er immer.«

»Er hat in den Kurierarchiven nachgesehen«, unterbrach Gretchen.

»Ja, wobei er sich auf das Finanzministerium konzentrierte. Hunderte von Reisen hatten stattgefunden, wobei Manfredi in -zig Fällen der Anlaufpartner war. Sobald er einmal Manfredis Namen hatte, war der Rest eine reine Geduldsfrage –

und eine Frage von geschickt innerhalb der Bank verteilter Gelder. Seine Chance kam, als er hörte, daß Manfredi mit einem bislang unbekannten Amerikaner namens Holcroft ein Zusammentreffen arrangierte. *Warum?* Er studierte Holcroft und fand die Mutter.«

»Sie war die Schlüsselfigur in Manfredis Plan«, unterbrach ihn Gretchen erneut.

»Von Anfang an«, nickte Tennyson. »Er überzeugte Clausen, daß sie Deutschland verlassen mußte. Sie hatte eigenes Geld und verkehrte in wohlhabenden Kreisen. Es war klar, daß sie uns in Amerika viel Nutzen bringen konnte. Clausen brachte sie dazu, daß sie das schließlich akzeptierte, aber im wesentlichen war sie ein Geschöpf Manfredis.«

»Unter der wohlwollenden Maske dieses Zwerges«, sagte Gretchen, »steckte ein Machiavelli.«

»Ohne seine freundliche Unschuld wäre er damit kaum durchgekommen. Aber Machiavelli ist nicht die richtige Parallele. Manfredi ging es einzig und allein ums Geld; das war die einzige Macht, die er sich wünschte. Er wollte die Agentur in Zürich in die Hand bekommen; deshalb haben wir ihn getötet.«

»Wieviel hat Baldwin herausgebracht?«

»Genau werden wir das nie wissen. Auf jeden Fall sollte das seine Rechtfertigung gegenüber dem britischen Geheimdienst sein. Siehst du, er war gar kein Doppelagent. Er war genau das, was er zu sein behauptete: der tüchtige Mann von MI-6 in Prag.«

»Und ist er an Manfredi herangekommen?«

»O ja. Sonst hätte er von dem Treffen in Genf nichts gewußt. Er ist nur etwas zu spät gekommen, das ist alles.« Der blonde Mann lächelte. »Ich kann mir die Begegnung der beiden gut vorstellen; zwei Profis, die einander umkreisen; der eine darauf erpicht, Informationen ans Licht zu ziehen, der andere ebenso erpicht, sie um jeden Preis für sich zu behalten, denn die Situation, das mußte ihm klar sein, konnte zu einer Katastrophe führen. Es müssen dann wohl gewisse Vereinbarungen getroffen worden sein, und Manfredi hat, was ganz typisch für ihn ist, sein Wort gebrochen, das Zusammentreffen mit Holcroft etwas vorgezogen und uns dann auf

Baldwin angesetzt. Er hat alles bedacht. Wenn man deinen Mann dabei ertappen würde, wie er Peter Baldwin tötet, würde es keine Verbindung zu Ernst Manfredi geben. Er war ein Mann, den man respektierte. Er hätte es schaffen können.«

»Aber nicht gegen Johann von Tiebolt«, sagte Gretchen und drückte seine Hand unter ihrer Brust fest und schob sie nach oben. »Übrigens, ich habe von Graff aus Rio wieder eine Code-Mitteilung bekommen. Er ist schon wieder verärgert. Er sagt, man halte ihn nicht auf dem laufenden.«

»Der wird allmählich auch immer seniler. Auch er hat seinen Zweck erfüllt. Das Alter macht ihn unvorsichtig; der hätte gerade jetzt besser keine Nachrichten nach England geschickt. Ich fürchte, der Augenblick für *unsere Freunde* in Brasilien ist da.«

»Du willst ihn erledigen lassen?«

»Morgen früh. Noch ein Arm der gehaßten ODESSA amputiert. Er hat mich zu gut ausgebildet.« Tennyson beugte sich vor, wobei seine Hand die Brust seiner Schwester umfaßte. »Ich glaube, jetzt sind wir mit Reden fertig. Mit dir zu sprechen macht meine Gedanken frei, jedesmal wieder. Ich wüßte nicht, was ich sonst noch sagen oder was ich dich fragen sollte.«

»Dann stell lieber deine Forderungen. Es ist schon so lange her, es muß dich doch einfach zerreißen. Ich werde mich um dich kümmern, so wie ich das immer getan habe.«

»Seit wir Kinder waren«, sagte Tennyson, und sein Mund preßte sich auf den ihren, während ihre Hand nach seiner Hose griff. Sie zitterten beide.

Gretchen lag nackt neben ihm. Ihr Atem ging regelmäßig, ihr Körper war ausgepumpt und befriedigt. Der blonde Mann hob die Hand und sah auf das Leuchtzifferblatt seiner Uhr. Es war halb drei Uhr früh. Zeit, das Schreckliche zu tun, das der Vertrag der Wolfsschanze von ihm forderte. Alle Spuren, die nach Genf führten, mußten getilgt werden.

Er griff über die Bettkante nach seinen Schuhen. Er hob einen auf, spürte in der Dunkelheit mit den Fingern den Absatz. In seiner Mitte war eine kleine Metallscheibe. Er drückte sie nieder, drehte sie nach links, bis eine Feder aufschnappte. Er legte die Scheibe auf den Nachttisch und drehte den Schuh dann zur Seite und holte eine fünfundzwanzig Zentimeter lange, in einer winzigen Röhre verborgene Stahlnadel heraus, die vom Absatz durch die Sohle führte. Die Nadel war flexibel, aber unzerbrechlich. Wenn man sie richtig zwischen der vierten und fünften Rippe einschob, konnte man mit ihr das Herz durchbohren, wobei eine so winzige Spur zurückblieb, daß man sie selbst bei einer Autopsie kaum entdecken konnte.

Er hielt die Nadel vorsichtig zwischen Daumen und Zeigefinger der rechten Hand und griff mit der linken nach seiner Schwester. Er berührte ihre rechte Brust und dann ihre nackte Schulter. Sie schlug die Augen auf. »Du bist unersättlich«, flüsterte sie und lächelte.

»Nur mit dir.« Er zog sie an sich, bis ihr Fleisch sich berührte. »Du bist meine einzige Liebe«, sagte er, und sein rechter Arm glitt hinter sie und schwebte ein paar Zentimeter über ihrer Wirbelsäule. Dann drehte er sein Handgelenk nach innen; die Nadel war jetzt bereit. Er stieß zu.

Die Landstraßen und Feldwege waren verwirrend, aber Tennyson hatte sich die Route gut eingeprägt. Er kannte den Weg zu der versteckten Hütte, wo der geheimnisvolle Oberst hauste, jener Verräter am Reich. Selbst der Titel ›Oberst‹ war eine Ironie. Der Verräter war kein Oberst, er war Generalstabsoffizier des Heeres gewesen, General Klaus Falkenheim, einstmals an entscheidender Stelle im Oberkommando der Wehrmacht. Seine Kollegen und selbst der Führer hatten ihn mit Lorbeeren überhäuft. Und die ganze Zeit hatte in jener glänzenden hohlen Schale nur ein Schakal gelebt.

Herrgott, wie Johann von Tiebolt doch den verkommenen Lügner haßte, der sich Oberst nannte! Aber John Tennyson würde diesen Abscheu nicht zeigen. Im Gegenteil, Tennyson würde dem alten Mann schmeicheln, Ehrfurcht und Respekt vorspielen. Denn wenn es einen sicheren Weg gab, die unbedingte Unterstützung seiner jüngeren Schwester zu bekommen, so war das Hochachtung, ja Unterwürfigkeit dem Oberst gegenüber.

Er hatte Helden bei Gallimard angerufen und ihr gesagt, er müsse sie in ihrer Wohnung sprechen. Ja, er wußte, daß sie in dem kleinen Haus des Obersten lebte, und er wußte auch, wo dieses Haus war.

»Ich bin jetzt Zeitungsreporter. Ich wäre kein guter Vertreter meines Berufes, wenn ich nicht meine Quellen hätte.«

Sie war verblüfft gewesen. Er bestand darauf, sie am frühen Morgen zu treffen, vor dem für nachmittags angesetzten Treffen mit Holcroft. Er würde sich *nicht* mit dem Amerikaner treffen, sofern sie sich nicht bereit erklärte, ihn vorher zu sehen. Vielleicht könnte der Herr Oberst mithelfen, die Situation zu klären. Vielleicht wäre der alte Herr in der Lage, seine jähen Befürchtungen zu zerstreuen.

Er erreichte den Feldweg, der durch das hochgewachsene Gras in das kleine Wäldchen führte, das den Oberst vor neugierigen Augen schützte. Drei Minuten später hielt er vor dem Weg zur Hütte an. Die Türe öffnete sich; Helden kam heraus, um ihn zu begrüßen. Wie reizend sie aussah, wie sehr sie doch Gretchen glich.

Sie tauschten eine geschwisterliche Umarmung, beide drängte es, das Gespräch mit dem Oberst bald zu beginnen. Heldens Augen ließen ihre Verblüffung erkennen. Sie führte ihn in das kleine, spartanisch ausgestattete Haus. Der Oberst stand am offenen Kamin. Helden machte die beiden Männer miteinander bekannt.

»Dies ist ein Augenblick, den ich mein ganzes Leben lang nicht vergessen werde«, sagte Tennyson. »Sie haben sich die Dankbarkeit der Deutschen auf der ganzen Welt verdient. Wenn ich Ihnen je zu Diensten sein kann, dann sagen Sie es Helden. Ich werde tun, was auch immer Sie verlangen.«

»Sie sind zu freundlich, Herr von Tiebolt«, erwiderte der alte Mann. »Aber nach dem, was Ihre Schwester mir gesagt hat, sind Sie es, der etwas von mir haben möchte. Und ich kann mir nicht vorstellen, was das ist. Wie kann ich Ihnen helfen?«

»Mein Problem ist der Amerikaner. Dieser Holcroft.«

»Was ist mit ihm?« fragte Helden.

»Vor dreißig Jahren ist etwas Großartiges getan worden, drei außergewöhnliche Männer haben eine unglaubliche Tat vollbracht, um Wiedergutmachung für all das Leid zu leisten, das Schlächter und Verrückte der Welt angetan haben. Infolge von Umständen, die zu dem Zeitpunkt richtig erschienen, wählte man sich Holcroft als Schlüsselperson in der Verteilung von Millionen in der ganzen Welt aus. Man hat mich jetzt aufgefordert, mich mit ihm zu treffen, mit ihm zusammenzuarbeiten...« Tennyson hielt inne, als fehlten ihm die Worte.

»Und?« Der Oberst trat einen Schritt vor.

»Ich vertraue ihm nicht«, sagte der blonde Mann. »Er hat sich mit Nazis getroffen. Mit Männern, die uns töten würden, Helden. Mit Männern wie Maurice Graff in Brasilien.«

»Was sagst du da?«

»Daß Holcroft ein Nazi ist!«

Heldens Gesicht war vom Schock gezeichnet, und in ihren Augen mischten sich Zorn und Unglauben. »Das ist absurd! Johann, das ist verrückt!«

»Ist es das? Das glaube ich nicht.«

Noel wartete, bis Helden zur Arbeit gegangen war, ehe er das Telefongespräch mit Miles in New York anmeldete. Sie hatten eine Nacht voll Liebe und Zärtlichkeit miteinander verbracht. Er mußte sie überzeugen, daß sie beieinander bleiben sollten, es gab kein vorbestimmtes Ende für ihr Zusammensein. Er war einfach nicht bereit, ein Ende zu akzeptieren.

Das Telefon klingelte. »Ja, Vermittlung, hier ist Mr. Fresca, der Lieutenant Miles sprechen möchte.«

»Ich dachte mir schon, daß Sie das sein müßten«, sagte der Mann, dessen Stimme für Noel kein Gesicht hatte, das zu ihr paßte. »Hat Interpol Sie erreicht?«

»Mich *erreicht*? Es gibt Männer, die mich verfolgen, wenn Sie das meinen. Ich glaube, man nennt das einen ›Schatten‹. Haben Sie das veranlaßt?«

»Richtig!«

»Sie haben mir zwei Wochen gegeben! Und was, zum Teufel, tun Sie?«

»Ich versuche, Sie zu finden. Ich versuche, Ihnen Informationen zukommen zu lassen, von denen ich glaube, daß Sie sie haben sollten. Sie betreffen Ihre Frau Mutter.«

Noel erschrak zutiefst. »Was ist mit meiner Mutter?«

»Sie ist verschwunden.« Miles hielt inne. »Eines muß man ihr lassen; sie ist verdammt clever. Sie hat das sehr professionell angestellt. Sie war auf dem Weg nach Mexiko. Aber ehe jemand ›Althene Holcroft‹ sagen konnte, war sie eine kleine alte Dame, unterwegs nach Lissabon mit einem neuen Namen und einem neuen Paß, den ihr freundlicherweise Händler in Tulancingo verschafft haben. Unglücklicherweise sind diese Tricks inzwischen veraltet. Wir kennen sie alle.«

»Vielleicht war sie der Ansicht, Sie würden sie belästigen«, sagte Noel ohne viel Überzeugung. »Vielleicht wollte sie einfach weg von Ihnen.«

»Sie wird nicht belästigt. Aber was auch ihre Gründe sein mögen, es wäre gut, wenn sie wüßte, daß diese Pläne noch jemand kennt. Jemand, der es sehr ernst meint.«

»Was wollen Sie damit sagen?«

»Sie ist von einem Mann verfolgt worden, den wir in einer Kartei finden konnten. Seine Papiere waren ebenso gefälscht wie die ihren. Wir haben ihn im Flughafen von Mexiko City festnehmen lassen. Bevor jemand ihn verhören konnte, hatte er sich eine Zyankalikapsel in den Mund gesteckt.«

29.

Als Treffpunkt verabredeten sie eine leerstehende Wohnung auf dem Montmartre, im obersten Stockwerk eines alten Hauses, dessen Besitzer, ein Künstler, sich gerade in Italien aufhielt. Helden telefonierte und gab Noel die Adresse und den Zeitpunkt durch. Sie würde dort sein, um ihn mit ihrem Bruder bekannt zu machen, würde aber nicht bleiben.

Noel stieg die Treppe hinauf und klopfte an der Tür. Er hörte eilige Schritte; die Tür öffnete sich; Helden stand in dem engen Vorraum. »Hello, Darling«, sagte sie.

»Hello«, antwortete er etwas verlegen, während sich ihre Lippen berührten, und sein Blick wanderte an ihr vorbei.

»Johann ist auf der Terrasse«, sagte sie und lachte. »Ein Kuß ist in jedem Fall erlaubt. Ich habe ihm gesagt... wie gern ich dich mag.«

»War das notwendig?«

»Seltsamerweise, ja. Ich bin froh, daß ich es gesagt habe. Ich hatte ein gutes Gefühl dabei.« Sie schloß die Tür und hielt seinen Arm fest. »Ich kann das nicht erklären«, sagte sie. »Ich habe meinen Bruder über ein Jahr nicht mehr gesehen. Aber er hat sich verändert. Die Sache in Genf beschäftigt ihn sehr; er wird alles tun, damit sie ein Erfolg wird. Ich habe ihn nie so... oh, ich weiß nicht... so nachdenklich gesehen.«

»Ich habe da noch ein paar Fragen, Helden.«

»Die hat er auch. Was dich angeht.«

»Wirklich?«

»Heute morgen war es schon beinah so weit, daß er sich gar nicht mit dir treffen wollte. Er hatte kein Vertrauen zu dir. Er meinte, jemand habe dich dafür bezahlt, Genf zu verraten.«

»Mich?«

»Denk einmal darüber nach. Er hat von Leuten in Rio erfahren, daß du dich mit Maurice Graff getroffen hast. Von Graff bist du direkt nach London gereist, zu Anthony Beaumont. Du hattest recht, was Beaumont betrifft: er ist ein Mann von ODESSA.« Helden hielt kurz inne. »Er sagte, du... habest die Nacht mit Gretchen verbracht, seist mit ihr ins Bett gegangen.«

»Moment mal«, unterbrach Noel.

»Nein, Darling, es ist nicht wichtig. Ich sagte dir doch, ich kenne meine Schwester. Aber hinter all dem gibt es ein Schema, siehst du das nicht? Für die Leute von ODESSA sind Frauen nur eine Bequemlichkeit. Du warst ein Freund von ODESSA; du hattest eine lange, anstrengende Reise. Es war völlig natürlich, daß man deine Bedürfnisse befriedigte.«

»Das ist barbarisch!«

»So hat Johann es gesehen.«

»Da hat er unrecht.«

»Das weiß er jetzt. Zumindest glaube ich, daß er es weiß. Ich habe ihm erzählt, was dir alles widerfahren ist – was uns widerfahren ist – und wie du beinahe ums Leben gekommen wärst. Er war verblüfft. Vielleicht gibt es immer noch Fragen, die er dir stellen möchte, aber ich glaube, er ist jetzt überzeugt.«

Holcroft schüttelte verwirrt den Kopf. *Nichts ist so, wie es für Sie war ... nichts kann jemals wieder so sein.* Nicht nur, daß nichts mehr so war, es war nicht einmal mehr so, wie es *nicht* zu sein schien. Es gab keine gerade Linie von Punkt A zu Punkt B.

»Bringen wir es hinter uns«, sagte er. »Können wir uns später sehen?«

»Natürlich.«

»Gehst du jetzt zurück in deinen Verlag?«

»Ich war noch gar nicht dort.«

»Ach ja. Du warst mit deinem Bruder zusammen. Du hast gesagt, daß du zur Arbeit gehst, aber in Wirklichkeit warst du bei ihm.«

»Das war eine Notlüge.«

»Alle Lügen sind Notlügen, was?«

»Bitte, Noel. Soll ich dich nachher hier abholen? Sagen wir in zwei Stunden?«

Holcroft überlegte. Er war immer noch damit beschäftigt, die bestürzenden Nachrichten zu verarbeiten, die er von Miles erfahren hatte. Er hatte versucht, Sam Buonoventura in Curaçao zu erreichen, aber Sam war unterwegs gewesen. »Du könntest mir einen Gefallen tun«, sagte er zu Helden. »Ich habe dir von Buonoventura in der Karibik erzählt. Ich habe versucht, ihn vom Hotel aus anzurufen; aber er hat noch nicht zurückgerufen. Wenn du Zeit hast, könntest du dort warten, für den Fall, daß er anruft. Ich würde dich nicht darum bitten, wenn es nicht sehr wichtig wäre. Es ist etwas passiert; ich erzähl es dir später. Kannst du das machen?«

»Sicher. Was soll ich ihm sagen?«

»Er soll ein paar Stunden in der Nähe seines Telefons bleiben. Oder dir eine Nummer nennen, wo ich ihn erreichen kann. Zwischen sechs und acht nach Pariser Zeit. Sag ihm, es sei wichtig.« Noel griff in die Tasche. »Da ist der Schlüssel. Und vergiß nicht, mein Name ist Fresca.«

Helden nahm den Schlüssel und griff dann nach seinem Arm, um ihn ins Atelier zu führen. »Und du vergiß nicht, daß mein Bruder Tennyson heißt. John Tennyson.«

Holcroft sah Tennyson durch die dicken Bleiglasfenster, die den Blick auf die Terrasse freigaben. Er trug einen dunklen Nadelstreifenanzug, keinen Mantel oder Hut. Er stand da, die Hände auf das Geländer gestützt, und blickte auf die Dächer von Paris hinaus. Er war groß und schlank, ein fast zu vollkommener Körper; der Körper eines Athleten. Jetzt drehte er sich halb nach rechts, so daß man sein Gesicht sehen konnte. So ein Gesicht war Noel noch nie vor Augen gekommen. Es wirkte wie das Werk eines Künstlers: mit Zügen, die zu sehr idealisiert waren, als daß sie tatsächlich aus Fleisch und Blut hätten sein können. Und weil das Gesicht völlig makellos war, war es kalt. Es war ein aus Marmor gemeißeltes Gesicht mit glänzendem hellblondem Haar darüber, perfekt geschnitten und gekämmt, zu dem Marmor passend.

Dann sah ihn von Tiebolt-Tennyson durch das Fenster; ihre Augen begegneten sich, und das Bild aus Marmor wurde lebendig. Die Augen des blonden Mannes blickten hellwach und durchdringend. Er stieß sich vom Geländer ab und ging federnd auf die Terrassentür zu.

Er trat ein und streckte Holcroft die Hand hin. »Ich bin der Sohn von Wilhelm von Tiebolt.«

»Ich bin... Noel Holcroft. Mein... Vater war Heinrich Clausen.«

»Ich weiß. Helden hat mir viel von Ihnen erzählt. Sie haben eine Menge durchgemacht.«

»Das haben wir beide«, nickte Holcroft. »Ich meine, Ihre Schwester und ich. Aber wie ich höre, haben Sie auch das Ihre hinter sich.«

»Ja, das ist unglücklicherweise unser Vermächtnis.« Tennyson lächelte. »Es ist nicht gerade erhebend, sich so zu treffen, nicht wahr?«

»Ich habe mich schon wohler gefühlt.«

»Mich hättet ihr wirklich nicht gebraucht«, warf Helden ein. »Ihr wart beide durchaus imstande, euch miteinander bekannt zu machen. Ich gehe jetzt.«

»Das brauchst du nicht«, sagte Tennyson. »Was wir einander zu sagen haben, betrifft, glaube ich, dich.«

»Da bin ich nicht so sicher. Im Augenblick jedenfalls nicht. Außerdem habe ich etwas zu erledigen«, antwortete Helden. Sie ging auf den Vorraum zu. »Ich glaube, es ist schrecklich wichtig – für eine ganze Menge Leute –, daß ihr einander vertraut. Hoffentlich könnt ihr das.« Sie öffnete die Tür und ging hinaus.

Ein paar Augenblicke lang sprach keiner der beiden Männer; jeder blickte auf die Stelle, wo Helden gerade noch gestanden hatte.

»Sie ist etwas ganz Besonderes«, sagte Tennyson. »Ich liebe sie sehr.«

Noel drehte den Kopf herum. »Ich auch.«

Tennyson nahm den Blick und die Worte zur Kenntnis. »Hoffentlich bedeutet das für Sie keine Komplikation.«

»Nein, das nicht, aber für sie ist es vielleicht eine.«

»Ich verstehe.« Tennyson ging ans Fenster und blickte hinaus. »Ich sehe mich nicht in der Lage, Ihnen meinen Segen zu geben – Helden und ich leben jeder sein eigenes Leben –, und selbst wenn ich es könnte, bin ich nicht sicher, daß ich es tun würde.«

»Danke für Ihre Offenheit.«

Der blonde Mann wandte sich ihm zu. »Ja, ich bin offen. Ich kenne Sie nicht. Ich weiß nur, was Helden mir über Sie gesagt hat und was ich selbst erfahren habe. Was sie mir sagt, ist im Grunde das, was Sie ihr gesagt haben, natürlich durch ihre Gefühle gefärbt. Was ich erfahren habe, ist nicht so eindeutig. Es paßt auch nicht ganz zu dem ziemlich enthusiastischen Bild, das sich meine Schwester von Ihnen gemacht hat.«

»Wir haben beide Fragen. Wollen Sie anfangen?«

»Das ist eigentlich nicht so wichtig, oder? Ich habe nur sehr wenige Fragen, und die sind sehr direkt.« Plötzlich klang Tennysons Stimme fast unfreundlich. »Was hatten Sie mit Maurice Graff zu schaffen?«

»Ich dachte, das hätte Helden Ihnen gesagt.«

»Ja, aber eben das, was Sie *ihr* gesagt haben. Jetzt sagen Sie es *mir*. Ich bin ein wenig erfahrener als meine Schwester. Ich akzeptiere Dinge nicht einfach deshalb, weil Sie sie sagen. Ich habe im Laufe der Jahre gelernt, so etwas nicht zu tun. Weshalb haben Sie Graff aufgesucht?«

»Ich habe Sie gesucht.«

»Mich?«

»Nicht speziell Sie. Die von Tiebolts. Informationen über irgendeinen von Ihnen.«

»Weshalb Graff?«

»Man hatte mir seinen Namen genannt.«

»Wer?«

»Ich erinnere mich nicht...«

»Sie *erinnern* sich nicht...? Unter den Tausenden und Abertausenden Namen in Rio de Janeiro ist es *zufälligerweise* der von Maurice Graff, den man Ihnen nebenbei nennt.«

»Aber so war es.«

»Das ist lächerlich.«

»Augenblick.« Noel versuchte, die Folge von Ereignissen zu rekonstruieren, die ihn zu Graff geführt hatte. »Es fing in New York an...«

»*Was* fing an? Graff war in New York?«

»Nein, das Konsulat. Ich war auf dem brasilianischen Konsulat und habe dort mit einem Attaché gesprochen. Ich wollte herausfinden, wie ich es anstellen müßte, eine Familie ausfindig zu machen, die in den vierziger Jahren nach Brasilien eingewandert war. Der Attaché zog aus dem, was ich sagte, den Schluß, daß ich Deutsche suchte. Er hielt mir einen Vortrag über... nun, es gibt dafür einen spanischen Ausdruck. *La otra cara de los alemanes.* Das heißt, die andere Seite der Deutschen; was hinter ihnen steckt.«

»Das ist mir klar. Weiter.«

»Er sagte mir, daß es eine starke, eng miteinander verbundene deutsche Kolonie in Rio gebe, die von ein paar mächtigen Männern geführt werde. Er warnte mich davor, nach einer verschwundenen deutschen Familie zu suchen; er sagte, das könne gefährlich sein. Vielleicht hat er übertrieben, weil ich ihm Ihren Namen nicht nennen wollte.«

»Gott sei Dank haben Sie das nicht getan.«

»Als ich nach Rio kam, konnte ich nichts herausfinden. Selbst die Einwanderungsakten waren geändert worden.«

»Was eine ganze Menge Leute viel gekostet hat«, sagte Tennyson bitter. »Das war unser einziger Schutz.«

»Ich kam nicht weiter. Dann erinnerte ich mich daran, daß der Attaché gesagt hatte, die deutsche Kolonie werde von ein paar mächtigen Männern geleitet. Ich suchte eine deutsche Buchhandlung auf und erkundigte mich bei einem Angestellten nach bestimmten Häusern. Nach großen Villen mit viel

Land. Ich nannte sie ›bayrisch‹, aber er wußte, was ich meinte. Ich bin Architekt und dachte mir –«

»Ich verstehe.« Tennyson nickte. »Große deutsche Anwesen, die einflußreichsten Angehörigen der deutschen Kolonie.«

»Richtig. Der Angestellte hat mir ein paar Namen genannt. Einer davon war jüdisch, der andere war Graff. Er sagte, Graffs Anwesen gehöre zu den eindrucksvollsten von ganz Brasilien.«

»Allerdings.«

»Und das ist alles. Auf die Weise kam ich zu Graff.«

Tennyson stand reglos da, und sein Gesichtsausdruck ließ nicht erkennen, was in ihm vorging. »Das klingt plausibel.«

»Es freut mich, daß Sie so denken«, sagte Noel.

»Ich sagte, das klinge plausibel; ich habe nicht gesagt, daß ich Ihnen glaube.«

»Ich habe keinen Grund, Sie zu belügen.«

»Selbst wenn Sie den hätten, bin ich nicht sicher, daß Sie das Talent dazu haben. Ich verstehe mich sehr gut darauf, Lügner zu durchschauen.«

Noel staunte über diese Aussage. »Das ist praktisch dasselbe, was Helden mir an dem Abend sagte, an dem ich sie kennenlernte.«

»Ich habe sie gut ausgebildet. Lügen ist eine Fertigkeit; man muß sie entwickeln. Sie haben da keine Chance.«

»Was, zum Teufel, wollen Sie damit sagen?«

»Ich meine, daß Sie ein sehr überzeugender Amateur sind. Sie haben Ihre Geschichte gut ausgebaut, aber sie ist nicht hinreichend professionell. Der Grundpfeiler fehlt. Als Architekt verstehen Sie das sicher.«

»Der Teufel soll mich holen, wenn ich das verstehe. Sagen Sie es mir.«

»Mit dem größten Vergnügen. Als Sie Brasilien verließen, kannten Sie den Namen von Tiebolt. Sie treffen in England ein und befinden sich binnen zwölf Stunden in einem Vorort von Portsmouth und sind mit meiner Schwester zusammen, *schlafen* mit meiner Schwester. Sie haben nicht einmal den Namen Tennyson gekannt. Wie hätten Sie da etwas von Beaumont wissen können?«

»Aber ich *kannte* den Namen Tennyson.«

»*Wieso?* Wie haben Sie den bekommen?«

»Das habe ich Helden gesagt. Diese Cararras, Bruder und Schwester, haben mich im Hotel aufgesucht.«

»O ja. Cararra. Ein in Brasilien recht geläufiger Name. Hat dieser Name Ihnen etwas gesagt?«

»Natürlich nicht.«

»Also tauchen diese Cararras aus dem Nichts auf und behaupten, sie seien gute alte Freunde von uns. Aber wie Helden Ihnen ja gesagt hat, wir haben nie von ihnen gehört. Kommen Sie, Mr. Holcroft, da müssen Sie sich schon etwas Besseres einfallen lassen.« Tennysons Stimme wurde lauter. »Graff hat Ihnen Beaumonts Namen gegeben, nicht wahr? ODESSA an ODESSA.«

»Nein! Graff wußte gar nichts. Er glaubt, Sie hielten sich immer noch irgendwo in Brasilien versteckt.«

»Das hat er gesagt?«

»Gesagt nicht, aber angedeutet. Die Cararras haben es bestätigt. Sie erwähnten irgendwelche Siedlungen im Süden – ›Catarinas‹ oder so ähnlich. Eine Bergregion, die von Deutschen erschlossen wurde.«

»Sie haben Ihre Hausaufgaben gut gemacht. Die Santa Catarinas sind deutsche Siedlungen. Aber jetzt sind wir schon wieder bei diesen geheimnisvollen Cararras.«

Noel erinnerte sich ganz deutlich an die Angst in den Gesichtern der beiden jungen Leute in Rio. »Für Sie sind sie vielleicht geheimnisvoll, aber nicht für mich. Sie haben entweder ein lausiges Gedächtnis oder Sie sind ein lausiger Freund. Die beiden sagten, daß sie Helden kaum kennen, Sie dagegen sehr gut. Die haben verdammt viel riskiert, als sie zu mir kamen. Portugiesische Juden, die –«

»*Portugiesische...*« unterbrach Tennyson plötzlich erschreckt. »O mein Gott! Und sie haben den Namen Cararra benutzt... Beschreiben Sie sie mir!«

Das tat Holcroft. Als er fertig war, sagte Tennyson im Flüsterton: »Aus der Vergangenheit... aus der Vergangenheit, Mr. Holcroft. Es paßt alles zusammen. Daß sie den Namen Cararra gebraucht haben, portugiesische Juden. Santa Catarina... Sie sind nach Rio zurückgekehrt.«

»Wer ist zurückgekehrt?«

»Die Montealegres – so heißen sie nämlich wirklich. Vor zehn, zwölf Jahren... Was sie Ihnen gesagt haben, war Tarnung, Sie sollten sie unter keinen Umständen verraten können.«

»Was war vor zwölf Jahren?«

»Die Einzelheiten sind unwichtig. Wir mußten sie jedenfalls aus Rio hinausschaffen, also schickten wir sie in die Catarinas. Ihre Eltern haben den Israelis geholfen; dafür hat man sie getötet. Auf die zwei Kinder wurde Jagd gemacht; die hätte man ebenfalls erschossen. Man mußte sie in den Süden bringen.«

»Dann gibt es in den Catarinas Leute, die über Sie Bescheid wissen?«

»Ja, einige wenige. Unsere Operationsbasis war in Santa Catarina. Rio war zu gefährlich.«

»Was für Operationen? Wer ist ›wir‹?«

»Diejenigen von uns in Brasilien, die gegen die ODESSA gekämpft haben.« Tennyson schüttelte den Kopf. »Ich muß mich bei Ihnen entschuldigen. Helden hatte recht. Ich war Ihnen gegenüber ungerecht. Sie haben die Wahrheit gesagt.«

Noel hatte das Gefühl, eine Rechtfertigung erfahren zu haben, obwohl er eine solche gar nicht gesucht hatte. Er empfand Verlegenheit dabei, einen Mann zu befragen, der gegen die ODESSA gekämpft hatte, der Kinder ebenso sicher vor dem Tode bewahrt hatte, als hätte er sie aus Auschwitz oder Belsen entführt; einen Mann, der die Frau, die er liebte, in der Kunst des Überlebens ausgebildet hatte. Aber da *waren* Fragen, wichtige Fragen; er mußte sie stellen, es war jetzt nicht die Zeit, sie zu vergessen.

»Jetzt bin ich an der Reihe«, sagte Noel. »Sie sind sehr schnell und wissen von Dingen, von denen ich nie gehört habe. Aber eigentlich haben Sie bis jetzt nicht besonders viel gesagt.«

»Wenn eine Ihrer Fragen den Tinamu betrifft«, meinte Tennyson, »dann tut es mir leid, aber ich werde Ihnen keine Antwort geben. Und ich werde nicht einmal darüber sprechen.«

Holcroft sah den anderen erstaunt an. »Sie werden *was* nicht?«

»Sie haben ganz richtig gehört. Der Tinamu ist ein Thema, über das ich nicht spreche. Das geht Sie nichts an.«

»Ich denke doch! Lassen Sie es mich einmal so ausdrücken: Wenn Sie nicht bereit sind, über den Tinamu zu sprechen, dann haben wir *überhaupt nichts* zu besprechen.«

Jetzt war Tennyson verblüfft. »Damit ist es Ihnen ernst, nicht wahr?«

»Absolut.«

»Dann versuchen Sie, mich zu verstehen. Nichts darf jetzt dem Zufall überlassen werden. Wir müssen die Gefahr ausschließen – und sei sie noch so gering –, daß vielleicht gegenüber den falschen Leuten ein falsches Wort fällt. Wenn ich mich nicht irre, und ich glaube nicht, daß ich das tue, dann werden Sie Ihre Antwort in ein paar Tagen bekommen.«

»Das reicht nicht!«

»Dann will ich noch einen Schritt weitergehen. Der Tinamu ist in Brasilien ausgebildet worden. Von der ODESSA. Ich habe ihn so gründlich studiert, wie je ein Mensch auf dieser Welt studiert worden ist. Sechs Jahre habe ich ihn gejagt.«

Noel brauchte ein paar Sekunden, um seine Stimme wiederzufinden.

»Sie haben ihn... sechs Jahre...?«

»Ja. Für den Tinamu ist wieder die Zeit zum Zuschlagen gekommen; es wird wieder einen Meuchelmord geben. Deshalb haben die Briten Fühlung mit Ihnen aufgenommen; die wissen das ebenfalls.«

»Weshalb arbeiten Sie dann nicht mit ihnen zusammen? Wenn Sie wüßten, was die denken!«

»Ich weiß, was jemand Ihnen einzureden versucht hat. Deshalb kann ich nicht mit ihnen zusammenarbeiten. Der Tinamu hat überall seine Verbindungen; sie kennen ihn nicht, aber er benutzt sie.«

»Sie sagten, ein paar Tage.«

»Wenn ich mich irre, werde ich Ihnen alles sagen. Und dann gehe ich sogar gemeinsam mit Ihnen zu den Briten.«

»Für ein paar Tage... okay. Dann lassen wir den Tinamu – für ein paar Tage.«

»Was immer ich Ihnen sonst sagen kann, werde ich Ihnen sagen. Ich habe nichts zu verbergen.«

»Sie kannten Beaumont in Rio, wußten, daß er der ODESSA angehörte. Sie haben mir sogar vorgeworfen, ich hätte mir seinen Namen von Graff beschafft. Und doch hat er trotz alledem Ihre Schwester geheiratet. ODESSA zu ODESSA? Sind Sie auch einer von denen?«

Tennyson zuckte mit keiner Wimper. »Eine Frage der Prioritäten. Um es einfach auszudrücken – das alles war geplant. Meine Schwester Gretchen ist nicht mehr die Frau, die sie einmal war, aber den Haß, den sie für die Nazis empfindet, hat sie nie verloren. Sie hat ein größeres Opfer als irgendeiner von uns gebracht. Durch sie kennen wir jede Bewegung Beaumonts.«

»Aber er weiß, daß Sie von Tiebolt sind? Weshalb sagt er es Graff nicht?«

»Fragen Sie ihn doch, wenn Sie mögen. Vielleicht sagt er es Ihnen.«

»*Sie* sollen es mir sagen.«

»Er hat Angst«, erwiderte Tennyson. »Beaumont ist ein Schwein. Selbst in den Dingen, die ihm wichtig sind, ist er unsauber. Er arbeitet immer weniger für die ODESSA, und das nur dann, wenn sie ihn bedrohen.«

»Ich verstehe nicht.«

»Gretchen hat ihre eigenen... wollen wir sagen: Überzeugungskünste? – Sie haben sie ja kennengelernt. Außerdem ist da noch eine ziemlich stattliche Summe von Schwarzgeld, das auf Beaumonts Konto gewandert ist. Und von alledem abgesehen fürchtet er, wir könnten ihn auffliegen lassen – Graff auf der einen Seite... und ich auf der anderen. Er ist für uns beide nützlich, mir in höherem Maße als Graff selbstverständlich. Er steht im Schachmatt.«

»Wenn Sie jede seiner Bewegungen kannten, mußten Sie wissen, daß er sich in jenem Flugzeug nach Rio befand. Sie mußten wissen, daß er mich verfolgte.«

»Wie konnte ich? Ich kannte ja *Sie* nicht.«

»Er war dort. Also hatte ihn jemand geschickt!«

»Als Helden mir das sagte, hab' ich herauszufinden versucht, wer dieser Jemand war. Ich erfuhr nicht viel, aber es reichte aus, mich zu beunruhigen. Nach meiner Ansicht ist eine dritte Gruppe an unser schachmattes Schwein herangetreten. Jemand, der seine ODESSA-Verbindung ausgegraben hatte und ihn benutzte – so wie Graff ihn benutzte. Und wie ich.«

»Wer?«

»Ich gäbe einiges darum, wenn ich das wüßte! Man hat ihm Sonderurlaub von seinem Schiff im Mittelmeer gegeben. Er fuhr nach Genf.«

»Genf?« Noels Erinnerung raste zurück zu einem kurzen Augenblick, einem Augenblick mit schnellen Bewegungen, dahinhastenden Menschen, Schreien... auf einem Bahnsteig. Auf einem *Bahnsteig*. Ein Kampf hatte sich entwickelt. Ein Mann hatte sich zurückgebeugt mit Blut auf dem Hemd, ein anderer war hinter einem dritten hergerannt. Ein von Panik erfüllter Mann war an ihm vorbeigejagt, die Augen von Furcht geweitet, Augen unter... dichten Augenbrauen aus schwarzem und weißem Haar. »Das war es«, sagte Holcroft. »Beaumont war in Genf.«

»Das sagte ich Ihnen doch gerade.«

»Dort habe ich ihn gesehen! Ich konnte mich bisher nicht erinnern, wo das war. Er ist mir aus Genf gefolgt.«

»Ich fürchte, ich verstehe nicht, wovon Sie reden.«

»Wo ist Beaumont jetzt?« wollte Holcroft wissen.

»Wieder an Bord seines Schiffes. Gretchen ist vor einigen Tagen abgereist, um sich mit ihm zu treffen. In Saint-Tropez, glaube ich.«

Morgen reise ich ans Mittelmeer. Zu einem Mann, den ich verabscheue... Alles ergab jetzt viel mehr Sinn. Vielleicht war Tennyson nicht der einzige Mann im Raum, der in seinen Überlegungen unfair gewesen war.

»Wir müssen herausfinden, wer Beaumont auf meine Spur gesetzt hat«, sagte Noel und sah dabei in Gedanken den Mann in der schwarzen Lederjacke. Tennyson hatte recht; die Schlüsse, die sie beide zogen, waren dieselben. Da gab es noch jemanden...

»Einverstanden«, sagte der blonde Mann. »Machen wir gemeinsame Sache?«

Die Versuchung für Holcroft war stark. Aber er war noch

nicht fertig. Später durfte es keine unbeantworteten Fragen geben. Nicht, sobald einmal die Übereinkunft zwischen ihnen getroffen war.

»Vielleicht«, antwortete er. »Da sind noch zwei andere Dinge, nach denen ich Sie fragen möchte. Und ich warne Sie, ich will die Antwort jetzt, nicht ›in ein paar Tagen‹.«

»Einverstanden.«

»Sie haben in Rio jemanden getötet.«

Tennysons Augen verengten sich. »Das hat Helden Ihnen gesagt.«

»Ich muß es wissen; sie hat das verstanden. Es gibt da in Genf Bedingungen, die keine Überraschungen zulassen. Wenn Sie erpreßbar sind, darf ich Sie nicht akzeptieren.«

Tennyson nickte. »Ich verstehe.«

»Wer war es? Wen haben Sie getötet?«

»Sie beurteilen meine Zurückhaltung falsch«, antwortete der blonde Mann. »Mich hält gar nichts davon ab, Ihnen zu sagen, wer es war. Ich überlege mir nur, wie Sie das, was ich sage, überprüfen können. Es gibt hier keine Erpressung. Aber wie kann ich Sie überzeugen?«

»Fangen wir vielleicht mit einem Namen an.«

»Manuel Cararra.«

»Cararra...«

»Ja. Deshalb haben die beiden jungen Leute diesen Namen benutzt. Sie wußten, ich würde die politische Verbindung erkennen. Cararra war eine führende Persönlichkeit in der Abgeordnetenkammer, einer der mächtigsten Männer im Lande. Aber seine Loyalität galt nicht Brasilien; sie galt Graff, der ODESSA. Ich habe ihn vor sieben Jahren getötet, und ich würde ihn jederzeit wieder töten.«

Noel studierte Tennysons Gesicht. »Wer wußte davon?«

»Ein paar alte Männer. Nur einer davon lebt noch. Wenn Sie wollen, sage ich Ihnen seinen Namen. Er würde nie etwas über die Tat sagen.«

»Warum nicht?«

»Andersrum wird ein Stiefel draus, wie man sagt. Ehe ich Rio de Janeiro verließ, habe ich mich mit ihm getroffen. Die Drohung, die ich aussprach, war ganz eindeutig. Wenn sie mich je verfolgten, würde ich das, was ich über Cararra wußte, an die Öffentlichkeit bringen. Dann wäre es vorbei mit dem lange in Ehren gehaltenen Bild eines konservativen Märtyrers. Das wäre ein vernichtender Schlag für die Sache der Konservativen in Brasilien.«

»Ich will den Namen haben.«

»Ich schreibe ihn Ihnen auf.« Tennyson tat es. »Ich bin sicher, daß Sie ihn telefonisch erreichen können. Es dürfte nicht schwierig sein. Wenn Sie meinen Namen in Verbindung mit dem Cararras erwähnen, dann sollte das genügen.«

»Vielleicht tue ich es.«

»Unbedingt«, sagte Tennyson. »Er wird das, was ich Ihnen gesagt habe, bestätigen.«

Die beiden Männer sahen einander an. Zwischen ihnen lag höchstens ein Meter. »Da war ein Unfall in der Untergrundbahn in London«, fuhr Noel fort. »Einige Leute kamen ums Leben, darunter auch ein Mann, der für den *Guardian* tätig war. Er war es, dessen Unterschrift auf Ihren Einstellpapieren steht. Der Mann, der das Einstellgespräch mit Ihnen geführt hat, der einzige, der uns Näheres darüber hätte sagen können, wie oder weshalb man Sie eingestellt hat.«

Tennysons Augen blickten plötzlich wieder kalt. »Das war ein schrecklicher Schock. Ich werde nie darüber hinwegkommen. Wie lautet Ihre Frage?«

»Da war noch ein Unfall. In New York. Erst vor wenigen Tagen. Auch dabei sind etliche unschuldige Menschen ums Leben gekommen, aber einem davon galt die Tat. Jemandem, den ich sehr geliebt habe.«

»Noch einmal! Was wollen Sie *wissen*, Holcroft?«

»Da liegt doch eine gewisse Ähnlichkeit vor, würden Sie das nicht auch sagen? MI-5 weiß nichts über den Unfall in New York, hat aber sehr klare Vorstellungen über den in London. Wenn man die beiden Unfälle miteinander in Verbindung bringt, gelangt man zu einem sehr beunruhigenden Schluß. Was wissen Sie über diesen Unfall vor fünf Jahren in London?«

Tennysons Körper war irgendwie starr geworden. »Seien Sie vorsichtig«, sagte er. »Diese Briten gehen zu weit. Was wollen sie von mir? Wie weit gehen sie eigentlich, um mich in Mißkredit zu bringen?«

»Versuchen Sie nicht, mir etwas vorzumachen!« sagte Noel. »Was ist damals in der Untergrundbahn passiert?«

»Ich war *dabei*!« Der blonde Mann griff sich an den Kragen, riß wütend an seinem Hemd, riß es sich halb von der Brust und legte dabei eine Narbe frei, die ihm vom Halsansatz bis zur Brust reichte. »Ich weiß nicht, was da in New York war, aber das, was ich vor fünf Jahren in Charing Cross erlebt habe, wird mich den Rest meines Lebens nicht loslassen! Da, sehen Sie; es vergeht kein Tag, an dem ich nicht daran erinnert werde. Siebenundvierzig Stiche, vom Hals bis zum Thorax. Ein paar Augenblicke lang dachte ich – vor fünf Jahren in London –, der Kopf wäre mir halb abgeschnitten worden. Und dieser Mann, von dem Sie hier so rätselhaft sprechen, war der beste Freund, den ich in ganz England hatte! Er hat uns geholfen, Brasilien zu verlassen. Wenn jemand ihn umgebracht hat, dann haben die auch versucht, mich umzubringen! Ich war mit ihm zusammen.«

»Das hab' ich nicht gewußt... Die Briten haben davon nichts gesagt. Sie wußten nicht, daß Sie dabei waren.«

»Dann schlage ich vor, daß jemand Nachforschungen anstellt. Es gibt doch Aufzeichnungen in den Krankenhäusern. Es sollte nicht schwierig sein, meine Akte zu finden.« Tennyson schüttelte angewidert den Kopf. »Es tut mir leid, ich sollte Ihnen gegenüber nicht zornig werden. Schließlich sind das die Briten; die versuchen alles.«

»Möglicherweise wußten sie es wirklich nicht.«

»Wahrscheinlich. Man mußte Hunderte von Leuten aus diesem Zug herausholen. In jener Nacht wurden ein Dutzend Kliniken in London mit den Opfern gefüllt; niemand hat besonders auf Namen geachtet. Aber eigentlich sollte man annehmen, daß sie den meinen gefunden hätten. Ich war ein paar Tage im Krankenhaus.« Tennyson hielt plötzlich inne. »Sie sagten, jemand, den Sie geliebt haben, sei erst vor ein paar Tagen in New York getötet worden? Was ist passiert?«

Noel erzählte, wie Richard Holcroft auf der Straße ums Leben gekommen war, und schilderte ihm die Theorie, die David Miles dazu aufgestellt hatte. Es hatte keinen Sinn, etwas vor diesem Mann zu verbergen, den er so gründlich falsch eingeschätzt hatte.

Und während er erzählte, ergab sich von selbst der Schluß, den sie beide gezogen hatten.

Nach meiner Ansicht ist eine dritte Gruppe an unser schachmattes Schwein herangetreten.

Wer?

Ich gäbe einiges darum, wenn ich das wüßte...

Jemand anders.

Ein Mann in einer schwarzen Lederjacke. Trotzig, herausfordernd, in einer dunklen Seitengasse in Berlin. Bereit zu sterben... er hatte ihn aufgefordert, ihn doch zu erschießen, sich geweigert, darüber Auskunft zu geben, wer er war oder woher er kam. Jemand oder etwas, das mächtiger war, mehr wußte als die RACHE *oder die* ODESSA.

Jemand anders.

Noel sagte Tennyson alles, war erleichtert, daß er es sagen konnte. Und die Art und Weise, wie der blonde Mann ihm zuhörte, steigerte seine Erleichterung noch. Seine grau gesprenkelten Augen ließen Holcrofts Gesicht nie los; sie waren wie an ihm festgeschmiedet, wirkten völlig von ihm absorbiert. Als er fertig war, fühlte sich Noel erschöpft. »Das ist alles, was ich weiß.«

Tennyson nickte. »Endlich sind wir uns begegnet, nicht wahr? Wir mußten beide sagen, was uns beschäftigte. Wir glaubten beide, der andere sei der Feind, und wir haben beide unrecht gehabt. Jetzt gibt es Arbeit für uns.«

»Seit wann wußten Sie über Genf Bescheid?« fragte Holcroft. »Gretchen sagte mir, Sie hätten gesagt, eines Tages werde ein Mann kommen und von einer seltsamen Abmachung sprechen.«

»Seit meiner Kindheit. Meine Mutter erzählte mir von einem riesigen Vermögen, mit dem Wiedergutmachung geleistet werden sollte für die schrecklichen Verbrechen, die im Namen Deutschlands, aber nicht von wahren Deutschen begangen worden waren. Aber nur diese eine Tatsache, keine Einzelheiten.«

»Dann kennen Sie Erich Kessler nicht.«

»Ich erinnere mich an den Namen, aber nur ganz vage. Ich war damals sehr jung.«

»Sie werden ihn mögen.«

»So wie Sie ihn schildern, bin ich da ganz sicher. Sie sagen, er will seinen Bruder mit nach Genf bringen. Ist das erlaubt?«

»Ja. Ich habe ihm gesagt, daß ich ihn in Berlin anrufe und alles Nähere mit ihm verabrede.«

»Wollen Sie damit nicht bis morgen oder übermorgen warten? Und ihn von Saint-Tropez aus anrufen?«

»Beaumont?«

»Beaumont«, sagte Tennyson, und seine Mundstellung verriet Entschlossenheit. »Ich glaube, wir sollten uns mit unserem schachmatten Schwein treffen. Er hat uns einiges zu sagen. Im einzelnen: Wer war sein letzter Auftraggeber? Wer hat ihn auf den Genfer Bahnhof geschickt? Wer hat ihn dafür bezahlt – oder dazu erpreßt –, Ihnen nach New York und anschließend nach Rio zu folgen? Wenn wir das herausfinden, wissen wir, woher Ihr Mann in der schwarzen Lederjacke kam.«

Jemand anders.

Noel sah auf die Uhr. Es war beinahe sechs; er und Tennyson hatten über zwei Stunden miteinander gesprochen. Und doch gab es noch viel zu sagen. »Wollen Sie mit Ihrer Schwester und mir zu Abend essen?« fragte er.

Tennyson lächelte. »Nein, mein Freund. Wir reden auf unserer Reise nach Süden. Ich habe noch ein paar Telefongespräche zu führen und muß meinen Bericht abliefern. Ich darf nicht vergessen, daß ich Journalist bin. Wo wohnen Sie?«

»Im George Cinq. Unter dem Namen Fresca.«

»Ich rufe Sie am späteren Abend an.« Tennyson streckte ihm die Hand hin. »Bis morgen.«

»Bis morgen.«

»Übrigens, falls Ihnen mein brüderlicher Segen etwas bedeutet, Sie haben ihn.«

Johann von Tiebolt stand in der kühlen Abendluft am Geländer der Terrasse. Unter sich, auf der Straße, konnte er Holcroft das Haus verlassen und in östlicher Richtung weggehen sehen.

Es war alles so einfach gewesen. Er hatte die Instrumentierung seiner Lügensymphonie gründlich durchdacht und arrangiert, und die empörte Überzeugung hatte seinen Vortrag ebenso glaubwürdig gemacht wie plötzlich dazwischengestreute Enthüllungen. Ein alter Mann in Rio würde informiert werden; er wußte dann, was er zu sagen hatte. Eine Krankenakte würde in ein Londoner Krankenhaus eingeschmuggelt werden, eine Akte, deren Daten und Informationen zu einem tragischen Unfall auf der Untergrundstation von Charing Cross vor fünf Jahren paßten. Und wenn alles planmäßig ablief, dann würden die Abendzeitungen Nachrichten über eine weitere Tragödie enthalten. Ein Marineoffizier und seine Frau waren mit einem kleinen Motorboot vor der Côte d'Azur verschwunden.

Von Tiebolt lächelte. Alles lief so, wie es vor dreißig Jahren vorhergesehen worden war. Selbst die ›Abwehr‹ konnte sie jetzt nicht mehr aufhalten. Ein paar Tage noch, und die ›Abwehr‹ wäre entmannt.

Die Zeit für den Tinamu war gekommen.

30.

Noel eilte durch die Halle des George V. Er hatte es eilig, auf sein Zimmer zu kommen, zu Helden. Genf war ihm jetzt nähergerückt; und wenn sie Anthony Beaumont in Saint-Tropez sahen und die Wahrheit aus ihm herauszwangen, wäre es noch näher.

Außerdem war er gespannt darauf zu erfahren, ob Buonoventura zurückgerufen hatte. Seine Mutter hatte versprochen, Sam ihre Pläne wissen zu lassen. Alles, was Miles in New York wußte, war, daß Althene Mexiko City verlassen hatte und nach Lissabon geflogen war. Weshalb Lissabon? Und wer war ihr gefolgt?

Das Bild des Mannes in der schwarzen Lederjacke drängte sich Holcroft wieder auf. Der ruhige, stete Blick seiner Augen, das Hinnehmen des Todes... *Sie können mich töten, aber dann wird ein anderer an meine Stelle treten, und wenn Sie ihn töten, dann wieder einer an die seine.*

Die Aufzugkabine war leer, die Fahrt nach oben dauerte nur kurze Zeit. Die Tür öffnete sich; Noel stockte der Atem, als er den Mann sah, der im Korridor vor ihm stand. Es war eines der *Verfluchten Kinder* vom Montmartre, der Mann, der ihn in Sacré-Cœur vor den Kerzen durchsucht hatte.

»Guten Abend, Monsieur.«

»Was machen Sie hier? Ist bei Helden alles in Ordnung?«

»Sie kann Ihre Fragen selbst beantworten.«

»Das können Sie auch.« Holcroft packte den Mann am Arm und drehte ihn mit Gewalt herum, auf die Tür seines Zimmers zu.

»Nehmen Sie Ihre Hände weg!«

»Wenn sie mir sagt, daß ich Sie loslassen soll, lasse ich Sie los. Kommen Sie.« Noel stieß den Mann den Korridor hinunter bis zur Tür und klopfte.

Es dauerte nur Sekunden, bis sie sich öffnete. Helden sah die beiden verblüfft an. Sie hielt eine zusammengefaltete Zeitung in der Hand; in ihren Augen stand etwas, das ihr Staunen überdeckte: Trauer.

»Was ist denn?« fragte sie.

»Das wollte ich auch wissen, aber er wollte es mir nicht sagen.« Holcroft stieß den Mann durch die Tür.

»Noel, *bitte*. Er ist einer von uns.«

»Ich will wissen, weshalb er hier ist.«

»Ich habe ihn gerufen; er mußte wissen, wo ich bin. Er sagte, er müsse mich auch sehen. Er hat mir leider eine schreckliche Nachricht überbracht.«

»Was?«

»Lesen Sie die Zeitungen«, sagte der Mann. »Es sind französische und englische da.«

Holcroft nahm eine Ausgabe der *Herald Tribune* vom Tisch.

»Seite zwei«, sagte der Mann. »Oben links.«

Noel blätterte um und strich die Zeitung glatt. Er las, und ein Gefühl des Zorns... und der Furcht... erfaßte ihn.

MARINEOFFIZIER SAMT EHEFRAU IM MITTELMEER VERSCHOLLEN

St.-Tropez – Commander Anthony Beaumont, Kapitän des Aufklärungs-Schiffes *Argo*, hochdekorierter Offizier von Ihrer Majestät Royal Navy, und seine Frau, die sich ihm für das

Wochenende hier angeschlossen hatte, sind möglicherweise ertrunken, als ihr kleines Boot vor der Felsenküste einige Meilen südlich von hier in einer kräftigen Bö kenterte. Zwei tieffliegende Suchflugzeuge der Küstenwache haben ein gekentertes Boot gesichtet, auf das die Beschreibung paßt. Von dem Commander und seiner Frau hat man seit über achtundvierzig Stunden nichts mehr gehört, worauf der stellvertretende Kommandant der *Argo*, Lt. Morgan Llewellen, die Suche eingeleitet hat. Die Admiralität schließt aus den Vorkommnissen, daß Commander und Mrs. Beaumont bei dem tragischen Unfall ums Leben gekommen sind. Das Ehepaar hatte keine Kinder.

»O *Gott*«, flüsterte Holcroft. »Hat es dir dein Bruder gesagt?«

»Das mit Gretchen?« fragte Helden. »Sie hat so viel gelitten, so viel gegeben. Deshalb wollte sie mich nicht sehen und auch nicht mit mir sprechen. Sie wollte, daß ich nie erfahre, was sie tat, weshalb sie ihn geheiratet hat. Sie hatte Angst, ich könne die Wahrheit ahnen.«

»Wenn das, was Sie *sagen*, der Wahrheit entspricht«, sagte der gutgekleidete Mann, »daß nämlich Beaumont der ODESSA angehörte, dann glauben wir diesem Zeitungsbericht keinen Augenblick.«

»Er meint deinen Freund in Berlin«, unterbrach Helden. »Ich hab' ihm gesagt, daß du einen Freund in Berlin hast, der versprochen hatte, deine Vermutungen nach London weiterzuleiten.«

Noel begriff. Damit gab sie ihm zu verstehen, daß sie nichts über Genf erwähnt hatte. Noel wandte sich dem Mann zu. »Was ist Ihrer Meinung nach geschehen?«

»Wenn die Briten in den oberen Rängen der Navy einen ODESSA-Agenten entdeckt haben, besonders einen, der ein Schiff der Küstenstreife befehligt – ein Euphemismus für ein Spionageschiff –, würde das bedeuten, daß man sie wieder übertölpelt hatte. Es gibt Grenzen für das, was sie ertragen können; da gäbe es keine langen Nachforschungen, sondern eine schnelle Exekution.«

»Das ist ja ein ziemlich happiger Vorwurf, den Sie da erheben«, sagte Holcroft.

»Es ist auch eine happige Situation.«

»Die würden eine unschuldige Frau umbringen?«

»Ohne mit der Wimper zu zucken – nur aufgrund der Möglichkeit, daß sie nicht unschuldig sein könnte. Die Nachricht wäre jedenfalls klar. Das Netz von ODESSA hätte seine Warnung.«

Noel wandte sich angewidert ab und legte den Arm um Helden. »Es tut mir leid«, sagte er. »Ich glaube, ich weiß, wie dir zumute sein muß, und ich wünschte, ich könnte irgend etwas für dich tun. Aber außer, daß ich deinen Bruder verständige, ist da, glaube ich, nicht viel.«

Helden drehte sich um und sah ihn mit suchenden Augen an. »Ihr vertraut einander?«

»Ja. Wir werden zusammenarbeiten.«

»Dann ist jetzt nicht die Zeit zu trauern, oder? Ich bleibe heute nacht hier«, sagte sie zu dem gutgekleideten Mann. »Geht das? Kann man mich bewachen?«

»Natürlich«, sagte der Mann. »Ich werde es veranlassen.«

»Danke. Sie sind ein guter Freund.«

Er lächelte. »Ich glaube nicht, daß Mr. Holcroft derselben Meinung ist. Aber Mr. Holcroft hat natürlich auch noch eine ganze Menge zu lernen.« Der Mann nickte und ging zur Tür; dort blieb er mit der Hand auf der Klinke stehen und drehte sich zu Noel um. »Ich bitte um Nachsicht, wenn Ihnen das geheimnisvoll vorkommt. Doch seien Sie tolerant, Monsieur. Das, was zwischen Ihnen und Helden ist, scheint mir auch geheimnisvoll, aber ich stelle keine Fragen. Ich vertraue. Aber falls sich herausstellen sollte, daß dieses Vertrauen unberechtigt war, werden wir Sie töten. Sie sollten das wissen.«

Der Mann ging hinaus. Noel machte einen Schritt hinter ihm her, aber Helden berührte ihn am Arm. »Bitte, Darling. Er hat ebenfalls noch eine Menge zu lernen, und wir dürfen es ihm nicht sagen. Er *ist* ein Freund.«

»Er ist ein unerträglicher Mistkerl.« Holcroft stockte. »Es tut mir leid. Du hast schon genug um die Ohren; du brauchst jetzt keine Dummheiten von mir.«

»Ein Mann hat dein Leben bedroht.«

»Jemand hat das deiner Schwester genommen. So wie die Dinge liegen, habe ich mich wirklich dumm benommen.«

»Wir haben keine Zeit für solche Gedanken. Dein Freund Buonoventura hat zurückgerufen. Ich habe die Nummern aufgeschrieben, unter denen du ihn erreichen kannst. Der Zettel liegt neben dem Telefon.«

Noel ging an den Nachttisch und nahm das Blatt. »Dein Bruder und ich wollten morgen nach Saint-Tropez fahren. Wir wollten Beaumont zwingen, uns zu sagen, was er wußte. Diese Nachricht wird ihn erschüttern. In doppelter Hinsicht.«

»Du hast gesagt, daß du ihn anrufen willst. Ich glaube, es ist besser, wenn ich das übernehme. Er und Gretchen standen einander sehr nahe. In jungen Jahren waren die beiden unzertrennlich. Wo ist er?«

»Keine Ahnung; er hat nichts gesagt. Er wollte mich aber im Laufe des Abends noch einmal anrufen. Das hab' ich gemeint.« Holcroft nahm den Hörer ab und gab der Vermittlung die Nummer Buonoventuras.

»Ich werde mit Johann sprechen, wenn er anruft«, sagte Helden und ging ans Fenster.

Der Fernsprechverkehr über den Atlantik war ziemlich spärlich; die Verbindung mit Curaçao dauerte kaum eine Minute.

»Du bist mir einer, Noley! Ich bin froh, daß ich deine Telefonrechnung nicht zu bezahlen brauche. Du kommst richtig in der Welt rum; das muß man dir lassen.«

»Nicht, daß es besonderen Spaß macht, Sam, glaub mir das. Hat meine Mutter dich angerufen?«

»Ja. Sie hat gesagt, ich solle dir ausrichten, sie werde sich in etwa einer Woche in Genf mit dir treffen. Du sollst im Hôtel d'Accord wohnen, aber niemandem etwas sagen.«

»Genf? Sie fährt nach Genf? Warum, zum Teufel, hat sie das Land verlassen?«

»Sie hat gesagt, es sei etwas sehr Wichtiges geschehen. Du sollst den Mund halten und nichts unternehmen, solange du sie nicht gesehen hast. Sie war sehr erregt.«

»Ich muß sie erreichen. Hat sie dir eine Telefonnummer genannt – eine Adresse –?«

»Nichts dergleichen, Kumpel. Sie hatte nicht viel Zeit zum Reden, und die Verbindung war ziemlich lausig. Sie hat von irgendwo aus Mexiko angerufen. Ob mir wohl jemand sagen würde, was hier gespielt wird?«

Holcroft schüttelte den Kopf, als ob Buonoventura im Zimmer gewesen wäre. »Tut mir leid, Sam. Vielleicht später einmal. Ich stehe in deiner Schuld.«

»Das tust du, glaube ich, wirklich. Wir werden das einmal auswürfeln müssen. Paß gut auf dich auf. Du hast eine wirklich nette Mutter. Sei gut zu ihr.«

Holcroft legte auf. Es war gut, einen Freund wie Buonoventura zu haben. So wie der gutgekleidete Mann Helden ein Freund war, dachte er. Er fragte sich, was sie gemeint hatte, als sie von dem Mann wissen wollte, ob sie bewacht werden könne. Wovor bewacht? Und von wem?

»Meine Mutter ist unterwegs nach Genf«, sagte er.

Helden drehte sich um. »Das hab' ich gehört. Es hat geklungen, als wärst du verärgert.«

»Das bin ich auch. Ein Mann ist ihr nach Mexiko gefolgt. Miles ließ ihn am Flughafen festnehmen; er hat eine Zyankalikapsel geschluckt, ehe man feststellen konnte, wer er war oder woher er kam.«

» ›Sie können mich töten. Aber dann wird ein anderer an meine Stelle treten. Und wenn Sie ihn töten, dann wieder einer an die seine.‹ Waren das nicht die Worte?«

»Ja, ich habe beim Herauffahren daran gedacht.«

»Weiß es Johann?«

»Ich habe ihm alles gesagt.«

»Was denkt er?«

»Er weiß nicht, was er denken soll. Beaumont war der Schlüssel zu allem. Ich weiß nicht, wohin wir jetzt gehen sollen, außer nach Genf, in der Hoffnung, daß niemand uns aufhält.«

Helden kam auf ihn zu. »Du mußt mir etwas sagen. Was können die denn – wer sie auch sein mögen – wirklich tun? Sobald ihr drei euch der Bank in Genf präsentiert, ihr alle drei in Übereinkunft, und alles vernünftige Männer, ist es doch vorbei. Was können die dann tun?«

»Das hast du selbst gestern abend gesagt.«

»Was?«

»Sie können uns töten.«

Das Telefon klingelte. Holcroft nahm ab. »Ja?«

»Hier John Tennyson.« Die Stimme klang angespannt.

»Ihre Schwester möchte Sie sprechen«, sagte Holcroft.

»Gleich«, antwortete Tennyson. »Wir müssen zuerst sprechen. Weiß sie Bescheid?«

»Ja. Sie offensichtlich auch.«

»Meine Zeitung hat mich angerufen und mich informiert. Der Chef vom Dienst wußte, wie nahe Gretchen und ich einander standen. Schrecklich.«

»Ich wünschte, es gäbe etwas, was ich sagen kann.«

»Ich konnte Ihnen auch nicht helfen, als Sie mir das von Ihrem Stiefvater erzählten. Mit diesen Dingen muß man ganz allein fertig werden. Helden versteht das.«

»Dann glauben Sie die Geschichte, die in der Zeitung steht, nicht? Das mit dem Boot und dem Sturm?«

»Daß sie in einem Boot hinausgefahren und nicht wieder zurückgekommen sind? Doch, das glaube ich. Daß er für den Unfall verantwortlich war? Selbstverständlich nicht. Das ist ganz unsinnig. Beaumont war ein ausgezeichneter Seemann. Der konnte einen Sturm aus zwanzig Meilen Entfernung riechen. Wenn der mit einem kleinen Boot draußen gewesen wäre, dann wäre er damit auch zurückgekommen, ehe der Sturm losbrach.«

»Wer dann?«

»Kommen Sie, mein Freund, wir kennen die Antwort beide. Jener andere, der ihn angeheuert hat, hat ihn auch getötet. Die haben ihn dazu gebracht, Ihnen nach Rio zu folgen. Sie haben ihn entdeckt; damit war er wertlos geworden.« Tennyson machte eine Pause. »Es war gerade, als hätten sie gewußt, daß wir nach Saint-Tropez fahren wollten. Das Unverzeihliche ist, daß sie Gretchen auch getötet haben, um den Schein zu wahren.«

»Es tut mir leid. *Herrgott*, ich habe das Gefühl, dafür verantwortlich zu sein.«

»Sie hatten keinerlei Kontrolle darüber.«

»Können es die Briten gewesen sein?« fragte Holcroft. »Ich habe Kessler über Beaumont informiert. Er hat gesagt, er werde sich da einschalten. In Bonn, damit die London verständigen. Vielleicht war es zu happig, einen ODESSA-Agenten als Befehlshaber eines ihrer Aufklärungsschiffe zu haben.«

»Die Versuchung mag durchaus dagewesen sein, aber niemand, der dazu auch die Macht hat, würde so was veranlassen. Die Engländer würden ihn aus dem Verkehr ziehen und ihn durch die Mangel drehen, um alles aus ihm herauszuholen, aber sie würden ihn nicht umbringen. Sie *hatten* ihn. Er und Gretchen sind von jemandem getötet worden, dem das, was er wußte, hätte schaden können, nicht von jemandem, der einen Nutzen daraus ziehen konnte.«

Tennysons Argumentation war überzeugend. »Sie haben recht. Die Briten hätten nichts davon gehabt. Sie hätten ihn eingebuchtet.«

»Genau. Und dann ist da noch ein weiterer Faktor, ein moralischer. Ich glaube, MI-6 wimmelt von Egoisten, aber ich glaube nicht, daß sie Leute töten, nur um sich Peinlichkeiten zu ersparen. Das liegt denen nicht. Aber sie scheuen keine Mühe, ihren Ruf zu wahren. Oder ihn neu zu beleben. Und ich bete darum, daß ich in dem Punkt recht habe.«

»Was meinen Sie damit?«

»Ich fliege heute abend nach London. Morgen früh werde ich Verbindung mit Payton-Jones bei MI-5 aufnehmen. Ich habe ihm ein Tauschgeschäft anzubieten, von dem ich glaube, daß es ihm recht schwerfallen wird, es abzulehnen. Es könnte sein, daß ich ihm einen Vogel aus dem Untergrund liefern kann, der von einem Ort zum anderen flitzt und dessen Gefieder sich der Umgebung anpaßt.«

Holcroft war ebenso überrascht wie verwirrt. »Ich dachte, Sie hätten gesagt, Sie könnten nicht mit denen arbeiten.«

»*Ihm* biete ich das an. Nur Payton-Jones, sonst niemand. Das muß er mir zusichern, sonst kommen wir nicht weiter.«

»Und Sie glauben, daß er darauf eingeht?«

»Er hat wirklich keine Wahl. Der Vogel aus dem Untergrund ist für MI zu einer fixen Idee geworden.«

»Gut. Nehmen wir an, sie tun das. Was bekommen Sie dann dafür?«

»Zugang zu Geheimmaterial. Die Briten haben Tausende von Geheimakten. Sie befassen sich mit den letzten Jahren des Krieges und waren für eine Menge Leute recht peinlich.

Aber irgendwo in diesen Akten liegt unsere Antwort. Ein Mann, eine Gruppe von Männern, eine Schar Fanatiker – ich weiß nicht, wer oder was – muß da sein. Irgend jemand, der vor dreißig Jahren eine Verbindung zum Finanzministerium oder zu unseren Vätern hatte; jemand, dem sie vertrauten, dem sie die Verantwortung gaben. Es könnte sogar eine Loch-Torridon-Infiltration sein.«

»Eine was?«

»Loch Torridon. Das war eine Spionage- und Sabotage-Operation, die die Briten zwischen einundvierzig und vierundvierzig laufen hatten. Hunderte deutscher und italienischer Emigranten wurden nach Deutschland und Italien in die Fabriken, die Eisenbahnverwaltungen und in die Regierungsämter eingeschleust. Es ist allgemein bekannt, daß es Loch-Torridon-Personal im Finanzministerium gab. Die Antwort ist in den Archiven zu finden.«

»Aus diesen Tausenden von Akten wollen Sie eine Person herausfinden? Selbst wenn es sie gibt, würde das möglicherweise Monate dauern.«

»Nein, das würde es nicht. Ich weiß genau, wonach ich suchen muß; Leute, die vielleicht mit unseren Vätern in Verbindung standen.«

Tennyson sprach so schnell und so selbstsicher, daß es Noel schwerfiel, ihm zu folgen. »Weshalb sind Sie so überzeugt, daß die Information, die Sie suchen, überhaupt dort zu finden ist?«

»Weil es einfach so sein muß. Sie haben mir das heute nachmittag klargemacht. Der Mann, der Sie in New York angerufen hat, der, der umgebracht wurde –«

»Peter Baldwin?«

»Ja. MI-6. Er wußte über Genf Bescheid. Wir beginnen mit ihm; er ist jetzt der Schlüssel für uns.«

»Dann holen Sie sich doch die Akte mit dem Zeichen ›Wolfsschanze‹«, sagte Holcroft, »›Code Wolfsschanze‹. Das könnte es sein!«

Tennyson gab nicht gleich Antwort. Entweder überlegte er, oder er war verblüfft. »Wo haben Sie das gehört?« fragte er schließlich. »Sie haben das noch nicht erwähnt. Helden auch nicht.«

»Dann haben wir es beide vergessen«, meinte Holcroft.

»Wir sollten vorsichtig sein«, sagte Tennyson. »Wenn der Name ›Wolfsschanze‹ in Verbindung zu Genf steht, müssen wir *äußerst* vorsichtig sein. Die Briten dürfen nichts von Genf erfahren. Das wäre eine Katastrophe.«

»Richtig. Aber welchen Grund könnten Sie denn Payton-Jones dafür nennen, daß Sie Zugang zu den Archiven wollen?«

»Einen Teil der Wahrheit«, antwortete Tennyson. »Ich will Gretchens Mörder.«

»Und dafür sind Sie bereit, den... Vogel aus dem Untergrund aufzugeben, hinter dem Sie seit sechs Jahren herjagen?«

»Dafür und für Genf. Aus ganzem Herzen.«

Noel empfand beinahe Rührung. »Soll ich mit Payton-Jones sprechen?«

»*Nein!*« schrie Tennyson. Dann senkte er seine Stimme wieder. »Ich meine, das wäre viel zu gefährlich. Haben Sie Vertrauen zu mir. Bitte tun Sie das, worum ich Sie bitte. Sie und Helden müssen aus dem Spiel bleiben. Völlig. Bis ich Verbindung mit Ihnen aufnehme, darf Helden nicht wieder zur Arbeit gehen. Sie muß bei Ihnen bleiben, und Sie beide müssen unsichtbar bleiben.«

Holcroft sah zu Helden hinüber. »Ich weiß nicht, ob sie damit einverstanden sein wird.«

»Ich werde sie überzeugen. Lassen Sie mich mit ihr sprechen. Wir beide sind mit unserem Gespräch fertig.«

»Sie rufen mich wieder an?«

»In ein paar Tagen. Wenn Sie die Hotels wechseln, hinterlassen Sie bitte, wo man Mr. Fresca erreichen kann. Helden hat die Nummer meines Auftragsdienstes. Lassen Sie mich jetzt mit ihr sprechen. Wir sind sehr verschieden, aber trotzdem brauchen wir einander jetzt vielleicht so wie nie zuvor. Und... Noel?«

»Ja?«

»Seien Sie nett zu ihr. Lieben Sie sie. Sie braucht Sie auch.«

Holcroft stand auf und reichte Helden das Telefon. »Bruder...«

31.

Code Wolfsschanze!

In dem kleinen, abgelegenen Büro, das er in Paris benutzte, schlug Tiebolt-Tennyson mit der Faust auf den Tisch.

Code Wolfsschanze. Peter Baldwin hatte die geheiligte Formel von Ernst Manfredi erhalten! Der Bankier hatte ein gefährliches, aber geniales Spiel gespielt. Er wußte, daß Baldwin ein toter Mann war, wenn er dieses Stichwort benutzte. Aber mehr hätte Manfredi dem Engländer nie gegeben, das hatte nicht im Interesse des Bankiers gelegen. Trotzdem, Baldwin war einer der besten Denker gewesen, die er kannte. Hatte er sich vielleicht mehr zusammengereimt, als Manfredi für möglich gehalten hatte? Wieviel hatte er wirklich erfahren? Was stand in Baldwins Akte bei MI-5?

Aber war das überhaupt noch wichtig? Die Briten hatten alles, was Baldwin ihnen vorgetragen hatte, abgetan. Ein einziger Aktendeckel unter vielen Tausenden, als Hirngespinst begraben in den Archiven.

Code Wolfsschanze. Für diejenigen, die nichts wußten, bedeutete das nichts. Und die paar hundert, die informiert waren – jene Distriktsführer in jedem Lande –, wußten nur, daß es ein Signal war. Sie sollten sich bereitmachen; bald würden ihnen ungeheure Geldmittel zufließen, die sie im Dienst ihrer Sache einsetzen mußten.

Die Sonnenkinder. Auf der ganzen Welt, bereit, sich zu erheben und ihr Geburtsrecht zu beanspruchen.

Das konnte nicht in Baldwins Akte stehen, das war unmöglich. Aber man konnte sich derer bedienen, die die Akten besaßen. Die Briten wollten nichts so sehr wie den Tinamu. Wenn MI-5 ihn gefangennahm, dann würde das die Überlegenheit Englands auf dem Gebiet der Abwehroperationen wiederherstellen – eine Überlegenheit, die in Jahren der Ungeschicklichkeit und der Überläufer verlorengegangen war.

MI-5 würde der Tinamu präsentiert werden, und dieses Geschenk bedeutete eine Verpflichtung gegenüber dem Gebenden. Das war die herrliche Ironie daran. Der verhaßte britische Geheimdienst, jenes lautlose, schlangenartige Monstrum, das dem Dritten Reich so viel Schaden zugefügt hatte, würde mithelfen, das Vierte Reich zu schaffen.

Weil man MI-5 sagen würde, daß die ›Abwehr‹ Teil einer außergewöhnlichen Verschwörung war. Die Briten würden dem Mann Glauben schenken, der ihnen das sagte; schließlich lieferte ihnen dieser Mann den Tinamu.

Tennyson schlenderte durch die Londoner Büros des *Guardian*. Er nahm die Komplimente seiner Kollegen und ihrer Mitarbeiter entgegen. Wie stets, gab er sich auch diesmal äußerst bescheiden.

Er sah sich die Frauen beiläufig an. Die Sekretärinnen und die Empfangsdamen luden diesen schönsten aller Männer ein, sie zur Kenntnis zu nehmen, luden ihn tatsächlich ein, sich zu nehmen, was immer er sich wünschte. Es kam ihm in den Sinn, daß er sich eine dieser Frauen würde auswählen müssen. Sein geliebtes Gretchen war nicht mehr, das hieß aber nicht, daß er seinen Appetit verloren hatte. Ja, dachte Tennyson, während er auf die Tür des Chefredakteurs zuging, er würde sich eine Frau wählen müssen. Die Erregung stieg, die Spannung der Wolfsschanze wuchs mit jeder Stunde; er würde sexuelle Befriedigung brauchen. Gretchen hatte das verstanden.

»John, schön Sie zu sehen«, sagte der Chefredakteur und erhob sich hinter seinem Schreibtisch und streckte ihm die Hand entgegen. »Wir drucken den Bonner Artikel morgen. Gut gemacht.«

Tennyson nahm im Besuchersessel Platz. »Da hat sich etwas zusammengebraut«, sagte er. »Wenn meine Gewährsleute mich richtig informiert haben, und das haben sie bestimmt, wird es zu einem Mordversuch kommen – zu Mordversuchen –, die eine Weltkrise auslösen könnten.«

»Du lieber Himmel. Haben Sie darüber geschrieben?«

»Nein, wir dürfen nicht darüber schreiben. Ich glaube nicht, daß irgendeine verantwortungsbewußte Zeitung das darf.«

Der Redakteur beugte sich vor. »Um was geht es, John?«

»Nächste Woche ist ein Wirtschaftsgipfel, am Dienstag ...«

»Natürlich. Hier in London. Die führenden Männer des Ostens und des Westens.«

»Genau. Osten und Westen. Sie kommen aus Moskau und

Washington, Peking und Paris. Die mächtigsten Männer der Welt.« Tennyson machte eine Pause.

»Und?«

»Zwei sollen ermordet werden.«

»*Was?*«

»Zwei sollen getötet werden; welche zwei, ist belanglos, solange sie den beiden verschiedenen Lagern angehören; der Präsident der Vereinigten Staaten und der Parteivorsitzende der Volksrepublik China, oder der Premierminister des Vereinigten Königreichs und der Generalsekretär der Sowjetunion.«

»Unmöglich! Bei den Sicherheitsvorkehrungen, die bei solchen Gipfeltreffen üblich sind.«

»Es gibt keine absolute Sicherheit. Es wird Menschenmengen geben, Bankette. Wo gibt es schon eine absolute Garantie?«

»Die muß sein!«

»Nicht gegen den Tinamu.«

»Den *Tinamu*?«

»Er hat das höchste Honorar erhalten, das je bezahlt worden ist.«

»Du großer Gott, *von wem*?«

»Von einer Organisation, die man als die ›Abwehr‹ kennt.«

Harold Payton-Jones starrte Tennyson an. Sie saßen in einem schwachbeleuchteten Zimmer, in dem nur ein Tisch und die zwei Stühle standen, auf denen sie saßen. MI-5 hatte den Treffpunkt ausgewählt; er befand sich in einer aufgelassenen Pension im Osten Londons.

»Ich wiederhole«, sagte der grauhaarige Agent mit gemessener Stimme. »Sie erwarten im Ernst von mir, daß ich Ihnen das alles abnehme, bloß weil Sie sich dafür verbürgen? Lächerlich!«

»Was anderes bleibt mir nicht«, antwortete Tennyson. »Alles, was ich Ihnen gesagt habe, entspricht der Wahrheit. Wir haben keine Zeit, länger gegeneinander zu kämpfen. Jede Stunde ist ungeheuer wichtig.«

»Und ich bin nicht bereit, mich von einem Journalisten hinters Licht führen zu lassen, der vielleicht mehr als nur ein

Korrespondent ist! Sie sind sehr clever. Und möglicherweise ein unerhörter Lügner.«

»Mein Gott, weshalb wäre ich dann *hier*? Hören Sie mir zu! Ich sage es zum letztenmal: der Tinamu ist von ODESSA ausgebildet worden. In den Hügeln von Rio de Janeiro! Ich habe mein ganzes Leben gegen die ODESSA gekämpft; das finden Sie in meinen Akten, wenn jemand sich die Mühe machen will, sie gründlich durchzusehen. Die ODESSA hat uns aus Brasilien verdrängt und von allem abgeschnitten, was wir uns dort aufgebaut haben. Ich will den Tinamu haben!«

Payton-Jones musterte den blonden Mann. Die Auseinandersetzung war heftig gewesen und dauerte jetzt schon fast eine halbe Stunde. Der Agent hatte Tennyson einem Kreuzfeuer von Fragen ausgesetzt, ihn immer wieder mit Beleidigungen herausgefordert. Das war eine Technik, die MI-5 häufig einsetzte und die sich gut dafür eignete, Wahrheit und Lüge voneinander zu trennen. Es war offensichtlich, daß der Engländer jetzt zufrieden war. Seine Stimme wurde leiser.

»Also gut, Mr. Tennyson. Wir können aufhören, uns zu streiten. Ich habe das Gefühl, daß wir uns bei Ihnen entschuldigen sollten.«

»Das gilt für uns beide. Ich wußte nur, daß ich allein besser würde arbeiten können. Ich mußte so viele Masken tragen. Wenn man mich je mit einem Angehörigen Ihres Dienstes gesehen hätte, wäre ich erledigt gewesen. Ich hätte mir dann meine Pläne an den Hut stecken können.«

»Dann tun mir die Anlässe leid, wo wir Sie zu uns geholt haben.«

»Das waren immer gefährliche Augenblicke für mich. Ich konnte spüren, wie mir der Tinamu entglitt.«

»Noch haben wir ihn nicht gefaßt.«

»Aber jetzt ist es nur noch eine Frage von Tagen. Wir werden Erfolg haben, wenn wir bei jeder unserer Entscheidungen mit äußerster Umsicht vorgehen, in allen Straßen, auf denen sich die Delegationen bewegen – an jedem Versammlungsort, bei jeder Veranstaltung, jedem Bankett. Diesmal haben wir einen Vorteil, den es früher nie gegeben hat. Wir wissen, daß er da ist.«

»Und Sie sind sich Ihrer Gewährsleute völlig sicher?«

»Wie noch nie. Dieser Mann in der Gaststätte in Berlin war der Kurier. Jeder Kurier zum Tinamu ist bisher getötet worden. Seine letzten Worte waren: ›London ... nächste Woche ... der Gipfel ... von jeder Seite einer ... Ein Mann mit einer tätowierten Rose auf dem Handrücken ... Abwehr.‹ «

Payton-Jones nickte. »Wir werden in Berlin Erkundigungen einziehen.«

»Ich bezweifle, daß Sie da was herausfinden. Aus dem Wenigen, was ich über die ›Abwehr‹ weiß, war sie in allen ihren Aktionen absolut ausgebufft.«

»Aber sachlich«, sagte Payton-Jones. »Ihre Informationen waren stets korrekt. Und sie hat niemanden geschont. Die Anklagevertreter in Nürnberg wurden die ganze Zeit von der ›Abwehr‹ mit Material versorgt.«

»Immerhin«, sagte Tennyson, »haben die Ankläger doch wohl nur das erhalten, was die ›Abwehr‹ ihnen geben wollte. Wir wissen nicht, was die zurückgehalten haben.«

Wieder nickte der Brite. »Natürlich. Wir werden das nie mit Bestimmtheit wissen. Die Frage jetzt ist nur, warum? Wo liegt das Motiv?«

»Wenn Sie mich fragen«, erwiderte der blonde Mann, »... ein paar alte Männer an der Schwelle des Todes, die ihre letzte Rache nehmen. Das Dritte Reich hatte zwei Feinde seiner Ideologie, die sich trotz ihrer Gegensätzlichkeiten verbündet haben: die Kommunisten und die Demokraten. Jetzt streiten sich die beiden um die Vorherrschaft. Gibt es denn eine bessere Rache, als wenn ein Lager das andere des Meuchelmords bezichtigt? Wenn die einen die anderen vernichten?«

»Wenn wir das feststellen und beweisen könnten«, unterbrach ihn Payton-Jones, »könnte das das Motiv hinter einer ganzen Reihe von Morden während der letzten Jahre sein.«

»Wie beweist man so was denn zweifelsfrei?« fragte Tennyson. »Hatte der britische Geheimdienst je eine direkte Verbindung zur ›Abwehr‹?«

»O ja. Wir haben darauf bestanden, daß man uns Namen lieferte – die natürlich in unseren Tresoren sichergestellt wurden. Wir konnten nicht blind aufgrund bloßer Informationen handeln.«

»Leben heute noch welche?«

»Möglich. Es ist Jahre her, seit zum letztenmal jemand die ›Abwehr‹ erwähnt hat. Ich sehe natürlich nach.«

»Werden Sie mir die Namen geben?«

Der Mann von MI-5 lehnte sich im Sessel zurück. »Ist das eine der Bedingungen, von denen Sie sprachen, Mr. Tennyson?«

»Ja, aber ich habe auch eindeutig erklärt, daß ich unter den gegebenen Umständen nicht darauf bestehen würde.«

»Das täte kein vernünftiger Mensch. Aber wenn wir den Tinamu fassen, ist Ihnen die Dankbarkeit der wichtigsten Regierungen der Welt sicher; die Namen sind da eine Kleinigkeit. Wenn wir sie haben, bekommen Sie sie auch. Haben Sie sonst noch Wünsche? Vielleicht hätte ich doch einen Schreibblock mitbringen müssen?«

»Nicht viele«, antwortete Tennyson und überhörte die Spitze, »und die werden Sie vielleicht überraschen. Aus Dankbarkeit gegenüber meinen Arbeitgebern hätte ich gern einen exklusiven fünfstündigen Vorsprung für den *Guardian*.«

»Den sollen Sie haben«, sagte Payton-Jones. »Was sonst noch?«

»Weil MI-5 an verschiedene Leute herangetreten ist und ihnen gegenüber angedeutet hat, daß bezüglich meiner Person Nachforschungen laufen, hätte ich gern ein Schriftstück vom britischen Geheimdienst, in dem klargestellt wird, daß nicht nur meine persönliche Akte ohne Makel ist, sondern daß ich auch einen aktiven Beitrag zu Ihren Bemühungen geleistet habe, die – sagen wir – ›internationale Stabilität‹ zu bewahren.«

»Völlig unnötig«, sagte der Engländer. »Wenn der Tinamu infolge der uns von Ihnen übermittelten Informationen gefaßt werden sollte, werden die Regierungen überall Sie mit den höchsten Ehrungen überschütten. Ein Schriftstück von uns wäre da überflüssig. Sie werden es nicht brauchen.«

»Da irren Sie«, sagte Tennyson. »Meine vorletzte Bedingung ist nämlich, daß mein Name nicht erwähnt werden darf.«

»Nicht erwähnt –« Payton-Jones war sichtlich verblüfft. »Das paßt doch gar nicht zu Ihnen, oder?«

»Bitte, verwechseln Sie meine beruflichen Bemühungen nicht mit meinem Privatleben. Ich suche keine Anerkennung. Die von Tiebolts haben eine Schuld abzutragen. Betrachten Sie dies hier als einen Teil des Ausgleichs unserer Schuld.«

Einen Augenblick lang schwieg der Mann von MI-5.

»Ich *habe* Sie falsch eingeschätzt. Ich bitte noch einmal um Entschuldigung. Selbstverständlich sollen Sie Ihr Schriftstück haben.«

»Offen gestanden, es gibt noch einen Grund für mich, anonym zu bleiben. Mir ist klar, daß die Royal Navy und die französischen Behörden sich damit abgefunden haben, daß meine Schwester und ihr Mann durch einen Unfall ums Leben gekommen sind. Und damit haben sie ja vielleicht auch recht. Aber Sie werden mir wahrscheinlich zustimmen, daß der Zeitpunkt doch sehr unglücklich war. Mir ist noch eine Schwester geblieben; sie und ich sind die letzten von Tiebolt. Wenn ihr etwas zustieße, würde ich mir das nie verzeihen.«

»Ich verstehe.«

»Ich würde Ihnen gern jegliche Unterstützung meinerseits anbieten. Ich glaube, ich weiß mehr als irgendein anderer Mensch auf der Welt über den Tinamu. Ich habe ihn jahrelang studiert. Jedes Attentat, jede Bewegung, vor und nach der Tat. Ich glaube, ich kann Ihnen helfen. Ich wäre gern ein Mitglied Ihres Teams.«

»Ich wäre ein Narr, wenn ich dieses Angebot ablehnte. Und Ihre letzte Forderung?«

»Darauf kommen wir gleich.« Tennyson stand auf. »Was Sie beim Tinamu wissen müssen, ist, daß seine Strategie in der dauernden Variation besteht, der Improvisation. Er hat nicht eine Taktik, sondern zehn oder zwölf – von denen jede bis ins letzte durchdacht und eingeübt ist, um sie dem Augenblick anzupassen.«

»Ich bin nicht sicher, daß ich Sie verstanden habe.«

»Lassen Sie mich erklären. Dieser Mord in Madrid, vor sieben Monaten, während der Unruhen – erinnern Sie sich?«

»Selbstverständlich. Der Schuß aus einem Fenster im dritten Stock.«

»Richtig. Aus einem Regierungsgebäude in einem Regierungsviertel, wo die Demonstrationen kontrolliert stattfinden sollten. Einem *Regierungs*gebäude. Das hat mich nachdenklich gemacht. Wie, wenn die Polizei plötzlich doch aufmerksamer gewesen wäre, die Sicherheitsvorkehrungen gründlicher, wenn man die Leute sorgfältiger auf Waffen durchsucht hätte? Angenommen, er hätte sich *keinen* Zugang zu jenem Fenster verschaffen können? Bei diesem Fenster handelte es sich übrigens um den idealen Punkt, das Opfer vor das Zielfernrohr seines Gewehrs zu bekommen, aber angenommen, in jenem Zimmer wären Leute gewesen?«

»Dann hätte er einen anderen Ort aufgesucht.«

»Natürlich. Aber so gut er auch die Waffe verborgen hätte – ob sie nun Teil einer Krücke war oder ob er sie sich ans Bein geschnallt oder in Einzelteilen in seine Kleidung eingenäht hatte –, es wäre schwierig gewesen. Er mußte sich schnell bewegen; das richtige Timing war wichtig; so lange dauerte diese Demonstration schließlich nicht. Der Tinamu mußte mehr als einen Ort ausgewählt, mußte sich mehrere Möglichkeiten geschaffen haben. Und so war es auch.«

»Woher wissen Sie das?« fragte der Mann von MI-5 fasziniert.

»Ich habe zwei Tage in Madrid verbracht, mir jedes Gebäude, jedes Fenster und jedes Dach in der Umgebung dieses Platzes angesehen. Ich habe vier intakte Waffen gefunden, und noch drei Räume, in denen man Dielen gelockert oder Fensterrahmen präpariert hatte. Auch da mußten Gewehre versteckt gewesen sein! Und außerdem habe ich noch zwei Pfund Plastiksprengstoff in einer Mülltonne entdeckt. Fünfzehn Meter vom Zentrum der Demonstration entfernt. Acht Stellen, von denen aus er hätte töten können, Alternativen, die ihm zur Wahl standen, und jede einzelne ganz exakt auf einen bestimmten Augenblick während eines vorgegebenen Zeitablaufs abgestimmt.«

Payton-Jones lehnte sich vor, stützte die Hände auf den Tisch. »Das kompliziert die Dinge. Üblicherweise konzentrieren sich die Schutzmaßnahmen auf einen einzelnen Punkt. Welche Möglichkeit aus einem halben Hundert hat die größte Wahrscheinlichkeit? Man nimmt an, daß der Mörder sich an einem Punkt versteckt. Die Strategie, die Sie hier beschreiben, eröffnet eine weitere Dimension: völlige Mobilität. Kein einzelnes ausgewähltes Versteck, sondern mehrere, für die verschiedenen möglichen Augenblicke der Tat.«

»Innerhalb einer vorgegebenen Zeitspanne«, fügte der blonde Mann hinzu. »Aber, wie gesagt, wir haben einen Vorteil auf unserer Seite. Wir wissen, daß er hier ist. Und dann gibt es noch einen zweiten Vorteil, und den sollten wir sofort ausnutzen.« Tennyson hielt inne.

»Nämlich?«

»Dazu muß ich sagen: Wir sollten diesen Vorteil nur dann nutzen, wenn wir uns darüber einig sind, daß es fast so wichtig ist, den Tinamu zu fangen, wie es wichtig ist, die Sicherheit seiner ausgewählten Opfer zu garantieren.«

Der Engländer runzelte die Stirn. »Es ist recht gefährlich, das so auszudrücken. Es darf für jene Männer keine Risiken geben – weder kalkulierte noch andere. Nicht auf britischem Boden.«

»Hören Sie mich bitte bis zu Ende an. Er hat schon früher politische Führer getötet, Argwohn geschürt und Mißstimmungen zwischen Regierungen erzeugt. Und dann haben immer wieder die kühleren Köpfe die Oberhand behalten und dafür gesorgt, daß die Verstimmungen sich legten. Aber wir müssen den Tinamu auch zur Strecke bringen, weil die Gefahr besteht, daß die kühlen Köpfe einmal nicht schnell genug sind. Ich glaube, diesmal können wir es schaffen, wenn alle zustimmen.«

»Wozu zustimmen?«

»Die schon veröffentlichten Zeitpläne einzuhalten. Holen Sie die Leiter der Delegationen zusammen; sagen Sie ihnen, was Sie wissen. Sagen Sie ihnen, daß außergewöhnliche Vorsichtsmaßnahmen getroffen werden, aber daß die Chance besteht, endlich den Tinamu zu fassen, wenn die Pläne so bleiben, wie sie jetzt stehen.« Tennyson hielt inne und beugte sich vor, stützte sich auf die Tischkante. »Ich glaube, wenn Sie ehrlich sind, wird Ihnen keiner widersprechen. Schließlich ist das auch nicht viel mehr, als was die politischen Führer jeden Tag riskieren.«

Die Falten auf der Stirn des MI-5-Mannes hatten sich geglättet. »Und keiner läßt sich gerne einen Feigling nennen. So, und worin besteht nun der zweite Vorteil?«

»Die Strategie des Tinamu erfordert es, daß er an einer Reihe von Orten Waffen verbirgt. Damit muß er Tage, vielleicht sogar Wochen vor der geplanten Tat beginnen. Ohne Zweifel hat er hier bereits angefangen. Ich schlage vor, daß wir in aller Stille eine sehr gründliche Suchoperation starten und alle Orte unter die Lupe nehmen, die aus dem veröffentlichten Konferenzprogramm zu entnehmen sind.«

Payton-Jones legte die Hände zusammen, es war eine Geste der Zustimmung. »Selbstverständlich. Wir brauchen nur eine der Waffen zu finden, dann haben wir nicht nur den Ort, sondern auch den Zeitpunkt.«

»Völlig richtig. Wir wissen dann, daß der Mord innerhalb einer bestimmten Zahl von Minuten während eines ganz bestimmten Anlasses an einem bestimmten Punkt versucht werden wird.« Wieder machte der blonde Mann eine Pause. »Ich würde mich gern an dieser Suche beteiligen. Ich weiß, wonach ich Ausschau halten muß, und, was vielleicht noch wichtiger ist, wo ich nicht nachzusehen brauche.«

»Wir sind Ihnen für Ihr Angebot dankbar, Sir«, sagte der Engländer. »MI-5 ist Ihnen dankbar. Sollen wir schon heute abend beginnen?«

»Lassen wir ihm noch einen weiteren Tag Zeit, seine Waffen unterzubringen, das steigert unsere Chance, etwas zu finden. Außerdem brauche ich harmlose Dienstkleidung und ein Schriftstück, das mich als ›Gebäudeinspektor‹ oder so etwas Ähnliches ausweist.«

»Sehr gut«, sagte Payton-Jones. »Ich muß Ihnen gestehen, daß wir ein Foto von Ihnen in den Akten haben; das können wir für dieses Ausweispapier benutzen. Ich nehme an, Sie tragen Größe achtundvierzig, Taille achtzig oder zweiundachtzig.«

»Nicht übel. Wie ein Maßanzug wird ja eine Beamtenuniform nicht sitzen müssen.«

»Richtig. Wir erledigen das morgen beides.« Payton-Jones stand auf. »Sie sagten, Sie hätten noch eine Forderung.«

»Ja. Seit ich Brasilien verlassen habe, besitze ich keine Waffe mehr. Ich weiß ja nicht, ob das zulässig ist, aber ich hätte jetzt gern eine. Nur für die Dauer des Gipfeltreffens selbstverständlich.«

»Ich werde veranlassen, daß Sie eine bekommen.«

»Dazu würden Sie meine Unterschrift brauchen, nicht wahr?«

»Ja.«

»Entschuldigen Sie, aber was ich vorher sagte, ist mir wirklich ernst. Ebenso, wie ich nicht möchte, daß man mir für das, was ich Ihnen gebracht habe, Dank abstattet, wäre es mir auch nicht recht, wenn man meinen Namen in irgendeiner Beziehung mit MI-5 in Verbindung brächte. Ich möchte nicht, daß jemand etwas von meinem Beitrag erfährt. Mein Name auf der Karteikarte eines Waffenmagazins könnte einen Neugierigen auf die Wahrheit hinlenken, jemand vielleicht, der mit der ›Abwehr‹ in Verbindung steht.«

»Ich verstehe.« Der Engländer knöpfte sein Jackett auf und griff in seine Innentasche. »Das ist ganz und gar gegen die Regeln, aber das sind die Umstände ja schließlich auch.« Er zog einen kleinen, kurzläufigen Revolver heraus und reichte ihn Tennyson. »Da, nehmen Sie den da. Ich werde eintragen, daß er in Reparatur ist, und mir so lange einen anderen besorgen.«

»Danke«, sagte der blonde Mann und hielt die Waffe, als wäre sie ein Gegenstand, mit dem er nicht vertraut war.

Tennyson betrat eine überfüllte Gaststätte am Soho Square. Er sah sich in dem verräucherten Lokal um und entdeckte, was er suchte: eine Hand, die ein Mann an einem Tisch in der Ecke hob. Der Mann trug wie immer einen braunen, eigens für ihn gefertigten Regenmantel. Er sah so aus, wie Regenmäntel immer aussehen; der Unterschied bestand in den zusätzlichen Taschen und Riemen, die häufig verschiedene Pistolen, Schalldämpfer und Explosivstoffe enthielten. Der Tinamu hatte ihn ausgebildet, so gut ausgebildet, daß er häufig für den Meuchelmörder einsprang, wenn der Tinamu selbst keine Zeit hatte.

Seinen letzten Auftrag hatte er am Kennedy-Flughafen erledigt, in einer regnerischen Nacht, als ein Polizeikordon den Zugang zu einer British Airway 747 abgesperrt hatte. Er hatte seine Opfer in einem Treibstoffwagen gefunden und hatte seinen Auftrag erledigt.

John Tennyson trug sein Glas an den Tisch und setzte sich neben den Mann im braunen Regenmantel. Der Tisch war rund und klein; die Stühle standen so dicht beieinander, daß beide Männer ganz leise sprechen konnten.

»Alles untergebracht?« fragte der blonde Mann.

»Ja«, erwiderte sein Gegenüber. »Die Wagenkolonne bewegt sich in westlicher Richtung auf dem Strand, um den Trafalgar Square herum, durch die Admiralty Arch zur Mall auf den Palast zu. Es gibt sieben Punkte.«

»In welcher Reihenfolge?«

»Von Osten nach Westen beginnen wir am Strand Palace Hotel, gegenüber dem Savoy Court. Zweites Stockwerk, Zimmer zweihundertsechs. In die Matratze des Bettes am Fenster ist ein automatisches Repetiergewehr mit Zielfernrohr eingenäht. Eine Ecke weiter westlich, an der Ostseite im dritten Stock, die Herrentoilette einer Buchprüfungsgesellschaft. Die Waffe ist in der Decke über den Fliesen, links von der Neonbeleuchtung. Auf der anderen Straßenseite, wieder im dritten Stock – im Erdgeschoß ist ein Spielsalon – ein Schreibbüro. Karabiner und Zielfernrohr sind an der Unterseite eines Kopierers befestigt. Weiter in Richtung Trafalgar...«

Der Mann im braunen Regenmantel schilderte die weiteren Verstecke. Sie befanden sich alle im Umkreis einer halben Meile zwischen dem Savoy Court und dem Admiralty Arch.

»Ausgezeichnet gewählt«, sagte Tennyson und schob das von ihm unberührte Glas Bier beiseite. »Sie wissen ganz genau, was Sie tun müssen.«

»Ja; ich könnte nur nicht sagen, daß ich alles verstehe.«

»Das ist doch auch nicht nötig, oder?« fragte der blonde Mann.

»Natürlich nicht; aber ich denke an Sie. Wenn Sie irgendwo aufgehalten werden, könnte ich es erledigen. Von jedem der Orte aus. Warum weisen Sie mir nicht einen zu?«

»Selbst Sie sind dafür nicht gut genug. Hier darf nicht das geringste danebengehen. Eine einzige Kugel, die ihr Ziel verfehlt, könnte zur Katastrophe führen.«

»Darf ich Sie vielleicht daran erinnern, daß ich von dem besten Mann ausgebildet wurde, den es gibt.«

Tennyson lächelte. »Sie haben recht. Also gut. Tun Sie, was

ich Ihnen gesagt habe, und begeben Sie sich an einen achten Punkt. Wählen Sie einen Raum in dem Regierungsgebäude hinter dem Admiralty Arch und nennen Sie ihn mir. Geht das?«

»Kinderspiel«, erwiderte der Mann und hob sein Glas an die Lippen. Tennyson konnte auf seinem rechten Handrükken die tätowierte rote Rose erkennen.

»Darf ich einen Vorschlag machen?« fragte John Tennyson.

»Selbstverständlich, was denn?«

»Tragen Sie Handschuhe«, sagte der Tinamu.

32.

Der blonde Mann öffnete die Tür und tastete nach dem Lichtschalter; in dem Hotelzimmer mit der Nummer 206 flammten zwei Tischlampen auf. Er winkte seinem Begleiter zu, ihm zu folgen.

»Keine Sorge«, sagte Tennyson. »Selbst falls das Zimmer beobachtet werden sollte – die Vorhänge sind vorgezogen, und dies ist die Zeit, zu der die Zimmermädchen die Betten für den Abend aufdecken. Hier drüben.«

Payton-Jones sah zu, wie Tennyson einen kleinen Metalldetektor aus der Manteltasche holte. Er drückte den Knopf und hielt das Gerät über das Bett. Das leise Summen verstärkte sich; die Nadel sprang auf der Skala nach rechts. Er schlug behutsam die Decke zurück und zog die Laken heraus. »Da, Sie können es spüren«, sagte er und drückte mit den Fingern in die Matratze.

»Interessant«, sagte Payton-Jones. »Und das Zimmer ist auf zehn Tage gemietet?«

»Telegrafisch, mit einer Überweisung aus Paris. Auf den Namen Le Fèvre, ein Pseudonym ohne besondere Bedeutung. Hier ist niemand gewesen.«

»Aber etwas anderes ist hier«, meinte Payton-Jones und nahm die Hände vom Bett.

»Den Karabiner kann ich ertasten«, sagte Tennyson, »aber was ist da noch?«

»Ein Zielfernrohr«, antwortete der Engländer. »Wir lassen alles so, wie es ist, und stellen im Korridor Leute auf.«

»Der nächste Punkt ist etwas weiter unten an der Straße, in der Herrentoilette einer Buchprüfungsfirma im dritten Stock. Der Karabiner ist an der Decke neben einer Neonbeleuchtung unter den Deckenfliesen aufgehängt.«

»Gehen wir hin«, sagte Payton-Jones.

Eine Stunde und fünfundvierzig Minuten später befanden sich die zwei Männer auf dem Dach eines Gebäudes am Trafalgar Square. Beide knieten an der niedrigen Mauer, die das Flachdach umgab. Unter ihnen lag die Route, die der Wagenzug auf seinem Weg durch den Admiralty Arch in die Mall einschlagen würde.

»Nachdem der Tinamu hier eine Waffe versteckt hat«, sagte Tennyson, ohne die Hand von der leichten Ausbuchtung wegzunehmen, die die Dachpappe dicht neben dem Mäuerchen aufwies, »nehme ich an, daß er Polizeiuniform tragen wird.«

»Ich verstehe«, sagte Payton-Jones. »Ein Polizist auf einem Dach, wo wir einen Mann stationiert haben, würde niemanden beunruhigen.«

»Genau. Er könnte Ihren Mann töten und seine Stelle einnehmen.«

»Aber dann isoliert er sich doch. Er hat keinen Ausweg.«

»Ich bin nicht sicher, daß der Tinamu einen braucht, im konventionellen Sinn, meine ich. Ein Seil in eine Seitengasse, unten eine hysterische Menge, die Treppenhäuser verstopft, großes Durcheinander. Er ist schon unter weniger dramatischen Umständen entkommen. Vergessen Sie nicht, der kann sich in mehr Personen verwandeln als ein Telefonbuch Namen hat. Ich bin überzeugt, daß er in Madrid einer der Leute war, die am Tatort Verdächtige verhört haben.«

»Wir werden hier oben zwei Männer postieren, aber einen von ihnen versteckt. Und vier Scharfschützen auf den gegenüberliegenden Dächern.« Payton-Jones kroch von der Mauer zurück; der blonde Mann folgte ihm. »Sie haben hervorragende Arbeit geleistet, Tennyson«, sagte der MI-5-Agent. »Sie haben in gut sechsunddreißig Stunden fünf Stellen entdeckt. Sind Sie sicher, daß das alle sind?«

»Bis jetzt noch nicht. Aber ich bin sicher, daß wir die Parameter festgestellt haben. Vom Savoy Court bis zum Ende des Trafalgar – irgendwo in diesem Bereich wird er zuschlagen. Sobald der Wagenzug durch den Bogen ist und auf der Mall, können wir aufatmen. Bis dahin bin ich noch nicht beruhigt. Sind die Delegationen informiert worden?«

»Ja. Jeder Staatschef wird mit einem kugelsicheren Panzerschutz ausgestattet, an Brust, Unterleib und Beinen. Außerdem bekommen sie kugelsichere Hüte. Der Präsident der Vereinigten Staaten hat es natürlich abgelehnt, einen Hut zu tragen, und der Russe will, daß das Schutzmaterial in seinen Pelz eingearbeitet wird. Aber davon abgesehen, klappt alles. Das Risiko ist minimal.«

Tennyson sah Payton-Jones an. »Glauben Sie das wirklich?«

»Ja. Warum?«

»Weil ich glaube, daß Sie unrecht haben. Der Tinamu ist mehr als bloß ein Scharfschütze. Der schießt so schnell, daß er einen Shilling auf fünfhundert Meter in der Luft zum Tanzen brächte. Eine Handbreit unter einer Hutkrempe ist für ihn kein Problem. Der würde sich die Augen aufs Korn nehmen und sie auch nicht verfehlen.«

Der Engländer sah kurz zu Tennyson hinüber. »Ich sagte minimal, nicht null. Wenn es zu irgendwelchen Anzeichen einer Störung kommt, wird jeder Staatschef Körperdeckung durch seine Leibwächter bekommen. Sie haben bis jetzt fünf Punkte gefunden; nehmen wir an, es gäbe weitere fünf. Wenn Sie die anderen nicht finden, haben wir seinen Wirkungsgrad um fünfzig Prozent reduziert, und die Chance ist gar nicht schlecht – wenigstens fünfzig Prozent –, daß er an einem dieser Punkte erscheint. Die Chancen stehen ganz entschieden gegen den Tinamu. Wir werden ihn fassen. Wir *müssen.*«

»Ihn festzunehmen bedeutet Ihnen sehr viel, nicht wahr?«

»Ebensoviel wie Ihnen, Mr. Tennyson. Mehr als irgendeine andere einzelne Aufgabe in über dreißig Jahren meines Dienstes.«

Der blonde Mann nickte. »Ich verstehe. Ich schulde diesem Lande sehr viel, und ich werde alles in meiner Macht Stehende tun, um hier zu helfen. Aber ich werde auch sehr erleichtert sein, wenn dieser Wagenzug den Admiralty Arch erreicht hat.«

Bis drei Uhr Dienstag früh hatte Tennyson zwei weitere Waffen ›entdeckt‹. Insgesamt waren es jetzt sieben, und sie bildeten eine gerade Linie den Strand hinunter, vom Savoy Court bis zu dem Dach an der Ecke von Whitehall und Trafalgar. Jeder Punkt wurde von mindestens fünf Agenten bewacht, die sich auf Korridoren und auf Dächern versteckt hielten, Karabiner und Revolver schußbereit, bereit, auf jeden zu schießen, der auch nur in die Nähe der verborgenen Waffen kam.

Trotzdem war Tennyson noch nicht zufrieden. »Irgend etwas stimmt hier nicht«, wiederholte er Payton-Jones gegenüber immer wieder. »Ich weiß nicht, was es ist, aber irgend etwas stimmt nicht.«

»Sie sind überarbeitet«, sagte der Agent in der Suite im Savoy, die ihre Operationsbasis war. »Sie haben vorzügliche Arbeit geleistet. Jetzt sind Sie nervös.«

»Nicht vorzüglich genug. *Irgend etwas* paßt nicht zusammen, und ich komme einfach nicht dahinter, was es ist!«

»Beruhigen Sie sich. Sehen Sie sich das an, worauf Sie gekommen sind: sieben Waffen. Aller Wahrscheinlichkeit nach sind das alle. Er muß sich in die Nähe eines dieser Verstecke begeben, wird zu erkennen geben, daß er von ihrer Existenz weiß. Er gehört uns. Entspannen Sie sich. Wir haben Dutzende von Männern dort draußen.«

»Trotzdem stimmt etwas nicht.«

Die Menschenmengen säumten den Strand, vom Randstein bis zu den Ladenfassaden waren die Bürgersteige mit Menschen vollgepfropft. Zu beiden Seiten der Straße standen mit dicken Kabeln verbundene Metallpfeiler, vor denen die Londoner Polizei sich aufgereiht hatte. Die Augen der Männer huschten beständig nach allen Richtungen. Sie hielten ihre Gummiknüppel bereit.

Hinter den Polizisten hatten sich mindestens hundert Agenten des britischen Geheimdienstes unter die Menge gemischt, teilweise Männer, die man von ihren Überseeposten eingeflogen hatte. Sie waren Experten, auf denen Payton-Jones bestanden hatte, die Versicherung, die er gegen den Meisterschützen brauchte, der auf fünfhundert Meter Entfernung eine Shillingmünze in der Luft tanzen lassen konnte. Sie hatten untereinander Verbindung über Miniaturfunkgeräte, die auf einer stör- und abhörsicheren Frequenz arbeiteten.

In der Einsatzzentrale im Savoy herrschte höchste Spannung, jeder dort Anwesende war ein Fachmann auf seinem Gebiet. Computerbildschirme zeigten jeden Meter des Terrains; jeder Häuserblock, jede Seitengasse war mit graphischen Symbolen markiert. Die Bildschirme waren mit den Funkgeräten draußen gekoppelt; sie waren als winzige, bewegliche Punkte zu erkennen, die aufleuchteten, wenn man einen Knopf drückte. Der Zeitpunkt war nah. Die Wagenkolonne hatte sich bereits in Bewegung gesetzt.

»Ich gehe jetzt hinaus«, sagte Tennyson und zog das kleine Funkgerät aus der Tasche. »Ich schalte den grünen Pfeil auf Empfang, das ist doch richtig?«

»Ja, aber senden Sie keine Mitteilungen, sofern Sie nicht glauben, sie seien wirklich wichtig«, sagte Payton-Jones. »Sobald die Wagenkolonne die Waterloo Bridge erreicht, sind Fünf-Sekunden-Intervalle alle fünfzig Meter festgelegt – von Notfällen abgesehen, natürlich. Halten Sie die Sendekanäle frei.«

Ein Agent, der vor einer Computerkonsole saß, sagte mit lauter Stimme: »Annäherung auf hundertfünfzig Meter an Waterloo, Sir. Geschwindigkeit gleichbleibend zwölf Stundenkilometer.«

Der blonde Mann eilte aus dem Raum. Der Augenblick war gekommen, die Schritte einzuleiten, die die ›Abwehr‹ ein für allemal vernichten und den Wolfsschanzenvertrag sichern würden.

Er trat ins Freie und sah auf die Uhr. Binnen dreißig Sekunden würde der Mann im braunen Regenmantel an dem Fenster im ersten Stock des Strand Palace Hotel erscheinen. Er hatte Zimmer einhundertsechs, unmittelbar unter dem Raum mit der Waffe in der Matratze. Dies war der erste Schritt.

Tennyson sah sich nach einem von Payton-Jones' Spezialisten um. Sie waren nicht schwer auszumachen; sie trugen die gleichen kleinen Funkgeräte wie er. Er ging auf einen Agenten zu, der sich Mühe gab, seine Position vor einem Schaufenster gegen die unruhige Menge zu verteidigen, und mit dem er bewußt schon einige Male gesprochen hatte; er hatte sich mit einigen von ihnen unterhalten, um ihnen vertraut zu werden.

»Hello. Wie läuft's denn?«

»Wie bitte? Oh, Sie sind das, Sir.« Der Agent beobachtete die Leute in seinem Umkreis. Er hatte jetzt keine Zeit für beiläufige Gespräche.

In der Nähe der Waterloo Bridge erhob sich Lärm. Die Wagenkolonne kam heran. Die Menschen drängten sich gegen den Randstein vor, winkten mit Fähnchen. Die zwei Reihen Polizei draußen auf der Straße, jenseits der Absperrung, schlossen ihre Reihen, als erwarteten sie einen Massenansturm.

»Dort drüben!« schrie Tennyson und packte den Agenten am Arm. »*Dort* oben!«

»Was? *Wo*?«

»Das Fenster dort! Grade war es noch zu!«

Sie konnten den Mann im braunen Regenmantel nicht deutlich sehen, aber es war offenkundig, daß dort im Schatten jemand war.

Der Agent hob sein Funkgerät. »Verdächtige Beobachtung. Sektor eins, Strand Palace Hotel, erstes Obergeschoß, drittes Fenster von Südecke.«

Ehe die Antwort kam, war ein Knacken zu hören. »Das ist unter zwo-null-sechs. Sofortige Sicherheitsprüfung.« Der Mann im Fenster verschwand.

»Er ist weg«, sagte der Agent schnell.

Fünf Sekunden später kam eine andere Stimme über das Gerät. »Niemand hier. Zimmer leer.«

»Bedaure«, sagte der blonde Mann, ließ den Agenten stehen und arbeitete sich in südlicher Richtung durch die Menge. Wieder sah er auf die Uhr: noch zwanzig Sekunden. Er ging auf einen anderen mit einem Funkgerät zu und zeigte ihm sein eigenes, um sich auszuweisen.

»Ich bin einer von Ihnen«, sagte er und mußte dazu die Stimme heben, um sich Gehör zu verschaffen. »Alles in Ordnung?«

Der Agent sah ihn an. »Was?« Er sah Tennysons Funkgerät. »O ja, Sie waren heute morgen mit bei der Einsatzbesprechung. Alles in Ordnung, Sir.«

»Die *Tür* da!« Tennyson legte dem Agenten die Hand auf die Schulter. »Auf der anderen Seite. Die offene Tür. Sie können das Treppenhaus über der Menge sehen. Diese *Tür*.«

»Was ist damit? Der Mann auf der Treppe? Der da läuft?«

»Ja! Es ist derselbe Mann!«

»Wer? Wovon reden Sie?«

»In dem Hotelzimmer. Vor ein paar Augenblicken. Es ist derselbe Mann; das *weiß* ich! Er hatte eine Aktentasche.«

Der Agent sprach in sein Gerät. »Sicherheitsprüfung erbeten. Sektor vier, Westflanke. Türnische neben Juweliergeschäft. Mann mit Aktentasche. Geht Treppe hinauf.«

»Veranlaßt«, kam die Antwort.

Auf der anderen Seite des Strand konnte Tennyson zwei Männer durch die offene Tür und die dunklen Treppen hinaufrennen sehen. Er blickte nach links; der Mann im braunen Regenmantel verließ soeben das Juweliergeschäft und mischte sich in die Menge. Im Oberstock gab es eine Tür, die normalerweise versperrt war – so wie sie jetzt versperrt war –, die beide Gebäude miteinander verband.

Eine Stimme kam über Funk. »Niemand mit einer Aktentasche im ersten bis fünften Stock. Dach überprüfen.«

»Nicht nötig«, befahl eine andere Stimme. »Wir sind hier oben, und da ist niemand.«

Tennyson zuckte nachsichtheischend die Achseln und ging weiter. Er würde noch dreimal einen Alarm auslösen, während der Wagenzug gemächlich den Strand hinunterrollte. Der letzte Alarm würde dazu führen, daß das Fahrzeug an der Spitze anhielt und Freigabe anforderte, ehe es den Weg zum Trafalgar Square fortsetzte. Er selbst würde diesen letzten Alarm auslösen. Und dann würde das Chaos ausbrechen.

Die beiden ersten Alarmmeldungen erfolgten im Abstand von drei Minuten. Der Mann im braunen Regenmantel führte seinen Plan präzise und exakt aus. Während er sich geschickt den Weg zum Trafalgar Square bahnte, wurde er kein einziges Mal von einem Angehörigen des Geheimdienstes aufgehalten. Er hatte sich zwei Kameras und einen Belichtungsmesser umgehängt und spielte perfekt die Rolle des Touristen, der sich Mühe gab, die besten Aussichtspunkte zu finden, von denen aus er diesen historischen Augenblick auf den Film bannen konnte.

Alarm eins. Ein Arm wurde gepackt; ein Arm mit einer Hand, die ein Funkgerät hielt.

»Hier, das Gerüst! Dort oben!«

»*Wo?*«

Die ganze Fassade eines Gebäudes gegenüber dem Charing-Cross-Bahnhof wurde renoviert. Leute waren an den Gerüsten nach oben geklettert; jetzt jubelten und pfiffen sie, als die internationale Wagenkolonne auftauchte.

»Dort oben rechts. Er ist hinter den Verschlag gelaufen!«

»*Wer*, Sir?«

»Der Mann im Hotel, der auf der Treppe! Die Aktentasche!«

»Sicherheitsüberprüfung. Sektor sieben. Mann auf Baugerüst. Mit Aktentasche.«

Störgeräusche. Dann ein Stimmengewirr.

»Wir sind *überall* auf den Gerüsten, Kumpel.«

»Keiner hier mit einer Aktentasche!«

»Jede Menge Kameras. Aber keine Aktentaschen oder irgendwelches Gepäck.«

»Der Verschlag in der zweiten Etage.«

»Der Mann hat einen neuen Film eingelegt, Kumpel. Er klettert jetzt wieder hinunter. Kein Vogel.«

»Tut mir leid.«

»Da haben Sie uns aber einen Schrecken eingejagt, Sir.«

»Entschuldigen Sie bitte.«

Alarm zwei. Tennyson zeigte einem Polizisten seinen provisorischen MI-5-Ausweis und rannte über die Kreuzung in den überfüllten Trafalgar Square hinein.

»Die Löwen! Mein *Gott*, die Löwen!«

Der Agent – einer der Männer, mit denen Tennyson während der Einsatzbesprechung am Morgen geredet hatte – starrte den Sockel des Nelson-Denkmals an. Dutzende von

Zuschauern hockten auf den Löwen, die das hochragende Symbol von Nelsons Sieg bei Trafalgar umgaben.

»Was, Sir?«

»Da ist er wieder! Der Mann auf dem Gerüst!«

»Ich habe den Bericht gerade gehört«, sagte der Agent. »Wo ist er?«

»Hinter dem Löwen dort rechts. Das ist keine Aktentasche, es ist eine große Ledertasche, zu groß für eine Kamera! *Sehen* Sie das denn nicht? Die Tasche ist für eine Kamera zu groß!«

Der Agent zögerte nicht; schon hatte er das Funkgerät vor den Lippen. »Sicherheitsprüfung. Sektor neun. Nördlicher Löwe. Mann mit großer Ledertasche.«

Wieder das Knattern von Störungen; zwei Stimmen überlagerten sich.

»Mann mit zwei Kameras, die größere steht neben ihm auf dem Boden...«

»Mann überprüft Belichtungsmesser ... entspricht ... sehe keine Gefahr; kein Vogel.«

»Mann steigt hinunter, stellt Kamera ein. Kein Vogel.«

Der MI-5-Agent sah Tennyson an und wandte den Blick dann wieder ab, ließ seine Augen über die Menge schweifen.

Der Augenblick war da. Der letzte Alarm, der Anfang vom Ende der ›Abwehr‹.

»Sie *irren* sich!« schrie Tennyson wütend. »Sie *alle* irren sich! Jeder von Ihnen irrt sich!«

»Was?«

Der blonde Mann rannte, so schnell er konnte, arbeitete sich quer über den überfüllten Platz zum Randstein, das Funkgerät am Ohr. Er konnte erregte Stimmen hören, die sich mit seinem Ausbruch befaßten.

»Der ist völlig verrückt!«

»Er sagt, wir irren uns.«

»Worin?«

»Keine Ahnung.«

»Er ist weggerannt.«

»Wohin?«

»Ich kann ihn nicht sehen.«

Tennyson erreichte den schmiedeeisernen Zaun, der das Denkmal umgab. Er konnte seinen Kollegen – den Tinamu-

Lehrling – über die Straße jagen sehen, auf den Bogen zu. Der Mann im Regenmantel hielt ein kleines schwarzes Plastiketui in der Hand. Der Ausweis in dem Etui war eine exakte Kopie von dem in Tennysons Tasche, nur daß die Fotografie eine andere war.

Jetzt!

Der blonde Mann drückte den Knopf und schrie ins Funkgerät. »Das ist er! Das weiß ich!«

»Wer ist das?«

»Antworten.«

»Das kommt aus Sektor zehn.«

»Jetzt verstehe ich! Jetzt ist mir klar, was da nicht gestimmt hat.«

»Sind Sie das, Tennyson?« Die Stimme von Payton-Jones.

»Ja!«

»Wo sind Sie?«

»Das ist es! Jetzt begreife ich es.«

»Was begreifen Sie? Tennyson sind Sie das? Was ist denn! Antworten Sie!«

»Jetzt ist alles klar! Ich verstehe jetzt, welchen Fehler wir gemacht haben! Es wird nicht zu dem Zeitpunkt passieren, den wir angenommen haben – und *wo* wir damit gerechnet haben.«

»Wovon sprechen Sie? Wo sind Sie?«

»Wir haben uns geirrt; verstehen Sie denn nicht? Die Waffen. Die sieben Verstecke. Die *sollten* wir finden! Das war es, was nicht gestimmt hat!«

»Was? ... Drücken Sie den roten Knopf, Tennyson. Alle Kanäle freimachen ... Was hat nicht gestimmt?«

»Wie er die Waffen versteckt hat. Das war nicht gut genug. Wir haben sie zu leicht gefunden.«

»Großer Gott, was wollen Sie damit sagen?«

»Das weiß ich noch nicht genau«, erwiderte Tennyson, der auf eine Öffnung im Zaun zuging. »Ich weiß nur, daß wir diese Waffen finden sollten. Das geht aus der Reihenfolge hervor!«

»Welcher Reihenfolge? Drücken Sie den roten Knopf. Wo sind Sie?«

»Irgendwo zwischen Sektor zehn und neun«, drängte sich eine

andere Stimme dazwischen. *»Westflanke. Auf dem Trafalgar Square.«*

»Die Reihenfolge von einer Waffe zur nächsten«, schrie Tennyson. »Von Osten nach Westen gehend! Wir haken jede Stelle ab, sobald sie passiert ist. Das sollten wir nicht! Das sind offene Limousinen!«

»Was soll das heißen?«

»Halten Sie die Kolonne an! Bei allem, was heilig ist, halten Sie sie an!«

»Wagenkolonne anhalten!... Der Befehl ist weitergegeben. So, wo sind Sie?«

Der blonde Mann duckte sich; zwei MI-5-Männer gingen wenige Schritte von ihm entfernt vorbei. »Ich glaube, ich habe ihn entdeckt! Der Mann auf dem Gerüst! In dem Türeingang. Im Hotelfenster. Er ist es! Jetzt dreht er sich um; jetzt rennt er!«

»Beschreiben Sie ihn. Mann Gottes, beschreiben Sie ihn!«

»Er trägt ein Jackett. Ein braunkariertes Jackett.«

»Alle Mann Achtung. Mann in braunkarierter Jacke festnehmen. Läuft in nördlicher Richtung vorbei an Sektor neun, acht und sieben. Westflanke.«

»Es muß eine andere Waffe sein! Eine Waffe, die wir nicht gefunden haben. Er wird von hinten schießen! Entfernung bedeutet ihm nichts. Er würde aus tausend Meter Entfernung ein Genick treffen! Die Wagenkolonne soll weiterfahren! Schnell!«

»Fahrzeug eins, weiterfahren. Kofferräume aller Wagen besetzen. Zielpersonen vor Feuer von hinten schützen.«

»Er ist stehengeblieben!«

»Tennyson, wo sind Sie? Geben Sie Ihren Standort an.«

»Immer noch zwischen Sektor neun und zehn, Sir«, drängte sich eine Stimme dazwischen.

»Er trägt das Jackett jetzt nicht mehr, aber es ist derselbe Mann! Er rennt über den Strand!«

»Wo?«

»In Sektor acht überquert niemand die Straße.«

»Sektor neun?«

»Niemand, Sir.«

»Hinter der Wagenkolonne!«

»Hier Sektor fünf. Die Polizei hat die Absperrung gelockert ...«

»Wieder abdichten. Räumen Sie die Straße. Tennyson, was trägt er? Beschreiben Sie ihn.«

Der blonde Mann blieb stumm; er ging zwanzig Meter über den Platz und führte dann das Gerät wieder an die Lippen. »Jetzt trägt er einen braunen Regenmantel. Er bewegt sich wieder zurück zum Trafalgar Square.«

»Sektor acht, Sir. Sendung in Sektor acht.«

Tennyson schaltete das Funkgerät ab, schob es in die Tasche und rannte zu dem Eisenzaun zurück. Die Wagenkolonne hatte jetzt Charing Cross erreicht und war vielleicht vierhundert Meter entfernt. Das Timing war perfekt. Das Timing des Tinamu war stets perfekt.

Der Mann im braunen Regenmantel bezog in einem leeren Büro des Regierungsgebäudes hinter dem Admiralty-Park Stellung, einem Raum, den er sich mit der gefälschten MI-5-Ausweiskarte reserviert hatte. Die Karte war ein Freibrief; niemand widersetzte sich ihr, nicht heute. Die Schußlinie von diesem Zimmer auf die Wagenkolonne war nicht einfach, aber für jemanden, den der Tinamu ausgebildet hatte, war auch das kein Problem.

Tennyson sprang über den Eisenzaun und rannte schräg über den Trafalgar Square auf den Admiralty Arch zu. Zwei Polizeibeamte hielten ihn auf, die Gummiknüppel erhoben; die Wagenkolonne war dreihundert Meter entfernt.

»Katastrophenfall«, schrie der blonde Mann und zeigte seinen Ausweis. »Schalten Sie auf MI-5-Frequenz. Savoy-Zentrale! Ich muß zum Regierungsgebäude!«

Die Polizeibeamten waren verwirrt. »Tut mir leid, Sir. Wir haben keine Funkgeräte.«

»Dann beschaffen Sie sich welche!« schrie Tennyson und rannte weiter. Am Admiralty Arch schaltete er sein Gerät ein. »Die Mall! Wenn die Kolonne durch den Bogen ist, alle Fahrzeuge halten lassen. Er steckt in den Bäumen!«

»Tennyson, wo sind Sie?«

»Sektor zwölf, Sir. Er ist in Sektor zwölf. Ostflanke.«

»Geben Sie seine Anordnungen weiter. Schnell!«

Tennyson schaltete das Gerät ab, schob es ein und zwängte sich weiter durch die Menge. Jetzt hatte er die Mall erreicht und bog nach links, lief quer über den Gehweg auf den ersten Eingang des Regierungsgebäudes zu. Zwei uniformierte Wachen hielten ihn auf; wieder zeigte er den MI-5-Ausweis.

»O ja, Sir«, sagte der Posten zu seiner Linken. »Ihr Team ist im ersten Stock. Ich weiß nicht, in welchem Büro.«

»Ich schon«, sagte der blonde Mann und lief weiter zur Treppe. Die Beifallsrufe vom Trafalgar Square wurden lauter. Die Wagenkolonne näherte sich dem Admiralty Arch.

Er nahm drei Stufen auf einmal, stieß die Korridortür im ersten Stock auf, blieb im Gang stehen, um die Waffe aus der Tasche zu ziehen und sie sich in den Gürtel zu stecken. Dann hastete er zur zweiten Tür links. Er wußte, daß sie abgesperrt war. Aber sie jetzt einfach einzutreten, hieß sich eine Kugel durch den Kopf einhandeln.

»Ich bin's. Von Tiebolt!« rief er. »Bleib beim Fenster!«

»Herein!« kam die Antwort.

Tennyson zog die Schulter an und warf sich gegen die Tür; sie flog auf. Der Mann im Regenmantel kauerte mit einem langläufigen Karabiner in der Hand am Fenster. Er trug fleischfarbene Handschuhe.

»Johann?«

»Die haben *alles* gefunden«, sagte der blonde Mann. »Jede Waffe, jedes Versteck!«

»Unmöglich!« schrie der Mann im Regenmantel. »Ein oder zwei vielleicht, nicht alle!«»Alle miteinander«, sagte Tennyson und kniete hinter dem Mann am Fenster nieder. Der erste Wagen des Begleitschutzes hatte jetzt den Admiralty Arch passiert; binnen Sekunden würden sie die erste Limousine sehen. Die Jubelrufe der Menschenmassen zu beiden Seiten der Mall schwollen an.

»Gib mir das Gewehr!« sagte Tennyson. »Zielfernrohr eingestellt?«

»Natürlich«, sagte der Mann und reichte Tennyson die Waffe.

Der schob die linke Hand durch den Riemen, straffte ihn, hob den Karabiner dann an die Schulter und blickte durchs

Zielfernrohr. Die erste Limousine schob sich in den hellgrünen Kreis, er hatte jetzt den Premierminister von Großbritannien im Fadenkreuz. Tennyson bewegte die Waffe ein Stück; jetzt hatte er das lächelnde Gesicht des Präsidenten der Vereinigten Staaten im Visier, das Fadenkreuz teilte die linke Schläfe des Amerikaners. Tennyson schob die Waffe vor und zurück. Es war für ihn wichtig zu wissen, daß er mit zweimal abdrücken beide eliminieren konnte.

Langsam schob sich eine dritte Limousine in den grünen Kreis. Der Parteivorsitzende der Volksrepublik China war jetzt im Visier, und das Fadenkreuz ruhte auf einer Stelle knapp unter dem Schild seiner Bauernkappe. Ein leichter Druck nur, und der Schädel des Mannes würde in Stücke fliegen.

»Worauf *warten* Sie?« fragte der Lehrling des Tinamu.

»Ich treffe meine Entscheidung«, antwortete Tennyson. »Zeit ist relativ. Halbe Sekunden werden zu halben Stunden.«

Jetzt war die vierte Limousine eingetroffen, und der Generalsekretär der Kommunistischen Partei der Sowjetunion befand sich in dem tödlichen grünen Kreis.

Die Übung war vorbei. Er hatte sie in Gedanken durchgespielt. Der Übergang zwischen Wunsch und Wirklichkeit war unbedeutend. Es wäre so einfach gewesen, den Abzug zu betätigen.

Aber dies war nicht der richtige Weg, um die ›Abwehr‹ zu vernichten. Das Töten käme später; es würde in einigen Wochen beginnen und dann einige Wochen andauern. Es war Teil eines Vertrages der Wolfsschanze, ein wichtiger Teil. So viele von den Führern würden sterben. Aber nicht jetzt, nicht an diesem Nachmittag.

Die Wagenkolonne hielt an. Payton-Jones hatte Tennysons Anweisungen weitergeleitet. Keine Limousine rollte in die Mall. Dutzende von Agenten schwärmten über die Rasenfläche aus. Sie hatten ihre Waffen gezogen, hielten sie aber unauffällig, während sie durch die Büsche liefen und die Bäume absuchten.

Tennyson hielt den Karabiner mit der linken Hand, der Lederriemen war straff vom Lauf bis zu seiner Schulter gespannt. Er zog den Finger aus dem Abzug und ließ die rechte Hand zur Hüfte sinken, holte den Revolver aus dem Gürtel.

»*Jetzt*, Johann! Die haben angehalten«, flüsterte sein Lehrling. »Jetzt, sonst setzen sich die wieder in Bewegung, dann verlieren Sie sie!«

»Ja, jetzt«, sagte Tennyson leise und drehte sich zu dem Mann herum, der neben ihm kauerte. »Und ich verliere nichts.«

Er feuerte die Waffe ab, und die Explosion hallte durch das leere Büro. Der Mann wurde von den Füßen gerissen, Blut spritzte aus seiner Stirn. Dann fiel er zu Boden, und seine Augen erstarrten in grenzenlosem Staunen.

Es war zweifelhaft, ob man den Schuß bei dem draußen herrschenden Lärm hatte hören können, aber eigentlich war das nicht wichtig. Binnen Sekunden würde es Gewehrfeuer geben, das keiner überhören konnte. Tennyson sprang auf, ließ den Karabiner sinken und holte ein zusammengefaltetes Blatt Papier aus der Tasche. Er kniete neben dem Toten nieder und schob das Papier in den blutigen, leblosen Mund, stieß es ihm so weit er konnte in den Hals.

Dann schob er die Waffe wieder über den Arm ihres Besitzers und zerrte die Leiche ans Fenster. Er wischte den Karabiner mit seinem Taschentuch ab und zwang die toten Finger um den Abzug, riß dabei den rechten Handschuh auf, so daß die Tätowierung sichtbar wurde.

Jetzt.

Er holte das Funkgerät heraus und beugte sich aus dem Fenster. »Ich glaube, ich habe ihn entdeckt! Es ist dasselbe wie in Madrid! Das ist es! Madrid!«

»Madrid? Tennyson, wo –«

»Sektor dreizehn, Sir. Ostflanke.«

»Dreizehn? Deutlicher. Madrid?«

Tennyson stieß sich vom Fenstersims ab und sah sich in dem verlassenen Büro um. Jetzt würde es nur noch Sekunden dauern, bis bei Payton-Jones der Groschen fiel.

Tennyson legte das Funkgerät auf den Boden und kniete neben dem Toten nieder. Er schob den leblosen Arm mit der Waffe ins offene Fenster. Gleichzeitig lauschte er auf die erregten Stimmen, die über Funk zu ihm drangen.

»Sektor dreizehn. Ostflanke. Hinter dem Arch links, in Südrichtung.«

»Alle Agenten auf Sektor dreizehn konzentrieren. Ostflanke. Sammeln.«

»Kommen, Sir. Sektor –«

»Madrid! ...Das Regierungsgebäude. Es ist der Regierungsbau.«

Jetzt.

Der blonde Mann riß viermal an dem toten Finger, feuerte wahllos in die Menge, die die Wagenkolonne umgab. Er konnte die Schreie hören, die Körper fallen sehen.

»Weiter. Alle Fahrzeuge weiterfahren. Alarmstufe eins. Weg hier.«

Die Motoren der Limousinen brüllten auf, die Wagen setzten sich ruckartig in Bewegung. Das Schrillen von Sirenen erfüllte den Saint James' Park.

Tennyson ließ den toten Mann zu Boden fallen und sprang zur Tür, den Revolver in der Hand. Er drückte einige Male ab, bis das Magazin leer war. Der Körper des Toten zuckte bei jedem neuen Treffer zusammen. Die Stimmen am Funkgerät waren jetzt nicht mehr voneinander zu unterscheiden. Er konnte im Korridor das Geräusch schneller Schritte hören.

Johann von Tiebolt ging zur Wand und sank zu Boden, das Gesicht von Erschöpfung gezeichnet. Sein Auftritt war zu Ende. Der Tinamu war gefaßt.

Vom Tinamu.

33.

Ihr letztes Zusammentreffen war siebenundzwanzigeinhalb Stunden nach dem Tod des unbekannten Mannes, von dem man vermutete, daß er der Tinamu war.

Seit dem ersten Bericht von den ungeheuerlichen Ereignissen – die zunächst vom *Guardian* gemeldet und anschließend von Downing Street bestätigt worden waren – hatte die Nachricht die Welt erschüttert. Und der britische Geheimdienst, der es strikt ablehnte, irgendwelche Kommentare abzugeben, sondern sich lediglich bereitfand, einer nicht näher bezeichneten Person, deren Namen sie nicht preisgeben wollte, ihren Dank abzustatten, gewann einen Teil seiner Reputation zurück, die er in vielen Jahren der Ungeschicklichkeit verloren hatte.

Payton-Jones holte zwei Umschläge aus der Tasche und reichte sie Tennyson. »Mir scheint das als Gegenleistung so unzureichend. Die britische Regierung steht in einem Maße in Ihrer Schuld –«

»Ich habe dabei keinen Augenblick an Geld gedacht«, sagte Tennyson und nahm die Umschläge entgegen. »Mir genügt, daß der Tinamu nicht mehr ist. Ich nehme an, einer dieser Briefe ist der von MI-5, und der andere Umschlag enthält die Namen aus der ›Abwehr‹-Akte?«

»Das stimmt.«

»Und mein Name ist aus den Berichten über diese Aktion getilgt worden?«

»Er ist dort nie erschienen. In den Berichten werden Sie als ›Alpha‹ bezeichnet. Der Brief, von dem eine Kopie in den Akten bleibt, bestätigt, daß Ihre Unterlagen makellos sind.«

»Und was ist mit denen, die meinen Namen über Funk gehört haben?«

»Die würden sich gemäß den Vorschriften über Amtsgeheimnisse strafbar machen, wenn sie den Namen preisgeben. Nicht daß es einen großen Unterschied machte; sie haben nur den Namen ›Tennyson‹ gehört. Es gibt bestimmt ein Dutzend Tennysons im britischen Geheimdienst, und man kann jeden einzelnen von ihnen hier einschleusen, falls sich das als notwendig erweisen sollte.«

»Dann, würde ich sagen, ist unser Geschäft abgewickelt.«

»Ich denke auch. Was werden Sie jetzt tun?«

»Tun? Meine Arbeit natürlich. Ich bin Reporter. Aber vielleicht mache ich ein paar Tage Urlaub. Ich muß mich leider um die Angelegenheiten meiner älteren Schwester kümmern. Und danach möchte ich mich eine Weile erholen. In der Schweiz vielleicht. Ich laufe gern Ski.«

»Da wäre die Jahreszeit richtig.«

»Ja.« Tennyson machte eine Pause. »Hoffentlich ist es nicht notwendig, mich noch länger überwachen zu lassen.«

»Natürlich nicht. Nur wenn Sie es wünschen.«

»Es wünschen?«

»Zu Ihrem Schutz.« Payton-Jones gab Tennyson die Fotokopie eines Zettels. »Der Tinamu war bis zum Ende ein Profi; er versuchte das hier beiseite zu schaffen, versuchte es zu schlucken. Und Sie hatten recht. Es ist die ›Abwehr‹.«

Tennyson nahm die Kopie entgegen. Die Worte waren undeutlich, aber lesbar.

ABW. 1360.78 K. AU 23°. 22°.

»Was bedeutet das?« fragte er.

»Eigentlich ist es sehr einfach«, erwiderte der Agent. »ABW. bedeutet offensichtlich ›Abwehr‹. Die Zahl 1360.78 bezeichnet Kilogramm. ›Au‹ ist das chemische Zeichen für Gold. Das ›23° 22°‹ halten wir für die geographischen Koordinaten von Johannesburg. Der Tinamu ist von Johannesburg für seine gestrige Arbeit in Gold bezahlt worden. Mit rund drei Millionen sechshunderttausend Pfund Sterling oder über sieben Millionen amerikanische Dollar.«

»Erschreckend die Vorstellung, daß die ›Abwehr‹ über so viel Geld verfügt.«

»Noch viel erschreckender, wenn man bedenkt, wie es eingesetzt wurde.«

»Sie werden doch die Information nicht freigeben? Oder den Zettel?«

»Besser nicht. Aber uns ist klar, daß wir nicht das Recht haben, Sie – ausgerechnet Sie – daran zu hindern, darüber zu schreiben. Sie haben in Ihrem Bericht im *Guardian* auf eine unbekannte Gruppe von Männern hingewiesen, die möglicherweise für den Attentatsversuch verantwortlich war.«

»Ich habe Spekulationen über diese Möglichkeit angestellt«, verbesserte ihn Tennyson. »Weil es sich um die übliche Vorgehensweise des Tinamu handelte. Er war ein bezahlter Meuchelmörder, kein Rächer. Haben Sie etwas über den Mann selbst in Erfahrung gebracht?«

»Buchstäblich nichts. Das einzige, was er bei sich trug, war eine ausgezeichnete Fälschung eines MI-5-Ausweises. Seine Fingerabdrücke sind nirgendwo registriert, von Washington bis Moskau nicht. Sein Anzug war von der Stange; wir bezweifeln, daß es sich um englische Ware handelt. Seine Unterwäsche zeigt keinerlei Wäschemarken, und sein Regenmantel, dessen Herkunft wir zu einem Geschäft in der Old Bond Street zurückverfolgen konnten, war bar bezahlt.«

»Aber er ist doch ständig gereist. Er muß Papiere gehabt haben.«

»Wir wissen nicht, wo wir die suchen sollten. Wir kennen nicht einmal seine Nationalität. Die Labors haben rund um die Uhr gearbeitet, um etwas ausfindig zu machen: Zahnbehandlung, Hinweise auf chirurgische Behandlung, unveränderliche Kennzeichen, die ein Computer irgendwo überprüfen könnte, *irgend etwas*. Bis zur Stunde ohne jedes Ergebnis.«

»Dann war es vielleicht gar nicht der Tinamu. Unser einziger Beweis ist die Tätowierung auf seinem Handrücken und ein ähnliches Kaliber der Waffen. Ist das genug?«

»Für den Augenblick schon; Sie können das morgen in Ihrer Story berichten. Die Ballistiktests sind unwiderlegbar. Zwei von den versteckten Karabinern, die wir entdeckt haben, und der, den er bei sich trug, entsprechen drei Gewehren, die bei früheren Meuchelmorden benutzt wurden.«

Tennyson nickte. »Das beruhigt ein wenig, nicht wahr?«

»Ganz sicher.« Payton-Jones wies auf die Kopie des Zettels. »Und wie lautet Ihre Antwort?«

»Wozu? Zu dem Zettel?«

»Der ›Abwehr‹. Sie haben uns auf sie gebracht, jetzt ist das bestätigt. Eine außergewöhnliche Story. Sie haben sie ans Licht gefördert und haben das Recht, sie zu drucken.«

»Aber Sie wollen nicht, daß ich das tue.«

»Wir können Sie nicht daran hindern.«

»Andererseits«, sagte der blonde Mann, »gibt es nichts, was Sie daran hindern könnte, meinen Namen in Ihren Berichten zu erwähnen, und das ist etwas, was *ich* nicht möchte.«

Der MI-5-Mann räusperte sich. »Nun, da gibt es eigentlich doch etwas. Ich habe Ihnen mein Wort gegeben, Mr. Tennyson. Ich möchte meinen, daß mein Wort gilt.«

»Ganz sicher tut es das, aber ebenso sicher bin ich, daß Sie das, falls die Situation es erfordern sollte, noch einmal überdenken würden. Und wenn Sie das nicht täten, dann jemand anders.«

»Unwahrscheinlich. Sie haben nur mit mir verhandelt; so war es vereinbart.«

»Also bleibt ›Alpha‹ anonym. Er hat keine Identität.«

»Richtig. Und das ist auch in den Bereichen, in denen ich zu tun habe, nicht ungewöhnlich. Ich habe mein ganzes Leben im Geheimdienst verbracht. Man zieht mein Wort nicht in Zweifel, wenn ich es einmal gebe.«

»Ich verstehe.« Tennyson richtete sich auf. »Weshalb wollen Sie nicht, daß man die ›Abwehr‹ identifiziert?«

»Ich will Zeit. Ein oder zwei Monate. Zeit, um mich näher heranzuarbeiten, ohne die Leute zu alarmieren.«

»Glauben Sie, daß Sie das schaffen?« Tennyson wies auf den einen der Umschläge auf dem Tisch. »Helfen diese Namen dabei?«

»Da bin ich nicht sicher. Ich habe gerade erst angefangen. Die Liste enthält nur acht Namen, und wir sind nicht einmal sicher, daß diese Männer alle noch am Leben sind. Es war noch keine Zeit, das zu überprüfen.«

»*Jemand* lebt doch. Jemand, der sehr reich und mächtig ist.«

»Offensichtlich.«

»Also tritt an die Stelle des Drangs, den Tinamu zu fassen, jetzt die fixe Idee mit der ›Abwehr‹.«

»Logischerweise, würde ich sagen«, nickte Payton-Jones. »Und vielleicht sollte ich noch hinzufügen, daß es noch einen Grund gibt – sehr professioneller, aber zum Teil auch persönlicher Natur. Ich bin überzeugt, daß die ›Abwehr‹ einen jungen Mann getötet hat, den ich ausgebildet habe.«

»Wer war das?«

»Mein Assistent. Ich habe noch nie einen so loyalen Menschen wie ihn kennengelernt. Man fand seine Leiche in einem kleinen Dorf namens Montereau, etwa hundert Kilometer südlich von Paris. Er ging ursprünglich nach Frankreich, um Holcroft aufzuspüren, stellte dann aber fest, daß er mit Holcroft in eine Sackgasse geraten war.«

»Was, glauben Sie, ist geschehen?«

»Ich *weiß*, was geschehen ist. Er war hinter dem Tinamu her. Als Holcroft bewies, daß er nur das war, was er zu sein behauptete – ein Mann, der Sie wegen einer geringfügigen Erbschaft suchte –«

»Sehr geringfügig«, unterbrach Tennyson.

»... ging unser junger Mann in den Untergrund. Er war ein ausgezeichneter Profi; er machte Fortschritte. Und, was noch wichtiger war, er stellte eine Verbindung her. Er *muß* eine Verbindung hergestellt haben. Der Tinamu, die ›Abwehr‹ ... Paris. Alles paßt zusammen.«

»Inwiefern paßt es zusammen?«

»Auf dieser Liste steht ein Name. Ein Mann, der in der Nähe von Paris lebt – wir wissen nicht genau, wo –, der General im deutschen Oberkommando war. Klaus Falkenheim. Aber er war noch mehr als das. Wir glauben, daß er einer der wichtigsten Drahtzieher der ›Abwehr‹ war, eines ihrer ersten Mitglieder. Man kennt ihn als den ›Herrn Oberst‹.«

John Tennyson stand wie erstarrt neben dem Sessel. »Sie haben mein Wort«, sagte er. »Ich werde nichts schreiben.«

Holcroft beugte sich auf der Couch vor; er hielt eine Zeitung in der Hand. Die Überschrift ging über die ganze Seite. Sie sagte alles.

MEUCHELMÖRDER IN DER FALLE, IN LONDON GETÖTET

Fast alle Artikel auf der ersten Seite befaßten sich mit dem dramatischen Geschehen, das schließlich zum Tode des Tinamu geführt hatte. Es gab da Berichte, die fünfzehn Jahre in die Vergangenheit zurückgingen und den Tinamu mit den beiden Kennedys und Martin Luther King ebenso in Verbindung brachten wie mit Oswald und Ruby; dann Spekulationen aus jüngerer Zeit über Morde in Madrid und Beirut, Paris und Lissabon, Prag und sogar Moskau.

Der Unbekannte mit der tätowierten Rose auf dem Handrücken wurde sofort zur Legende.

»Mein Gott, er hat es geschafft«, sagte Noel.

»Und doch ist sein Name nirgends erwähnt«, meinte Helden. »Es paßt ganz und gar nicht zu Johann, sich bei etwas so Außergewöhnlichem nicht feiern zu lassen.«

»Du hast gesagt, er habe sich verändert, Genf habe auf ihn gewirkt. Das glaube ich. Der Mensch, mit dem ich sprach, war nicht an sich selbst interessiert. Ich sagte ihm, daß die Bank in Genf keine Komplikationen wolle. Die Direktoren würden nach Dingen Ausschau halten, die einen von uns disqualifizieren könnten, Dinge, die dazu führen könnten, daß das Geld in ein kompromittierendes Licht geriet. Ein Mann, der sich selbst in eine gefährliche Situation gebracht hat, der mit der Art von Leuten zu tun hatte, mit denen dein Bruder beim Aufspüren des Tinamu zusammenarbeitete, könnte den Bankiers eine Heidenangst einjagen.«

»Aber du und mein Bruder, ihr sagt beide, daß es jemanden gibt, der viel mächtiger ist als die RACHE oder die ODESSA *oder* Wolfsschanze – der versucht, euch zu stoppen. Wie glaubt ihr denn, daß die Männer in Genf das schlucken?«

»Wir werden ihnen nur das Allernötigste sagen«, meinte Holcroft. »Oder auch gar nichts, wenn dein Bruder und ich herausfinden, wer es ist.«

»Glaubt ihr, ihr könnt das?«

»Vielleicht. Johann glaubt es jedenfalls, und er hat in solchen Dingen, weiß Gott, mehr Erfahrung als ich. Das Ganze ist verrückt – ein regelrechter Ausleseprozeß. Zuerst sind wir überzeugt, daß es die eine Gruppe ist, dann eine andere, und am Ende stellt sich heraus, daß es keine von beiden ist.«

»Du meinst die ODESSA und die RACHE«

»Ja. Die haben wir inzwischen eliminiert. Jetzt suchen wir etwas anderes. Wir brauchen einen Namen, eine Identität.«

»Und was werdet ihr tun, wenn ihr die habt?«

»Ich weiß nicht«, sagte Holcroft. »Hoffentlich wird dein Bruder es mir sagen. Ich weiß nur, daß wir, was auch immer wir tun, es schnell tun müssen. Miles wird sich in ein paar Tagen auf mich stürzen. Er wird mich öffentlich mit Morden vom Kennedy Airport bis zum Plaza Hotel in Verbindung bringen. Er wird meine Auslieferung beantragen, und die wird er bekommen. Wenn es dazu kommt, ist Genf erledigt, und ich bin das praktisch auch.«

»Wenn sie dich finden«, sagte Helden. »Wir haben da Mittel und Wege …«

Noel starrte sie an. »Nein«, antwortete er. »Ich habe keine Lust, mit drei Garnituren Kleidern zum Wechseln und Schuhen mit Gummisohlen und Pistolen mit Schalldämpfern zu leben. Ich möchte, daß du Teil meines Lebens bist, aber ich will nicht Teil des deinen sein.«

»Möglicherweise hast du keine Wahl.«

Das Telefon schrillte, Holcroft nahm ab.

»Good afternoon, Mr. Fresca.« Es war Tennyson.

»Können Sie sprechen?« fragte Noel.

»Ja. Dieses Telefon ist sauber, und ich bezweifle, daß sich die Vermittlung des George Cinq für jeden Anruf aus London interessiert. Trotzdem, wir sollten vorsichtig sein.«

»Ich verstehe. Meine Gratulation. Sie haben getan, was Sie gesagt haben, das Sie tun würden.«

»Ich hatte Hilfe.«

»Sie haben mit den Briten gemeinsame Sache gemacht?«

»Ja. Sie hatten recht. Ich hätte das schon lange tun sollen. Die waren großartig.«

»Das höre ich gern. Es ist gut zu wissen, daß wir Freunde haben.«

»Mehr als das. Wir haben den Feind von Genf identifiziert.«

»*Was?*«

»Wir haben die Namen. Jetzt können wir gegen sie vorgehen. Wir *müssen* gegen sie vorgehen; dieses Morden muß aufhören.«

»Wie...?«

»Das erkläre ich Ihnen dann persönlich. Ihr Freund Kessler war der Wahrheit sehr nahe.«

»Eine Splittergruppe der ODESSA?«

»Seien Sie vorsichtig«, unterbrach Tennyson. »Wir wollen sagen, eine Gruppe müder, alter Männer mit zu viel Geld und einem Rachebedürfnis, das bis zum Kriegsende zurückreicht.«

»Was tun wir?«

»Vielleicht sehr wenig. Möglicherweise tun es die Briten für uns.«

»Wissen die über Genf Bescheid?«

»Nein. Aber sie begreifen, wenn sie jemandem verpflichtet sind.«

»Das ist mehr, als wir verlangen können.«

»Nicht mehr, als wir verdienen«, sagte Tennyson. »Wenn ich so sagen darf.«

»Natürlich. Diese... alten Männer. Die waren für *alles* verantwortlich? Auch für New York?«

»Ja.«

»Dann bin ich wieder sauber.«

»Das werden Sie in Kürze sein.«

»Gott sei Dank!« Noel sah zu Helden und lächelte. »Was wollen Sie jetzt, daß ich tue?«

»Wir haben Mittwoch. Seien Sie Freitag abend in Genf. Dort treffen wir uns. Ich nehme die Abendmaschine aus Heathrow und werde gegen halb zwölf dort sein, spätestens bis Mitternacht. Rufen Sie Kessler in Berlin an und sagen Sie ihm, er soll zu uns kommen.«

»Warum nicht heute oder morgen?«

»Ich habe noch einiges zu erledigen. Das wird uns helfen. Vereinbaren Sie Freitag. Haben Sie ein Hotel?«

»Ja. Das d'Accord. Meine Mutter fliegt nach Genf. Sie hat mir ausrichten lassen, ich solle dort wohnen.«

In der Leitung aus London herrschte Schweigen. Schließlich sprach Tennyson wieder, aber seine Stimme war nur ein Flüstern. »Was haben Sie gesagt?«

»Meine Mutter fliegt nach Genf.«

»Wir unterhalten uns später«, sagte Heldens Bruder so leise, daß man ihn kaum hören konnte. »Ich muß jetzt gehen.«

Tennyson stellte das Telefon auf das kleine Tischchen in seiner Wohnung in Kensington zurück. So wie das immer bei ihm war, verabscheute er den Apparat, wenn er ihm unerwartete Nachrichten gebracht hatte. Nachrichten in diesem Fall, die ebenso gefährlich wie das Auftauchen der ›Abwehr‹ sein konnten.

Welcher Wahnsinn hatte Althene Clausen dazu veranlaßt, nach Genf zu fliegen? Im Plan war das nicht vorgesehen gewesen – so wie sie den Plan begriff. Glaubte die alte Frau wirklich, sie könne in die Schweiz reisen, ohne Argwohn zu erwecken, insbesondere *jetzt*? Ob die Jahre sie unvorsichtig gemacht hatten? In dem Fall würde sie freilich nicht lange genug leben, um ihre Indiskretion zu bedauern. Andererseits war es möglich, daß ihre Loyalität geteilt war – so wie sie diese

Loyalität begriff. Dann würde man sie an ihre Prioritäten erinnern, ehe sie von einem Leben Abschied nahm, in dem sie so vielen Böses zugefügt hatte.

Nun gut. Er hatte seine eigenen Prioritäten. Der Vertrag der Wolfsschanze war dabei, erfüllt zu werden. Alles hing jetzt von der Wahl des richtigen Zeitpunkts ab.

Zuerst die Listen. Es gab zwei, und sie waren der Schlüssel zur Wolfsschanze. Die eine war elf Seiten lang und enthielt die Namen von rund sechzehnhundert Männern und Frauen – mächtigen Männern und Frauen in jedem Land der Welt. Sie waren die Elite der *Sonnenkinder*, die Führer, die auf das Signal aus Genf warteten, darauf warteten, die Millionen in Empfang zu nehmen, die ihnen Einfluß kaufen, Wahlen beeinflussen, Politik machen würden. Dies war die wichtigste Liste. Und aus ihr würden die Konturen des Vierten Reiches hervorgehen.

Aber Konturen erforderten Substanz, Tiefe. Führer brauchten Gefolgsleute. Diese kämen aus der anderen Liste, die auf hundert Filmspulen aufgezeichnet war. Die Liste der Herrenmenschen. Mikrokarteien über ihre Leute in jedem Teil der Erde. Tausende und Abertausende waren es inzwischen, gezeugt und angeworben von den Kindern, die man per Schiff, Flugzeug und Unterseeboot aus dem Reich hinausgeschickt hatte.

Operation *Sonnenkinder*.

Die Listen, die Namen. Nur eine Kopie, die nie vervielfältigt werden durfte und die ebenso scharf bewacht wurde wie je ein heiliger Gral. Jahrelang waren sie von Maurice Graff in Brasilien aufbewahrt und jeweils auf den neuesten Stand gebracht worden, und dann, an seinem fünfundzwanzigsten Geburtstag, wurden sie Johann von Tiebolt übergeben. Die Zeremonie war ein Zeichen für den Übergang der Macht; der auserwählte neue, absolute Führer hatte alle Erwartungen übertroffen.

John Tennyson hatte die Listen nach England gebracht, wissend, daß es zwingend geboten war, für sie einen Aufbewahrungsort zu finden, der sicherer war als jede Bank und jeder Möglichkeit einer Überprüfung entzogen. Er hatte diesen geheimen Ort in einer entlegenen Bergwerksstadt in

Wales gefunden, bei einem *Sonnenkind*, das bereitwillig sein Leben gegeben hätte, um die wertvollen Dokumente zu schützen.

Ian Llewellen, Bruder von Morgan, stellvertretender Kommandant von Beaumonts *Argo*.

Inzwischen war es fast Zeit, daß der Waliser eintraf. Nachdem er seine Lieferung getätigt hatte, würde das treu ergebene *Sonnenkind* das Opfer bringen, zu dem er sich erst vor wenigen Tagen verpflichtet hatte, als sie die Straße von Heathrow nach London fuhren. Sein Tod war unerläßlich; niemand durfte von jenen Listen wissen, jene Namen kennen. Und nach seinem Opfer hätten nur noch zwei Männer auf der ganzen Welt den Schlüssel zur Wolfsschanze. Der eine ein stiller Geschichtsprofessor in Berlin, der andere ein Mann, den der britische Geheimdienst schätzte wie keinen anderen – über jeden Verdacht erhaben.

›Abwehr‹. Der nächste Punkt.

Tennyson starrte das Blatt Papier neben dem Telefon an; seit einigenStunden lag es nun schon da. Noch eine Liste – Lichtjahre weit entfernt von den *Sonnenkindern* –: Payton-Jones hatte sie ihm gegeben. Die ›Abwehr‹.

Acht Namen, acht Männer. Und was die Briten in zwei Tagen nicht erfahren hatten, hatte er in weniger als zwei Stunden herausgebracht. Fünf von diesen Männern waren tot. Drei lebten, und einer von ihnen wartete in einem Sanatorium bei Stuttgart auf den Tod. Blieben zwei: der Verräter Klaus Falkenheim, bekannt als ›Herr Oberst‹, und ein ehemaliger Diplomat, heute dreiundachtzig Jahre alt, namens Werner Gerhardt, der in der Schweiz in einem Dorf am See von Neuchâtel ein ruhiges Leben führte.

Aber alte Männer pflegten nicht in Flugzeugen über den Atlantik zu reisen und Strychnin in Whisky zu praktizieren. Sie schlugen einen Mann nicht um eines Fotos willen bewußtlos. Sie schossen auch nicht in einem französischen Dorf mit Pistolen auf jenen Mann oder überfielen ihn in Berlin.

Die ›Abwehr‹ hatte jüngere, äußerst fähige Nachwuchskräfte ausgebildet. Sie so geschult, daß sie sich unbedingtem Gehorsam verpflichtet fühlten... so wie alle Jünger der Wolfsschanze.

›Abwehr‹! Falkenheim, Gerhardt. Seit wann waren sie über die Wolfsschanze informiert?

Morgen würde er es erfahren. Er würde in der Frühe eine Maschine nach Paris nehmen und Falkenheim aufsuchen, den verhaßten Herrn Oberst. Den Meisterschauspieler, den Meisterverräter. Den Verräter des Reiches.

Morgen würde er Falkenheim aufsuchen, und ihn durch die Mangel drehen. Und dann würde er ihn töten.

Draußen ertönte eine Hupe. Tennyson sah auf die Uhr, während er ans Fenster ging. Genau acht Uhr. Unten auf der Straße stand der Wagen des Walisers, und in ihm, in einen Stahlbehälter eingeschlossen, die Listen.

Tennyson holte eine Pistole aus der Schublade und schob sie in das Halfter unter seiner Achsel.

Er wünschte, er hätte die Ereignisse der Nacht hinter sich und säße schon im Flugzeug nach Paris. Er konnte es kaum erwarten, Klaus Falkenheim gegenüberzutreten.

Holcroft saß stumm im Halbdunkel auf der Couch, der Schein eines für ihn unsichtbaren Mondes füllte die Fenster. Es war vier Uhr früh. Er rauchte eine Zigarette. Vor einer Viertelstunde hatte er die Augen aufgeschlagen und nicht mehr einschlafen können. Seine Gedanken beschäftigten sich mit dem Mädchen, das neben ihm lag.

Helden. Sie war die Frau, mit der er den Rest seines Lebens verbringen wollte, und doch wollte sie ihm nicht sagen, wo sie lebte oder mit wem. Das war jetzt kein leichtes Spiel mit Worten mehr. Er hatte kein Interesse mehr an Spielen.

»Noel?« Heldens Stimme schwebte über die Schatten.

»Ja?«

»Was ist denn, Darling?«

»Nichts. Ich denke nur nach.«

»Ich habe auch nachgedacht.«

»Ich dachte, du schläfst.«

»Ich habe gespürt, daß du aus dem Bett gestiegen bist. Worüber denkst du nach?«

»Über viele Dinge«, sagte er. »Hauptsächlich über Genf. Es wird bald vorbei sein. Du wirst aufhören können zu fliehen, und ich auch.«

»Daran habe ich auch gedacht.« Sie lächelte ihm zu. »Ich will dir mein Geheimnis verraten.«

»Geheimnis?«

»Es ist gar kein besonders großes, aber ich möchte dein Gesicht sehen, wenn ich es dir sage. Komm her.«

Sie streckte ihm beide Hände hin, und er nahm sie, saß nackt vor ihr. »Was ist dein Geheimnis?«

»Deine Konkurrenz. Der Mann, mit dem ich zusammenlebe. Bist du bereit?«

»Ich bin bereit.«

»Es ist der Herr Oberst. Ich liebe ihn.«

»Der alte Mann?« Noel atmete wieder.

»Ja. Bist du wütend?«

»Ich bin außer mir. Ich werde ihn zum Duell fordern müssen.« Holcroft nahm sie in die Arme.

Helden lachte und küßte ihn. »Ich muß heute zu ihm.«

»Ich komme mit. Ich habe den Segen deines Bruders. Ich will sehen, ob ich den seinen auch bekomme.«

»Nein. Ich muß allein hin. Es dauert nur eine gute Stunde.«

»Sagen wir zwei. Aber allerhöchstens.«

»Zwei Stunden. Ich werde mich vor seinen Rollstuhl stellen und sagen: ›Herr Oberst, ich verlasse Sie wegen eines anderen Mannes.‹ Meinst du, daß ihn das schwer treffen wird?«

»Es wird ihn umbringen«, flüsterte Noel sanft.

34.

Tennyson betrat den Parkplatz am Flughafen von Orly und sah den grauen Renault. Der Fahrer des Wagens war der zweithöchste Beamte der Sûreté. Er war in Düsseldorf zur Welt gekommen, aber als Franzose aufgewachsen, weil man ihn von einer abgelegenen Startbahn nördlich von Essen mit dem Flugzeug aus Deutschland hinausgeschickt hatte. Er war damals sechs Jahre alt gewesen – am 10. März 1945 – und hatte keinerlei Erinnerungen an das Vaterland. Aber eine Aufgabe hatte er: er war ein *Sonnenkind.* Tennyson stieg zu ihm in den Wagen.

»*Bonjour, monsieur*«, sagte er.

»*Bonjour*«, antwortete der Franzose. »Sie sehen müde aus.«

»Das war eine lange Nacht. Haben Sie alles mitgebracht, worum ich gebeten hatte? Ich habe sehr wenig Zeit.«

»Alles.« Der Sûreté-Beamte griff nach einem Aktendeckel, der auf der Ablage unter dem Armaturenbrett lag, und reichte ihn dem blonden Mann. »Sie werden feststellen, daß die Papiere vollständig sind.«

»Geben Sie mir eine Zusammenfassung; ich lese das später. Ich möchte schnell wissen, wo wir stehen.«

»Also gut.« Der Franzose legte sich den Aktendeckel auf den Schoß. »Das Wichtigste zuerst. Der Mann namens Werner Gerhardt in Neuchâtel kann unmöglich ein aktives Mitglied der ›Abwehr‹ sein.«

»Warum nicht? Von Papen hatte Feinde im Diplomatischen Korps. Weshalb könnte dieser Gerhardt nicht einer davon gewesen sein?«

»Das ist gut möglich. Aber ich habe in der Gegenwart gesprochen; er ist keiner mehr. Er ist nicht nur senil, er ist schwachsinnig. Und das ist er seit Jahren; in dem Dorf, wo er lebt, ist er das Gespött der Leute. Der alte Mann, der dauernd vor sich hinmurmelt und Lieder singt und die Tauben auf dem Dorfplatz füttert.«

»Man kann Senilität auch vortäuschen«, sagte Tennyson. »Und ›schwachsinnig‹ ist nicht gerade ein pathologischer Fachausdruck.«

»Es gibt Beweise. Er ist ambulanter Patient im Ortskrankenhaus, dort gibt es eine Akte über ihn. Er hat die Mentalität eines Kindes und ist kaum mehr imstande, für sich selbst zu sorgen.«

Tennyson nickte und lächelte. »Soviel zu Werner Gerhardt. Weil wir gerade von Patienten sprechen, was macht der Verräter in Stuttgart?«

»Gehirntumor im letzten Stadium. Der lebt keine Woche mehr.«

»Also hat die ›Abwehr‹ nur noch einen funktionsfähigen Anführer«, sagte Tennyson. »Klaus Falkenheim.«

»So scheint es. Aber möglicherweise hat er seine Autorität

an einen jüngeren Mann delegiert. Es gibt Soldaten, die ihm zur Verfügung stehen.«

»Nur zur Verfügung stehen? Aus den Reihen der Kinder, die er beschützt? Den *Verfluchten Kindern*?«

»Das wohl kaum. Es gibt darunter ein paar Idealisten, aber wirkliche Persönlichkeiten gibt es in deren Reihen nicht. Falkenheim empfindet Sympathie für sie, aber das hat nichts mit seiner ›Abwehr‹ zu tun.«

»Woher kommen dann die Soldaten, die der ›Abwehr‹ zur Verfügung stehen?«

»Es sind Juden.«

»Juden?«

Der Franzose nickte. »Soweit wir das feststellen können, werden sie für ihre jeweiligen Einsätze rekrutiert, immer nur einzeln. Es gibt keine Organisation, keine strukturierte Gruppe. Außer daß sie Juden sind, haben sie nur eines gemeinsam: den Ort, von dem sie kommen.«

»Nämlich?«

»Der Kibbuz Har Sha'alav in der Negeb-Wüste.«

»Har Sha'alav? ... Mein Gott, wie perfekt«, sagte Tennyson mit kaltem, professionellem Respekt. »Har Sha'alav. Der Kibbuz in Israel, wo man nur unter einer Bedingung aufgenommen wird: Der Bewerber muß der einzige Überlebende einer Familie sein, die in den Lagern umgekommen ist.«

»Richtig«, sagte der Franzose. »Der Kibbuz umfaßt mehr als zweihundert Männer – es sind jetzt Männer –, die rekrutiert werden können.«

Tennyson sah zum Fenster hinaus. »›Sie können mich töten. Aber dann wird ein anderer an meine Stelle treten. Und wenn Sie ihn töten, dann wieder einer an die seine.‹ Das deutet auf eine unsichtbare Armee, die bereit ist, ein kollektives Todesurteil auf sich zu nehmen. Diese Loyalität ist verständlich, aber es handelt sich nicht um eine Armee. Es sind immer nur wenige, die willkürlich ausgewählt werden.« Tennyson wandte sich wieder dem Mann am Steuer zu. »Sind Sie sich Ihrer Information sicher?«

»Ja. Wir kamen dahinter durch die zwei unbekannten Männer, die in Montereau getötet wurden. Unsere Laboratorien haben eine Anzahl von Dingen aufspüren können. Kleidung,

Ablagerungen in Schuhen und Hautporen, die Legierungen in Plomben, und insbesondere Spuren früherer Operationen. Beide Männer waren verwundet gewesen, einer hatte Kugelfragmente in der Schulter. Der Jom-Kippur-Krieg. Wir haben das Beweismaterial auf den südwestlichen Teil des Negeb einengen können und dort den Kibbuz gefunden. Der Rest war einfach.«

»Sie haben einen Mann nach Har Sha'alav geschickt?«

Wieder nickte der Franzose. »Einen von uns. Sein Bericht ist in der Akte. Niemand in Har Sha'alav verrät etwas, aber trotzdem ist klar, was dort vor sich geht. Jemand schickt einen Funkspruch; dann werden ein paar Männer ausgewählt und erhalten ihre Anweisungen.«

»Potentielle Selbstmordkommandos, die fest entschlossen sind, alles zu vernichten, was irgendwie mit dem Hakenkreuz in Verbindung steht.«

»Genau. Und um unsere Feststellungen zu untermauern, haben wir uns den Beweis verschafft, daß Falkenheim vor drei Monaten nach Israel gereist ist. Die Computer haben seinen Namen ausgespuckt.«

»Vor drei Monaten... Zu der Zeit, als Manfredi das erstemal an Holcroft herantrat, um das Zusammentreffen in Genf zu arrangieren. Also wußte Falkenheim nicht nur über die Wolfsschanze Bescheid, sondern hat sogar den Zeitplan richtig erkannt. Er hat seine Armee drei Monate vorher rekrutiert und vorbereitet. Es ist höchste Zeit, daß wir beide uns in unseren jeweiligen Rollen begegnen: zwei Söhne des Reiches. Der eine echt, der andere falsch.«

»Und wem soll ich seinen Tod zuschreiben?«

»Der ODESSA, natürlich. Und veranlassen Sie einen Überfall auf Har Sha'alav. Ich möchte, daß jeder Anführer dort getötet wird; bereiten Sie es sorgfältig vor. Die Schuld muß auf Terroristen der RACHE fallen. Fahren wir.«

Die nächsten paar Minuten würde der blonde Mann auf dem gewundenen Feldweg nicht John Tennyson sein. Man würde ihn mit seinem angestammten Namen ansprechen, Johann von Tiebolt, Sohn Wilhelms, Führer des Neuen Reiches.

Jetzt tauchte die Hütte auf; der Tod eines Verräters war

nahe. Von Tiebolt drehte sich um und blickte auf den Hügel. Der Mann von der Sûreté winkte ihm zu. Er würde dort oben bleiben und die Straße sichern, bis die Arbeit getan war. Von Tiebolt ging weiter, bis er nur noch zehn Meter von dem plattenbelegten Weg zu dem kleinen Haus entfernt war. Er blieb im Schutz des Laubwerks stehen und zog die Pistole aus dem Schulterhalfter und steckte sie in die Manteltasche. Geduckt arbeitete er sich durch das hohe Gras auf die Tür zu und ging dann noch ein Stück weiter, blieb schließlich neben dem einzigen Fenster auf der Vorderseite stehen.

Obwohl es ein sonniger Morgen war, brannte in dem dunklen Raum eine Tischlampe. Hinter der Lampe saß Klaus Falkenheim in seinem Rollstuhl, den Rücken zum Fenster gewandt.

Von Tiebolt ging lautlos zur Tür zurück und überlegte einen Augenblick lang, ob er sie eintreten sollte oder nicht, wie es ein Killer der ODESSA ohne Zweifel tun würde. Er entschied sich dagegen. Der Oberst war alt und gebrechlich, aber das hieß keineswegs, daß er ein Narr war. Er hatte irgendwo eine Waffe und würde sie beim ersten Geräusch auf den Mörder richten.

Johann lächelte. Es war kein Schaden, sich ein kleines Spiel zu leisten. Ein hervorragender Schauspieler mit dem anderen, wer würde den begeistertsten Beifall bekommen? Die Antwort lag auf der Hand: derjenige, der nach dem Stück noch da war, um auf die Bühne zu treten und sich zu verbeugen. Und das würde nicht Klaus Falkenheim sein.

Er klopfte an die Tür. »Mein Herr. Verzeihen Sie. Hier ist Johann von Tiebolt. Mein Wagen hat leider den Hügel nicht geschafft.«

Zuerst herrschte Schweigen. Wenn es länger als fünf Sekunden dauerte, würde von Tiebolt härtere Maßnahmen ergreifen, es durfte keine Telefonanrufe geben. Dann hörte er die Stimme des alten Mannes.

»Von Tiebolt?«

»Ja, Heldens Bruder. Ich bin gekommen, um mit ihr zu sprechen. Sie ist nicht in ihrem Verlag, also nehme ich an, daß sie hier ist.«

»Das ist sie nicht.« Der alte Mann verstummte wieder.

»Dann will ich Sie nicht stören, mein Herr. Aber, wenn Sie gestatten, dürfte ich Ihr Telefon benutzen und mir ein Taxi bestellen?«

»Das Telefon?«

Der blonde Mann lächelte. Falkenheims Verwirrung war fast körperlich zu spüren. »Es dauert nur einen Augenblick. Ich muß Helden wirklich bis Mittag ausfindig machen. Ich reise um zwei Uhr in die Schweiz.«

Wieder Schweigen. Diesmal aber nur kurze Zeit. Er hörte, wie ein Riegel zurückgezogen wurde, dann öffnete sich die Tür. Da war der Herr Oberst in seinem Rollstuhl, rückwärts rollend, eine Decke auf dem Schoß. Da war zwischendurch keine Gelegenheit gewesen, zum Telefonhörer zu greifen.

»Danke, mein Herr«, sagte von Tiebolt und streckte ihm die Hand hin. »Es ist schön, Sie wiederzusehen.«

Verwirrt hob der alte Mann die Hand zum Gruß. Johann griff schnell nach der knochigen Hand und drehte sie nach links. Mit der anderen Hand riß er Falkenheim die Decke vom Schoß. Er sah das, was er erwartet hatte: eine 08-Pistole, die über seinen ausgemergelten Beinen lag. Er nahm sie weg und trat dabei mit dem Absatz die Tür zu.

»*Heil Hitler! General Falkenheim*«, sagte er. »Wo ist die Abwehr?«

Der alte Mann blieb reglos sitzen und starrte den Eindringling ohne eine Spur von Furcht in den Augen an. »Ich habe mich schon gefragt, wann Sie es herausfinden würden. Ich dachte nicht, daß es so schnell gehen würde. Wenn Sie gekommen sind, um mich zu töten, dann bitte. Ich muß Sie loben, Sohn Wilhelm von Tiebolts.«

»Ja, Sohn von Wilhelm, und noch etwas.«

»O ja. Der neue Führer. Das ist Ihr Ziel, aber so weit wird es nicht kommen. Wir werden Sie stoppen. Wenn Sie gekommen sind, um mich zu töten, dann tun Sie es. Ich bin darauf vorbereitet.«

»Weshalb sollte ich? Eine so wertvolle Geisel.«

»Ich bezweifle, daß Sie viel Lösegeld bekämen.«

Von Tiebolt riß den Rollstuhl des alten Mannes herum und schob ihn mitten in den Raum. »Das dürfte stimmen«, antwortete er und hielt den Rollstuhl abrupt an. »Ich nehme an, daß Ihnen gewisse Mittel zur Verfügung stehen, vielleicht Mittel, die von den wandernden Kindern stammen, von denen Sie so viel halten. Aber Geld ist für mich ohne Belang.«

»Dessen war ich sicher. Schießen Sie also.«

»Und«, fügte von Tiebolt hinzu, »es ist zu bezweifeln, daß ein Mann, der gerade in einem Stuttgarter Sanatorium an Gehirntumor im Sterben liegt, viel anbieten könnte. Würden Sie mir auch darin zustimmen?«

Falkenheim verbarg seine Überraschung. »Er war ein sehr tapferer Mann«, sagte er.

»Ganz sicher. Sie sind alle tapfere Männer. Erfolgreiche Verräter müssen von einer gewissen verschrobenen Courage erfüllt sein. Werner Gerhardt zum Beispiel.«

»Gerhardt...?« Diesmal konnte der alte Mann seinen Schock nicht verbergen. »Wo haben Sie diesen Namen gehört?«

»Sie fragen sich wohl, woher ich das alles weiß? Wie ich selbst über Sie so vieles in Erfahrung gebracht habe?«

»Nicht über mich. Das Risiko, das ich eingegangen bin, lag auf der Hand. Ich habe es so arrangiert, daß jemand von den Kindern von Tiebolts in meiner Nähe war. Ich hielt das Risiko für notwendig.«

»Ja, die schöne Helden. Aber wir sind alle schön. Das hat seine Vorteile.«

»Sie hat nichts mit Ihnen zu tun; das hatte sie nie.«

»Sie ist ein Teil von Ihrem Pack, den *Verfluchten Kindern*. Eine schwache Hure. Jetzt hurt sie mit dem Amerikaner.«

»Ihr Urteil interessiert mich nicht. Wie haben Sie das über Gerhardt in Erfahrung gebracht?«

»Weshalb sollte ich Ihnen das sagen?«

»Ich werde sterben. Welchen Unterschied macht es also schon?«

»Ich will einen Tauschhandel mit Ihnen machen. Wo haben Sie von der Wolfsschanze gehört?«

»Einverstanden. Zuerst Gerhardt.«

»Warum nicht. Er ist nichts wert. Ein seniler alter Mann.«

»Sie dürfen ihm nichts antun!« schrie Falkenheim plötzlich. »Er hat so viel durchgemacht... so viel Leid.«

»Ihre Sorge ist rührend.«

»Man hat ihn zerbrochen. Vier Monate der Folter, sein Bewußtsein ist dabei in Stücke gegangen. Lassen Sie ihn in Frieden.«

»Wer hat ihn durch die Mangel gedreht? Die Alliierten? Die Briten?«

»ODESSA.«

»Da haben die zum erstenmal etwas Nützliches getan.«

»Wo haben Sie seinen Namen gehört? Wie haben Sie ihn gefunden?«

Von Tiebolt lächelte. »Die Briten. Die haben eine Akte über die ›Abwehr‹. Sehen Sie, im Augenblick interessieren die sich mächtig für die ›Abwehr‹. Sie haben es sich zum Ziel gemacht, sie zu finden und zu vernichten.«

»Vernichten? Es gibt keinen *Anlaß*...«

»O doch, den gibt es. Sie besitzen Beweise, daß Sie den Tinamu angeheuert haben.«

»Den Tinamu? Das ist doch absurd!«

»Ganz und gar nicht. Das war Ihre letzte Rache, die Rache müder, alter Männer gegen ihre Feinde. Sie können mir glauben: der Beweis ist unwiderlegbar. Ich habe ihn ihnen geliefert.«

Der alte Mann sah Johann an, und sein Blick wirkte angewidert. »Sie sind ekelhaft.«

»Zurück zum Thema Wolfsschanze!« Von Tiebolt hob die Stimme. »Wo? Wie? Ich merke es, wenn Sie lügen.«

Falkenheim sank in den Rollstuhl zurück. »Das hat jetzt nichts zu sagen. Für Sie nicht und für mich nicht. Ich werde sterben, und Sie wird man stoppen.«

»Jetzt bin ich es, den *Ihr* Urteil nicht interessiert. Wolfsschanze!«

Falkenheim blickte teilnahmslos in die Ferne. »Althene Clausen«, sagte er leise. »Heinrich Clausens nahezu perfekte Strategie.«

Von Tiebolts Gesicht wurde zu einer starren Maske des Staunens. »Clausens Frau....?« Die Worte erstarben ihm im Munde. »Sie haben das herausgefunden?«

Der alte Mann wandte sich wieder Johann zu. »Es war nicht schwierig; wir hatten überall unsere Informanten. In New York ebenso wie in Berlin. Wir wußten, wer Mrs. Richard

Holcroft war, und weil wir es wußten, erließen wir Anweisung, sie zu schützen. Das war die Ironie daran: sie zu *schützen*. Und dann erfuhren wir es: Auf dem Höhepunkt des Krieges, während ihr amerikanischer Mann auf hoher See war, fliegt sie mit einer Privatmaschine nach Mexiko. Von Mexiko aus reist sie unter strengster Geheimhaltung nach Buenos Aires weiter, wo sich die Deutsche Botschaft einschaltet und sie unter diplomatischem Schutz nach Lissabon fliegt. Nach *Lissabon*. Warum?«

»Berlin hat Ihnen die Antwort geliefert?« fragte von Tiebolt.

»Ja. Unsere Leute im Finanzministerium. Wir erfuhren, daß ungeheure Summen aus Deutschland abgezogen wurden; es lag in unserem Interesse, uns da nicht störend einzuschalten. Was immer dazu beitrug, die Kriegsmaschinerie der Nazis zu beeinträchtigen, lag in unserem Interesse; später würden dann auch Frieden und Vernunft wiederkehren. Aber fünf Tage, nachdem Mrs. Holcroft New York verlassen hatte, um über Mexiko und Buenos Aires nach Lissabon zu reisen, flog Heinrich Clausen, das Genie der Finanzen, ebenfalls unter strenger Geheimhaltung, von Berlin ab. Er machte zunächst in Genf Station, um sich mit einem Bankier namens Manfredi zu treffen. Dann flog er weiter nach Lissabon. Wir wußten, daß er kein Überläufer war. Wie kein anderer, glaubte er an die deutsche – arische – Überlegenheit. Und zwar so sehr, daß er die vielen Gauner in Hitlers Organisation nicht ertragen konnte.« Der Oberst machte eine Pause. »Wir zogen den naheliegenden Schluß: Clausen und seine angeblich verräterische ehemalige Frau zusammen in Lissabon; Millionen und Abermillionen auf Schweizer Konten … und die Niederlage Deutschlands jetzt sichergestellt. Wir suchten nach dem tieferen Sinn und fanden ihn in Genf.«

»Sie haben die Dokumente gelesen?«

»Wir haben alles von der Grande Banque de Genève bekommen. Der Preis betrug fünfhunderttausend Schweizer Franken.«

»Für Manfredi?«

»Selbstverständlich. Er wußte, wer wir waren. Er nahm an, wir würden an die in jenen Papieren vorgegebenen Ziele glauben – und sie honorieren. Wir ließen ihn bei seiner

Annahme. Wolfsschanze! *Wessen* Wolfsschanze? ›Wir müssen für Wiedergutmachung sorgen.‹« Falkenheim sprach die Worte mit beißender Schärfe. »Nichts lag denen so fern wie das. Das Geld sollte dazu eingesetzt werden, um das Reich aufs neue zum Leben zu erwecken.«

»Was haben Sie dann getan?«

Der alte Soldat sah von Tiebolt gerade in die Augen. »Ich bin nach Berlin zurückgekehrt und habe Ihren Vater, Kessler und Heinrich Clausen exekutiert. Sie haben nie die Absicht gehabt, sich selbst das Leben zu nehmen. Sie rechneten damit, in Südamerika Zuflucht zu finden, dort das Gedeihen ihres Planes zu überwachen und zuzusehen, wie er sich vollendete. Wir haben diesen Männern ihren Pakt mit dem Tod gegeben, von dem Clausen so rührend an seinen Sohn schrieb.«

Von Tiebolt strich über den Lauf der 08, die er in der Hand hielt. »Sie haben also das Geheimnis der Althene Clausen gelüftet.«

»Sie haben von Huren gesprochen. Sie ist die größte Hure der Welt.«

»Es überrascht mich, daß Sie sie leben ließen.«

»Eine zweite Ironie: wir hatten keine Wahl. Da Clausen nicht mehr war, war sie der Schlüssel zur Wolfsschanze. Zu *Ihrer* Wolfsschanze. Wir wußten, daß sie und Clausen jeden einzelnen Schritt vorbereitet hatten, der in den folgenden Jahren getan werden sollte. Wir mußten mehr wissen; aber sie hätte uns das nie gesagt, also mußten wir sie beschatten. Wann sollten die Millionen von Genf geholt werden? Und wie sollten sie eingesetzt werden? Und durch wen?«

»Die *Sonnenkinder*«, sagte von Tiebolt.

Die Augen des alten Mannes blickten ausdruckslos. »Was haben Sie gesagt?«

»Lassen Sie nur. Sie warteten also ab, daß Althene Clausen handelte, worin auch immer dieses Handeln bestand?«

»Ja, aber wir haben nichts von ihr erfahren. Nie. Die Jahre verstrichen, und langsam wurde uns klar, daß sie das Genie ihres Mannes geerbt hatte. In dreißig Jahren hat sie kein einziges Mal ihre Sache verraten, weder durch ihr Handeln noch durch das, was sie sagte. Man mußte ihre Diszipliniertheit bewundern. Das erste Signal für uns kam, als Manfredi mit dem Sohn Kontakt aufnahm.« Falkenheim zuckte zusammen. »Das Widerwärtige daran ist, daß sie selbst zugelassen hat, daß ihr eigenes Kind so mißbraucht wird. Holcroft weiß nichts.«

Der blonde Mann lachte. »Sie haben ja keine Ahnung. Die soviel gerühmte ›Abwehr‹ ist ein Haufen von Narren.«

»Das glauben Sie?«

»Das *weiß* ich. Sie haben das *falsche* Pferd im *falschen* Stall beobachtet!«

»Was?«

»Dreißig Jahre lang haben Sie wie gebannt auf den einen Menschen geblickt, der absolut *nichts* wußte. Die größte Hure der Welt, wie Sie sie nennen, weiß sich sicher in dem Wissen, daß sie und ihr Sohn wahrhaft Teil eines großen Feldzugs der Wiedergutmachung sind.«

Von Tiebolts Lachen hallte von den Wänden des Zimmers wider. »Diese Reise nach Lissabon«, fuhr er dann fort, »war die brillanteste Manipulation Heinrich Clausens. Der reuige Sünder, der an einer heiligen Sache zum Heiligen wurde. Es muß der größte Auftritt seines Lebens gewesen sein. Bis hinab zu seinen letzten Instruktionen, daß sie nicht gleich zustimmen dürfe. Der Sohn sollte selbst das Gerechte an der Sache seines Märtyrervaters erkennen, und, sobald er davon überzeugt war, freiwillig eine Verpflichtung auf sich nehmen, die über alles andere in seinem Leben hinausging.« Von Tiebolt lehnte sich mit verschränkten Armen gegen den Tisch, die 08 in der Hand. »Verstehen Sie nicht? Keiner von *uns* konnte es tun. Das Dokument in Genf war in dem Punkt völlig korrekt. Die Schätze, die das Dritte Reich gestohlen hat, sind legendär. Es durfte keinerlei Verbindung zwischen jenem Konto in Genf und einem wahren Sohn Deutschlands geben.«

Falkenheim starrte Johann an. »Sie hat es nie *gewußt* ...?«

»Niemals! Sie war die ideale Marionette. Selbst im psychologischen Sinne. Die Tatsache, daß sich Heinrich Clausen als jener Heilige erwies, bestätigte ihr Zutrauen zu ihrem eigenen Urteil. Sie hatte *jenen* Mann geheiratet, nicht den Nazi.«

»Unglaublich«, flüsterte der Oberst.

»Um das wenigstens zu sagen«, pflichtete von Tiebolt ihm bei. »Sie erfüllte seine Anweisungen bis auf den letzten Buchstaben. An alles war gedacht, auch an einen Totenschein für einen männlichen Säugling in einem Londoner Krankenhaus. Alle Spuren, die zu Clausen führten, wurden verwischt.« Wieder lachte der blonde Mann, es war ein Laut, der durch Mark und Knochen ging. »Sie sehen also, Sie sind der Wolfsschanze wirklich nicht gewachsen.«

»Ihrer Wolfsschanze, nicht der meinen.« Falkenheim wandte den Blick ab. »Man muß Sie loben.«

Plötzlich hörte von Tiebolt zu lachen auf. Irgend etwas stimmte nicht. Es stand in den Augen des alten Mannes – sie blitzten kurz auf und umwölkten sich dann wieder tief in ihren Höhlen in diesem totenschädelähnlichen Kopf. »Sehen Sie mich an!« schrie er. »Sie sollen mich *ansehen*!«

Falkenheim blickte hoch. »Was ist denn?«

»Ich habe gerade etwas gesagt... etwas, das Sie wußten. Das Sie *wußten*.«

»Wovon reden Sie?«

Von Tiebolt packte den alten Mann am Hals. »Ich sprach von einem Totenschein! In einem Londoner Hospital! Sie haben das schon einmal gehört.«

»Ich weiß nicht, was Sie meinen.« Falkenheims zitternde Finger schlangen sich um die Gelenke des blonden Mannes, und seine Stimme klang vor Anstrengung heiser.

»Doch, das wissen Sie, glaube ich, schon. Alles, was ich Ihnen gerade gesagt habe, hat Sie schockiert. Oder doch nicht? Sie haben bloß schockiert getan, aber Sie sind es *nicht*. Das Krankenhaus. Der Totenschein. Da haben Sie überhaupt nicht reagiert! Sie haben das schon einmal gehört!«

»Ich habe nichts gehört«, keuchte Falkenheim.

»Lügen Sie mich nicht an!« Von Tiebolt schlug dem alten Mann seine 08 ins Gesicht und riß ihm dabei die Wange auf. »So gut sind Sie nicht mehr. Sie sind zu *alt*. Sie haben Erinnerungslücken! Ihr Gehirn ist verkümmert. Sie machen Ihre Pausen im falschen Augenblick, *Herr General*.«

»Sie sind wahnsinnig...«

»Und Sie ein *Lügner*! Ein armseliger Lügner übrigens. *Verräter*.« Wieder schlug er dem alten Mann mit dem Lauf seiner

Waffe ins Gesicht. Blut strömte aus seinem offenen Mund. »Sie haben, was Althene angeht, *gelogen*! Mein Gott, Sie *wußten* es!«

»Nichts... *nichts*.«

»Ja! *Alles*! Deshalb fliegt sie nach Genf. Und ich konnte mir nicht erklären, weshalb.« Wieder schlug von Tiebolt wütend zu, dem alten Mann wurde die halbe Unterlippe weggerissen. »Sie! In Ihrem letzten verzweifelten Versuch, uns zu stoppen, sind Sie an sie herangetreten! Sie haben Sie bedroht... und ihr dabei das verraten, was sie nie *wußte*!«

»Das ist alles falsch. *Falsch*.«

»Nein«, sagte von Tiebolt und senkte plötzlich die Stimme. »Es gibt für sie keinen anderen Grund, nach Genf zu fliegen. So, glauben Sie also, können Sie uns stoppen. Die Mutter erreicht das Kind und sagt ihm, es solle kehrtmachen – ihr Vertrag ist eine *Lüge*.«

Falkenheim schüttelte den blutbesudelten Kopf. »Nein... nichts von dem, was Sie sagen, stimmt.«

»Alles stimmt, und darin liegt auch die Antwort auf die letzte Frage. Wenn Sie so darauf erpicht sind, Genf zunichte zu machen, brauchten Sie ja bloß dafür zu sorgen, daß es bekannt wird. Nazischatz. Man würde überall auf der Welt Ansprüche erheben, vom Schwarzen Meer bis zur Elbmündung, von Moskau bis Paris. Aber das tun Sie nicht. Ich frage Sie noch einmal, *warum*?« Von Tiebolt beugte sich vor und war jetzt nur noch wenige Zentimeter von dem zerschundenen Gesicht entfernt. »Sie glauben, Sie können Genf kontrollieren, die Millionen so einsetzen, wie *Sie* sie einsetzen wollen. ›Wir müssen für Wiedergutmachung sorgen.‹ Holcroft erfährt die Wahrheit und wird zu *Ihrem* Soldaten, sein Zorn ist grenzenlos, und seine Loyalität wächst in das Dreifache.«

»Er *wird* es erfahren«, flüsterte Falkenheim. »Er ist besser als Sie, das haben wir beide gemerkt, nicht wahr? Das sollte Ihnen eine Genugtuung sein. Schließlich ist er auf seine Art auch ein *Sonnenkind*.«

»*Sonnen-*« Wieder schlug von Tiebolt dem Alten mit der Pistole ins Gesicht. »Sie stecken voll Lügen. Ich sprach den Namen aus, und Sie haben sich nichts anmerken lassen.«

»Weshalb sollte ich jetzt noch lügen? *Operation Sonnenkin-*

der«, sagte Falkenheim. »Per Schiff, Flugzeug und Unterseeboot. Überall die Kinder. Wir haben die Listen nie bekommen, aber wir brauchen sie nicht. Man wird sie stoppen, wenn man Sie stoppt. Wenn man Genf stoppt.«

»Damit das geschieht, muß Althene Clausen ihren Sohn erreichen. Sie wird Genf so lange nicht als das auffliegen lassen, was es ist, solange sie nicht alles andere versucht hat. Das zu tun, hieße ihren Sohn vernichten, der Welt kundzutun, wer er ist. Ehe sie das zuläßt, wird sie alles mögliche andere tun. Sie wird versuchen, ihn in aller Stille zu erreichen. Wir werden sie aufhalten.«

»Man wird *Sie* aufhalten!« sagte Falkenheim und würgte an dem Blut, das ihm in den Mund floß. »Es wird keine riesigen Summen geben, die man an Ihre *Sonnenkinder* auszahlt. Wir haben auch eine Armee, eine, von der Sie nie erfahren werden. Jeder einzelne davon wird freudig sein Leben geben, um Sie zu stoppen.«

»Natürlich, *Herr General*.« Der blonde Mann nickte. »Die Juden von Har Sha'alav.«

Er sprach das mit leiser Stimme, aber auf den alten Mann wirkten diese Worte wie ein Peitschenhieb. »*Nein*!«

»Ja«, sagte von Tiebolt. »›Sie können mich töten. Aber dann wird ein anderer an meine Stelle treten. Und wenn Sie ihn töten, dann wieder einer an die seine.‹ Die Juden von Har Sha'alav. Von der ›Abwehr‹ so gründlich indoktriniert, daß sie selbst zur ›Abwehr‹ wurden. Die lebenden Reste von Auschwitz.«

»Sie sind ein *Tier*.« Falkenheim zitterte am ganzen Leibe.

»Ich bin Wolfsschanze, die wahre Wolfsschanze«, sagte der blonde Mann und hob die Pistole. »Solange sie die Wahrheit nicht wußten, versuchten die Juden den Amerikaner zu töten, und jetzt werden die Juden sterben. Ehe die Woche um ist, wird Har Sha'alav vernichtet sein, und mit Har Sha'alav die ›Abwehr‹. Die Wolfsschanze wird triumphieren.«

Von Tiebolt hielt die Waffe an den Kopf des alten Mannes. Dann drückte er ab.

35.

Tränen strömten über Heldens Wangen. Sie hielt den Körper von Klaus Falkenheim an sich gedrückt, brachte es aber nicht über sich, seinen Kopf anzusehen. Schließlich ließ sie die Leiche los und kroch weg, von Schrecken erfüllt. Und Schuld. Sie lag zusammengekrümmt auf dem Boden, außerstande, ihrem Schluchzen Einhalt zu gebieten. Von Schmerz erfüllt, schob sie sich an die Wand, drückte die Stirn dagegen und ließ die Tränen fließen. Mit der Zeit wurde ihr klar, daß man ihre Schreie, ihr Schluchzen nicht gehört hatte. Sie hatte alleine die schreckliche Szene betreten und hatte überall Spuren der verhaßten ODESSA vorgefunden: Hakenkreuze ins Holz geritzt, mit Seife auf die Fensterscheibe geschmiert und mit Falkenheims Blut auf den Boden gesudelt. Das Zimmer selbst war förmlich auseinandergenommen worden. Bücher zerfetzt, Regale heruntergerissen, Möbel aufgeschlitzt; das Haus war von Wahnsinnigen durchsucht worden.

Und doch war da etwas... nicht im Hause. Draußen. Im Wald. Helden preßte die Hände gegen den Fußboden und stemmte sich an der Wand in die Höhe, versuchte verzweifelt, sich an die Worte zu erinnern, die der alte Mann erst vor fünf Tagen zu ihr gesprochen hatte: *Wenn mir etwas zustoßen sollte, darfst du nicht in Panik geraten... Geh allein in den Wald, an die Stelle, wo du mich neulich spazierengeführt hast, erinnerst du dich? Ich hatte dich gebeten, ein paar wilde Blumen zu pflücken, während ich an einem Baum stehenblieb. Ich zeigte dir, daß die Äste des Baumes ein perfektes V bildeten. Geh zu diesem Baum. Zwischen die Zweige ist ein kleiner Behälter geklemmt, und in ihm ist eine Nachricht, die nur du lesen darfst.*

Helden holte den kleinen röhrenförmigen Behälter aus seinem Versteck, entfernte den Gummistopfen. Im Inneren der Röhre befand sich ein zusammengerolltes Stück Papier, an dem ein paar Zehntausendfrancscheine befestigt waren. Sie nahm das Geld weg und las:

Meine liebste HELDEN

Die Zeit und die Gefahr, die für Dich darin liegt, erlauben es mir nicht, hier das zu schreiben, was Du wissen mußt. Vor drei Monaten habe ich es so eingerichtet, daß Du zu mir kommst, weil ich dachte, Du seist die Abgesandte eines Feindes, auf den ich dreißig Jahre gewartet habe. Seitdem habe ich Dich kennen – lieben – gelernt und habe mit großer Erleichterung begriffen, daß Du nicht Teil jenes Schreckens bist, der vielleicht aufs neue über die Welt kommen könnte.

Sofern ich getötet werden sollte, bedeutet das, daß man mich entdeckt hat. Außerdem ist es ein Zeichen dafür, daß die Zeit nahe ist, in der die Katastrophen ihren Anfang nehmen. Dann müssen Befehle an jene mutigen Männer weitergeleitet werden, die das letzte Bollwerk bilden können.

Du mußt allein – ich wiederhole, allein – zum See von Neuchâtel in die Schweiz reisen. Niemand darf Dir folgen. Ich weiß, daß Du das kannst. Man hat es Dich gelehrt. In dem Dorf Près-du-Lac lebt ein Mann mit Namen Werner Gerhardt. Ihn mußt du finden. Überbringe ihm die folgende Botschaft: »Die Münze der Wolfsschanze hat zwei Seiten.« Er wird dann wissen, was zu tun ist.

Du mußt es schnell tun. Es ist sehr wenig Zeit. Noch einmal, Du darfst niemandem etwas sagen, keinen Alarm schlagen. Sag Deinen Arbeitgebern und Deinen Freunden, daß Du persönliche Dinge in England zu erledigen hast, unverdächtig und überzeugend, wenn man bedenkt, daß Du mehr als fünf Jahre dort gelebt hast.

Schnell jetzt, meine liebste Helden. Nach Neuchâtel. Nach Près-du-Lac. Zu Werner Gerhardt. Du mußt Dir den Namen merken und dieses Papier verbrennen.

Lebewohl
Dein alter Freund, der
Oberst

Helden lehnte sich gegen den Baum und blickte zum Himmel auf. Dünne Wolkenfetzen zogen schnell auf östlichem Kurs dahin; der Wind wehte heftig. Sie wünschte, der Wind könnte sie davontragen und ihr so ersparen, von einem Ort zum nächsten zu eilen, wobei jede Bewegung riskant war und jeder Mensch, den sie ansah, ein möglicher Feind.

Noel hatte gesagt, es werde bald vorüber sein und sie werde aufhören können zu fliehen. Er hatte unrecht.

Holcroft bettelte am Telefon, versuchte, sie zu überreden, jetzt nicht zu reisen – wenigstens einen Tag noch zu bleiben –, aber Helden ließ es sich nicht ausreden. Man hatte sie über Gallimard verständigt, daß die persönlichen Habseligkeiten ihrer Schwester darauf warteten, von ihr inspiziert zu werden; es galt zu überlegen, zu entscheiden, zu veranlassen.

»Ich werde dich in Genf anrufen, Darling. Wirst du im d'Accord wohnen?«

»Ja.« Was nur mit ihr war? Sie war so glücklich, so gut gestimmt gewesen, und das lag kaum zwei Stunden zurück. Jetzt wirkte sie angespannt; ihre Worte waren klar, aber ihre Stimme klang belegt.

»Ich ruf dich in ein oder zwei Tagen an.«

»Soll ich mitkommen? Ich brauche erst ziemlich spät morgen abend in Genf zu sein. Die Kesslers kommen erst um zehn und dein Bruder noch später.«

»Nein, Darling. Es ist eine traurige Reise. Mir ist lieber, wenn ich allein fahre. Johann ist jetzt in London... ich will versuchen, ihn zu erreichen.«

»Du hast hier Kleider.«

»Ein Kleid, Hosen, Schuhe. Es ist einfacher für mich, wenn ich bei... Herrn Oberst... vorbeisehe und mir Kleider mitnehme, die sich besser für Portsmouth eignen.«

»Einfacher?«

»Auf dem Weg zum Flughafen. Ich muß in jedem Fall hin. Mein Paß, Geld...«

»Ich habe Geld«, unterbrach Noel. »Ich dachte, du seist schon bei ihm gewesen.«

»*Bitte*, Darling. Stell dich nicht an.« Heldens Stimme klang jetzt brüchig. »Ich hab' dir doch gesagt, daß ich im Büro war.«

»Nein, das hast du nicht. Das hast du nicht gesagt. Du hast gesagt, man habe es dir mitgeteilt.« Holcroft war beunruhigt; was sie sagte, gab keinen Sinn. Die Hütte lag *nicht* auf dem Weg nach Orly. »Helden, was ist los?«

»Ich liebe dich, Noel. Ich rufe dich morgen abend an. Hotel d'Accord, Genf.« Sie legte auf.

Auch Holcroft legte den Hörer zurück, und der Klang ihrer Stimme hallte in seinen Ohren. Es war möglich, daß sie nach London reiste, aber er hatte Zweifel. Wohin reiste sie wirklich? Weshalb log sie? Verdammt! Was stimmte da nicht? Was war geschehen?

Es hatte keinen Sinn, in Paris zu bleiben. Da er allein nach Genf mußte, konnte er ebensogut jetzt abreisen.

Er durfte weder das Flugzeug noch die Eisenbahn riskieren. Unsichtbare Männer würden ihn beobachten; er mußte ihnen entwischen. Der stellvertretende Direktor des George V. würde für ihn unter dem Namen Fresca einen Wagen mieten und ihm die Route aufschreiben. Er würde in der Nacht nach Genf fahren.

Althene Holcroft blickte durchs Fenster der Maschine der TAP auf die Lichter von Lissabon in der Tiefe; sie würden in wenigen Minuten landen. Während der nächsten zwölf Stunden gab es für sie sehr viel zu tun, und sie hoffte inständig, daß sie es schaffte. Ein Mann war ihr in Mexiko gefolgt, das wußte sie. Aber dann war er im Flughafen verschwunden. Das bedeutete, daß ein anderer seinen Platz eingenommen hatte.

Sie hatte in Mexiko versagt. Sie war nicht untergetaucht. Sobald sie in Lissabon war, würde sie verschwinden müssen; sie durfte nicht ein zweites Mal versagen.

Lissabon.

O *Gott*, Lissabon!

In Lissabon hatte alles angefangen. Die Lüge eines ganzen Lebens, eine mit diabolischem Geschick aufgebaute Lüge. Was war sie doch für eine Närrin gewesen; und was für eine schauspielerische Leistung hatte Heinrich doch vollbracht.

Zuerst hatte sie sich geweigert, sich mit Heinrich in Lissabon zu treffen, so tief war ihr Abscheu. Aber dann war sie doch gereist, weil die Drohung klar gewesen war. Ihr Sohn würde von seinem Vater gebrandmarkt werden. Noel *Holcroft* würde nie in Frieden gelassen werden, denn der Name Noel *Clausen* – einziger Sohn des berüchtigten Nazi – würde ihn sein ganzes Leben lang verfolgen.

Wie erleichtert sie gewesen war! Wie dankbar, daß die

Drohung nur als Druckmittel gedient hatte, sie nach Lissabon zu holen. Und wie betäubt und erschüttert, als Heinrich ihr ganz ruhig den außergewöhnlichen Plan darlegte, der Jahre in Anspruch nehmen, der aber dann, wenn er sich erfüllte, die ganze Welt verbessern würde. Sie hörte zu, ließ sich überzeugen und tat alles, was er von ihr verlangte. Weil dieser Plan Wiedergutmachung bedeutete.

Sie hatte ihn wieder geliebt – während jener wenigen kurzen Tage in Lissabon – und hatte sich ihm in einer Aufwallung der Gefühle angeboten.

Mit Tränen in den Augen hatte er abgelehnt. Er sei ihrer nicht würdig, hatte er gesagt.

Es war die vollendete Täuschung! Die äußerste Ironie!

Denn jetzt, in diesem Augenblick, war es eben die Drohung, die sie vor dreißig Jahren nach Lissabon gezogen hatte, die Drohung, die sie jetzt aufs neue hierher führte. Noel Holcroft würde ausgelöscht werden; er würde zu Noel Clausen werden, Sohn Heinrichs, Instrument und Werkzeug des Neuen Reiches.

Mitten in der Nacht war ein Mann in Bedford Hills zu ihr gekommen. Ein Mann, der sich dadurch Zutritt verschafft hatte, daß er sich hinter der verschlossenen Tür auf den Namen ›Manfredi‹ berief; sie hatte ihn eingelassen, in der Meinung, ihr Sohn habe ihn vielleicht geschickt. Er hatte gesagt, er sei Jude von einem Ort, der sich Har Sha'alav nannte, und daß er sie töten werde. Und dann werde er ihren Sohn töten. Es werde nicht dazu kommen, daß das Gespenst der Wolfsschanze – der *falschen* Wolfsschanze – sich von Zürich und Genf aus in der Welt verbreitete.

Althene war wütend gewesen. Ob der Mann wußte, mit wem er sprach? Was sie *getan* hatte? Wofür sie sich *eingesetzt* hatte?

Der Mann war nur über Genf und Zürich informiert. Und über Lissabon vor dreißig Jahren. Das war alles, was er wissen mußte, um zu wissen, wofür sie sich einsetzte, und für ihn und alle Männer seinesgleichen auf der ganzen Welt war diese Stellungnahme eine Ungeheuerlichkeit.

Althene hatte in den dunklen Augen, die sie ebenso sicher in Schach hielten, als wenn man eine Waffe auf sie gerichtet hätte, den Zorn und den Schmerz gesehen. In ihrer Verzweiflung hatte sie verlangt, er solle ihr sagen, was er zu wissen glaubte.

Er hatte ihr gesagt, daß ungewöhnlich hohe Summen an Ausschüsse und Organisationen auf der ganzen Erde gehen würden. An Männer und Frauen, die dreißig Jahre lang auf das Signal gewartet hatten.

Es würde Mord und Brand auf den Straßen geben, Regierungen würden ins Wanken geraten, ihre Macht untergraben werden. Und dann werde der Ruf nach Stabilität und Ordnung durch die Lande hallen. Starke Männer und Frauen, denen riesige Summen zur Verfügung standen, träten dann auf den Plan und forderten ihr Recht. Und binnen wenigen Monaten säßen sie an den Schalthebeln der Macht.

Sie waren überall, in allen Ländern, warteten nur auf das Signal aus Genf.

Wer waren diese Männer und Frauen?

Die *Sonnenkinder*. Die Kinder von Fanatikern, die man vor mehr als dreißig Jahren per Flugzeug, Schiff und Unterseeboot aus Deutschland in die Welt geschickt hatte, ausgeschickt von Männern, die wußten, daß ihre Sache verloren war – die aber daran glaubten, daß sie zu neuem Leben erwachen könne.

Überall waren sie. Gewöhnliche Männer konnten nicht auf gewöhnliche Weise mit den Behörden gegen sie ankämpfen. In zu vielen Fällen übten die *Sonnenkinder* nämlich die Kontrolle über eben diese Behörden aus. Aber die Juden von Har Sha'alav waren keine gewöhnlichen Männer, noch kämpften sie auf gewöhnliche Weise. Sie begriffen, daß sie, um die falsche Wolfsschanze zu bekämpfen, im geheimen kämpfen mußten, hart und gewalttätig, ohne je zuzulassen, daß die *Sonnenkinder* erfuhren, wo sie waren – oder wo sie das nächstemal zuschlagen würden. Und der erste Punkt auf der Tagesordnung verlangte, den Fluß riesiger Summen aufzuhalten.

Dann brauchte man sie doch bloß an die Öffentlichkeit zu zerren!

Wen? Wo? Welches sind ihre Namen? Wie läßt sich etwas beweisen? Wer kann sagen, daß dieser General oder jener Admiral, dieser

Polizeichef oder jener Firmenchef, dieser Richter oder jener Senator, Kongreßabgeordnete oder Gouverneur ein Sonnenkind ist? Männer bewerben sich um politische Ämter, tragen Klischeevorstellungen vor sich her, eingenebelt in Schlagwörter, appellieren an den Haß und machen sich doch nicht verdächtig. Vielmehr jubeln die Massen ihnen zu, schwingen die Fahnen und stecken sich Abzeichen an die Revers.

Sie sind überall. Die Nazis sind unter uns, und wir sehen sie nicht. Sie sind eingehüllt in einen Mantel der Wohlanständigkeit und einen wohlgebügelten Anzug.

Der Jude aus Har Sha'alav hatte voll Leidenschaft gesprochen. »Selbst Sie, alte Frau. Sie und Ihr Sohn. Instrumente des Neuen Reiches. Selbst Sie wissen nicht, wer sie sind.«

Ich weiß nichts. Ich schwöre, so wahr ich lebe, daß ich nichts weiß. Ich bin nicht das, was Sie von mir glauben. Töten Sie mich. Um Gottes willen, töten Sie mich. Tun Sie es jetzt! Nehmen Sie an mir Rache. Wenn das, was Sie sagen, die Wahrheit ist, haben Sie und ich das verdient. Aber ich flehe Sie an, nehmen Sie mit meinem Sohn Verbindung auf. Sehen Sie zu, daß Sie mit ihm sprechen können. Erklären Sie ihm das, was Sie mir erklärt haben. Halten Sie ihn auf! Töten Sie ihn nicht, brandmarken Sie ihn nicht. Er ist nicht das, was Sie von ihm glauben. Geben Sie ihm sein Leben. Nehmen Sie das meine, aber geben Sie ihm seines!

Und der Jude von Har Sha'alav hatte gesagt: »Richard Holcroft ist umgebracht worden. Das war kein Unfall.«

Sie war beinahe zusammengebrochen, hatte sich aber mit letzter Kraft aufrecht gehalten. Sie durfte sich diesen Augenblick des Vergessens nicht gestatten, der ihr so willkommen gewesen wäre.

O mein Gott...

»Wolfsschanze hat ihn getötet. Die falsche Wolfsschanze. Ebenso sicher, als ob sie ihn in eine Gaskammer in Auschwitz geführt hätten.«

Was ist Wolfsschanze? Und weshalb nennen Sie sie ›falsch‹?

»Finden Sie es selbst heraus. Wir werden wieder miteinander sprechen. Wenn Sie gelogen haben, werden wir Sie töten. Ihr Sohn wird leben – solange die Welt ihn leben läßt –, aber er wird mit einem Hakenkreuz auf der Stirn leben.«

Suchen Sie ihn. Sagen Sie es ihm.

Der Mann von Har Sha'alav war gegangen. Althene hatte in einem Sessel am Fenster gesessen und die ganze Nacht hindurch auf den schneebedeckten Rasen hinausgeblickt. Ihr geliebter Richard, der Mann, der ihr und ihrem Sohn das Leben zurückgegeben hatte... Was hatte sie getan?

Aber sie wußte, was jetzt zu tun war.

Das Flugzeug setzte auf, und der leichte Ruck verdrängte Althenes Träume aus ihrem Bewußtsein und führte sie in die Gegenwart zurück. Nach Lissabon.

Sie stand an der Reling der Fähre, und die Wellen des Tejo klatschten gegen den Rumpf, während das alte Schiff sich einen Weg durch die Bucht bahnte. In der linken Hand hielt sie ein Spitzentaschentuch, das im Wind flatterte.

Sie glaubte, ihn zu sehen, machte aber, wie man sie instruiert hatte, keine Bewegung, bis er auf sie zukam. Sie hatte ihn selbstverständlich vorher noch nie gesehen, aber das war nicht wichtig. Er war ein alter Mann in einem zerdrückten Anzug, mit dichten grauen Koteletten, die in die Stoppeln eines weißen Bartes übergingen. Seine Augen suchten die Passagiere ab, als ob er Angst hätte, einer von ihnen könnte nach der Polizei rufen. Er war der Mann; er stand hinter ihr.

»Der Fluß wirkt heute kalt«, sagte er.

Das Spitzentaschentuch flog in den Wind. »O du liebe Güte, jetzt habe ich es verloren.«

Althene sah zu, wie es ins Wasser fiel...

»Sie haben es gefunden«, sagte der Mann.

»Danke.«

»Bitte sehen Sie mich nicht an. Sehen Sie sich die Stadtsilhouette auf der anderen Seite der Lagune an.«

»Wie Sie meinen.«

»Sie geben Ihr Geld zu großzügig aus, Senhora«, sagte der Mann mit leiser Stimme.

»Ich habe es sehr eilig.«

»Sie bringen da Namen, die so weit in der Vergangenheit liegen, daß es keine Gesichter dazu gibt. Stellen Forderungen, die man seit Jahren nicht mehr gestellt hat.«

»Ich kann mir nicht vorstellen, daß die Zeiten sich so sehr geändert haben.«

»O doch, das haben sie, Senhora. Männer und Frauen

reisen immer noch im geheimen. Aber nicht mit so einfachen Dingen wie gefälschten Pässen. Wir leben im Zeitalter des Computers. Falsche Papiere sind nicht mehr das, was sie einmal waren. Wir erinnern uns zurück an den Krieg, an die Fluchtrouten.«

»Ich muß so schnell wie möglich nach Genf. Niemand darf wissen, daß ich dort bin.«

»Sie werden nach Genf kommen, Senhora. Und nur diejenigen, die Sie informieren, werden wissen, daß Sie dort sind. Aber es wird nicht so schnell gehen, wie Sie wünschen; es ist nicht einfach nur ein einziger Flug mit einer Fluggesellschaft.«

»Wie lange wird es dauern?«

»Zwei oder drei Tage. Sonst gibt es keine Garantien. Dann nimmt man Sie fest – entweder die Behörden oder jene anderen, denen Sie aus dem Wege gehen.«

»Wie komme ich hin?«

»Über Grenzen, die nicht überwacht werden, oder wo man die Grenzposten bestechen kann. Über die Nordroute. Sierra de Gata, von dort nach Saragossa, über die Ostpyrenäen. Von dort nach Montpellier und Avignon. In Avignon nehmen Sie ein kleines Flugzeug nach Grenoble, dann eines nach Chambéry und nach Genf. Das wird einiges kosten.«

»Ich kann bezahlen. Wann brechen wir auf?«

»Noch heute abend.«

36.

Der blonde Mann unterschrieb die Meldekarte des Hotel d'Accord und reichte sie dem Empfangsangestellten über den Tresen.

»Vielen Dank, Mr. Tennyson. Sie bleiben vierzehn Tage?«

»Vielleicht länger, sicher nicht kürzer. Ich wäre Ihnen dankbar, wenn Sie eine Suite für mich hätten.«

Der Angestellte lächelte. »Ihr Genfer Freund, der Herr Staatsrat, hat angerufen. Wir haben ihm versichert, daß wir alles tun, um Ihnen einen angenehmen Aufenthalt zu bereiten.«

»Ich werde ihm sagen, daß ich sehr zufrieden bin.«

»Sie sind sehr liebenswürdig.«

»Übrigens, ich erwarte hier in den nächsten Tagen eine alte Bekannte zu treffen, Mrs. Holcroft. Für wann ist sie angemeldet?«

Der Angestellte nahm ein Journal und blätterte darin. »Sagten Sie Holcroft?«

»Ja. Althene Holcroft. Amerikanerin. Vielleicht haben Sie auch eine Reservierung für ihren Sohn, Mr. Noel Holcroft.«

»Es tut mir leid, aber unter dem Namen ist überhaupt nichts bestellt. Und ich weiß, daß es augenblicklich keine Gäste mit Namen Holcroft gibt.«

Die Kinnmuskeln des blonden Mannes spannten sich. »Dann muß da irgendwo ein Irrtum vorliegen. Sie wird in diesem Hotel erwartet. Vielleicht nicht heute abend, aber ganz bestimmt morgen oder übermorgen. Bitte, sehen Sie noch einmal nach. Gibt es eine vertrauliche Liste?«

»Nein, Sir.«

»Wenn es die nämlich gäbe, würde mein Freund, der Herr Staatsrat, Sie sicher bitten, sie mir zu zeigen.«

»Das wäre in dem Fall nicht notwendig, Mr. Tennyson. Man hat uns gesagt, daß wir Sie bei besonderen Wünschen in jeder Hinsicht unterstützen sollen.«

»Vielleicht reist sie inkognito. Sie ist in der Beziehung manchmal sehr exzentrisch.«

Der Angestellte drehte das Journal herum. »Bitte, sehen Sie selbst nach, Sir. Möglicherweise erkennen Sie einen Namen.«

Das war nicht der Fall. Äußerst ärgerlich. »Das ist Ihre vollständige Liste?« fragte er noch einmal.

»Ja, Sir. Wir sind ein kleines und, wenn ich das so sagen darf, ein recht exklusives Hotel. Die meisten unserer Gäste sind hier schon früher einmal abgestiegen. Ich kenne fast jeden dieser Namen.«

»Welche kennen Sie nicht?« beharrte der blonde Mann.

Der Angestellte wies mit dem Finger auf zwei. »Das hier sind die einzigen Namen, die mir unbekannt sind«, sagte er. »Die Herren aus Deutschland, zwei Brüder namens Kessler, und ein Sir William Ellis aus London. Diese Reservierung ist erst vor wenigen Stunden erfolgt.«

Tennyson sah den Angestellten an. »Ich gehe jetzt auf mein Zimmer, aber ich muß Sie um ein Beispiel jener Unterstützung bitten, von der der Herr Staatsrat gesprochen hat. Es ist äußerst dringend, daß ich erfahre, wo Mrs. Holcroft in Genf abgestiegen ist. Ich wäre Ihnen dankbar, wenn Sie die verschiedenen Hotels anrufen würden. Aber mein Name sollte unter keinen Umständen erwähnt werden.« Er holte eine Hundertfrankennote heraus. »Finden Sie sie für mich«, sagte er.

Um Mitternacht erreichte Noel Châtillon-sur-Seine, wo er einen erstaunten Ellis in London anrief.

»*Was* wirst du tun?« sagte Ellis.

»Du hast mich gehört, Willie. Ich zahle dir fünfhundert Dollar und deine Auslagen für einen, vielleicht auch zwei Tage in Genf. Das einzige, was ich von dir möchte, ist, daß du meine Mutter mit nach London nimmst.«

»Ich eigne mich überhaupt nicht als Kindermädchen. Und nach allem, was du mir über deine Mutter erzählt hast, ist sie der letzte Mensch auf der Welt, der einen Reisebegleiter braucht.«

»Den braucht sie jetzt schon. Jemand ist ihr gefolgt. Ich erzähle es dir, wenn du in Genf bist. Wie steht es, Willie? Tust du es?«

»Natürlich. Aber deine fünfhundert kannst du dir sonstwohin stecken. Ich bin sicher, daß deine Mutter und ich viel mehr Gemeinsamkeiten haben, als wir beide je hatten. Aber die Kosten kannst du übernehmen. Du weißt ja, daß ich stilvoll zu reisen pflege.«

»Weil wir schon beim Thema sind: Reiß dich ein bißchen zusammen, ja? Geht das? Ich möchte, daß du das Hotel d'Accord in Genf anrufst und dir eine Reservierung für den heutigen späten Vormittag geben läßt. Wenn du die erste Maschine nimmst, solltest du gegen halb zehn dort sein.«

»Ich werde mich meines besten Benehmens befleißigen, wie es zu Louis-Vuitton-Gepäck paßt. Vielleicht noch ein kleiner Titel...«

»Willie!«

»Ich kenne die Schweizer besser als du. Die beten Titel

förmlich an; sie stinken nach Geld, und Geld ist ihre einzige Geliebte.«

»Ich rufe dich gegen zehn, halb elf an. Ich möchte dein Zimmer benutzen, bis ich weiß, wie alles läuft.«

»Das kostet extra«, sagte Willie Ellis. »Wir sehen uns in Genf.«

Holcroft hatte beschlossen, Willie aufzufordern, weil ihm sonst niemand einfiel, der keine Fragen stellen würde. Ellis war nicht der zügellose Narr, als der er sich gerne gab. Um Althene aus der Schweiz hinauszubegleiten, gab es kaum einen Besseren als ihn.

Und sie mußte die Schweiz verlassen. Die Feinde des Vertrages hatten ihren Mann getötet und würden auch sie töten. Weil Genf der Ort war, an dem es geschehen würde. In zwei oder drei Tagen fände eine Zusammenkunft statt, Papiere würden unterzeichnet, Gelder nach Zürich überwiesen werden. Die Feinde des Vertrages würden alles versuchen, um diese Verhandlungen zum Scheitern zu bringen. Seine Mutter durfte nicht in Genf bleiben. In Genf würde es zu Gewalttaten kommen, das spürte er.

Er fuhr in südlicher Richtung weiter nach Dijon und traf lange nach Mitternacht dort ein. Die kleine Stadt war bereits schlafen gegangen, und während er durch die finsteren Straßen fuhr, wußte er, daß er auch Schlaf brauchte; er mußte morgen ganz wach sein. Wacher als je. Er fuhr weiter, bis er wieder auf dem freien Land war, und hielt den Mietwagen dann am Straßenrand an. Er rauchte eine Zigarette, drückte sie aus und zog die Füße auf den Sitz, lehnte den Kopf gegen die Scheibe und schob seinen Regenmantel darunter.

In ein paar Stunden würde er die Grenze erreichen und sie mit der ersten Welle des Morgenverkehrs überqueren. Und sobald er in der Schweiz war... Er konnte nicht mehr denken. Der Nebel begann ihn einzuhüllen; sein Atem ging langsam und schwer. Und dann erschien das Gesicht, stark, kantig, so wenig verwandt und ihm doch jetzt so vertraut.

Es war das Gesicht Heinrich Clausens, und es rief nach ihm, forderte ihn auf, sich zu beeilen. Bald wäre der Alptraum vorüber; Wiedergutmachung würde geleistet werden.

Er schlief.

Erich Kessler sah zu, wie sein jüngerer Bruder Hans dem Sicherheitsbeamten der Fluggesellschaft seine Arzttasche zeigte. Seit der Olympiade von 1972, als man annahm, daß die Palästinenser mit zerlegten Gewehren und Maschinenpistolen nach München geflogen waren, hatte man die Sicherheitsvorkehrungen auf dem Flughafen verdreifacht.

Dabei war es die Wolfsschanze gewesen, die die Waffen der Palästinenser nach München gebracht hatte – *ihre* Wolfsschanze, dachte Erich.

Hans lachte, er hatte einen Witz mit dem Angestellten gemacht. In Genf, dachte Erich, gäbe es keine solchen Witze, denn dort gäbe es keine Untersuchung, nicht durch die Fluggesellschaft und nicht durch den Zoll und auch durch sonst niemanden. Der Herr Staatsrat würde dafür sorgen. Einer der angesehensten Ärzte Münchens, ein Spezialist für Innere Medizin, traf als sein Gast ein.

Hans war all das und noch mehr, dachte Erich, als sein Bruder ihm entgegenkam. Hans war ein mittelgroßer, stämmiger Bursche mit unwiderstehlichem Charme. Ein hervorragender Fußballspieler, Kapitän seiner Mannschaft, der sich nach dem Spiel um die Verletzungen seiner Gegenspieler kümmerte.

Es war seltsam, dachte Erich, aber Hans war eigentlich viel besser als er auf die Rolle des älteren Sohnes vorbereitet. Abgesehen von der Zufälligkeit des Geburtsdatums, wäre Hans es gewesen, der mit Johann von Tiebolt zusammenarbeitete. Und Erich, der stille Gelehrte, wäre der Untergebene gewesen. Einmal hatte er in einem Augenblick der Selbstzweifel das zu Johann gesagt.

Von Tiebolt wollte davon nichts hören. Er brauchte einen reinen Intellektuellen. Einen Mann, der ein blutloses Leben führte – jemand, den die Abgründe des Herzens, die Maßlosigkeit, nie in Versuchung geführt hatten. Hatte er das nicht in jenen wenigen, aber wichtigen Augenblicken unter Beweis gestellt, wenn er – der stille Gelehrte – sich dem Tinamu widersetzt und seine Vorbehalte vorgebracht hatte? Vorbehalte, die schließlich zu einem Wechsel der Taktiken geführt hatten?

Ja, das war wahr, aber es war nicht jene wesentliche Wahrheit, die Johann nicht wahrhaben wollte: Hans war von Tiebolt beinahe ebenbürtig. Wenn es zu einer Auseinandersetzung kam, war es möglich, daß Johann sterben würde.

Das war die Meinung des stillen, blutlosen Intellektuellen.

»Alles läuft planmäßig«, sagte Hans, als sie zu ihrer Maschine gingen. »Der Amerikaner ist so gut wie tot, und kein Labor wird die Todesursache feststellen können.«

Helden verließ den Zug in Neuchâtel. Sie stand auf dem Bahnsteig und paßte ihre Augen dem grellen Sonnenlicht an, das sich im Dach des Bahnhofs spiegelte. Sie wußte, daß sie sich unter die Menge mischen sollte, die den Zug verließ, aber einen Augenblick lang mußte sie stillstehen und tief durchatmen. Sie hatte die letzten drei Stunden in der Finsternis eines Güterwagens verbracht, versteckt hinter Kisten mit Maschinen. In Besançon war eine Tür für exakt sechzig Sekunden auf elektronischem Wege geöffnet worden, und sie war hineingegangen. Exakt fünf Minuten vor Mittag hatte sich die Tür wieder geöffnet; sie hatte Neuchâtel ungesehen erreicht. Ihre Beine schmerzten, und in ihren Schläfen tobte es, aber sie hatte es geschafft. Es hatte sehr viel Geld gekostet.

Die frische Luft füllte ihre Lungen. Sie nahm ihren Koffer und ging auf den Ausgang zu. Das Dorf Près-du-Lac lag an der Westseite des Sees, keine dreißig Kilometer südlich. Sie fand einen Taxifahrer, der bereit war, sie hinzubringen.

Die Fahrt war holprig, und es ging durch viele Kurven, aber für sie war es wie ein ruhiges, schwebendes Dahingleiten. Sie blickte zum Fenster hinaus auf die vorbeieilenden Hügel und die blauen Wellen des Sees. Die herrliche Landschaft vermittelte ihr den Eindruck, als wäre alles angehalten. Sie schenkte ihr die wertvollen Augenblicke, die sie brauchte, um den Versuch des Verstehens zu unternehmen. Was hatte der Oberst gemeint, als er schrieb, er habe es so eingerichtet, daß sie in seiner Nähe sei, weil er glaubte, sie sei ›die Abgesandte eines Feindes‹? Ein Feind, auf den er ›dreißig Jahre gewartet hatte‹? Was war das für ein Feind? Und weshalb hatte er sie ausgewählt?

Was hatte sie getan? Oder nicht getan? War es wieder das schreckliche Dilemma? Für das verdammt, was sie war, und für das verdammt, was sie nicht war? Wann, um Gottes willen, würde das alles *aufhören*?

Der Oberst wußte, daß er sterben würde. Er hatte sie auf den Fall seines Todes vorbereitet, hatte sichergestellt, daß sie über Geld verfügte, um diese geheime Reise in die Schweiz zu finanzieren, zu einem Mann namens Werner Gerhardt in Neuchâtel. Wer war er? Was war er für Falkenheim, daß man ihn nur nach dem Tod des Obersten aufsuchen durfte?

Die Münze der Wolfsschanze hat zwei Seiten.

Der Taxifahrer riß sie aus ihren Gedanken. »Die Gaststätte ist dort unten am Ufer«, sagte er. »Als Hotel nichts Besonderes.«

»Es wird genügen, ganz sicher.«

Ihr Zimmer ging auf den See hinaus. Es war so friedlich hier, daß Helden sich versucht fühlte, sich ans Fenster zu setzen und bloß über Noel nachzudenken, weil ihr, wenn sie über ihn nachdachte, so... behaglich... zumute war. Aber es galt, einen Werner Gerhardt zu finden. Im Telefonverzeichnis von Près-du-Lac gab es den Namen nicht. Weiß Gott, wann es zum letztenmal überarbeitet worden war. Aber das Dorf war nicht groß; sie würde als erstes den Portier fragen. Vielleicht kannte er den Namen.

Das tat er auch, aber nicht auf eine beruhigende Weise.

»Der verrückte Gerhardt?« sagte der korpulente Mann, der in einem Korbsessel hinter dem Tresen saß. »Sie überbringen ihm Grüße von alten Freunden? Besser, Sie hätten ein Mittel, das sein wirres Gehirn etwas in Ordnung bringt. Er wird kein Wort von dem verstehen, was Sie ihm sagen.«

»Das wußte ich nicht«, erwiderte Helden, von einem Gefühl der Verzweiflung überwältigt.

»Sie werden es ja selbst sehen. Es ist Nachmittag, und der Tag ist kühl, aber die Sonne scheint. Er sitzt ohne Zweifel auf dem Dorfplatz und singt seine kleinen Liedchen und füttert die Tauben. Die machen ihm die Kleider schmutzig, aber das merkt er nicht.«

Sie sah ihn auf der steinernen Umrandung des kreisförmigen Brunnens auf dem Dorfplatz sitzen. Er schien die Passanten überhaupt nicht wahrzunehmen, die immer wieder Blicke auf ihn warfen, häufiger Blicke des Ekels als des Mitleids.

Seine Kleider waren ausgefranst und der zerschlissene Mantel mit Taubenkot besudelt, wie es der Portier vorhergesagt hatte. Er war ebenso alt und so krank wie der Oberst, aber viel kleiner und im Gesicht und am Körper aufgedunsen. Seine Haut war fahl und faltig und von roten, aufgeplatzten Äderchen gesprenkelt. Und er trug eine dicke Nickelbrille, die im Rhythmus seines zitternden Kopfes hin und her wackelte. Seine Hände zitterten, als er in eine Tüte griff und Brotkrumen herausholte und sie auf dem Boden verstreute und damit Schwärme von Tauben anlockte, deren Stimmen den Kontrapunkt zu dem schrillen Singsang bildeten, der von seinen Lippen kam.

Helden empfand Übelkeit. Das ging weit über Senilität hinaus. Das da waren nur noch die kläglichen Überreste eines Menschen.

Die Münze der Wolfsschanze hat zwei Seiten. Die Zeit ist nahe, in der die Katastrophen ihren Anfang nehmen.

Es schien sinnlos, die Worte zu wiederholen. Dennoch, sie war so weit gekommen und wußte nur, daß ein großer Mann hingemetzelt worden war, weil seine Warnung stimmte.

Sie ging auf den alten Mann zu und setzte sich neben ihn, bemerkte, daß einige Leute auf dem Platz sie ansahen, als wäre sie auch schwachsinnig. Sie sprach mit leiser Stimme und in deutscher Sprache:

»Herr Gerhardt? Ich bin weit gereist, um Sie zu sehen.«

»Solch eine hübsche Dame... eine hübsche, hübsche Dame.«

»Ich komme von Herrn Falkenheim. Erinnern Sie sich an ihn?«

»Das Heim eines Falken? Falken mögen meine Tauben nicht. Die tun meinen Tauben weh. Meine Freunde und ich mögen sie nicht, was, ihr Süßen?« Gerhardt beugte sich vor und schürzte die Lippen, küßte die Luft über den gierigen Vögeln auf der Erde.

»Sie würden diesen Mann mögen, wenn Sie sich an ihn erinnerten.«

»Wie kann ich mögen, was ich nicht kenne? Würden *Sie* etwas Brot mögen? Sie können es essen, wenn Sie wollen, aber das würde meine Freunde verletzen.« Der alte Mann richtete sich mühsam auf und warf ein paar Brotkrumen vor Heldens Füße.

»›Die Münze der Wolfsschanze hat zwei Seiten‹«, flüsterte Helden.

Dann hörte sie die Worte. Er unterbrach seinen Rhythmus nicht, der leise, schrille Singsang war derselbe, aber jetzt war Bedeutung dahinter. »Er ist tot, nicht wahr...? Antworten Sie mir nicht, Sie brauchen nur mit dem Kopf zu nicken oder ihn zu schütteln. Sie reden mit einem närrischen alten Mann, den keiner versteht. Denken Sie daran.«

Helden war zu verblüfft, um sich bewegen zu können. Und durch ihre Starrheit gab sie dem alten Mann die Antwort. Er fuhr in seinem Singsang fort: »Klaus ist tot. Also haben die ihn endlich gefunden und getötet.«

»Es war die ODESSA«, sagte sie. »Die ODESSA hat ihn getötet. Überall waren Hakenkreuze.«

»Wolfsschanze wollte, daß wir das glauben.« Gerhardt warf Brotkrumen in die Luft; die Tauben fingen an, untereinander zu streiten. »Hier, ihr Süßen! Zeit für euren Tee.« Er drehte sich halb zu Helden herum, und seine Augen schienen in weite Ferne zu blicken. »Die ODESSA ist, wie immer, der Sündenbock. Das liegt auf der Hand.«

»Sie sagen Wolfsschanze«, flüsterte Helden. »Man hat einem Mann namens Holcroft einen Brief gegeben und ihn bedroht. Er ist vor dreißig Jahren geschrieben worden, von Männern unterzeichnet, die sich die Überlebenden der Wolfsschanze nannten.«

Einen Augenblick hörte Gerhardts Zittern auf. »Es gab mit einer Ausnahme keine Überlebenden der Wolfsschanze! Klaus Falkenheim. Andere waren dabei und sind davongekommen. Aber sie waren nicht die Adler; sie waren Abschaum. Und jetzt glauben sie, ihre Zeit sei gekommen.«

»Ich verstehe nicht.«

»Ich werde es Ihnen erklären, aber nicht hier. Kommen Sie später, wenn es dunkel geworden ist, in mein Haus am See. Südlich, an der Uferstraße, genau drei Kilometer hinter der Gabelung ist ein Weg...« Er beschrieb ihr die Richtung, als wären das die Worte zu einer kindischen Melodie. Als er geendet hatte, stand er mühsam auf und warf den Vögeln die letzten Krumen hin. »Ich glaube nicht, daß man Ihnen folgen wird«, sagte er mit einem senilen Lächeln, »aber vergewissern Sie sich. Es gibt Arbeit für uns, und sie muß schnell erledigt werden... Hier, meine Süßen! Jetzt habe ich nichts mehr... ihr Lieben.«

37.

Über dem flachen Weideland von Chambéry kreiste eine kleine, einmotorige Maschine am Nachthimmel. Der Pilot wartete darauf, daß die zwei Reihen von Leuchtfeuern entzündet wurden: das Signal für ihn zur Landung. Auf dem Boden stand ein Wasserflugzeug, bereit zum Start. Wenige Minuten, nachdem die erste Maschine am Ende der primitiven Landebahn angelangt war, wäre das Wasserflugzeug in der Luft und trüge seine wertvolle Ladung nach Norden, an der Rhône entlang, würde bei Versoix die Schweizer Grenze überqueren und zwanzig Kilometer nördlich der Stadt auf dem Genfer See landen. Die Ladung hatte keinen Namen, aber das interessierte die Piloten nicht. Ihr Honorar konnte sich durchaus mit dem messen, das sonst Rauschgiftkuriere zu zahlen pflegten.

Nur ein einziges Mal hatte sie Gefühle gezeigt, und das war vier Minuten nach Avignon in Richtung auf Saint-Vallier, als die kleine Maschine in einen gefährlichen Hagelsturm geraten war.

»Es könnte sein, daß das Wetter für dieses leichte Flugzeug zu viel ist«, sagte der Pilot. »Es wäre klüger, umzukehren.«

»Fliegen Sie darüber hinweg.«

»Dafür reicht unsere Kraft nicht aus, und wir haben keine Ahnung, wie ausgedehnt die Hagelfront ist.«

»Dann fliegen Sie durch. Ich zahle nicht nur für den Transport, sondern auch für die Einhaltung des Zeitplans. Ich muß heute abend in Genf sein.«

»Wenn wir notlanden müssen, würde uns eine der Streifen festnehmen. Unser Flug ist nicht registriert.«

»Wenn wir auf dem Fluß notlanden müssen, dann bezahle

ich die Strafe. Man hat sie an der Grenze in Port-Bou ebenfalls bezahlt; das geht wieder. Weiter.«

»Und wenn wir abstürzen, Madame?«

»Stürzen Sie eben nicht ab.«

Unter ihnen wurden in der Dunkelheit die Leuchtfeuer von Chambéry der Reihe nach entzündet, eine Reihe nach der anderen. Der Pilot ließ die Maschine nach links abkippen und kreiste dann zum Landeanflug nach unten. Sekunden später setzten sie auf.

»Sie sind gut«, sagte die wertvolle Ladung und schnallte sich los. »Ist mein nächster Pilot Ihnen ebenbürtig?«

»Genausogut, Madame. Und dann hat er noch einen Vorteil. Er kennt sämtliche Radarpunkte auf hundert Meter genau, auch in der Dunkelheit. Für solches Expertentum muß man bezahlen.«

»Mit dem größten Vergnügen«, erwiderte Althene.

Das Wasserflugzeug startete um Punkt zehn Uhr siebenundfünfzig gegen den Nachtwind. Der Flug über die Grenze bei Versoix würde in sehr geringer Höhe stattfinden und sehr wenig Zeit in Anspruch nehmen, höchstens zwanzig Minuten bis eine halbe Stunde. Es war die Spezialistenetappe der Reise, und der Spezialist im Cockpit war ein muskulöser Mann mit rotem Bart und schütterem rotem Haar. Er kaute eine halbgerauchte Zigarre, und sein Englisch hatte den harten Akzent, den man mit Elsaß-Lothringen in Verbindung bringt. Die ersten paar Minuten des Fluges sagte er nichts, aber als er dann sprach, staunte Althene.

»Ich weiß nicht, was für eine Ware Sie bei sich haben, Madame, aber Sie werden in ganz Europa gesucht.«

»*Was?* Wer sucht mich, und wie kommt es, daß Sie das wissen? Mein Name ist nicht erwähnt worden; das hat man mir garantiert!«

»Ein Rundschreiben der Interpol, das in ganz Europa verteilt wurde, mit einer sehr genauen Beschreibung. Es kommt sehr selten vor, daß die internationale Polizei nach einer Frau Ihres – wollen wir sagen – Ihres Alters und Ihres Aussehens sucht. Ich nehme an, Ihr Name ist Holcroft.«

»Nehmen Sie gar nichts an.« Althene hielt sich an ihrem Sicherheitsgurt fest und versuchte, ihre Reaktionen unter

Kontrolle zu behalten. Sie wußte nicht, weshalb es sie erschreckt hatte – der Mann von Har Sha'alav hatte gesagt, sie seien überall. Aber die Tatsache, daß die Wolfsschanze hinreichenden Einfluß auf Interpol hatte, um ihren Apparat zu gebrauchen, war entmutigend. Sie mußte sich also nicht nur vor den Nazis der Wolfsschanze versteckt halten, sondern auch vor der Polizei. Das Ganze war eine äußerst geschickt aufgebaute Falle; ihre Vergehen waren nicht abzuleugnen: Reisen mit falschem Paß und dann ohne Paß. Und sie konnte keine Erklärungen für diese Vergehen liefern. Wenn sie das täte, brächte sie ihren Sohn – Sohn Heinrich Clausens – mit einer Verschwörung in Verbindung, die so ungeheuerlich war, daß er erledigt wäre. Mit dieser äußersten Konsequenz mußte sie sich auseinandersetzen; es war durchaus möglich, daß ihr Sohn geopfert werden mußte, doch die eigentliche Ironie lag in der Möglichkeit, daß die Wolfsschanze selbst Verbindungen zu den Behörden hatte. *Sie waren überall*. Sobald sie in ihre Hände fiele, würde die Wolfsschanze sie töten, ohne ihr Gelegenheit zu lassen, das zu sagen, was sie wußte.

Der Tod war akzeptabel; nicht hingegen, daß man sie zum Schweigen brachte. Sie wandte sich dem bärtigen Piloten zu. »Wie kommt es, daß Sie über dieses Rundschreiben Bescheid wissen?«

Der Mann zuckte die Achseln. »Woher weiß ich über die Radarstationen Bescheid? Sie zahlen mich; ich zahle andere. Es gibt heutzutage keine reinen Profite mehr.«

»Steht in dem Rundschreiben auch, weshalb diese... alte Frau... gesucht wird?«

»Es ist ein eigenartiger Alarm. Es heißt da ganz eindeutig, daß sie mit falschen Papieren reist, aber daß sie nicht festgenommen werden soll. Ihr Aufenthaltsort soll an Interpol Paris gemeldet werden, die ihn nach New York weitergibt.«

»New York?«

»Von dort stammt die Aufforderung. Die Polizei in New York, ein Detective-Lieutenant namens Miles.«

»Miles?« Althene runzelte die Stirn. »Ich habe nie von ihm gehört.«

»Vielleicht aber die gesuchte Frau«, sagte der Pilot und rollte die Zigarre von einem Mundwinkel in den anderen.

Althene schloß die Augen. »Hätten Sie Lust, einen wirklich reinen Profit zu machen?«

»Ich bin kein Kommunist, mich beleidigt das Wort Profit nicht. Wie?«

»Verstecken Sie mich in Genf. Helfen Sie mir, jemanden zu erreichen.«

Der Pilot warf einen prüfenden Blick auf sein Armaturenbrett und drehte nach links ab. »Das kostet Sie viel.«

»Ich zahle«, sagte sie.

Johann von Tiebolt ging in der Hotelsuite auf und ab, ein graziöses, zorniges Tier, erregt. Seine Zuhörerschaft bestand aus den Brüdern Kessler; der stellvertretende Präsident des Genfer Staatsrats war vor wenigen Minuten gegangen. Die drei waren allein; die Spannung, die in der Luft lag, war offenkundig.

»Sie ist irgendwo in Genf«, sagte von Tiebolt. »Das *muß* sie sein.«

»Offenbar unter falschem Namen«, fügte Hans Kessler hinzu, dessen Ärztetasche zu seinen Füßen stand. »Wir werden sie finden. Wir schicken einige Leute mit ihrem Steckbrief los. Unser Freund hat uns eben versichert, daß das kein Problem sei.«

Von Tiebolt blieb stehen. »Kein Problem? Unserem Freund zufolge liegt der Genfer Polizei ein Rundschreiben der Interpol vor, das sich mit ihr befaßt. Das bedeutet schlicht und einfach, daß sie mindestens sechstausend Kilometer gereist ist, ohne daß man sie gefunden hat. Sechstausend Kilometer durch Reihen von Computern, in Flugzeugen mit Passagierlisten und durch wenigstens zwei Einwanderungsstellen. Mach dir nichts vor, Hans. Sie ist viel besser, als wir annahmen.«

»Morgen ist Freitag«, sagte Erich. »Holcroft müßte morgen eintreffen, und er wird mit uns Verbindung aufnehmen. Wenn wir ihn haben, haben wir sie auch.«

»Er hat gesagt, daß er im d'Accord absteigt, aber er hat es sich anders überlegt. Es gibt dort keine Reservierung, und Mr. Fresca hat das George Cinq verlassen.« Von Tiebolt stand am Fenster. »Mir gefällt das nicht. Etwas stimmt nicht.«

Hans griff nach seinem Glas. »Ich glaube, du übersiehst da etwas Offensichtliches.«

»Was?«

»So wie Holcroft die Dinge sieht, stimmt da eine ganze Menge nicht. Er glaubt, man sei hinter ihm her; er wird vorsichtig sein und auch sehr vorsichtig reisen. Ich wäre sehr überrascht, wenn er sich unter seinem eigenen Namen ein Zimmer bestellt.«

»Ich hatte angenommen, er würde den Namen Fresca benutzen oder eine Abwandlung davon, die ich erkennen könnte«, sagte von Tiebolt, ohne auf die Bemerkung des jüngeren Kessler einzugehen. »Aber so etwas gibt es in keinem Hotel von Genf.«

»Gibt es den Namen Tennyson?« fragte Erich mit leiser Stimme, »oder irgend etwas *Ähnliches*?«

»Helden?« Johann drehte sich herum.

»Helden.« Der ältere Kessler nickte. »Sie war mit ihm in Paris zusammen. Man darf annehmen, daß sie ihm hilft; du hast das ja selber vorgeschlagen.«

Von Tiebolt stand unbewegt da. »Helden und ihre widerlichen Verräter sind im Augenblick anderweitig beschäftigt. Sie suchen die Reihen der ODESSA nach den Mördern des Herrn Oberst ab.«

»*Falkenheim*?« Hans beugte sich vor. »Falkenheim ist *tot*?«

»Falkenheim war der Führer der ›Abwehr‹ – das letzte funktionsfähige Mitglied, um es exakt zu sagen. Mit seinem Tode gibt es für die Wolfsschanze keine Opposition mehr. Seine Judenarmee ist jetzt ohne Kopf; das Wenige, was sie wußten, haben *ihre* Führer mit ins Grab genommen.«

»Juden? Bei der ›Abwehr‹?« Erich war jetzt völlig verwirrt. »Wovon, Herrgott noch mal, *redest* du?«

»Ein Überfall auf den Kibbuz Har Sha'alav ist bereits veranlaßt; man wird die Schuld Terroristen der RACHE geben. Ich bin sicher, daß dir der Name ›Har Sha'alav‹ etwas sagt. Am Ende hat sich die ›Abwehr‹ den Juden von Har Sha'alav zugewandt. Pack zu Pack.«

»Ich hätte gerne eine etwas deutlichere Erklärung!« sagte Erich.

»Später. Wir müssen uns auf die Holcrofts konzentrieren.

Wir müssen ...« Von Tiebolt hielt inne, plötzlich kam ihm ein Gedanke. »Prioritäten. Immer Prioritäten setzen«, fügte er wie im Selbstgespräch hinzu. »Und die erste Priorität ist das Dokument bei der Grand Banque de Genève, und das bedeutet, daß dem Sohn der Vorrang zukommt. *Ihn* müssen wir finden; *ihn* isolieren; ihn in absoluter Quarantäne halten. Für unsere Zwecke braucht das nur etwa dreißig Stunden zu sein.«

»Ich kann dir nicht folgen«, unterbrach Hans. »Was geschieht in diesen dreißig Stunden?«

»In der Zeit treffen wir uns mit den Direktoren der Bank«, sagte Erich. »Bis dahin ist das alles unterschrieben und in Gegenwart des Justitiars der Grand Banque bestätigt, alle Schweizer Gesetze befolgt. Das Geld wird nach Zürich weitergeleitet sein, und wir übernehmen Montag früh die Kontrolle darüber.«

»Ab dreißig Stunden von Freitagmorgen an ist –«

»Samstagmittag«, unterbrach ihn von Tiebolt. »Wir treffen uns Samstag früh um neun Uhr mit den Direktoren. Es war nie fraglich, daß man uns akzeptieren würde – das hat nur Holcroft gedacht. Manfredi hat das schon vor Monaten erledigt. Wir sind nicht nur akzeptabel, wir sind fast Heilige. Mein Brief von MI-5 ist nur die Krönung des Ganzen. Samstagmittag ist es geschafft.«

»Sind die so erpicht darauf, siebenhundertundachtzig Millionen Dollar zu verlieren, daß sie die Bank an einem Samstag öffnen?«

Der blonde Mann lächelte. »Ich habe den Wunsch in Holcrofts Namen ausgesprochen; aus Gründen der Eile und der Vertraulichkeit. Die Direktoren hatten keine Einwände – die wollen auch etwas abhaben – und Holcroft wird das auch nicht, wenn wir es ihm sagen. Er hat seine eigenen Gründe dafür, es hinter sich zu bringen. Er ist am Ende seiner Kraft.«

Von Tiebolt sah zu Erich hinüber. Sein Lächeln wurde breiter. »Er sieht in uns beiden Freunde, Säulen der Stärke, zwei Männer, die er verzweifelt braucht. Die Programmierung hat unsere kühnsten Hoffnungen übertroffen.«

Kessler nickte. »Bis Samstagmittag wird er die letzte Bedingung unterzeichnet haben.«

»Was für eine letzte Bedingung?« fragte Hans erschreckt.

»Wir werden sie bis dahin alle unterschrieben haben«, antwortete von Tiebolt und machte eine kleine Pause, um seinen Worten noch mehr Bedeutung zu verleihen. »Das ist in den Schweizer Gesetzen zwingend vorgeschrieben, wenn solche Konten freigegeben werden sollen. Wir sind zusammengekommen und sind uns völlig über unsere Verantwortung im klaren. Wir haben einander kennengelernt und vertrauen einander. Deshalb überträgt jeder von uns für den Fall, daß einer vor den anderen sterben sollte, alle Rechte und Privilegien an seine Miterben. Selbstverständlich mit Ausnahme der Vergütung von zwei Millionen, welche an die Erben des Betreffenden verteilt werden. Diese zwei Millionen – ganz legal zugewiesen und den anderen Vollstreckern des Testaments nicht zugänglich – nehmen dem Ganzen jegliche Möglichkeit eines Betrugs.«

Der jüngere Kessler pfiff leise durch die Zähne. »Wirklich brillant. Diese letzte Bedingung – diese Todesklausel, mit der die Verantwortung auf die anderen übergeht – brauchte also gar nicht in das Dokument aufgenommen zu werden ... weil es sich ohnehin um eine gesetzliche Vorschrift handelt. Wäre diese Klausel Teil des Vertrages gewesen, dann hätte Holcroft vielleicht von Anfang an Argwohn geschöpft.« Der Arzt schüttelte bewundernd den Kopf, und seine Augen leuchteten. »Aber das war nicht der Fall, weil es eben *Gesetz* ist.«

»Ganz richtig. Und alle Vorschriften müssen minutiös erfüllt werden. In vier oder sechs Wochen spielt es keine Rolle mehr, aber solange wir nicht substantielle Fortschritte erzielt haben, darf es keine Beunruhigung geben.«

»Das ist mir klar«, sagte Hans. »Aber ab Samstagmittag ist Holcroft ja praktisch überflüssig, nicht wahr?«

Erich hob die Hand. »Am besten setzt du ihn eine Weile unter Drogen, um ihn gegebenenfalls vorführen zu können. Ein funktionsfähiger geistiger Krüppel ... bis ein großer Teil der Mittel verteilt ist. Dann macht es nichts mehr aus; die Welt wird dann zu sehr mit anderen Dingen beschäftigt sein, um sich über einen Unfall in Zürich aufzuregen. Doch jetzt müssen wir tun, was Johann verlangt. Wir müssen Holcroft finden, ehe seine Mutter ihn findet.«

»Und ihn unter irgendeinem Vorwand isoliert halten«, fügte von Tiebolt hinzu, »bis zu unserer Zusammenkunft übermorgen. Sie wird ohne Zweifel versuchen, ihn zu erreichen, und dann werden wir wissen, wo sie ist. Wir haben Männer in Genf, die den Rest erledigen können.« Er zögerte. »Hans, dein Bruder hat wie stets das Wesentliche erfaßt. Aber deine Frage ist mit ja zu beantworten. Ab Samstagmittag ist Holcroft überflüssig. Wenn ich es mir recht überlege, frage ich mich, ob die weiteren vier oder sechs Wochen wirklich wünschenswert sind.«

»Jetzt ärgerst du mich«, sagte der Wissenschaftler. »Ich beuge mich in vielen Dingen deinem ungewöhnlichen Geist, aber in diesem Punkt ist eine Abweichung von der Strategie wirklich nicht angebracht. Holcroft *muß* zur Verfügung stehen. Wie du gesagt hast, es darf keine Störung geben, bis nicht ›substantielle Fortschritte‹ erzielt sind.«

»Ich glaube nicht, daß es zu einer solchen Störung kommt«, erwiderte von Tiebolt. »Unsere Väter wären mit der von mir vorgeschlagenen Änderung einverstanden. Ich habe den Zeitplan etwas verkürzt.«

»Du hast *was*?«

»Mit dem Wort ›Störungen‹ meinte ich juristische Komplikationen, nicht Holcroft. Gesetzliche Vorschriften sind konstant. Die Lebensdauer eines Menschen ist es nicht.«

»Welchen Zeitplan? Warum?«

»Zweite Frage zuerst, und du kannst sie beantworten.« Johann stand vor dem Stuhl des älteren Kessler. »Was war die wirksamste Kriegswaffe des Reichs? Welche Strategie hätte England in die Knie gezwungen, wenn man nicht gezögert hätte? Wie hießen die Donnerschläge, die die Welt erschütterten?«

»*Blitzkrieg*«, sagte der Arzt.

»Ja. Schnelle, entschlossene Angriffe, aus heiterem Himmel. Männer und Waffen und Maschinen, die blitzschnell Grenzen überschritten und hinter sich Verwirrung und Verwüstung zurückließen. Ganze Völkerschaften auseinandergerissen, außerstande, die Reihen zu schließen, außerstande, Entscheidungen zu treffen. Der *Blitzkrieg*, Erich. Das muß jetzt unsere Strategie sein; wir dürfen nicht zögern.«

»Das ist mir zu abstrakt, Johann! Drück dich deutlicher aus!«

»Gut. Erstens: John Tennyson hat einen Artikel geschrieben, der morgen von den Agenturen übernommen und überallhin verbreitet wird. Der Tinamu hat Aufzeichnungen geführt, und es geht die Rede, daß man sie gefunden hat. Namen jener mächtigen Männer, die ihn benutzt haben, Daten, Herkunftsorte der Gelder. Das wird in allen Machtzentren der Welt wie ein Blitz einschlagen. Zweitens: Am Samstag wird in Genf das Dokument unterfertigt und das Geld nach Zürich übermittelt. Sonntag beziehen wir dort unser Hauptquartier; alles ist bestens vorbereitet, sämtliche Kommunikationsmittel funktionieren. Wenn Holcroft bei uns ist, hat Hans ihn narkotisiert, wenn nicht, ist er tot. Drittens: Am Montag sind die Mittel flüssig und befinden sich unter unserer Kontrolle. Nach den Greenwich-Zeitzonen beginnen wir, die Mittel telegrafisch an unsere Leute zu überweisen, wobei wir uns auf die wichtigsten Ziele konzentrieren. Wir fangen hier in Genf an. Dann geht es weiter nach Bonn, Paris, Madrid, Lissabon, London, Washington, New York, Chicago, Houston, Los Angeles und San Francisco. Um fünf Uhr nach Zürcher Zeit erreichen wir den pazifischen Raum. Honolulu, die Marshallinseln, die Gilbertinseln. Um acht Uhr kommen wir nach Neuseeland, Auckland und Wellington. Um zehn ist Australien an der Reihe – Brisbane, Sydney, Adelaide – dann weiter nach Perth, hinüber nach Singapur, in den Fernen Osten. Die erste Phase endet in Neu-Delhi. Auf dem Papier haben wir dann drei Viertel der Weltkugel finanziert. Viertens: nach weiteren vierundzwanzig Stunden – Dienstag – erhalten wir die Bestätigungen, daß die Mittel eingetroffen und in Bargeld umgewechselt worden sind, bereit zum Einsatz. Fünftens: Ich werde von Zürich aus dreiundzwanzig Telefongespräche führen. Ich werde dreiundzwanzig Männer in verschiedenen Hauptstädten erreichen, welche die Dienste des Tinamu genutzt haben. Sie werden erfahren, daß in den nächsten paar Wochen bestimmte Forderungen an sie gestellt werden; man erwartet von ihnen, daß sie diese Forderungen erfüllen. Sechstens: Am Dienstag fängt es an. Der erste Mord wird symbolisch sein.

Der Kanzler in Bonn. Und dann bewegen wir uns nach Art eines Blitzkriegs westwärts.« Von Tiebolt hielt einen Augenblick inne. »Am Dienstag wird Code Wolfsschanze in Gang gesetzt.«

Das Telefon klingelte; zuerst schien niemand es zu hören. Dann nahm von Tiebolt ab.

»Ja?«

Er lauschte schweigend und starrte dabei die Wand an. Schließlich sprach er. »Gebrauchen Sie die Worte, die ich Ihnen gab«, sagte er mit leiser Stimme. »Töten Sie sie.« Er legte auf.

»Was ist?« fragte der Arzt.

Von Tiebolt, der die Hand immer noch am Telefonhörer hatte, antwortete mit monotoner Stimme: »Das war nur eine Vermutung – eine Möglichkeit –, aber ich habe einen Mann nach Neuchâtel geschickt. Um jemand zu beobachten. Und dieser Jemand hat sich mit jemand anders getroffen. Es ist nicht wichtig, sie werden bald tot sein. Meine schöne Schwester und ein Verräter namens Werner Gerhardt.«

Es gab einfach keinen Sinn, dachte Holcroft, während er Willie Ellis' Stimme am Telefon hörte. Er hatte Willie von einer Telefonzelle auf der überfüllten Place Neuve im d'Accord erreicht und erwartete, daß der Designer inzwischen mit Althene Verbindung aufgenommen hatte. Das war nicht der Fall; sie war nicht da. Aber seine Mutter hatte das Hotel d'Accord erwähnt. Sie würde sich mit ihm im Hotel d'Accord treffen.

»Hast du sie beschrieben? Eine Amerikanerin um die Siebzig, für eine Frau groß?«

»Natürlich. Alles, was du vor einer halben Stunde erwähnt hast. Es gibt dort niemanden unter dem Namen Holcroft, und auch keine Frau, auf die die Beschreibung paßt. Überhaupt keine Amerikaner.«

»Das ist verrückt.« Noel versuchte nachzudenken. Tennyson und die Kesslers würden erst abends ankommen; er hatte niemanden, an den er sich wenden konnte. Tat seine Mutter etwa das gleiche, was er gerade tat? Versuchte sie, *ihn* von außerhalb des Hotels zu erreichen, in der Erwartung, daß *er* dort wäre? »Willie, ruf die Rezeption an und sag, du habest grade von mir gehört. Benutze meinen Namen. Sag ihnen, ich hätte dich gefragt, ob irgendwelche Mitteilungen für mich da sind.«

»Ich glaube, du kennst die Regeln hier in Genf nicht«, sagte Willie. »Nachrichten, die zwei Leute betreffen, werden keinem unbekannten Dritten gegeben, und da macht das d'Accord keine Ausnahme. Offen gestanden, als ich mich nach deiner Mutter erkundigte, hat mir das ein paar sehr seltsame Blicke eingetragen. Trotz meines Louis-Vuitton-Gepäcks konnte ich dem kleinen Ekel gar nicht schnell genug zu reden aufhören.«

»Versuch es trotzdem.«

»Es gibt da einen besseren Weg. Ich glaube, ich –« Willie verstummte, irgendwo in der Ferne war ein Pochen zu hören. »Augenblick; da ist jemand an der Tür. Ich wimmle ihn ab, und dann sprechen wir weiter.«

Noel konnte das Geräusch einer sich öffnenden Tür hören. Stimmen waren zu vernehmen, undeutlich, fragend; dann ein kurzer Wortwechsel. Dann wieder Schritte. Holcroft wartete, daß Willie wieder an den Apparat kam.

Ein Husten war zu hören, etwas mehr als ein Husten. Was war das? Der Ansatz zu einem Schrei? War es der Ansatz eines *Schreies*?

»Willie?«

Schweigen. Dann wieder Schritte.

»*Willie?*« Plötzlich überlief es Noel eisig. Und dann war da jählings wieder der Schmerz in seinem Magen, als er sich an die Worte erinnerte. *Dieselben Worte*!...

...Da ist jemand an der Tür. Ich wimmle ihn ab, und dann sprechen wir weiter...

Ein anderer Engländer. Sechstausend Kilometer entfernt, in New York. Und ein Streichholz, das im Fenster auf der anderen Seite des Hofes aufflammte.

Peter Baldwin.

»Willie! Willie, wo *bist* du? *Willie*!«

Ein Klicken ertönte. Dann war die Leitung tot.

O Gott! Was hatte er *getan*? Willie!

Schweiß brach ihm aus; seine Hände zitterten.

Er mußte zum d'Accord! Er mußte, so schnell er konnte, dorthin, Willie finden, Willie helfen. O Gott! Wenn nur dieser bohrende Schmerz in seinen Augen nachließe!

Er rannte aus der Telefonzelle, die Straße hinunter zu seinem Wagen. Er ließ den Motor an, war sich einen Augenblick lang unsicher, wo er war oder wohin er wollte. Das d'Accord. Hôtel d'Accord! Es befand sich in der Rue des Granges, in der Nähe von Puits-Saint-Pierre; eine Straße mit riesigen alten Häusern, Stadtvillen. Das d'Accord war das größte Gebäude dort. Auf dem Hügel... *Welchem* Hügel? Er hatte keine Ahnung, wie er hinkommen sollte!

Er raste bis zur nächsten Kreuzung; dort stockte der Verkehr. Er schrie zu der Frau im Wagen neben ihm durch das Fenster hinüber.

»Bitte! Die Rue des Granges – welche Richtung?«

Die Frau reagierte überhaupt nicht auf seine Rufe; sie wandte den Blick ab und sah geradeaus. »Bitte, es ist jemand verletzt! Schwer verletzt, glaube ich. Bitte! Ich spreche nicht sehr gut Französisch. Auch Deutsch nicht oder... *Bitte!*«

Die Frau drehte sich zu ihm um, musterte ihn einen Augenblick lang. Dann beugte sie sich zur Seite und kurbelte die Scheibe herunter.

»Rue des Granges?«

»Ja, bitte!«

Sie beschrieb ihm schnell den Weg. Fünf Straßen weiter, dann nach rechts, auf den Hügel zu, dann links...

Der Verkehr setzte sich wieder in Bewegung. Schwitzend versuchte Noel, sich jedes Wort der Beschreibung einzuprägen. Er rief ihr seinen Dank zu und gab Gas.

Er würde später wohl keine Ahnung mehr haben, wie er die alte Straße gefunden hatte, aber plötzlich war sie da. Er fuhr die steile Steigung hoch und sah die blitzenden goldenen Lettern: HOTEL D'Accord.

Mit zitternden Händen parkte er den Wagen und stieg aus. Er mußte ihn abschließen; zweimal versuchte er, den Schlüssel ins Schloß zu schieben, konnte aber die Hand nicht ruhig genug halten. So hielt er den Atem an und drückte mit den Fingern gegen das Metall, bis sie zu zittern aufhörten. Er mußte sich jetzt zusammenreißen; er mußte *überlegen*. Und es war wichtig, daß er jetzt vorsichtig war, wichtiger als alles andere. Er hatte den Feind schon einmal gesehen, hatte auch gegen jenen Feind gekämpft. Er würde das wieder können.

Er blickte zu dem prunkvollen Eingang des d'Accord hinauf. Hinter den Glastüren sah er den Portier mit jemandem in der Halle reden. Er durfte jetzt nicht einfach zum Eingang hineingehen und die Halle betreten, wenn der Feind Willie Ellis in die Falle gelockt hatte. Dann wartete jener Feind jetzt auf ihn.

Es gab eine schmale Gasse, die an der Gebäudeflanke entlang nach unten führte. An der Steinmauer war ein Schild: LIVRAISON.

Irgendwo an dieser schmalen Gasse gab es einen Lieferanteneingang. Er schlug den Kragen seines Regenmantels hoch und ging über das Pflaster, steckte die Hände in die Taschen und spürte den Stahl der Pistole in der Rechten und den perforierten Zylinder des Schalldämpfers in der linken Tasche. Er dachte kurz an die, die ihm die Waffe gegeben hatte, an Helden. Wo war sie? Was war geschehen?

Nichts ist so, wie es für Sie war...

Überhaupt nichts.

Er kam an die Tür, als ein Mann in einem weißen Arbeitsmantel herauskam. Er hob die rechte Hand und lächelte dem Mann zu.

»Entschuldigen Sie. Sprechen Sie Englisch?«

»Aber selbstverständlich, Monsieur. Wir sind in Genf.«

Ein harmloser Witz – sonst nichts –, aber der verrückte Amerikaner mit dem breiten Lächeln war bereit, fünfzig Franken für den billigen Mantel zu bezahlen, doppelt soviel, wie er neu gekostet hatte. Der Austausch vollzog sich schnell; dies war Genf. Holcroft zog den Regenmantel aus und legte ihn sich über den linken Arm. Er schlüpfte in den weißen Kittel und ging hinein.

Willie hatte sich eine Suite im zweiten Stock reserviert; ihr Eingang war die letzte Tür am Ende des Korridors. Noel ging durch einen dunklen Flur, der in ein noch dunkleres Treppenhaus führte. Am Treppenabsatz stand ein Karren an der Wand mit drei kleinen, noch nicht geöffneten Kartons mit Hotelseife unter einem vierten, der halb leer war. Er entfernte den obersten Karton, nahm sich die übrigen drei und ging die Marmortreppe hinauf, wobei er hoffte, daß er wenigstens entfernt wie jemand aussah, der vielleicht hierher gehörte.

»*Jacques? C'est vous?*« Der Ruf kam von unten, und die Stimme war angenehm.

Holcroft drehte sich um und zuckte die Achseln.

»*Pardon. Je croyais que c'était Jacques qui travaille chez la fleuriste.*«

»*Non*«, sagte Noel schnell und ging weiter die Treppe hinauf. Er erreichte das zweite Stockwerk, stellte die Seifenkartons neben die Treppe und zog den Arbeitskittel aus. Er schlüpfte wieder in seinen Regenmantel, spürte die Pistole und öffnete langsam die Tür; im Korridor war niemand.

Er ging zur letzten Tür auf der rechten Seite, lauschte auf Geräusche; aber da waren keine. Er erinnerte sich, wie er in einem anderen Korridor an einer Tür gelauscht hatte, aber das war Lichtjahre weit entfernt von diesem prunkvollen, mit Elfenbeinarbeiten ausgelegten Korridor, in dem er jetzt stand. An einem Ort, der Montereau hieß... damals war geschossen worden und jemand gestorben.

O Gott, war Willie etwas zugestoßen? Willie, der sich gleich bereit erklärt hatte, ihm zu helfen, der ein Freund gewesen war, als keine anderen zu finden waren. Holcroft nahm die Waffe heraus und griff nach der Türklinke. Er trat zurück, soweit er konnte.

Dann drückte er mit einer einzigen, schnellen Bewegung die Klinke herunter und warf sich mit seinem ganzen Gewicht gegen die Tür, setzte die Schulter als Ramme ein. Die Tür sprang ungehindert auf, schmetterte gegen die Wand dahinter; sie war nicht versperrt gewesen.

Noel kauerte sich nieder, die Waffe vor sich ausgestreckt. Niemand war im Raum, aber ein Fenster stand offen, und die kalte Winterluft blähte die Gardinen auf. Er ging verwirrt ans Fenster; warum ließ man bei dem Wetter ein Fenster offen?

Und dann sah er es: Blutspuren auf dem Fenstersims. Jemand hatte heftig geblutet. Vor dem Fenster war eine Feuerleiter. Er konnte rote Flecken auf den Leitersprossen sehen. Derjenige, der die Feuerleiter benutzt hatte, war schwer verwundet gewesen.

Willie?

»Willie? Bist du da?«

Schweigen.

Holcroft rannte ins Schlafzimmer.

Niemand.

»Willie?«

Er wollte sich gerade umdrehen, als er auf der Vertäfelung einer verschlossenen Tür seltsame Spuren sah. Die Vertäfelung war feinstes Schnitzwerk mit Vergoldungen und prunkvollem Lilienmuster, rosa und weiß und hellblau. Aber was er da sah, gehörte nicht zu dem Rokokomuster.

Das waren verwischte Handabdrücke aus Blut.

Er rannte zu der Tür und trat mit solcher Gewalt dagegen, daß die Vertäfelung aufsplitterte.

Er hatte noch nie etwas so Schreckliches gesehen. Über den Rand der leeren Badewanne hing der verstümmelte Körper von Willie Ellis, mit Blut besudelt. Die Brust und der Leib waren ihm förmlich aufgerissen, und die Eingeweide hingen ihm über das rotgetränkte Hemd, seine Kehle war so tief aufgeschlitzt, daß der Kopf kaum noch am Hals festhing, und seine Augen standen weit offen, in Todesqual erstarrt.

Noel brach zusammen und versuchte, die Luft zu schlukken, die seine Lungen nicht füllen wollte.

Und dann sah er das Wort, mit Blut auf die Fliesen über der verstümmelten Leiche hingekritzelt.

ABWEHR

38.

Helden fand den Weg drei Kilometer hinter der Stelle, wo sich die Straße von Près-du-Lac gabelte. Sie hatte sich vom Portier eine Taschenlampe ausgeborgt, deren Lichtkegel sie jetzt vor sich richtete, während sie sich den Weg zu Werner Gerhardts Haus durch den Wald bahnte.

Es war eigentlich gar kein richtiges Haus, dachte Helden, als sie das seltsam aussehende Gebäude erreichte, das eher wie eine Miniaturfestung aussah. Es war sehr klein – kleiner als die Hütte Falkenheims –, aber von der Stelle aus, wo sie stand, schienen die Mauern ungewöhnlich dick zu sein. Der Lichtkegel ihrer Taschenlampe erfaßte vorstehende Steinbrocken, die entlang der zwei Seiten, die sie sehen konnte, mit Mörtel verbunden waren; auch das Dach wirkte sehr massiv. Die wenigen Fenster lagen ziemlich hoch und waren ganz schmal. Sie hatte noch nie ein solches Haus gesehen. Es schien in ein Kindermärchen zu passen, in dem Hexen und Zaubersprüche vorkamen.

Damit war auch eine Frage beantwortet, die die Bemerkungen des Portiers in ihr hatten aufkommen lassen, als sie vor ein paar Stunden vom Dorfplatz zurückgekommen war.

»Haben Sie den verrückten Gerhardt gefunden? Es heißt, er sei einmal ein großer Diplomat gewesen, ehe es in seinem Kopf zu rappeln anfing. Es heißt, daß sich seine alten Freunde immer noch um ihn kümmern, obwohl ihn heute keine mehr besuchen. Aber früher einmal haben sie für ihn gesorgt. Sie haben ihm am See ein stabiles Haus gebaut.«

Kein Wind, kein Sturm, kein Schneefall würde je irgendeine Wirkung auf dieses Haus haben. Jemand hatte wirklich vorgesorgt.

Sie hörte das Geräusch einer sich öffnenden Tür. Es erschreckte Helden, weil in den seitlichen oder hinteren Mauern keine Tür war. Dann erfaßte der Lichtkegel die kleinwüchsige Gestalt Werner Gerhardts. Er stand am Rande der zum See führenden Terrasse und hob die Hand. Wie war es nur möglich, daß der alte Mann sie gehört hatte?

»Ich sehe, Sie sind gekommen«, sagte Gerhardt, und in seiner Stimme war keine Spur von Wahnsinn. »Schnell jetzt, im Wald ist es kalt. Kommen Sie herein vors Feuer. Wir wollen Tee trinken.«

Der Raum war größer, als man in diesem kleinen Haus erwartet hätte. Das schwere Mobiliar war alt, aber bequem, mit viel Leder und Holz. Helden saß auf der Ottomane, vom Feuer und dem Tee durchwärmt. Sie hatte gar nicht bemerkt, wie sehr sie gefroren hatte.

Sie redeten jetzt schon seit ein paar Minuten, wobei Gerhardt ihre erste Frage beantwortete, ehe sie überhaupt Gelegenheit hatte, sie zu stellen.

»Ich bin vor fünf Jahren aus Berlin hierhergekommen, über München, wo man meine Tarnung vorbereitet hatte. Ich war ein ›Opfer‹ der ODESSA, ein zerbrochener Mann, der seine letzten Jahre in Senilität und Einsamkeit verlebte. Ich bin eine lächerliche Gestalt; ein Arzt in der Klinik führt die Aufzeichnungen über mich. Er heißt Litvak, falls Sie ihn je brauchen. Er ist der einzige, der weiß, daß ich völlig normal bin.«

»Aber warum war diese Tarnung notwendig?«

»Das werden Sie verstehen, sobald wir miteinander gesprochen haben. Übrigens, Sie waren überrascht, daß ich Ihr Kommen bemerkt habe.« Gerhardt lächelte. »Dieses primitive Uferhäuschen ist sehr modern. Niemand kommt ihm nahe, ohne daß ich es weiß. Ich höre dann ein Summen.« Das Lächeln des alten Mannes verschwand. »So, was ist Klaus passiert?«

Sie sagte es ihm. Gerhardt war eine Weile stumm, in seinen Augen stand Schmerz.

»Diese *Tiere*«, sagte er. »Die können einen Mann nicht einmal mit dem Anschein von Anstand exekutieren; die müssen ihn verstümmeln. Gott soll sie *verdammen*!«

»Wen?«

»Die falsche Wolfsschanze. Die Tiere. Nicht die Adler.«

»Adler? Ich verstehe nicht.«

»Das Komplott, Hitler im Juli vierundvierzig zu töten, war unter anderem eine Verschwörung von Offizieren. Militärs – im großen und ganzen anständige Männer –, die erkannten, was der Führer und seine Wahnsinnigen an Schrecklichkeiten verübt hatten. Das war nicht das Deutschland, für das sie kämpfen wollten. Ihr Ziel war es, Hitler zu töten, sich um einen gerechten Frieden zu bemühen und die Mörder und Sadisten bloßzustellen, die ihre Funktionen im Namen des Reiches ausübten. Rommel nannte diese Männer ›die wahren Adler Deutschlands‹.«

»Die Adler...«, wiederholte Helden. »›Sie werden die Adler nicht aufhalten...‹«

»Wie bitte?« fragte der alte Mann.

»Nichts. Fahren Sie bitte fort.«

»Natürlich scheiterte der Plan, und dann kam es zu einem Blutbad. Zweihundertundzwölf Offiziere, von denen viele nur entfernt verdächtig waren, wurden gefoltert und getötet. Und dann wurde das Stichwort Wolfsschanze plötzlich ein Vorwand, jegliche abweichende Meinung im Reich auszutilgen. Tausende, die im militärischen oder politischen Bereich Kritik geäußert hatten, wurden aufgrund erfundener Beweise verhaftet und exekutiert. Die große Mehrzahl von ihnen hatte nicht das mindeste zu tun mit einem Attentat auf das Leben Hitlers. Rommel erhielt den Befehl, Selbstmord zu begehen, da man sich wegen seiner Popularität fürchtete, ihn hinrichten zu lassen. Die schlimmsten Ängste der Offiziere des Widerstands bestätigten sich: jetzt hatten die Wahnsinnigen die totale Kontrolle über Deutschland an sich gerissen. Das war es, was sie mit ihrer Verschwörung in der Wolfsschanze hatten verhindern wollen. In *ihrer* Wolfsschanze; der wahren Wolfsschanze.«

»*Ihrer*... Wolfsschanze?« fragte Helden. »›Die Münze der Wolfsschanze hat zwei Seiten.‹«

»Ja«, sagte Gerhardt. »Es gab noch eine andere Verschwörung. Eine zweite Gruppe von Männern, die ebenfalls den Tod Hitlers wollten. Aber aus einem völlig anderen Grund. Diese Männer hielten ihn für einen Versager. Sie sahen seine Schwächen, seine geringer gewordenen Fähigkeiten. Sie wollten an die Stelle seines Wahnsinns einen anderen Wahnsinn setzen, einen, der effizienter war. In ihren Plänen war kein Platz für den Frieden, sie wollten den Krieg mit allen Mitteln. Mit Taktiken, von denen man nicht mehr gehört hatte, seit die Mongolenhorden vor Jahrhunderten durch Europa fegten. Ganze Völker als Geiseln, Massenexekutionen für die geringfügigsten Vergehen, eine Schreckensherrschaft, so fürchterlich, daß die Welt um Waffenstillstand nachsuchen würde, und wäre es nur um der Menschheit willen.« Gerhardt hielt inne; als er dann fortfuhr, war seine Stimme von Abscheu erfüllt. »Dies war die falsche Verschwörung, die es nie hätte geben dürfen. Sie – die Männer *jener* Wolfsschanze – haben immer noch ihr altes Ziel vor Augen.«

»Wenn aber auch diese Männer Teil der Verschwörung gegen Hitler waren«, sagte Helden, »wie sind sie entkommen?«

»Indem sie sich als die unbedingtesten Anhänger Hitlers

aufführten. Sie gruppierten sich schnell neu und bekundeten ihren Ekel über den Verrat der anderen. Wie stets, wurde der Führer auch diesmal durch Eifer und Wildheit beeindruckt; seinem ganzen Wesen nach war er nämlich ein Feigling, müssen Sie wissen. Er beauftragte einige von ihnen mit den Exekutionen und genoß ihre Ergebenheit.«

Helden rutschte auf dem Sessel nach vorne. »Sie sagen, diese Männer – diese andere Wolfsschanze – hätten immer noch ihr altes Ziel vor Augen. Aber die meisten von ihnen müßten doch inzwischen tot sein.«

Der alte Mann seufzte. »Sie wissen es wirklich nicht, wie? Klaus hat gesagt, Sie wüßten es nicht.«

»Sie wissen, wer ich bin?« fragte Helden.

»Natürlich. Sie haben die Briefe selbst zur Post gebracht.«

»Ich habe für den Herrn Oberst eine Menge Briefe aufgegeben. Aber keine nach Neuchâtel.«

»Diejenigen, die für mich bestimmt waren, habe ich erhalten.«

»Er hat Ihnen von mir geschrieben?«

»Häufig. Er hat Sie sehr geliebt.« Gerhardts Lächeln war voll Wärme. Doch als er weitersprach, verblaßte es. »Sie haben mich gefragt, wie die Männer der falschen Wolfsschanze nach so vielen Jahren noch ihr Ziel vor Augen haben könnten. Sie haben natürlich recht. Die meisten von ihnen sind tot. Daher sind es nicht sie, es sind die Kinder.«

»Die *Kinder*?«

»Ja. Sie sind überall; in jeder Stadt, jeder Provinz, in jedem Land. In jedem Beruf, jeder politischen Gruppierung. Ihre Funktion ist es, dauernden Druck auszuüben, die Leute zu überzeugen, daß ihr Leben so viel besser sein könnte, wenn starke Männer sich gegen die Schwäche auflehnten. Lautstarker Zorn vertritt eine wirkliche Verbesserung, Groll und Erbitterung treten an die Stelle der Vernunft. Überall geschieht das, und nur wenige von uns wissen, was es ist: eine breit angelegte Vorbereitung. Die Kinder sind herangewachsen.«

»Wo – und wie?«

»Jetzt kommen wir zum Kern der Sache. Das, was ich jetzt sage, wird Ihnen auch andere Fragen beantworten.« Der alte

Mann beugte sich vor. »Man hat es die ›Operation Sonnenkinder‹ genannt, und es geschah 1945. Tausende von Kindern im Alter zwischen sechs Monaten und sechzehn Jahren wurden aus Deutschland in die Welt hinausgeschickt. In alle Winkel der Welt...«

Während Gerhardt erzählte, spürte Helden Übelkeit in sich aufsteigen, körperliche Übelkeit.

»Ein Plan wurde entwickelt«, fuhr Gerhardt fort, »der gewährleisten sollte, daß den *Sonnenkindern* nach einer bestimmten Zeit Millionen von Dollar zur Verfügung standen. Die Zeit wurde aus den normalen ökonomischen Zyklen extrapoliert und errechnet; man legte sie auf dreißig Jahre fest.«

Ein scharfer Atemzug Heldens unterbrach ihn, aber nur kurz.

»Es war ein Plan, den sich drei Männer erdacht hatten...«

Ein leiser Schrei entrang sich Heldens Kehle.

»...Diese drei Männer hatten Zugang zu unschätzbaren Geldbeträgen, und einer von ihnen war vielleicht der geschickteste Finanzmann unserer Zeit. Er war es, er vor allem, der die wirtschaftlichen Kräfte zusammenschmiedete, die den Aufstieg Adolf Hitlers sicherstellten. Und als Hitlers Reich ihn enttäuschte, machte er sich daran, ein anderes zu schaffen.«

»Heinrich Clausen...«, flüsterte Helden. »O *Gott*, nein! ...Noel! O Gott, Noel!«

»Er war nie mehr als ein Mittel zum Zweck, ein Kanal, durch den man das Geld schleusen konnte. Er weiß nichts.«

»Dann...« Heldens Augen weiteten sich, und der Schmerz in ihren Schläfen wurde schärfer.

»Ja«, sagte Gerhardt und griff nach ihrer Hand. »Ein junger Knabe wurde ausgewählt, einer der Söhne. Ein außergewöhnliches Kind, fanatisch, brillant und schön. Man beobachtete ihn, entwickelte ihn, bildete ihn für seine Mission im Leben aus.«

»Johann... O Gott im Himmel, das ist *Johann*.«

»Ja. Johann von Tiebolt. Er ist es, der darauf vorbereitet ist, die *Sonnenkinder* überall auf der Welt zur Macht zu führen.«

Es war, als dröhnte eine mächtige Trommel in ihren Schläfen, lauter und immer lauter werdend, eindringlich. Das Bild, das ihre Augen aufnahmen, wurde unscharf, der Raum begann um sie zu kreisen, und Dunkelheit senkte sich über sie. Helden fiel in den Abgrund.

Sie schlug die Augen auf, wußte nicht, wie lange sie bewußtlos gewesen war. Gerhardt hatte sie an die Ottomane gelehnt und hielt ihr ein Glas Cognac unter die Nase. Sie griff nach dem Glas und schluckte. Der Alkohol breitete sich schnell in ihr aus und führte sie zu dem schrecklichen Augenblick zurück.

»Johann«, flüsterte sie, und der Name war wie ein Schmerzensschrei. »Deshalb hat der Oberst –«

»Ja«, sagte der alte Mann und griff ihr damit vor. »Deshalb hat Klaus Sie zu ihm bringen lassen. Die aufrührerische Tochter von Tiebolts, geboren in Rio, ihrem Bruder und ihrer Schwester entfremdet. War die Entfremdung echt oder benutzte man Sie, damit Sie sich in die Reihen der enttäuschten deutschen Jugend einschlichen? Das mußten wir wissen.«

»Benutzt und dann getötet«, fügte Helden hinzu und schauderte. »Die haben versucht, mich in Montereau zu töten. Mein Gott, mein *Bruder*.«

Der alte Mann stand mit einiger Mühe auf. »Ich fürchte, Sie irren«, sagte er. »Es war ein tragischer Nachmittag, angefüllt mit Irrtümern. Die zwei Männer, die Jagd auf Sie machten, kamen von uns. Ihre Anweisungen waren klar: sie sollten alles erfahren, was es über Holcroft Wissenswertes gab. Er war damals noch ein unbekannter Faktor. War er ein Teil von Wolfsschanze – ihrer Wolfsschanze? Sofern er nur ein unwissendes Werkzeug war, sollte er leben, und wir würden ihn zu überzeugen versuchen, sich uns anzuschließen. Gehörte er der Wolfsschanze an, so sollte er getötet werden. In dem Fall hätten Sie weggeschafft werden sollen, ehe Ihnen ein Leid geschah, ehe Sie in die Sache hineingezogen wurden. Aus Gründen, die wir nicht kennen, entschieden sich unsere Männer dafür, ihn zu töten.«

Helden senkte den Blick. »Johann hat uns an jenem Nachmittag einen Mann nachgeschickt. Um herauszufinden, wer sich so für Noel interessierte.«

Gerhardt setzte sich. »Dann haben unsere Leute diesen Mann gesehen und gedacht, es handle sich um ein Treffen mit von Tiebolt, mit einem Abgesandten der *Sonnenkinder*. Für sie bedeutete das, daß Holcroft tatsächlich zur Wolfsschanze gehörte. Das genügte ihnen als Beweis.«

»Es war meine Schuld«, sagte Helden. »Als dieser Mann mitten in der Menschenmenge nach meinem Arm griff, hatte ich Angst. Er sagte mir, ich müsse mit ihm gehen. Er sprach deutsch. Ich dachte, er gehöre zu ODESSA.«

»Nichts weniger als das. Er war ein Jude von einem Ort namens Har Sha'alav.«

»Ein Jude?«

Gerhardt berichtete ihr kurz von dem Kibbuz in der Negeb-Wüste. »Sie sind unsere kleine Armee. Man schickt einen Funkspruch; sie schicken Männer. So einfach ist das.«

Befehle müssen weitergeleitet werden... an jene mutigen Männer, die das letzte Bollwerk bilden können. Jetzt begriff Helden diese Worte. »Und Sie werden jetzt einen solchen Funkspruch schicken?«

»*Sie* werden ihn veranlassen. Ich habe vorhin einen Dr. Litvak in der Klinik erwähnt. Er bewahrt für diejenigen, die es vielleicht interessiert, meine Krankenblätter auf. Er ist einer der unseren; er verfügt über eine Sendeanlage und spricht jeden Tag mit mir. Ein Telefon hier wäre zu gefährlich. Gehen Sie noch heute nacht zu ihm. Er kennt die Codes und wird Har Sha'alav erreichen. Ein Team muß nach Genf geschickt werden; Sie müssen ihnen sagen, was zu tun ist. Johann, Kessler, selbst Noel Holcroft, wenn er schon zu tief in der Sache steckt, müssen getötet werden. Das Geld darf nicht verteilt werden.«

»Ich werde Noel überzeugen.«

»Um Ihrer selbst willen hoffe ich, daß Sie das können. Es wird vielleicht nicht so einfach sein, wie Sie glauben. Man hat ihn auf brillante Weise manipuliert. Er ist zutiefst überzeugt, das geht so weit, daß er inzwischen selbst den Vater, den er nie kannte, in Schutz nimmt.«

»Wie haben Sie das erfahren?«

»Von seiner Mutter. Wir haben jahrelang geglaubt, daß sie in Clausens Plan eine Rolle spielte, und haben jahrelang gewartet. Dann haben wir sie aufgesucht, sie ins Verhör genommen und erfahren, daß sie nichts damit zu tun hatte. Sie war die Brücke zur perfektesten Verbindung, die es geben konnte – und zugleich ihr Ursprung. Wer sonst, als ein Noel Clausen-Holcroft, dessen Herkunft man aus allen Akten getilgt hatte, nur aus seinem eigenen Bewußtsein nicht, würde die Geheimhaltungsbedingungen denn akzeptieren, die das Genfer Dokument forderte? Ein normaler Mensch hätte juristische und finanzielle Beratung gefordert, aber Holcroft, der an seinen Vertrag glaubte, behielt alles für sich.«

»Aber man muß ihn doch *überzeugt* haben«, sagte Helden. »Er ist ein starker, ein moralischer Mensch. Wie konnten die das zuwege bringen?«

»Wie überzeugt man jemanden, daß seine Sache gerecht ist?« fragte der alte Mann rhetorisch. »Indem man dafür sorgt, daß andere sich verzweifelt darum bemühen, ihn zu stoppen. Wir haben die Berichte aus Rio gelesen. Holcrofts Erlebnis mit Maurice Graff, das, was er in der Botschaft ausgesagt hat. Das Ganze war ein gut inszeniertes Schauspiel. Niemand hat versucht, ihn in Rio zu töten, aber Graff wollte, daß er das glaubte.«

»Graff ist ODESSA.«

»Keineswegs! Er ist einer der Anführer der falschen Wolfsschanze... der einzigen Wolfsschanze, jetzt. Ich sollte sagen, daß er das war; er ist tot.«

»Was?«

»Er ist gestern erschossen worden von einem Mann, der eine Nachricht hinterließ, aus der man entnehmen kann, daß es sich um einen Racheakt portugiesischer Juden handelt. Das Werk Ihres Bruders natürlich. Graff war zu alt, zu rechthaberisch. Er hatte seinen Zweck erfüllt.«

Helden stellte das Cognacglas auf den Boden. Die Frage mußte gestellt werden. »Herr Gerhardt, weshalb haben Sie nie Genf als das enthüllt, was es wirklich war?«

Der alte Mann erwiderte ihren fragenden Blick. »Weil wir damit nur die Hälfte geschafft hätten, nur das halbe Komplott hätten enthüllen können. Man hätte uns natürlich sofort getötet, aber das ist belanglos. Der Rest ist es, worauf es ankommt.«

»Der Rest?«

»Die zweite Hälfte. Wer sind die *Sonnenkinder*? Wie sind ihre Namen? Wo sind sie? Vor dreißig Jahren hat man eine Liste angefertigt; die muß Ihr Bruder haben. Sie ist umfangreich – Hunderte von Seiten – und muß irgendwo versteckt sein. Von Tiebolt würde sich eher bei lebendigem Leib verbrennen lassen, als dieses Versteck zu verraten. Aber es *muß* eine zweite Liste geben! Eine kurze – ein paar Seiten nur, vielleicht. Er trägt sie entweder bei sich, oder sie befindet sich zumindest in seiner Nähe. Eine Liste all der Leute, die Geld erhalten sollen. Das werden die Vertrauten der Wolfsschanze sein. Dies ist die Liste, die man finden kann und muß. Sie müssen den Soldaten von Har Sha'alav sagen, daß sie sie finden müssen. Das Geld abstoppen und die Liste finden. Das ist unsere einzige Hoffnung.«

»Ich werde es ihnen sagen«, versprach Helden. »Sie werden sie finden.« Sie sah weg, hing plötzlich einem anderen Gedanken nach. »Wolfsschanze. Selbst der Brief, der vor mehr als dreißig Jahren an Noel Holcroft geschrieben wurde – der Brief, der an ihn appellierte und ihn zugleich bedrohte –, war ein Teil davon.«

»Sie haben im Namen von Adlern an ihn appelliert und gedroht, aber verpflichtet waren sie Bestien.«

»Das konnte er nicht wissen.«

»Nein, das konnte er nicht. Der Name Wolfsschanze ist beeindruckend, ein Symbol der Tapferkeit. Das war die einzige Wolfsschanze, die für Holcroft eine Bedeutung hatte. Er wußte nichts von der anderen Wolfsschanze, jenem gemeinen Zerrbild der echten. Niemand wußte davon. Nur einer.«

»Der Oberst?«

»Falkenheim, ja.«

»Wie ist er entkommen?«

»Durch eine Namensverwechslung.« Gerhardt ging an den offenen Kamin und stocherte in den Holzscheiten herum. »Unter den Riesen der Wolfsschanze war der Befehlshaber des Frontabschnittes Belgien, Alexander von Falkenhausen. Falken*hausen*, Falken*heim*. Klaus Falkenheim hatte Ostpreußen verlassen, um an einer Besprechung in Berlin teilzunehmen. Als das Attentat scheiterte, schaffte es Falkenhausen irgendwie, Falkenheim über Funk zu erreichen und ihn von der Katastrophe zu informieren. Er bat Klaus, nicht zurückzukommen. Er würde der ›Falke‹ sein, den man fangen würde. Der andere ›Falke‹ war Hitler treu ergeben; er würde dafür sorgen, daß das jedem klar war. Klaus hatte Einwände, aber er begriff. Es gab Arbeit für ihn. Jemand mußte überleben.«

»Wo ist Noels Mutter?« fragte Helden. »Was hat sie erfahren?«

»Sie weiß jetzt alles. Wir wollen hoffen, daß sie nicht in Panik geraten ist. Wir haben sie in Mexiko aus den Augen verloren; wir vermuten, daß sie versucht, ihren Sohn in Genf zu erreichen. Es wird ihr nicht gelingen. In dem Augenblick, wo man sie entdeckt, ist sie eine tote Frau.«

»Wir müssen sie finden.«

»Nicht zu Lasten der anderen Prioritäten«, sagte der alte Mann. »Vergessen Sie nicht, es gibt jetzt nur noch eine Wolfsschanze. Sie gilt es zu vernichten, das ist alles, was jetzt wichtig ist.« Gerhardt legte den Schürhaken weg. »Sie werden noch heute abend Dr. Litvak aufsuchen. Sein Haus steht in der Nähe der Klinik, etwas darüber, auf einem Hügel, zwei Kilometer nördlich davon. Es ist ein ziemlich steiler Hügel; das ist gut für seine Funkanlage. Ich geben Ihnen –«

Ein kräftiges Summen erfüllte den Raum. Das Echo von den Wänden war so kräftig, daß Helden die Vibration spürte und aufsprang. Gerhardt wandte sich vom Kamin ab und sah auf ein schmales Fenster oben in der linken Wand. Er schien die Glasscheiben zu studieren, die zu hoch angebracht waren, als daß er durch sie hätte sehen können.

»Da ist ein Nachtspiegel, der Infrarotbilder aufnimmt«, sagte er, ohne den Blick von der Scheibe zu wenden. »Es ist ein Mann. Ich kann ihn sehen, aber ich erkenne ihn nicht.« Er ging an den Schreibtisch, holte eine kleine Pistole heraus und reichte sie Helden.

»Was soll ich tun?« fragte sie.

»Verstecken Sie sie unter Ihrem Rock.«

»Sie wissen nicht, wer es ist?« Helden hob den Rock und setzte sich in einen Sessel, der der Türe gegenüberstand. Die Waffe hatte sie jetzt verborgen.

»Nein. Er ist gestern eingetroffen; ich habe ihn auf dem

Dorfplatz gesehen. Vielleicht ist er einer von uns, vielleicht auch nicht. Ich weiß es nicht.«

Helden konnte jetzt Schritte vor der Tür hören. Sie verstummten, einen Augenblick herrschte Schweigen. Dann war ein schnelles Klopfen zu vernehmen.

»Herr Gerhardt?«

Der alte Mann gab Antwort, seine Stimme war jetzt wieder schrill, er sprach in dem eigenartigen Tonfall, den er auf dem Dorfplatz gebraucht hatte. »Du lieber Gott, wer ist da? Es ist sehr spät; ich bin beim Beten.«

»Ich bringe Ihnen Nachricht von Har Sha'alav.«

Der alte Mann atmete erleichtert auf und nickte Helden zu. »Einer von uns«, sagte er und zog den Riegel zurück. »Niemand außer uns weiß über Har Sha'alav Bescheid.«

Die Tür öffnete sich. Einen winzigen Augenblick lang erstarrte Helden. Dann schnellte sie aus dem Sessel und warf sich zu Boden. Die Gestalt unter der Tür hielt eine Waffe mit großem Lauf in der Hand; die Explosion hallte wie Donner. Gerhardt flog nach rückwärts, von dem Schuß zu Boden gefegt, sein Körper war eine verzerrte, blutige Masse, die sich noch in der Luft krümmte, ehe sie gegen den Schreibtisch prallte. Helden glitt hinter den Ledersessel und griff nach der Pistole unter ihrem Rock.

Ein zweiter Schuß krachte, ebenso donnerartig wie der erste. Die lederne Lehne des Sessels flog auseinander. Noch ein Schuß, und sie spürte einen eisigen Schmerz am Bein. Blut quoll über ihren Strumpf.

Sie hob die Pistole und drückte schnell hintereinander ab, zielte – und zielte doch nicht – auf die riesige Gestalt in der Tür.

Sie hörte den Mann schreien. In ihrer Panik prallte sie gegen die Wand, ein in die Enge getriebenes Tier, das im Begriff war, sein belangloses Leben zu verlieren. Tränen strömten ihr übers Gesicht, als sie erneut zielte und immer wieder abdrückte, bis die Schüsse verstummten und sie nur noch das krankmachende Klicken des leergeschossenen Magazins hörte. Sie schrie vor Schreck auf; sie hatte keine Kugeln mehr. Hoffentlich war ihr ein schneller Tod beschieden.

Sie hörte ihre Schreie – sie *hörte* sie –, als schwebte sie am Himmel und blickte hinab auf Chaos und Rauch.

Da *war* Rauch. Überall. Er erfüllte den ganzen Raum, und die beißenden Schwaden brannten in ihren Augen, blendeten sie. Sie begriff nicht; nichts geschah.

Dann hörte sie die mit schwacher Stimme geflüsterten Worte:

»Mein Kind...«

Es war Gerhardt! Schluchzend drückte sie die Hand gegen die Mauer und stieß sich ab. Ihr blutendes Bein hinter sich herziehend, kroch sie auf die Stelle zu, von der das Flüstern kam.

Der Rauch begann dünner zu werden. Sie konnte die Gestalt des Mörders sehen. Er lag auf dem Rücken, mit kleinen roten Kreisen am Hals und in der Stirne. Er war tot.

Und Gerhardt lag im Sterben. Sie kroch zu ihm und legte ihr Gesicht dicht neben das seine, so daß ihre Tränen auf ihn fielen.

»Mein Kind... gehen Sie zu Litvak. Er muß Har Sha'alav erreichen. Halten Sie sich von Genf fern.«

»*Fern...?*«

»Sie, Kind. Die wissen, daß Sie zu mir gekommen sind. Wolfsschanze hat Sie gesehen... Sie sind alles, was noch übriggeblieben ist. Sie sind die Ab–«

»Was?«

»...Die Abwehr.«

Gerhardts Kopf glitt von ihr weg. Er war tot.

39.

Der rotbärtige Pilot ging schnell die Rue des Granges hinunter, auf den geparkten Wagen zu. Althene, die im Wagen saß, sah ihn näherkommen. Sie war beunruhigt. Weshalb hatte der Pilot nicht ihren Sohn mitgebracht? Und warum hatte er es so eilig?

Der Pilot schob sich hinter das Steuer, brauchte einen Augenblick, um Atem zu schöpfen.

»Im d'Accord herrscht große Verwirrung, Madame. Jemand ist umgebracht worden.«

Althene stöhnte. »*Noel*? Ist es mein *Sohn*?«

»Nein. Ein Engländer. William Ellis heißt er.«

»Gütiger Gott!« Althenes Hände krampften sich um ihre Tasche. »Noel hatte einen Freund in London, der Ellis hieß. Er hat häufig von ihm gesprochen. Ich muß meinen Sohn erreichen!«

»Aber nicht in dem Hotel, Madame. Nicht, wenn es eine Verbindung zwischen Ihrem Sohn und dem Engländer gibt. Dort wimmelt es von Polizei, und Sie werden gesucht.«

»Fahren Sie zu einem Telefon.«

»Ich werde anrufen. Aber das ist dann wahrscheinlich das letzte, was ich für Sie tue, Madame. Ich habe nicht den Wunsch, in einen Mord hineingezogen zu werden. Das war nicht Teil unserer Vereinbarung.«

Sie fuhren beinahe eine Viertelstunde, bis der Pilot sicher war, daß ihnen niemand folgte.

»Weshalb sollte uns jemand folgen?« fragte Althene. »Niemand hat mich gesehen; Sie haben meinen Namen nicht erwähnt. Und den Noels auch nicht.«

»Nicht Sie, Madame. Mich. Ich lege keinen Wert auf nähere Beziehungen zur Genfer Polizei. Ich hatte mit denen hin und wieder kleine Zusammenstöße. Wir kommen nicht besonders gut miteinander aus.«

Sie fuhren jetzt durchs Uferviertel, und der Pilot suchte die Straßen nach einer abseits stehenden Telefonzelle ab. Er fand eine, lenkte den Wagen an den Randstein und huschte in die Zelle. Althene beobachtete ihn, wie er sprach. Dann kam er zurück, setzte sich viel langsamer hinter das Steuer, als er es verlassen hatte, und saß einen Augenblick lang mit finsterer Miene da.

»Um Himmels willen, was ist geschehen?«

»Das gefällt mir nicht«, sagte er. »Die haben einen Anruf von Ihnen erwartet.«

»Natürlich. Das hatte mein Sohn arrangiert.«

»Aber Sie waren nicht am Telefon. Sondern ich.«

»Welchen Unterschied macht das? Ich habe jemanden gebeten, für mich anzurufen. Was haben sie gesagt?«

»Nicht sie. Er. Und das, was er gesagt hat, war viel zu klar. In dieser Stadt geht man nicht so großzügig mit Informationen um. Man drückt sich nur dann klar aus, wenn man eine Stimme erkennt oder wenn gewisse Code-Worte gebraucht werden, die bestätigen, daß der Anrufende ein Recht auf Wissen besitzt.«

»Was *besagte* die Information?« fragte Althene gereizt.

»Eine Zusammenkunft. Sobald wie möglich. Zehn Kilometer nördlich auf der Straße nach Vésenaz. Das ist auf der Ostseite des Sees. Er sagte, Ihr Sohn wäre dort.«

»Dann fahren wir hin.«

»›Wir‹, Madame?«

Sie bot ihm fünfhundert amerikanische Dollar an.

»Sie sind verrückt«, sagte er.

»Dann sind wir uns einig?«

»Unter der Bedingung, daß Sie so lange, bis Sie mit Ihrem Sohn zusammen sind, genau das tun, was ich sage«, antwortete er. »Wenn ich soviel Geld annehme, übernehme ich auch eine Verpflichtung. Aber wenn er nicht dort ist, geht mich das nichts an. Ich werde trotzdem bezahlt.«

»Das werden Sie. Fahren wir.«

»Gut.« Der Pilot setzte den Wagen in Bewegung.

»Weshalb sind Sie so argwöhnisch? Mir kommt das alles ganz logisch vor«, sagte Althene.

»Das habe ich Ihnen doch gesagt. In dieser Stadt gelten besondere Regeln. In Genf ist das Telefon der Kurier. Man hätte mir eine zweite Nummer nennen müssen, damit Sie selbst mit Ihrem Sohn sprechen können. Als ich das vorschlug, sagte man mir, dafür sei keine Zeit.«

»Alles durchaus möglich.«

»Mag sein, aber mir gefällt es nicht. Die Zentrale hat gesagt, sie verbinde mich mit dem Empfang, aber der Mann, mit dem ich gesprochen habe, war kein Empfangsangestellter.«

»Woher wissen Sie das?«

»Empfangsangestellte können arrogant sein, und sind das häufig auch, aber sie haben keinen Befehlston an sich. Den hatte aber der Mann, mit dem ich sprach. Und er war nicht aus Genf. Er hatte einen Akzent, den ich nicht unterbringen konnte. Sie werden genau das tun, was ich sage, Madame.«

Von Tiebolt legte den Hörer auf und lächelte zufrieden. »Jetzt haben wir sie«, sagte er ruhig und ging zu der Couch, wo Hans Kessler lag und sich einen Eisbeutel an die rechte Wange hielt, um sich seine Schürfwunden zu kühlen. Der persönliche Arzt des Staatsrats hatte ihn behandelt.

»Ich komme mit«, sagte Hans, dessen Stimme von Zorn und Schmerz angespannt war.

»Besser nicht«, warf sein Bruder ein.

»Man darf dich nicht sehen«, fügte von Tiebolt hinzu. »Wir werden Holcroft sagen, daß du aufgehalten worden bist.«

»Nein!« erregte sich der Arzt und schlug mit der Faust auf den Tisch. »Du kannst Holcroft sagen, was du willst, aber ich komme heute abend mit. Dafür ist dieses Miststück verantwortlich!«

»Ich würde sagen, daß *du* dafür verantwortlich warst«, sagte von Tiebolt. »Es war ein Auftrag zu erledigen, und du wolltest ihn übernehmen. Du warst ganz erpicht darauf. Das bist du bei solchen Dingen immer. Du magst körperlichen Kampf.«

»Er wollte nicht sterben! Die schwule Sau wollte nicht *sterben*!« schrie Hans. »Er hatte die Kraft von fünf Löwen. Sieh dir das an!« Er riß sein Hemd auf, so daß man die schwarzen Fäden sehen konnte. »Mit den bloßen Händen hat er mich so zugerichtet! Mit den *Händen*!«

Erich Kessler wandte den Blick von den Wunden seines Bruders. »Du kannst noch von Glück reden, daß du weggekommen bist, ohne daß dich einer gesehen hat. Und jetzt müssen wir dich aus diesem Hotel schaffen. Die Polizei verhört jeden.«

»Hierher werden die nicht kommen«, wandte Hans zornig ein. »Dafür hat unser Staatsrat gesorgt.«

»Trotzdem. Ein einziger neugieriger Polizist, der zufällig hereinkommt, könnte zu Komplikationen führen«, sagte von Tiebolt nach einem Blick auf Erich. »Hans muß weg. Eine dunkle Brille, ein Schal, sein Hut. Der Staatsrat wartet in der Halle.« Der blonde Mann ließ den Blick zu dem Verwundeten wandern. »Wenn du dich bewegen kannst, bekommst du dann eine Chance mit der Holcroft. Dann fühlst du dich vielleicht besser.«

»Ich kann mich bewegen«, sagte Hans mit schmerzverzerrtem Gesicht.

Johann wandte sich wieder dem älteren Kessler zu. »Du bleibst hier, Erich. Holcroft wird bald hier anrufen, aber er wird sich erst dann zu erkennen geben, wenn er deine Stimme erkennt. Sei bekümmert, besorgt. Sag ihm, ich hätte dich in Berlin angerufen und dich gebeten, früher hierherzukommen. Ich hätte auch versucht, *ihn* in Paris zu erreichen, aber er sei bereits abgereist gewesen. Dann sagst du ihm, daß wir beide über das, was heute nachmittag hier geschehen ist, schockiert sind. Der Mann, der getötet wurde, hatte sich nach ihm erkundigt; wir machten uns beide Sorgen um seine Sicherheit. Man dürfe ihn *nicht* im d'Accord sehen.«

»Ich könnte sagen, jemand, auf den seine Beschreibung paßt, sei gesehen worden, wie er das Haus durch den Lieferanteneingang verließ«, fügte der Gelehrte hinzu. »Er befand sich in einer Art Schockzustand; er wird das akzeptieren. Das wird seine Panik noch verstärken.«

»Ausgezeichnet. Triff dich mit ihm und bring ihn ins Excelsior. Trag dich unter dem Namen –« der blonde Mann überlegte einen Augenblick – »unter dem Namen Fresca ein. Wenn er noch irgendwelche Zweifel hat, wird ihn das überzeugen. Er hat diesen Namen in deinem Beisein nie gebraucht; er wird wissen, daß wir uns schon begegnet sind.«

»Schön«, sagte Erich. »Und im Excelsior werde ich ihm erklären, daß du wegen allem, was geschehen ist, an die Direktoren der Bank herangetreten bist und das Gespräch für morgen vormittag festgesetzt hast. Je schneller wir es hinter uns bringen, desto schneller können wir nach Zürich fahren und die Sicherheitsvorkehrungen treffen.«

»Noch einmal, ausgezeichnet, Herr Professor. Komm, Hans«, sagte von Tiebolt. »Ich helfe dir.«

»Nicht notwendig«, sagte der Arzt aus München, wobei sein Gesichtsausdruck seine Worte Lügen strafte. »Du brauchst bloß meine Tasche zu nehmen.«

»Selbstverständlich.« Von Tiebolt nahm die Arzttasche. »Ich bin fasziniert. Du mußt mir sagen, was du ihm injizieren willst. Vergiß nicht, wir wollen zwar seinen Tod, aber nicht so, daß es wie Mord aussieht.«

»Keine Sorge«, sagte Hans. »Alles ist klar bezeichnet. Es wird keine Fehler geben.«

»Sobald wir uns mit der Holcroft getroffen haben«, sagte von Tiebolt und legte einen Mantel über Hans' Schultern, »werden wir entscheiden, wo Hans heute nacht bleiben soll. Vielleicht im Haus des Staatsrats.«

»Gute Idee«, stimmte der Gelehrte zu. »Dann stünde auch der Arzt zur Verfügung.«

»Den *brauche* ich nicht«, stieß Hans mit zusammengebissenen Zähnen hervor. Man konnte ihm anmerken, daß ihm jeder Schritt Schmerzen bereitete. »Ich hätte mich selbst zusammenflicken können; der ist nicht besonders gut. Auf Wiedersehn, Erich.«

»Auf Wiedersehn.«

Von Tiebolt öffnete die Türe, sah sich nach Erich um und geleitete dann den verwundeten Hans in den Korridor hinaus. »Du sagst, jede Ampulle sei bezeichnet?«

»Ja. Das Serum, das ich für die Frau vorgesehen habe, wird ihren Herzschlag so beschleunigen...«

Die Türe schloß sich. Der ältere Kessler setzte sich zurecht. So funktionierte die Wolfsschanze, eine andere Entscheidung war nicht möglich. Der Arzt, der Hans behandelt hatte, hatte keine Zweifel daran gelassen, daß es zu inneren Blutungen gekommen war; seine inneren Organe waren schwer verletzt worden, als wären sie von Klauen mit außergewöhnlichen Kräften zerfetzt worden. Wenn Hans nicht in ein Krankenhaus eingeliefert wurde, war es möglich, daß er starb. Aber man durfte seinen Bruder nicht in ein Krankenhaus einliefern; dort würde man Fragen stellen. Ein Mann war am Nachmittag im d'Accord getötet worden; der verwundete Patient war Gast im d'Accord gewesen. Zu viele Fragen. Außerdem befand sich das, was Hans beitragen konnte, in der schwarzen Ledertasche, die Johann trug. Der Tinamu würde alles erfahren, was sie wissen mußten. Hans Kessler, *Sonnenkind*, wurde nicht länger gebraucht; er war zu einer Last geworden.

Das Telefon klingelte. Kessler nahm ab.

»Erich?«

Es war Holcroft.

»Ja?«

»Ich bin in Genf. Sie sind früher eingetroffen; ich dachte, ich versuche es einmal.«

»Ja. Von Tiebolt hat mich heute morgen in Berlin angerufen. Er hat versucht, Sie in Paris zu erreichen. Er hat vorgeschlagen –«

»Ist er angekommen?« unterbrach der Amerikaner.

»Ja. Er ist jetzt unterwegs, um die letzten Vorbereitungen für morgen zu treffen. Wir haben Ihnen vieles zu sagen.«

»Und ich haben *Ihnen* vieles zu sagen«, sagte Holcroft. »Wissen Sie, was passiert ist?«

»Ja, es ist schrecklich.« Wo blieb die Panik? Wo war die Angst eines Mannes, der bis an die Grenzen seiner Leistungsfähigkeit belastet war? Die Stimme am Telefon war nicht die Stimme eines Ertrinkenden, der nach einem Strohhalm greift. »Er war ein Freund von Ihnen. Es heißt, er habe sich nach Ihnen erkundigt.«

Am anderen Ende der Leitung trat eine kurze Pause ein. »Er hat sich nach meiner Mutter erkundigt.«

»Das habe ich nicht verstanden. Wir wissen nur, daß er den Namen Holcroft gebraucht hat.«

»Was bedeutet *Abwehr*?«

Kessler war verblüfft. Der Amerikaner hatte sich im Griff; das hatte er nicht erwartet. »Was kann ich Ihnen sagen? Das ist der Feind Genfs.«

»Ist es das, was von Tiebolt in London herausgefunden hat?«

»Ja. Wo sind Sie, Noel? Ich muß Sie sehen, aber Sie dürfen nicht hierherkommen.«

»Das weiß ich. Hören Sie mir zu. Haben Sie Geld?«

»Etwas.«

»Tausend Schweizer Franken?«

»Tausend...? Ja, ich denke schon.«

»Gehen Sie hinunter an den Empfang und sprechen Sie allein mit dem Angestellten dort. Lassen Sie sich seinen Namen geben und geben Sie ihm das Geld. Sagen Sie ihm, es sei für mich, und ich würde ihn in ein paar Minuten anrufen.«

»Aber wie –«

»Lassen Sie mich ausreden. Sobald Sie ihm das Geld gegeben und seinen Namen haben, gehen Sie zu den Telefonautomaten bei den Aufzügen. Stellen Sie sich neben den Apparat links von der Tür. Wenn es klingelt, nehmen Sie ab. Das bin dann ich.«

»Woher kennen Sie die Nummer?«

»Ich habe jemanden dafür bezahlt, daß er hineingeht und mir die Nummer beschafft.«

Das war kein Nervenbündel. Das war ein durch und durch klar denkender Mensch mit einem tödlichen Zielbewußtsein. Das war es, was Erich Kessler gefürchtet hatte. Wenn seine Gene nicht anders angeordnet wären – und wenn nicht eine halsstarrige Frau gewesen wäre –, dann könnte der Mann am Telefon einer der ihren sein. Ein *Sonnenkind*.

»Was werden Sie zu dem Angestellten sagen?«

»Das sage ich Ihnen später, dafür ist jetzt keine Zeit. Wie lange werden Sie brauchen?«

»Ich weiß nicht. Nicht lange.«

»Zehn Minuten?«

»Ja, so ungefähr. Aber, Noel, vielleicht sollten wir warten, bis Johann zurückkommt.«

»Wann wird das sein?«

»Ich schätze höchstens eine Stunde oder zwei.«

»Geht nicht. Ich rufe Sie in zehn Minuten in der Halle an. Nach meiner Uhr ist es jetzt acht Uhr fünfundvierzig. Stimmt das?«

»Ja.« Kessler sparte sich den Blick auf die Uhr; sein Verstand arbeitete auf Hochtouren. Holcroft war gefährlich selbstbewußt. »Ich finde wirklich, wir sollten warten.«

»Das kann ich nicht. Die haben ihn getötet. Herrgott! Und *wie* die ihn getötet haben. Und sie wollen sie auch, aber die werden sie nicht finden.«

»Sie? Ihre Mutter?... Von Tiebolt hat es mir gesagt.«

»Die werden sie nicht finden«, wiederholte Holcroft. »*Mich* werden sie finden. Ich bin es, den sie wirklich haben wollen. Und ich will *die* auch. Ich werde die in eine Falle locken, Erich.«

»Reißen Sie sich zusammen! Sie wissen nicht, was Sie tun!«

»Das weiß ich genau.«

»Die Genfer Polizei ist im Hotel. Wenn Sie mit dem Empfangsangestellten sprechen, könnte er etwas sagen. Man wird Sie suchen.«

»Die können mich in ein paar Stunden haben. Ich werde sie sogar suchen.«

»*Was?* Noel, ich *muß* Sie sprechen!«

»Zehn Minuten, Erich. Jetzt ist es acht Uhr sechsundvierzig.« Holcroft legte auf.

Kessler wußte, daß er keine andere Wahl hatte, er mußte Holcrofts Anweisung befolgen. Irgend etwas anderes zu tun würde Verdacht erregen. Aber was wollte Holcroft erreichen? Was würde er zu dem Empfangsangestellten sagen? Wahrscheinlich war es nicht wichtig. Sobald die Mutter aus dem Weg geschafft war, war es nur noch notwendig, Holcroft bis morgen vormittag in Funktion zu halten. Ab Mittag würde er nicht mehr benötigt werden.

Noel wartete an der dunklen Straßenecke unten an der Rue des Granges. Er war auf das, was er gleich tun würde, nicht stolz, aber der Zorn, der ihn erfüllte, hatte jegliches Gefühl von Moral in ihm betäubt. Der Anblick von Willie Ellis hatte etwas in seinem Kopf zerreißen lassen. Sein Anblick beschwor andere Bilder in ihm herauf: Richard Holcroft, von einem absichtlich außer Kontrolle geratenen Wagen an einer Hausmauer zerquetscht. Strychninvergiftung in einem Flugzeug und der Tod in einem französischen Dorf. Und Mord in Berlin. Und ein Mann, der seiner Mutter gefolgt war... Er würde nicht zulassen, daß sie ihr nahe kamen! Es war *vorbei;* er würde selbst für ein Ende sorgen.

Jetzt kam es darauf an, alles einzusetzen, jeden Funken Kraft, den er besaß, alles, woran er sich erinnerte. Und der Mord in Berlin war es, der ihm jenes Faktum lieferte, das ihm jetzt helfen würde. In Berlin hatte er die Mörder zu Erich Kessler geführt. Er war dumm gewesen, unvorsichtig – und sie waren ihm zu einer Gaststätte am Kurfürstendamm gefolgt. Kessler und Holcroft; Holcroft und Kessler. Wenn jene Killer Holcroft suchten, würden sie Kessler nicht aus den Augen lassen. Und wenn Kessler das Hotel verließ, würden sie ihm folgen.

Holcroft sah auf die Uhr. Die Zeit für den Anruf war da; er ging über das Pflaster auf die Telefonzelle zu. Er hoffte, daß Erich sich melden würde. Und ihn später verstünde.

Kessler stand in der Hotelhalle vor dem Telefon, einen Zettel in der Hand. Auf den Zettel hatte der verblüffte Angestellte seinen Namen geschrieben; die Hand des Mannes hatte gezittert, als er das Geld entgegengenommen hatte. Professor Kessler wäre dankbar, wenn er erfahren könnte, was Mr. Holcroft dem Angestellten gesagt hatte. Das wünschte Mr. Holcroft auch. Und der Angestellte würde es nicht zu bereuen brauchen. Die kleine Information würde ihm zusätzliche fünfhundert Franken einbringen.

Das Telefon klingelte; Erich hielt den Hörer in der Hand, ehe das Klingeln ganz verstummt war. »Noel?«

»Wie heißt der Angestellte?«

Kessler nannte den Namen.

»Fein.«

»Und jetzt bestehe ich darauf, daß wir uns sehen«, sagte Erich. »Es gibt eine Menge, was Sie erfahren sollten. Morgen ist ein sehr wichtiger Tag.«

»Nur wenn wir heute nacht überstehen. Wenn ich sie heute nacht finde.«

»Wo sind Sie? Wir *müssen* uns sehen.«

»Das werden wir. Hören Sie gut zu. Warten Sie fünf Minuten neben dem Telefon. Es kann sein, daß ich Sie noch einmal anrufen muß. Wenn ich das nicht tue – innerhalb von fünf Minuten –, dann gehen Sie hinaus und den Hügel hinunter. Am Fuß des Hügels biegen Sie nach links und gehen weiter. Ich warte dann auf der Straße auf Sie.«

»Gut! In fünf Minuten also.« Kessler lächelte. Die kleinen Spielchen, die dieser Amateur trieb, waren nutzlos. Er würde ohne Zweifel den Angestellten am Empfang bitten, eine Nachricht oder eine Telefonnummer an seine Mutter durchzugeben, falls und wenn sie ihn anrufen sollte – ihn, den nicht registrierten Gast; soviel dazu. Vielleicht hatte Johann recht: vielleicht hatte Holcroft die Grenzen seiner Leistungsfähigkeit erreicht. Vielleicht war der Amerikaner doch kein potentielles *Sonnenkind*.

In der Halle des d'Accord waren immer noch Polizisten sowie ein paar Journalisten, die hinter den etwas vagen Berichten von einem Raubüberfall, die die Polizei verbreitet hatte, eine Story witterten. Schließlich war dies Genf. Und dann gab es die Neugierigen – Gäste, die herumstanden, miteinander redeten, sich gegenseitig beruhigten, einige von ihnen verstört und einige auf Sensationen erpicht.

Erich blieb stehen, wo er war, mied die Menge, war darauf bedacht, so wenig wie möglich aufzufallen. Er war überhaupt nicht gern in der Halle; er zog die Anonymität seines Zimmers vor.

Er sah auf die Uhr; vier Minuten waren seit Holcrofts Anruf verstrichen. Wenn der Amerikaner nicht in der nächsten Minute anrief, würde er wieder an den Empfangstisch gehen und...

Der Angestellte kam auf ihn zu, er wirkte unsicher, man spürte, daß ihn Zweifel plagten. »Herr Professor?«

»Ja, mein Freund.« Kessler schob die Hand in die Tasche.

Die Nachricht, die Holcroft hinterlassen hatte, war nicht so, wie Erich es erwartet hatte. Noels Mutter sollte versteckt bleiben und eine Telefonnummer hinterlassen, wo ihr Sohn sie erreichen konnte. *Sie* erreichen konnte. Der Angestellte hatte natürlich geschworen, diese Nummer nicht preiszugeben, aber frühere Übereinkünfte hatten stets den Vorrang. Falls die Dame anrufen sollte, fände Herr Kessler die Nummer in seinem Fach vor.

»Mr. Kessler? Professor Erich Kessler?«

Ein Page, der seinen Namen rief, ging durch die Halle. Er *rief* ihn! Das war *unmöglich*. Niemand wußte, daß er hier war!

»Ja? Ja, ich bin Professor Kessler«, sagte er. »Was *ist*?« Er war bemüht, leise zu sprechen, nicht aufzufallen.

»Ich soll die Nachricht mündlich übermitteln, Sir«, sagte der Page. »Der Herr, der angerufen hat, sagte, es sei keine Zeit, es aufzuschreiben. Es kommt von Mr. H. Er sagt, Sie sollen sich jetzt in Bewegung setzen.«

»Was?«

»Sonst hat er nichts gesagt, Sir. Ich habe selbst mit ihm gesprochen. Sie sollen sich jetzt in Bewegung setzen. Das sollte ich Ihnen sagen.«

Kessler hielt den Atem an. Plötzlich war ihm alles klar. Das hatte er nicht erwartet. Holcroft benutzte *ihn* als Köder.

Vom Standpunkt des Amerikaners aus wußte der Mörder des Mannes in der schwarzen Lederjacke in Berlin, daß Noel Holcroft mit Erich Kessler zusammengewesen war.

Eine einfache und doch geniale Strategie: Erich Kessler bloßzustellen, Erich Kessler eine Nachricht von Mr. H. empfangen zu lassen und zu veranlassen, daß Erich Kessler das Hotel verließ und in die finsteren Straßen von Genf hinausging.

Und wenn niemand ihm folgte, wäre das schwer zu erklären. So schwer, daß Holcroft seinen Köder vielleicht noch einmal ins Verhör nehmen würde. Dann konnten Fragen auftauchen, die ihren ganzen Plan in sich zusammenfallen lassen könnten.

Noel Holcroft war doch ein potentielles *Sonnenkind*.

40.

Helden kroch durch Gerhardts Haus, über die umgeworfenen Möbel und das Blut auf dem Boden, öffnete Schubladen und Schränke, bis sie schließlich eine kleine Blechkassette mit Verbandszeug fand. Verzweifelt bemüht, an nichts zu denken, als daran, wie sie ihre Bewegungsfähigkeit wiederzugewinnen konnte, und dabei den Schmerz als einen unerwünschten Zustand ihres Bewußtseins verdrängend, verband sie ihre Wunde so straff sie konnte und richtete sich dann mühsam auf. Auf Gerhardts Stock gestützt, gelang es ihr, den Weg hinauf und die drei Kilometer bis zur Gabelung zu gehen.

Ein Bauer in einem alten Wagen nahm sie mit. Ob er sie zu einem gewissen Dr. Litvak auf dem Hügel in der Nähe der Klinik bringen könne?

Das konnte er. Es war kein großer Umweg für ihn.

Ob er sich bitte *beeilen* würde?

Walter Litvak war Ende der Vierzig, mit einer beginnenden

Glatze und klar blickenden Augen und mit der Angewohnheit, in kurzen, präzisen Sätzen zu sprechen. Er war schlank und bewegte sich schnell und vergeudete seine Kräfte ebensowenig wie seine Worte; da er hochintelligent war, stellte er Beobachtungen an, ehe er Antworten gab, und da er ein Jude war, den als Kind holländische Katholiken versteckt und den dann später mitfühlende Lutheraner erzogen hatten, hatte er gegenüber der Intoleranz keinerlei Toleranz.

Ein Vorurteil hatte er, und das war verständlich. Sein Vater und seine Mutter, zwei Schwestern und ein Bruder waren in Auschwitz in den Gaskammern gestorben. Wenn ihm nicht ein Schweizer Arzt von einem Bezirk in den Bergen von Neuchâtel erzählt hätte, dem ein Arzt fehlte, hätte Walter Litvak sein Leben im Kibbuz Har Sha'alav in der Negeb-Wüste verbracht.

Er hatte ursprünglich die Absicht gehabt, drei Jahre in der Klinik zu bleiben. Das lag jetzt fünf Jahre zurück. Und dann, nach ein paar Monaten in Neuchâtel, sagte man ihm, wer der Mann war, der ihn angeworben hatte: er gehörte einer Gruppe von Männern an, die gegen das Wiederaufleben des Nazismus kämpften. Sie wußten Dinge, die anderen Menschen unbekannt waren. Von Tausenden von erwachsenen Kindern – überall; und von unzähligen Millionen, die jene unbekannten Leute erreichen würden – überall. Es gab so viel nichtmedizinische Arbeit zu tun. Sein Kontaktmann war ein Mann namens Werner Gerhardt, und die Gruppe nannte sich ›Abwehr‹.

Walter Litvak blieb in Neuchâtel.

»Kommen Sie schnell herein«, sagte er zu Helden. »Lassen Sie sich von mir helfen. Ich habe hier eine kleine Praxis.«

Er nahm ihr den Mantel ab und trug sie halb in einen Raum mit einem Untersuchungstisch.

»Man hat auf mich geschossen.«

Litvak legte sie auf den Tisch und zog ihr Rock und Unterrock aus. »Schonen Sie Ihre Kräfte, versuchen Sie nicht zu reden.« Er schnitt den Verband auf und studierte die Wunde. Dann nahm er eine Spritze aus dem Sterilisationsgerät. »Ich werde Sie jetzt ein paar Minuten schlafen lassen.«

»Das *dürfen Sie nicht*. Dafür ist keine Zeit! Ich muß Ihnen sagen...«

»Ich sagte, ein paar Minuten«, unterbrach der Arzt und schob die Nadel in Heldens Arm.

Sie schlug die Augen auf, und die Umrisse, die sie umgaben, waren unscharf, und von ihrem Bein ging ein taubes Gefühl aus. Als ihr Blick klarer wurde, sah sie den Arzt auf der anderen Seite des Zimmers. Sie versuchte, sich aufzusetzen; Litvak hörte sie und drehte sich um.

»Das hier sind Antibiotika«, sagte er. Er hielt ein Fläschchen mit Pillen in der Hand. »Einen Tag lang alle zwei Stunden, dann alle vier. Was ist passiert? Sagen Sie es mir schnell. Ich gehe dann zur Hütte hinunter und erledige das Notwendige.«

»Die Hütte? Sie haben es gewußt?«

»Sie haben in Ihrer Bewußtlosigkeit geredet; das tun die Leute meistens nach einem Schock. Sie haben ein paarmal ›Abwehr‹ gesagt. Dann ›Johann‹. Ich nehme an, das ist von Tiebolt, und Sie sind seine Schwester – die, die bei Falkenheim gewesen ist. Es geht also los, nicht wahr? Die Erben sammeln sich in Genf.«

»Ja.«

»Das habe ich mir schon heute morgen gedacht. Die Nachrichten aus der Negeb sind schrecklich. Die haben uns gefunden, Gott allein weiß, wie.«

»Was für Nachrichten?«

»Har Sha'alav.« Der Arzt griff nach der Flasche; an seinem Unterarm schwollen die Venen an. »Ein Überfall. Häuser bombardiert, Leute massakriert, Felder niedergebrannt. Die Zählung der Toten ist noch nicht abgeschlossen, aber die Schätzungen belaufen sich auf über 170. Hauptsächlich Männer, aber auch Frauen und Kinder.«

Helden schloß die Augen; es gab keine Worte für sie.

»Die Ältesten sind bis auf den letzten Mann getötet worden. In den Gärten hingeschlachtet. Es heißt, das Ganze sei das Werk von Terroristen gewesen, der RACHE. Aber das ist nicht wahr. Das war die Wolfsschanze. Kämpfer der RACHE würden niemals Har Sha'alav angreifen; sie wissen, was geschehen würde. Juden von jedem Kibbuz, jeder Kommandoeinheit würden auf sie Jagd machen.«

»Gerhardt hat gesagt, Sie sollten ein Telegramm nach Har Sha'alav schicken«, flüsterte Helden.

Litvaks Augen umwölkten sich. »Da ist jetzt nichts mehr zu telegrafieren. Es gibt niemanden mehr. Jetzt sagen Sie mir, was unten am See geschehen ist.«

Das tat sie. Als sie fertig war, half ihr der Arzt vom Tisch und trug sie in ein großes, rustikal eingerichtetes Wohnzimmer. Er setzte sie auf die Couch und faßte zusammen:

»Genf ist das Schlachtfeld, und wir dürfen keine Stunde vergeuden. Selbst wenn man Har Sha'alav erreichen könnte, wäre das sinnlos. Aber in London ist ein Mann von Har Sha'alav; man hat ihm befohlen, dort zu bleiben. Er ist Holcroft nach Portsmouth gefolgt. Er war es, der die Fotografie aus Holcrofts Tasche geholt hat.«

»Das war ein Bild von Beaumont«, sagte Helden. »ODESSA.«

»Wolfsschanze«, verbesserte Litvak. »Ein *Sonnenkind*. Eines von Tausenden, aber auch einer der wenigen, die mit von Tiebolt zusammenarbeiteten.«

Helden richtete sich auf. Sie runzelte die Stirn. »Die Akten. Beaumonts *Akten*. Sie ergaben keinen Sinn.«

»Was für Akten?«

Sie berichtete dem aufgeregten Arzt von den widersprüchlichen Informationen, die sie in Beaumonts Marineakten gefunden hatte. Und von der ganz ähnlichen Akte von Beaumonts Stellvertreter Ian Llewellen.

Litvak schrieb sich den Namen auf seinen Notizblock. »Wie bequem. Zwei Männer der Wolfsschanze, die ein elektronisches Aufklärungsschiff kommandieren. Wie viele von ihrer Art es wohl geben mag? An wie vielen Orten?«

»Llewellen ist neulich in den Zeitungen zitiert worden. Als Beaumont und Gretchen –« Sie konnte den Satz nicht zu Ende sprechen.

»Lassen Sie nur«, sagte der Arzt. »Die *Sonnenkinder* haben ihre eigenen Regeln. Llewellen ist ein Name, den man der Liste hinzufügen muß, die sich in Genf finden wird. Gerhardt hatte recht. Das Allerwichtigste ist nun, daß diese Liste von uns gefunden wird. Das ist ebenso wichtig wie das Einfrieren des Geldes. In mancher Hinsicht vielleicht sogar noch wichtiger.«

»Warum?«

»Das Geld bildet die Mittel für das Vierte Reich, aber die Menschen *sind* jenes Reich. Sie werden dasein, ob das Geld nun verteilt wird oder nicht. Wir müssen herausfinden, wer sie sind.«

Helden lehnte sich zurück. »Mein... Johann von Tiebolt kann getötet werden. Ebenso Kessler und... wenn es notwendig ist... selbst Noel. Das Geld kann man aufhalten. Aber wie können wir sicher sein, daß man die Liste finden wird?«

»Der Mann aus Har Sha'alav in London wird da Vorstellungen haben. Er hat viele Talente.« Litvak wandte kurz den Blick ab. »Sie sollten das wissen, weil Sie mit ihm werden arbeiten müssen. Man nennt ihn einen Killer und einen Terroristen. Er selbst sieht sich nicht so, aber die Gesetze, die er gebrochen hat, und die Verbrechen, die er begangen hat, würden seine Selbsteinschätzung durchaus in Frage stellen.« Der Arzt sah auf die Uhr. »Es ist jetzt drei Minuten vor neun; er wohnt nur eine knappe Meile von Heathrow entfernt. Wenn ich ihn erreiche, könnte er bis Mitternacht in Genf sein. Wissen Sie, wo Holcroft wohnt?«

»Ja. Im d'Accord. Verstehen Sie, er weiß von nichts. Er glaubt zutiefst an das, was er tut. Er hält es für richtig.«

»Das verstehe ich. Unglücklicherweise könnte sich das in bezug auf sein Leben als belanglos erweisen. Aber zuallererst müssen wir ihn erreichen.«

»Ich habe ihm gesagt, daß ich ihn heute abend anrufe.«

»Gut. Ich bringe Sie ans Telefon. Aber passen Sie auf, was Sie sagen. Man wird ihn beschatten; seine Leitung ist sicher angezapft.« Litvak führte sie zu dem Tischchen mit dem Telefon.

»Hotel d'Accord. *Bonsoir«*, sagte die Vermittlung.

»Guten Abend. Mr. Noel Holcroft, bitte?«

»Monsieur Holcroft...?« Die Vermittlung zögerte. »Einen Augenblick, Madame.«

Schweigen, ein Klicken. Dann sprach ein Mann. »Mrs. Holcroft?«

»Was?«

»Dort spricht doch Mrs. Holcroft, nicht wahr?«

Helden war überrascht. Irgend etwas stimmte nicht. Die Vermittlung hatte nicht einmal den Versuch unternommen, Noels Zimmer anzurufen. »Dann haben Sie mich also erwartet?« fragte sie.

»Aber selbstverständlich, Madame«, erwiderte der Angestellte am Empfang mit vertraulich klingender Stimme. »Ihr Sohn war sehr großzügig. Ich soll Ihnen sagen, es sei sehr wichtig, daß Sie unsichtbar bleiben. Aber Sie sollen eine Telefonnummer hinterlassen, wo er Sie erreichen kann.«

»Aha. Augenblick, bitte.« Helden hielt die Hand über die Sprechmuschel und drehte sich zu Litvak um. »Die glauben, ich sei Mrs. Holcroft. Er hat sie dafür bezahlt, daß sie eine Nummer entgegennehmen, wo man sie erreichen kann.«

Der Arzt nickte und ging schnell zu seinem Schreibtisch. »Reden Sie weiter. Sagen Sie, Sie wollen sicher sein, daß diese Nummer keinem anderen gegeben wird. Bieten Sie Geld an. Tun Sie alles, um sie hinzuhalten.« Litvak holte ein abgegriffenes Adreßbuch heraus.

»Ehe ich eine Nummer gebe, möchte ich sicher sein...« Helden hielt inne, und der Mann am anderen Ende schwor beim Grab seiner Mutter, daß er die Nummer nur Holcroft geben werde. Der Arzt schob Helden hastig einen Zettel mit einer Nummer zu. Sie wiederholte sie für den Hotelangestellten und legte auf. »Wo ist das?« fragte sie Litvak.

»Das ist eine leere Wohnung in der Avenue de la Paix, aber nicht unter der Adresse, die bei der Telefongesellschaft eingetragen ist. Hier ist es.« Litvak schrieb die Adresse unter die Nummer. »Sie müssen sich beides merken.«

»Das will ich tun.«

»Jetzt versuche ich, unseren Mann in London zu erreichen«, sagte der Arzt und ging zur Treppe. »Ich habe hier einen Sender. Damit kann ich über Funk mit ihm in Verbindung treten.« Er blieb auf der untersten Stufe stehen. »Ich bringe Sie nach Genf. Sie werden sich nicht sehr gut bewegen können, aber die Wunde ist nicht tief; die Naht hält schon unter dem Verband. Und auf die Weise haben Sie Gelegenheit, Holcroft zu erreichen. Ich hoffe, es gelingt Ihnen, und ich hoffe, Sie haben Erfolg. Noel Holcroft muß sich von Johann von Tiebolt und Kessler trennen. Wenn er sich gegen Sie stellt, auch wenn er nur zögert, muß man ihn töten.«

»Ich weiß.«

»Vielleicht genügt es nicht, das zu wissen. Ich fürchte, die Entscheidung wird nicht bei Ihnen liegen.«

»Bei wem dann? Bei Ihnen?«

»Ich darf Neuchâtel nicht verlassen. Es wird auf den Mann in London ankommen.«

»Den Terroristen? Den Killer, der bloß das Wort ›Nazi‹ zu hören braucht, damit er zu schießen beginnt?«

»Er wird objektiv sein«, sagte Litvak und ging die Treppe weiter hinauf. »Er steht unter keinerlei Druck. Sie werden sich mit ihm in der Wohnung treffen.«

»Wie komme ich nach Genf? Ich –« Helden hielt inne.

»Was?«

»Ich fragte, wie ich nach Genf komme. Gibt es Züge?«

»Für Züge ist keine Zeit. Sie fliegen.«

»Schön. Das ist auch schneller.«

Und viel besser, denn das eine, was sie dem Arzt nicht übermittelt hatte, war Werner Gerhardts letzte Warnung, die Warnung an sie.

Mein Kind. Halten Sie sich Genf fern ... Wolfsschanze hat Sie gesehen.

»Wer bringt mich hin?«

»Es gibt Piloten, die nachts über die Seen fliegen«, sagte Litvak.

Althene war irritiert, aber sie hatte der Bedingung zugestimmt. Der Pilot hatte ihr eine einzige Frage gestellt.

»Kennen Sie die Leute, die Sie suchen, vom Sehen?«

Das hatte sie verneint.

»Ehe die Nacht um ist, werden Sie das vielleicht.«

Deshalb stand sie jetzt in dem dunklen Wald oberhalb der Straße neben einem Baum, so daß sie den Wagen sehen konnte. Es war ein etwas abschüssiger Fichtenwald, der von der Uferstraße emporstieg. Der Pilot hatte sie an ihren Beobachtungsposten geführt.

»Wenn Ihr Sohn da ist, schicke ich ihn zu Ihnen«, hatte er gesagt.

»Natürlich wird er da sein. Warum sollte er nicht?«

»Wir werden sehen.«

Einen Augenblick lang hatten seine Zweifel sie beunruhigt. »Wenn er nicht da ist, was dann?«

»Dann werden Sie wissen, wer es ist, der Sie sucht.« Er war wieder zur Straße hinuntergegangen.

»Und was ist mit Ihnen?« hatte sie ihm nachgerufen. »Wenn mein Sohn nicht da ist?«

»Mit mir?« Der Pilot hatte gelacht. »Ich habe schon viele solche Verhandlungen mitgemacht. Wenn Ihr Sohn nicht da ist, dann bedeutet das, daß es denen sehr wichtig ist, Sie zu finden, nicht wahr? Ohne mich kommen die aber nicht an Sie heran.«

Jetzt wartete sie bei dem Baum, höchstens vierzig Meter entfernt, und hatte, wenn man die vielen Zweige bedachte, recht gute Sicht. Der Wagen stand am Straßenrand, die Parkbeleuchtung war eingeschaltet. Der Pilot hatte dem Mann im d'Accord gesagt, er solle in einer Stunde kommen, nicht früher. Er solle von Süden kommen und im Abstand von einem halben Kilometer anfangen, wiederholt auf- und abzublenden.

»Können Sie mich hören, Madame?« Der Pilot stand neben dem Wagen und sprach in normalem Tonfall.

»Ja.«

»Gut. Die kommen jetzt. Unten an der Straße blitzen Lichter. Bleiben Sie, wo Sie sind; passen Sie auf und lauschen Sie, aber zeigen Sie sich nicht. Wenn Ihr Sohn aussteigt, sagen Sie nichts, bis ich ihn zu Ihnen schicke.« Der Pilot machte eine Pause. »Wenn die mich zwingen, mit ihnen zu kommen, dann gehen Sie zu dem Landeplatz auf der Westseite des Sees, wo wir angekommen sind. Die Stelle nennt sich Atterrisage Médoc. Dort trete ich mit Ihnen in Verbindung ... Das gefällt mir nicht.«

»Warum? Was ist?«

»In dem Wagen sind zwei Männer. Der neben dem Fahrer hält eine Waffe hoch; ich nehme an, er überprüft sie.«

»Wie käme ich dorthin?« fragte Althene.

»In einer kleinen Magnetkassette unter der Motorhaube ist ein zweiter Satz Schlüssel.« Der bärtige Mann hob eine Hand zum Mund und sprach laut, um das Geräusch des herannahenden Motors zu übertönen. »Auf der rechten Seite. Seien Sie jetzt still!«

Ein langer schwarzer Wagen hielt zehn Meter vor dem Piloten. Auf der Beifahrerseite stieg ein Mann aus, aber es war nicht ihr Sohn. Er war untersetzt und trug einen Mantel mit hochgeklappten Revers und einen dicken Schal um den Hals. Seine Augen waren hinter einer großen, dunklen Brille verborgen, was ihm das Aussehen eines riesigen Insekts verlieh. Er hinkte leicht, als er langsam in den Lichtkegel der Scheinwerfer trat.

Der Fahrer blieb hinter dem Steuer sitzen. Althene starrte ihn an, in der Hoffnung, Noel zu erkennen. Er war es nicht; sie konnte das Gesicht des Mannes nicht deutlich sehen, aber sein Haar war blond.

»Mrs. Holcroft ist im Wagen, nehme ich an«, sagte der Mann mit der dunklen Brille zu dem Piloten. Er sprach englisch, aber mit auffällig deutschem Akzent.

»Ihr Sohn ist dann wohl in dem Ihren?« erwiderte der Pilot.

»Bitte sagen Sie Mrs. Holcroft, sie soll aussteigen.«

»Bitte sagen Sie zu ihrem Sohn, daß er dasselbe tun soll.«

»Machen Sie keine Schwierigkeiten. Wir haben es eilig.«

»Wir auch. In Ihrem Fahrzeug ist nur eine Person, Monsieur. Und auf die paßt die Beschreibung ihres Sohnes nicht.«

»Wir werden Mrs. Holcroft zu ihm bringen.«

»Wir werden *ihn* zu Mrs. Holcroft bringen.«

»Hören Sie auf!«

»Womit soll ich aufhören, Monsieur? Man hat mich bezahlt, so wie man sicher auch Sie bezahlt. Wir machen beide unsere Arbeit, oder nicht?«

»Ich habe keine Zeit für Sie!« schrie der Deutsche und hinkte an dem Piloten vorbei auf den Wagen zu.

Der Pilot nickte. »Darf ich dann vorschlagen, daß Sie sich die Zeit nehmen. Sie werden nämlich Mrs. Holcroft nicht finden.«

»*Du Sauhund! Wo ist die Frau?*«

»Darf ich ferner vorschlagen, Monsieur, daß Sie sich die

Beleidigungen sparen. Ich komme aus Châlons-sur-Marne. Ihr habt dort zweimal gesiegt, und seitdem habe ich eine gewisse Abneigung gegen deutsche Schimpfworte.«

»Wo ist die *Frau*?«

»Wo ist der Sohn?«

Der Deutsche zog die rechte Hand aus der Manteltasche. Er hielt eine Pistole hoch. »Man bezahlt Ihnen nicht so viel, daß es Ihr Leben wert ist. Wo ist sie?«

»Und Sie, Monsieur? Vielleicht hat man Ihnen zu viel bezahlt, um mich zu erschießen und sie dann nicht zu finden.«

Der Schuß klang betäubend. Vor den Füßen des Piloten spritzte der Kies auf. Althene klammerte sich erschreckt an dem Baumstamm fest.

»So, Franzose, vielleicht verstehen *Sie* jetzt, daß mir das Geld nicht so wichtig ist wie die Frau. Wo ist sie?«

»*Les boches!*« sagte der Pilot angewidert. »Man braucht denen bloß eine Knarre zu geben und schon drehen sie durch. Ihr werdet euch nie ändern. Wenn Sie die Frau haben wollen, werden Sie den Sohn liefern, und dann bringe ich ihn zu ihr.«

»Sie werden mir jetzt sagen, wo sie ist!« Der Deutsche hob die Waffe und richtete sie auf den Kopf des Piloten. »*Jetzt!*«

Althene konnte sehen, wie sich die Tür des Wagens öffnete. Ein Schuß peitschte, und dann noch einer. Der Pilot warf sich zu Boden. Der Deutsche schrie, die Augen traten ihm hervor. »Johann? *Johann!*«

Eine dritte Explosion war zu hören. Der Deutsche brach auf der Straße zusammen; der Pilot rappelte sich auf.

»Er war im Begriff, Sie zu *töten*«, schrie der Fahrer mit ungläubiger Stimme. »Wir wußten, daß er krank war, aber nicht geistesgestört. Was soll ich sagen?«

»Er hätte mich getötet ...?« Der Pilot stellte die Frage nicht weniger ungläubig. »Das gibt doch keinen Sinn!«

»Natürlich nicht«, sagte der blonde Mann. »Was Sie verlangt haben, gab Sinn. Helfen Sie mir, ihn in den Wald zu zerren und ihm die Papiere wegzunehmen. Kommen Sie mit.«

»Wer sind Sie?«

»Ein Freund von Holcroft.«

»Das würde ich gerne glauben.«

»Das werden Sie.«

Althene mußte an sich halten, um ihren Platz nicht zu verlassen. Ihr war schwach in den Beinen, ihre Kehle war trocken, und ein Schmerz hinter ihren Augen zwang sie dazu, sie immer wieder zu schließen.

Der blonde Mann und der Pilot zerrten die Leiche keine zehn Meter unter ihr ins Gebüsch. Die Anweisungen des Piloten bedeuteten für sie jetzt sehr viel. Er hatte recht gehabt.

»Soll ich meinen Wagen nehmen, Monsieur?«

»Nein. Schalten Sie die Scheinwerfer aus und kommen Sie mit mir. Wir holen ihn morgen früh ab.«

Der Pilot kam der Aufforderung nach, zögerte dann aber. »Ich lasse ihn ungern so nahe bei einer Leiche stehen.«

»Wir holen ihn vor Tagesanbruch ab. Haben Sie Ihre Schlüssel?«

»Ja.«

»Beeilen Sie sich!« sagte der blonde Mann.

Das Schweigen des Piloten ließ seine Erleichterung erkennen; er hatte keine weiteren Einwände. Binnen Sekunden waren sie mit dem schwarzen Wagen verschwunden.

Althene stieß sich von dem Baum ab. Sie versuchte, sich an die genauen Worte des Piloten zu erinnern.

Da ist ein zweiter Satz Schlüssel... eine kleine Magnetkassette... unter der Motorhaube... zu dem Landeplatz... wo wir angekommen sind. Atterrisage Médoc.

Atterrisage Médoc. Auf der Westseite des Sees.

Fünf Minuten später fuhr sie auf der Uferstraße auf Genf zu. Nach einer Weile trat ihr Fuß fester auf das Gaspedal, hielt sie das Steuer entspannter. Sie begann wieder zu denken.

Atterrisage Médoc. Auf der Westseite des Sees... zehn oder zwölf Meilen nördlich der Stadt. Wenn sie ihre Gedanken nur darauf konzentrierte, auf das schmale Stückchen Uferstreifen mit den Zapfsäulen auf dem einen Kai, würde ihr Herzschlag sich vielleicht verlangsamen und sie wieder atmen können.

Atterrisage Médoc. Bitte, lieber Gott, laß es mich finden! Laß mich so lange leben, um es zu finden und meinen Sohn zu erreichen! Lieber Gott im Himmel! Was habe ich getan? Eine Lüge, die dreißig Jahre dauerte... ein so schrecklicher Verrat, ein Brandmal... Ich muß ihn finden!

Helden saß direkt hinter dem Piloten in dem kleinen Wasserflugzeug. Sie spürte den Verband unter ihrem Rock; er lag straff an, behinderte aber den Kreislauf nicht. Die Wunde meldete sich immer wieder mit einem leichten Pochen, aber die Tabletten milderten den Schmerz; sie könnte wohl hinreichend gut gehen. Und wenn sie das nicht könnte, würde sie sich dazu zwingen.

Der Pilot lehnte sich zu ihr zurück. »Eine halbe Stunde nach der Landung wird man Sie zu einem Restaurant am See fahren, wo Sie ein Taxi in die Stadt bekommen können«, sagte er. »Sollten Sie während der nächsten zwei Wochen unsere Dienste benötigen, finden Sie uns an einer privaten Landestelle, die sich Atterrisage Médoc nennt. Es war mir ein Vergnügen, Sie an Bord zu haben.«

41.

Erich Kessler war kein gewalttätiger Mann, aber er billigte körperliche Gewalt, wenn sie praktischen Zielen diente. Er billigte sie als Beobachter und Theoretiker, nicht als Teilnehmer. Aber im Augenblick gab es keine Alternative und auch nicht genug Zeit, eine solche zu suchen. Er würde selbst an der Gewalttätigkeit teilhaben müssen.

Holcroft hatte ihm keine Wahl gelassen. Der Amateur hatte sich seine eigenen Prioritäten gesetzt und mit beunruhigender Einsicht gehandelt. Die Chromosomen Heinrich Clausens lebten in dem Sohn fort. Man mußte ihn wieder unter Kontrolle bringen.

Erich wählte sich aus den in der Halle anwesenden Menschen die Person aus, die er brauchte: einen Reporter, und seinem lässigen Verhalten nach zu schließen wahrscheinlich ein guter.

Kessler näherte sich dem Mann; er sprach mit leiser Stimme. »Sie sind doch der Journalist vom... vom...«

»*Genève Soir*«, sagte der Reporter.

»Schrecklich, was passiert ist. Der arme Mann. Eine Tragödie. Ich stehe schon eine ganze Weile hier und versuche, mir darüber klarzuwerden, ob ich etwas sagen soll. Aber ich darf mich da einfach nicht hineinziehen lassen.«

»Wohnen Sie im Hotel?«

»Ja. Ich bin aus Berlin. Ich komme häufig nach Genf. Mein Gewissen drängt mich, die Polizei aufzusuchen und denen zu sagen, was ich weiß. Aber mein Anwalt sagt, man könnte das falsch auslegen. Ich bin geschäftlich hier; das könnte nachteilig sein. Trotzdem sollten die es wissen.«

»Was für Informationen haben Sie?«

Erich sah den Journalisten mit traurigem Blick an. »Nun, ich habe den Ermordeten sehr gut gekannt.«

»Und?«

»Nicht hier. Mein Anwalt sagt, ich solle mich heraushalten.«

»Wollen Sie damit sagen, daß Sie in den Mord verwickelt waren?«

»Du lieber Gott, *nein*. Nicht so. Keineswegs. Es ist nur, daß ich... Informationen besitze. Vielleicht auch ein oder zwei Namen. Es gibt... Gründe.«

»Wenn Sie nicht beteiligt sind, werde ich Sie als Informationsquelle schützen, das kann ich als Journalist.«

»Das ist alles, worum ich Sie bitte. Warten Sie hier zwei oder drei Minuten auf mich, ich hole mir nur oben meinen Mantel. Dann komme ich wieder herunter und gehe nach draußen. Folgen Sie mir den Hügel hinunter. Dort suchen wir uns eine abgeschiedene Stelle, wo wir sprechen können. Kommen Sie erst dann auf mich zu, wenn ich Sie rufe.«

Der Journalist nickte.

Kessler ging auf die Aufzüge zu. Er würde sich seinen Mantel holen und zwei Pistolen, beides Waffen, deren Herkunft man nicht nachprüfen konnte. Die kleine Verzögerung würde Holcrofts Unruhe verstärken, und das war gut so.

Noel wartete in der Türnische auf der anderen Straßenseite vom Hotel d'Accord. Kessler hätte die Nachricht vor fünf Minuten erhalten sollen. Was ihn wohl aufhalten mochte?

Da war er! Die korpulente Gestalt, die jetzt langsam die wenigen Treppen vom Eingang des d'Accord herunterging, konnte niemand anders sein. Die Leibesfülle, der gemessene Schritt, der schwere Mantel. Das war es; Kessler war erst noch in sein Zimmer gegangen, um seinen Mantel zu holen.

Holcroft sah zu, wie Erich behäbig den Hügel hinunterschritt, wobei er den Vorübergehenden freundlich zunickte. Kessler war ein sympathischer Mann, dachte Noel, und würde wahrscheinlich nicht begreifen, weshalb er als Köder benutzt wurde; so zu denken, war seinem Wesen fremd. Ebenso wie es Holcroft bisher fremd gewesen war, einen Menschen so zu benutzen; aber *nichts* ist, wie es war. Jetzt war es für ihn ganz natürlich.

Und es war erfolgreich. Verdammt, es funktionierte! Ein Mann, Mitte der Dreißig vielleicht, hatte inzwischen die unterste Stufe des d'Accord erreicht und blickte Kesslers sich langsam entfernender Gestalt nach. Er begann, ihm nachzugehen – zu langsam für jemanden, der irgendwohin ging – und doch weit genug hinter Erich, um nicht gesehen zu werden.

Wenn Kessler jetzt nur das tat, was er ihm aufgetragen hatte. Die Querstraße, die die Rue des Granges kreuzte, war von alten, dreistöckigen Bürogebäuden gesäumt, teuer und gepflegt, aber im wesentlichen nach fünf Uhr abends verlassen. Noel hatte sich alles gut überlegt; davon hing ab, ob es ihm gelang, einen Killer von der ›Abwehr‹ in eine Falle zu locken. Ein einziger Killer genügte; er würde ihn zu anderen führen. Es war durchaus nicht undenkbar, daß er dem Mann den Arm brach, um die Information zu bekommen. Oder daß er ihn mit einem Schuß einschüchterte.

Noel tastete nach der Waffe in seiner Tasche und nahm langsam die Verfolgung auf, hielt sich auf seiner Straßenseite.

Vier Minuten später erreichte Kessler den Fuß des Hügels und bog nach links. Der Mann hinter ihm tat es ihm gleich. Holcroft wartete, bis der Verkehr abriß und beide Männer nicht mehr zu sehen waren. Dann überquerte er die Straße, hielt sich aber immer noch auf der gegenüberliegenden Seite, von wo aus er einen Überblick hatte.

Plötzlich blieb er stehen. Kessler war nirgends zu entdekken.

Ebensowenig der Mann, der ihm gefolgt war.

Noel fing zu rennen an.

Kessler bog nach links in eine schwach beleuchtete Straße, ging fünfzig Meter hinein und hob einen kleinen Spiegel. Der Journalist war hinter ihm, Holcroft nicht. Dies war jetzt der Augenblick, um sich schnell zu bewegen. Zur Linken war eine kleine Sackgasse, die zwei oder drei parkende Autos aufnehmen konnte, wobei eine vorgehängte Kette zeigte, daß es sich um Privatbesitz handelte. Jetzt standen keine Fahrzeuge da. Und es war finster. Sehr finster. Ideal. Mit einiger Mühe stieg er über die Kette und ging schnell auf die Mauer im Hintergrund zu. Er schob die Hand in die Tasche und holte die erste Pistole heraus – die erste Pistole, die er benutzen würde. Er mußte daran ziehen; der Schalldämpfer hatte sich im Stoff verfangen.

»Hierher!« sagte er, laut genug, daß der Journalist ihn hören konnte. »Hier können wir reden, und es sieht uns niemand.«

Der Journalist kletterte über die Kette und versuchte, sich in der Finsternis zu orientieren. »Wo sind Sie?«

»Hier.« Erich hob die Waffe, als der Journalist sich näherte. Als er nur noch ein paar Schritte von ihm entfernt war, feuerte Kessler auf die sich undeutlich abzeichnende Silhouette des Mannes. Es gab ein Geräusch, wie wenn man ausspuckt, etwas hohl; und dann hallte der Atem, den der Mann ausstieß, als die Kugel seine Kehle durchbohrte, zwischen den zwei Gebäuden wider. Der Mann brach zusammen. Erich drückte noch einmal ab, schoß ihm durch den Kopf. Er schraubte den Schalldämpfer von der Pistole und durchwühlte die Kleider des Toten, holte eine Brieftasche und das Notizbuch heraus und warf sie beide in die Finsternis. Jetzt zog er die zweite Waffe aus der linken Tasche und drückte sie dem Reporter in die Hand und krümmte seinen Zeigefinger um den Abzug.

Immer noch kniend, riß Kessler sein Hemd auf und fetzte zwei Knöpfe von seinem Mantel. Er strich mit der flachen

Hand über das Öl und den Schmutz am Boden des Parkplatzes und beschmierte sich das Gesicht damit.

Jetzt war er bereit. Er richtete sich auf und taumelte auf die Kette zu.

Zuerst konnte er Holcroft nicht sehen, dann aber schon. Der Amerikaner rannte gerade in die Straße herein und blieb jetzt kurz vor einer Straßenlaterne stehen.

Jetzt.

Kessler ging zu dem Toten zurück, beugte sich über ihn, packte die Hand mit der Pistole, zog sie hoch, daß die Waffe nach oben wies, und drückte den toten Finger gegen den Abzug.

Die Steinmauern, die sie umgaben, verstärkten den Knall des Schusses. Erich riß noch zweimal an dem leblosen Finger, ließ die Hand des Toten herunterfallen und zog schnell die Waffe aus der eigenen Tasche.

»Noel! *Noel!*« schrie er und warf sich gegen die Mauer, ließ seinen schweren Körper langsam zu Boden sinken. »Noel, wo *sind* Sie?«

»Erich?! Um Himmels willen ... *Erich*?« Holcrofts Stimme war nicht weit entfernt; in wenigen Sekunden war sie noch näher.

Kessler zielte mit seiner jetzt vom Schalldämpfer befreiten Waffe auf den Klumpen aus totem Fleisch im Schatten. Das war der letzte Schuß, den er würde abgeben müssen... und das tat er in dem Augenblick, in dem er Noel Holcrofts Silhouette im schwachen Licht auftauchen sah.

»Erich!«

»*Hier*. Er hat versucht, mich zu *töten*! Noel, er hat versucht, mich zu töten!«

Holcroft spürte die Kette, sprang darüber und rannte auf Kessler zu. Er kniete in der Dunkelheit nieder. »Wer? Wo?«

»Dort drüben! Johann wollte, daß ich eine Pistole trage... Ich mußte schießen. Ich hatte keine Wahl!«

»Sind Sie verletzt?«

»Ich glaube nicht. Er hat mich *verfolgt*. Er wußte über Sie Bescheid. ›Wo ist er?‹ sagte er immer wieder. ›Wo ist H? Wo ist Holcroft?‹ Er hat mich zu Boden geworfen...«

»O *Gott*!« Noel sprang auf und stürzte auf die Leiche zu. Er zog sein Feuerzeug aus der Tasche und schnippte es an. Das Licht der kleinen Flamme fiel auf die Leiche. Noel durchsuchte ihre Taschen, rollte sie dann herum, um auch die Hosentaschen zu durchsuchen. »Verdammt, da ist *nichts*!«

»Nichts? Was meinen Sie damit, nichts? Noel, wir müssen hier weg. Denken Sie an morgen!«

»Keine Brieftasche, kein Führerschein, nichts!«

»Morgen. Wir müssen an morgen denken!«

»Heute!« schrie Holcroft. »Heute nacht wollte ich sie haben!«

Kessler blieb ein paar Sekunden lang stumm, dann sagte er leise, mit ungläubiger Stimme: »Sie haben das geplant ...?«

Holcroft richtete sich erzürnt auf; Erichs Worte hatten seinen Zorn etwas gedämpft. »Es tut mir leid«, sagte er. »Ich wollte nicht, daß Sie zu Schaden kommen. Ich dachte, ich hätte alles unter Kontrolle.«

»Warum haben Sie das getan?«

»Weil die sie töten, wenn sie sie finden. Ebenso wie sie Willie Ellis getötet haben ... und Richard Holcroft. So viele andere.«

»Wer?«

»Die Feinde von Genf. Diese ›Abwehr‹. Ich wollte bloß einen von denen haben! Lebend, *verdammt*!«

»Helfen Sie mir auf«, sagte Kessler.

»Können Sie das verstehen?« Holcroft fand Erichs Hand und zog ihn hoch.

»Ja, natürlich. Aber ich finde, Sie hätten nicht allein handeln sollen.«

»Ich wollte ihn in eine Falle locken, mir von ihm die Namen anderer beschaffen, und wenn ich ihm dazu den Arm hätte brechen müssen. Dann hätte ich ihn der Polizei übergeben und die Behörden gebeten, mir bei der Suche nach meiner Mutter zu helfen und sie zu schützen.«

»Das geht jetzt nicht mehr. Er ist tot; die würden uns zu viele Fragen stellen, die wir nicht beantworten dürfen. Aber Johann kann uns helfen.«

»Von Tiebolt?«

»Ja. Er hat mir gesagt, daß er hier in Genf einen einflußreichen Freund hat. Einen Staatsrat. Er hat gesagt, wenn ich Sie finde, soll ich Sie ins Excelsior bringen. Tragen Sie sich dort unter dem Namen Fresca ein. Ich weiß nicht, weshalb gerade unter dem Namen.«

»Das ist ein Name, an den wir gewöhnt sind«, sagte Noel. »Wird er dort mit uns Verbindung aufnehmen?«

»Ja. Er ist mit den letzten Vorbereitungen für morgen beschäftigt. In der Bank.«

»Der *Bank*?«

»Morgen ist alles vorüber; das war es, was ich Ihnen zu sagen versuchte. Kommen Sie, wir müssen uns beeilen. Wir dürfen nicht hierbleiben; jemand könnte vorbeikommen. Johann hat mir aufgetragen, ich soll Ihnen sagen, wenn Ihre Mutter in Genf ist, werden *wir* sie finden. Man wird sie schützen.«

Holcroft stützte Kessler beim Gehen. Der Gelehrte blickte in die Finsternis zurück und schauderte.

»Denken Sie nicht mehr daran«, sagte Noel.

»Es war schrecklich.«

»Es war notwendig.«

Ja, das war es, dachte Kessler.

Helden sah die alte Frau auf einer Bank unten am Kai sitzen. Sie blickte aufs Wasser hinaus und schien die wenigen Mechaniker und Passagiere nicht wahrzunehmen, die sich zwischen den Wasserflugzeugen und den Schuppen hin und her bewegten.

Als Helden näherkam, konnte sie im Mondlicht das Gesicht der Frau sehen, ihre kantigen Züge und die hohen Backenknochen, die ihre großen Augen so besonders zur Geltung brachten. Die Frau war tief in Gedanken, sie war so allein, so fremd hier, so...

Helden humpelte vor die Bank und starrte auf das Gesicht hinunter. Mein Gott! Sie blickte da auf ein Gesicht, das, wenn die Jahre und das andere Geschlecht nicht gewesen wären, Noel Holcroft hätte gehören können. Es war seine Mutter!

Was machte sie hier? Von allen Orten auf der ganzen Welt ausgerechnet hier? Doch die Antwort lag auf der Hand: Noels Mutter war insgeheim nach Genf geflogen!

Die alte Frau blickte auf, dann sah sie uninteressiert weg,

und Helden hastete, so schnell sie konnte, über den Weg zu einem kleinen Schuppen, der gleichzeitig als Warteraum und Funkzentrale diente. Sie ging hinein und auf den Mann hinter einem improvisierten Tresen zu, der den Rest des Raums von Telefonen und Funkanlagen trennte. »Die Frau draußen. Wer ist sie?«

Der Mann blickte kurz von seiner Arbeit auf und musterte sie. »Hier nennt man keine Namen«, sagte er. »Das sollten Sie wissen.«

»Aber es ist schrecklich wichtig! Wenn sie die ist, für die ich sie halte, ist sie in großer Gefahr. Ich sage das zu Ihnen, weil ich weiß, daß Sie Dr. Litvak kennen.«

Bei diesem Namen blickte der Mann wieder auf. Es war offenkundig, daß man in Atterrisage Médoc mit dem Risiko und der Gefahr zu leben gewohnt war, aber beiden, soweit möglich, aus dem Wege ging. Und Dr. Litvak war offenbar ein vertrauter Kunde. »Sie wartet auf einen Anruf.«

»Von wem?«

Wieder musterte sie der Mann. »Von einem unserer Piloten: ›*Le Chat rouge.*‹ Hat sie Ärger mit der Polizei?«

»Nein.«

»Den Korsen? Der Mafia?«

Helden schüttelte den Kopf. »Schlimmer.«

»Dr. Litvak ist Ihr Freund?«

»Ja. Er hat den Flug aus Neuchâtel für mich gebucht. Sie können nachsehen, wenn Sie wollen.«

»Das brauche ich nicht. Wir wollen hier keinen Ärger. Schaffen Sie sie weg.«

»Wie? Ein Wagen soll mich abholen und zu einem Restaurant am See bringen, wo ich auf ein Taxi warten soll. Man hat mir gesagt, es würde eine halbe Stunde dauern.«

»Jetzt nicht mehr.« Der Mann sah an ihr vorbei. »Henri, komm her.« Er nahm einen Bund mit Wagenschlüsseln vom Tresen. »Gehen Sie zu der alten Frau und reden Sie mit ihr. Sagen Sie ihr, sie muß hier weg. Henri wird Sie fahren.«

»Vielleicht hört sie nicht auf mich.«

»Das muß sie. Sie bekommen Ihren Wagen.«

Helden ging, so schnell ihre Wunde das zuließ, hinaus. Mrs. Holcroft saß nicht mehr auf der Bank, und einen Augenblick lang geriet Helden in Panik. Dann sah sie sie. Sie stand jetzt reglos draußen auf dem verlassenen Kai, im Mondlicht. Helden ging auf sie zu.

Die alte Frau drehte sich um, als sie Heldens Schritte hörte. Sie rührte sich nicht von der Stelle und bot keinen Gruß.

»Sie sind Mrs. Holcroft«, sagte Helden. »Noels Mutter.«

Als sie den Namen ihres Sohnes hörte, fuhren Althene Holcrofts Hände zusammen; ihr Atem schien zu stocken. »Wer sind Sie?«

»Jemand, der es gut meint. Bitte, glauben Sie das. Mehr, als Sie wissen.«

»Da ich nichts weiß, kann es weder mehr noch weniger sein.«

»Mein Name ist von Tiebolt.«

»Dann gehen Sie mir aus den Augen!« Die Worte der alten Frau waren wie Peitschenschläge in der Nacht. »Die Männer hier haben Geld bekommen. Sie werden nicht zulassen, daß Sie mir etwas tun. Vorher töten sie Sie. Gehen Sie wieder zu Ihrem Wolfsrudel!«

»Ich habe nichts mit Wolfsschanze zu tun, Mrs. Holcroft.«

»Sie sind eine von Tiebolt!«

»Wenn ich zur Wolfsschanze gehörte, würde ich nicht in Ihre Nähe kommen. Das verstehen Sie doch sicher.«

»Ich verstehe nur, daß Sie hier für etwas Widerwärtiges stehen...«

»Ich habe mein ganzes Leben mit dieser Meinung in der einen oder anderen Form gelebt. Aber Sie haben unrecht! Sie müssen mir glauben. Sie dürfen nicht hierbleiben; das ist gefährlich für Sie. Ich kann Sie verstecken; ich kann Ihnen helfen...«

»*Sie?* Wie? Durch den Lauf einer Pistole? Unter den Rädern eines Wagens?«

»*Bitte!* Ich weiß, weshalb Sie nach Genf gekommen sind. Ich bin aus demselben Grund hier. Wir müssen ihn erreichen, es ihm sagen, ehe es zu spät ist. Man muß verhindern, daß das Geld ausbezahlt wird.«

Die alte Frau schien von Heldens Worten betroffen. Dann runzelte sie die Stirn, als ob die Worte eine Falle wären.

»Oder muß man *mich* aufhalten? Nun, ich werde mich nicht

aufhalten lassen. Ich werde schreien, und wenn ich das tue, dann werden die Männer kommen. Wenn sie Sie töten, bedeutet mir das nichts. Sie sind dreißig Jahre Lüge! Sie alle! Sie werden an *niemanden* herantreten.«

»Mrs. Holcroft! Ich liebe Ihren Sohn. Ich liebe ihn so sehr... und wenn wir ihn nicht erreichen, dann wird er getötet werden. Von der einen oder der anderen Seite! Keine kann zulassen, daß er weiterlebt! Sie müssen das *verstehen*.«

»Lügnerin!« sagte Althene. »Sie sind alle Lügner!«

»Hol Sie der Teufel!« schrie Helden. »Niemand wird kommen, um Ihnen zu helfen. Die wollen, daß Sie hier verschwinden! Und ich bin kein Krüppel. Das ist eine *Kugel* in meinem Bein! Die steckt dort, weil ich versuche, Noel zu erreichen! Sie wissen nicht, was wir durchgemacht haben! Sie haben nicht das Recht –«

Aus dem kleinen Schuppen am Wasser war Lärm zu hören. Die beiden Frauen konnten die Worte verstehen... weil sie für sie bestimmt waren.

»Sie sind hier nicht willkommen, Monsieur! Es gibt keine solche Frau, wie Sie sie beschreiben! Bitte, gehen Sie.«

»Geben Sie mir keine Befehle! Sie ist hier!«

Helden zuckte zusammen. Das war eine Stimme, die sie ihr ganzes Leben lang gehört hatte.

»Das hier ist eine private Anlegestelle. Ich fordere Sie noch mal auf, zu gehen!«

»Öffnen Sie die Tür da!«

»Was? Welche Tür?«

»Die hinter Ihnen!«

Helden drehte sich zu Althene Holcroft herum. »Ich habe jetzt keine Zeit für Erklärungen. Ich kann Ihnen nur sagen, daß ich es gut mit Ihnen meine. Gehen Sie ins Wasser! Man darf Sie nicht sehen!«

»Weshalb soll ich Ihnen glauben?« Die alte Frau starrte an Helden vorbei auf den Kai und den Schuppen; sie war erschreckt, unschlüssig. »Sie sind jung und stark. Sie könnten mich leicht töten.«

»Der Mann da drin will Sie töten«, flüsterte Helden. »Er hat versucht, mich zu töten.«

»Wer ist er?«

»Mein Bruder. Seien Sie um Gottes willen still!«

Helden packte Althene um die Hüften und zwang die alte Frau auf den Plankenbelag des Kais hinunter. Dann rollte sie sich und die alte Frau ganz vorsichtig über den Rand ins Wasser. Althene zitterte, sie hatte Wasser in den Mund bekommen; jetzt hustete sie und schlug um sich. Helden hielt die alte Frau an der Hüfte fest, trat Wasser.

»Sie dürfen nicht husten! Sie dürfen kein Geräusch machen. Legen Sie sich den Riemen Ihrer Handtasche um den Hals. Ich helfe Ihnen.«

»Gott im Himmel, was *tun* Sie?«

»Seien Sie still.«

Etwa zehn Meter vom Kai entfernt war ein kleines Boot mit Außenbordmotor vertäut. Helden zog Althene auf den schützenden Schatten seines Rumpfes zu. Sie hatten die Hälfte des Weges zurückgelegt, als sie das Krachen einer Tür hörten und den Lichtkegel einer kräftigen Taschenlampe sahen. Er tanzte unruhig, während der blonde Mann auf den Pier zulief, dann stehenblieb und den Lichtbalken aufs Wasser richtete. Heldens Bein schmerzte jetzt schier unerträglich, als sie sich abmühte, das Boot zu erreichen.

Sie schaffte es nicht; sie hatte keine Kraft mehr im Bein, und das Gewicht ihrer schweren Kleider war ihr zuviel.

»Versuchen Sie, das Boot zu erreichen«, flüsterte sie. »Ich schwimme zurück... er wird mich sehen und –«

»Seien Sie still!« sagte die alte Frau, deren Arme sich jetzt in schnellen, leichten Bewegungen ausbreiteten und damit Heldens Last erleichterten. »Das ist derselbe Mann. Ihr Bruder. Er hat eine Pistole. *Schnell*. Kommen Sie.«

»Ich kann nicht.«

»Doch.«

Gemeinsam, sich gegenseitig stützend, strebten sie wieder dem Boot zu. Der blonde Mann war auf dem Kai, und der Lichtkegel seiner Taschenlampe wanderte in einem methodischen Muster über die Wasserfläche. Binnen Sekunden würde sie das Licht erreichen; es bewegte sich jetzt wie ein tödlicher Laserstrahl. In dem Augenblick, in dem er sie erreichte, würde ein Kugelhagel auf sie niedergehen, und dann wäre alles vorbei.

Johann von Tiebolt war ein erstklassiger Schütze, und seine Schwester wußte das.

Jetzt kam der blendende Strahl; der Bootsrumpf war über ihnen. Instinktiv drückten beide Frauen das Gesicht ins Wasser und tauchten unter. Der Strahl zog vorbei. Jetzt waren sie hinter dem Boot; die Kette, an dem es vertäut lag, hing an ihren Kleidern fest. Sie klammerten sich an die Kette, als wäre sie eine Rettungsleine, und füllten ihre erschöpften Lungen mit Luft.

Schweigen. Schritte. Zuerst langsam und bedächtig, und dann immer schneller werdend, als Johann von Tiebolt den Kai verließ. Dann wieder das Krachen einer Tür und wieder Stimmen.

»Wo ist sie hin?«

»Sie sind verrückt!«

»Und Sie tot!«

Ein Schuß peitschte über den See. Ein Schmerzensschrei folgte ihm, dann ein zweiter Schuß. Dann herrschte wieder Stille.

Minuten verstrichen. Die zwei Frauen im Wasser sahen einander im weichen Mondlicht an. Tränen füllten die Augen von Helden von Tiebolt. Die alte Frau berührte das Gesicht des Mädchens und sagte nichts.

Jetzt zerriß das Aufheulen eines Motors den Schrecken der lastenden Stille. Dann quietschende Reifen und das Geräusch von wegspritzendem Kies. Die zwei Frauen nickten einander zu und bewegten sich wieder, einander festhaltend, in Richtung auf den Kai zu.

Sie krochen eine Leiter hinauf und knieten in der Finsternis, atmeten tief.

»Ist das nicht seltsam«, sagte Althene. »Plötzlich mußte ich an meine Schuhe denken. Ich wollte sie nicht verlieren.«

»Und haben Sie sie verloren?«

»Nein. Wahrscheinlich ist das noch viel seltsamer.«

»Meine sind fort«, sagte Helden abwesend. Sie stand auf. »Wir müssen hier weg. Er könnte zurückkommen.« Sie blickte zu dem Schuppen hinüber. »Ich will dort nicht hineingehen, aber ich denke, das müssen wir. Da lagen Wagenschlüssel...« Sie beugte sich vor, um der alten Frau aufzuhelfen.

Helden öffnete die Tür und schloß instinktiv die Augen. Der Mann war über dem Tresen zusammengesunken, sein Gesicht war von der Kugel weggefetzt. Einen Augenblick lang tauchte das Bild des verstümmelten Kopfs von Klaus Falkenheim vor ihrem inneren Auge auf, und sie wollte schreien. Aber sie flüsterte nur.

»Mein Bruder...«

»Kommen Sie, Kind, schnell jetzt!« Unglaublich, daß das die alte Frau sein sollte, die den Befehl mit solcher Bestimmtheit gab. Sie hatte einen Schlüsselring entdeckt. »Es ist besser, wenn wir ihren Wagen nehmen. Ich habe auch einen, aber den hat man gesehen.«

Und dann sah Helden das Wort, klar und deutlich mit dickem Schmierstift auf den Boden unter dem Toten geschrieben.

»Nein! Das ist eine Lüge!«

»Was ist? Was ist?« Die alte Frau griff sich die Schlüssel und rannte zu dem Mädchen hinüber.

»Da. Das ist eine Lüge!«

Das Wort auf dem Boden war hastig hingeschmiert, mit großen Buchstaben.

ABWEHR

Helden hinkte darauf zu und sank in die Knie, versuchte, die Buchstaben wegzuwischen. Ihre Hände arbeiteten wie wild, die Tränen strömten ihr dabei übers Gesicht. »Eine Lüge! Eine Lüge! Das waren große Männer!«

Althene berührte das hysterisch gewordene Mädchen an der Schulter und nahm schließlich ihren Arm und zog sie vom Boden hoch. »Dafür ist jetzt keine Zeit! Das haben Sie selbst gesagt. Wir müssen hier weg.«

Sanft, aber bestimmt führte die ältere Frau die jüngere hinaus. Über der Tür brannte eine einzige Lampe und erzeugte ebensoviel Schatten wie Licht. Zwei Wagen waren zu sehen – der, den Althene gefahren hatte, und ein graues Auto mit einem Kennzeichen, das mit Draht an der Stoßstange befestigt war. Sie führte Helden darauf zu.

Und blieb stehen.

Die ganze Kraft, die sie in sich aufgeboten hatte, brach zusammen.

Im Kies lag der Körper des rothaarigen Piloten. Er war tot, die Hände hinter dem Rücken gefesselt. Sein ganzes Gesicht – die Partien um die Augen und den Mund – war von Messerstichen zerfetzt.

Man hatte ihn gefoltert und erschossen.

Schweigend fuhren sie durch die Nacht, jede in ihre eigenen quälenden Gedanken versunken. »Da ist eine Wohnung«, sagte Helden schließlich. »Man hat mir den Weg beschrieben. Dort sind wir sicher. Ein Mann ist von London hergeflogen, um uns zu helfen. Er sollte inzwischen dort sein.«

»Wer ist das?«

»Ein Jude von einem Ort, der Har Sha'alav heißt.«

Althene sah das Mädchen durch die fliegenden Schatten an. »Ein Jude aus Har Sha'alav hat mich aufgesucht. Deshalb bin ich hier.«

»Ich weiß.«

Ein schlanker Mann mit dunkler Haut und sehr dunklen Augen öffnete die Tür des Apartments. Er war weder klein noch groß, strahlte aber schiere physische Kraft aus. Die mächtigen Schultern waren es, die diesen Eindruck vermittelten, und der straffe Stoff seines weißen Hemdes, das am Hals offenstand und dessen Ärmel hochgerollt waren, so daß die muskulösen Arme freilagen. Sein schwarzes Haar war kurz geschnitten, und sein Gesicht fiel ebenso durch seinen starr wirkenden Blick wie durch seine Züge auf.

Er musterte die zwei Frauen, nickte dann und winkte sie herein. Er nahm Heldens Hinken ebenso wie die nassen Kleider der beiden ohne Kommentar zur Kenntnis.

»Ich bin Yakov Ben-Gadíz«, sagte er. »Damit wir einander richtig verstehen, ich bin es, der die Entscheidungen treffen wird.«

»Auf welcher Grundlage?« fragte Althene.

Ben-Gadíz sah sie an. »Sind Sie die Mutter?«

»Ja.«

»Ich habe Sie nicht erwartet.«

»Ich habe auch nicht erwartet, hier zu sein. Wenn dieses Mädchen nicht gewesen wäre, wäre ich jetzt tot.«

»Dann haben Sie noch eine weitere Verpflichtung, neben der anderen, die über allem anderen steht.«

»Ich habe Sie etwas gefragt. Mit welchem Recht treffen Sie Entscheidungen für mich? Das darf niemand.«

»Ich war mit Neuchâtel in Verbindung. Heute nacht gibt es Arbeit.«

»Für *mich* gibt es nur eines. Ich muß meinen Sohn erreichen.«

»Später«, sagte Yakov Ben-Gadíz. »Zuerst ist da etwas anderes. Eine Liste muß gefunden werden. Wir glauben, daß sie im Hotel d'Accord ist.«

»Das ist lebenswichtig«, unterbrach Helden, die ihre Hand auf Althenes Arm hatte.

»Daß wir Ihren Sohn erreichen, ist ebenso lebenswichtig«, fuhr Yakov fort und starrte die alte Frau an. »Und ich brauche einen Köder.«

42.

Von Tiebolt hielt den Telefonhörer in der einen und Kesslers Notiz in der anderen Hand. Er sprach mit dem stellvertretenden Präsidenten des Genfer Staatsrats. »Ich sage Ihnen, die Adresse ist falsch! Es handelt sich um ein altes, verlassenes Gebäude ohne Telefonanschluß. Ich würde sagen, die ›Abwehr‹ hat sich recht erfolgreich in Ihr staatliches Telefonnetz eingeschlichen, und jetzt finden Sie die richtige Adresse für mich!«

Der blonde Mann lauschte ein paar Augenblicke und explodierte dann. »Idiot, ich *kann* die Nummer nicht anrufen! Der Hotelangestellte hat geschworen, daß er sie keinem anderen als Holcroft geben würde. Was ich auch sagen würde, sie würde beunruhigt sein. Und jetzt finden Sie diese Adresse für mich heraus! Meinetwegen wecken Sie dazu den Bundespräsidenten, mir ist das egal. Ich erwarte, daß Sie mich binnen einer Stunde zurückrufen.« Er knallte den Hörer auf die Gabel und starrte wieder auf die Notiz von Kessler.

Erich war weggegangen, um sich mit Holcroft zu treffen.

Ohne Zweifel befanden die beiden sich jetzt im Excelsior, wo Holcroft unter dem Namen Fresca eingetragen sein würde. Er könnte anrufen, um sich zu vergewissern, aber das würde möglicherweise zu Komplikationen führen. Es galt, den Amerikaner an die Grenzen seiner Zurechnungsfähigkeit zu treiben. Sein Freund aus London ermordet; seine Mutter nirgends aufzufinden; möglicherweise hatte er sogar von Heldens Tod in Neuchâtel gehört. Holcroft wäre dem Zusammenbruch nahe; es konnte sein, daß er auf einem Zusammentreffen bestehen würde.

Und darauf war Johann zur Stunde noch nicht vorbereitet. Es war kurz nach drei Uhr früh, und sie hatten die Mutter immer noch nicht ausfindig gemacht. Er mußte sie finden, sie töten. Bis zu der Konferenz in der Bank hatte er noch sechs Stunden. Jeden Augenblick – aus einer Menschenmenge heraus, von einem Taxi mitten im Verkehr, auf einer Treppe, oder irgendwo in einer Ecke – könnte sie ihrem Sohn gegenübertreten und die Warnung hinausschreien: *Verrat! Halt! Gib Genf auf!*

Und das durfte nicht geschehen! Ihre Stimme mußte zum Verstummen gebracht, die Programmierung ihres Sohnes durchgeführt werden. Sie mußte ganz einfach noch in dieser Nacht sterben, und mit ihrem Tod wären alle Risiken ausgeschaltet. Und dann würde schnell und in aller Stille noch ein Tod hinzukommen. Der Sohn Heinrich Clausens hatte seine Funktion bald erfüllt.

Aber zuerst seine Mutter. Ehe der Tag anbrach. Die Vorstellung, daß sie irgendwo dort draußen lauerte, machte ihn wahnsinnig. Am Ende einer Telefonleitung, während die dazugehörige Adresse irgendwo in den Archiven eines Bürokraten begraben lag. Der blonde Mann setzte sich und zog ein langes, zweischneidiges Messer aus einer Scheide, die in sein Jackett eingenäht war. Er mußte es waschen. Der rothaarige Pilot hatte es besudelt.

Noel öffnete seinen Koffer auf dem Gepäckständer und sah sich die zerdrückten Kleider darin an. Dann wanderte sein Blick über die weißen Wände mit der einfachen Tapete und die Tür, die zu einem winzigen Balkon hinausführte, und über den kleinen, zu prunkvoll wirkenden Lüster an der Decke. Hotelzimmer fingen an, sich wie ein Ei dem anderen zu gleichen; er erinnerte sich mit einer gewissen Zuneigung der schäbigen Ausnahme in Berlin. Daß er sich im Augenblick daran erinnern konnte, war fast verblüffend. Er hatte sich in dieser beunruhigenden neuen Welt ohne Beeinträchtigung seiner Fähigkeiten eingewöhnt. Er war nicht sicher, ob das gut oder schlecht war.

Erich war am Telefon und versuchte, von Tiebolt im d'Accord zu erreichen. Wo, zum Teufel, steckte Johann? Es war halb vier Uhr morgens. Kessler legte auf und wandte sich Noel zu. »Er hat die Nachricht hinterlassen, wir sollten uns keine Sorgen machen. Er ist mit dem Staatsrat zusammen. Sie tun alles in ihrer Macht Stehende, um Ihre Mutter zu finden.«

»Dann hat sie also nicht angerufen?«

»Nein.«

»Das gibt einfach keinen Sinn. Ist der Mann am Empfang noch da?«

»Ja. Sie haben ihm so viel bezahlt, wie er sonst in zwei Wochen verdient. Das wenigste, was er dafür tun kann, ist, die ganze Nacht dableiben.« Kesslers Ausdruck wurde nachdenklich. »Wissen Sie, es ist durchaus möglich, daß es sich um eine ganz normale Verzögerung handelt, eine Verbindung, die nicht geklappt hat, ein Flughafen im Nebel, Schwierigkeiten mit den Paßbehörden irgendwo.«

»Möglich ist alles, aber es gibt trotzdem keinen Sinn. Ich kenne sie. Sie würde dafür sorgen, daß ich benachrichtigt werde.«

»Vielleicht hält man sie irgendwo fest.«

»Daran habe ich auch gedacht; das wäre das Beste, was ihr passieren könnte. Sie reist mit einem falschen Paß. Hoffen wir, daß man sie festgenommen und auf ein paar Tage in eine Zelle gesteckt hat. Auch kein Anruf von Helden?«

»Überhaupt keine Anrufe«, erwiderte der Deutsche, dessen Augen plötzlich wie gebannt an Noel hingen.

Holcroft streckte sich, er hielt sein Rasierzeug in der Hand. »Dieses Warten, ohne etwas zu wissen, macht mich wahnsinnig.« Er deutete auf die Tür zum Badezimmer. »Ich gehe mich jetzt waschen.«

»Gute Idee. Warum ruhen Sie sich nicht anschließend ein bißchen aus? Sie müssen erschöpft sein. Wir haben noch knapp fünf Stunden, und ich glaube wirklich, daß Johann ein sehr tüchtiger Mann ist.«

»Darauf baue ich«, sagte Noel.

Er zog sein Hemd aus und ließ das heiße Wasser laufen, so daß Dampf erzeugt wurde. Bald war der Spiegel beschlagen, und ein schwacher Nebel hing über dem Waschbecken. Er hielt sein Gesicht in die feuchte Hitze, stützte sich mit beiden Händen auf das Becken und blieb so stehen, bis ihm der Schweiß von der Stirn rann. Er hatte das vor einigen Jahren von Sam Buonoventura gelernt. Nicht, daß es ein Dampfbad ersetzte, aber es half immerhin.

Sam? Sam! Herrgott, warum hatte er nicht an ihn gedacht? Wenn seine Mutter ihre Pläne geändert hatte oder irgend etwas passiert war, dann war es durchaus möglich, daß sie Sam anrief. Besonders, wenn es im d'Accord niemanden unter dem Namen Holcroft gab.

Er sah auf die Uhr; es war drei Uhr fünfunddreißig nach Genfer Zeit, zehn Uhr fünfunddreißig in der Karibik. Wenn Sam ihm etwas zu sagen hatte, würde er in der Nähe seines Telefons bleiben.

Noel drehte den Wasserhahn ab. Er konnte Kesslers Stimme aus dem Schlafzimmer hören, aber da war sonst niemand. Mit wem redete er, und weshalb sprach er so leise?

Holcroft wandte sich zur Tür und öffnete sie einen Spalt. Kessler stand auf der anderen Seite des Raums, den Rücken der Badezimmertür zugewandt, und telefonierte. Noel hörte, was er sagte, und trat hinaus.

»Ich sage dir, das ist unsere Antwort. Sie reist mit falschem Paß. Wenn man die Aufzeichnungen der Einwanderungs –«

»Erich!«

Yakov Ben-Gadíz schloß den Deckel seines Verbandskastens, richtete sich neben dem Bett auf und musterte sein Werk. Heldens Wunde war gerötet, aber es lag kein Wundbrand vor. Er hatte den schmutzigen Verband durch einen frischen ersetzt.

»So«, sagte er, »das sollte für eine Weile genügen. Die

Schwellung wird in der nächsten Stunde zurückgehen, aber Sie dürfen das Bein nicht gebrauchen. Sie müssen es erhöht legen.«

»Sagen Sie mir bloß nicht, daß Sie Arzt sind«, meinte Helden.

»Man braucht kein Arzt zu sein, um Schußverletzungen zu behandeln. Man muß sich nur daran gewöhnen.« Der Israeli ging zur Tür. »Bleiben Sie hier. Ich möchte mit Mrs. Holcroft sprechen.«

»Nein!«

Ben-Gadíz blieb stehen. »Was haben Sie gesagt?«

»Schicken Sie sie nicht allein hinaus. Sie ist außer sich vor Schuldgefühlen und ängstigt sich um ihren Sohn. Sie kann nicht klar denken; sie hätte keine Chance. Tun Sie es nicht.«

»Und wenn ich es tue, werden Sie mich daran hindern?«

»Ich weiß etwas Besseres. Sie wollen meinen Bruder haben. Gebrauchen Sie *mich*.«

»Zuerst will ich die Liste der *Sonnenkinder*. Wir haben drei Tage, um von Tiebolt zu töten.«

»Drei Tage?«

»Die Banken sind morgen und am Sonntag geschlossen. Die können sich frühestens am Montag mit den Direktoren der Grande Banque treffen. Zuerst die Liste. Ich stimme Litvak zu; *sie* hat hier erste Priorität.«

»Wenn sie so wichtig ist, trägt er sie doch ohne Zweifel *bei sich*.«

»Das bezweifle ich. Männer wie Ihr Bruder gehen keine solchen Risiken ein. Ein Unfall, ein Raubüberfall auf der Straße... jemand wie ich. Nein, er trägt die Liste ganz bestimmt nicht mit sich herum. Und ebensowenig würde er sie in einen Hotelsafe legen. Sie ist in seinem Zimmer. In einem besseren Safe. Ich möchte in dieses Zimmer, ihn auf eine Weile herausholen.«

»Ein Grund mehr, mich einzusetzen!« sagte Helden. »Er glaubt, ich sei *tot*. Er hat mich am See nicht gesehen; er hat sie gesucht, nicht mich. Der Schock wird ihn verblüffen, er wird verwirrt sein. Er wird überall hingehen, wo ich sage, um mich zu finden. Ich brauche nur das Wort ›Abwehr‹ zu erwähnen. Da bin ich *ganz sicher*.«

»Ich verlasse mich auch darauf«, erwiderte Yakov. »Aber für morgen. Nicht in dieser Nacht. Sie sind heute nacht nicht die, die er will. Er will Holcrofts Mutter.«

»Ich werde ihm sagen, daß sie mit mir zusammen ist! Das wäre perfekt!«

»Er würde Ihnen nie glauben. Sie, die nach Neuchâtel gefahren sind, um sich mit Werner Gerhardt zu treffen? Die entkommen ist? Das riecht doch nach einer Falle.«

»Dann lassen Sie mich wenigstens mit ihr gehen«, bettelte Helden. »Vereinbaren Sie das Zusammentreffen, und ich halte mich versteckt. Dann kann ich *ihr* wenigstens einigen Schutz bieten. Ich habe eine Pistole.«

Ben-Gadíz überlegte einen Augenblick, ehe er antwortete. »Ich weiß, was Sie anbieten, und bewundere Sie dafür. Aber ich darf Sie nicht beide riskieren. Sehen Sie, ich brauche die Mutter heute, und Sie werde ich morgen brauchen. Sie wird ihn heute nacht weglocken und Sie morgen. Es muß so laufen.«

»Sie können *beides* heute nacht erreichen!« bohrte Helden. »Sie bekommen Ihre Liste, und ich werde ihn *töten*. Das schwöre ich.«

»Ich glaube Ihnen, aber Sie übersehen da etwas. Ich traue Ihrem Bruder mehr zu als Sie. Gleichgültig, wie wir unseren Plan aufstellen, er wird das Zusammentreffen mit Mrs. Holcroft heute nacht unter Kontrolle haben. Er hat den Schlüssel zu allem, nicht wir.«

Helden starrte den Israeli an. »Sie benutzen sie ja nicht nur; Sie opfern sie.«

»Ich werde *jeden einzelnen* von uns benutzen und jeden einzelnen von uns opfern, um das zu tun, was getan werden muß. Und wenn Sie mich daran hindern, werde ich Sie töten.« Yakov ging zur Tür und trat hinaus.

Althene saß an einem Schreibtisch am anderen Ende des Zimmers. Die kleine Schreibtischlampe war das einzige Licht im Raum. Sie trug einen dunkelroten Bademantel, den sie in einem Kleiderschrank gefunden hatte und der ihr zu weit war. Die durchnäßten Kleider, die sie und Helden getragen hatten, lagen über den Heizkörpern, um zu trocknen. Sie schrieb auf ein Blatt Hotelpapier. Als sie Yakovs Schritte hörte, drehte sie sich um. »Ich habe mir Papier aus Ihrem Schreibtisch geborgt«, sagte sie.

»Das ist nicht mein Papier und nicht mein Schreibtisch«, antwortete der Israeli. »Schreiben Sie einen Brief?«

»Ja. An meinen Sohn.«

»Warum? Mit ein bißchen Glück finden wir ihn. Sie können dann mit ihm sprechen.«

Althene lehnte sich in dem Stuhl zurück und sah Ben-Gadíz voll in die Augen. »Ich glaube, wir wissen beide, daß die Chance recht gering ist, daß ich ihn wiedersehe.«

»Wirklich?«

»Natürlich. Es hat doch keinen Sinn, wenn ich mir selbst etwas vormache... oder Sie das versuchen. Von Tiebolt muß sich mit mir treffen. Wenn er das tut, wird er mich nicht mehr weglassen. Nicht lebend. Weshalb sollte er auch?«

»Wir werden alle uns möglichen Sicherheitsvorkehrungen treffen.«

»Danke, ich werde eine Pistole mitnehmen. Ich habe nicht die Absicht, mich hinzustellen und ihm zu sagen, daß er bloß abzudrücken braucht.«

»Es wäre besser, wenn Sie sitzen würden.«

Sie lächelten einander zu. »Wir sind beide sehr praktisch eingestellt, nicht wahr? Überlebenstypen.«

Yakov zuckte die Achseln. »So ist es einfacher.«

»Sagen Sie – diese Liste, auf die Sie so erpicht sind. Die *Sonnenkinder*. Die muß doch sehr umfangreich sein. Bände. Namen von Leuten und Familien überall.«

»Das ist nicht die Liste, die wir suchen; das ist die Liste der Herrenmenschen. Ich bezweifle, daß wir sie je zu Gesicht bekommen. Die Liste, die wir finden *können* – die wir finden *müssen* –, ist die, mit der wir etwas anfangen können. Die Namen der Führer, die das Geld in Empfang nehmen sollen, die es in strategisch wichtigen Gebieten verteilen sollen. Diese Liste muß sich an einem Ort befinden, wo von Tiebolt jederzeit an sie herankann.«

»Und mit dieser Liste haben Sie auch die Identität der Führer der Wolfsschanze.«

»Überall.«

»Was macht Sie so sicher, daß die Liste im d'Accord ist?«

»Das ist der logische Ort. Von Tiebolt vertraut niemandem. Alle anderen sind nur bruchstückweise informiert; er hat die Kontrolle über das Ganze. Er würde diese Liste niemals in einen Safe legen; ebensowenig würde er sie bei sich tragen. Sie wird in seinem Hotelzimmer sein, und das Zimmer wird von Fallen wimmeln. Und er würde es nur unter den schlimmsten Voraussetzungen verlassen.«

»Und wir sind uns darüber einig, daß ich diese schlimmste Voraussetzung bin?«

»Ja. Er fürchtet Sie, wie sonst niemanden auf der Welt, denn es gibt sonst niemanden, der Ihren Sohn davon überzeugen könnte, Genf aufzugeben. Die brauchen ihn; die haben ihn immer gebraucht. Die Gesetze müssen erfüllt werden, damit die Mittel freigegeben werden können. Es gab nie einen anderen Weg.«

»Welche Ironie doch darin liegt. Das Gesetz wird dazu benutzt, um die größte Gesetzlosigkeit zu begehen, die man sich vorstellen kann.«

»Das ist keine neue Erkenntnis, Mrs. Holcroft.«

»Und was ist mit meinem Sohn? Werden Sie ihn töten?«

»Das will ich nicht.«

»Ich würde gerne etwas Konkreteres hören.«

»Es wird keinen Anlaß dazu geben, wenn er zu uns kommt. Wenn man ihn von der Wahrheit überzeugen kann, und davon, daß er nicht übertölpelt werden soll, gibt es guten Grund, ihn am Leben zu halten. Auch wenn das Geld nicht kommt, wird Wolfsschanze noch nicht am Ende sein. Überall dort draußen sind die *Sonnenkinder*. Sie werden gelähmt sein, aber nicht entlarvt. Und auch nicht vernichtet. Wir werden jede Stimme brauchen können, die sich gegen sie erheben kann. Ihr Sohn wird eine höchst wichtige Geschichte zu erzählen haben. Gemeinsam werden wir an die richtigen Leute herantreten.«

»Wie werden Sie ihn denn überzeugen... wenn ich von der Zusammenkunft mit von Tiebolt nicht zurückkomme?«

Der Israeli sah die Andeutung eines Lächelns auf Althenes Lippen und begriff die Pause in ihrer Frage. Seine Voraussetzung war klar gewesen: sie würde nicht zurückkommen.

»So wie die Kontaktperson in Neuchâtel und ich es sehen,

haben wir heute und morgen zur Verfügung; die Aktion in La Grande Banque beginnt ohne Zweifel Montag. Sie werden ihn isoliert halten, an einem Ort, wo man ihn nicht erreichen kann. Meine Aufgabe ist es, diese Isolierung zu durchbrechen, ihn wegzuholen.«

»Und wenn Sie das tun, was werden Sie ihm sagen?«

»Ich werde ihm die Wahrheit sagen, ihm alles erklären, was wir in Har Sha'alav erfahren haben. Helden könnte da äußerst hilfreich sein – wenn sie noch lebt, um es offen zu sagen. Und dann ist da die Liste. Wenn ich sie finde, werde ich sie ihm zeigen.«

»Zeigen Sie ihm diesen Brief«, unterbrach Althene und wandte sich wieder dem Papier auf dem Schreibtisch zu.

»Der wäre auch hilfreich«, sagte der Israeli.

»Erich!«

Kessler fuhr herum, sein korpulenter Körper wirkte starr. Er ließ den Hörer sinken, aber Holcroft hinderte ihn daran.

»Halt! Mit wem sprechen Sie?« Noel packte den Hörer, sprach hinein. »Wer ist da?«

Schweigen.

»Wer ist da?«

»Bitte«, sagte Kessler, der sich langsam wieder in die Gewalt bekam. »Wir versuchen, Sie zu *schützen*. Man darf Sie nicht auf der Straße sehen; das wissen Sie. Die würden Sie töten. Sie sind der wichtigste Schlüssel zu Genf.«

»Sie haben nicht über mich gesprochen!«

»Wir versuchen, Ihre Mutter zu finden! Sie haben gesagt, daß sie mit falschem Paß reist, aus Lissabon kommt. Das war uns nicht bewußt. Johann kennt Leute, die solche Papiere liefern; darüber haben wir jetzt gesprochen.«

Wieder sprach Holcroft ins Telefon.

»Von Tiebolt? Sind Sie das?«

»Ja, Noel«, kam ruhig die Antwort. »Erich hat recht. Ich habe hier Freunde, die versuchen, uns zu helfen. Ihre Mutter könnte in Gefahr sein. Aber Sie dürfen mit der Suche nichts zu tun haben. Sie müssen unsichtbar bleiben.«

»›Dürfen‹?« Holcroft sprach das Wort mit scharfer Stimme aus. »›Müssen?‹ Wir wollen einmal etwas klarstellen – für Sie alle beide.« Noel sprach ins Telefon, sah dabei aber Kessler an. »Ich entscheide, was ich tue und was ich nicht tue. Ist das klar?«

Der Gelehrte nickte. Von Tiebolt sagte nichts. Holcroft hob die Stimme. »Ich habe gefragt, ob das *klar* ist.«

»Ja, natürlich«, sagte Johann schließlich. »Erich hat Ihnen ja schon gesagt, daß wir nur helfen wollen. Die Information, daß Ihre Mutter unter falschem Namen reist, könnte hilfreich sein. Ich kenne Leute, die mit solchen Dingen zu tun haben. Ich werde einige von ihnen anrufen und Sie auf dem laufenden halten.«

»Bitte.«

»Wenn wir uns vor morgen früh nicht sehen, treffen wir uns in der Bank. Ich nehme an, Erich hat Ihnen alles erklärt.«

»Ja, das hat er. Und, Johann... tut mir leid, daß ich laut geworden bin; ich weiß, daß Sie sich Mühe geben, mir zu helfen. Die Leute, hinter denen wir her sind, nennen sich ›Abwehr‹, nicht wahr? Das ist es doch, was Sie in London herausgefunden haben.«

Am anderen Ende der Leitung herrschte ein paar Augenblicke lang Stille. Dann: »Woher wissen Sie das?«

»Sie haben ihre Visitenkarte hinterlassen. Ich will diese Bastarde haben.«

»Das wollen wir auch.«

»Danke. Rufen Sie mich sofort an, wenn Sie etwas hören.« Noel legte auf. »Tun Sie das nie wieder«, sagte er zu Kessler.

»Ich bitte um Entschuldigung. Ich dachte, ich täte das Richtige. Ebenso wie Sie wahrscheinlich geglaubt haben, das Richtige zu tun, als Sie es so einrichteten, daß man mich vom d'Accord aus verfolgte.«

»Ist das nicht eine lausige Welt, in der wir leben?« sagte Noel und griff nach dem Telefon.

»Was haben Sie vor?«

»Da ist ein Mann in Curaçao, mit dem ich sprechen möchte. Vielleicht weiß er etwas.«

»O ja. Der Ingenieur, der Ihre Nachrichten weitergeleitet hat.«

»Ich stehe in seiner Schuld.«

Noel rief die Zentrale und gab die Nummer in Curaçao durch. »Soll ich am Apparat bleiben oder rufen Sie mich zurück?«

»Um die Zeit dauert es nicht lange, Sir.«

»Dann warte ich.« Er setzte sich aufs Bett. Nach höchstens einer Minute hörte er Buonoventuras Telefon klingeln.

Eine Männerstimme meldete sich. Aber es war nicht die Stimme Sams.

»Yeah?«

»Sam Buonoventura, bitte.«

»Wer will ihn sprechen?«

»Ein Freund. Ich rufe aus Europa an.«

»Da läuft nichts mehr, Mister. Der nimmt keine Anrufe mehr entgegen.«

»Was soll das heißen?«

»Sam ist abgekratzt, Mister. Irgend so'n Scheißneger hat ihn mit 'ner Drahtschlinge abgemurkst. Wir suchen hier alles nach diesem Dreckskerl ab.«

Holcroft ließ den Kopf sinken. Er hatte die Augen geschlossen, und sein Atem stockte. Man hatte ihn mit Sam in Verbindung gebracht und war zu dem Schluß gelangt, daß man Sams Hilfe nicht zulassen konnte. Buonoventura war sein Informationszentrum; er mußte getötet werden, damit keine weiteren Informationen durchkamen. Die ›Abwehr‹ versuchte, ihn zu isolieren. Er hatte in Sams Schuld gestanden, und diese Schuld hatte Sam das Leben gekostet. Alles, was er anfaßte, war vom Tode gezeichnet; er war der Todesbote.

»Sparen Sie sich die Mühe«, sagte er, ohne recht zu merken, daß er redete. »Ich habe ihn umgebracht.«

43.

»Hat Ihr Sohn je den Namen ›Tennyson‹ erwähnt?« fragte Ben-Gadíz.

»Nein.«

»Wann haben Sie das letztemal mit ihm gesprochen?«

»Nach dem Tod meines Mannes. Er war in Paris.«

Yakov hatte die Arme über der Brust verschränkt gehabt. Jetzt löste er sie voneinander; er hatte da etwas gehört, was er hören wollte. »War das Ihr erstes Gespräch mit ihm nach dem Tod Ihres Mannes?«

»Nach seiner Ermordung«, verbesserte ihn Althene, »obwohl ich das damals noch nicht wußte.«

»Beantworten Sie meine Frage. War das Ihr erstes Gespräch mit ihm nach dem Tod Ihres Mannes?«

»Ja.«

»Dann war es ein trauriges Gespräch.«

»Natürlich. Ich mußte es ihm sagen.«

»Gut. In solchen Situationen denkt man nicht sehr klar; man sagt und hört dann Sachen, an die man sich hinterher selten klar erinnert. *Damals* hat er den Namen ›Tennyson‹ erwähnt. Er sagte, er sei nach Genf unterwegs, wahrscheinlich mit einem Mann namens Tennyson. Können Sie das von Tiebolt zu verstehen geben?«

»Sicher. Aber wird er es glauben?«

»Er hat keine Wahl. Er will Sie haben.«

»Ich ihn auch.«

»Rufen Sie an. Und vergessen Sie nicht, Sie sind am Durchdrehen; eine Frau in Panik ist unberechenbar. Bringen Sie ihn mit Ihrer Stimme durcheinander. Sie müssen schreien, flüstern, stottern. Sagen Sie ihm, Sie hätten Ihren Piloten anrufen sollen. Es habe einen Mord gegeben; der Landeplatz wimmelte von Polizei, und Sie hätten Angst, schreckliche Angst. Schaffen Sie das?«

»Hören Sie zu«, sagte Althene und griff nach dem Telefon.

Die Zentrale des d'Accord verband sie mit dem Zimmer seines sehr wichtigen Gastes, Mr. John Tennyson.

Und Yakov hörte sich voll Bewunderung Althenes Leistung an.

»Sie müssen sich zusammenreißen, Mrs. Holcroft«, sagte der Fremde im d'Accord.

»Dann sind Sie der Tennyson, den mein Sohn erwähnt hat?«

»Ja. Ich bin sein Freund. Wir sind uns in Paris begegnet.«

»Um Christi Barmherzigkeit willen, können Sie mir helfen?«

»Natürlich. Ich würde es mir als Ehre anrechnen.«

»Wo ist Noel?«

»Ich bedaure sehr, das weiß ich nicht... Er hat in Genf Geschäfte, mit denen ich nichts zu tun habe.«

»Nein?« Das klang erleichtert.

»O nein. Wir haben miteinander zu Abend gegessen – gestern abend war das –, und dann ist er zu seinen Geschäftspartnern gegangen.«

»Hat er gesagt, wo er hingeht?«

»Leider nein. Sehen Sie, ich muß weiter nach Mailand... Ich habe Noel in Paris gesagt, daß ich mich mit ihm in Genf treffen kann und ihm dann die Stadt zeige.«

»Können Sie sich mit mir treffen, Mr. Tennyson?«

»Aber selbstverständlich. Wo sind Sie?«

»Wir müssen vorsichtig sein. Ich darf nicht zulassen, daß Sie Risiken eingehen.«

»Für mich ist das kein Risiko, Mrs. Holcroft. Ich kann mich in Genf ganz frei bewegen.«

»Ich nicht. Diese schreckliche Geschichte in Médoc.«

»Beruhigen Sie sich doch. Was das auch war, es betrifft Sie doch ganz sicher nicht. Wo sind Sie? Wo können wir uns treffen?«

»Am Bahnhof. Im Wartesaal am Nordeingang. In fünfundvierzig Minuten. Gott segne Sie.«

Sie legte auf. Yakov Ben-Gadíz lächelte.

»Er wird sehr vorsichtig sein«, sagte der Israeli. »Er wird seine Helfer postieren, und das verschafft uns Zeit. Ich fahre jetzt zum d'Accord. Ich brauche jede Minute.«

Von Tiebolt legte langsam den Hörer auf die Gabel. Die Wahrscheinlichkeit, daß er in eine Falle gelockt würde, war ziemlich groß, dachte er, aber sicher war er sich dessen natürlich nicht. Er hatte absichtlich behauptet, Holcroft sei nie in Genf gewesen; das war eine Lüge, und das wußte die alte Frau. Andererseits klang echte Panik aus ihrer Stimme, und eine Frau in ihrem Alter, die in Panik war, hörte weniger zu, als daß sie wünschte, daß man ihr zuhörte. Vielleicht hatte sie die Bemerkung überhört, oder sie hatte sie für unwesentlich gehalten.

Daß Holcroft den Namen ›Tennyson‹ gebraucht hatte – wenn das tatsächlich der Fall war –, überraschte ihn bei dem Amerikaner nicht. Er neigte zu unkontrollierten Gefühlsausbrüchen und redete oft, ohne nachzudenken. Die Nachricht von Richard Holcrofts Tod in New York hatte ihn vielleicht so aus dem Gleichgewicht gebracht, daß ihm der Name ›Tennyson‹ entglitten war, ohne daß er das bemerkte.

Andererseits hatte der Amerikaner Stärken an den Tag gelegt, die er nicht für möglich gehalten hätte. Daß er seiner Mutter den Namen genannt hatte, stand im Widerspruch zu seiner sonstigen Selbstbeherrschung. Und außerdem wußte Johann, daß er es mit einer Frau zu tun hatte, die immerhin imstande war, sich falsche Papiere zu verschaffen, die in Lissabon untergetaucht war. Er würde außergewöhnliche Vorsichtsmaßnahmen treffen. Er würde sich nicht von einer alten, außer sich geratenen Frau in eine Falle locken lassen – oder von einer, die vorgab, außer sich zu sein.

Das Telefon klingelte und riß ihn aus seinen Gedanken.

»Ja?«

Es war der Staatsrat. Sie versuchten immer noch, die genaue Adresse herauszufinden, die hinter der Telefonnummer steckte, die Mrs. Holcroft im d'Accord angegeben hatte. Jemand war zur staatlichen Telefongesellschaft unterwegs, um in den Archiven nachzusehen. Von Tiebolt antwortete mit eisiger Stimme.

»Bis der sie findet, nützt mir die Nummer nichts mehr. Ich habe mit der Frau Kontakt. Schicken Sie sofort einen Polizisten mit einem Dienstwagen zum d'Accord. Sagen Sie ihm, ich sei ein wichtiger Staatsbesuch, der persönliche Hilfe benötigt. Er soll in fünfzehn Minuten in der Halle sein.« Von Tiebolt wartete nicht auf Antwort, sondern legte den Hörer auf und ging zum Tisch, wo zwei Pistolen lagen. Er hatte sie zum Reinigen zerlegt und würde sie jetzt schnell wieder zusammensetzen. Es waren zwei der Lieblingswaffen des Tinamu.

Wenn Althene Holcroft die Dreistigkeit besaß, ihm eine Falle zu stellen, so würde sie erfahren, daß sie dem Führer der Wolfsschanze nicht gewachsen war. Ihre Falle würde zurückschnappen und sie selbst zerquetschen.

Der Israeli hielt sich in einer dunklen Gasse gegenüber dem d'Accord versteckt. Auf der Hoteltreppe redete von Tiebolt ruhig mit einem Polizeibeamten und erteilte ihm Instruktionen.

Als sie fertig waren, lief der Polizist zu seinem Wagen. Der blonde Mann ging zu einer schwarzen Limousine am Randstein und setzte sich hinter das Steuer. Von Tiebolt wollte keinen Chauffeur für die Fahrt, die er jetzt antrat.

Beide Fahrzeuge rollten die Rue des Granges hinunter. Yakov wartete, bis sie verschwunden waren, und überquerte dann mit seiner Aktentasche die Straße.

Er ging auf das Empfangspult zu, das Urbild eines müden Beamten. Er seufzte, als er zu dem Angestellten sagte: »Polizeilabor. Man hat mich aus dem Bett gestöbert, um zusätzliche Proben aus dem Zimmer des Toten zu holen. Dieser Ellis. Denen fällt auch nie etwas ein, bis alle schlafen. Wie war die Nummer?«

»Zweiter Stock. Zimmer einundzwanzig«, sagte der Angestellte mit einem mitfühlenden Lächeln. »Vor der Tür steht ein Posten.«

»Danke.« Ben-Gadíz ging zum Lift und drückte den Knopf für den fünften Stock. John Tennyson war auf 512 registriert. Jetzt war keine Zeit, sich mit einem Polizisten im Wachdienst aufzuhalten. Er brauchte jede Minute – jede Sekunde –, die er bekommen konnte.

Der Mann in der Uniform der Genfer Polizei trat durch den Nordeingang des Bahnhofs. Seine Lederabsätze klapperten auf den Steinplatten. Er ging auf die alte Frau zu, die am äußeren Ende der ersten Bankreihe saß.

»Mrs. Althene Holcroft?«

»Ja?«

»Bitte, kommen Sie mit mir, Madame.«

»Darf ich fragen, weshalb?«

»Ich soll Sie zu Mr. Tennyson geleiten.«

»Ist das notwendig?«

»Eine kleine Aufmerksamkeit der Stadt Genf.«

Die alte Frau stand auf und folgte dem Uniformierten. Als sie auf das breite Portal des Nordeingangs zugingen, kamen vier Polizisten von draußen und besetzten die Türen. Niemand würde ohne Erlaubnis an ihnen vorbeikommen.

Draußen stand ein Polizeiwagen und neben ihm noch zwei Uniformierte. Einer öffnete der Frau die Tür. Sie stieg ein, worauf ihr Begleiter seine Untergebenen instruierte:

»Befehlsgemäß verlassen die nächsten zwanzig Minuten keine Privatfahrzeuge oder Taxis den Bahnhof. Zuwiderhandelnde identifizieren Sie und geben mir das Ergebnis über Funk durch.«

»Jawohl.«

»Wenn es zu keinen Zwischenfällen kommt, dürfen die Männer in zwanzig Minuten wieder in ihre Wachen zurück.« Der Polizeibeamte stieg in den Wagen und ließ den Motor an.

»Wohin fahren wir?« fragte Althene.

»Zu einem Gästehaus im Anwesen des stellvertretenden Staatsratspräsidenten von Genf. Dieser Mr. Tennyson muß ein sehr wichtiger Mann sein.«

»Ja, das ist er in vieler Hinsicht«, antwortete sie.

Von Tiebolt wartete hinter dem Steuer der schwarzen Limousine. Er parkte fünfzig Meter vom Nordeingang des Bahnhofs; der Motor seiner Limousine lief im Leerlauf. Er sah zu, wie der Polizeiwagen in die Nacht hinausfuhr, und drehte sich nach rechts und wartete, bis die zwei Polizeibeamten ihre Posten eingenommen hatten.

Dann bog er in die Straße ein. Sein Plan sah vor, dem Polizeiwagen in diskretem Abstand zu folgen und darauf zu achten, ob irgendwelche anderen Fahrzeuge Interesse für ihn zeigten. Es galt, alle Eventualitäten in Betracht zu ziehen, darunter auch die Möglichkeit, daß die alte Frau irgendwo an sich einen Peilsender versteckt hatte, der Signale aussandte und damit das Pack anlockte, das in ihren Diensten stand.

Das letzte Hindernis, das Code Wolfsschanze im Wege stand, würde im Lauf der nächsten Stunde ausgeschaltet werden.

Yakov Ben-Gadíz stand vor von Tiebolts Tür. Er hatte das Schild ›Nicht stören‹ aufgehängt. Der Israeli kniete nieder und öffnete seine Tasche. Er holte eine seltsam geformte

Taschenlampe heraus und knipste sie an; ein kaum wahrnehmbares grünes Leuchten ging von ihr aus. Er richtete den Lichtkegel auf die linke Unterseite der Tür, ließ ihn langsam nach rechts und dann nach oben wandern. Er suchte Fäden oder Haare – winzige Spuren, die, wenn man sie entfernte, dem Bewohner des Zimmers verrieten, daß jemand es in seiner Abwesenheit betreten hatte. Im grünlichen Licht waren unten zwei Fäden zu erkennen, die Tür und Türstock verbanden, dann drei vertikal angebrachte und einer oben. Yakov zog eine winzige Nadel aus dem Gehäuse der Taschenlampe und berührte das Holz vorsichtig neben jedem Faden; die Nadelmarken waren winzig – mit bloßem Auge nicht zu erkennen, wohl aber im grünen Licht. Dann kniete er wieder nieder und holte einen kleinen Metallzylinder aus der Tasche. Es handelte sich um ein höchst kompliziertes elektronisches Gerät zum Öffnen von Schlössern, das die Abwehrlabors in Tel Aviv entwickelt hatten.

Er legte die Mündung des Zylinders über das Schloß und betätigte die Sonden. Das Schloß öffnete sich mit einem Klicken, und Yakov strich vorsichtig mit den Fingern der linken Hand über den Türrand und entfernte die Fäden. Langsam schob er die Tür auf. Er griff nach seiner Tasche, trat ein und schloß die Tür hinter sich. An der Wand stand ein kleines Tischchen; er legte die Fäden behutsam darauf ab, beschwerte sie mit dem Zylinder und knipste erneut seine Taschenlampe an.

Er sah auf die Uhr. Ihm standen allerhöchstens dreißig Minuten zur Verfügung, um die Sicherheitsvorkehrungen außer Kraft zu setzen, die von Tiebolt angebracht hatte, und dann die Liste der *Sonnenkinder* zu finden. Die Tatsache, daß die Tür mit Fäden gesichert war, war ein gutes Zeichen. Es gab also einen Grund für ihr Vorhandensein.

Er ließ den grünen Lichtkegel durch den Wohnraum wandern. Es gab zwei Wandschränke und die Tür zum Schlafzimmer. Alle waren geschlossen. Die Schranktüren untersuchte er zuerst. Da waren keine Fäden, keine starken Schlösser, nichts.

Er ging auf die Schlafzimmertür zu und ließ den Lichtstrahl an ihrem Rand entlangwandern. Auch hier waren keine

Fäden, dafür aber etwas anderes. Im grünen Licht reflektierte ein winziges gelbes Licht zwischen Tür und Türstock, etwa einen halben Meter über dem Boden. Ben-Gadíz wußte sofort, was er da vor sich hatte. Eine Miniaturfotozelle, die mit einer anderen in der Türfüllung in Kontakt stand.

Wenn er die Tür öffnete, würde der Kontakt unterbrochen und der Alarm ausgelöst. Die moderne Technik hatte hier eine absolut zuverlässige Sicherung geschaffen – es gab keine Möglichkeit, sie außer Kraft zu setzen. Es war dies nicht das erstemal, daß Yakov so etwas sah – winzige Zellen mit eingebauten Zeitmessern. Sobald sie einmal installiert waren, boten sie während der vorgesehenen Zeit, die selten unter fünf Stunden lag, absoluten Schutz. Niemand, auch der nicht, der sie eingestellt hatte, konnte sie vor Ablauf der Zeit ausschalten.

Woraus zu schließen war, daß Johann von Tiebolt beabsichtigte, den Kontakt zu unterbrechen, wenn er den Raum betreten wollte. Und es waren Situationen denkbar, die erforderten, daß er den Alarm auslöste.

Um was für eine Art von Alarm mochte es sich handeln? Ein Geräusch kam nicht in Frage; damit würde er nur die Aufmerksamkeit auf sein Zimmer lenken. Funksignale vielleicht, aber deren Reichweite war zu beschränkt.

Nein, der Alarm selbst mußte in der unmittelbaren Umgebung der zu schützenden Stelle ein Abschreckungsmittel freisetzen. Ein Abschreckungsmittel, das einen Eindringling bewegungsunfähig machte, das jedoch von Tiebolt selbst entsichern konnte.

Auf Elektroschock war kein Verlaß. Säure war nicht zu kontrollieren; von Tiebolt selbst könnte dauernden Schaden erleiden. Gas? Ein Sprühnebel?... *Toxin.* Ein vernebeltes Gift. Giftige *Dünste.* Stark genug, um einen Eindringling bewußtlos zu machen. Eine Sauerstoffmaske würde dagegen schützen. Wenn von Tiebolt eine benutzte, konnte er den Raum jederzeit betreten.

Tränengas und chemische Keule waren in Yakovs Gewerbe keine Unbekannten. Er kehrte zu seiner Tasche zurück, kniete nieder und holte eine Gasmaske mit einem kleinen Sauerstoffkanister heraus. Er stülpte sie sich über den Kopf, schob sich das Mundstück in den Mund und ging wieder zur Tür. Er stieß die Tür schnell auf und trat einen Schritt zurück.

Eine Dunstwolke erfüllte den Türrahmen. Sie hing ein paar Sekunden in der Luft, verbreitete sich dann schnell und war wieder verschwunden, als wäre sie nie gewesen. Ben-Gadíz spürte ein leichtes Brennen um die Augen. Die Reizung blendete ihn nicht, aber Yakov wußte, daß die Chemikalien, die das Brennen erzeugten, wenn er sie einatmete, seine Lungen lähmen und zu seinem sofortigen Zusammenbruch führen würden. Das war der Beweis, den er gesucht hatte. Irgendwo in diesem Zimmer lag die Liste der *Sonnenkinder*.

Er trat durch die Tür, vorbei an einem Stativ mit einem Gaszylinder. Um die letzten Überreste des Gases zu beseitigen, öffnete er ein Fenster; kalte Winterluft wehte herein und blähte die Gardinen.

Ben-Gadíz holte seine Aktentasche aus dem Wohnzimmer und begann dann mit der Suche. Da er die Liste in einem feuersicheren Stahlbehälter vermutete, holte er einen kleinen Metalltaster mit Leuchtskala heraus und begann beim Bett und arbeitete sich danach durch den Raum.

Vor dem Kleiderschrank schlug die Nadel des Spürgeräts aus. Der grüne Lichtschein seiner Lampe ließ die vertrauten winzigen gelben Punkte am Türrahmen erkennen.

Er hatte das Versteck gefunden.

Er öffnete die Türen; eine Gaswolke quoll ihm entgegen und füllte den Kleiderschrank ebenso wie vorher die Schlafzimmertür. Nur daß die Gaswolke diesmal länger in der Luft hängenblieb, dichter war. Falls der erste Alarm versagte, setzte dieser hier genügend Giftstoffe frei, um einen Menschen zu töten. Im Kleiderschrank stand ein Koffer aus teurem, weichem Leder, aber Yakov wußte, daß es sich um kein gewöhnliches Gepäckstück handelte. Da waren keine Falten vorn oder hinten, so wie man sie oben und an den Seiten sehen konnte. Es handelte sich um mit Stahl verstärktes Leder.

Wieder suchte er mit seiner grünen Lampe nach Fäden und Markierungen, aber da waren keine. Er hob den Koffer aufs Bett und drückte einen zweiten Knopf an seiner Lampe. An die Stelle des grünen Lichts trat jetzt ein scharfgebündelter gelblichweißer Strahl. Er studierte die zwei Schlösser. Es waren keine gewöhnlichen Schlösser. Ohne Zweifel löste jedes von ihnen einen anderen Alarm aus.

Er nahm eine dünne Ahle aus der Tasche und schob sie in das rechte Schloß, sorgfältig darauf bedacht, die Hand so weit wie möglich hinten zu halten.

Ein Zischen ertönte, und links vom Schloß schoß eine lange Nadel heraus. Flüssigkeit quoll aus der Spitze, ein paar Tropfen fielen auf den Teppich.

Yakov nahm sein Taschentuch heraus und wischte die Nadel sauber und schob sie langsam und vorsichtig wieder zurück, wobei er seine Ahle dazu benützte, sie durch das winzige Loch zu schieben.

Jetzt wandte er sich dem linken Schloß zu. Zur Seite gebeugt, wiederholte er seine Manipulation mit der Ahle; die Klappe sprang auf, wieder war ein Zischen zu hören, aber diesmal schoß nicht eine Nadel, sondern irgend etwas anderes heraus und bohrte sich in die Polsterung eines Sessels auf der anderen Seite des Zimmers. Ben-Gadíz eilte zu dem Stuhl und richtete sein Licht auf die Stelle, wo das kleine Projektil in den Stoff gedrungen war. Ein feuchter Fleck war zu erkennen, und er grub das Geschoß mit seiner Ahle heraus.

Es handelte sich um eine Gelatinekapsel mit einer Stahlspitze. Dieses Geschoß würde sich ebenso leicht in Fleisch bohren, wie es das Stoffgewebe durchdrungen hatte. Bei der Flüssigkeit handelte es sich um ein starkes Narkotikum.

Ben-Gadíz steckte die Kapsel befriedigt ein, kehrte zu dem Koffer zurück und öffnete ihn. Innen war ein flacher Metallbehälter an der Stahlwand befestigt. Vor ihm lag das geheime Versteck, hinter ihm die Alarmanlagen und die tödlichen Fallen. Das, was er gesucht hatte, war sein. Er sah auf die Uhr; die ganze Operation hatte achtzehn Minuten in Anspruch genommen.

Er hob die Klappe des Metallbehälters und nahm die Papiere heraus. Es waren elf Seiten, jede Seite mit sechs Spalten – Namen, Telegrammadressen und Städte –, vielleicht hundertfünfzig Eintragungen pro Seite. Etwa sechzehnhundertfünfzig Personen. Die Elite der *Sonnenkinder*. Die Führer der Wolfsschanze.

Yakov Ben-Gadíz kniete über seiner offenen Tasche nieder und entnahm ihr eine Kamera.

»*Vous êtes très aimable. Nous allons vous téléphonner dans une demi-heure. Merci.*« Kessler legte den Hörer auf und schüttelte den Kopf zu Noel, der in der Suite des Excelsior-Hotels am Fenster stand. »Nichts. Ihre Mutter hat das d'Accord nicht angerufen.«

»Ist das ganz zuverlässig?«

»Es hat überhaupt keine Anrufe für einen Mr. Holcroft gegeben. Ich habe mich sogar in der Zentrale erkundigt für den Fall, daß der Angestellte am Empfang einmal nicht dagewesen wäre. Sie haben es ja selbst gehört.«

»Ich verstehe das nicht. Wo *ist* sie? Sie hätte schon vor Stunden anrufen müssen. Und Helden. Sie hat gesagt, daß sie mich Freitag abend anruft; und jetzt ist Samstag früh!«

»Beinahe vier Uhr«, sagte Erich. »Sie sollten sich wirklich etwas ausruhen. Johann tut alles, was er kann, um Ihre Mutter zu finden. Er hat die besten Leute in Genf für uns eingesetzt.«

»Ich kann jetzt nicht ruhen«, sagte Noel. »Sie vergessen da etwas: ich habe gerade einen Mann in Curaçao umgebracht. Sein Verbrechen bestand darin, daß er mir geholfen hat, und ich habe ihn getötet.«

»Das waren nicht Sie. Das war die ›Abwehr‹.«

»Dann lassen Sie uns doch etwas *tun*!« schrie Holcroft. »Von Tiebolt hat hochgestellte Freunde. Denen müßte man es sagen! Der britische Geheimdienst steht tief in seiner Schuld, er hat ihnen den Tinamu geliefert! Lösen Sie diese Schuld ein! Jetzt! Soll doch die ganze gottverdammte Welt von diesen Schweinehunden hören! Worauf warten wir?«

Kessler ging ein paar Schritte auf Noel zu und sah ihn voll Mitgefühl an. »Wir warten auf das Allerwichtigste von allem. Die Zusammenkunft in der Bank. Den Vertrag. Sobald das vorbei ist, gibt es nichts, was wir nicht tun können. Und wenn wir es tun, wird die ›ganze gottverdammte Welt‹, wie Sie es ausgedrückt haben, zuhören müssen. Denken Sie an unseren Vertrag, Noel. Er ist die Antwort auf so vieles. Für Sie, Ihre Mutter, Helden... auf so vieles. Ich denke, das wissen Sie.«

Holcroft nickte langsam. Als er sprach, klang seine Stimme müde, erschöpft. »Ja, ich weiß. Es macht mich einfach verrückt, nichts zu wissen, nichts zu hören.«

»Natürlich ist das alles schwer für Sie gewesen. Aber bald ist es vorbei, und dann wird alles gut sein.« Erich lächelte. »Ich gehe mich jetzt waschen.«

Noel trat ans Fenster. Genf schlief – so wie Paris geschlafen hatte und Berlin und London und Rio. Durch wie viele Fenster hatte er nachts auf schlafende Städte hinausgeblickt? Auf zu viele. *Nichts ist so, wie es für Sie war...*

Nichts.

Holcroft runzelte die Stirn. *Nichts.* Nicht einmal sein Name. Sein *Name.* Er war als Fresca eingetragen, nicht Holcroft, Fresca! Das war der Name, den Helden anrufen sollte!

Fresca.

Er wirbelte herum, auf das Telefon zu. Es hatte keinen Sinn, Erich anrufen zu lassen; die Vermittlung im d'Accord sprach englisch, und er kannte die Nummer. Er wählte.

»Hôtel d'Accord. *Bonsoir.*«

»Vermittlung, hier spricht Mr. Holcroft. Dr. Kessler hat vor ein paar Augenblicken mit Ihnen gesprochen wegen der Nachrichten, die ich erwarte.«

»Entschuldigen Sie bitte, Monsieur. Dr. Kessler? Sie wünschen Dr. Kessler?«

»Nein, Sie verstehen nicht. Dr. Kessler hat erst vor wenigen Augenblicken mit Ihnen gesprochen, wegen einer Mitteilung, die ich erwarte. Ich möchte, daß Sie sich noch nach einem anderen Namen erkundigen. ›Fresca‹. ›N. Fresca‹. Hat irgend jemand für N. Fresca angerufen?«

Die Frau in der Vermittlung machte eine Pause. »Im d'Accord ist kein Fresca, Monsieur. Möchten Sie, daß ich Sie mit Dr. Kesslers Zimmer verbinde?«

»Nein, er ist *hier*. Er hat gerade mit Ihnen gesprochen!«

Herrgott, dachte Noel, die Frau konnte Englisch sprechen, schien es aber nicht zu verstehen. Dann erinnerte er sich an den Namen des Empfangsangestellten; er nannte ihn der Frau. »Kann ich bitte mit ihm sprechen?«

»Tut mir leid, Monsieur. Er ist schon vor über drei Stunden gegangen. Er hat um Mitternacht Dienstschluß.«

Holcroft hielt den Atem an und sah auf die Tür zum Badezimmer. Dahinter lief Wasser; Erich konnte ihn nicht hören. Und die Frau in der Telefonzentrale des d'Accord verstand perfekt Englisch. »Einen Augenblick bitte, Miß. Wir wollen das einmal klarstellen. Sie haben nicht vor ein paar Minuten mit Dr. Kessler gesprochen?«

»Nein, Monsieur.«

»Gibt es in Ihrer Vermittlung noch jemanden?«

»Nein. Um diese Zeit kommen nur wenige Gespräche.«

»Und der Mann am Empfang ist nach Mitternacht weggegangen?«

»Ja, das habe ich Ihnen doch gerade gesagt.«

»Und es hat niemand für Mr. Holcroft angerufen?«

Wieder kam es auf der anderen Seite zu einer kurzen Pause. Als die Frau dann wieder sprach, klang ihre Stimme zögernd, als erinnerte sie sich an etwas. »Doch, ich glaube schon, Monsieur. Kurz nachdem ich meinen Dienst anfing. Eine Frau hat angerufen. Man hat mir Anweisung gegeben, das Gespräch an den Empfangschef weiterzugeben.«

»Danke«, sagte Noel leise und legte auf.

Das Wasser im Badezimmer lief jetzt nicht mehr. Kessler kam heraus. Er sah Holcrofts Hand am Telefon. Die Augen des Gelehrten blickten jetzt nicht mehr freundlich.

»Was, zum Teufel, geht hier vor?« fragte Noel. »Sie haben nicht mit dem Angestellten gesprochen. Und ebensowenig mit der Vermittlung. Meine Mutter hat vor Stunden angerufen, und Sie haben es mir nicht gesagt. Sie haben *gelogen*.«

»Sie dürfen sich jetzt nicht aufregen, Noel.«

»Sie haben mich *angelogen*!« brüllte Holcroft und riß sein Jackett vom Stuhl und ging an das Bett, auf das er seinen Regenmantel geworfen hatte – den Regenmantel mit der Pistole in der Tasche.

»Sie hat mich *angerufen*, Sie Schwein!«

Kessler rannte in den Vorraum und stellte sich vor die Tür. »Sie war nicht an der Stelle, die sie uns genannt hat! Wir sind beunruhigt. Wir versuchen, sie zu finden, sie zu *schützen*. Und Sie zu schützen! Von Tiebolt versteht sich auf diese Dinge; er hat sein ganzes Leben mit ihnen verbracht. Lassen Sie *ihn* die Entscheidungen treffen.«

»*Entscheidungen?* Was für gottverfluchte Entscheidungen? Für mich hat der keine Entscheidungen zu treffen! Und Sie auch nicht! Gehen Sie mir aus dem Weg!«

Kessler bewegte sich nicht, und so packte Noel ihn bei den Schultern und riß ihn von der Tür weg. Holcroft rannte in den Korridor hinaus, auf das Treppenhaus zu.

44.

Die Torflügel des Anwesens öffneten sich; das Dienstfahrzeug rollte zwischen ihnen durch. Der Polizist nickte dem Wächter zu und blickte vorsichtig durch das Fenster auf den Dobermann, der an seiner Kette zerrte, bereit, anzugreifen. Er wandte sich Mrs. Holcroft zu.

»Das Gästehaus ist vier Kilometer vom Tor entfernt. Wir nehmen die Straße, die nach rechts abbiegt, abseits von der eigentlichen Zufahrt.«

»Wenn Sie es sagen«, meinte Althene.

»Ich sage Ihnen das, weil ich noch nie hier gewesen bin. Ich hoffe, daß ich in der Dunkelheit den Weg finde.«

»Ganz sicher werden Sie das.«

»Ich soll Sie dort absetzen und wieder zu meinen normalen dienstlichen Verpflichtungen zurückkehren«, sagte er. »Im Gästehaus ist niemand, aber man hat mir gesagt, daß der vordere Eingang offen sein wird.«

»Ich verstehe. Mr. Tennyson erwartet mich?«

Der Polizeibeamte schien zu zögern. »Er wird in Kürze eintreffen. Er wird Sie natürlich zurückfahren.«

»Natürlich. Sagen Sie mir, kommen Ihre Anweisungen von Mr. Tennyson?«

»Meine augenblicklichen Instruktionen ja. Nicht die Anweisungen im allgemeinen, sie kommen vom stellvertretenden Staatsratspräsidenten über den Polizeipräsidenten.«

»Vom stellvertretenden Staatsratspräsidenten? Vom Polizeipräsidenten? Sind das Freunde von Mr. Tennyson?«

»Das nehme ich an, Madame. Mr. Tennyson muß wirklich ein sehr wichtiger Mann sein.«

»Aber Sie sind kein Freund von ihm?«

Der Mann lachte. »Ich? O nein, Madame. Ich bin dem Herrn nur kurz begegnet. Wie gesagt, es handelt sich um ein behördliches Entgegenkommen.«

»Ich verstehe. Glauben Sie, daß Sie mir persönlich entgegenkommen könnten?« fragte Althene und öffnete ostentativ ihre Handtasche. »Auf vertraulicher Basis?«

»Das kommt darauf an, Madame...«

»Nur ein Telefonanruf bei einer Freundin, die sich vielleicht meinetwegen Sorgen macht. Ich habe vergessen, sie vom Bahnhof aus anzurufen.«

»Aber gerne«, sagte der Beamte. »Da Sie mit Mr. Tennyson befreundet sind, nehme ich an, daß auch Sie eine wichtige Besucherin Genfs sind.«

»Ich schreibe Ihnen die Nummer auf. Eine junge Dame wird sich melden. Sagen Sie ihr genau, wohin Sie mich gebracht haben.«

Das Gästehaus hatte eine hohe Decke, Gobelins an den Wänden und französische Bauernmöbel. Es gehörte ins Loiretal, als Nebengebäude eines großen Château.

Althene saß in einem wuchtigen Sessel. Die Pistole, die Yakov Ben-Gadíz gehörte, war zwischen den Kissen und der Armlehne eingeklemmt. Der Polizeibeamte war vor fünf Minuten weggefahren, jetzt wartete sie auf Johann von Tiebolt.

Die Versuchung, in dem Augenblick zu schießen, in dem von Tiebolt durch die Türe trat, war beinahe überwältigend, aber sie mußte sie unterdrücken. Wenn es Dinge gab, die sie erfahren konnte, mußte sie sie erfahren. Und wäre es nur, um sie an den Israeli oder das Mädchen weiterzuleiten.

Er war eingetroffen; das leise, vibrierende Geräusch eines Automotors draußen bewies das. Sie hatte den kraftvollen Motor vor Stunden gehört, als der dazugehörende Wagen auf einem verlassenen Stück Straße über dem Genfer See anhielt. Sie hatte zwischen den Bäumen zugesehen, wie der blonde Mann getötet hatte. So wie er Stunden später brutal in Atterrisage Médoc getötet hatte. Ihn vom Leben zum Tod zu bringen, wäre ein gutes Recht. Sie berührte den Kolben der Waffe und fühlte sich in ihrer Zielsetzung sicher.

Die Tür öffnete sich, und der große Mann mit dem glänzend blonden Haar und den feingemeißelten Zügen trat ein. Er schloß die Tür; seine Bewegungen wirkten in der weichen, indirekten Beleuchtung graziös.

»Mrs. Holcroft, sehr freundlich, daß Sie gekommen sind.«

»Ich war es, die um die Zusammenkunft gebeten hatte. Es ist sehr liebenswürdig von Ihnen, daß Sie das arrangiert haben. Ihre Vorsichtsmaßnahmen waren höchst lobenswert.«

»Sie scheinen der Ansicht zu sein, daß sie notwendig waren.«

»Kein Auto hätte uns vom Bahnhof her verfolgen können.«

»Das hat auch keines. Wir sind allein.«

»Das ist ein angenehmes Haus. Mein Sohn würde es interessant finden. Als Architekt würde er es ein Beispiel der oder jener Stilrichtung nennen und auf die verschiedenen Einflüsse hinweisen können.«

»Sicher würde er das; genauso funktioniert sein Verstand.«

»Ja«, sagte Althene und lächelte. »Er kann eine Straße hinuntergehen und plötzlich stehenbleiben und ein Fenster oder einen Erker anstarren und ein Detail sehen, das anderen nichts sagt. Er liebt seine Arbeit sehr. Ich habe nie gewußt, woher er das hat. Ich habe in der Richtung keinerlei Talente, und sein verstorbener Vater war Bankier.«

Der blonde Mann stand reglos da. »Dann hatten beide Väter mit Geld zu tun?«

»Das wissen Sie also?« fragte Althene.

»Natürlich. Heinrich Clausens Sohn. Ich glaube, wir können aufhören, einander anzulügen, Mrs. Holcroft.«

»Mir war klar, daß es auf Ihrer Seite eine Lüge war, Herr von Tiebolt. Ich war nicht sicher, ob Sie wußten, daß ich auch gelogen habe.«

»Offen gestanden, bis zu diesem Augenblick nicht. Wenn es Ihre Absicht war, mir eine Falle zu stellen, so tut es mir leid, wenn ich Ihnen das verdorben habe. Aber Sie kannten das Risiko ja sicher.«

»Ja, das kannte ich.«

»Weshalb sind Sie es eingegangen? Sie müssen doch über die Konsequenzen nachgedacht haben?«

»Das habe ich. Aber ich fand, daß es nur fair wäre, Sie die Konsequenzen von etwas wissen zu lassen, was ich früher getan habe. Vielleicht ist dann ein Arrangement zwischen uns möglich.«

»Wirklich? Worin könnte dieses Arrangement bestehen?«

»Daß Sie Genf aufgeben. Die Wolfsschanze auflösen.«

»Ist das alles?« Der blonde Mann lächelte. »Sie sind verrückt.«

»Nehmen Sie einmal an, ich sage Ihnen jetzt, daß ich einen sehr langen Brief geschrieben habe, in dem die Einzelheiten einer Lüge dargelegt sind, mit der ich über dreißig Jahre gelebt habe. Ein Brief, in dem ich die Teilnehmer und ihre Strategien nach Namen, Familie und Bank identifiziere.«

»Wobei Sie Ihren Sohn vernichten.«

»Wenn er es wüßte, wäre er bestimmt der erste, der das, was ich getan habe, billigt.«

Von Tiebolt verschränkte die Arme über der Brust. »Sie sagten ›nehmen Sie einmal an, ich sage Ihnen‹... Nun, Sie haben es mir gesagt. Und ich fürchte, ich würde darauf antworten müssen, daß Sie über etwas geschrieben haben, wovon Sie nichts wußten. Alle Gesetze sind eingehalten, und die jämmerlich wenigen Fakten, von denen Sie behaupten, daß sie sich in Ihrem Besitz befinden, würde man als das Geschwätz einer verrückten alten Frau abtun, die seit langer Zeit Gegenstand amtlicher Überwachung war. Aber das ist belanglos. Sie haben niemals einen derartigen Brief geschrieben.«

»Das wissen Sie nicht.«

»Bitte«, sagte von Tiebolt. »Wir haben Kopien Ihrer gesamten Korrespondenz und von jeder Verfügung, die Sie aufgesetzt haben... und wir kennen den Inhalt jedes einzelnen Telefongesprächs, das Sie in den letzten fünf Jahren geführt haben.«

»Sie haben *was*?«

»Es gibt in Ihrem Bundeskriminalamt – FBI heißt das wohl – eine Akte unter der Codebezeichnung ›Mother Goddamn‹. Sie ist jedem Zugriff entzogen, weil sie die nationale Sicherheit betrifft. Niemand weiß genau, weshalb, aber so ist es eben. Und gewisse Ermessensspielräume sind üblich. Die

Akte befindet sich auch in den Händen des CIA und beim Abschirmdienst sowie in den Computern von G-Zwo.«

Wieder lächelte von Tiebolt. »Wir sind *überall*, Mrs. Holcroft. Können Sie das denn nicht begreifen? Das sollten Sie wissen, ehe Sie diese Welt verlassen; wenn Sie hierbleiben, würde das nichts verändern. Sie können uns nicht aufhalten. Niemand kann es.«

»Und dennoch wird man Sie aufhalten, weil Sie lügen! Das haben Sie immer getan. Und wenn Ihre Lügen ihren Zweck nicht erfüllen, töten Sie. So haben Sie es damals gehalten, und so halten Sie es auch jetzt.«

»Lügen sind Linderungsmittel; der Tod ist häufig die Lösung für Probleme, die den Fortschritt behindern.«

»Wobei die Probleme Menschen sind.«

»Stets.«

»Sie sind der verachtenswerteste Mensch auf der ganzen Welt. Sie sind *wahnsinnig*!«

Der blonde Killer schob die Hand in die Jackettasche. »Sie machen mir meine Arbeit leicht«, sagte er und zog eine Pistole heraus. »Eine andere Frau hat dasselbe zu mir gesagt. Sie war nicht weniger starrsinnig als Sie. Ich habe ihr eine Kugel durch den Kopf gejagt – durch ein Wagenfenster. Nachts. In Rio de Janeiro. Sie war meine Mutter, und sie hat mich wahnsinnig genannt, unsere Arbeit als verachtenswert bezeichnet. Sie hat nie die Notwendigkeit – die Schönheit – unserer Sache begriffen. Sie versuchte, uns in die Quere zu kommen.« Der blonde Mann hob die Pistole. »Ein paar alte Männer – ergebene Liebhaber der Hure – verdächtigten mich, sie getötet zu haben und versuchten, auf ihre schwachsinnige Art eine Anklage gegen mich erheben zu lassen. Können Sie sich das vorstellen? Eine *Anklage* gegen mich. Das klingt so amtlich. Was sie nicht begriffen haben, war, daß wir auch die Gerichte kontrollierten. *Niemand* kann uns stoppen.«

»Noel wird Sie stoppen!« rief Althene, wobei sich ihre Hand der verborgenen Waffe zuschob.

»Ihr Sohn wird in ein oder zwei Tagen tot sein. Selbst wenn wir ihn nicht töten, werden andere das tun. Er hat eine Spur des Mordens hinterlassen, von der er sich nie mehr lösen kann. Ein ehemaliger Angehöriger des britischen Geheimdienstes ist in New York erdrosselt worden. Sein letztes Gespräch hat er mit Ihrem Sohn geführt. Ein Mann namens Graff ist in Rio getötet worden; Ihr Sohn hat ihn bedroht. Ein Bauingenieur in der Karibik ist heute nacht gestorben, ebenfalls erdrosselt. Er hat vertrauliche Nachrichten an Noel Holcroft übermittelt – in Rio, in Paris und dazwischen. Morgen früh wird ein New Yorker Detektiv namens Miles auf der Straße erschlagen werden. Die Akte seines augenblicklichen Falles, der ihn so beschäftigt, ist ein wenig abgeändert worden, aber nicht die Hauptperson des Falles – Noel Holcroft. Tatsächlich ist es für Noels inneren Frieden das beste, wenn wir ihn töten. Er hat jetzt schon kein Leben mehr.« Von Tiebolt hob die Waffe höher und streckte dann langsam den Arm, so daß der Kopf der Frau sein Ziel war. »Sie sehen also, Mrs. Holcroft, Sie können uns unmöglich stoppen. Wir sind *überall*.«

Althene wirbelte in ihrem Stuhl herum, tastete nach der Waffe.

Johann von Tiebolt feuerte. Dann feuerte er noch einmal und noch einmal.

Yakov Ben-Gadíz stellte in von Tiebolts Suite die Ordnung her, die er vorgefunden hatte, und lüftete die Räume, damit es nichts gab, was auf sein Eindringen hinweisen könnte.

Hätte Klaus Falkenheim noch gelebt, so hätte das, was Yakov tat, ihn erschüttert. *Sie müssen die Liste in die Hand bekommen. Die Namen. Danach müssen Sie das Konto als das entlarven, was es ist, veranlassen, daß die Verteilung der Millionen unterbleibt. Und die Sonnenkinder vernichten.*

Das waren Falkenheims Instruktionen gewesen.

Aber es gab noch einen anderen Weg. Die Ältesten von Har Sha'alav hatten lange bedächtig darüber diskutiert. Sie hatten keine Zeit mehr gehabt, das Ergebnis ihrer Diskussion Falkenheim zur Kenntnis zu bringen, aber sie waren fest entschlossen, so zu handeln. Sie nannten es die Alternative von Har Sha'alav.

Es war gefährlich, aber es war zu schaffen.

Die Liste in unsere Hand bringen und die Millionen kontrollieren, das Konto nicht entlarven, es stehlen. Und dann das riesige Vermögen dazu einsetzen, um die Sonnenkinder zu bekämpfen. Überall.

Die Strategie war nicht bis ins letzte ausgearbeitet, weil sie nicht genug wußten. Aber jetzt wußte Yakov genug. Von den drei Söhnen, die sich der Bank präsentieren würden, war einer nicht das, was die anderen waren.

Am Anfang war Holcroft der Schlüssel zur Erfüllung des Wolfsschanzenvertrages. Zuletzt würde er sein Ende sein. Falkenheim war tot, überlegte Yakov. Die Ältesten von Har Sha'alav waren tot; es gab sonst niemanden mehr. Die Entscheidung war ganz allein die seine.

Die Alternative von Har Sha'alav.

War es zu schaffen?

Innerhalb der nächsten vierundzwanzig Stunden würde er es wissen.

Sein Blick wanderte über die einzelnen Gegenstände im Raum. Alles war an Ort und Stelle, alles war so, wie es gewesen war. Nur daß jetzt elf Fotografien in seiner Aktentasche ruhten, die vielleicht den Anfang vom Ende der Wolfsschanze bedeuteten. Elf Seiten mit den Namen der mächtigsten *Sonnenkinder* in der ganzen Welt, die Adressen derer, die das meiste Vertrauen genossen. Männer und Frauen, die dreißig Jahre lang unter ihrer Tarnkappe die Nazilüge gelebt hatten.

Nie wieder.

Yakov nahm seine Mappe auf. Er würde die Fäden an der Außentür wieder anbringen und...

Er erstarrte in seiner Bewegung, seine Gedanken stockten, und er konzentrierte sich ganz auf das, was von außerhalb der Tür zu ihm hereindrang. Er konnte Schritte hören, schnelle Schritte, vom Teppich gedämpft, aber unverkennbar Schritte, die den Hotelkorridor heraufkamen, immer näher, und plötzlich verhielten. Stille, dann das Geräusch eines Schlüssels im Schloß. Jetzt erregtes Klappern von Schlüssel und Klinke. Der Innenriegel hielt. Eine Faust donnerte gegen die Tür, nur wenige Zentimeter von Ben-Gadíz entfernt.

»Von Tiebolt! Lassen Sie mich herein!«

Es war der Amerikaner. Binnen Sekunden würde er die Tür einschlagen.

Kessler kroch zum Bett, hielt sich am Pfosten fest und zog

seine korpulente Gestalt in die Höhe. Die Brille war ihm bei Holcrofts Attacke vom Gesicht geflogen. In ein paar Augenblicken würde er sie wiederfinden, aber jetzt mußte er überlegen, analysieren, was es zu tun galt.

Holcroft würde zum d'Accord eilen, um Johann zu stellen. Etwas anderes *konnte* er gar nicht tun. Aber Johann war nicht dort, und er mußte verhindern, daß der Amerikaner im Hotel eine Szene machte.

Aber er würde das gar nicht tun, dachte Kessler, und lächelte trotz seiner Besorgnis. Holcroft brauchte sich nur Zugang zu von Tiebolts Suite zu verschaffen. Ein ganz gewöhnlicher Hotelschlüssel war die Antwort auf sein Problem. Der Amerikaner würde die Schlafzimmertür öffnen, und in dem Augenblick bräche er zusammen und stellte kein unmittelbares Problem mehr dar.

Ein Gegenmittel und ein paar Eisbeutel würden ihn für die Konferenz in der Bank wieder hinreichend herstellen; man würde ihm ein Dutzend Erklärungen liefern. Es kam jetzt nur darauf an, dafür zu sorgen, daß er Johanns Zimmerschlüssel bekam.

Die Angestellten am Empfang des d'Accord würden ihm auf die Bitte eines anderen Gastes keinen geben, wohl aber, wenn der Staatsrat sie dazu aufforderte. Von Tiebolt war sein persönlicher Freund; seinen Wünschen war in jeder Hinsicht nachzukommen.

Kessler griff nach dem Telefon.

Helden hinkte in dem Apartment herum, zwang ihr Bein, sich an den Schmerz zu gewöhnen, war wütend, daß man sie zurückgelassen hatte, und wußte doch, daß es vernünftig war – das einzig mögliche. Der Israeli rechnete nicht damit, daß Noel anrief, aber auch dieser Fall mußte in Betracht gezogen werden. Yakov war überzeugt, daß man versuchte, Noel zu isolieren, all seine Mitteilungen abzufangen; aber immerhin bestand die entfernte Möglichkeit...

Das Telefon klingelte; Helden erstarrte. Dann schluckte sie und hinkte quer durchs Zimmer, um den Hörer abzunehmen. *O Gott! Laß es Noel sein!* Es war eine unbekannte Stimme, und der Anrufer war auch nicht bereit, sich zu erkennen zu geben.

»Mrs. Holcroft ist zu einem Gästehaus auf einem Villenanwesen dreizehn Kilometer südlich der Stadt gebracht worden. Ich beschreibe Ihnen den Weg.«

Das tat er. Helden schrieb mit. Als der Fremde fertig war, fügte er noch hinzu: »Am Haupttor ist ein Wächter. Er hat einen Hund.«

Yakov durfte nicht zulassen, daß das Pochen anhielt, und auch Holcrofts Rufe mußten aufhören. Die Störung würde das Hotelpersonal und die Gäste aufmerksam machen.

Der Israeli zog den Riegel zurück und drückte sich gegen die Wand. Die Tür flog auf. Die Gestalt des großen Amerikaners füllte den Türrahmen. Er stürzte ins Zimmer, die Arme ausgestreckt, als wäre er darauf vorbereitet, einen Angriff abzuwehren.

»Von Tiebolt! Wo *sind* Sie?«

Die Dunkelheit überraschte Holcroft offenbar. Ben-Gadíz trat leise zur Seite, die Taschenlampe in der Hand. Er sprach schnell, zwängte zwei Sätze in einen einzigen Atemzug hinein.

»Von Tiebolt ist nicht hier, und ich will Ihnen nichts Böses. Wir sind keine Gegner.«

Holcroft fuhr herum, die Hände ausgestreckt. »Wer sind Sie? Was, zum Teufel, tun Sie hier? Schalten Sie das Licht ein!«

»Kein Licht! Hören Sie mir nur zu.«

Der Amerikaner trat zornig einen Schritt vor. Yakov drückte den Knopf seiner Taschenlampe; grünes Licht hüllte Holcroft ein und veranlaßte ihn dazu, sich die Augen zuzuhalten. »Schalten Sie das ab!«

»Nein. Hören Sie mich zuerst an.«

Holcrofts rechter Fuß zuckte vor, traf Ben-Gadíz am Knie; gleichzeitig sprang Noel vorwärts, die Augen geschlossen, die Hände ausgestreckt, um den Israeli zu packen.

Yakov duckte sich und trieb dem Amerikaner die Schulter in die Brust; Holcroft war nicht aufzuhalten. Sein Knie stieß nach Ben-Gadíz' Schläfe. Seine Faust krachte Yakov ins Gesicht.

Es durfte keine Verletzungen geben! Keine Blutspuren auf

dem Boden! Yakov ließ die Lampe fallen und packte den Arm des Amerikaners; Holcrofts Kraft überraschte ihn. Er sprach, so laut er das wagte.

»Sie müssen mir *zuhören*! Ich bin nicht Ihr Feind. Ich habe Nachricht von Ihrer Mutter. Einen Brief. Sie war mit *mir* zusammen.«

Der Amerikaner schlug um sich; er war dabei, den Griff des Israeli aufzubrechen. »Wer *sind* Sie?«

»Abwehr«, flüsterte Ben-Gadíz.

Als er dieses Wort hörte, verlor Holcroft jede Beherrschung. Er brüllte, und seine Arme und Beine wurden zu Dampfhämmern, die man nicht abwehren konnte.

»Ich *bringe Sie um*... «

Yakov hatte keine Wahl. Er unterlief die schmetternden Schläge, und seine Finger suchten den Hals des Amerikaners, seine Daumen bohrten sich in die deutlich hervortretenden Venen an seiner Kehle. Er tastete, bis er den Nerv gefunden hatte, und drückte dann mit aller Kraft. Holcroft brach zusammen.

Noel schlug die Augen in der Finsternis auf, aber es war keine vollkommene Finsternis. An der Wand war ein grüner Lichtschein zu sehen – dasselbe grüne Licht, das ihn vorher geblendet hatte –, und als er es sah, wallten die Empörung und der Zorn erneut in ihm auf. Etwas drückte ihn gegen den Fußboden, ein Knie, das seine Schulter festhielt, und die Mündung einer Pistole an seinem Kopf. Seine Kehle schmerzte höllisch, trotzdem versuchte er, sich zu lösen, versuchte, aufzukommen, weg von der Waffe. Aber sein Hals ertrug die Belastung nicht. Er fiel zurück und hörte das eindringliche Flüstern des Mannes über ihm.

»Sie müssen jetzt ganz klar denken. Wenn ich Ihr Feind wäre, hätte ich Sie getötet. Können Sie das überhaupt verstehen?«

»Sie sind mein Feind!« antwortete Noel, dem der stechende Schmerz an der Kehle das Reden fast unmöglich machte. »Sie haben gesagt, Sie seien ›Abwehr‹. Der Feind von Genf... *Mein* Feind!«

»Das eine stimmt, aber das andere nicht. Nicht Ihr Feind.«

»Sie lügen!«

»Denken Sie doch nach! Weshalb habe ich nicht abgedrückt? Genf ist gestoppt; Sie sind gestoppt; es werden keine Gelder überwiesen. Wenn ich Ihr Feind bin, was hindert mich dann, Ihnen eine Kugel durch den Kopf zu jagen? Als Geisel kann ich Sie nicht benutzen; das hätte keinen Sinn. Sie müssen dort sein. Also gewinne ich nichts, wenn ich Sie leben lasse. Sofern ich Ihr Feind bin.«

Holcroft versuchte, das zu erfassen, was er hörte, die Bedeutung zu ka84finden, die dahintersteckte, aber es gelang ihm nicht. Er wollte nur auf den Mann einschlagen, der ihn hier gefangenhielt. »Was wollen Sie? Wo haben Sie meine Mutter? Sie sagten, Sie hätten einen Brief.«

»Alles der Reihe nach. Zuerst will ich hier weg. Mit *Ihnen*. Zusammen können wir das erreichen, was Wolfsschanze nie für möglich hielt.«

»Wolfsschanze? ... Was erreichen?«

»Dafür sorgen, daß die Gesetze für uns arbeiten. Wiedergutmachung leisten.«

»Die Gesetze – wer Sie auch sind, Sie müssen von Sinnen sein!«

»Das ist die Alternative von Har Sha'alav. Die Millionen kontrollieren. Gegen sie kämpfen. *Überall*. Ich bin bereit, Ihnen den einzigen Beweis zu liefern, den ich besitze.« Yakov Ben-Gadíz nahm die Pistole von Noels Kopf weg. »Hier ist meine Waffe.« Er bot sie Holcroft an.

Noel studierte das Gesicht des Fremden in den eigenartigen Schatten, die das makabre grüne Licht warf. Die Augen über ihm gehörten einem Mann, der absolut die Wahrheit sprach.

»Helfen Sie mir auf«, sagte er. »Es gibt eine Hintertreppe. Ich kenne den Weg.«

»Zuerst müssen wir hier alles in Ordnung bringen, was verschoben worden ist. Alles muß so sein, wie es war.«

Nichts ist so, wie es für Sie war ...

»Wo gehen wir hin?«

»Zu einem Apartment in der Rue de la Paix. Dort ist der Brief. Und das Mädchen.«

»Das Mädchen?«

»Von Tiebolts Schwester. Er glaubt, sie sei tot. Er hat befohlen, sie zu töten.«

»Helden?«

»Später.«

45.

Sie rannten aus der Mündung der Seitengasse und die Rue des Granges hinunter zum Wagen des Israeli. Ben-Gadíz nahm hinter dem Steuer Platz. Holcroft hielt sich den Hals; der Schmerz war so intensiv, als wären die Adern aufgerissen.

»Sie haben mir keine Wahl gelassen«, sagte Yakov, als er sah, welche Qualen Holcroft litt.

»Aber Sie mir«, erwiderte Noel. »Sie haben mir die Waffe gegeben. Wie heißen Sie?«

»Yakov.«

»Was ist das für ein Name?«

»Hebräisch... für Jakob. Ben-Gadíz.«

»Ben wie?«

»Gadíz.«

»Spanisch?«

»Spaniolisch«, sagte Yakov und raste die Straße hinunter, über die Kreuzung, auf den See zu. »Meine Familie ist Anfang des neunzehnten Jahrhunderts nach Krakau eingewandert.« Yakov riß den Wagen nach rechts herum, auf einen kleinen Platz zu.

»Ich dachte, Sie seien Kesslers Bruder«, sagte Holcroft. »Der Arzt aus München.«

»Ich weiß nichts von einem Arzt aus München.«

»Er ist hier irgendwo. Als ich ins d'Accord kam, hat mir der Angestellte am Empfang von Tiebolts Schlüssel gegeben und mich dann gefragt, ob ich Hans Kessler sprechen wolle.«

»Was hat das mit mir zu tun?«

»Der Angestellte wußte, daß die Kesslers und von Tiebolt zusammen in Johanns Suite zu Abend aßen. Er dachte, Kesslers Bruder sei noch dort.«

»Warten Sie!« unterbrach ihn Yakov. »Ist der Bruder untersetzt? Sehr kräftig?«

»Könnte sein; Kessler sagte, daß er ab und zu Fußball spielte.«

»Er ist tot. Ihre Mutter hat es uns gesagt. Von Tiebolt hat ihn getötet. Ich glaube, Ihr Freund Ellis hat ihn verletzt; die konnten ihn nicht länger bei sich haben.«

Noel starrte den Israeli an. »Wollen Sie sagen, daß er das mit Willie war? Der ihn umgebracht und mit dem Messer so zugerichtet hat?«

»Das ist nur eine Vermutung.«

»O Gott! ... Was ist mit meiner Mutter? Wo ist sie?«

»Später.«

»Jetzt.«

»Dort ist ein Telefon. Ich muß das Apartment anrufen. Helden ist dort.« Ben-Gadíz lenkte den Wagen an den Randstein.

»*Jetzt*, habe ich gesagt!« Holcroft richtete die Waffe auf Yakov.

»Wenn Sie mich jetzt töten wollen«, sagte Yakov, »dann verdiene ich es, daß ich sterbe, und Sie auch. Ich würde Sie bitten, selbst anzurufen, aber für Gefühle ist jetzt keine Zeit.«

»Wir haben so viel Zeit, wie wir brauchen«, antwortete Noel. »Die Sache mit der Bank kann man verschieben.«

»Die Bank? La Grande Banque de Genève?«

»Neun Uhr, heute früh.«

»Mein Gott!« Ben-Gadíz packte Holcroft an der Schulter und senkte die Stimme. Es war nun die Stimme eines Mannes, der um mehr als nur sein Leben flehte. »Geben Sie der Alternative von Har Sha'alav eine Chance. Sie kommt nie wieder. Sie müssen mir vertrauen. Ich habe zu viele Menschen getötet, als daß ich Sie vor zwanzig Minuten nicht auch hätte töten können. Wir müssen jeden Augenblick wissen, wo wir stehen. Helden hat vielleicht etwas erfahren.«

Noel studierte das Gesicht des Mannes neben ihm. »Rufen Sie an. Sagen Sie ihr, ich sei hier und wollte von Ihnen beiden Erklärungen.«

Sie rasten die Landstraße hinunter, vorbei am Tor des Anwesens, und Fahrer und Passagier achteten nicht auf das Bellen eines zornigen Hundes, der von dem vorbeirasenden Wagen aus dem Schlaf gerissen worden war. Die Straße bog nach links. Yakov ließ den Wagen langsam über den Seitenstreifen rollen ins Unterholz hinein.

»Hundeohren merken es, wenn ein Motor schnell abgestoppt wird. Ein Diminuendo ist für sie viel schwieriger.«

»Sind Sie Musiker?«

»Ich war Geiger.«

»Ein guter?«

»Symphonieorchester von Tel Aviv.«

»Was hat Sie dazu –«

»Ich habe bessere Arbeit gefunden«, unterbrach Ben-Gadíz. »Steigen Sie schnell aus. Ziehen Sie den Mantel aus, nehmen Sie die Waffe. Drücken Sie die Tür zu; es darf kein Geräusch geben. Das Gästehaus wird noch ein ganzes Stück entfernt liegen, aber wir finden es.«

Das Gelände war von einer dicken, oben mit Stacheldraht gesicherten Ziegelmauer umgeben. Yakov erkletterte einen Baum, um Stacheldraht und Mauer zu studieren. »Keine Alarmanlagen«, sagte er. »Die würden zu leicht von kleinen Tieren ausgelöst. Aber der Stacheldraht ist fast einen halben Meter hoch. Wir werden springen müssen.«

Der Israeli kam wieder herunter, kauerte sich neben der Mauer nieder und machte mit den Händen eine Leiter. »Da hinauf«, befahl er Noel. Es war unmöglich, den Stacheldraht auf der Mauer zu umgehen. Er war so aufgerollt, daß er jeden Punkt sicherte.

Holcroft spannte alle Muskeln und schaffte es, die linke Fußspitze auf die Mauerkante zu setzen. Dann sprang er hoch, über den Stacheldraht hinweg und prallte auf den Boden. Sein Jackett hatte sich im Draht verfangen, seine Knöchel waren aufgeschürft, aber er hatte es geschafft. Er stand auf, nahm nur unbestimmt wahr, daß sein Atem schwer ging, daß sein Hals und die Schürfwunden an seinem Schienbein schmerzten. Wenn der Fremde am Telefon Helden die richtigen Informationen durchgegeben hatte, war er nur ein paar hundert Meter von Althene entfernt.

Auf der Mauerkrone ragte die Silhouette des Israeli wie die eines großen Vogels vor dem Nachthimmel auf; er flankte über die Drahtrolle und kam auf dem Boden auf. Er machte eine Rolle, so wie Ringer das tun, um den Fall abzubremsen, und sprang neben Noel in die Höhe, hob das Handgelenk, um auf die Uhr zu sehen.

»Es ist beinahe sechs. Bald wird es hell. Schnell.«

Sie arbeiteten sich durch die Bäume, wichen Ästen aus, sprangen über das dichte Blattwerk zu ihren Füßen, bis sie den Weg fanden, der zum Gästehaus führte. In der Ferne konnten sie ein schwaches Leuchten erkennen – das Licht, das aus kleinen Kathedralglasfenstern fiel.

»Halt!« sagte Ben-Gadíz.

»Was?« Yakovs Hand packte Noel an der Schulter. Der Israeli beugte sich vor, zerrte Holcroft zu Boden. »Was machen Sie da?«

»Seien Sie ruhig! Im Haus tut sich was. Leute.«

Noel spähte durch das Gras zu dem nicht einmal hundert Meter entfernten Haus hinüber. Er konnte keine Gestalten hinter den Fenstern sehen. »Ich sehe niemanden.«

»Sehen Sie sich die Lichter an. Da bewegen sich Leute vor den Lampen.«

Holcroft sah sofort, was Ben-Gadíz meinte. Da war ein feiner Wechsel zwischen Licht und Schatten. Das normale Auge – besonders das normale Auge von jemandem, der von Sorge erfüllt und schnell gelaufen war – hätte das nicht bemerkt. »Sie haben recht«, flüsterte er.

»Kommen Sie«, sagte Yakov. »Wir schleichen uns durch den Wald von der Seite an.«

Sie liefen zu den Bäumen zurück und kamen am Rand eines kleinen Krocketplatzes heraus, die Tore und Stäbe wirkten in der Winternacht gespenstisch. Dahinter waren die Fenster des Hauses zu sehen.

»Ich laufe jetzt hinüber und gebe Ihnen ein Zeichen, wenn Sie nachkommen können«, flüsterte Yakov. »Und denken Sie daran, kein Geräusch.«

Der Israeli huschte über den Rasen und kauerte sich neben einem Fenster nieder, machte aber keine Anstalten, die Hand zu heben. Was stimmte da nicht? Weshalb kam das Signal nicht?

Noel konnte nicht länger warten. Er sprang auf und rannte über den Rasen.

Der Israeli drehte sich herum, und seine Augen funkelten. »Weg da!« flüsterte er.

»Wieso? Sie ist im Haus!«

Ben-Gadíz packte Holcroft an der Schulter, stieß ihn zurück. »*Zurück*, habe ich gesagt! Wir müssen hier weg...«

»Den Teufel werden wir!« Noel riß beide Arme wild nach oben, brach den Griff des Israeli auf. Er sprang ans Fenster und sah hinein. Das ganze Universum explodierte in einem Feuersturm. Sein Geist zerstob. Er wollte schreien, aber da kam kein Schrei, da war nur schierer, nackter Schrecken, jenseits jeder Vernunft, jenseits eines jeden Geräuschs.

In dem schwach beleuchteten Raum sah er den Körper seiner Mutter, im Tod schräg über einer Stuhllehne verkrümmt. Der schöne, graziöse Kopf war von Blut überströmt, Dutzende von roten Rinnsalen über dem verrunzelten Fleisch.

Noel hob die Hände, die Arme, sein ganzes Wesen war am Zerreißen, am Zerbersten. Er konnte die Luft fühlen. Seine Fäuste tauchten auf die Glasscheiben zu.

Aber der Aufprall kam nicht. Statt dessen schlang sich ein Arm um seinen Hals, drückte eine Hand sich auf seinen Mund; riesige Polypenarme, die seinen Kopf zurückzogen, ihn hochhoben, so daß sich seine Wirbelsäule krümmte. Dann sackten ihm die Beine ein, als etwas ihn zu Boden zwang. Sein Gesicht wurde auf die Erde gepreßt, bis er keine Luft mehr bekam. Dann schoß ein scharfer, unerträglicher Schmerz durch seine Kehle, und da war wieder das Feuer.

Er wußte, daß er sich bewegte, aber er wußte nicht wie oder weshalb. Zweige peitschten ihm ins Gesicht, Hände hämmerten auf seinen Rücken, trieben ihn weiter in die Dunkelheit hinein. Er wußte nicht, wie lange er sich in diesem chaotischen Schwebezustand befand, aber schließlich kam eine Steinmauer. Schroffe Befehle bellten an seinem Ohr.

»Hinauf! Über den Draht!«

Langsam stellte sich sein Bewußtsein wieder ein. Er spürte, wie die scharfen Metallspitzen nach ihm stachen, seine Haut aufschürften, seine Kleider zerfetzten. Dann wurde er über eine harte Fläche gezerrt und gegen die Tür eines Autos geschleudert.

Das nächste, was er wahrnahm, war, daß er auf dem Sitz eines Wagens saß und durch das Glas einer Windschutzscheibe starrte. Die Dämmerung kam auf.

Er saß da, ausgepumpt, betäubt, und las den Brief von Althene.

Liebster Noel –

Es ist unwahrscheinlich, daß wir einander sehen, aber ich flehe Dich an, trauere nicht um mich. Später vielleicht, aber nicht jetzt. Dafür ist keine Zeit.

Ich tue, was ich tun muß, aus dem einfachen Grund, weil es getan werden muß, und ich die Person bin, die sich dafür als erste anbietet. Selbst wenn es jemanden anderes gäbe, wäre ich nicht sicher, daß ich diesem anderen das überlassen würde, was mir zugedacht ist.

Ich will nicht auf die Lüge eingehen, die ich über dreißig Jahre gelebt habe. Mein neuer Freund, Mr. Ben-Gadíz, wird Dir alles ausführlich erklären. Für jetzt mag genügen, daß mir die Lüge nie bewußt war, noch – Gott im Himmel – die schreckliche Rolle, die man Dir aufzwingen würde.

Ich komme aus einer anderen Zeit, in der man Schulden bei ihrem richtigen Namen nannte und in der man Ehre nicht für einen Anachronismus hielt. Ich zahle willig meine Schulden, in der Hoffnung, daß damit ein Rest meiner Ehre wiederhergestellt werden möge.

Wenn wir uns nicht wieder begegnen sollten, so sollst Du wissen, daß Du mir große Freude in mein Leben gebracht hast. Wenn es je eines Beweises bedürfte, daß wir besser sind als die, von denen wir abstammen, so bist Du dieser Beweis.

Laß mich ein Wort bezüglich Deiner Freundin Helden hinzufügen. Ich glaube, sie ist ein Mensch, wie ich ihn mir als Tochter gewünscht hätte. Das steht in ihren Augen, in ihrer Stärke. Ich habe sie nur ein paar Stunden lang gekannt, und in der Zeit hat sie mein Leben gerettet und war bereit, ihr eigenes dafür zu opfern. Es ist wahr, daß wir oft in einem Augenblick der Klarheit ein ganzes Leben erfassen. Für mich hat es diesen Augenblick gegeben, und ihr gilt meine tiefe Zuneigung.

Lebe wohl, mein Noel.

In Liebe
ALTHENE

Noel blickte zu Yakov auf, der am Fenster des Apartments stand und in das graue Licht des frühen Wintermorgens hinausschaute. »Was war das, was sie niemanden anders tun lassen wollte?« fragte er. Langsam löste er sich aus dem Dunkel seiner Verzweiflung.

»Sich mit meinem Bruder treffen«, antwortete Helden von der anderen Seite.

Noel ballte die Faust und schloß die Augen. »Ben-Gadíz hat gesagt, dein Bruder habe veranlaßt, daß man dich tötet.«

»Ja. Er hat viele Menschen töten lassen.«

Holcroft wandte sich dem Israeli zu. »Meine Mutter hat geschrieben, Sie würden die Lüge erklären.«

»Ich überlasse das Helden. Ich kenne einen großen Teil der Geschichte, aber sie kennt sie ganz.«

»Bist du deshalb nach London gegangen?« fragte Noel.

»Deshalb habe ich Paris verlassen«, antwortete sie. »Aber ich war nicht in London. Ich war in einem kleinen Dorf am See von Neuchâtel.«

Sie erzählte ihm die Geschichte Werner Gerhardts, die Geschichte von der Wolfsschanze, von der Münze mit den zwei Seiten. Sie gab sich Mühe, sich an jede Einzelheit zu erinnern, die ihr der Letzte der ›Abwehr‹ gegeben hatte.

Als sie zu Ende war, stand Holcroft auf. »Also war ich die ganze Zeit nichts als ein Strohmann. Der Strohmann für die andere Seite der Wolfsschanze.«

»Sie sind die Kombination, mit der die Safes der *Sonnenkinder* geöffnet werden«, sagte Ben-Gadíz. »Sie waren derjenige, der die Einhaltung aller Gesetze gewährleistete. Derart ungeheure Geldmittel kommen nicht einfach so auf den Markt. Der ganze Rattenschwanz von Vorschriften muß erfüllt werden, sonst treten Hindernisse auf. Das konnte sich die Wolfsschanze nicht leisten. Es war ein brillantes Täuschungsmanöver.«

Noel starrte die Wand neben der Schlafzimmertür an. Er stand da und nahm das Bild in sich auf, das sich ihm bot. Die schwach beleuchtete Tapete, das undeutliche Muster aus ineinanderverschlungenen Kreisen. Das schwache Licht – oder sein gestörtes Sehvermögen – ließ sie so schnell rotieren, daß ihm schwindlig wurde, schwarze Punkte, die verschwanden, um wieder zu großen Kreisen zu werden. *Kreise. Kreise der Täuschung.* In jenen Kreisen gab es keine geraden Linien der Wahrheit. Nur Täuschung. Nur Lügen!

Er hörte den Schrei, der sich seiner Kehle entrang, und spürte den Aufprall seiner Hände an der Wand, spürte, wie er wie wild auf sie einschlug, von dem einzigen Wunsch beseelt, die schrecklichen Kreise zu zerstören.

Andere Hände berührten ihn. Sanfte Hände.

Ein Mann hatte in seiner Seelenqual nach ihm gerufen. Und dieser Mann war falsch!

Er spürte Tränen in seinen Augen und wußte, daß sie wirklich da waren, weil die Kreise verschwammen, ihre Form verloren. Und Helden hielt ihn fest, zog sein Gesicht an das ihre. Und ihre sanften Finger wischten ihm die Tränen weg.

»Geliebter. Du mein einziger Geliebter...«

»Ich... werde... töten!« Wieder hörte er seinen eigenen Schrei, hörte die schreckliche Brutalität in seinen Worten.

»Das *werden* Sie«, antwortete eine Stimme, die hohl in den Tiefen seines Bewußtseins widerhallte. Sie war laut und gehörte Yakov Ben-Gadíz, der Helden beiseite geschoben und ihn herumgerissen hatte, und jetzt seine Schultern gegen die Wand preßte. »Das *werden* Sie!«

Noel versuchte, mit seinen brennenden Augen klar zu sehen, sein Zittern zu unterdrücken. »Sie wollten verhindern, daß ich sie sehe!«

»Ich wußte, daß ich das nicht konnte«, sagte Yakov leise. »Ich wußte es, als Sie mich ansprangen. Ich habe eine Ausbildung hinter mir wie wenige andere Menschen auf der Welt, aber Sie haben etwas Außergewöhnliches in sich. Ich möchte keine Spekulationen darüber anstellen, aber ich bin dankbar, daß Sie nicht mein Feind sind.«

»Ich verstehe nicht.«

»Ich gebe Ihnen die Alternative von Har Sha'alav. Sie wird alle Disziplin fordern, deren Sie fähig sind. Ich will offen sein: ich könnte es nicht, aber vielleicht können Sie es.«

»Was?«

»Sie sollen die Konferenz in der Bank über sich ergehen lassen. Mit den Mördern Ihrer Mutter, mit dem Mann, der den Tod Heldens und den von Richard Holcroft angeordnet hat. Ihm sollen Sie gegenübertreten; ihnen beiden. Unterschreiben Sie die Papiere.«

»Sie sind verrückt! Total verrückt!«

»Nein! Wir haben die Gesetze studiert. Man wird von Ihnen verlangen, daß Sie eine Erklärung unterzeichnen. Und mit dieser Erklärung übertragen Sie Ihre sämtlichen Rechte an die Miterben. Wenn Sie das tun, unterzeichnen Sie ein Todesurteil. Unterzeichnen Sie! Es wird nicht Ihr Todesurteil sein, sondern das der anderen!«

Noel sah in Yakovs dunkle, flehende Augen. Da war sie wieder: die klare, unbedingte Wahrheit. Einen Augenblick lang sprach keiner von ihnen, und dann begann Holcroft langsam seine Kraft und Selbstkontrolle wiederzugewinnen. Ben-Gadíz ließ seine Schultern los.

»Die werden mich suchen«, sagte Noel. »Sie werden glauben, ich sei in von Tiebolts Räume eingedrungen.«

»Das haben Sie auch getan; die Fäden sind nicht mehr an der Tür. Sie haben gesehen, daß niemand dort war, also sind Sie weggegangen.«

»Wohin? Das werden sie wissen wollen.«

»Kennen Sie sich hier in der Stadt aus?«

»Eigentlich nicht.«

»Dann haben Sie ein Taxi genommen; Sie sind am See entlanggefahren, haben an einem Dutzend Piers und Anlegeplätzen nach Leuten Ausschau gehalten, die vielleicht Ihre Mutter gesehen haben könnten. Das ist plausibel; die meinen, Sie seien in Panik geraten.«

»Es ist fast halb acht«, sagte Noel. »Noch eineinhalb Stunden. Ich gehe jetzt in mein Hotel. Wir treffen uns nach der Konferenz mit der Bank.«

»Wo?« fragte Yakov.

»Nehmen Sie sich ein Zimmer im Excelsior, tragen Sie sich als Ehepaar ein. Sehen Sie zu, daß Sie nach halb zehn, aber lange vor Mittag dort sind. Mein Zimmer ist dreihundertelf.«

Er stand vor der Hoteltür; es war drei Minuten nach acht. Er konnte drinnen zornige Stimmen hören. Von Tiebolt führte das große Wort, sein Ton war schneidend, gewalttätig.

Gewalt. Holcroft atmete tief und drängte die Instinkte zurück, die ihn wie Feuer durchpulsten. Er würde dem Mann gegenübertreten, der seine Mutter und seinen Vater getötet hatte, würde diesem Mann in die Augen sehen und seine Wut nicht erkennen lassen.

Er klopfte an die Tür und stellte dankbar fest, daß seine Hand nicht zitterte.

Die Tür öffnete sich, und er starrte dem blonden Mörder in die Augen, der die geliebten Menschen getötet hatte.

»Noel! Wo sind Sie gewesen? Wir haben überall gesucht!«

»Ich auch«, sagte Holcroft, dem es nicht schwerfiel, Müdigkeit vorzutäuschen, während es fast unmöglich war, seinen Haß zu unterdrücken. »Ich habe die ganze Nacht nach ihr gesucht. Ich konnte sie nicht finden. Ich glaube nicht, daß sie überhaupt hierher gekommen ist.«

»Wir werden uns weiter bemühen«, sagte von Tiebolt. »Trinken Sie eine Tasse Kaffee. Wir fahren bald zur Bank, und dann ist alles vorbei.«

»Ja, nicht wahr?« sagte Noel.

Sie saßen zu dritt auf einer Seite des langen Konferenztisches, Holcroft in der Mitte, Kessler zu seiner Linken, von Tiebolt zur Rechten. Ihnen gegenüber hatten die zwei Direktoren der Grande Banque de Genève Platz genommen.

Jeder von ihnen hatte einen ordentlichen Stapel von Dokumenten vor sich, alle identisch und in derselben Reihenfolge. Ihre Augen folgten den mit Maschine geschriebenen Worten, Seite um Seite wurde umgelegt, und über eine Stunde verstrich, bis das Dokument zur Gänze verlesen war.

Jetzt blieben noch zwei Schriftstücke, deren Deckblätter einen blauen Rand hatten. Der Direktor zur Linken sprach.

»Es ist Ihnen sicher bewußt, daß La Grande Banque de Genève bei einem Betrag dieser Größenordnung und angesichts der Ziele dieses Dokuments nicht die Verantwortung für die Auszahlung übernehmen kann, sobald die Mittel einmal freigegeben sind und damit nicht länger unserer Kontrolle unterliegen. Das Dokument legt die Last dieser Verantwortung ganz eindeutig fest. Sie soll zu gleichen Teilen auf die drei Teilnehmer übertragen werden. Deshalb verlangt das Gesetz, daß jeder einzelne von Ihnen alle Rechte an die jeweiligen Miterben überschreibt, für den Fall, daß der Betreffende vor den beiden anderen sterben sollte. Diese Rechte beeinträchtigen jedoch die einzelnen Erbanteile nicht; letztere sind im Falle Ihres Todes an Ihre Erbberechtigten zu verteilen.« Der Bankdirektor setzte seine Brille auf. »Bitte, lesen Sie die Papiere, die vor Ihnen liegen, und überzeugen Sie sich, daß sie meiner Darstellung entsprechen, und unterzeichnen Sie über Ihrem mit Schreibmaschine eingesetzten Namen. Tauschen Sie die Papiere dann aus, so daß jedes Dokument alle drei Unterschriften erhält.«

Sie lasen schnell, dann folgten die Unterschriften, und die Seiten wurden ausgetauscht. Als Noel sein Blatt Kessler reichte, sagte er beiläufig:

»Wissen Sie, das habe ich Sie zu fragen vergessen, Erich. Wo ist Ihr Bruder? Ich dachte, er wollte auch nach Genf kommen.«

»Das habe ich bei der ganzen Aufregung Ihnen zu sagen vergessen«, meinte Kessler und lächelte. »Hans ist in München aufgehalten worden. Ich bin sicher, daß wir ihn in Zürich sehen werden.«

»Zürich?«

Der Blick des Gelehrten wanderte an Holcroft vorbei zu von Tiebolt. »Nun ja. Zürich. Ich dachte, wir wollten Montag früh dort sein.«

Noel wandte sich dem blonden Mann zu. »Das haben Sie nicht erwähnt.«

»Wir hatten bis jetzt noch keine Zeit dazu. Paßt Ihnen Montag nicht?«

»O keineswegs. Vielleicht habe ich bis dahin etwas von ihnen gehört.«

»Was?«

»Von meiner Mutter. Oder Helden. Sie müßte anrufen.«

»Ja, natürlich. Ich glaube bestimmt, daß die beiden Sie erreichen.«

Das letzte Dokument war die formelle Freigabe des Kontos.

Ein Computer war vorbereitet worden. Nachdem alle im Raum Anwesenden ihre Unterschrift geleistet hatten, würde man die Codes eingeben, und dann würden die Mittel auf eine Bank in Zürich überwiesen werden.

Alle unterzeichneten. Der Direktor zur Rechten nahm den Telefonhörer ab. »Geben Sie die folgenden Zahlen in den Computer Nummer elf ein. Sind Sie soweit? ... Sechs, eins, vier, vier, zwo, Strich, vier. Acht, eins, null, null. Strich, null... Bitte wiederholen.« Der Direktor lauschte und nickte.

»Dann ist das abgeschlossen?« fragte sein Kollege.

»Ja«, antwortete der Direktor. »Meine Herren, mit diesem Augenblick ist die Summe von siebenhundertundachtzig Millionen US-Dollar auf einem gemeinschaftlich auf Sie lautenden Konto in der Banque du Livre in Zürich verfügbar. Mögen Sie die Weisheit von Propheten haben und möge Gott Ihre Entscheidungen lenken.«

Draußen auf der Straße wandte sich von Tiebolt Holcroft zu. »Was haben Sie jetzt für Pläne, Noel? Wir müssen immer noch vorsichtig sein, müssen Sie wissen. Die ›Abwehr‹ wird das nicht einfach hinnehmen.«

»Ich weiß... Pläne? Ich werde weiterhin versuchen, meine Mutter zu finden. Irgendwo muß sie ja sein.«

»Ich habe durch meinen Freund, den Staatsrat, veranlaßt, daß wir alle drei Polizeischutz bekommen. Ihr Leibwächter wird Sie am Excelsior übernehmen, die unseren uns im d'Accord. Es sei denn, Sie möchten lieber zu uns ziehen.«

»Das ist mir zuviel Mühe«, sagte Holcroft. »Ich habe mich inzwischen eingewöhnt. Ich bleibe im Excelsior.«

»Fahren wir morgen nach Zürich?« fragte Kessler und überließ damit von Tiebolt die Entscheidung.

»Es wäre vielleicht keine schlechte Idee, getrennt zu reisen«, sagte Holcroft. »Wenn die Polizei keine Einwände hat, würde ich gern mit dem Wagen fahren.«

»Sehr gut gedacht, mein Freund«, meinte von Tiebolt. »Die Polizei wird keine Einwände haben, und getrennt zu reisen ist sehr vernünftig. Sie nehmen den Zug, Erich; ich werde fliegen. Noel wird fahren. Ich lasse uns Zimmer im Columbine reservieren.«

Holcroft nickte. »Wenn ich bis morgen nichts von meiner Mutter oder Helden gehört habe, dann hinterlasse ich die Nachricht, daß sie dort Verbindung mit mir aufnehmen sollen«, sagte er. »Ich nehme mir jetzt ein Taxi.« Er ging mit schnellen Schritten zur Ecke. Noch einen Augenblick, und der Zorn in ihm wäre zum Ausbruch gekommen. Er hätte von Tiebolt mit bloßen Händen getötet.

Johann sprach mit leiser Stimme. »Er weiß es. Ich kann nicht sagen, wieviel, aber er weiß es.«

»Wieso bist du da so sicher?« fragte Kessler.

»Zuerst habe ich es nur gefühlt; aber dann habe ich es gewußt. Er hat sich nach Hans erkundigt und deine Antwort akzeptiert, daß er immer noch in München sei. Er weiß, daß das nicht stimmt. Ein Angestellter im d'Accord hat sich gestern abend erboten, ihn mit Hans zu verbinden.«

»O mein Gott...«

»Keine Sorge. Unser amerikanischer Kollege wird auf der Straße nach Zürich sterben.«

46.

Der Anschlag auf Noels Leben – sofern es zu einem solchen kommen sollte – würde auf der Straße nördlich von Fribourg und südlich von Köniz stattfinden. So schätzte Yakov Ben-Gadíz die Lage ein. Die Strecke war ungefähr zwanzig Kilometer lang, mit Straßenabschnitten in den Bergen, die um diese Jahreszeit kaum befahren waren. Es war Winter, und obwohl das Klima nicht alpin war, gab es doch häufig leichte Schneefälle. Die Straßen waren nicht die besten; das schreckte die Fahrer ab. Aber Holcroft hatte sich eine Route ausgesucht, die die Fernstraßen mied, eine, die ihn durch kleine Dörfer führte, deren Architektur ihn, wie er behauptete, interessierte.

Das heißt, Yakov hatte die Route ausgearbeitet, und Noel hatte sie den Polizisten überbracht, die Anweisung vom Staatsrat hatten, ihn auf der Fahrt nach Norden zu eskortieren. Die Tatsache, daß niemand versuchte, Holcroft von der gewählten Route abzubringen, erhärtete die Ansicht des Israeli.

Weiterhin stellte Yakov Spekulationen über die Mordmethode an. Weder von Tiebolt noch Kessler würden sich in der Nähe befinden. Jeder würde irgendwo anders sehr auffällig auftreten. Und wenn es zu einer Exekution kommen sollte, so würde diese von so wenigen Männern wie möglich ausgeführt werden – von bezahlten Killern, die in keiner Weise mit Wolfsschanze in Verbindung standen. Sie würden so kurz nach dem Zusammentreffen in La Grande Banque de Genève keine Risiken eingehen. Der Killer oder die Killer würden ihrerseits von *Sonnenkindern* ermordet werden; alle Spuren, die zur Wolfsschanze führten, würden getilgt.

Das war die Strategie, so wie Ben-Gadíz sie sah, und es galt nun, eine Gegenstrategie aufzubauen. Eine, die sicherstellte, daß Noel nach Zürich kam; das war alles, worauf es ankam. Sobald er Zürich erreicht hatte, würde es *ihre* Strategie sein. Es gab Dutzende von Methoden, um in einer großen Stadt zu töten, und Yakov war ein Experte dafür.

Die Reise begann, die Gegenstrategie setzte ein. Holcroft fuhr einen schweren Wagen, den er bei Bonfils in Genf gemietet hatte, der teuersten Mietwagenfirma der Schweiz, die sich auf ungewöhnliche Fahrzeuge für ungewöhnliche Klienten spezialisiert hatte. Es war ein Rolls-Royce, gepanzert, mit kugelsicherem Glas, und Reifen, die auch nach mehreren Einschüssen noch funktionsfähig wären.

Helden fuhr eineinhalb Kilometer vor Noel, sie hatte einen unauffälligen, aber wendigen Renault gewählt; Ben-Gadíz hatte dahinter Position bezogen, einen guten halben Kilometer entfernt, und sein Wagen war ein Maserati, ein Fahrzeug, das in den wohlhabenden Schichten Genfs nicht ungewöhnlich war. Zwischen Yakov und Holcroft fuhr der mit zwei Mann besetzte Polizeiwagen, den man dem Amerikaner zu seinem Schutz beigeordnet hatte. Die Polizisten wußten nichts.

»Sie werden unterwegs lahmgelegt werden«, hatte der Israeli gesagt, während sie zu dritt in Noels Hotelzimmer die Karten studierten. »Man wird sie nicht opfern; das würde unangenehme Fragen auslösen. Es sind echte Polizisten, ich habe mir ihre Dienstnummern besorgt und Litvak angerufen. Wir haben sie überprüft. Neulinge, seit einem Jahr im Dienst. Als solche nicht sehr erfahren.«

»Werden es morgen dieselben Männer sein?«

»Ja. Ihre Anweisung lautet, daß sie bei Ihnen bleiben sollen, bis die Zürcher Polizei Sie übernimmt. Und daraus schließe ich, daß sie eine Wagenpanne haben werden, ihre Vorgesetzten anrufen und Anweisung erhalten, nach Genf zurückzukehren. Die Anordnungen zu Ihrem Schutz werden sich in Luft auflösen.«

»Dann ist das nur Fassade.«

»Tatsächlich sind sie jedoch nicht ohne Nutzen. Solange Sie sie sehen können, sind Sie sicher. Niemand wird etwas versuchen.«

Jetzt waren sie zu sehen, dachte Noel nach einem Blick in den Rückspiegel und trat vor der kurvenreichen Abfahrt auf die Bremsen des Rolls-Royce. Weit unter sich konnte er Heldens Wagen aus einer Straßenbiegung kommen sehen. Noch zwei Minuten, und sie würde ihre Fahrt verlangsamen, bis sie einander sehen konnten, und erst dann wieder Tempo aufnehmen; auch das war Teil ihres Planes. Das letztemal hatte sie das vor drei Minuten getan. Alle fünf Minuten sollten sie Augenkontakt aufnehmen. Er wünschte, er könnte zu ihr *sprechen*. Einfach reden... ganz gewöhnliche Worte, ein ruhiges Gespräch... eines, das nichts mit dem Tod zu tun hatte oder den Strategien, derer es bedurfte, um ihm auszuweichen.

Aber solche Gespräche konnte es erst nach Zürich geben. In Zürich wäre der Tod, aber ein anderer Tod, als Holcroft ihn je ins Auge gefaßt hatte. Weil er der Killer sein würde, niemand anders. *Niemand*. Er verlangte dieses Recht. Er würde in die Augen Johann von Tiebolts sehen und ihm sagen, daß er jetzt gleich sterben würde.

Er fuhr zu schnell; sein Zorn hatte ihn zu kräftig aufs Gaspedal treten lassen. Er verlangsamte seine Fahrt; dies war jetzt nicht die Zeit, von Tiebolt die Arbeit abzunehmen. Es hatte zu schneien begonnen, und die Bergstraße war schlüpfrig.

Yakov verfluchte den leichten Schneefall, nicht weil er das Fahren erschwerte, sondern weil er die Sicht behinderte. Sie verließen sich auf Sichtkontakt; Funkverbindung kam nicht in Frage, solche Signale konnte man zu leicht auffangen. Die Hand des Israeli berührte einige Gegenstände, die auf dem Sitz neben ihm lagen; in Holcrofts Rolls-Royce waren ähnliche Gegenstände bereitgelegt. Sie waren Teil der Gegenstrategie – der wirksamste Teil.

Sprengkörper. Insgesamt acht. Vier Ladungen, in Plastik gehüllt, und so abgestimmt, daß sie exakt drei Sekunden nach dem Aufprall detonierten; und vier Panzerabwehrgranaten. Außerdem gab es da zwei Waffen: einen U.S.-Army Colt Automatic und einen Karabiner, beide geladen, entsichert, schußbereit. Sie waren über Litvaks Kontakte in Genf gekauft worden. Das friedliche Genf, wo solche Arsenale in kleineren Mengen erhältlich waren, als Terroristen glaubten, aber in größeren, als die Schweizer Behörden sich vorstellen konnten.

Ben-Gadíz spähte durch die Windschutzscheibe. Wenn es geschah, würde es bald geschehen. Der Polizeiwagen, ein paar hundert Meter vor ihm, würde bewegungsunfähig werden, wahrscheinlich infolge von mit Säuren bestrichenen Nägeln, die man in die Reifen eingedrückt hatte und die sich nach einiger Zeit durchfraßen, oder wegen eines defekten Vergasers, den man mit irgendeinem Stoff gefüllt hatte, der die Benzinleitung verstopfte... Es gab so viele Möglichkeiten. Aber jedenfalls würde der Polizeiwagen plötzlich nicht mehr da sein, und dann wäre Holcroft isoliert.

Yakov hoffte, daß Noel, falls ein fremder Wagen auftauchte, sich genau an das erinnerte, was er zu tun hatte. Er sollte im Zickzack fahren, während Yakov beschleunigte und seinen Maserati wenige Meter vor dem unbekannten Auto abbremste und die Plastiksprengkörper danach warf. In den Sekunden bis zu den Explosionen sollte Holcroft außer Schußweite sein. Wenn es Probleme gab – defekte Zünder, Explosivstoffe, die nicht explodierten –, würde er die Granaten einsetzen.

Das würde genügen. Von Tiebolt riskierte sicher nicht mehr als ein Exekutionsfahrzeug. Die Möglichkeit, daß ein anderer

Fahrer zum Beobachter wurde, war zu groß; es würde sich um wenige, sehr professionelle Killer handeln.

Der Führer der *Sonnenkinder* war kein Narr; wenn Holcrofts Tod sich nicht auf dieser Straße ereignete, dann würde er in Zürich erfolgen. Und das war von Tiebolts Fehler, dachte der Israeli, von einem Gefühl der Befriedigung erfüllt. Von Tiebolt wußte nichts von Yakov Ben-Gadíz. Und der war ebenfalls kein Narr, ebenfalls ein Fachmann. Der Amerikaner *würde* nach Zürich gelangen, und sobald er in Zürich war, war Johann von Tiebolt ein toter Mann, so wie Erich Kessler ein toter Mann war, getötet von einem, den Zorn und Wut erfüllte.

Wieder fluchte Yakov. Der Schnee fiel jetzt dichter, in größeren Flocken. Letzteres bedeutete, daß der Schneeschauer nicht lange dauern würde, aber für den Augenblick war das eine Störung, die ihm gar nicht gefiel.

Er konnte den Polizeiwagen nicht sehen! Wo war er? Die Straße war sehr kurvig. Der Polizeiwagen war nirgends mehr. Er hatte ihn verloren! Wie, beim Allmächtigen, *konnte* das passiert sein?

Und dann war er wieder da, und er atmete ruhiger, trat aufs Gas, um näherzukommen. Er durfte nicht zulassen, daß seine Gedanken wanderten; er saß nicht im Saal des Symphonieorchesters in Tel Aviv. Der Polizeiwagen spielte die Schlüsselrolle; er durfte ihn keinen Moment aus den Augen lassen.

Er fuhr schneller, als er dachte; der Tachometer zeigte fünfundsiebzig Kilometer, viel zu schnell für diese Straße. Warum?

Dann erkannte er den Grund. Die Distanz zwischen ihm und dem Genfer Polizeiwagen verringerte sich, aber der Polizeiwagen beschleunigte. Er fuhr schneller, als er vorher gefahren war, er raste jetzt förmlich in die Kurven hinein, fuhr mit halsbrecherischer Geschwindigkeit durch den Schnee... Rückte Holcroft näher!

War der Fahrer *verrückt*?

Ben-Gadíz starrte durch die Windschutzscheibe und versuchte zu begreifen. Irgend etwas beunruhigte ihn, und er war nicht sicher, was es war. Was *taten* die?

Und dann sah er es; das war vorher nicht dagewesen.

Eine Beule im Kofferraumdeckel des Polizeiwagens. Eine Beule! Der Wagen, dem er die letzten drei Stunden gefolgt war, hatte keine Beule gehabt!

Es war ein anderer Polizeiwagen!

Aus einer der Seitengassen in dem Labyrinth von Kurven hatte ein Funkbefehl den ursprünglichen Wagen von der Straße geholt. Ein anderer war an seine Stelle getreten. Und das bedeutete, daß die Männer in dem Wagen jetzt von dem Maserati wußten und unendlich gefährlicher waren. Holcroft wußte nichts von *ihnen*.

Der Polizeiwagen bog in eine lange Kurve ein; Yakov konnte sein dauerndes Hupen hören, trotz des Schneefalls und des Windes. Sie gaben Holcroft ein *Signal*. Sie rückten längsseits.

»Nein! Nicht!« schrie Yakov die Windschutzscheibe an, drückte die Daumen auf die Hupe, umklammerte das Steuer, während die Reifen seines Wagens durch die Kurve pfiffen. Er jagte den Maserati auf den Polizeiwagen zu, der noch fünfzig Meter entfernt war. »Holcroft! Nicht!«

Plötzlich zersprang seine Windschutzscheibe. Winzige Kreise des Todes erschienen überall; er konnte die Glassplitter spüren, die ihm die Wangen aufrissen, die Finger. Er war getroffen worden. Eine Maschinenpistole war aus dem zerschlagenen Rückfenster des Polizeiwagens auf ihn abgefeuert worden.

Aus seiner Motorhaube quoll Rauch; der Vergaser explodierte. Im nächsten Augenblick waren die Reifen durchlöchert, Gummifetzen flogen durch die Luft. Der Maserati rutschte nach rechts, krachte gegen die Böschung.

Ben-Gadíz brüllte zum Himmel, warf sich mit der Schulter gegen eine Tür, die sich nicht öffnen wollte. Hinter ihm fing der Treibstoff Feuer.

Holcroft sah den Polizeiwagen im Rückspiegel. Plötzlich rückte er näher, seine Scheinwerfer flackerten auf und ab. Aus irgendeinem Grund gaben ihm die Polizisten Signale.

In der Kurve konnte er nicht halten; ein paar hundert Meter weiter vorn mußte es ein gerades Stück Straße geben. Er bremste den Rolls-Royce ab, während der Polizeiwagen längsseits kam, wobei der Schneefall die Gestalt des jungen Offiziers nur undeutlich erkennen ließ.

Er hörte das schrille Hupen und sah das dauernde schnelle Blitzen der Lichter. Er kurbelte die Scheibe herunter. »Ich halte an, sobald –«

Dann sah er das Gesicht. Und den Ausdruck in jenem Gesicht. Das war keiner der jungen Polizisten aus Genf! Es war ein Gesicht, das er nie zuvor gesehen hatte. Dann tauchte der Lauf eines Gewehrs auf.

Verzweifelt versuchte er, das Fenster hochzukurbeln. Es war zu spät. Er hörte die Schüsse, sah die blendenden Lichtblitze, konnte spüren, wie hundert Rasiermesser über seine Haut fetzten. Er sah sein eigenes Blut, das gegen das Glas spritzte, und begriff, daß es seine eigenen Schreie waren, die durch einen führerlos gewordenen Wagen hallten.

Metall knirschte gegen Metall, ächzte unter der Wucht des Aufpralls. Das Armaturenbrett stand kopf; die Pedale waren, wo das Dach sein sollte, und er war gegen dieses Dach gedrückt, und dann war er das nicht mehr; jetzt flog er über die Rückenlehne, wurde gegen Glas geschleudert und dann wieder weg, jetzt auf dem Steuerrad aufgespießt und dann ins All gehoben und wieder weggeschleudert.

In jenem All war Frieden. Der Schmerz der Rasierklingen verging, und er trat durch die Nebel seines Geistes ins Leere.

Yakov schlug die Überreste seiner Windschutzscheibe mit der Pistole weg. Der Karabiner war auf den Boden gefallen, während die Plastikexplosivstoffe in ihrer Schachtel geblieben waren; die Granaten waren nirgends zu sehen.

Alle Waffen, mit Ausnahme einer, waren jetzt nutzlos. Nur diese eine war es nicht, weil er sie zur Verfügung hatte, in seiner Hand, und sie gebrauchen konnte, bis keine Munition mehr da war – bis kein Leben mehr in ihm war.

In dem weißen Polizeiwagen waren drei Männer; der dritte, der Scharfschütze, kauerte wieder am Rückfenster. Ben-Gadíz konnte seinen Kopf im Fenster sehen! Jetzt! Er zielte vorsichtig durch die Wolken von Dampf und drückte ab. Das Gesicht flog schräg nach oben und fiel dann in das zackige Glas des Fensters zurück.

Wieder warf Yakov sich mit der Schulter gegen die Tür. Sie lockerte sich. Er mußte schnell hinaus. Das Feuer hinter ihm garantierte die Explosion des Tanks. Weiter vorn ließ der Fahrer des Polizeiwagens sein Fahrzeug gegen den Rolls krachen. Der zweite Mann war auf der Straße, griff durch Holcrofts Fenster, riß am Steuerrad. Sie versuchten, den Wagen über die Böschung zu kippen.

Ben-Gadíz warf sich mit dem ganzen Oberkörper gegen die Tür; jetzt flog sie auf. Der Israeli taumelte auf die schneebedeckte Straße hinaus, seine Wunden erzeugten im weißen Pulverschnee hundert rote Flecken. Er hob die Pistole und feuerte einen Schuß nach dem anderen ab, auf ein vor seinen umnebelten Augen verschwommenes Ziel. Und dann geschahen im selben Augenblick zwei schreckliche Dinge.

Der Rolls kippte über die Böschung, und eine ganze Salve von Schüssen hallte durch das Schneegestöber. Eine Reihe von Kugeln ließ vor Yakov den Schnee aufspritzen und schnitt dann quer über Yakovs Beine. Der Schmerz war unerträglich, daß er ihn kaum mehr wahrnahm.

Da war kein Gefühl mehr, aber dennoch drehte er sich zur Seite und wälzte sich weg. Seine Hände berührten den zerfetzten Gummi seiner Reifen, dann Stahl und noch mehr Stahl und kalte Stellen aus Glas und Schnee.

Jetzt kam die Explosion; der Tank des Maserati zerplatzte in einem Feuerball. Und Ben-Gadíz hörte die Worte aus der Ferne. »Sie sind tot! Kehrtmachen! Hier verschwinden!« Die Angreifer machten sich davon.

Helden war schon vor einer Minute langsamer geworden. Noel hätte inzwischen zu sehen sein müssen. Wo war er? Sie hielt am Straßenrand und wartete. Weitere zwei Minuten verstrichen. Sie durfte nicht länger warten!

Sie wendete und fuhr wieder den Berg hinauf. Den Gashebel durchgedrückt, passierte sie den nächsten Kilometerstein; immer noch keine Spur von Noel. Ihre Hände begannen zu zittern.

Irgend etwas war geschehen, das wußte sie; das konnte sie fühlen!

Sie sah den Maserati! Er war demoliert! Brannte!

O Gott! Wo war Noels Wagen? Wo war Noel? Yakov?

Sie trat auf die Bremse und sprang schreiend aus dem Wagen. Sie stürzte auf dem schlüpfrigen Boden, ohne zu realisieren, daß ihre Beinwunde den Sturz verursacht hatte, stemmte sich hoch und schrie wieder, rannte weiter.

»Noel! *Noel*!«

Tränen strömten ihr in der kalten Luft übers Gesicht; ihre Schreie drohten ihre Kehle zu sprengen. Sie war nicht mehr imstande, ihrer Hysterie Herr zu werden.

Von irgendwo aus dem Nichts hörte sie den Befehl.

»*Helden!* Hören Sie auf. Hier...«

Eine Stimme. Yakovs Stimme! Von wo? Woher kam sie? Sie hörte sie wieder.

»Helden! Hier unten!«

Die Böschung. Sie rannte an die Böschung, und ihre Welt brach zusammen. Unten lag der Rolls-Royce – umgekippt und rauchend, überall zerdrücktes Metall. Von Schrecken erfüllt, sah sie die Gestalt von Yakov Ben-Gadíz neben dem Rolls auf der Erde. Und dann sah sie die roten Streifen im Schnee, die eine Spur über die Straße und die Böschung hinunter bildeten zu der Stelle, wo Yakov lag. Helden sprang mit einem Satz über die Böschung, rollte sich im Schnee und über die Felsen, schrie gegen den Tod an, von dem sie wußte, daß er sie erwartete. Sie fiel neben Ben-Gadíz nieder und starrte durch das offene Fenster auf ihre Liebe. Er lag ausgestreckt da, unbeweglich, das Gesicht von Blut überströmt.

»Nein! ...*Nein*!«

Yakov packte ihren Arm und zog sie zu sich. Er konnte kaum reden, aber seine Befehle waren klar.

»Sie müssen zu Ihrem Wagen zurück. Es gibt da ein kleines Dorf südlich von Teyvaux, höchstens fünf Kilometer von hier. Rufen Sie Litvak. Près-du-Lac ist nicht so weit... zwanzig, zweiundzwanzig Kilometer. Er kann Piloten anheuern, schnelle Wagen. Sie müssen ihn erreichen, es ihm sagen.«

Helden konnte den Blick nicht von Noel wenden. »Er ist tot... er ist *tot*!«

»Vielleicht nicht. Schnell!«

»Ich kann nicht. Ich kann ihn nicht *verlassen*.«

Ben-Gadíz hob seine Pistole. »Wenn Sie es nicht tun, töte ich ihn jetzt.«

Litvak betrat den Raum, in dem Ben-Gadíz auf dem Bett lag, die untere Hälfte seines Körpers von Verbänden umhüllt. Yakov starrte zum Fenster hinaus auf die schneebedeckten Felder und die Berge dahinter; er blickte starr und schien das Eintreten des Arztes überhaupt nicht zu registrieren.

»Wollen Sie die Wahrheit hören?«

Der Israeli drehte langsam den Kopf. »Es hat ja wenig Sinn, ihr aus dem Weg zu gehen, oder?«

»Ich könnte Ihnen schlimmere Nachrichten bringen. Sie werden niemals mehr besonders gut gehen können; dazu ist der Schaden zu groß. Aber nach einer Weile werden Sie sich wieder bewegen können. Zuerst mit Krücken, später vielleicht mit einem Stock.«

»Nicht gerade der Zustand für meine Arbeit?«

»Nein, aber Ihr Geist ist intakt, und Ihre Hände werden heil. Ihre Musik wird es nicht beeinträchtigen.«

Yakov lächelte traurig. »Ich war nie besonders gut. Meine Gedanken blieben nie bei der Sache. Ich war nicht so gut wie in meinem anderen Leben.«

»Einen Verstand wie den Ihren kann man auch für andere Zwecke einsetzen.«

Der Israeli runzelte die Stirn und blickte wieder zum Fenster hinaus. »Wir werden sehen, wenn wir wissen, was dort draußen übriggeblieben ist.«

»Dort draußen ändert sich alles, Yakov. Schnell.«

»Was ist mit Holcroft?«

»Ich weiß nicht, was ich sagen soll. Eigentlich hätte er sterben müssen, aber er lebt noch. Nicht daß es für sein Leben einen großen Unterschied macht. Er kann nicht mehr zurück und wieder das sein, was er war. Er wird in einem halben Dutzend Ländern wegen Mordes gesucht. Oder sie würden ihn sofort abknallen.«

»Sie haben gewonnen«, sagte Yakov, und seine Augen füllten sich mit Tränen. »Die *Sonnenkinder* haben gewonnen.«

»Das werden wir sehen«, sagte Litvak, »wenn wir wissen, was dort draußen übriggeblieben ist.«

Epilog

Bilder. Formlos, ohne Schärfe, ohne Bedeutung. Umrisse, in Dunst eingeätzt. Da war nur ein Bewußtsein. Keine Gedanken, keine Erinnerungen an Erfahrungen, nur Bewußtsein. Und dann begannen die formlosen Bilder Gestalt anzunehmen; die Nebel lösten sich und verwandelten Bewußtsein in Erkennen. Später würden sich die Gedanken einstellen; für den Augenblick reichte es, sehen zu können und sich zu erinnern.

Noel sah ihr Gesicht über sich, gerahmt von in Wellen herunterfallendem blondem Haar, das sein Gesicht berührte. In ihren Augen standen Tränen; sie rannen ihr über die Wangen. Er versuchte, die Tränen wegzuwischen, aber er konnte das liebliche, müde Gesicht über sich nicht erreichen. Seine Hand fiel herunter, und sie nahm sie in die ihre.

»Darling...«

Er hörte sie. Er konnte hören. Was er sah und hörte, hatte Bedeutung. Er schloß die Augen und wußte, daß sich irgendwie bald wieder Gedanken einstellen würden.

Litvak stand unter der Tür und sah zu, wie Helden Noels Brust und Wangen mit einem Schwamm betupfte. Er hatte eine Zeitung unter dem Arm. Er untersuchte Holcrofts Gesicht, das Gesicht, das im Kugelhagel so viel Schaden erlitten hatte. Da waren Narben an der linken Wange, an der Stirn und überall am Hals. Aber der Heilungsprozeß hatte begonnen. Von irgendwo im Haus war eine Violine zu hören, sie wurde von einem sehr fähigen Musiker gespielt.

»Ich würde vorschlagen, daß Ihre Krankenschwester eine Gehaltserhöhung bekommt«, sagte Noel mit schwacher Stimme.

»Für welche Dienste?« lachte Litvak.

»Doktor, heil dich selbst.« Helden schloß sich dem Gelächter an.

»Ich wollte, das könnte ich. Ich wollte, ich könnte vieles

heilen«, erwiderte der Arzt und ließ die Zeitung neben Holcroft fallen. Es war die Pariser Ausgabe der *Herald Tribune*. »Die habe ich Ihnen in Neuchâtel gekauft. Ich weiß nicht, ob Sie lesen wollen.«

»Wie lautet die heutige Lektion?«

»›Die Konsequenzen des Abweichlertums‹, könnte ich mir als Schlagzeile vorstellen. Ihr Oberster Gerichtshof hat den Redaktionsstab der *New York Times* angewiesen, nicht mehr über das Pentagon zu berichten. Es geht natürlich um Fragen der nationalen Sicherheit. Besagtes Oberstes Gericht hat auch dem profunden Gedanken Ausdruck verliehen, man müsse, wenn Minderheiten die Allgemeinheit in ihrem Wohlbefinden bedrohen, um der Abschreckung willen schnelle und sichtbare Exempel statuieren.«

»Heute ist John Smith eine Minderheit«, sagte Noel mit schwacher Stimme und legte den Kopf zurück ins Kissen. »Peng, er ist tot.«

Sie hören Weltnachrichten von BBC *London. Seit der Welle von Attentaten, denen zahlreiche Politiker auf der ganzen Welt zum Opfer gefallen sind, sind in den wichtigsten Hauptstädten der Welt strengste Sicherheitsmaßnahmen eingeführt worden. Die größte Verantwortung fällt dabei dem Militär und den Polizeibehörden zu. Um die Zusammenarbeit in den Spitzengremien und einen entsprechenden Austausch von Informationen sicherzustellen, ist in Zürich eine Agentur für internationale Kommunikation,* AIK, *ins Leben gerufen worden ...*

Yakov Ben-Gadíz war mitten im Scherzo von Mendelssohns Violinkonzert, als er feststellte, daß seine Gedanken wieder zu schweifen begannen. Noel Holcroft lag ausgestreckt auf einer Couch, und Helden saß neben ihm auf dem Boden.

Der Gesichtschirurg, der aus Los Angeles eingeflogen war, um seinen anonymen Patienten zu operieren, hatte bemerkenswerte Arbeit geleistet. Das Gesicht war immer noch das von Holcroft, und war doch nicht mehr das vertraute. Die Narben der Gesichtswunden waren verschwunden, und an ihre Stelle waren leichte Vertiefungen getreten, die seinen Zügen etwas Gemeißeltes verliehen. Die Linien auf seiner

Stirn waren jetzt tiefer, die Falten um seine Augen ausgeprägter. In dem so veränderten Gesicht war keine Unschuld; statt dessen war da ein Zug von Grausamkeit. Vielleicht sogar mehr als ein Zug.

Abgesehen von diesen Veränderungen war Noel gealtert, wobei der Alterungsprozeß schnell und schmerzhaft vor sich gegangen war. Vier Monate erst war es her, seit man ihn von der Böschung nördlich von Fribourg abgeholt hatte, aber wenn man ihn ansah, hätte man meinen können, daß eher zehn Jahre verstrichen waren.

Trotzdem, er hatte sein Leben, und sein Körper war unter Heldens Pflege und den ewigen Übungen genesen, die Litvak vorgeschrieben und die ein einst gefährlicher Kommandokämpfer aus Har Sha'alav überwacht hatte.

Yakov bereiteten diese Sitzungen Freude. Er forderte Außergewöhnliches, und Holcroft erfüllte die Forderungen; das Instrument seines Körpers benötigte volle Gesundheit, ehe die wahre Ausbildung beginnen konnte.

Morgen würde sie beginnen. Hoch oben in den Hügeln und Bergen, wo kein spähender Blick ihn erreichen konnte, dafür unter den wachsamen Augen von Yakov Ben-Gadíz. Der Schüler würde das tun, wozu der Lehrer nicht mehr imstande war; der Schüler würde alle Qualen der Hölle durchmachen, bis er den Lehrer übertraf.

Morgen würde es anfangen.

»Draht! Seil! Kette!«

»Sie müssen Ihre Finger gebrauchen! Das sind Waffen, das dürfen Sie nie vergessen...«

»Noch einmal diesen Damm hinauf, Sie waren zu langsam...«

»Klettern Sie diesen Hügel hoch und kommen Sie zurück, ohne daß ich Sie sehe...«

»Ich habe Sie gesehen. Ich habe Ihnen eine Kugel in den Kopf gejagt!«

»Den *Nerv* müssen Sie drücken, nicht die Ader! Es gibt da fünf Punkte. Die müssen Sie finden. Blind. Sie *fühlen*...«

»Sie müssen aus einem Sturz heraus *rollen*; nicht sich dukken...«

»Jede Aktion muß zwei Alternativen haben, zwischen denen Sie sich in Bruchteilen von Sekunden entscheiden können. Sie müssen sich dazu erziehen, so zu denken und zu handeln. *Instinktiv*...«

»Treffsicherheit ist eine Frage ruhigen Visierens, einer ruhigen Hand und eines ruhigen Atems. Schießen Sie noch einmal, sieben Schüsse; die müssen alle im Umkreis von fünf Zentimetern liegen...«

»Entkommen, entkommen, *entkommen*! Nutzen Sie Ihre Umgebung; Sie müssen mit ihr *verschmelzen*! Haben Sie keine Angst, sich nicht zu bewegen. Ein Mann, der reglos stehenbleibt, wird häufig als letzter erkannt...«

Die Sommermonate verstrichen, und Yakov Ben-Gadíz war zufrieden. Der Schüler war jetzt besser als der Lehrer. Er war bereit.

Wie seine Partnerin; sie war ebenfalls bereit. Zusammen würden sie das Team bilden.

Die *Sonnenkinder* waren identifiziert. Jetzt war das Studium der Namenslisten an der Reihe.

THE HERALD TRIBUNE

Paris, 10. Oktober – Die Agentur für internationale Kommunikation in Zürich, kurz AIK, hat heute die Bildung eines unabhängigen Gremiums aus Vertretern aller Mitgliedernationen angekündigt. Der erste AIK-Kongreß findet am 25. des Monats statt...

Das Paar ging das linke Limmatufer entlang am Zürcher Lindenhof vorbei. Der Mann war ziemlich groß, aber gebeugt und hinkte leicht, was ihn im Passantenstrom ebenso wie der schäbige Koffer behinderte, den er trug. Die Art, wie die Frau seinen Arm hielt, ließ mehr auf Verantwortung als auf Zuneigung schließen. Keiner von beiden sprach: sie waren ein Paar, das in gegenseitiger Abneigung ein undefinierbares Alter erreicht hatten.

Sie kamen an ein Bürogebäude und gingen hinein, wobei der Mann hinter der Frau her auf die Aufzugkabinen zuhinkte. Sie blieben vor einem livrierten Angestellten stehen, und die Frau fragte in deutscher Sprache nach der Büronummer einer kleinen Buchprüfungsfirma.

Man nannte ihr eine Nummer im zwölften Stockwerk, dem obersten, aber da Mittagszeit war, bezweifelte der Mann, daß jemand da wäre. Das mache nichts, sie würden warten. Sie verließen den Aufzug im zwölften Stock. Der Korridor war verlassen. Sowie die Aufzugtür sich hinter ihnen schloß, rannte das Paar zu der Treppe am rechten Ende des Korridors. Das Hinken war verschwunden, ebenso die finsteren Gesichter. Sie rannten die Treppe zur Dachtür hinauf und blieben auf dem Treppenabsatz stehen. Der Mann setzte den Koffer ab, kniete nieder und öffnete ihn. Vor ihm lagen der Lauf und Kolben eines Karabiners, ein Zielfernrohr, der an ersterem befestigt war, und ein Riemen an letzterem.

Er holte die Teile heraus und montierte sie zusammen. Dann nahm er den Hut mit der angenähten Perücke ab und warf ihn in den Koffer. Er stand auf und half der Frau den Mantel ablegen, zog die Arme durch und wendete so das Tuch. Jetzt war es ein gut geschnittener, teurer beiger Mantel aus einem der besseren Geschäfte in Paris.

Dann half die Frau dem Mann seinen Mantel wenden. Aus ihm war jetzt ein modischer, mit Wildleder besetzter Herbstpaletot geworden. Die Frau nahm ihr Kopftuch ab, zog ein paar Nadeln aus dem Haar und ließ das blonde Haar auf die Schultern fallen. Sie öffnete ihre Handtasche und holte einen Revolver heraus.

»Ich werde hier sein«, sagte Helden. »Weidmannsheil.«

»Weidmannsdank«, sagte Noel und stieß die Tür zum Dach auf. Er kauerte sich neben einem Kamin nieder, schob den Arm durch den Riemen des Karabiners und zog ihn straff. Er griff in die Tasche und holte drei Patronen heraus, drückte sie ins Magazin und lud durch. *Jede Aktion muß zwei Alternativen haben.*

Er würde sie nicht brauchen. Er würde sein Ziel nicht verfehlen.

Nicht dieses Ziel...

Er drehte sich um und kniete neben der Mauer nieder. Er schob das Gewehr darüber und preßte das Auge an das Zielfernrohr.

Zwölf Stockwerke tiefer, auf der anderen Straßenseite, jubelten die Menschen einigen Männern zu, die aus den breiten Glastüren des Lindenhofs kamen. Sie traten ins Licht der Sonne heraus, und Spruchbänder verkündeten den ersten AIK-Kongreß.

Da war er. In seinem Visier, und das Fadenkreuz lag genau über dem fein gemeißelten Gesicht unter dem glänzend blonden Haar.

Holcroft drückte ab. Zwölf Stockwerke unter ihm zerplatzte das fein gemeißelte Gesicht in eine Masse aus Blut und zerfetztem Fleisch.

Endlich war der Tinamu zur Strecke gebracht.

Vom Tinamu.

Sie waren überall. Es hatte gerade erst angefangen.